Mary Ryan

Schattentanz

Roman

Aus dem Englischen
von
Sonja Schuhmacher
und
Christine Strüh

Schneekluth

Die Deutsche Bibliothek – CIP-Einheitsaufnahme
Mary Ryan:
Schattentanz: Roman/Mary Ryan
Aus dem Englischen von Sonja Schuhmacher und Christine Strüh
München: Schneekluth, 1995
ISBN 3-7951-1356-3

Die englische Originalausgabe erschien 1994 unter dem Titel
MASK OF THE NIGHT
im Verlag Headline Book Publishing

ISBN 3-7951-1356-3

Satz: Mitterweger Werksatz Plankstadt
Gesetzt aus der 11/12 Punkt Garamond
Druck und Bindung: Mohndruck Gütersloh
Printed in Germany 1995

Für meine Schwestern
Eileen und Anne

DANK

IN DIESEM BUCH steckt weit mehr als nur die Arbeit und Mühe der Autorin. Ich danke meiner Familie für ihre Geduld und Hilfe, meinem Agenten Bob Tanner für das Vertrauen, das er in mich setzt, sowie meiner Verlegerin Caroline Oakley und meiner Lektorin Penelope Isaac für ihre treffenden Kommentare und die wichtige Arbeit, die sie geleistet haben.
Die Geschichte der Dame von Florenz beruht nicht auf historischen Tatsachen, obwohl niemand weiß, wie oft derartige Verbrechen im Namen der Wahrheit begangen wurden.

Dublin, im Dezember 1993

»Du weißt,
die Nacht verschleiert mein Gesicht ...«

William Shakespeare
Romeo und Julia

PROLOG

Hotel della Principessa,
Venedig
2. Juli 1914

Mein lieber alter Junge,
ich schreibe Dir im Bett sitzend – einem wahrhaft riesigen Bett – in einem Palazzo mit Blick auf eine belebte Wasserstraße. Das Gebäude vereint orientalische und mediterrane Stilelemente und ist auf einem wasserumspülten Fundament aus Eichenpfeilern errichtet. Auf dem Fensterbrett stehen Geranien, durch die Läden fällt Licht auf den Mosaikfußboden. Draußen schwappt das Wasser über die Stufen; schwarze Gondeln liegen dort und warten, schwarzen Schwänen gleich. Der Duft von Kräutern und Gewürzen erfüllt die Luft. Klingt das nicht, als weilte ich in einem kleinen Paradies, und nicht in einem Stadthotel an der Adriaküste?
Wir sind vor zwei Wochen eingetroffen. Norditalien ist ein Land der Gegensätze: spiegelglatte Seen, majestätische, schneegekrönte Berge – so ganz anders als die nebligen Hügel und Wiesen der Heimat. In Como hielten wir uns drei Tage auf. Von dort ging es weiter nach Mailand, anschließend in die alten Städte Verona und Padua, jetzt Venedig. Als nächstes reisen wir nach Florenz, dann nach Rom. Ich würde Dir gerne die ganze Reise schildern, aber es gibt so viel zu erzählen, daß es bis zum nächsten Brief warten muß. Als Reisegefährten haben wir einen Landsmann gewonnen, Monsignore Dillon aus

Limerick, derzeit im Dienste des Heiligen Stuhls. In Venedig besucht er ein Haus, das seinem Orden gehört, und einige Freunde, eine Familie di Robenico. Sie entstammen einem alten Kaufmannsgeschlecht und besitzen an der Rio San Bernardo ein großes Haus, wo wir als Freunde des Monsignore kürzlich, nach einer Gondelfahrt, stilvoll dinierten. Der Monsignore wird uns auch nach Rom begleiten; das trifft sich gut, da er die Landessprache fließend spricht und mit Italienern von Rang bekannt ist. Ich will nicht verschweigen, daß deine Mutter über diese Aussicht nicht entzückt ist, doch ich habe betont, daß die Vorteile bei weitem die Nachteile überwiegen. Sie hält sich außerordentlich gut angesichts der Anstrengungen unserer Reisen; ihre Begeisterung und Energie scheint keine Grenze zu kennen. Ich für meinen Teil hüte heute das Bett; nichts Ernstes, ein leichtes Fieber, wahrscheinlich auf Erschöpfung zurückzuführen, doch auf diese Weise habe ich die Muße, zur Feder zu greifen. Ich weiß, daß ich Dich in letzter Zeit vernachlässigt habe, und ich muß Dir unbedingt etwas erzählen.
Als ich im Gespräch mit dem Monsignore anmerkte, in dieser außergewöhnlichen Stadt spüre man den Atem des Mittelalters, weihte er mich ein wenig in die verborgene Geschichte Venedigs ein und ließ durchblicken, daß er mit dem gottlosen Treiben des siebzehnten Jahrhunderts aufs beste bekannt sei. Er machte viel Aufhebens davon und dabei ein Gesicht wie einer, der nicht alles preisgibt, was er weiß. Dann sprach er von Venedigs einstiger Stellung als freier Stadt, um schließlich mit gesenkter Stimme von einem Inquisitor zu berichten, der vor Zeiten hier gewirkt habe; dieser Diener der Kirche soll seiner Religion abgeschworen und sich der Magie und okkulten Praktiken zugewandt haben.
Dieser angeblich große Magier schuf oder entdeckte

ein merkwürdiges Artefakt, das zum Brennpunkt seiner Macht wurde. Weiter heißt es, der abtrünnige Priester habe seine Seele für dieses Artefakt verkauft, das nun von bestimmten Würdenträgern der Stadt verzweifelt gesucht wird. Es wurde bis in die Gegenwart verborgen gehalten, um schließlich auf mysteriöse Weise zu verschwinden; offenbar wurde es von Unbekannten gestohlen. So zumindest lautet die Darstellung des Monsignore. Er erzählte uns diese Geschichte bei Tisch im Speisesaal der di Robenicos, einem prachtvollen Raum mit Mosaiken und Gemälden an den Wänden.
Meine Umgebung interessierte mich viel mehr als die weitschweifende Erzählung meines Nachbarn, und ich vermutete, daß seine Redseligkeit auf das Zusammentreffen des edlen Antinori, dem er reichlich zusprach, mit der ausufernden irischen Phantasie zurückzuführen war; dennoch hörte ich ihm geduldig zu. Dann spitzte unser Gastgeber, ein vornehmer Herr mittleren Alters, die Ohren; meine Neugierde wurde geweckt, als er versuchte, die Vertraulichkeiten des Monsignore zu beenden, indem er das Thema wechselte. Ich beobachtete di Robenico aufmerksam, denn es erstaunte mich ein wenig, daß ihn die Erzählung des Prälaten, der offensichtlich nicht mehr nüchtern war, so beunruhigte. Signore di Robenico spricht sehr gut englisch; er fragte mich, was ich von der Stadt gesehen hätte. Dann kam er auf Dublin zu sprechen, das er in seiner Jugend einmal besucht hatte. Zu deiner Mutter, die rechts von ihm saß, war er ganz reizend, und ich muß sagen, daß sie bezaubernd aussah. Di Robenicos Frau am anderen Ende der langen Tafel säuselte »Salvatore mio«, warf ihren Gästen ein strahlendes Lächeln zu und machte schließlich mit ihrem schweren Akzent irgendeine triviale Bemerkung, zeigte dabei jedoch so große Fröhlichkeit, daß alle lachten.

Der Monsignore, der inzwischen womöglich noch betrunkener war, flüsterte mir auf dem Rückweg ins Hotel zu, um das Erbe des abtrünnigen Inquisitors habe sich ein Geheimbund gebildet. »Ich versichere Ihnen, diese Stadt hätte viel zu erzählen, wenn man Städten ein Geständnis abringen könnte...« Im Halbdunkel nickte er etwas wacklig mit dem Kopf. »Sie suchen nach einem verlorenen Gegenstand..., dem Brennpunkt der alten Macht. Vielleicht wird die Welt von großen Umwälzungen erfaßt. Wenn unsere Heilige Mutter dieses diabolische Symbol in ihre Obhut nehmen könnte...«
Deine Mutter drehte sich zu mir um, und ich spürte förmlich ihren Unmut. Schweigend glitten wir dahin, nur das Flüstern des Wassers war zu hören, bis wir beim Hotel abgesetzt wurden. Der Monsignore setzte die Fahrt zur Unterkunft seines Ordens fort, der an einem der Kanäle eine Kirche besitzt.
Als ich mir die Sache nachts noch einmal durch den Kopf gehen ließ, stellte ich fest, daß meine Neugierde aufs höchste angestachelt war. Ein abtrünniger Inquisitor – die Vorstellung war mir vollkommen neu; per definitionem waren die Inquisitoren das Bollwerk der Kirche, die Hände, Augen und Ohren der Allerheiligsten Inquisition, und der Hammer, der alle traf – insbesondere Frauen –, die es wagten, vom rechten Wege abzuweichen. Am nächsten Tage sah ich den Monsignore nicht, zog aber, so gut es ging, diskrete Erkundigungen ein. Man antwortete mir jedoch stets ausweichend. Bei meinem nächsten Treffen mit dem Monsignore stellte ich ihn zur Rede, doch im kühlen Licht der Nüchternheit schien er unser Gespräch peinlich zu finden und bat mich, es nicht allzu ernst zu nehmen.
»Hat es denn wirklich einen abtrünnigen Inquisitor gegeben?« wollte ich wissen, und schließlich gab er das wenigstens zu.

»Warum wandte er sich von der Kirche ab?«
Der Monsignore schaute mich an und verzog spöttisch den Mund. »Was glauben Sie wohl? Eine Frau hat ihn ins Verderben gestürzt!« Das Wort ›Frau‹ rollte er mit unendlicher Verachtung auf der Zunge und ich war froh, daß Deine Mutter es nicht hören mußte.
Dennoch beharrte ich auf meinen Fragen. Von wo wurde das Artefakt gestohlen? Um was für einen Gegenstand handelte es sich überhaupt? Warum war die Angelegenheit so wichtig, daß Signore di Robenico bei ihrer Erwähnung solches Unbehagen zeigte? Er ließ sich jedoch zu keiner weiteren Erklärung bewegen und bat mich, die Sache zu vergessen.
Doch das erwies sich als unmöglich. Später, nachdem ich einige fruchtlose Nachforschungen angestellt hatte, fragte ich ihn, warum es keine Aufzeichnungen über diese Geschichte gebe.
»Die gibt es durchaus«, entgegnete er. »Ein Jesuitennovize, der sich ›ein Zeuge‹ nannte, hat eine Art Tagebuch geführt, das jedoch für Laien nicht zugänglich ist.« Und wieder warnte er mich, ich sollte mir die Sache aus dem Kopf schlagen. »Es ist nur eine Geschichte«, sagte er.
Die Tage verstrichen, und das allgemeine Bestreben nach Geheimhaltung faszinierte mich allmählich noch mehr als die Geschichte selbst, die ich für kaum mehr als eine Legende hielt. Seit langem hege ich die Überzeugung, daß unsere Insellage am Rande Europas den unbezwingbaren Drang der Iren zum Rätselhaften und Mysteriösen hervorgebracht hat. Deshalb waren meine Nachforschungen mehr als nur ein Privatvergnügen; sie waren eine unwiderstehliche Verlockung, eine ideale Ferienbeschäftigung, wenn ich so sagen darf.
Doch meine ›Spielerei‹ nahm letzten Mittwoch abend eine unvorhersehbare Dimension an – es war eine

glückliche Fügung, wie sie im Leben eines jeden einmal vorkommt, wenn auch vielleicht nicht in so beeindruckender Weise. Und nun kommt die Essenz dessen, was ich Dir mitteilen will – also gib gut acht, und wenn Du meine Zeilen gelesen hast, mußt Du den Brief unbedingt vernichten!

Am Mittwoch abend fand ich einen Ring. Er steckte an der Hand einer verwitterten Statue in einer Mauernische; es war unverkennbar, daß die Skulptur mehrere Jahrhunderte alt war. Wie der Ring an diese Steinhand gekommen ist, durch welchen Kunstgriff, welche List er dahin gelangte, bleibt ein Rätsel, denn die Finger waren gekrümmt und hielten ein steinernes Buch, das der Künstler mit großem Geschick an den Fingern befestigt hatte. Ich stieß zufällig auf die Figur, als ich zu später Stunde alleine über die dunklen Piazzettas wanderte, auf kleinen, gewölbten Brücken Kanäle überquerte, wo Gondeln unverhofft aus der Dunkelheit auftauchen und fast lautlos wieder in einem der düsteren Wasserwege dieser unheimlichsten aller Städte verschwinden.

Die Statue, von der ich spreche, stellte einen Mann in einer langen Robe dar, der eine Kappe (vielleicht einen Juristenhut) trug und ein Buch in der Hand hielt. Das Gesicht fesselte mich, der Ausdruck ungezügelter Macht, und noch mehr eine tiefe Verzweiflung, die sich darunter verbarg und kunstvoll in die Züge eingearbeitet war. Vielleicht wurde meine Phantasie durch die Stille und die Dunkelheit beflügelt, doch beeindruckt vom Genie des Bildhauers streckte ich impulsiv die Hand nach der Statue aus. Du kannst Dir vorstellen, wie verblüfft ich war, als fast der ganze Arm abbrach und krachend zu Boden viel, die Hand jedoch nach wie vor das Buch umklammerte. Erst jetzt sah ich den Ring, denn die Hand war hinter dem Objekt verborgen, das sie hielt, so daß das Kleinod für Passanten unsichtbar blieb.

Ich schaute mich um, doch die Piazzetta, die sich weitab vom Canale Grande – dem Hauptverkehrsweg – befand, war menschenleer und nur schwach beleuchtet, die Ecken lagen im Dunkeln. Außer dem Plätschern eines kleinen Brunnens war kein Laut zu hören. Ich muß gestehen, daß mein Herz raste, als ich den abgebrochenen Arm aufhob und ihn nochmals fallen ließ, so daß die Hand barst und sich von dem steinernem Buch löste und ich den Ring mit erstaunlicher Leichtigkeit von dem abgetrennten Finger ziehen konnte.
Denke nicht schlecht von Deinem Vater. Die Episode beunruhigt mich noch immer zutiefst.
Ich nahm den Ring mit ins Hotel, wobei ich mir fest vornahm, ihn am nächsten Morgen bei der Stadtverwaltung abzugeben. Ich reinigte ihn. Zweifelsfrei ist er aus reinem Gold. Das Siegel sieht merkwürdig aus. Mit einem Bleistift und einem Stück Papier stellte ich einen Reliefabdruck davon her und zeigte das Ergebnis Signore di Robenico, der am folgenden Tag mit seiner Frau bei uns Gast war. Er war verwundert (seine Frau rief aus »Che strano! Guarda, che meraviglioso!«) und stellte viele Fragen – die ich, da ich die Wahrheit keinesfalls preisgeben wollte, mit der vorgeblichen Unwissenheit des Touristen abwehrte.
Aus zwei Gründen habe ich beschlossen, den Ring zu behalten. Der erste ist das glühende Interesse Signore di Robenicos, das er erfolglos zu verbergen sucht. Der zweite ist, daß der Monsignore auf meine Frage, warum der Signore so fasziniert gewesen sei, mir mitteilte, es handle sich um das Symbol des Geheimbundes, den ich bereits erwähnte. Außerdem interessierte es ihn brennend, wo sich das Original zu meinem Reliefabdruck befände, doch ich sagte ihm, ich hätte ihn einem Impuls folgend nachts angefertigt, wüßte aber nicht mehr wo. Stimmt das,

was er sagt, könnte es mich jedoch zur Entdeckung des alten Artefakts führen, das jener Magier im siebzehnten Jahrhundert benutzte, um seine okkulten Kräfte zu konzentrieren. Wenn der Ring, den ich fand, eben jenem Herrn gehört, wird mir vielleicht das Zufallsglück auch weiterhin hold sein. Es wäre wirklich amüsant, wenn jemand, der die Stadt nicht kennt, ein Tourist, etwas entdecken sollte, das von den Stadtvätern seit geraumer Zeit gesucht wird.
Um die Wahrheit zu sagen, widerstrebt es mir zutiefst, so spät noch damit herauszurücken, da es ein schlechtes Licht auf mich werfen könnte. Selbst auf fremden Boden muß man auf seine Stellung als Parlamentsabgeordneter Rücksicht nehmen.
Zudem stehe ich vor dem Problem, daß ich zwar am nächsten Tage versuchte, zu der Piazzetta zurückzukehren, und auch an den folgenden meine Suche fortsetzte, sie aber nicht mehr fand. Stundenlang durchstreifte ich die Stadt in der Hoffnung, ich könnte den Ring bei der zerborstenen Statue zurücklassen, um mein Gewissen zu entlasten und der Sache ein Ende zu machen. Doch ich fand den kleinen Platz mit der Mauernische, der Statue und dem Brunnen nicht mehr. Es ist, als wäre er vom Erdboden verschluckt. Ich kann nur schlußfolgern, daß er im Dunkel der Nacht so anders aussah, daß ich ihn nicht wiedererkenne. Doch diese Stadt ist der reinste Irrgarten, und es ist kein Wunder, wenn sich ein Fremder hier verläuft.
Ich habe Dir den Ring nach Hause geschickt. Er kommt in einem Päckchen, etwa so groß wie eine Pralinenschachtel; ich habe die Sendung mit Zeitungspapier und einigen Briefbeschwerern aus Glas gefüllt, damit sie Gewicht bekommt. Hoffentlich habe ich kein Unrecht getan, doch Gott ist mein Zeuge, daß ich keine bösen Absichten hegte.
Deine Mutter weiß nichts von der Angelegenheit –

außer daß sie natürlich den erwähnten Reliefabdruck gesehen hat und mich voll Sorge zur Rede stellte. Ich habe sie nicht in mein Geheimnis eingeweiht, denn ich möchte sie nicht mit einer Sache belasten, die sie mir gewiß als Fehler anrechnen würde. Sie scheint ohnehin zu ahnen, daß an der Geschichte mehr dran ist, als man bei oberflächlicher Betrachtung vermutet. Im Augenblick ist sie jedoch voll und ganz von den Sehenswürdigkeiten der Stadt in Anspruch genommen. Offenbar hat sich Signora di Robenico mit ihr angefreundet. Sie lädt deine Mutter zum Tee oder zu Besuchen bei Freunden ein und ist so freundlich, jedesmal eine Gondel zu schicken; Deine Mutter sprüht vor Leben, seit Jahren habe ich sie nicht mehr so gesehen.
Da es mir heute schlechtgeht, hat sie angeboten, hier zu bleiben und sich um mich zu kümmern, ich habe jedoch darauf bestanden, daß sie ihre Verabredungen einhält. Von der Stadt habe ich schon viel gesehen; in der Markuskirche habe ich die Säule bewundert, in der die Heiligenreliquien verborgen waren, bis sie durch ein Wunder enthüllt wurden; für die Venezianer ist dies der Ort, wo Vergangenheit und Gegenwart zusammentreffen, als befände sich hier der Eingang zu der Welt, die wir nicht begreifen.
Doch nun, nachdem ich Dir geschrieben habe, hege ich nur noch den einen Wunsch, auf die roten Ziegeldächer und das rege Treiben des Canale Grande hinauszublicken. Ich bin beunruhigt, nicht nur wegen der Angelegenheit, von der ich Dir berichtet habe, sondern auch angesichts der Aussicht, daß noch vor Jahresende in Europa ein Krieg ausbrechen könnte, den die *Times* (die hier immer mit einigen Tagen Verspätung eintrifft) als Folge des kürzlichen Attentats auf den Erzherzog und seine Frau kommen sieht. Gebe Gott, daß diese Vorhersage nicht wahr wird. Wir stehen an der Schwelle zu einem neuen Zeitalter,

einer neuen Aufklärung, und die Vorstellung, daß diese Hoffnung durch einen Krieg in Blut und Haß zunichte gemacht wird, ist so schrecklich, daß ich lieber nicht darüber nachdenke. Auch hätte ein Krieg widrige Auswirkungen auf die Durchsetzung der *Homerule* für unser Land – wie Du weißt, habe ich diesem Traum mein Leben als Politiker geweiht.
Ich freue mich auf unser Wiedersehen, bei dem ich Dir viel zu berichten haben werde. Hoffentlich sind Deine Prüfungen gut verlaufen; Gottes Segen sei mit Dir, bei allem, was Du in Deinem Leben unternimmst, mein liebster Sohn.

Dein Dich liebender
Vater

PS: Verwahre den Ring gut. Sag meiner lieben kleinen P., daß wir sie herzlich grüßen lassen.

Fast ein halbes Jahrhundert später fand Dee diesen Brief in der zerstörten Bibliothek des großen Hauses. Sie war neun Jahre alt. Mühsam entzifferte sie das fleckige Dokument, bevor sie es wegwarf.

ERSTES KAPITEL

»Die Frau hat nicht widerrufen«, sagte der Kardinal. »Übergebt sie der Folter.«
Der Inquisitor neigte den Kopf und entfernte sich.

Tagebuch eines Zeugen

SOMMER! Nach einem milden Frühling, einem wechselhaften, regnerischen April kam nun der Hochsommer und ließ alles erstrahlen. Jenny war zwölf. Morgen würde sie eine Party geben. Heute mähte sie das Gras und sah sich voll Freude im Garten um.

Die Rosen leuchteten, die Stockrosen und die Lupinen in ihrem vornehmen Rosa standen stramm wie Soldaten an der Gartenmauer. Die Wiese war mit Gänseblümchen übersät, doch Jenny trauerte nur kurz um sie, bevor sie ihnen mit dem Rasenmäher die Köpfe abschnitt. Da standen sie mit ihren weißen Blütenblättern und der goldenen Mitte auf zarten Stengeln, dann kam mit geschäftigem Rattern der Rasenmäher daher und die kleinen weißgoldenen Köpfe flogen durch die Luft und landeten ganz welk und schrumpelig auf der Erde. Fandango, die Katze, ein schwarzer Geselle in weißen Socken, stolzierte über den Gartenweg, legte sich hinter einem Busch auf die Lauer und stürzte immer wieder hervor, um die verwehten Grasbüschel Mores zu lehren.

Die Sonne brannte heiß auf Jennys Rücken, doch ihre Augen wurden von dem weißen Baumwollsonnenhut mit der breiten Krempe geschützt, den sie aus der Truhe mit den Sommersachen geholt und über das dicke braune Haar gezogen hatte. Sie konzentrierte sich ganz auf das Gras, beobachtete zufrieden das flei-

ßige Rotieren der Klingen und warf ab und zu einen Blick auf das Wiesenstück, das noch zu mähen war. Hinter dem Rasen glänzte der Geräteschuppen im Morgenlicht. Darin verwahrte Gramps, ihr Großvater, sein Werkzeug, die Gartengeräte, Topfpflanzen, eine Rolle Maschendraht und ein Paar dicke, schwarze Handschuhe. Außerdem stand dort eine Kiste mit Krimskrams; sie enthielt ein Gartenbuch, eine kaputte Baumschere, eine Rolle grünen Zwirn sowie einen Pappordner voller feuchter, muffiger Blätter. Doch ganz unten in der Kiste befand sich etwas, das Jenny selbst dort verstaut hatte; ein merkwürdiger Gegenstand – eine harte, ziselierte Silbermaske. Sie hatte sie vor einiger Zeit gefunden, als sie auf dem Dachboden herumstöberte. Die Maske lag in einem Lederetui. Jenny hatte sie mit in den Schuppen genommen, um sie bei Tageslicht zu betrachten. Doch die Maske auf ihrem Gesicht zu fühlen, hatte ihr große Angst eingejagt, deshalb hatte sie das Ding sorgfältig in Papier gewickelt, in eine braune Tüte gesteckt und es ganz unten in Gramps' Kiste verstaut. Manchmal holte sie die Maske hervor und wickelte sie behutsam aus. Sie starrte sie aus leeren Augenhöhlen an; der offene Mund wollte zu ihr sprechen. Sie hatte schon höhnische Gesichter gesehen, besonders als sie nach einem Schulwechsel in ihrer neuen Klasse einen Spießrutenlauf durchstehen mußte, aber die Gesichter ihrer Kameradinnen hatten niemals einen so blutleeren, unmenschlichen Ausdruck gehabt. Jenny spürte, daß die Maske sie kannte.
Einmal hatte sie auf ihrem Malblock mit Wasserfarben ein Bild der Maske gemalt.
»Was ist das, Jenny?« fragte die Lehrerin.
»Das ist eine Maske, Miss!«
»Es muß wohl eine Karnevalsmaske sein!« meinte Miss Rogerson verwundert. »Wo hast du sie gesehen?«

Doch Jenny hatte nur die Achseln gezuckt. Es war ein Geheimnis. Sie verriet es niemandem, nicht einmal Gramps. Und sie erzählte niemandem, was sie gesehen hatte, als sie die Maske aufsetzte.
Jenny konnte sich nicht an ihre Mutter erinnern, die kurz nach ihrer Geburt gestorben war. In einem Photoalbum waren Bilder von ihr, eine junge Frau mit schmaler Taille in einem Sommerkleid, das üppige Haar hochgesteckt. Die meisten Photographien waren in dem Garten entstanden, den Jenny so gut kannte.
»Das ist meine Mom«, sagte sie oft, als sie drei war, um sich in Erinnerung zu rufen, daß sie genau wie andere Kinder eine Mutter hatte. Papa sagte, Mama sei die schönste Frau auf der Welt gewesen. Jenny fand, daß das stimmte, und fühlte sich deshalb wichtig. Doch sie spürte auch die Melancholie des Vaters, eine seelische Zerissenheit, die sich gegen Jenny richtete, als würde er ihr, ohne es zu wollen, Vorwürfe machen. Aus welchem Grund wußte sie nicht, doch sie war ihrem Vater gegenüber immer ein wenig vorsichtig. Bei seinem letzten Besuch zu Hause war er gelegentlich betrunken gewesen, und das verwirrte Jenny. Es war Gramps, den sie vorbehaltlos liebte und dem sie ganz vertraute.
»Meine Mom war die schönste Frau auf der Welt«, erzählte Jenny ihren Mitschülerinnen, als sie in die Schule kam. Als diese später von ihren wohlmeinenden Eltern die Wahrheit erfuhren, flüsterten sie sich voll Ehrfurcht und Mitleid zu: »Ihre Mom ist tot...«
Jenny wurde von ihrem Vater und von Gramps großgezogen; alle drei lebten in Gramps' Haus. Papa war oft fort. Er arbeitete als Privatsekretär für Sir Michael, der Reisebücher schrieb. Wenn ihr Vater zu Hause und gut aufgelegt war, las er Jenny Geschichten vor, erzählte ihr von Italien, wo es sehr heiß war; er hatte auf seiner letzten Auslandsreise einige Zeit dort verbracht. Dann schlug er den Schulatlas auf und zeigte

mit dem Finger auf den langen Stiefel. »Schau mal, da war ich. Dort ist alles ganz anders als in England. Es riecht anders, das Essen ist anders, fast die ganze Zeit scheint die Sonne, und die Menschen, sogar die armen Leute, sind sehr fröhlich.«

Doch als er bei seiner letzten Rückkehr Jennys Bild von der Maske zu Gesicht bekam, erschrak er zutiefst. »Wo hast du sie gesehen?«

»Sie ist im Schuppen«, antwortete Jenny zögernd. »Ich habe sie auf dem Dachboden gefunden.«

Da wurde Papa sehr ärgerlich. »Ich verbiete dir ein für allemal, Sachen aus dem Dachboden zu holen, verstehst du mich. Mit dieser Maske darfst du nicht spielen!«

»Ich sehe sie mir nur an«, sagte Jenny. »Ich sehe sie mir gerne an! Ich spüre sie gerne!«

»Du weißt nicht, wo dieses Ding herkommt, Kind!«

»Sie gehört mir!« erwiderte Jenny mit trotziger Stimme, wobei sie nur mit Mühe Tränen der Verzweiflung zurückhielt.

Er musterte sie streng und wandte sich dann mit unverhohlenem Zorn an Gramps. »Sie ist sehr eigensinnig geworden!« Dann ging er in den Garten und holte die Maske aus dem Schuppen.

»Wo hast du die Maske versteckt, Papa?« fragte ihn Jenny später, weil sie sie brauchte, sie ansehen und berühren mußte, und er antwortete kalt und selbstzufrieden: »Dahin, wo du sie nicht finden wirst, junge Dame!«

»Bitte, Papa ...«

Doch er fuhr sie wütend an, seine Augen waren unerbittlich, sein Schnurrbart zitterte: »Nein! Ich habe vor, sie später einmal zu verkaufen. Du darfst nie wieder damit spielen! Hast du mich verstanden, Jen?«

Sie senkte den Blick. »Ja, Papa.«

Gramps hatte sie getröstet, als sie später am Abend mit ihm allein war.

»Das komische alte Ding ist nicht das richtige Spiel-

zeug für dich, Jen. Ich weiß, wo es dein Vater aufbewahrt, dort ist es sicher. Denk' nicht mehr daran.«
Doch das war nicht möglich. Sie dachte nicht nur an die Maske, sondern auch daran, was sie durch die Maske gesehen hatte: Vom Fenster des Geräteschuppens aus überblickte sie den ganzen Garten, doch das Haus war unbelebt, die Fenster dunkel und trübe, und Fandango lag tot, mit ausgelaufenen Augen da, unter seinem glanzlosen Fell traten die Knochen hervor. In dieser Welt gab es weder Gramps noch Papa; alles war wie ausgestorben. Plötzlich hatte sie das Gefühl, beobachtet zu werden, und riß sich die Maske herunter; nun sah sie wieder das Haus wie zuvor mit freundlichen, offenen Fenstern, Fandango sonnte sich auf der Fensterbank: alles war wie immer. Danach setzte sie die Maske nie wieder auf. Doch ungeachtet dieser Erfahrung hatte sie das Gefühl, in ein Geheimnis eingeweiht zu sein, als könnte sie die Wirkung der Maske auf einer für das Bewußtsein unzugänglichen Ebene begreifen.
»Gramps«, fragte Jenny am Tag nach ihrer Party. »Wann kommt Papa wieder heim?« Sie hatte ihn seit drei Monaten nicht gesehen und auch zum Geburtstag keinen Brief von ihm bekommen. Sie hatte sich vorgenommen, ihm bei seiner Rückkehr ihren Aufsatz über Fuchsjungen zu zeigen, der ihm gewiß gefallen würde. Miss Rogerson hatte die Arbeit gelobt und Jenny gebeten, sie der Klasse vorzulesen. Vielleicht würde der Vater sie dann wieder liebhaben und ihr erlauben, die Maske zu sehen.
Vielleicht würde er sagen: »Wie geht es meinem Goldschatz?« – so, wie Yvonnes Vater seine Tochter begrüßte, wenn er nach Hause kam. Jenny malte sich diese Szene aus und dachte auch an das Geschenk, das er ihr mitbringen würde, ein besonders schönes, da sie ja Geburtstag gehabt hatte. Er brachte ihr fast immer etwas mit: eine Puppe, manchmal ein Kleid. Einmal

hatte er ihr eine Uhr geschenkt, mit einem hölzernen Kuckuck hinter zwei winzigen Türen. Die Uhr hatte Gewichte, und zu jeder vollen Stunde schoß der kleine Vogel heraus und rief: »Kuckuck, kuckuck.« Jetzt war die Uhr kaputt, weil Jenny sie hatte fallen lassen, als sie herausfinden wollte, wie sie funktionierte.

Doch ihr Großvater sah sie voll Sorge an und nahm sie auf den Schoß. »Jen, heute früh, als du noch im Bett warst, habe ich ein Telegramm bekommen..., ich weiß nicht, wie ich dir sagen soll, was darin stand.«

Jenny wußte sofort, daß Papa etwas zugestoßen war. Sie wartete, ihr Atem stockte.

»Mein Liebes, dein Vater hatte einen Unfall... Es ist in Paris passiert..., er wurde von einem Automobil überfahren.«

»Oh...«, flüsterte Jenny – ein Laut, in dem alle Phantasien von einem liebenden Vater, der voll des Lobs, mit Geschenken beladen, heimkehrt, dahinwelkten und erstarben. Sie spürte Gramps' Schmerz und merkte, daß er zögerte, und da wußte sie, was nun folgen würde.

»Jen, mein Liebling, er ist tot...«

Jenny rutschte von seinem Schoß, ging zur Couch im Wohnzimmer, rollte sich zusammen, zog die Knie an die Stirn und wiegte sich. Schweigend setzte sich Gramps zu ihr.

»Ich will ihn sehen«, schluchzte sie. »ich wollte ihm meinen Aufsatz zeigen...«

Sein altes Gesicht war voll Trauer und Sorge. Er nahm sie in die Arme. »Sie werden ihn heimbringen.«

Jenny sog den Geruch seiner Tweedjacke ein, vergrub ihr Gesicht an seiner Schulter und spürte seine warme, ledrige, leicht rauhe Wange. Wie immer mischte sich der Geruch nach Birnenbonbons, für die Gramps eine Schwäche hatte, mit Tabakduft.

Am Abend des Tages, der Papas Beerdigung folgte, ging Jenny in den Schuppen. In Gedanken war sie bei ihrem Vater. Wo war er jetzt? Blickte er vom Himmel auf sie herab? Sie dachte an die Maske. Obwohl sie wußte, daß Papa sie fortgenommen hatte, warf sie einen Blick in die Kiste. Sie wollte die Maske in der Hand halten. Sie würde ihr das Gefühl geben, daß Eindrücke sehr persönlich waren, daß alles möglich und selbst der Tod nicht endgültig war.
Sie brauchte Trost. Seit dem Morgen fühlte sie sich unwohl und benommen, ihr war kalt, sie zitterte, hatte Halsschmerzen, das Schlucken tat weh. Weil sie so müde war, blieb sie eine Weile im Schuppen sitzen und ging dann zurück ins Haus.
In der Diele traf sie ihren Großvater. Er sprach mit Mary, der neuen Hausangestellten, die die Messingbeschläge an der Eingangstür polierte. Mary kam aus Schottland und schien sich bei ihnen wohl zu fühlen.
»Gramps, wo ist die Maske? Was ist damit passiert?«
Er musterte sie über den Brillenrand hinweg, schaute erst Mary und dann wieder seine Enkelin an, und runzelte die Stirn, so daß seine buschigen Augenbrauen zusammenstießen. Seine Augen, die sonst stets lustig zwinkerten, waren nun nachdenklich und starr. Doch dann legte er ihr die Hand auf den Kopf und streichelte ihr Haar. Einen Augenblick lang fürchtete Jenny, er könnte abstreiten, etwas über die Maske zu wissen.
»Ich habe sie sicher verwahrt«, sagte er schließlich. »Mach dir keine Sorgen; die Maske gehört jetzt dir, und sie liegt an einem Ort, wo niemand sie anrühren kann.«
Dann fiel ihm plötzlich auf, daß ihre Augen glänzten und ihre Wangen gerötet waren, und er fragte: »Wirst du krank, Kind?«
Jenny nickte. »Mir ist nicht gut; mein Hals tut weh, und ich bin ganz wacklig auf den Beinen.«
Großvater, dem die Angst ins Gesicht geschrieben

stand, warf Mary einen Blick zu. Sie durchquerte die Diele und legte ihre Hand auf Jennys Stirn, befühlte ihren Hals. »Die Kleine glüht, Sir. Sie gehört ins Bett.«
Mary nahm Jenny bei der Hand und führte sie nach oben.

Danach verlor Jenny jedes Zeitgefühl. Manchmal war es Morgen, dann wieder kam die Nacht. Von den Nachmittagen blieb keine Spur. Tage gab es nicht mehr, nur ein sich zusehends verengender Raum, in dem sie ums Überleben kämpfte. Der Arzt erschien mit seiner seltsamen Tasche voll kleiner Schubfächer und sprach mit gedämpfter, sachlicher Stimme über ihr Fieber: »Gehirnschädigung nicht auszuschließen, wenn es so hoch bleibt ...«
Mary wusch Jenny mit dem Schwamm ab; man hatte Jenny die Haare kurz geschnitten, und die ungewohnten Spitzen kitzelten sie am Hals. Wieder fragte sie Gramps nach der Maske. »Möchtest du sie, Liebling?«
Sie nickte, und er brachte ihr die Maske, die sie aus den Augenhöhlen wissend anstarrte. Jenny berührte sie und schob sie unter ihr Kopfkissen.
Später, als sie schweißgebadet dalag, sah sie, wie aus den Schnitzereien der Schranktür ein Gesicht hervortrat und zu ihr sprach. Es befahl ihr, die Maske aufzusetzen. Mit Mühe holte sie sie unter dem Kissen hervor und legte sie auf ihr Gesicht. Durch die Maske erblickte sie einen Mann, der auf sie herunterschaute. Er lächelte besänftigend und erklärte, sie werde jetzt zurückkommen und dann sei alles gut. »Laß die Maske auf«, sagte er.
Einen Augenblick lang hielt Jenny den Mann für Papa, doch dann erkannte sie ihren Irrtum. Nicht du, dachte sie, als sie ihn erkannte, nicht du, nach so langer Zeit!

Sie griff nach der Maske, doch ihre Kraft war erschöpft. Sie fiel ins Koma, spürte, wie das Wasser des Lebens allmählich aus ihr oder besser gesagt mit ihr davonströmte und sie wegtrug. Nichts war leichter als das.

Gramps, der für einen Augenblick hinausgegangen war, kehrte ins Zimmer zurück, zog sich einen Stuhl heran und setzte sich dicht neben Jenny, hielt ihre Hand und nahm die Maske weg, die von ihrem Gesicht geglitten war. Er hatte schon oft genug an einem Sterbebett gesessen, und so entging ihm nicht, daß die Krise da war, und nachdem er Mary geschickt hatte, sofort den Arzt zu holen, richtete er seine ganze Willenskraft auf Jenny.

»Stirb mir nicht weg, Liebling; laß deinen alten Gramps nicht allein ..., was sollte ich denn machen? Und Fandango würde dich vermissen; alle fragen nach dir. Gerade heute haben Yvonne und Mrs. Stacey gefragt, wie es dir geht.« Er tupfte ihr die Stirn ab, seine Stimme brach. »Stirb nicht!«

Jenny antwortete nicht, doch nach einer Weile murmelte sie heiser, ohne die Augen zu öffnen: »Ich glaube, er ist im Schrank«, und dann wand sie sich in Krämpfen.

Ohne zu zögern öffnete der Großvater die Schranktür. »Er ist leer«, flüsterte er. »Da ist niemand ... Bleib bei uns, Jen.«

Nach einer schier endlosen Nacht der Halluzinationen kam endlich der Morgen. Jenny war merklich kühler, und sie ließ sich in einen tiefen, heilsamen Schlaf sinken, als kehrte sie von einer langen Reise zurück. Sie hörte Mary flüstern: »Das Fieber ist runter«, und Gramps, in dem Selbstbeherrschung mit überwältigender Erleichterung rang, stammelte: »Gott sei Dank ... Gott sei Dank.«

Der Großvater nahm die Maske und brachte sie in sein Zimmer. Mary hängte ein Bild in Jennys Zimmer, das eine hübsche junge Frau mit großen, klaren Augen zeigte; sie trug eine Lampe in der Hand, Mary fand, daß so etwas für ein junges Mädchen viel passender war als diese entsetzliche Maske.

Jenny erholte sich. Sie fühlte sich allmählich besser und freute sich, ihre Freunde zu sehen. Yvonne Stacey, die Arzttochter, kam zu Besuch und brachte ihren Bruder Andrew mit. Die beiden taten, als merkten sie nicht, wie sehr sich Jenny verändert hatte. Andrew erzählte, er habe gehört, daß es bald Krieg geben sollte. »Ich würde mich gerne melden, wenn es so weit ist.« Er war sechzehn, viel zu jung, um Soldat zu werden, meinte Gramps. Wenn es wirklich Krieg gäbe, fügte er hinzu, wäre er sicher schnell wieder vorbei. Doch Andrew war anderer Meinung. Er glaubte, der Krieg würde Jahre dauern, es klang fast, als hoffte er darauf.

Sie spielten Rommé, dann gingen Bruder und Schwester in den Garten, neckten und streichelten Fandango, der sie aus seiner sonnigen Ecke neben dem Schuppen freundlich ansah und spielerisch nach ihren Händen haschte, wenn sie zu aufdringlich wurden. Jenny schaute von dem Korbsessel aus zu, den Gramps für sie neben den Hinterausgang gestellt hatte. Fürsorglich hatte er ihr eine Decke über die Knie gelegt.

Jenny wollte ihrem Großvater sagen, daß sie keine Decke brauchte, war aber nicht dazu imstande. Seit ihrer Krankheit machte ihr das Sprechen Schwierigkeiten; sie verhaspelte sich und brachte dann kein Wort mehr heraus.

Der Arzt, der ihre Sprechversuche mit angehört hatte, schüttelte den Kopf und nahm Gramps beiseite, um sich draußen auf dem Flur im Flüsterton mit ihm zu beraten. Jenny hörte Gesprächsfetzen wie »Schock«,

»Beklemmungszustand« und »eine Schädigung ist nicht auszuschließen ...« Als Gramps wieder ins Zimmer kam, sah er noch älter aus.
Nun sagte Jenny: »Will ... keine ... Decke!« Sie stieß die Worte wütend hervor, wußte jedoch, daß das Problem um so schwieriger wurde, je mehr sie sich ärgerte.
Der alte Mann runzelte besorgt die Stirn. Schließlich nahm er ihr die Decke von den Knien, aber nur, um Jennys Füße damit einzuwickeln. »Hab Geduld mit mir, Liebling. Du bist sehr krank gewesen, und ich will mich um dich kümmern!«
Jenny wußte, wie mager sie geworden war und daß sie mit den kurzen Haaren schrecklich aussah – wie ein Junge. Zwar behauptete Yvonne, es sähe gut aus, und Andrew stimmte ihr zu, aber Jenny entging nicht, wie bestürzt er insgeheim war, daß eine Krankheit einen Menschen so verändern und sogar das Sprachvermögen beeinträchtigen konnte. Er war nett zu ihr, wie ein Bruder, begleitete Yvonne häufig bei ihren Besuchen. Sein rotblondes Haar fiel ihm in seidigen Strähnen in die Stirn und glänzte, wenn die Sonne darauf fiel. Er hatte nicht viel zu sagen, offenbar verließ er sich darauf, daß seine Schwester das Gespräch in Gang hielt.
Jenny weinte, als sie sich im Spiegel betrachtete. Sie dachte an die Maske, die sie seit ihrer Krankheit nicht mehr gesehen hatte, und suchte in ihrem Zimmer danach, aber sie blieb verschwunden. Großvater meinte, sie sollte sich nicht den Kopf darüber zerbrechen. »Ich habe sie weggetan, Liebling. Ist am besten so. Aber sie gehört dir.«

In diesem Sommer fuhren Jenny und ihr Großvater manchmal mit dem Zug zum Zoo, gingen im St. James Park spazieren, fütterten die Tauben auf dem Trafalgar Square und beobachteten die Wachablösung.

Die Wochen vergingen und wurden zu Monaten, dann kam der Winter und wich wieder dem Frühling, so verstrichen die Monate im Wechsel der Jahreszeiten und wurden zu Jahren. Während dieser Zeit wuchs Jennys Haar wieder und der Krieg, von dem Andrew und Gramps gesprochen hatten, war gekommen.
Jenny wußte Bescheid über den Krieg. Der Kaiser war schuld daran. England würde gewinnen, und in Frankreich wurden große Schlachten ausgetragen. Immer wenn sie in die Stadt fuhren, sah sie Soldaten. Gramps sagte, sie gehörten zur Fliegerabwehr. Einmal sah sie sogar einen Zeppelin, ein riesiges, zigarrenförmiges Ding am Himmel. Er wurde von einem kleinen Flugzeug abgeschossen, das immer höher und höher stieg, wie eine verrückt gewordene Mücke, bis der Goliath plötzlich in einer Flammenwand zerbarst. Jenny konnte nur an die Menschen denken, die umgekommen waren, und eine Zeitlang verfolgte sie die Zerstörung des Zeppelins bis in ihre Träume. Diese Alpträume beunruhigten Gramps, denn seit ihrer Krankheit fürchtete er um Jennys Gesundheit und versuchte, sie vor nervlichen Belastungen zu behüten. Nach wie vor bereitete ihr das Sprechen Mühe, und wenn sie deshalb weinte, nahm Gramps sie in die Arme und versicherte ihr, mit der Zeit würde es besser gehen. »Hab Geduld, Jen. Mit Geduld kommst du gegen das Schicksal an.«
»Werden uns ... die Zeppeline ... bombardieren?« stammelte sie.
»Um Himmels willen, nein!«
Im Lauf der Zeit fuhren sie seltener in die Stadt, und die Jahre zogen ins Land, Gramps war müde, denn er hatte viel zu tun. Als Mitglied der *Fabian Society* verfaßte er Artikel für eine Zeitschrift. Mit dem Zwicker auf der Nase verbrachte er endlose Stunden im Eßzimmer über seinen Manuskripten, dicht beschriebenen Seiten, die er vor sich auf dem Tisch ausgebreitet hatte.

In der Straße, in der Jenny mit ihrem Großvater lebte, reihten sich viktorianische Ziegelhäuser aneinander, von denen jedes nach hinten einen großen und vorne einen kleinen Garten hatte. Morgens ging Jenny in ihrem Trägerrock, Mantel und Schal zur Schule; die Bücher waren in einen Tragriemen gepackt. Die Grundschule hatte sie hinter sich; jetzt besuchte sie *Miss Peterhall's Academy*, eine Lehranstalt für junge Mädchen in Wimbledon.

Yvonne wohnte um die Ecke, und so gingen die beiden jeden Morgen zusammen zur Schule. Sie stiegen in den Omnibus, und während sie zusammen im Oberdeck saßen, erzählte Yvonne vom Krieg.

Andrew war von zu Hause fortgelaufen, um sich freiwillig zu melden; er hatte sein Alter falsch angegeben. Nur zwei Wochen zuvor war seine Mutter unerwartet an einem Schlaganfall gestorben. Jetzt hatte man Andrew nach Frankreich geschickt.

»Was willst du machen, wenn du erwachsen bist?« fragte Yvonne. »Ich meine, willst du einen Beruf ergreifen oder so. Ich möchte nicht zu Hause bleiben! Viel zu langweilig ...«

Da sie Jenny so gut kannte, machte es Yvonne nichts aus, wenn keine Antwort kam; sie war es gewohnt, die Worte zu erraten, mit denen ihre Freundin kämpfte.

Doch heute starrte Jenny sie an, sah ihre beiden roten Zöpfe, ihre wasserblauen Augen mit den Irissternen, die Herpesbläschen auf der Oberlippe, das ruhige Lächeln. Ein von einem Pferd gezogener Bäckerwagen kam klappernd um die Ecke.

»Vielleicht werde ich nicht ›erwachsen‹«, erwiderte Jenny, wobei sie jedes Wort glasklar aussprach, was ihr bei kurzen Sätzen manchmal gelang. Sie sah, wie ihre Freundin große Augen machte; die Gegenwart erschien ihr merkwürdig traumhaft und reglos und sie hatte das geradezu lähmende Gefühl, die Zeit würde zu Eis gefrieren, als hätte jemand einen Glassturz über ihren Kopf gestülpt. Es schien ihr, als käme ihre Stimme von weit her, und dort in der Ferne bot sich ein anderes Bild: sonnenverbrannte, rotgedeckte Dächer, dunkle Wasserwege und Spatzenschwärme. Sie sah Menschen in merkwürdigen Kleidern, als gingen sie zu einem Kostümfest, doch kein Laut war zu hören. Das Schweigen drang in die Gegenwart ein, so daß Jenny glaubte unsichtbar zu sein. Dann spürte sie, wie jemand sie am Arm zupfte.

»Jen, was ist mir dir?« Neben ihr erschien Yvonnes besorgtes Gesicht, die Welt gewann wieder Konturen. Wimbledon Common, die Windmühle, die Teiche mit den Jungen, die Kaulquappen fingen, die Bäume, die Häuser – alles war wieder Wirklichkeit. Aber Jenny fror schrecklich.

»Nichts«, sagte sie und schüttelte den Kopf.

Schweigend saßen sie nebeneinander.

»Du hast gesagt ... du wirst vielleicht nicht erwachsen«, bemerkte Yvonne nach einer Weile. »Warum hast du das gesagt?«

»Weiß nicht. Bin schon ... so lange ... erwachsen!« Sie blickte die Freundin an und rang nach Worten, bis die es erschöpft aufgab.

Yvonne runzelte die Stirn und kam wieder auf ihre Zukunftspläne zurück. »Ich will Krankenschwester werden«, sagte sie. »Ich werde eine weiße Tracht und den Schwesternschleier tragen.« Yvonne war jetzt fünfzehn und sehnte sich danach, mit der Ausbildung anzufangen; sie träumte davon, Andrew nach Frankreich zu folgen. Doch Jenny hörte kaum zu. In Gedanken kehrte sie zu der Empfindung zurück, die sie vor wenigen Minuten überwältigt hatte, und diesmal hörte sie, wie Wellen gegen Stein schlugen, und sie vernahm den zarten, eleganten Klang einer Mandoline.

»Jenny Stephenson!«
Jenny zuckte zusammen und sah zu ihrer Lehrerin auf. »Würdest du uns mit deiner Aufmerksamkeit beehren! Andernfalls, wenn du dich weiter so brennend dafür interessierst, was draußen vor dem Fenster los ist, gehst du vor die Tür!«
Jenny schluckte. »Tut mir leid.«
Miss Smith hatte eine spitze Zunge, wenn sie ärgerlich war, und verschonte keinen. Von ihrem Holzpodium aus ließ sie den Blick über die Klasse schweifen und klopfte mit den Fingern gegen den Pultdeckel. Die Tafel hinter ihr war mit einfachen Algebraaufgaben beschrieben. Durchs Fenster sah man auf den Schulgarten mit dem Kiesweg und dem Rasen, wo die Schülerinnen im Sommer Krocket spielten. Aber heute war es bedeckt, schwere dunkle Wolken hingen am Himmel, und immer wieder klatschte Schneeregen gegen die Scheiben. Der Kamin war zu klein für das Klassenzimmer. Er befand sich nahe am Lehrerpult, in der weißen Asche glühten die Kohlen, doch die Mädchen, die hinten saßen, fröstelten. Alle trugen Trägerröcke. Die Mäntel und die Straßenschuhe blieben im Vorraum. Neben der Tür stand ein dunkelgrün gestrichener Schrank, in dem Hefte, Bleistifte, Tinte, Schreibfedern, Löschpapier und Kreide aufbewahrt wurden.
Miss Smith war rundlich, ihr graubraunes Haar hatte sie zurückgekämmt und zu einem lockeren Knoten aufgesteckt. Auf ihren rosigen Wangen waren winzige geplatzte Äderchen zu sehen, die braunen Augen blickten bald sanft, bald unbarmherzig. Sie war alt, zumindest nach Meinung ihrer Schülerinnen.
Achtundzwanzig Jahre! Ein Kollege machte ihr den Hof; er war siebenunddreißig und unterrichtete an der benachbarten Knabenschule.
»Jenny, komm nach vorne und rechne die Aufgabe an der Tafel.« Jenny schaute sich um und sah, wie Yvonne ihr ängstlich zulächelte. Sie wollte nicht nach

vorne gehen und die Aufgabe lösen. Sie wollte zu Hause bei Gramps sein. Mathematik haßte sie, ganz besonders Algebra, ein Gebiet, mit dem sich die Klasse erst seit kurzem beschäftigte. Jenny konnte sich nicht darauf konzentrieren und hatte nicht die leiseste Ahnung, worum es dabei ging. Doch niemand hätte es gewagt, sich einem Befehl der Lehrerin zu widersetzen.

Also stand Jenny auf, sie registrierte alles um sich herum: das kleine Meer von Gesichtern, die hohen Fenster mit Blick auf den Garten, das graue Licht von draußen, die gespannte Atmosphäre im Klassenzimmer und das plötzliche leise Knistern, mit dem ein paar Kohlen im Kamin zusammensackten. Sie blickte auf die Tafel wie ein Besucher aus einer anderen Welt, der mit dem Unbekannten konfrontiert wird, und nahm ein Stück Kreide in die Hand. Dann trat sie vor, um ein Problem zu lösen, das sie nicht lösen konnte, zumindest nicht mit Hilfe der Algebra.

»Eine Frau kauft zwei Liter Milch und einen Laib Brot für 10 Pence. Später kauft sie einen ähnlichen Laib für 6 Pence. Wieviel kostet ein Liter Milch?«

Da war er wieder, völlig unverhofft, der Mann, der während ihrer Krankheit zu ihr gekommen war, der auf sie herabgestarrt hatte, während sie die Maske trug. Sein kurzgeschorener Bart umrahmte seinen Mund und endete in einem Spitzbart. Seine Augen funkelten und der Schwung seiner Lippen war der Inbegriff von Stolz und Hochmut. Warum ist er wieder da, fragte sie sich verträumt, obwohl sie nicht einmal Überraschung empfand. Er war schwarz gekleidet, und das Juwel glänzte an seiner Hand, genau wie sie es seit langer Zeit in Erinnerung hatte. Er war im Dunkeln, doch sie spürte, mehr als sie sah, wie das Licht auf dem Wasser der Lagune glitzerte. Neben ihm stand ein schwarzer, in Silber ziselierter Sextant. Jenny spürte wieder die Macht des alten Ordens, die

jedes menschliche Leben nach ihrem Willen bog und, vom Überdruß gepackt, wollte sie einen Angstschrei ausstoßen.
Doch in den Augen des Mannes lag Verzweiflung, und nicht mehr die früher unerbittliche Härte.
»Ich werde dich retten«, versprach er, »wenn du mir gehorchst. Du mußt die Maske finden.« Sie hörte ihre Seele antworten: »Ich werde dir niemals gehorchen. Glaubst du, ich lasse mich durch deine Lügen umstimmen?«
Die Kreide bewegte sich in ihrer erhobenen Hand, und Jenny beobachtete, wie die Aufgabe gelöst wurde; sie wußte, daß die Lehrerin vor Staunen schwieg, und auch in der Klasse war es mucksmäuschenstill.

Der Laib sei x;	Die Milch sei y;
2y + x = 10d	Ferner x = 6d
Gesucht wird y.	

Ohne zu überlegen, folgte Jenny dem Impuls ihrer merkwürdig wissenden Finger, die die Lösung an die Tafel schrieben.

»Hat sie es richtig gemacht, Mädchen?« hörte sie Miss Smith fragen. »Wer dieselbe Lösung hat, soll die Hand heben.« Ohne sich umzudrehen, wußte Jenny, daß die Klügsten und Besten der Klasse sich meldeten.
»Gut gemacht, Jenny«, sagte Miss Smith. Jenny drehte sich um und sah zwanzig Gesichter vor sich; manche wirkten talgig, sie würden mit dreißig alt aussehen, mit schweren Hängebacken, schwer enttäuscht. Sie sah, wie der Regen ans Fenster prasselte. Sie sah ihren eigenen Platz an dem Pult, dessen Tintenfaß mit Bleistiftspänen gefüllt war. Die Späne kamen ihr plötzlich vor wie ein Gleichnis für das, was sie noch vom Leben zu erwarten hatte, all die Jahre, trocken und sinnlos wie Holzschnipsel. Sie griff nach

dem Mann mit dem hochmütigen Gesicht, da diese Angst die andere überflügelte; wenn sie zurückgehen könnte – an den Ort, wo das Leben, auf einem Amboß gehämmert, Form gewann, wo man Zugang zu den innersten Sphären des Geistes hatte, wo sie mit ihrer einstigen Leidenschaft sprechen konnte – kam es da überhaupt darauf an, wie hoch der Preis war?
»Komm zurück..., geh nicht«, und noch einmal, doch diesmal aus der Ferne, hörte sie das Echo seiner Stimme: »Wirst du mir jetzt gehorchen?« Doch wieder antwortete sie: »Ich werde dir niemals gehorchen!«

Am Abend unterhielt sich Miss Smith mit ihrem Verehrer. »Heute habe ich etwas merkwürdiges erlebt!« Frank Brinsley lehnte sich auf Miss Smiths Wohnzimmersofa zurück. Er war in die Betrachtung ihrer Hüften versunken und ließ seiner Phantasie freien Lauf. Sie war eine kluge, anständige Frau, aber er wußte, daß auch sie menschliche Schwächen hatte, und er war bereit, zu warten.
»Was hat du denn erlebt, Schatz?« murmelte er.
»Eins der Mädchen – Jenny Stephenson – löste eine Algebraaufgabe. Normalerweise ist sie in Mathematik keine Leuchte, doch diese Aufgabe löste sie schnell wie der Blitz. Die Frage war natürlich idiotisch einfach, doch das Rechnen mit Formeln ist der ganzen Klasse noch nicht geläufig. Seltsames Mädchen. Vor einiger Zeit war sie schwer krank, soviel ich weiß, hat sie sich seitdem sehr verändert – Sprachstörung...«
Brinsley stand auf und nahm sie in den Arm. »Die arme Kleine. Aber Kinder sind immer für eine Überraschung gut. Erst zu nichts zu gebrauchen, dann geht ihnen auf einmal ein Licht auf! Einsicht kommt oft spontan! Vielleicht hat die Krankheit ihren Verstand...« Er streichelte ihren Arm, zog sie zu sich aufs Sofa. »Vielleicht ist sie ein Wunderkind. Setz dich her und erzähl mir von ihr.«

»Sie ist kein Wunderkind«, meinte Miss Smith. »Manchmal ist sie ein bißchen merkwürdig, hat eine lebhafte Phantasie, aber ein Wunderkind ist sie nicht.«
»Ist sie hübsch?«
Sie schaute ihn an. »Um Himmels willen, Frank – sie ist ein Kind. Aber sie hat etwas – Ausstrahlung, vielleicht. Und eine eigenartige Arroganz, die ihr meiner Meinung nach nicht bewußt ist.«
Sie wandte sich ihm zu, spürte seine ach so zärtlichen Finger plötzlich an ihrer Brust und stieß sie energisch von sich. »Ich dachte, wir gehen weg!«
»Ich bin schon hin und weg«, flüsterte er. »Du bringst mich um den Verstand. Wie kannst du so grausam sein?« Er griff ihr unters Kinn, zeichnete ihre Unterlippe mit dem Zeigefinger nach. »Nur ein kleiner Kuß?«
Miss Smith hörte den Regen draußen, sie hörte das Zischen des Gasfeuers, spürte den Schauer sexueller Erregung von der Brust über den Bauch bis in die Zehenspitzen, sie spürte seine Zunge, die in ihrem Mund verweilte, spürte seinen drahtigen Schnurrbart an ihrer Oberlippe. Sie wollte mehr von dieser neuen Empfindung. Der Kuß wurde drängender; seine Hände glitten von der Brust über den Bauch zum Saum ihres Kleides. Sein Atem wurde schneller.
»Nicht«, sagte sie, aber er achtete nicht darauf, und sie unternahm keinen zweiten Versuch, ihn zu bremsen. Nachher fragte sie sich, ob sie verrückt geworden war.

»Heute abend bist du sehr beschäftigt!« sagte Gramps zu Jenny. Sie saß über ihre Hausaufgaben gebeugt, ihr Haar schimmerte im Gaslicht, die schmalen weißen Finger hielten den Füllfederhalter. Das lange Haar fiel ihr über den Rücken, doch in seiner Üppigkeit ließ es ihr Gesicht ein wenig spitz erscheinen. Sie schrieb die letzten Worte ihres Aufsatzes und legte den Füller weg.

»Ich bin müde... Gramps.«
»Ein anstrengender Tag in der Schule?«
Jenny holte tief Luft, damit sie beim Ausatmen ihre Antwort artikulieren konnte. »Ich löste... Algebraaufgabe... Tafel.«
Der Großvater, der Jennys Abneigung gegen die Mathematik kannte, wartete ab. Fandango in seinem Korb hob den Kopf und horchte mit halbgeschlossenen Augen und weisen Schnurrhaaren.
»Ich machte es... richtig!«
»Gescheites Mädchen!«
Jenny sah die grauen Augen des Großvaters lächeln. Seufzend stand sie auf. »Ich gehe jetzt... ins Bett!«
Sie ging in die Küche, wo Mary ihre Keramikwärmflasche füllte und in ein Handtuch wickelte. Dann kehrte Jenny noch einmal ins Eßzimmer zurück, wo ihr Großvater sie zärtlich auf die Stirn küßte.
»Gute Nacht, Jen, schlaf gut.«
»'Nacht, Gramps!«
In ihrem Schlafzimmer kniete sie nieder, um ein kurzes Gebet zu sprechen, kletterte dann ins Bett, wo sie zwischen den eiskalten Laken zitternd die heiße Wärmflasche umklammerte. Durch den Spalt zwischen den Vorhängen kroch das Mondlicht herein. Im tiefsten Innern glühte sie, doch die körperliche Müdigkeit zog sie in den Schlaf.
Auf einmal war er wieder da, sehr still, sehr dunkel. »Gehorche mir«, sagte er schließlich. »Alles wird gut, wenn du nur zu mir kommst. Ich werde dir nie wieder weh tun. Ich werde dich retten. Ich werde dich wieder gesund machen. Aber du mußt die Maske finden.«
Jennys Herz schlug höher. Sie konnte zurückkehren. Er würde sie retten, wenn sie zu ihm ginge. Und ein kühler Beobachter in ihrem Innern antwortete an ihrer Stelle voll Überdruß: »Nein.«
»Dann muß ich zu dir kommen!« sage er sanft.
»So ein Unsinn«, flüsterte Jenny in jener geistigen

Welt, in der sie deutlich sprechen konnte. Auf ihr Herzklopfen achtete sie nicht. »Das kannst du nicht! Glaubst du, die Zeit beugt sich deinem Willen? Was du mir und anderen wie mir angetan hast, ist vorbei. Die Macht, die es erlaubt hat, übt in diesem Land, in der heutigen Zeit keinen Einfluß aus!«
»Nichts ist jemals ›vorbei‹«, sagte er voll Trauer. »Ich liebe dich, und ich werde dich finden.«
»Das kannst du nicht«, sagte sie.
Ängstlich wartete sie auf eine Antwort, doch er war verschwunden.

ZWEITES KAPITEL

»Sie ist jung; vielleicht wird sie widerrufen – in einiger Zeit.«
»Es bleibt keine Zeit. Vermessenheit schreit nach Strafe.«

Tagebuch eines Zeugen

DER KRIEG ging weiter. Hunderttausende junger Männer marschierten nach Frankreich. Und Frankreich schluckte sie, zermahlte sie zu Staub. Schlachten wurden geschlagen in Verdun, an der Sommes, in Ypres, in Flandern. Die Jugend Europas wurde verheizt, das Blut einer Generation tränkte die Erde.
»Warum führen die Menschen Krieg?« wollte Jenny wissen.
Gramps seufzte. »Aus Gier.« Er hatte einen bitteren Zug um den Mund. »Kapitalistische Gier und Dummheit. Eines sage ich dir, Jen, nach diesem Krieg wird alles anders sein. Niemand wird je wieder daran glauben, daß die Obrigkeit moralische Grundsätze besitzt.«
Er dachte dabei an den jungen Andrew Stacey, der in den Krieg gezogen war – der reine Wahnsinn, einen so jungen Rekruten anzuwerben: Wahrscheinlich hatte man gewußt, daß er das Mindestalter noch nicht erreicht hatte und einfach ein Auge zugedrückt. Andrews Mutter war gestorben, kurz bevor er sich zum Kriegsdienst meldete. Sie hatte sich nicht wohl gefühlt und war früh zu Bett gegangen. Als ihr Mann von einem Diner im Club heimkehrte, war sie schon tot. Andrew, der verzweifelt vor seinem Kummer davonlief, zog zwei Wochen später in den Krieg.

Jenny war gewachsen. Ihre Brüste entwickelten sich, und zu ihrem Entsetzen zeigte sich an intimen Stellen Körperhaar. Sie war vierzehn. Mary ließ den Saum von Jennys Röcken heraus. Eines Morgens entdeckte Jenny Blut in ihrem Schlüpfer, was ihr eine Heidenangst einjagte. Fest davon überzeugt, daß sie sterben würde, erzählte sie es Yvonne. Doch die Freundin behauptete, das sei ganz normal. »Es passiert einmal im Monat. Besorg' dir Binden, und dann geht's weiter wie gewohnt!«
»Das glaube ich dir nicht!« erwiderte Jenny entgeistert. »So etwas Fürchterliches habe ich noch nie gehört!«
Yvonne zuckte mit den Schultern. »Das ist nicht fürchterlich. Wir sind eben anders als Männer. Mama hat immer gesagt, es ist ein Symbol der Macht. Sie meinte, jede Frau sollte sich das bewußt machen!«
Jenny sah die Freundin voll Liebe und Mitgefühl an. Ihr entging nicht, wie Yvonnes Lippen zitterten, wenn sie von ihrer Mutter sprach.
»Bluten hat nichts mit Macht zu tun..., weder da unten noch sonst wo«, murrte Jenny, der plötzlich Tränen der Wut in die Augen stiegen. Sie hielt inne. »Du meinst, alle Frauen müssen sich damit abfinden!«
Yvonne betrachtete kopfschüttelnd Jennys zorniges Gesicht. Sie hatte sie noch nie so erregt gesehen. »Hast du denn überhaupt keine Ahnung, Jenny Stephenson?« fragte sie ruhig und sachlich wie gewohnt. »Frauen bluten, damit es Menschen geben kann, damit Babys zur Welt kommen.« Nach kurzem Zögern ergänzte sie mit zufriedener Miene: »Frauen machen die Welt.«
Jenny musterte Yvonne mißtrauisch. »Jetzt erzähl mir nicht, daß du es auch hast?«
Yvonne lächelte. »Natürlich. Vielleicht bist du spät dran, weil du so krank warst...«

Einige Zeit später versuchte Gramps mit Jenny zu reden. Seine Stimme klang ein wenig unsicher.
»Du wirst jetzt erwachsen, Jen. Es gibt einiges, was du übers Erwachsenwerden wissen solltest, darüber, was es heißt, eine Frau zu werden... Soll ich Mary bitten, mit dir zu reden?« Vor Verlegenheit ließ er seine Pfeife fallen, hob sie wieder auf, kramte in seiner Tasche nach den Schwefelhölzern.
»Ich weiß schon Bescheid«, rief Jenny, die vor Wut beredt geworden war. »Ich will nichts mehr hören, von nichts und von niemandem!« Sie stürmte hinaus, die Treppe hinauf in ihr Zimmer, warf sich aufs Bett und weinte heiße Tränen des Zorns. »Warum muß alles mögliche passieren, ob wir es wollen oder nicht?« fragte sie das mondgesichtige Mädchen auf dem Bild überm Bett. »Sachen, die mit unserem Körper passieren. Das ist unerträglich!«
Das Mädchen erwiderte Jennys Blick mit zufriedenen, verständnislosen Augen. Es war sonnenklar, daß sie nie im Leben eine Menstruation gehabt hatte. Jenny nahm das Bild ab. »Ich hasse dich«, sagte sie voller Verachtung und ohne sich zu verhaspeln. »Du siehst idiotisch aus. Ich kann dein blödes Grinsen nicht mehr sehen.« Dann stopfte sie das Bild hinter die Kommode. Gramps, der in der Küche saß, zog die Augenbrauen hoch. Er schnitt das Thema nie wieder an.

Auf den Winter folgte der Frühling. Das Dasein der Männer in den Schützengräben bestand nur aus Routine: frühmorgens in Bereitschaft stehen, Gräben ausheben, Drahtverhau aufbauen, an der Feuerlinie Wache schieben.
Überall fand man fette Läuse; Ratten nagten an den Toten; es stank nach Fäkalien, Fußbrand und Aas. Die hastig ausgehobenen Gräber wurden mit Granaten aus dem Boden gesprengt, und die Leichen lagen mit

ausgestreckten Händen da, als flehten sie darum, das letzte Wort möge noch nicht gesprochen sein. Soldaten, durch Leid und Entbehrung abgestumpft, starrten mit leerem Blick in die Ferne. Hier und da drehten junge Männer durch, wurden hysterisch, verweigerten Befehle und wurden daraufhin standrechtlich erschossen.

Der Matsch gluckste unter den Stiefeln; die Kälte, das Lärmen der Geschütze und die Langeweile brachte viele dazu sich freiwillig zu melden, wenn es darum ging, bewaffnet mit Messern, Granaten und Grabwerkzeugen in den feindlichen Linien einzufallen.

An einem solchen Stoßtruppunternehmen hatte Andrew Stacey in der vergangenen Nacht teilgenommen. Er war mit einem blauen Auge davongekommen; doch einer seiner Kameraden hatte, neben ihm kauernd, eine Kugel durch den Kopf bekommen.

Post wurde verteilt, auch für ihn war etwas dabei. Der Umschlag enthielt einen Brief von seinem Vater, einen von Yvonne und einen Zettel von Jenny. Eine Photographie fiel heraus und landete mit dem Gesicht nach oben im Schlamm. Am frühen Morgen hatte es geregnet, der Boden war weich, und es bildeten sich kleine Bäche und Pfützen. Andrew rettete das Photo, wischte es an der Hose ab und verzog sich mit seiner Post in einen ruhigen Winkel des Schützengrabens, um zu lesen.

»Lieber Andrew«, hieß es in Jennys Briefchen, »Yvonne sagte, sie will Dir schreiben, und da möchte auch ich einen Gruß beilegen, um Dir alles Gute zu wünschen. Wir alle freuen uns auf Deine Heimkehr. Jen.«

Andrew las seinen Brief mehrmals durch, faltete ihn dann zusammen und schob ihn mit den anderen in die Tasche. Er war gerade siebzehn geworden. Sein Alter hatte er falsch angegeben, als er sich auf Kitcheners Plakat hin als Freiwilliger meldete. Um bei diesem großen Abenteuer mit dabeizusein, war ihm jede Lüge recht gewesen. Der Tod seiner Mutter, so unverhofft, daß keine Zeit blieb, Abschied zu nehmen, hatte den Ausschlag gegeben. Sie hatte eine Leere hinterlassen, die nichts füllen konnte.

Davon erzählte Andrew dem Werbeoffizier nichts. Und genausowenig verriet er ihm, daß er erst sechzehn war und Zahnschmerzen hatte. Von den Greueln, die er nun erlebte, hatte er sich nichts träumen lassen. Es lag jenseits seiner Vorstellungskraft, wie es ist, das Herz eines Jungen, nicht viel älter als er selbst, mit dem Bajonett zu durchbohren und die Waffe herumzudrehen und immer wieder zuzustoßen, immer wieder, bis der strohblonde Fremde reglos dalag und mit leeren toten Augen in den Morgenhimmel starrte. Auf den Anblick eines im Schlamm liegenden Leichnams ohne Gliedmaßen war er nicht vorbereitet. Mit einer Leidenschaft, die seine Seele erfüllte, wünschte er sich nur noch, nach Hause zu kommen. Er dachte daran, wieviel Wert seine Mutter auf Hygiene und Reinlichkeit gelegt hatte; früher hatte er sich dagegen gewehrt, doch jetzt sehnte er sich danach. Inständig wünschte er sich frische Bettlaken, selbstgebackenes Brot und Sauberkeit; er wollte an einem Ort sein, wo es nie mehr nötig sein würde, eine Kerzenflamme an den Saum des Hemds zu halten, um die Läuse zu töten. Er wollte seine Illusionen zurückhaben – daß er tapfer war und der Krieg ein hochromantisches Abenteuer – während er jetzt wußte, daß dieses Gemetzel eine Erfindung des Teufels und er selbst ein Feigling war. Vor allem aber sehnte er sich nach seiner verlorenen Unschuld.

Er ließ seinen Blick durch den Schützengraben schweifen. Die matschige Erde war zertrampelt; auf einer Seite lagen übereinander zwei Leichen aus der letzten Nacht. Eine Ratte mit dünnem Schwanz huschte vorbei und benagte mit ihren langen Zähnen tote Finger. Ein Soldat jagte sie, stülpte seinen Helm über sie und setzte sich darauf, bis sie im Schlamm erstickt war. Als der rasselnde Atem des gefangenen Tieres verstummte, hob er den Helm hoch und nahm die tote Ratte mit, um sie zu waschen und zu kochen. Andrew zog ein Stück Papier aus der Tasche und versuchte zu schreiben. Er hatte noch eine Stunde Zeit, bis er wieder zum Wachdienst eingeteilt war. Er dachte an seinen Vater und seine Schwester, sah ihre Sommersprossen und ihre blauen Augen vor sich; ihm fiel ein, daß sie Krankenschwester werden wollte – was würde sie wohl sagen, wenn sie dieses Gemetzel sehen könnte? Doch wie er Yvonne kannte, würde sie mit ihrem ruhigen, praktischen Wesen alles ertragen und nur daran denken, wie sie Leid lindern konnte. Andrew war noch nie in einem Feldlazarett hinter den Linien gewesen, wo Krankenschwestern die Verwundeten und Sterbenden pflegten. Er hatte geglaubt, dort gäbe es saubere Laken und grünen Rasen, doch jetzt hörte er von Hospitälern, die hoffnungslos überbelegt waren, von Ärzten, die Amputationen durchführten, von Männern, die auf Pritschen lagen und stöhnten und deren Blut auf den Boden floß, wenn sich Amputationswunden öffneten, und von anderen, die schweigend, im Fiebertraum den Tod erwarteten. »Wir sind die Jugend Europas: gehorsam, tapfer, dumm und blind, und wir sind nach Frankreich marschiert, um zu sterben«, hatte einer von Andrews Kameraden vor sich hin gesummt – in der Nacht, als er getötet wurde. »Ich bin für so etwas nicht geschaffen!« sagte Andrew bei sich. »Die Wahrheit ist: Ich habe Angst.« Aber an seinen Vater schrieb er, es ginge ihm gut; der Vater sollte sich keine Sorgen machen. In einem Monat käme er auf Urlaub heim. Andrew tat so, als wäre alles ganz normal; sein Bleistiftstummel schilderte einen Andrew mit Ansichten, die er früher gehabt hatte. Er verriet nicht, daß er alt war, hundert

Jahre alt und müde; daß er Dinge wußte, die ein Heranwachsender besser nicht wissen sollte; daß er, während er schrieb, eine unendliche Leere überbrücken mußte, um den Himmel der Heimat vor sich zu sehen, an dessen Existenz er schon fast nicht mehr glaubte. Er vertiefte sich in das Bild von Jen und Yvonne und musterte Jen, als wäre er ein abgebrühter Voyeur und nicht der nette Junge von nebenan. Er sah ihr Gesicht, ihren Hals und die jungen Brüste und fühlte sich wie ein alter Mann, der aufs Paradies zurückblickt und sich fragt, wie er so etwas Wunderbares je für selbstverständlich hatte halten können. Jen wurde erwachsen. Mit dem knabenhaften, schmächtigen Mädchen, das sich von der schweren Krankheit erholte, hatte sie nichts mehr gemein; ihr Haar war wieder lang, das Gesicht oval und ohne Makel. Ihre Schönheit weckte in ihm dieselbe Ehrfurcht, die er einst für seine Religion empfunden hatte. Doch im Lärm der Geschütze, im Pfeifen der Granaten, im ekelhaft heißen Gestank nach Blut und herausquellenden Gedärmen war Gott für ihn gestorben. Es war die Schönheit, die weiterlebte, und bei ihr suchte die Seele Trost.

Andrew wurde von einem jungen Offizier angesprochen, der ihm eine Zigarette anbot. Er trug eine fleckige Uniform, seine Fingernägel und seine Handrükken waren schlammverkrustet. Es war Theodore O'Reilly, von seinen Freunden wurde er Theo genannt; er kam aus der Grafschaft Cork in Irland, von einem Landgut auf dem Kalksteinboden der Halbinsel Fanagh, hoch über dem Meer. Oft schon hatte er Andrew von seiner Familie erzählt, der Mutter und der Schwester, vom Trinity College in Dublin, wo er ein Jahr vor Kriegsbeginn sein Examen gemacht hatte.

»Was hast du am Trinity studiert?« fragte Andrew, der an die enttäuschten Hoffnungen seines eigenen Vaters dachte.

Theo schaute ihn spöttisch an. »Geschichte und Englische Literatur. Warum?«
»Ich dachte nur gerade, wie schön es wäre zu studieren... statt hier zu sein! Hat es dir Spaß gemacht?«
»Ja. Geschichte ist faszinierend, aber scheinbar lernen wir nichts draus!«
»Was soll das heißen?«
Theo machte eine ausladende Handbewegung. »Wir wiederholen sie, blind, blöde, kriminell!«
»Ja«, pflichtete Andrew bei. »Sieht ganz so aus. Hast du dich für eine bestimmte Epoche besonders interessiert?«
»Fürs Mittelalter, das Zeitalter des Aberglaubens und der Grausamkeit. Eine Episode hat mich besonders fasziniert, obwohl sie ein wenig später kam.«
»Welche denn?«
»Eine Geschichte, die sich in Italien ereignete. Eine grauenhafte Sache. Bitte frag nicht weiter!«
Andrew verstummte. Er spürte, wie der Schlamm auf seinen Händen trocknete, der Gestank von Verwesung, menschlichen Ausscheidungen und Angst stieg ihm in die Nase. Schließlich sagte er: »Na ja, vermutlich war es trotzdem eine schöne Zeit für dich.«
»Eine schöne Zeit? Bis auf das letzte Jahr wohl schon...«
»Was war da los? Zuviel Arbeit, nehme ich an?«
Theo hustete. »Nein. Ach Gott, nein... ich habe mich so einem Idiotenhaufen angeschlossen – einer Art Geheimbund... einem Ableger der Theosophischen Gesellschaft.«
»Klingt gut.«
Nach kurzem Schweigen meinte Theo: »Nein, gut nicht, nur sehr merkwürdig, wenn du's genau wissen willst...« Er hielt inne und senkte die Stimme: »Grauenhaft merkwürdig...«
»In welcher Hinsicht?«

Theo schaute weg. »Es fing mit einer Mutprobe an«, sagte er fast im Flüsterton.

»Was fing mit einer Mutprobe an?«

Und dann erzählte ihm Theo, wie er aus Leichtsinn eine Herausforderung angenommen hatte – während ihm sein Stolz verbot, auf die Stimme des Instinkts zu hören – und dabei etwas zu sich gerufen hatte, was ihm Angst machte und was er jetzt zutiefst bereute.

Andrew hörte sich die Geschichte an, wußte aber nicht, ob er sie glauben sollte. Er blickte in das bleiche Gesicht und die vor Erschöpfung rotgeränderten Augen. Dieser Mann wurde von den anderen Offizieren als verrückter Ire toleriert, man ignorierte seine verschrobenen Einfälle und überhörte die Gedichte, die er ständig rezitierte. Als Andrew die angebotene Zigarette nahm, bemerkte er, daß Theos Hand zitterte.

»Ich schreibe nach Hause«, sagte er. »Nur kurz an den alten Herrn. Was soll ich ihm schreiben? Es fallen mir keine Lügen mehr ein. Aber wenn er nichts von mir hört, wird er krank vor Sorge.«

»Schreib ihm, es ist ein Sonntagsausflug«, meinte Theo. »Schreib ihm, wir hören selten einen feindlichen Schuß.« Er gestikulierte sarkastisch und hielt sich die Ohren zu, als eine Granate mit grellem Pfeifen angeschossen kam und in der Nähe explodierte. »Schreib ihm irgendeinen Mist, den er hören will. Ist ganz egal, weil wir tot sind. Die verdammte Erde hungert nach uns, sie kann den Rachen nicht voll genug kriegen. Macht das Grab auf, schaufelt die Jungs rein. So ist's richtig: schaufelt sie rein!«

Andrew spürte einen Kloß im Hals. Theo drehte durch. Soviel stand fest. Man mußte ihn hier rausholen und seine Neurose auskurieren. Er war schon länger in den Schützengräben als die meisten, und das machte sich jetzt bemerkbar.

O'Reilly warf einen Blick auf die Photographie, die

Andrew in der Hand hielt. »Mmm«, meinte er. »Sehr hübsch. Wer sind die Mädchen?«
»Meine Schwester und ihre Freundin.«
Fahrig deutete Theo mit seinem schmutzigen Finger auf Jennys lächelndes Gesicht. »Das ist eine wahre Schönheit! Ist das deine Schwester?«
»Nein. Das ist Jen ... Jenny Stephenson.«
Theo nickte. »Mmm«, murmelte er verträumt. »Jenny die Metze, Jenny die Hexe, werft sie auf den Scheiterhaufen oder laßt sie im Weiher ersaufen.«
Andrew wollte ihn wütend anfahren, hielt aber inne, als er das nervöse Zucken in Theos Gesicht sah. Der schien gar nicht zu merken, daß er beleidigend geworden war. Er stand einige Zeit schweigend da und sagte dann, schon halb im Weggehen: »Ich laß dich jetzt weitermachen. Deine Schwester ist hübsch, aber die andere ist eine Schönheit.«
Andrew schaute dem Freund nach, der den Schützengraben entlang stolperte, hörte, wie seine Stiefel im Schlamm gluckston und wie er in eindeutig irischem Tonfall zitierte:

»Die Fackeln flammen auf für sie in heller Pracht.
Schön strahl sie an der Wange dieser Nacht
Wie das Juwel am Ohre der Äthiopierin ...«

Der Sergeant kam aus dem Schützenloch und schaute Theo voll Unbehagen nach.
»Verrückter irischer Scheißkerl«, brummte er, und während der sich wieder umwandte, fügte er hinzu: »Aber schießen kann er noch.«

In dieser Nacht schreckte Theo aus dem Schlaf hoch und schrie.
»Halt's Maul, O'Reilly«, zischte jemand aus dem Lager neben ihm.
»Frag sie nach der Maske!« sagte Theo mit heiserer,

schlaftrunkener Stimme. »Frag sie, wo sie die verdammte Maske hingetan hat ...« Dann schlief er wieder ein, und es war nur noch zusammenhangsloses Gemurmel zu hören.
Nicht weit von ihm lag Andrew hellwach auf seinem Feldbett, starrte ins Dunkel und horchte auf das Donnern der Geschütze und die höhnischen Rufe der Deutschen hinter den feindlichen Linien.
Theo träumte. Im Traum war er daheim in Kilashane. Er ging die Allee aus Ulmen und Buchen hinunter bis zur Vordertür, überquerte den baumlosen, mit Kies bestreuten Vorplatz und den Rasen mit der Schuppentanne. Die Tür stand offen, er schritt durch den geräumigen Vorbau und betrat die Diele. Seine Schritte hallten laut auf den Steinfliesen. Er sah, wie die Sonne in die Bibliothek schien, die Goldbuchstaben auf den Rücken zahlloser staubiger, ledergebundener Bände aufglänzen ließ und den polierten Mahagonitisch und den Walnußsekretär in warmes Licht tauchte. Er betrat das Zimmer nicht, wußte aber, daß es leer war. Dann gelangte er zum Salon, sah die chintzbezogenen Polstermöbel, die auf dem Beistelltisch ausgebreiteten Journale, das Trockenblumengesteck; alles war ihm vertraut: das polierte Messing des hohen Kamingitters mit der Lederabdeckung und dem Sitz, die Marmoruhr und die Familienphotographien auf dem Kaminsims. Wie er wußte, war auch dieser Raum leer. Mitten in der Diele blieb er stehen und hörte das Schweigen. Das Schweigen kam in Wellen über ihn und ertränkte ihn. Er rief laut, vernahm aber nur das spöttische Echo seiner Stimme. Die Großvateruhr in der Diele war stehengeblieben. Düster schimmerten die Portraits in ihren Rahmen. Irgendwo oberhalb, die gewundene Treppe hinauf, auf dem Treppenabsatz, in dem Zimmer mit Blick auf den Rasen und auf das ferne Meer, wartete etwas auf ihn, und dieses Etwas erfüllte das Haus.

»Ich hätte ihn vernichten sollen«, dachte er im Traum. »Einschmelzen oder so. Statt dessen hab ichs geschafft, ihn zu verlieren.« Bewegungsunfähig, gleichgültig, in traumhafter Resignation verharrte er. Doch im Schlaf warf er sich hin und her, um schließlich laut aufzuschreien.

In London schreckte Jenny aus dem Schlaf hoch. Ihr Herz klopfte wild, ein namenloses Grauen packte sie. Im Dunkeln nahm sie die Umrisse des Stuhls wahr, auf den sie ihre Kleider gelegt hatte, die Frisierkommode mit der Haarbürste, den kleinen Schrank. Durch die geblümten Vorhänge fiel Mondlicht herein, und in dem Muster meinte sie ein Gesicht zu erkennen, das sich in dem komplizierten Blütengerank endlos wiederholte. Sie fröstelte, sagte sich, sie solle nicht dumm sein, ihr Verstand spiele ihr einen Streich. Momentan erinnerte sie das Gesicht an etwas, an das kalte Gaffen einer Maske, und ihr fiel ein, daß sie sie seit zwei Jahren nicht mehr gesehen hatte. Wo mochte sie jetzt stekken? Gramps hatte sie ihr gebracht, als sie krank war; aber danach war und blieb sie verschwunden.
»Sie gehört dir«, hatte er gesagt. »Ich habe sie sicher verwahrt.« Jenny wollte sich unter den Decken verkriechen und die Gesichter im mondhellen Fenster vergessen, die Maske vergessen und den Gedanken verdrängen, daß etwas sie mit so kalter Berechnung und Unmenschlichkeit beobachten konnte. Doch dann überwand sie sich, setzte sich auf und tastete auf dem Nachtkästchen herum, bis sie die Schwefelhölzer gefunden hatte. Sie stand auf und zündete das Gaslicht an, daß es zischte und die blaue Flamme den Raum erhellte. Dann ging sie zum Fenster und zog den Vorhang ein wenig zurück, um den Stoff näher zu betrachten. Sie kannte das Muster in- und auswendig, prüfte es aber dennoch genau, als wäre es eine Mutprobe, mit der sie eine unvernünftige Furcht zu bändi-

gen hoffte. Der Stoff hatte sich nicht verändert – rosa Blümchen und grüne Blätter –, und nur mit wildester Selbsttäuschung konnte man in den Lücken zwischen den Blättern ein Gesicht erkennen. Das Muster war vollkommen harmlos. Sie zog den Vorhang und das Rollo dahinter zurück und zwang sich, aus dem Fenster zu blicken. Die Vorstadtstraße lag dunkel und verlassen da, abgesehen von einem roten Kater namens Oliver, der den Staceys gehörte; er stand unter einer Straßenlaterne, die nicht brannte, und schaute herauf; seine Augen leuchteten feuerrot, da sich das Licht des Fensters in der Netzhaut spiegelte und durch die erweiterten Pupillen schimmerte. Das Tier hatte mit dem Oliver des Tages nicht viel gemein; fröstelnd ließ Jenny den Vorhang fallen. Sie war froh, daß sie die Nacht und diesen wilden Oliver, den die Dunkelheit verwandelt hatte, aussperren konnte. Andrew Stacey im Schützengraben kam ihr in den Sinn, und sein Vater und Yvonne, die regelmäßig die Verlustlisten durchsahen. Jenny mochte Andrew; er war zwar ein bißchen spießig und pedantisch, auch manchmal langweilig, aber er war ein Freund, und sie hoffte und betete, daß er gesund nach Hause käme.

Und während sie das Licht löschte und ins Bett zurück kroch, dachte sie an ihren Vater, der in Frankreich gestorben und kurz vor ihrer Erkrankung begraben worden war. Sie dachte an die Mutter, die sie nie gekannt hatte, und an die merkwürdige Maske, das Gefühl des Wiedererkennens und all die seltsamen Erfahrungen, die sie gemacht hatte. Widerstrebend – sie wollte sich den Gedanken an ihn verbieten, doch es gelang ihr nicht – dachte sie dann an den Mann, der ihr in einer Halluzination erschienen war. Doch das war zwei Jahre her. Inzwischen hatte sie sich von ihrer Krankheit erholt; das Sprechen bereitete ihr kaum noch Mühe; mit aller Anstrengung hatte sie gegen das Stocken gekämpft, das bei ihren Sprechversuchen die

Kehle lähmte, und sich darin geübt, mit dem Ausatmen zu singen oder zu sprechen. Sie haßte es, wie ihre Gedanken rasten, während ihre Zunge den Gehorsam verweigerte. Ihre Sprechübungen machte sie oben auf dem Dachboden, wo niemand sie hören konnte, manchmal weinte sie vor Enttäuschung, dann wieder war sie vom Erfolg beschwingt. Eines Morgens war sie aufgewacht und hatte festgestellt, daß die Spannung verschwunden war. Selbst Worte, die mit ›A‹ anfingen, bereiteten ihr keine Mühe mehr.
Plötzlich erschien ihr das Zimmer sehr dunkel. Als Jenny wieder im Bett lag, überkam sie ein Schwindelgefühl, und auf einmal war er wieder da, unmittelbar in ihrem Kopf.
»Bitte geh weg«, sagte sie.
»Suche die Maske«, forderte er. »Gehorche mir nur darin!« Der alte Schmerz kehrte wieder, das Gefühl, anderswohin zu gehören und nur als Beobachterin zu existieren. Doch gleichzeitig wußte sie, daß sie Zuflucht gefunden hatte.
»Hier bin ich sicher«, fuhr sie mit stiller Beredtheit fort. »Und ich werde dir niemals gehorchen. Du kannst nicht kommen, das habe ich dir schon gesagt.«
Einen Augenblick dachte sie, er sei gegangen. Dann war die Stimme wieder da – sanft, durchdringend und traurig. »Du wirst mir gehorchen«, sagte er. »Bald komme ich, und dann wirst du mir gehorchen.«

Am nächsten Tag fragte Jenny ihren Großvater:
»Gramps, haben wir Bücher von Sir Michael?«
Gramps musterte sie mit unverhohlenem Erstaunen über den Brillenrand. »Von wem?«
»Sir Michael Philips: für den hat Papa doch gearbeitet, oder? Ich erinnere mich, daß mir Papa vor Jahren einige Bücher von ihm gezeigt hat...«
Gramps nickte. »Ach, der natürlich. Ich glaube, sie sind im Bücherschrank auf dem Treppenabsatz.«

»Da habe ich schon nachgeschaut.«
»Versuch es hinter der ersten Reihe im untersten Regal. Warum willst du sie lesen?«
»Ich will etwas über Venedig erfahren. Manchmal habe ich ... Träume ...«
»Was für Träume?«
»Ich sehe einen Mann. Ich spüre, daß ich ihn kenne ... und hinter ihm Venedig – oder eine ähnliche Stadt, ein schöner, sonniger Ort mit Lagunen und schönen Bauwerken.« Sie hielt inne. »Gramps, das sind keine normalen Träume. Es ist immer derselbe Mann, und er befiehlt mir zurückzukommen. Er bittet mich, ihm die Maske zu bringen! Ich glaube, ich halte das nicht mehr aus!«
Gramps wurde blaß, ließ seine Enkelin aber nicht aus den Augen. Ihr Blick war eindringlich, er wußte, daß sie viel las. Sie malte auch gerne; vor kurzem hatte sie auf dem Dachboden unter einem Fenster Platz freigeräumt und eine Staffelei aufgestellt. Dort oben verbrachte sie fast ihre ganze Freizeit, machte Sprechübungen und malte surrealistische Bilder auf Leinwand. Obwohl sie ihre Werke selbst als ›Kleckserei‹ bezeichnete und Gramps nicht viel von Kunst verstand, fiel ihm die schwermütige Atmosphäre der Gemälde auf, und er fragte sich, ob sie nicht wirklich Talent hatte. Deshalb schlug er ihr vor, eine Kunstschule zu besuchen, doch sie reagierte zurückhaltend: »Mal sehen!« Vier Jahre lang hatte er sie insgeheim beobachtet; ihr Kampf gegen die Sprachbehinderung, die Disziplin, die sie sich auferlegte, die Atemübungen, auf die sie zurückgriff, der eiserne Wille, der sie vorantrieb – das alles war ihm nicht entgangen. Nun konnte sie wieder fließend sprechen, doch der Großvater merkte sehr wohl, daß sie jedes Wort prüfte, das über ihre Lippen kam. Die Hirnschädigung, die Dr. Stacey während ihrer Krankheit befürchtet hatte, war Gott sei Dank ausgeblieben. Doch als Gramps nun

hörte, was Jenny sagte, stieg die Angst in ihm auf und klumpte sich wie Eis in seinem Magen zusammen ...

»Das sind Alpträume, Jen, Hirngespinste. Du bist doch zu vernünftig, um so etwas ernst zu nehmen!«

»Wenn es nur Alpträume sind, sollten sie soviel Anstand besitzen zu warten, bis ich eingeschlafen bin!« Jenny seufzte, denn sie sah die Sorge in den Augen des Großvaters. »Wo ist die Maske, Gramps?«

»Das alte Ding! Es wäre mir lieber, du würdest dich nicht damit belasten!«

Jenny runzelte die Stirn; sie wußte nicht, was sie von seiner abwehrenden Antwort halten sollte.

»Was meinst du, wozu er sie haben will, dieser Mann in deinen Träumen?«

»Ich weiß es nicht. Aber ich will ihn loswerden ..., und wenn ich die Maske hätte, vielleicht würde er dann gehen.«

»Wie fühlst du dich dabei? Macht er dir Angst?«

»Ja und nein. Es ist, als verspräche er mir etwas, was ich mir sehnlichst wünsche, aber ich bin mir nicht sicher, was es ist.« Sie lachte leise, wie um sich zu entschuldigen. »Zu blöd, oder?«

Eine Weile betrachtete sie das ernste Gesicht des Großvaters und fragte dann: »Gramps, hat Papa die Maske in Venedig gefunden?«

»Ich denke schon.«

Beinah erleichtert seufzte Jenny. »Das ist die Lösung! Er ist der Geist des Besitzers, der sie zurückhaben will!« Sie lächelte, als sie Gramps Gesichtsausdruck sah. Er schwieg.

»Das ist die Lösung«, wiederholte Jenny. »Aber warum meine ich, ihn zu kennen? Warum sehne ich mich manchmal danach, zu ihm zu gehen?«

Der alte Mann schüttelte den Kopf. »Das ist nur ein Traum, Kind«, sagte er streng. »Mit logischem Denken kommst du da nicht weiter!«

Jenny starrte ihn trübsinnig an. »Du glaubst, daß ich ein bißchen seltsam bin, Gramps?«
»Nein. Aber du mußt deinen Willen stählen. Es kann sein, daß dich dieser Mann verfolgt, im Traum oder in der Wirklichkeit.«
»Warum sagst du das, Gramps?«
»Weil ich manchmal vermute, daß dein Vater nicht auf ehrliche Weise zu dem Artefakt gekommen ist!« erwiderte er bitter.
Mit wütendem Blick fuhr sie ihn an: »Wie kannst du so etwas sagen! Papa war kein Dieb!«
Er griff sich an die Stirn. »Nein ... das wollte ich nicht behaupten. Aber einmal – als er ziemlich voll war – hat er mir erzählt, daß das Ding aus einem Grab stammt!«
Jenny stockte der Atem.
»Als ich ihn weiter ausfragen wollte, wehrte er ab, behauptete, er hätte nur einen Witz gemacht. Und er sprach von Geld, fragte, wie ich es fände, einen Millionär zum Schwiegersohn zu haben, und so weiter. Aber ich würde mir die Maske gerne vom Halse schaffen, Jen. Ich möchte sie loswerden! Wenn sie etwas wert ist, warum verkaufen wir sie nicht einfach? Vielleicht hätten deine schrecklichen Alpträume dann ein Ende!«
Jenny zuckte die Achseln. »Verkauf sie, wenn du willst. Aber vorher möchte ich sie noch einmal sehen.«
Jenny ging die Treppe hinauf, kniete vor dem Bücherschrank nieder und wühlte hinter der ersten Reihe auf dem untersten Regal herum. Sie zog ein paar staubige, in festen dunkelblauen Karton gebundene Bücher hervor. Reisen in Spanien von Sir Michael Philips (Bart), hieß es auf einem Band. Ein zweiter stammte vom selben Autor: Reisen in Italien. Jenny stieg die schmale Treppe zum Dachboden hinauf, warf sich auf die Polster, die sie neben der Staffelei unter dem Dachfenster

drapiert hatte und studierte das Inhaltsverzeichnis. Das vierte Kapitel trug die Überschrift – »Venedig, Stadt der Intrigen«. Sie schlug Seite 85 auf und betrachtete eine Photographie, die den Markusplatz zeigte.

Als Yvonne kam, saß Jenny immer noch auf dem Dachboden. Sonnenstäubchen tanzten im Licht, das durchs Dachfenster fiel. Die warme, stickige Luft war vom Geruch nach Farbe, Leinöl und Terpentin erfüllt. Farbverschmierte Lappen lagen neben Marmeladengläsern voller Pinsel.

»Woran arbeitest du gerade?« Yvonne besah sich das halbfertige Portrait auf der Staffelei. »Wer ist das?« Neugierig musterte sie das Gesicht, das auf der Leinwand entstand: dunkle Augen, finstere Stirn, stolz, kalt und hochmütig.

»Ich male einen Magier!«

»Was für einen Magier?« Yvonne wollte lachen, aber das Gesicht auf der Leinwand schien das nicht zu dulden.

»Er lebte in Venedig.«

»Wie bist du darauf gekommen?«

Jenny deutete auf das offene Buch auf dem Boden, und Yvonne nahm es hoch.

»Während die Stadt eine für die Welt vorbildliche Regierung und das erste Banksystem schuf, wurde dort zur gleichen Zeit die Kunst der Intrige und des Attentats, sei es durch Gift oder Dolch, gepflegt. Die Stadt bot verfolgten Minderheiten Zuflucht und gewährte Männern Asyl wie etwa Matthias Robertus, einem abtrünnigen Geistlichen, Magier, Alchimisten und Nekromanten, welcher der Tradition John Dees, des großen englischen Magiers, folgte. Angeblich gründete er einen Geheimbund, der sich in viele verschiedene Sekten aufspaltete. Es heißt, daß er sein Leben dem Versuch widmete, eine Frau aus dem Reich der Toten oder, wie er behauptete, aus der Zukunft zurückzuholen.«

Yvonne gackerte. »Den malst du!«

»Ja.«

»Einen Amateurokkultisten? Den Gründer eines Geheimbunds? Einen Verrückten? Warum ausgerechnet so einen?«

Jenny zuckte die Achseln. »Weil er wußte, was er wollte; weil er ein Magier war! Weil er den Mumm hatte, der großen Macht seiner Zeit zu trotzen!«

Mit hochgezogenen Brauen blickte sie ihre Freundin an. »Ich finde ihn interessant! Er ist er selbst geblieben: nicht verrückt, aber auch nicht zahm oder verbildet... ich stelle mir vor, daß er Zorn und Mut und Kraft besitzt!«

Yvonne saß kopfschüttelnd auf den Polstern und betrachtete mit wachsender Abneigung das noch unfertige Gesicht mit dem Knebelbart und dem geschwungenen Schnurrbart, das sie von der Staffelei anstarrte.

»Für meine Begriffe sieht er ziemlich gemein aus.«

Jenny lächelte und meinte stolz: »Bringt er dich durcheinander? Das solltest du dem Können der Künstlerin zuschreiben!«

Yvonne fand die Luft im Raum auf einmal unangenehm stickig. »Macht um jeden Preis, Hochmut, Sünde, Hoffnungslosigkeit!« murmelte sie und benannte damit die Schattenseiten der von der Künstlerin gelobten Eigenschaften. »Ja, er bringt mich durcheinander!«

Jenny schaute Yvonne an und betrachtete dann noch einmal voller Zweifel die Leinwand. »Ist es wirklich so gut? Ich finde, er sieht vor allem traurig aus, wie ein wütender, betrogener Mensch.« Sie warf der Freundin einen schelmischen Blick zu. »Scheinbar magst du ihn nicht besonders! Aber vielleicht würde er dir ja ans Herz wachsen!«

Yvonne meinte, keine Luft mehr zu bekommen. Auf dem Dachboden war es zu warm. »Jen, kommst du eine Weile mit an die frische Luft? Es ist ganz schön schwül hier oben.«
Jenny trat ein paar Schritte von der Staffelei zurück und sah, wie die verkniffenen Augen des Portraits ihr folgten; plötzlich hatte sie das Gefühl, für heute sei es genug, drehte sich um und wischte den Pinsel sorgfältig ab. »In Ordnung.«
Als sie hinuntergingen, fragte Yvonne: »Was ist ein Nekromant?«
Jenny zuckte die Achseln. »Keine Ahnung. Wollen wir es nachschlagen?«
Vor Gramps' Arbeitszimmer blieb sie stehen, klopfte und fragte, ob sie sich das Lexikon ausleihen dürfe.
»Aber selbstverständlich. Welches Wort sucht ihr denn?«
»Nekromant«, antwortete Yvonne.
Gramps beobachtete stirnrunzelnd, wie die beiden Mädchen im Lexikon blätterten.
»Da steht's«, sagte Yvonne und las laut vor: »Nekromantie – Weissagung durch das Heraufbeschwören von Toten.«
In dieser Nacht träumte Jenny, daß sie in einem kleinen Zimmer stand. Die Wände waren aus Stein, und von hoch oben fiel Licht durch ein kleines Fenster. Da war ein Hocker, und sie stellte sich darauf und versuchte, hinauszuschauen, doch das Fenster war so hoch und die Wände waren so dick, daß sie nicht das kleinste Stückchen Himmel sehen konnte. Als er kam, lag sie auf ihrer Pritsche. Sie bemerkte, wie er sie musterte.
»Es bleibt uns keine Zeit«, sagte er. »Welchen Zweck hat dieser Trotz? Ich will dich nicht dem Teufel überlassen!«
»Er steht hinter dir«, murmelte sie, »aber mich kann er nicht anrühren!«

Als er fortging, verblaßte das Licht des Fensters. Von irgendwoher hörte sie die Klänge der Abendandacht. »Deus in adjutorium meum intende ...« Der Gesang erfüllte die Abendluft wie eine Hymne an die Nacht.

DRITTES KAPITEL

»Die Folter wird sie verstümmeln.«
»Was ist dabei? Hat euch die Zauberin umgarnt?«

Tagebuch eines Zeugen

1967. DEE HATTE GEBURTSTAG, sie wurde dreiundzwanzig. Sie wachte in aller Frühe auf, und als sie sehnsuchtsvoll dem Vogelchor des Maimorgens lauschte, dachte sie an ihre Heimat Ballyshane in der Grafschaft Cork und an ihre Eltern.

Dee hieß in Wirklichkeit Désirée. Diesen Namen hatte sie der grenzenlosen Erleichterung ihrer Mutter zu verdanken, die mit Mitte Dreißig nach mehreren Fehlgeburten endlich ein lebendes Kind zur Welt gebracht hatte. Als die Tochter ihre Mutter zur Rede stellte, warum sie ihr so einen Namen aufgehalst hatte, lautete die Erklärung, zur Zeit ihrer Zeugung habe die Mutter ein Buch über Désirée Clary gelesen, eine Irin, die Anfang des neunzehnten Jahrhunderts Marschall Bernadotte geheiratet hatte und später, als man ihrem Mann den Thron anbot, Königin von Schweden wurde. Deshalb bedeutete der Name für die Mutter sowohl einen Herzenswunsch, der ihr in Erfüllung gegangen war, als auch die Hoffnung, daß die Frucht ihres Leibes hochgesteckte Erwartungen erfüllen würde. Mrs. McGlinn wäre jedenfalls nie auf die Idee gekommen, daß sie ihr unschuldiges Baby schier endlosen Hänseleien aussetzte:

»Heulsuse Désirée schreit immer: mäh! mäh! mäh!«

Die Macht konservativer Kräfte hatte Désirée von Anfang an zu spüren bekommen. Sie hieß anders, eo ipso war sie anders, und das wurde nie verziehen. Doch sie selbst hatte sich nie bei ihrem Namen genannt: Seine Bedeutung ›die Ersehnte‹ erschien ihr lächerlich; er war französisch, fremd und hochgestochen. Deshalb nannte sie sich Dee. Doch die gleichaltrigen Kinder wußten, daß sie so nicht hieß, und solange sie versuchte, vor der Wirklichkeit zu fliehen, quälten die anderen sie, schwindlig vor Freude darüber, sie in Rage zu bringen.
Dee hegte Fluchtgedanken. In Märchenbüchern sah sie Bilder von Hexen, die über erstaunliche Fortbewegungsmöglichkeiten verfügten. Wenn sie einen Zauberbesen hätte, was sie damit alles anstellen könnte!
»Was willst du werden, wenn du einmal groß bist?« fragte die Lehrerin eines Tages.
»Eine Hexe!« antwortete Dee augenzwinkernd; sie war sicher, daß jeder den Witz verstehen würde. Doch das war offensichtlich ein Irrtum. Die Klasse tuschelte abfällig, und die Lehrerin zog die Brauen hoch, als wollte sie sagen: »Merkwürdiges Kind.«
So war Dee zur Einzelgängerin geworden; sie schützte ihre dünne Haut und kümmerte sich um die beiden Kätzchen, die ihr zugelaufen waren. Als hätte die Vorsehung sie geschickt, waren sie eines Tages in der Waldschonung neben ihrem Elternhaus aufgetaucht.
Als sie ins Internat kam, behauptete sie, ihr Name sei Dee, als Abkürzung für Deirdre. Sie wußte, daß ›Deirdre‹ in Ordnung war, annehmbar, in der Tradition verwurzelt. Für kurze Zeit blühte sie auf, begann zu hoffen, daß niemand etwas spitzkriegen und sie nie wieder die Außenseiterin sein würde. Doch die Schulleiterin, Mother Anthony, machte ihr einen Strich durch die Rechnung.
»Désirée McGlinn – warum hast du behauptet, dein

Name sei Deirdre? Hier in deiner Geburtsurkunde steht Désirée. Woher kommt der Name?« Die Nonne preßte die Lippen aufeinander. Dieser Name stand nicht im Kalender der Heiligen, und er war auch nicht durch die irische Mythologie abgesegnet wie ›Deirdre‹. Aber was noch schwerer wog: Er gemahnte an das Verbotene, an fleischliche Begierden, und er berührte die geheimen Sehnsüchte des Herzens. Und all das war der kleinen, abgeschotteten Gemeinschaft, die nach besten Kräften vor dem Leben floh, ein Greuel.

Also hatte sich Dee in ihr Schneckenhaus zurückgezogen. Sie las und lernte und schloß erst später richtige Freundschaften. Hätte sie genug Hochmut oder Selbstsicherheit besessen, um sich ganz unverfroren zu behaupten, so wäre sie mit der Zeit darüber hinweggekommen und hätte doch noch eine glückliche Schulzeit erleben können. Statt dessen hatte sie, voll Unsicherheit und belastet durch ihre Vorgeschichte als Außenseiterin, den Kopf gesenkt und anderen die Macht gegeben, sie zu verletzen. Sie suchte Trost bei Gott. Die lateinischen Psalmen hatten es ihr angetan: »Quid retribuam Domino pro omnibus quae retribuit mihi ...«, wie man sie dreistimmig-harmonisch am Sonntag abend in der Kapelle sang. Geradezu ekstatisch nahm sie teil am Erhabenen, strebte empor, weit weg von allem, was nur menschlich war. Ganz besonders nach dem Unfall im Schullabor: Danach stürzte sie in eine Isolation, die Jahre währte und deren Folgen sie immer noch spürte.

Jetzt, gerade dreiundzwanzig geworden und nicht mehr an Psalmen interessiert, schaute sie sich im Schlafzimmer um. Auf der Bettcouch an der gegenüberliegenden Wand lag Laura O'Brien.

Laura hatte Dee im Studium kennengelernt, und nun teilten die beiden eine Wohnung, bestehend aus Schlafzimmer, Kochnische und Wohnzimmer, für die

sie vier Pfund die Woche berappen mußten. Sie befand sich im ersten Stock eines viktorianischen Hauses, mit Trenntüren zwischen Schlaf- und Wohnbereich.
Bevor die jungen Frauen einzogen, war die Wohnung in einem schrecklichen Zustand gewesen, doch sie hatten die alte, graubraune Tapete weiß überstrichen, ein paar Art Nouveau-Drucke sowie Poster von den Beatles und den Stones aufgehängt, zwei Lampen aus dicken Chiantiflaschen aufgestellt, deren Schirme mit Weinetiketten beklebt waren, und die schäbige Couch mit großen, bunten Kissen aufgemöbelt. Den fleckigen Fußboden bedeckte ein orientalischer Baumwollteppich, der sich kaum saugen ließ.
Am Schlafzimmerfenster hatten sie Vorhänge, nicht aber im Wohnzimmer, das nach Südwesten hin lag. Der Eßtisch stand neben dem Fenster. Der Kamin war zugemauert, geheizt wurde mit einem uralten, grünen Gasofen, den man mit Schillingstücken füttern mußte. Darüber auf dem eleganten Kaminsims aus weißem Marmor reihten sich Bücher – eingeklemmt zwischen Stützen in Form von Elefanten, die Laura von einem Indienreisenden geschenkt bekommen hatte: eine Auswahl der Werke von William B. Yeats, The Fear of Freedom von Erich Fromm, The King Must Die von Mary Renault, eine Anthologie englischer Lyrik, ein paar Geschichtsbücher und eine Reihe von Paperback-Romanen mit schönen, vollbusigen Heldinnen in historischen Kostümen auf dem Einband.
Laura hatte Geschichte studiert und las mit Vorliebe historische Romane, die sie jedoch, ohne mit der Wimper zu zucken, als ›köstlichen Schwachsinn‹ abtat. Alles sei besser als die Wahrheit, erklärte sie immer wieder. Wenn man sie daraufhin der Unaufrichtigkeit bezichtigte, zählte sie die geschichtlichen Fakten an den Fingern ab. »Nimm allein dieses Jahrhundert: Erster Weltkrieg zehn Millionen Tote; Zwei-

ter Weltkrieg sechzig Millionen Tote; nach vorsichtigen Schätzungen fünf Millionen Juden ermordet; Vernichtungslager; Menschen als Versuchstiere mißbraucht; die Kirchen rühren keinen Finger, im Gegenteil, sie verstecken Nazis in Klöstern und predigen gleichzeitig vom Leben; oder denk an Hiroshima, Nagasaki – lebendige Menschen verdampft, so daß nur ein Schatten auf dem Pflaster zurückbleibt, zwei Städte in Schutt und Asche; Fallout; oder Bikini – die Vernichtung des Paradieses, der Vertrauensbruch schlechthin. Denk an Stalin, Berija, die Massenmörder von Rußland. Denk an die Phobien eines jeden schmierigen, kleinen Ungeheuers, das sich je durch Lug und Trug den Weg zur Macht bahnte. Denk an den Korea- und den Vietnamkrieg. Oder den Mord an Kennedy. Denk an die Lügen, die sämtliche Institutionen über Frauen verbreiten. Nimm, was du willst von dem ganzen Mist! – Im Vergleich dazu lobe ich mir doch die Literatur. Wenn nichts passiert, was das Gleichgewicht wiederherstellt, sind wir verbranntes Fleisch! Die haben doch genug Atomwaffen, um uns alle ins Jenseits zu befördern, und sie lassen sich durch nichts aufhalten. Sie tun das im Namen irgendeiner schwachsinnigen Ideologie, aber deshalb sind die Leute genauso tot! Was lernen wir daraus über die immanenten Ziele der Geschichte? Welchen Nachgeschmack hinterläßt das Wort ›Schäflein‹?«

»Laura hat eine leichte Macke«, sagte Ted zu Dee. Er war ein Student im höheren Semester; Laura hatte ihn auf einer Party kennengelernt und ging ab und zu mit ihm aus. »Vor lauter Anstrengung, intellektuell zu wirken, hat sie ihr kleines Hirn überstrapaziert!«
Dee starrte ihn an. Das war also der Typ, den Laura zu lieben glaubte. »Sie braucht sich nicht anzustrengen«, entgegnete sie. »Und ihr Hirn ist weder klein, noch überstrapaziert!«

Aber Ted hörte offensichtlich nicht zu. »Für so ein hübsches Vögelchen ist es doch ein Jammer ...«
»Sie ist kein Vogel, und es ist kein Jammer!«
Ted runzelte die Stirn, lächelte dann nachsichtig, zog die Augenbrauen hoch und musterte Dee spöttisch durch seine Zweistärkenbrille. Er sah jungenhaft aus, leicht verblüfft, ein Unschuldslamm im Jackett mit Hahnentrittmuster. Trotz allem wirkte er charmant, und ließ sich gerne bezaubern.

Dee hatte einen neuen Job: Sie war bei McGrath Limited, einer erfolgreichen irischen Elektrofirma, für Public Relations zuständig. Ein Jahr zuvor hatten sich die International Tele Utilities Inc. – kurz ITU – das Unternehmen einverleibt. Die europäische Zentrale von ITU war in Brüssel, der Hauptsitz des Konzerns in New York.
Für Dee war es die erste richtige Stelle. Nach dem Examen hatte sie eine Weile bei der University Press gejobbt, anschließend war sie als Zeitsekretärin nach London gegangen. Tippen hatte sie in einem Kurs gelernt, den sie mit Laura und einer anderen Freundin im ersten Studienjahr belegte – in Miss Flannerys *Secretarial School* – zweimal wöchentlich nach den Vorlesungen. Doch Zeitsekretärin war kein richtiger Beruf, und ihre Eltern fanden, nach ihrem hervorragenden Examen sei so etwas unter ihrer Würde. Sie hätten es gerne gesehen, wenn ihre Tochter Lehrerin geworden wäre, doch das interessierte Dee nicht. Ihr Vater war Lehrer, Rektor an der Volksschule am Ort. In seine Fußstapfen zu treten, war das letzte, was sie wollte, und deshalb freute sie sich sehr, als sie die Stelle bei McGrath bekam. Sie arbeitete seit zwei Monaten in der Firma, und hoffte, daß sich ihr hier eine Perspektive bot. Das hieß, sie war dem Schicksal entronnen, entweder zu unterrichten oder auszuwandern – irische Geisteswissenschaftler hatten in der Regel keine andere Wahl.

Jetzt stand sie auf und ging ins Badezimmer, das eine Treppe tiefer lag. Nach dem Duschen kam sie zurück und zog sich leise an, um die schlafende Laura nicht zu wecken, die innig ihr Kopfkissen umarmte. Auf Zehenspitzen schlich sie dann zur Kochnische.
Sie setzte den Kessel auf und steckte zwei Scheiben Brot in den Toaster; dann machte sie es sich mit Tee und Toast in der hellen Ecke des Wohnzimmers gemütlich und zog sich einen Stuhl in die Morgensonne.
Von ihrem Platz aus konnte sie die Schiffsmasten im Alexandria Basin, oben die kreisenden Möwen und unten den kleinen, grünen Gartenstreifen sehen.
Früher war der Garten viel größer gewesen, doch war das eine Ende mit einer Werkstatt verbaut worden, und dahinter kam die Straße. Das Meer war nicht weit; manchmal gingen Dee und Laura an der Flußmündung spazieren, beobachteten den Schiffsverkehr, die tuckernden Schlepper und die Isle of Man-Fähre, die auf den Fluß zuhielt und dann gemächlich den Liffey hinauf zu ihrem Ankerplatz zog.
Dreiundzwanzig war ein gutes Alter, fand Dee – ein angenehmes Zwischenstadium zwischen Kindheit und Erwachsensein. Gespannt wartete sie auf die Morgenpost; bestimmt war eine Karte von den Eltern dabei – inklusive Scheck – und vermutlich eine auch von ihrer früheren Wohnungsgenossin in London und anderen Freundinnen, die sich nach dem College in alle Winde zerstreut hatten. Vielleicht schrieb auch Colin, ihr Freund aus Londoner Tagen.
Voller Sehnsucht und Wehmut dachte sie an Colin. Sie kannte niemanden, der so schnoddrig und gleichzeitig so ernst sein konnte wie er, und überdies besaß er eine unglaubliche Neugier, die weder zu seinem Alter, noch zu seinem Beruf (Jungreporter), noch zu seinem Platz in der Geschichte im Verhältnis stand. Stets zog er die soziopolitische Situation der ganzen Welt in

Betracht. Doch sie hatten sich getrennt, und Dee war nach Irland zurückgekehrt, um einen Beruf zu ergreifen.
Sie war froh, daß sie das Studium hinter sich hatte; zwar vermißte sie das College, aber die Aussicht auf das richtige Leben war unheimlich verlockend. Wenn es Arbeit und nochmal Arbeit hieß, hatte sie nichts dagegen. Arbeit hielt ihr das Gefühl vom Leib, sie würde von etwas verfolgt, was sich nicht abschütteln ließ – als wäre ihr das Schicksal wie ein Bluthund auf den Fersen.

Dee stammte von der Halbinsel Fanagh, wo das Meer im Sommer sang und flüsterte, im Winter aber brüllte und getrieben von wütenden Stürmen ans Ufer peitschte. Ihr Elternhaus besaß dicke Steinmauern. Früher war es ein kleiner Pächterhof gewesen, doch der Vater hatte angebaut, und nun stand dort in der Bodensenke ein gedrungenes, zweistöckiges Gebäude. Auf der Landzunge hinter dem Haus der Eltern erhob sich die Ruine des ehemaligen Gutshofs, Kilashane. Seine verödeten Überreste trotzten den Elementen, und im Winter pfiff der Wind um die Ecken wie der Chor der Todesfeen. Dee aber mochte das Getöse, das einsame Heulen des Windes und das Trommeln des Schneeregens gegen die Kalksteinwände und das arg lädierte Fenster in der alten Diele. Das Dach war eingestürzt, und die Böden über den Grundmauern und dem einst stattlichen Treppenhaus waren zusammengebrochen. Als kleines Mädchen hatte sie das Haus erforscht, indem sie durch ein Fenster im Erdgeschoß kroch, den Wilden Westen beiseite schob und durch das zerbrochene Fenster in die ehemalige Küche kletterte. Der alte Herd war rostig, die Töpfe und Pfannen längst verschwunden, der geflieste Boden feucht und schlüpfrig. Der Wilde Wein hatte die Küche erobert, und sein feuriges Laub bedeckte eine Wand von Fenstern zu Fenster, so daß man sich kaum vorstellen konnte, wie das Leben vor dem Untergang der alten Familie ausgesehen hatte, die hier einst lebte. Trotzdem saß Dee gern auf einem wackligen dreibeinigen Hocker in dieser Küche und träumte von der Vergangenheit. Als sie neun wurde, hatte sie schon das ganze Haus erkundet, war die morschen Stufen hinaufgeschlichen, deren Geländer wie betrunken über dem Treppenschacht hingen, um bis zu den Schlafzimmern im ersten Stock vorzudringen. Daß sie sich auf ein gefährliches Unternehmen einließ, wußte sie; ihre Eltern hatten sie nachdrücklich gewarnt: Das Haus war baufällig, die Fußböden konnten jederzeit einstürzen, niemals dürfe sie es betreten.

»Geh bloß nicht in die Ruine. Da ist der Hausschwamm drin, es kann jederzeit zusammenfallen.« Die Eltern hielten es für selbstverständlich, daß Dee gehorchte.

Doch solche Ermahnungen trugen nur zur unwiderstehlichen Anziehungskraft des Anwesens bei – ebenso wie das verschlossene Tor zur Auffahrt mit dem Schild: EINSTURZGEFAHR – BETRETEN VERBOTEN.

Es war ein Kinderspiel, über das Tor zu klettern oder einfach durch ein Loch in der Gartenmauer ins Gebüsch zu schlüpfen. Andere Kinder hielten sich fern, sie hatten Angst, weil man ihnen Geschichten vom Teufel und anderen geheimnisvollen, aber verbürgten Begebenheiten erzählte. Doch Dee spürte die Anziehungskraft, die von dem Haus ausging, und wenn sie in der Küche saß oder in den ersten Stock hinaufschlich, fühlte sie sich nicht als Eindringling. Besonders gründlich untersuchte sie die Bibliothek, wo sich die alten Bücher auf dem Boden verstreut in einen feuchten Papierbrei verwandelt hatten. Die schönen Marmorkaminsimse in den Empfangszimmern waren verschwunden: Abenteuerlustige Räuber, die ihren Wert erkannten, hatten sie herausgerissen. Es handelte sich um Adam-Kaminsimse, die auf dem

Londoner Antiquitätenmarkt Traumpreise erzielten, wenn man sie säuberte, so daß der Marmor in alter Pracht glänzte, während die entblößten Kaminvorsprünge ihre Schande hinter zunehmendem Verfall, Wildem Wein und Schweigen verbargen. Die alte Tapete mit dem viktorianischen Blockmuster hing in Lappen traurig von der Wand. Auch Überreste einiger Möbel waren vorhanden. Da stand etwas, was ein Schreibtisch gewesen sein mochte, die Schubladen hatte man auf den Boden geworfen, das Holz war zerstört. Daneben fand Dee andere Dinge: alte Briefe, einen kaputten Füllfederhalter, einen Briefbeschwerer aus blauem Glas.

Drei Fundstücke bewahrte sie auf. Eins davon war eine Sepiaphotographie, die zwei junge Mädchen in Knöpfstiefeln und langen Kleidern zeigte; sie saßen auf einer Gartenbank und blickten starr in die Kamera. Das zweite, ein ledergebundenes Tagebuch, fand sich in derselben Schublade wie das erste. Die alte Photographie war an den Rändern gewellt, und einige Seiten des Tagebuchs klebten aneinander. Diese Dinge waren Dees Fenster in eine andere Welt, sie gewährten Einblick in die Privatsphäre von Menschen, die in der Ruine auf dem Hügel gelebt, geatmet und gelacht hatten. Und seit dem Tage, an dem sie das Photo vor dem Spiegel sitzend genau betrachtet und sich eingebildet hatte, eines der Mädchen, die Dunkelhaarige, hätte Ähnlichkeit mit ihr selbst, fühlte sie eine innere Verbundenheit mit dem verfallenen Herrenhaus.

Ihre Schätze verbarg sie tief unten in ihrer Kommode, unter einem Stapel alter Schulbücher. Ihren Eltern zeigte sie sie nicht, denn sie befürchtete, Ärger zu bekommen, und als Mrs. McGlinn bemerkte, in Dees Zimmer rieche es modrig, und einen Frühjahrsputz ankündigte, wickelte sie das Tagebuch in ein Handtuch und besprühte es mit dem Parfüm ihrer Mutter. Danach war der modrige Geruch verschwunden.

Doch der dritte Gegenstand, den sie fand, war ein echter Schatz. Sie war rein zufällig darauf gestoßen, als sie mit größter Vorsicht das obere Stockwerk durchsuchte, wobei sie die Räume mied, in denen der Boden bereits eingebrochen war. In einem Schlafzimmer oberhalb der Diele, wo sich die Kanten der Fußbodenbretter in einem Winkel von 45 Grad durchbogen, hatte sie unter einer kaputten Diele neben dem eisernen Kamingitter etwas glitzern sehen. Es war ein Ring, der auf dem verrotteten Deckenbalken lag, ein goldener Ring. Auf dem Boden ausgestreckt, nahm sie ihn heraus, untersuchte ihn aufmerksam und steckte ihn dann in die Tasche. Der Fußboden ächzte bedenklich. Dee kroch zurück zur schadhaften Treppe, denn sie spürte die Spannung in dem Zimmer, die Gewißheit, das etwas passieren würde. Erst als sie auf dem verwilderten Rasenplatz vor dem Haus in Sicherheit war und hinter der Schuppentanne saß, brach im Haus hinter ihrem Rücken der Treppenabsatz zusammen und wirbelte eine Wolke aus Staub und Putzteilchen auf, die durch die offene Vordertür wallte.
Dee nahm den Ring aus der Tasche und schaute ihn neugierig an. Scheinbar war er aus Gold, doch sie wußte, daß sie sich täuschen konnte (einmal hatte sie große Heiterkeit ausgelöst, als sie meinte, der Ring in dem Rosinenkuchen, den es zu Halloween gab, sei echt). Was ihr an dem Ring seltsam vorkam, war das Symbol, das darauf gesetzt war, wie das Herz auf einem Kinderring. Es war ein M, um das sich Schlangen wanden, die den unteren Teil des Buchstabens füllten. Zwischen den beiden Mittelstrichen des M war ein Gesicht, das ein wenig der Maske ähnelte, die sie in der Truhe in einem anderen Schlafzimmer gefunden, aber dann weggeworfen hatte. Dee erinnerte sich gut daran, denn sie war darauf gestoßen, als sie in alten Kleidungsstücken wühlte – merkwürdige, mehltaubefallene Kleider mit Pailletten, Federboas, Schuhe

mit Spangen, ein Paar Herrenlackschuhe. Die Maske hatte in einer Truhe gelegen, verborgen unter schimmligen Decken und Gewändern. Sie starrte Dee mit solcher Lebendigkeit und Grausamkeit an, daß sie sie entsetzt von sich schleuderte. Eine Woche später kam sie zurück, um die Maske zu suchen, doch dieser Teil des oberen Stockwerks war inzwischen eingestürzt, so daß Maske und Truhe und die paillettenbesetzten Kleider im unteren Stockwerk unter einem Haufen Putz und eingebrochenen Deckenbalken begraben lagen.
Mit dem Ring war es anders. Sie steckte ihn an, probierte alle Finger durch, aber er war zu groß. Schließlich steckte sie ihn in einen braunen Umschlag und legte ihn zu dem Tagebuch. Sie fand den Ring unheimlich aufregend und hätte ihn gern hergezeigt. Aber sie wußte, daß sie mit diesem Streich ihren Eltern Sorgen machen und sich selbst großen Ärger einhandeln würde, also behielt sie die Sache für sich.

An Sommerabenden nahm Dee zuweilen eine selbstgebastelte Laterne mit in die Laube, die sie sich im Rhododendrongebüsch des Anwesens gemacht hatte. Diese Laterne bestand aus einem Honigglas mit Schraubdeckel, das sie zur Hälfte mit Paraffinöl füllte, einen langen Docht hineintauchte und dessen anderes Ende durch einen Schlitz im Deckel führte. So saß sie oft in ihrer Laube, entzündete die Lampe und beobachtete, wie das Feuer den Docht erfaßte und die dämmrige Höhle aus Laub erhellte. Dabei überkam sie ein tiefer Frieden, denn sie hatte das Gefühl, vor aller Welt verborgen zu sein.
Dee war gern allein. Weil sie in Gesellschaft anderer versagte, meinte sie, daß sie nur dann sie selbst sein konnte, wenn sie allein war. Manchmal wollte sie sich zwingen, mit anderen Kindern zu spielen – wenn sie vergaßen, daß Dee nicht dazugehörte, was ab und zu vorkam, weil sie für das eine oder andere Spiel noch

jemand brauchten. Doch die Kinder spürten schließlich, daß Dee sich unbehaglich fühlte und nicht ganz bei der Sache war. Bald wollten sie Dee bei ihren Streichen nicht mehr dabei haben. »Da kommt Fräulein Hochnäsig«, sagte Treena Casey immer.

Ständig wurde Dee gehänselt. Im Sommer zogen sich die anderen Mädchen bis auf die Unterhosen aus und schwammen in der Meena, wo das Wasser an manchen Stellen tief und ruhig war. Dee schaute ihnen oft zu, zog aber nie ihre Kleider aus.

»Komm schon, Dee, es ist so schön«, rief manchmal eine von ihnen und spritzte glitzernde Wassertropfen ans Ufer, aber Dee ging weg, starrte auf ihre neuen Sandalen und die weißen Socken und hörte die Beleidigungen: »Angsthase, Pfeffernase...«

Ich habe keine Angst, sagte sie sich, denn sie wußte, daß sie eigentlich kein ängstlicher Mensch war. Ich bin nicht hochnäsig und ich habe keine Angst.

So war es eine Art Mutprobe, die sie sich auferlegte, als sie einmal bis in die Nacht in Kilashane blieb. Damit würde sie ihre Furchtlosigkeit beweisen. Keines der anderen Kinder hätte den Schneid gehabt, es ihr nachzutun. Gerne hätte sie Treena Casey aufgefordert mitzukommen, doch dann hätte Dees Mutter davon erfahren. Deshalb machte sie es sich allein in ihrem Schlupfwinkel gemütlich, den sie mit einer alten Decke und einem Kissen ausstaffiert hatte.

Die schwülwarme Sommernacht und der überwältigende Duft des Geißblatts aus der nahen Hecke wirkten so einlullend, daß Dee eindöste. Von den Verwüstungen war keine Spur zu sehen: Das Gebäude stand unbeschädigt und hell erleuchtet da; jemand spielte Klavier, und ein Mann im Abendanzug kam über den Rasen auf sie zu. Die Klänge der Musik strömten in die ruhige, warme Nachtluft hinaus, und der Mann ging, wie nach einem festen Rhythmus, ohne Hast, aber mit leichtem Hinken.

Dee schreckte aus dem Schlaf; die Lampe brannte zwar noch, aber der Docht mußte zurückgeschnitten werden und der Rauch aus dem verbrannten Ende biß in den Augen. Als sie den Kopf hob, sah sie über der Lampe, im bizarren Spiel der Schatten ein Augenpaar, das sie aus dem dunklen Gebüsch anstarrte – ein menschliches Gesicht.
Dees Herzschlag setzte aus. Sie war zu erschrocken, um zu schreien. Das Gesicht blieb reglos und musterte sie, angsterregend in seiner Unbeweglichkeit und verzerrt vom Flackern der provisorischen Lampe. Dann war er fort; das Laub zitterte, als es verblich, und Dee drehte sich um, bahnte sich ihren Weg durchs Gebüsch, stolperte den Abhang hinunter nach Hause, rannte, um den tödlichen Schreck abzuschütteln.
Als sie heimkam, verriegelte sie die Tür hinter sich.
»Wo warst du?« wollte ihre Mutter wissen; in ihrer Stimme mischten sich Sorge und Erleichterung. »Ich habe dir gesagt, daß du vor Einbruch der Dunkelheit daheim sein mußt.« Doch Dee floh auf ihr Zimmer und machte die Tür hinter sich zu.
Die Mutter kam ihr nach, die Hände in die Hüften gestemmt. »Gib mir eine Antwort, wenn ich dich etwas frage, junge Dame!« Daraufhin murmelte Dee, sie habe gespielt und nicht gemerkt, wie dunkel es schon war, und dann habe sie sich erschreckt.
»Wovor hast du dich erschreckt?« fragte die Mutter mit veränderter Stimme und plötzlich seltsam ruhig. »Du bist ja weiß wie die Wand!«
Dee zitterte. »Es war nichts.«
»Du warst doch nicht oben im alten Haus, oder?«
»Nein«, log Dee. »Aber als ich den Weg am Waldrand hochging, sah ich, wie mich ein Mann aus dem Gebüsch anstarrte.«
Ihre Mutter wurde starr vor Schreck. »Hat er dich angesprochen? Hat er dich angefaßt . . . ?«
»Nein.«

»Wer war's?«
»Ich weiß nicht. Es war dunkel.«
Die Mutter biß sich auf die Lippen. »Ich habe dir gesagt, nach Einbruch der Dunkelheit hast du draußen nichts verloren«, wiederholte sie ärgerlich. Manchmal schien ihr die Verantwortung als Mutter eine unerträgliche Last zu sein. »Wahrscheinlich war es der alte Billy. Wenn du in der Dunkelheit draußen bist, weißt du nie, wem du begegnest. Die Leute tragen kein Schild um den Hals – man kann einfach nicht wissen...« Sie betrachtete das angstvolle Gesicht ihrer Tochter.
»Der alte Billy tut mir nichts«, sagte Dee.
»Woher willst du das wissen? Er ist ein komischer Vogel. Halte dich von ihm fern!«
Jeder kannte den alten Billy, der vor langer Zeit im Großen Krieg den Verstand verloren hatte. Sein Haus, eine Armenhütte der Grafschaft, war weiter unten auf der Halbinsel, aber er trieb sich oft in den Wäldern herum. Dee spürte, daß er harmlos kindlich war. Die Eltern hatten ihr erzählt, er hieße der ›Alte Billy‹, weil er immerfort von Kaiser Bill erzählte, der vor vielen Jahren gelebt hatte.
»Versprich mir, daß du nie mehr so spät heimkommst!«
»Ich verspreche es, Mam. Es tut mir leid.«
Ihre Mutter küßte sie. »Putz dir jetzt die Zähne, Liebes, und geh ins Bett.«
Dee umarmte ihre Mutter. »Ist gut, Mam.«
Dee dachte an Billy. Einmal hatte er ihr auf dem Feldweg einen Schreck eingejagt, als er plötzlich hinter einem Ginsterbusch hervorsprang und ihr ins Gesicht starrte. Sie schaute in seine rotgeränderten Augen, hörte die Worte, die über seine feuchten Lippen kamen, sah, wie er wild gestikulierte, auf Kilashane deutete und dann mit einem Bogen wie ein großer Uhrzeiger die ganze Halbinsel in seine Geste ein-

schloß. Zuletzt richtete sich sein Zeigefinger auf Dee, als wäre sie der Mittelpunkt des ganzen Landstrichs. Dabei brabbelte er etwas, was sich reimte:

»... Laß uns zum Meer hin mit denn Winden zieh'n,
Wo Sand und Schaum verweht: Was uns hier hält?
Nichts hält uns, vergebens sind die Müh'n
Und tränenbitter ist die Welt...«

Sie sah ihm nach, wie er brummend weghumpelte, hin und wieder den Möwen, die kreischend ihre Runden drehten, etwas zurief, und ihnen mit der Faust drohte. Er schlug den Weg zum verfallenen Haus ein. Obwohl er eine eigene Hütte besaß, wußte Dee, daß er sich meist in dem komischen alten Baumhaus aufhielt, das er sich im Park von Kilashane gebaut hatte. Schon oft hatte sie beobachtet, wie er sich dahin zurückzog, während sie sich im Gebüsch versteckte.
Doch das Gedicht, das er so leidenschaftlich rezitierte, war nur eines von vielen, die er immer wieder aufsagte. »Vor ihm floh ich durch Tag und Nacht...« hörte sie ihn mehr als einmal murmeln, und als sie zufällig ein Gedicht von Francis Thompson mit dem Titel ›Hounds of Heaven‹ entdeckte, erkannte sie die Worte wieder.

»Vor ihm floh ich durch Tag und Nacht;
Ich floh durch die Gewölbe vieler Jahre...«

»Vor wem flieht er, Mutter?« fragte Dee die Nonne, die Englisch unterrichtete, und zog das Buch heraus, um ihr die Stelle zu zeigen.
»Vor Gott natürlich, Dee...«

Schließlich wichen Dees Träumereien der Schönheit des neuen Tages. Das Morgenlicht vergoldete den

Nebel, der sich zerstreute, als die Sonne höher stieg. Dees kleines Frühstück im sonnigen Erker war vorbei. Das wilde Gezwitscher der Rotkehlchen, die die Ebereschen an der Mauer draußen bevölkerten, wurde lauter. Dee sammelte die Brotkrumen vom Tisch in die hohle Hand und trug Tasse und Teller in die Kochnische. Dann warf sie einen Blick ins Schlafzimmer, doch Laura hatte sich nach wie vor mit der wahren Leidenschaft des Nachtmenschen in die Kissen vergraben. Zwischen Laura um Mitternacht und Laura am Morgen lagen Welten.
»Steh endlich auf«, sagte Dee. »Du kommst zu spät.«
Laura drehte sich im Bett um und stöhnte. »Du heiliger Strohsack, es kann doch noch nicht Zeit zum Aufstehen sein«, grummelte sie unglücklich. »Mir ist, als wäre ich gerade erst eingeschlafen! Wie spät ist es?«
»Acht!«
»Ach du mein Gott!«
Sie kroch zum Bettrand und setzte sich auf, unter der Decke ragten lange Beine hervor, die blauen Augen waren schlafverklebt. Aschblonde Haarsträhnen hatten sich aus den großen Lockenwicklern gelöst. Laura zog sich einen Morgenmantel über, stolperte die Treppe hinunter ins Badezimmer und rief über die Schulter zurück: »Du brauchst nicht auf mich zu warten. Aber vergiß nicht das Mittagessen!«
»Bestimmt nicht. Wir treffen uns um eins.«
An der Badezimmertür blieb Laura stehen, drehte sich zu ihrer Freundin um und lächelte verschlafen. »Dee!«
»Ja.«
»Alles Gute zum Geburtstag.«
»Danke.«
Dee sammelte ihre Post in der Diele im Erdgeschoß vom Boden auf und machte sich auf den Weg zur Arbeit; die Umschläge riß sie im Gehen auf. Da war eine Karte von den Eltern mit den vorhersehbaren

zehn Pfund, eine von Sarah in London, aber keine von Colin. Vielleicht würde morgen eine kommen. Ein tröstlicher Gedanke – es gab immer ein Morgen. Sie rieb sich die Narbe am Arm, die von dem Unfall herrührte. Gelegentlich juckte sie noch, obwohl sie gut verheilt war.

VIERTES KAPITEL

Nun, Hexe, wohin mit den Brandeisen?«
Die Hexe weinte.

Tagebuch eines Zeugen

DEE GING im Schatten des alten Gasometers die Bath Avenue entlang bis in die Haddington Road und hinunter zum Büro der Firma am Grand Canal. An den Rändern grün von Unkraut und Schaum lag die Wasserstraße verschlafen da, ohne von den Enten und den beiden Schwänen Notiz zu nehmen, die sich mit ihren Jungen auf dem Wasser tummelten. Die flauschigen Küken jagten hinter ihrer Mutter her, als gälte es ihr Leben.

Dee mochte den Weg zur Arbeit, bei gutem Wetter freute sie sich jedes Mal darauf. Und während sie am Kanal entlangging, kam ihr wieder in den Sinn, was sie vor ein paar Wochen in einer Sonntagszeitung gelesen hatte – über Restaurationsarbeiten in einer Stadt, wo es keine Straßen, sondern statt dessen Kanäle gab. Nach den verheerenden Überflutungen im vergangenen November wurden in Venedig nun ernsthafte Anstrengungen unternommen, die alten Bauwerke zu retten. Die Überschrift des Artikels lautete: »GEHEIMNISVOLLE LEICHE VERSCHWUNDEN«. Offensichtlich hatte man bei den Arbeiten den Leichnam einer jungen Frau in einem Steinsarkophag entdeckt. Mit Ausnahme des Gesichts waren die sterblichen Überreste der Frau außerordentlich gut erhalten. Man hatte die Leiche photographiert und dann weggebracht, um sie einzufrieren. Doch sie hatte ihren Bestimmungsort

nie erreicht, sondern war unterwegs gestohlen worden.
Die Tote war in blaue Seide mit eingewebten Silberfäden gekleidet. Ihr braunes Haar war geflochten und glänzte noch, als man das Grab öffnete. Das Motiv für den Diebstahl schien offensichtlich; man nahm an, daß sie Schmuck trug. Für Historiker und Archäologen war es ein schwerer Verlust. Neben dem Artikel war ein Photo des Sarkophags und des Hauses, in dem er gefunden wurde.
Seit sie den Artikel gelesen hatte, mußte Dee immer wieder an diese junge Frau denken. Einbalsamiert, in Seide gekleidet, seit über dreihundert Jahren tot – und dennoch ließ man ihren armen Leichnam nicht in Frieden ruhen.
Doch was Dee an dem Bericht am meisten beunruhigte, war die Tatsache, daß das Emblem auf dem Sarg aussah wie das Symbol auf dem Ring, den sie in Kilashane gefunden hatte. Sie verglich beide Symbole: das stilisierte M mit den Schlangen und der Maske dazwischen.
Um Viertel vor neun war Dee im Büro, und um zehn vor neun saß sie am Schreibtisch. Charlie, ihr Chef, war noch nicht da; die Tür, die sein kleines Zimmer von dem großen Büro draußen trennte, war abgeschlossen. Liz, seine Sekretärin, kam um neun und schloß die Tür auf. Charlie würde vielleicht erst gegen zehn auftauchen, je nachdem, ob er letzte Nacht getrunken hatte oder nicht. Doch wenn er da war, mußte der Laden laufen, die Post geöffnet und alle Systeme betriebsbereit sein.
Charlie Kelleher hatte Dee von seinem raschen Aufstieg in der Firma erzählt. McGrath Electrics war zwar das größte Unternehmen seiner Art im Land, stellte aber nur einen winzigen Teil des ITU-Imperiums dar. Charlie hatte mit neunzehn im Verkauf angefangen. Ehrgeizig wie er war, hatte er ein Netz von Kon-

takten aufgebaut und es durch harte Arbeit und hervorragende Abschlüsse zum Verkaufsleiter gebracht. Dennoch war es ein Schock für ihn, als sein damaliger Chef, Joe McGrath, ihm mitteilte, er hätte seine Firma an ein Unternehmen in Birmingham verkauft. Joe beschwichtigte Charlies Befürchtungen, denn er hatte die Briten davon überzeugt, unter ihrer Leitung könne Charlie das Unternehmen führen. So war er praktisch über Nacht Hauptgeschäftsführer geworden. Zwei Jahre später wurde die britische Firma von ITU geschluckt.

Und dann hatten seine Probleme erst richtig angefangen.

»Ich brauche jemanden, der die Drecksarbeit macht«, erklärte Charlie, als Dee zum Vorstellungsgespräch erschien. »Tut mir leid, das klingt fürchterlich, aber ich brauche jemanden, der die Aasgeier aus Brüssel in Schach hält, mit denen ich fertigwerden muß. Sie sitzen mir im Nacken – die verdammte Bürokratie nimmt kein Ende – jeden Monat wollen sie einen Geschäftsbericht; könnten Sie das machen?« Dee nickte. »Gut, in Ordnung. Und Sie haben studiert ... sprechen fließend französisch? Um so besser. Sie können es den Mistkerlen in gleicher Münze heimzahlen, was sie uns auftischen, sie mit den eigenen Waffen schlagen! Sie sind genau die Kraft, die wir brauchen!«

Dee war vom Enthusiasmus ihres künftigen Arbeitgebers so überwältigt gewesen, daß sie sich nicht im einzelnen nach den Anforderungen ihrer neuen Tätigkeit erkundigte. Erst später, als sie die Stelle antrat und versuchte, ihre Position auszuloten, wurde ihr klar, wie vage ihr Aufgabenbereich definiert war.

Obwohl Charlie Dees unmittelbarer Vorgesetzter war, fand sie schnell heraus, daß sie eigentlich mehr mit Liam Dunne zusammenarbeiten mußte, dem Rechnungsprüfer des Unternehmens. Dabei hatte sie gelernt, was Unternehmensplanung hieß und wie man die monatlichen Berichte der Geschäftsführung und des Controllers schrieb, die Charlie so zu schaffen machten.

Liam war ein guter Lehrer. Obwohl Dee weder eine Ahnung hatte, wie das Rechnungswesen funktionierte, noch ein Gespür für Zahlen besaß, verstand sie bald, was es mit dem Berichtwesen und der Planungskontrolle auf sich hatte.

»Ausgezeichnete Arbeit«, meinte Liam nach Dees erstem Monat. »Sie arbeiten sich gut ein. Wenn wir Sie ein paar Wochen lang in die Unternehmensplanungs-Abteilung in Brüssel einschleusen könnten, wären Sie die unangefochtene Expertin bei McGrath!«

Eines Morgens, als Dee völlig vertieft an ihrem monatlichen Bericht arbeitete, hatte sie Peter Eggli kennengelernt.

Er trat ins Büro, als wäre er hier der Chef. Er war groß, sah irgendwie fremdländisch aus und erwartete offensichtlich, daß Dee alles liegen und stehen ließ, um sich ihm zu widmen. »Ich komme aus der europäischen Zentrale in Brüssel – Peter Eggli.«

»Oh, guten Tag«, sagte Dee. Zum Glück fiel ihr rechtzeitig ein, daß Charlie noch nicht da war und sie sich eine Ausrede einfallen lassen mußte. »Mr. Kelleher ist nicht im Haus, er hat eine Besprechung. Er wird bald wieder da sein.« Sie spürte mehr, als sie sah, wie Liz erleichtert aufatmete.

»Das ist in Ordnung. Sie sind … mal sehen … Dee McGlinn? McGraths neues PR-Genie? Wenn ich mir nicht irre?« Sein Akzent war merkwürdig, eine Mischung aus französischen und amerikanischen Vokalen.

Dee errötete. »Ich bin Dee McGlinn, richtig. Ob das mit dem Genie stimmt, weiß ich nicht.«

Lächelnd schaute er ihr in die Augen. Seine Augen waren grau, doch ihr Ausdruck strafte das Lächeln auf

seinen Lippen lügen. In seinem Blick war nichts Unbeschwertes. Dee bemerkte, daß diesem Mann aus Brüssel nichts entging, daß man nicht auf seine Gutmütigkeit bauen dürfte. Sie hatte einen Mann vor sich, der keine Zeit verschwendete, kein Blatt vor den Mund nahm und sich nicht auf Spiele einließ, die sich nicht lohnten: das war ihr erster Eindruck.
»Haben Sie vielleicht Zeit für eine Tasse Kaffee?« Dee warf Charlies Sekretärin einen Blick zu. Liz wußte, daß sie hinter der Tür zu Charlies Büro für den Mann aus Brüssel unsichtbar war, und bedeutete Dee, die Einladung anzunehmen.
Dee sah auf die Uhr und stand auf. »Ich kann jetzt meine Kaffeepause nehmen.«
Eine Viertelstunde saß sie mit Eggli in der Kantine, und er quetschte sie so raffiniert aus, wie sie es noch nie erlebt hatte. Im Vergleich zu ihm war Charlie ein Trottel; dieser Mann besaß Stil und eine geradezu gefährliche Intelligenz.
Doch allmählich ärgerte sich Dee über sein anmaßendes Auftreten. Anscheinend glaubte er, er könne sie aushorchen. Sie wußte zwar, daß Charlie kein Heiliger war, aber sie schuldete ihm Loyalität. Deshalb wurde sie mit ihren Antworten immer vorsichtiger und lenkte das Gespräch auf Nebensächlichkeiten. Wenn der Laden lief, wenn das Unternehmen florierte, konnte man da nicht auch mal Fünf gerade sein lassen? Doch dann sah sie ihn lächeln. Durch dieses Lächeln wirkte er plötzlich menschlich und sympathisch: ein Mann mit Esprit. Dee merkte, daß Eggli sie attraktiv fand, und sie hatte nichts dagegen. Daß Jungs sie so anschauten, war sie gewohnt, doch daß ein Mann ihr solches Interesse entgegenbrachte, kam ihr merkwürdig vor. Und daß er verheiratet war, stand fest.
Sie saßen immer noch in der Kantine, als Charlie hereinschneite. »Hallo, guten Tag, ich war bei einer Besprechung...«

Dee bemerkte sofort, daß Peter Eggli ihm das nicht abnahm, als er den Hauptgeschäftsführer von McGrath Limited musterte. Doch er lächelte und streckte ihm die Hand entgegen. »Ihre PR-Expertin hier hat sich um mich gekümmert!«
Am selben Abend lud Charlie Dee nach der Arbeit auf einen Drink ein. »Wir können bei einem Bier noch ein bißchen quatschen«, schlug er in seiner freundlichen Art vor. Dee wollte ihm keine Abfuhr erteilen. Sie fühlte sich geschmeichelt, war aber auf der Hut. Charlie war verheiratet, und sie hoffte, daß es sich um eine rein geschäftliche Einladung handelte.
Sie gingen zu *Keenan's,* wo sie sich in eine ruhige Ecke setzten, Charlie mit einem Krug Guiness, Dee mit einem Glas. Er fragte sie, wie ihr die Arbeit in der Firma gefiele, und sie entgegnete, daß es ihr Spaß mache. »Sie sind ein schlauer Fuchs«, sagte er. »Mit diesem Peter Eggli sind Sie heute morgen hervorragend fertiggeworden. Er hat sie in den höchsten Tönen gelobt... sehr gut. Und Liam sagt, Sie haben alles bestens im Griff.«
Seine fleischige Hand bewegte sich über die Bank und berührte wie zufällig Dees Knie. Sie rückte ein Stück von ihm ab und wünschte, sie trüge keinen Minirock. Charlie fragte, ob sie schon Ferienpläne hätte und erzählte dann, er und seine Frau Maeve planten mit den Kindern einen Campingurlaub.
»Ich würde gern nach Venedig fahren«, erwiderte Dee spontan. »Ich habe etwas über die Restaurationsarbeiten gelesen, die dort durchgeführt werden. Es war ein Artikel in der Sunday Press.«
Charlie nahm einen kräftigen Zug. Der Schaum auf dem Bier hinterließ einen Schnurrbart auf seiner Oberlippe, den er ableckte. »Ach Gott... Ja, das habe ich auch gelesen. Vor ein paar Wochen? Warum interessiert Sie das so?«
»Na ja, es regt die Phantasie an, glaube ich... das ein-

balsamierte Mädchen. Und es war ein Symbol auf dem Sarg, man konnte es auf dem Photo erkennen – das sah genauso aus wie das Zeichen auf einem Ring, den ich vor Jahren gefunden habe. Das hat mich interessiert!«

»Oh, was für ein Symbol?«

»Ein stilisierter Buchstabe, ein M!«

Charlie starrte sie an. »Das ist aber seltsam. Gut, gut ... Wußten Sie, daß einmal ein alter Irrer in Venedig gelebt hat, der so ein Zeichen als Emblem benutzte?«

Charlie hatte noch ein Pint für sich und ein Glas für Dee bestellt. »Ja, trinken Sie doch, man lebt nur einmal«, doch Dee nippte bloß daran und hörte sich Charlies weitschweifiges Gerede weiter an. »Ja, ja, er war eine Art Zauberer; noch heute hat er Anhänger in aller Welt. Angeblich hat er eine Methode entdeckt, in die Zukunft zu gelangen. Sind Sie sicher, daß Sie so einen Ring haben? Das ist seltsam, wirklich seltsam, daß man in Irland etwas mit diesem Zeichen findet.« Dann ging er zum Thema Politik über.

Dee dachte an Colin und seine Angst vor der Atombombe. Sie fühlte sich elend. Es kam ihr vor, daß es, egal wohin man schaute, immer nur um Macht ging: Machtanspruch und Machtausübung.

Charlie war inzwischen dazu übergegangen, ihr noch einmal die Geschichte seines Aufstiegs bei McGrath zu erzählen. Zu guter Letzt vertraute er ihr an, daß er unbedingt einen Auftrag von Erinview Limited, einem Verleiher von Fernsehgeräten an Privathaushalte und Hotels, an Land ziehen mußte, um sein Budgetziel für das laufende Jahr zu erreichen. Andernfalls bekam er keinen Bonus und seine Zukunft im Unternehmen war in Frage gestellt.

»Diese Scheißkerle in Brüssel«, fluchte Charlie, »die haben nichts als ihre blöden Zahlen im Kopf! In ihren Augen ist man überhaupt kein Mensch; der persönliche Aspekt im Geschäftsleben bleibt auf der Strecke. Und die bescheuerten Amis haben das Ende des Geschäftsjahres auf dreißigsten Juni verlegt, dadurch verliere ich wertvolle Monate! Ich habe ständig mit Joe Corcoran von Erinview verhandelt, und er sagt mir, wir kriegen den Auftrag, sobald er seinen von den Hotels bekommt. Es müßte eigentlich klappen, aber der verdammte Zeitfaktor macht mir Sorgen!«

»Ich bin sicher, daß alles glatt geht«, sagte Dee, die unruhig wurde, da Charlie es offenbar auf eine durchzechte Nacht angelegt hatte. »Ich muß jetzt heim. Danke für den Drink.«

Charlie hielt es für besser, jetzt auch zu gehen, Maeve würde sich sonst Sorgen machen. Als sie das Pub verließen, fragte er sie freundlich: »Dieser Ring, den Sie vor ein paar Jahren gefunden haben – das Symbol auf dem Siegel – waren da ... Schlangen drauf?«

Dee zuckte zusammen. »Ja. Woher wissen Sie das?«

In diesem Augenblick spürte sie, daß Charlies Atem stockte. Er blieb ihr die Antwort schuldig.

Charlie hatte darauf bestanden, sie nach Hause zu bringen. Er sagte, sie sei ein großartiges Mädel. Als er anhielt, machte er eine Bewegung in ihre Richtung, doch Dee hatte schon die Hand am Türgriff und war draußen, bevor er sie berührte.

Der Vergleich zwischen Mr. Egglis Liebenswürdigkeit und Charlies ungehobeltem Verhalten drängte sich auf. Und im Lauf der folgenden Tage stellte sie fest, daß sie den ersteren – obwohl sie ihn wegen seiner anmaßenden Art spontan abgelehnt hatte – nicht vergessen konnte. Er war anders. In seiner Gesellschaft kam sie sich wichtig vor, er gab ihr das Gefühl, daß sie eine Frau mit interessanten Ansichten und einer starken weiblichen Ausstrahlung war. Doch sie wußte auch, daß sie ihn wahrscheinlich so bald nicht wiedersehen würde.

Jetzt saß Dee an ihrem Schreibtisch. Sie mußte den

monatlichen Bericht der Geschäftsführung und des Controllers fertig machen, und das wollte sie allein erledigen, ohne daß ihr Charlie oder Liam über die Schulter schauten. Charlie kam um Viertel nach zehn, würdigte sie kaum eines Blickes, verschwand in seinem Büro und zog die Jacke aus. Als sie das nächste Mal durch die Glaswand blickte, die sein Reich vom übrigen Büro trennte, sah sie, daß er Liz etwas diktierte.
Später kam Liam vorbei und bat Dee, mit ihm in der Kantine einen Kaffee zu trinken. Er fragte sie um Rat wegen seiner Freundin. Wie konnte er sie zurückgewinnen; sollte er ihr Blumen schicken? Was mochten Frauen?
»Alles!« erwiderte Dee. »Genau wie die Männer wollen wir die Welt!«
Mittags rief Laura an. Sie wollte sich mit Dee im *Saddle Room* des Shelbourne zum Mittagessen treffen.
»Das ist zu teuer«, protestierte Dee.
»Es geht auf meine Rechnung, zum Geburtstag. Ich habe eine Steuerrückzahlung bekommen.« Im Restaurant bestellte Laura eine Flasche Rotwein und stieß mit der Freundin an. »Man ist nur einmal jung!«
Charlie runzelte die Stirn, als Dee zurückkam. »Haben Sie getrunken?«
»Ja, ein Glas Wein«, gab sie zu und mußte ein Rülpsen unterdrücken. Sie erwartete eine scharfe Antwort, doch Charlie grinste nur.

Als Dee an diesem Abend am Kanal entlang heimging, fragte sie sich wieder, ob eine Geburtstagskarte von Colin kommen würde. Sie war sich sicher, daß er eine andere kennengelernt hatte, und in diesem Fall war nicht anzunehmen, daß er an Dees Geburtstag dachte. Sie hatte einmal geglaubt, ihn zu lieben; er war Engländer, er war anders und besaß eine Höflichkeit, wie man sie bei den ungehobelten Iren selten findet. »Das mach' ich schon, Liebes«, pflegte er zu sagen, wenn

sie aufstand, um das Tablett in die Küche zu tragen. Eine Frau konnte ein Leben lang warten, daß ein Ire sich zu so etwas aufraffte.
Und jetzt hatte Colin sie wahrscheinlich vergessen. Sie vermißte ihn, vermißte die langen Küsse in seinem Minicar, vermißte die Hände, die sich unter ihr T-Shirt schoben, die Spaziergänge im Hyde Park am Sonntagmorgen. Sie liebte ihn, weil er so vieles verstand und akzeptierte; sie liebte ihn, weil es nicht auf einen Ringkampf hinauslief, wenn sie ›nein‹ sagte. Sie bewunderte sein Mitgefühl, sein Interesse an bedrohten Arten. Und seine Überzeugung, daß eine großangelegte Verschwörung die Welt bedrohte, belächelte sie, bis sie schließlich die Geduld verlor. Wieder einmal wetterte er gegen die Eskalation des Vietnamkriegs. »Ich habe recherchiert. Das hat weder etwas mit Zufall noch mit den unberechenbaren Wechselfällen der internationalen Politik zu tun. Schau dir doch nur mal die Fakten an; mich würde es jedenfalls nicht überraschen, wenn sie Robert Kennedy auch noch umlegen, so wie seinen Bruder, ganz zu schweigen von Martin Luther King!«
»Ach Colin, sei doch nicht so verdammt paranoid!«
»Und sei du nicht so ein naiver kleiner Kobold!«
»Ich bin kein Kobold!«
Er seufzte, aber nach mehreren solchen Auseinandersetzungen, wußte Dee, daß das Ende abzusehen war.
»Pretty woman«, dieses Lied lief im Radio, als sie Schluß machten. Der Text gipfelte in der Aufforderung, miteinander ins Bett zu gehen.
»Das Lied macht mich rasend«, sagte Dee.
Colin lachte nicht. »Na, wer ist denn hier paranoid?«
»Ach, hau doch ab und kümmere dich um deine Wale ...«
Sie hätte gerne mit ihm telephoniert, doch sie hatte ihn zuletzt angerufen und jetzt war sie zu stolz, es wieder zu tun.

Ruf mich an, du kleiner Mistkerl, dachte sie, und der Widerspruch entlockte ihr ein Lächeln. Colin war einsneunzig. Ende der Woche hatte er Geburtstag. Das war ein Thema für Witzeleien – zwei störrische Stiere.

An diesem Maiabend, mitten im Dubliner Berufsverkehr, kam es Dee – nicht zum ersten Mal – in den Sinn, daß sie ein Tagebuch hätte führen sollen. Ihr war soviel Seltsames zugestoßen – die Einsamkeit ihrer Kindheit, der verbotene Spielplatz, auf dem sie diese seltsamen Gegenstände entdeckt hatte, das Symbol, das nun ausgerechnet in Venedig wieder aufgetaucht war und jetzt hatte sie einen Chef, den man als ›interessant‹ bezeichnen konnte, einen Job mit Zukunftsperspektive und ein Gefühl des Unbehagens, das sie analysieren und in den Griff bekommen mußte.

In der Schule hatte sie einmal Tagebuch geführt, doch Mother Anthony hatte es konfisziert. Dee fand die Vorstellung, daß die gefürchtete Schulleiterin Einblick in ihre geheimsten Gedanken gewann, so entsetzlich, daß ihre Karriere als Tagebuchautorin damit beendet war.

Diese Erfahrung bestärkte sie in ihrer Zurückhaltung im Hinblick auf das Tagebuch, das sie vor so vielen Jahren in Kilashane gefunden hatte und das nun zu Hause lag. Offensichtlich handelte es sich um das Tagebuch einer jungen Frau mit einer ordentlichen Handschrift; sie hatte auf dem Deckblatt eine Warnung hinterlassen, die an die Drohungen am Eingang ägyptischer Gräber gemahnte: ›Ich hoffe, daß niemand so ehrlos ist, dieses Tagebuch zu lesen!‹ Auch der Name der Verfasserin stand auf dem Deckblatt: ›Yvonne Stacey‹, doch der Nachname war durchgestrichen und durch ›O'Reilly‹ ersetzt werden.

Trotz allem hatte Dee gelegentlich einen Blick hineingeworfen. Es war so lange her – 1919 lautete die Jahreszahl – daß es jetzt wohl keine Rolle mehr spielte.

Dee dachte über Yvonne Stacey nach – die Bewohnerin einer inzwischen versunkenen Welt. Plötzlich fühlte sie sich einsam. So viele Menschen lebten in dieser Stadt, und fast alle waren sie Fremde. Kein Colin; niemand, der sein Leben mit ihr teilte. Aber andererseits – warum sollte Colin sie wollen? Warum sollte irgend jemand sie wollen? Laura wußte, warum Dee immer lange Ärmel trug. Als Colin es herausfand, bekam er vor Mitleid große Augen. Dee haßte Mitleid. Sie wollte Liebe, Verlangen; sie wollte zum Ausdruck bringen, welches Feuer in ihr brannte; sie wollte zügellos sein, unüberlegt handeln. Aber all das war nicht für sie bestimmt. Sie würde sich immer als ›zweite Wahl‹ fühlen, wie die Sachen, die ihre Mutter manchmal vom Sommerschlußverkauf mitbrachte – Bettbezüge, Porzellan, Vorhangstoff – Dinge, die einen verborgenen Makel hatten. Anderen fiel er nicht auf, aber man selbst kannte ihn und war sich dessen stets bewußt.
Sei doch um Gottes Willen nicht so weinerlich, schalt sie sich. Hör auf zu träumen und dich selbst zu bemitleiden. Vergiß ihn. Doch als sie nach Hause kam, schrieb sie ihm einen Brief.

Lieber Colin,

ich will Dir nur alles Gute zum Geburtstag wünschen. An meinem neuen Arbeitsplatz hab' ich mich eingelebt; ich bin bei McGrath Limited für Public Relations zuständig. Das ist eine Tochter von ITU (einer von den Multis, die Du so gerne magst. Nur ein kleiner Witz ...)
Wenn Du Zeit hast, würde es mich freuen, von Dir zu hören.

Alles Liebe,
der Kobold

Warum war ihr so komisch zumute? Sie verspürte so etwas wie Übelkeit, aber nicht körperlich, sondern seelisch. Mit Colin hatte das nichts zu tun, doch mit ihrem Leben sehr viel, mit dem Gefühl, daß etwas fehlte, was sie nicht genau benennen konnte – so als wollte sie ein Puzzle zusammensetzen und wüßte dabei, daß ein Teil verloren war. Wer bin ich und warum bin ich da? Wer ist Dee McGlinn? Welche Bedeutung habe ich für das Jahr 1967? Gibt es einen bestimmten Grund, warum ich geboren wurde?
Sie schaltete das Radio ein und drehte an der Senderwahl, bis sie die schöne Stimme von Joan Baez hörte, die ihr versicherte: »*The answer is blowing in the wind...*«

FÜNFTES KAPITEL

»Warum quälst du mich?«
»Im Namen Gottes und weil es mir Vergnügen macht, Hexe!«
»Hat Vergnügen etwas mit Politik zu tun?«

Tagebuch eines Zeugen

»DAS IST die Lösung!« stöhnte Theo, während sein blutgetränktes Hosenbein aufgeschnitten wurde. Dann, als der Chirurg die eiternde Wunde untersuchte und der Schmerz sich in ihn hineinfraß, immer tiefer bis in sein innerstes Wesen, so daß er vor Übelkeit zitterte, verlor er das Bewußtsein.
Der Chirurg entfernte den Granatsplitter und legte ihn in eine Nierenschale, dann kauterisierte und nähte er die Wunde, zuletzt löste er die Aderpresse. Unterhalb der Aderpresse war das Bein blau und geschwollen. Der Arzt musterte es unschlüssig und verzog den Mund. »Behalten Sie das im Auge«, sagte er zur Stationsschwester. »Ich hoffe, wir müssen nicht amputieren.«
Das Gesicht des jungen Mannes war blutverschmiert, der Schädel mit eitrigen Wunden übersät. »Armes Schwein«, murmelte der Arzt, bevor er weiterging.

Der lange, geräumige Krankensaal stand voller Betten. Er befand sich nicht in einem richtigen Krankenhaus, sondern in einer behelfsmäßig hergerichteten Scheune, in der übermüdete Ärzte und erschöpfte Pflegerinnen Dienst taten, junge Frauen, die aus England gekommen waren, um die Verletzten in den Feldlazaretten hinter den Linien zu versorgen. Jeder freie Fleck war von Pritschen belegt, auf denen Verwundete

lagen. Manche schliefen, manche lagen im Koma, andere starrten an die Dachsparren; wieder andere, denen es besser ging, weil sie vielleicht nur an Fußbrand litten, versuchten sich aufzusetzen und mit dem Bettnachbarn zu reden. Der stechende Geruch nach Phenol und Desinfektionsmittel erfüllte den Raum.
Im Krankensaal war es kalt; die Heizkessel wurden nicht benutzt, da es an Brennstoff fehlte; deshalb mußten die Männer mit kaltem Wasser gewaschen werden.
Mitten in der Nacht erwachte Theo; er stöhnte auf, denn in seinem Bein pochte der Schmerz. Die vernähten Wunden an seiner Kopfhaut spannten unerträglich. So gut es ging, schaute er sich in dem Krankensaal um; er sah Schwestern mit erstaunlicher Behendigkeit vorbeihasten. Er hörte abgehackte, heisere Schreie, die langsam verebbten. Eine junge Schwester kam mit einem Glas Wasser zu ihm. Sie hielt seinen Kopf, während er trank, so daß er ihre gestärkte weiße Schürze und darunter ihre weiche Brust spürte, die sich hob und senkte. Er versuchte, sich zu erinnern, was geschehen war, seine Identität zu begreifen, sich seiner Stellung in der Welt zu vergewissern, doch sobald er Klarheit zu haben glaubte, verschwand sie wie ein Traum.
»Welches Jahr haben wir?« fragte Theo. »Wo bin ich?«
Die Schwester musterte ihn ungeduldig, faßte sich aber gleich wieder. »Sie sind im Krankenhaus«, sagte sie. »Wir haben das Jahr 1918.«
Theo trank, sabberte ein wenig vor Gier. Sie griff nach einem Handtuch und wischte ihm die Tropfen vom Kinn.
»Warum bin ich hier?«
»Es herrscht Krieg«, erwiderte sie. »Sie wurden verwundet.«
Die Schwester schüttelte das Kissen unter seinem

Kopf auf. »Aber Sie werden wieder gesund. Sie haben Glück gehabt.«
Theo schaute sich um. Die Laterne warf lange Schatten; der Mann neben ihm, dessen Arm septisch war, murmelte im Delirium vor sich hin. Die Schatten, die an den Wänden flackerten, die Schmerzenslaute, das kurze, harte, vom Senfgas verursachte Husten, die Atmosphäre des herannahenden Todes, die Frauen in den weißen Schürzen, das alles war unwirklich, fast surrealistisch. Er befand sich im Fegefeuer, vielleicht sogar in der Hölle.
»Werde ich sterben?«
Die Schwester schaute ihn an. »Unsinn!«
Theo betastete den blauen Streifen an ihrer Bluse. »Wofür haben Sie das bekommen?«
»Tüchtigkeit!«
Theos bitteres Lachen hallte durch den Krankensaal. »Tüchtigkeit! Das ist das richtige Wort für Sie!«
Die Stationsschwester eilte herbei und bedeutete der Schwester zu gehen. Sie hoffte, daß Theo nicht anfing wie so viele andere, die den Verstand verloren, zitterten und bei plötzlichen Geräuschen zusammenzuckten. Sie nahm seine Hand.
»Nehmen Sie's nicht so schwer«, tröstete sie ihn. »Sie sind jetzt in Sicherheit.«
»In Sicherheit«, wiederholte er und durchforschte panisch sein Gedächtnis. »In Sicherheit? Verdammt, ich weiß noch nicht mal, wer ich bin. Wer bin ich?«
Die Schwester nahm die Karte, die am Fußende des Feldbetts hing. »Ich fürchte, wir wissen es nicht – nur daß Sie ein Offizier der Fünften Armee sind. Eigentlich hatten wir gehofft, daß Sie es uns sagen können! Ihre Hundemarke war weg!«
Theo wandte sich ab. »Wissen Sie, wo ich herkomme?«
Die Schwester lächelte. »Sie sprechen wie ein Ire, vielleicht auch wie ein Schotte. Aber ich weiß, daß Sie zur

Erholung nach England geschickt werden – dort wird man die nötigen Nachforschungen anstellen, seien Sie also unbesorgt. Aber Sie können erst reisen, wenn es Ihnen besser geht. Jetzt müssen Sie sich ausruhen.«

Als die Stationsschwester am nächsten Morgen die Vorkommnisse der Nacht mir Dr. Warren besprach, sagte sie: »Der irische Offizier macht mir Sorgen.«

Der Arzt runzelte die Stirn.

»Granatwunden, vor allem im Bein«, kam sie seiner Frage zuvor, denn sie wußte, daß er nicht sofort jeden Fall parat haben konnte. »Sie haben den Splitter gestern früh herausgenommen.«

Der Doktor nickte. »Über das Bein kann man jetzt noch nichts sagen.«

»Ich weiß. Aber er leidet an Amnesie, hat keinen Schimmer, wer er ist. Ich habe mehrmals mit ihm geredet: er gerät allmählich in Panik.«

»Lassen Sie ihm Zeit«, meinte der Arzt. »Vorübergehende Amnesie kommt öfter vor.«

Die Stationsschwester wußte Bescheid; der Hinweis des Arztes war unnötig. »Es ist nicht nur die Amnesie, er hat eine Kriegsneurose. Er zittert unkontrollierbar und schreit immer wieder; manchmal rezitiert er Gedichte. Er stört die anderen!«

Mit einer abrupten Handbewegung beschied der Arzt: »Wir können ihn nicht verlegen. Geben Sie ihm Laudanum.«

Theo lag im Fieber. Schwester Watkins, die mit verschlafenen Augen ihren Dienst antrat, kam zu ihm, um Fieber zu messen.

»Ich möchte Ihnen etwas schenken«, lallte Theo. »Was würde Ihnen gefallen?«

Die Schwester schüttelte den Kopf. »Werden Sie wieder gesund«, flüsterte sie. »Wir wollen, daß unsere Jungs wieder gesund werden. Das ist das schönste Geschenk, das Sie mir machen können!«

Theo versuchte sich an Geschenke zu erinnern, die er einmal erhalten hatte, es fiel ihm aber nichts ein, außer einem Hundewelpen; er hatte ihn bekommen, als er klein war. Der Welpe hatte einen langen Schwanz, und immer wenn er damit wedelte, purzelte er um. War das Hundejunge groß geworden? Theo konnte sich nicht erinnern. Aber wie durch einen Zerrspiegel sah er das Gesicht des Mannes vor sich, der ihm den Hund geschenkt hatte. Sein Vater? Es mußte sein Vater sein, ein Mann mit Schnurrbart und einer braunen Warze auf der Wange, in der ein schwarzes Haar wuchs. Doch der Name seines Vaters fiel ihm nicht mehr ein.
Die Schwester fühlte Theos Puls und zog dann das Thermometer unter seiner Achsel hervor. »Keine Sorge«, sagte sie, »Sie werden wieder gesund.«
Theo starrte sie anklagend an, seine Augen wurden glasig. Er hielt seine Hände hoch, betrachtete sie konzentriert und runzelte die Stirn. Die Erinnerung an einen Sommertag kam ihm in den Sinn, ein Ring in einer Schachtel, der Augenblick, in dem er ihn anprobierte. Er wußte, daß der Ring wichtig war, doch er hatte ihn verloren – wo war er geblieben?
»Ich hatte einen Ring. Wo ist er?«
Die Schwester hob die Schultern. »Sie hatten einen Ring? Ich frage die Stationsschwester.« Sie trug seine Temperatur auf der Karte ein: 39,5°. Sie würden operieren müssen, wenn es so weiterging. Erst gestern war ein Mann mit einem septischen Bein gestorben. Der Arzt hatte versucht, es zu retten, und die Operation hinausgeschoben, bis es zu spät war.
Das Gewicht all dieser Schicksale lastete auf der Schwester – junge Männer, die sich mehr oder minder verzweifelt ans Leben klammerten; für manche wurde die Anstrengung unerträglich, sie ließen los und starben. Kämpfe, drängte sie Theo stumm. Kämpfe! Selbst wenn du das Bein verlierst, gibt es immer noch eine Welt und ein Leben, das auf dich wartet.

Sie fragte die Stationsschwester nach dem Ring. »Er braucht ihn«, sagte sie, »vielleicht würde er ihm helfen. Wahrscheinlich ist er von seinem Mädchen.«
»Schauen Sie im Schrank nach«, sagte die Stationsschwester und gab ihr die Schlüssel. Sie sprach von dem Schrank, in dem die persönliche Habe der Männer unter Verschluß gehalten wurde. Dort fand die Schwester einen Umschlag mit der Aufschrift: »Kopfverletzungen/Granatsplitter/Ire/Fünfte Armee«, aber er enthielt nur eine Photographie von zwei jungen Mädchen. Ein Ring war nicht da.
Sie kehrte zu ihrem Patienten zurück. »Tut mir leid. Da ist kein Ring. Vielleicht haben Sie ihn verloren ...«
Er seufzte, murmelte etwas Unverständliches und sank in sein Kissen zurück.
Während sie ihm den Schweiß vom Gesicht wischte, sah sie ihn sich genauer an. Er war dunkelhaarig und hatte eine blasse, wächserne Haut; die blauen Venen an der Schläfe pochten. Sein Schnurrbart war ungepflegt. Wahrscheinlich sah er gut aus, überlegte sie, bevor ihre Aufmerksamkeit von einem jungen Offizier in Anspruch genommen wurde, der sich zwei Betten weiter erbrach. Sie eilte zu ihm, um ihm zu helfen.

In London las Jenny die Zeitung. Die Alliierten waren an der Marne zum Gegenangriff übergegangen. Sie dachte an Andrew. Tag für Tag wurden die Listen der Gefallenen länger. Wie ein Fleischwolf verschlang der Krieg die Söhne der Welt, die, als wäre sie durch irgendeinen teuflischen Plan hypnotisiert, das Menschenopfer brachte.
»Ist der Krieg nicht bald vorbei, Gramps?«
Er blickte von seiner Zeitung auf. »Ich bete darum. Du solltest auch beten.« Er hielt inne, nahm ihre Hand und streichelte sie liebevoll. »Ich schätze, die deutsche Front bricht bald zusammen, so daß sie den Rückzug antreten müssen.«

»Und was passiert dann?«
»Dann gibt es einen Waffenstillstand.«
»Würde das heißen, der Krieg ist vorbei?«
»Ja.«
Er lächelte sie an. Sie war jetzt siebzehn, gertenschlank, bildschön, dachte er. Sie begann sich für den Kampf der Frauen um das Wahlrecht zu interessieren und erörterte das Thema oft mit ihrem Großvater.
»Was meinst du, Gramps, sollten die Frauen das Wahlrecht bekommen?«
»Die Hübschen auf jeden Fall!«
»Das ist keine vernünftige Antwort!«
Er schaute sie an: sie war zornig über seine Antwort, und ihre Augen funkelten. »Natürlich nicht«, sagte er freundlich. »Ich mache nur Spaß!«
Sie mußte lachen, entspannte sich, spielte mit einer langen Strähne ihres Haars, das sie nach wie vor offen trug. »Jetzt mal im Ernst – glaubst du daran oder nicht?«
»Selbstverständlich!«
»Warum?«
»Das ist eine Frage der Gerechtigkeit!«
Sie umarmte ihn. »Guter alter Gramps!« Er roch nach Rasierseife und sein Atem hatte das vertraute Aroma von Birnenbonbons. Jenny wußte, daß Suffragetten zwangsernährt wurden und daß es ein ›Katz-und-Maus-Gesetz‹ gab, das der Regierung erlaubte, weibliche Gefangene im Hungerstreik freizulassen und sie wieder zu inhaftieren, nachdem sie sich erholt hatten.
Jenny besuchte jetzt eine Kunstschule. In ihrem Atelier unterm Dach, wo Gramps ein zweites Fenster hatte einbauen lassen, arbeitete sie an ihren Zeichnungen und Gemälden. Das Portrait des Magiers hatte sie nie vollendet, es lehnte neben anderen Leinwänden an der Giebelwand des Dachzimmers.
Sie verbrachte viele Stunden in der National Gallery, wo sie die Gesichter der Vergangenheit erforschte.

Staunend bewunderte sie das Genie der Künstler, die Neid und Haß, Schmerz und Arroganz, zu schweigen von Dummheit, Eitelkeit und Berechnung auf die Leinwand gebannt hatten. Doch neben diesen Charakterstudien fand sie auch Mitgefühl, Staunen, Freude und so viel Anmut und Licht, daß sie die Vergangenheit und die Gegenwart zu einer großen, facettenreichen Wirklichkeit verschmelzen sah, die unaufhaltsam auf einen Zustand der Erleuchtung und Erkenntnis zusteuerte.

Ich würde gerne eine große Malerin werden! dachte sie immer wieder. Ich will das alles festhalten, das wilde, das zärtliche Leben.

Manchmal schaute sie in den Spiegel und fragte sich, ob Andrew sie hübsch finden würde, wenn er nach Hause käme. Während seiner Abwesenheit hatte sie einen Helden aus ihm gemacht, sie schrieb ihm eine Geistesgröße und Weisheit zu, die Andrew, kampfesmüde und abgestumpft vor Angst, schwerlich in sich entdeckt hätte.

»Andrew kommt bald heim!« sagte Gramps.

Jenny errötete. Gramps wußte nur zu gut, was in ihr vorging. Sie hatte sich mit Andrew getroffen, wenn er auf Heimaturlaub heimkam; das letzte Mal waren sie im Kino gewesen und hatten Charlie Chaplin gesehen, der Jenny zum Lachen brachte.

Im dunklen Kinosaal hatte Andrew sich zu ihr hinübergebeugt und sie auf den Mund geküßt. »Ich liebe dich, Jen!«

Die Worte tanzten ihr im Kopf herum und lösten ganz unterschiedliche Gefühle aus: den plötzlichen unwillkürlichen Triumph über die eigene Macht, Verlegenheit und schließlich ein Gefühl der Sicherheit. Sie wurde von Andrew geliebt. Indem er sie liebte, bot er ihr Schutz, war ein Fels in der Brandung. Jenny spürte in sich die Kraft eines leidenschaftlichen, selbstbewußten Geistes, doch sie fürchtete sich, ihn zu zeigen, und gab ihm nur in ihrer Arbeit Raum. Selbstbewußte Frauen bekamen jede Menge Schwierigkeiten. Männer empfanden solche Frauen offenbar als Bedrohung und glaubten, sie dürften sich ihnen gegenüber schlecht benehmen. Jenny fragte sich, was das sollte. Wenn Frauen aus Angst vor den Männern nicht sein konnten, wie sie waren, dann drückten sich auch die Männer vor einer Auseinandersetzung mit der Realität. Das Leben verkam zu einem Spiel, in dem begabte Schauspieler gut abschnitten; doch für alle anderen endete es in einem Kampf oder einem Scherbenhaufen. Dennoch war Jenny sicher, daß Andrew nicht zu den Männern gehörte, die sich von einer Frau bedroht fühlten. Bei ihm, so glaubte sie, konnte sie sein, wie sie war; er würde sie akzeptieren mit ihrer Wut und ihren Zweifeln, mit all ihren Fehlern und Schwächen.

Mit Yvonne hatte sie nicht über Andrew gesprochen, aber ihre Freundin schien ohnehin etwas zu vermuten.

»Andrew ist verrückt nach dir«, sagte Yvonne einmal ganz beiläufig, beobachtete dabei aber Jennys Reaktion.

»Red nicht solchen Unsinn.« lachte sie und wurde rot.

Yvonne lächelte. »Ich hätte nichts dagegen, wenn du meine Schwägerin wirst«, meinte sie mit einem Augenzwinkern. Yvonne war jetzt achtzehn, sommersprossig, freundlich; bald würde sie ihre Ausbildung in Hurleigh House anfangen, einem Genesungsheim in Surrey. Ihr Vater kannte dort die Oberin und den Chirurgen.

Im September bewahrheitete sich Gramps' Vermutung, und die Deutschen wichen allmählich in die Antwerpen-Maas-Stellung zurück.

Im November kam der Frieden. Am elften wurde der Waffenstillstand unterzeichnet; Deutschland übergab Tausende von Kanonen, Maschinengewehren und Kriegsflugzeugen, alle U-Boote und eine große Zahl von Güterwaggons und Lastwagen. In Großbritannien herrschte Hochstimmung. Fabriken machten

Urlaub, die Menschen tanzten auf den Straßen, es gab Feuerwerke, die Zeitungen brachten Sonderausgaben heraus, und die Pubs blieben geöffnet, bis das Bier ausging. Der König sagte: »Der Alptraum ist vorbei.« Doch zehn Millionen Menschen waren tot.

Gramps, der Jenny voll Freude umarmte, hatte dennoch seine Bedenken. »Der Alptraum ist nicht vorbei«, brummte er, als sie ihm vorwarf, sich nicht genug zu freuen. »In gewisser Weise fängt er jetzt erst an. Ich glaube, dieses Jahrhundert wird Greuel sehen, die sich die Welt nie hätte träumen lassen!«

Jenny schüttelte den Kopf. »O Gramps, sei doch nicht so pessimistisch!«

Der Großvater schaute sie nachdenklich an, lächelte und sagte, er sei ein brummiger alter Kauz und es wäre besser, er würde seine Artikel schreiben, die niemand las, statt zu predigen.

»Worüber schreibst du gerade?«

Gramps legte den Kopf schief. Sein schlohweißes Haar trat an der Stirn zurück, und auch sein Backenbart war weiß. In die Stirn hatten sich tiefe Furchen eingegraben, und um die Augen war ein Netz von Runzeln.

»Über Macht, mein Liebling und wie sie sich unter vielen Masken und ebenso vielen Lügen verbirgt.«

Endlich kam Andrew nach Hause, und Yvonne gab eine Party.

»Es ist ein Kostümfest«, erklärte sie Jenny. »Zieh mal was anderes an, verkleide dich irgendwie.«

Jenny schwieg. Sie wußte, was sie tragen würde – ein altes Kleid ihrer Großmutter, das in einer Truhe auf dem Dachboden lag, und noch etwas, was sie schon fast vergessen hatte.

»Gramps«, fragte sie, »wo ist meine Maske? Du erinnerst dich doch, die alte Maske aus ziseliertem Silber – oder wie man das nennt – die, mit der ich immer gespielt habe? Hast du sie noch?«

Er wich ihrem Blick aus. »Tut mir leid«, meinte er, »ich werde alt und vergeßlich. Was für eine Maske war das?«
»O Gramps, du mußt dich erinnern; ich habe sie vor Jahren im Garten gefunden. Ich möchte sie zu Yvonnes Party tragen.«
Gramps erinnerte sich nur allzu gut daran. Als Jenny ihm vor einigen Jahren gesagt hatte, er könne sie beseitigen, hatte er sie – in einem Augenblick abergläubischer Wut – mit in den Garten genommen, um sie zusammen mit dem Unkraut zu verbrennen. Doch das Ding wollte nicht Feuer fangen; als alles verbrannt war, starrte es ihn aus der Asche an. Die Maske war warm vom Feuer und wies Rußflecken auf. Doch nachdem Gramps seinen Ärger an ihr ausgelassen hatte und sie abwusch, stellte er erleichtert fest, daß sie unbeschädigt war; offensichtlich war sie sehr alt und vielleicht sogar wertvoll. Doch sie gehörte Jen ebenso wie alles andere, was ihr Vater ihr hinterlassen hatte: ein Bankguthaben von sechshundert Pfund, einige Reisetaschen aus Leder, verschiedene Kleidungsstücke und mehrere Paar Herrenschuhe.
Die Kleidung und die Schuhe hatte Gramps für wohltätige Zwecke gespendet, doch die Maske hatte er weggeräumt, um sie baldmöglichst zu vergessen. Er vermied eine Entscheidung bezüglich der Maske, denn einerseits wollte er nicht, daß Jenny ihm böse war, andererseits war ihm nicht daran gelegen, die seltsame Maske wieder in ihr Leben zu bringen. Seit jenem Gespräch vor einigen Jahren, in dem sie von ihren Alpträumen erzählt hatte, hatte sie die Maske nicht mehr erwähnt.
»Ich weiß nicht, wo sie hingekommen ist«, antwortete Gramps und hustete, »aber ich werde sie suchen!« Er nahm es mit der Wahrheit nicht ganz genau, denn er wußte sehr wohl, wo er sie versteckt hatte. »Aber für eine Party ist sie ohnehin nicht das Richtige, oder?«

Jenny schluckte diese Auskunft ohne weiteres. »Vielleicht hast du recht.« Sie entsann sich der Träume, die sie früher geplagt und mit der Entdeckung der Maske begonnen hatten. Wahrscheinlich war es besser, nichts zu unternehmen, was die Alpträume wieder wachrufen konnte, auch wenn sie sie jetzt als Hirngespinste eines phantasievollen Kindes abtat.
»Erinnerst du dich an die Träume, die ich früher manchmal hatte?« fragte sie ihren Großvater mit leisem Lachen. »Träume von einem Mann, der die dumme Maske von mir verlangt hat.«
»Ja. Was hast du gleich wieder von ihm erzählt?« erkundigte er sich besorgt.
»Er war ... dunkel ...«, antwortete sie, »die Art von Dunkelheit, die alles in sich aufnimmt, so wie man sagt, daß Schwarz alle Farben schluckt. Er wollte, daß ich sie aufsetze – die Maske.«
»Verstehe. Träumst du immer noch von ihm?«
»Nein. Seit ich ihn gemalt habe, träume ich nicht mehr von ihm.« Gramps richtete sich erstaunt auf.
»Du hast ihn gemalt?«
»Ein schlechtes Portrait. Ich habe ihn mir als Magier aus dem siebzehnten Jahrhundert vorgestellt. Aber das Bild ist nicht fertig.«
»Warum?«
»Ich glaube, es hat mir nicht gefallen, wie er mich ständig anstarrte.« Sie lachte. »Jetzt starrt er die Wand an.«
»Wie geht es Yvonne? Ist sie froh, daß sie die Schule hinter sich hat?« Gramps versuchte angestrengt, das Thema zu wechseln und damit auch die Müdigkeit und das Unwohlsein abzuschütteln, das ihn im Lauf des Tages beschlichen hatte.
Jen nickte. »Sie hat einen Ausbildungsplatz in einem Genesungsheim gefunden. Nächste Woche fängt sie an.«
»Gut. Wahrscheinlich ist es schöner, dort anzufangen

als in einem Krankenhaus. Ihr Vater hat vermutlich seine Beziehungen spielen lassen.«

»Gramps, geht es dir gut?«

Er schlug sein Buch zu. Er atmete schwer, fühlte sich benommen und fröstelte. Beim Versuch aufzustehen stolperte er.

Jenny rief nach Mary, und gemeinsam brachten sie ihn hinauf in sein Bett. Dann ging Mary, um Dr. Stacey zu holen.

»Spanische Grippe«, erklärte der Doktor, als er die Treppe herunter kam. »Haltet ihn warm, reichlich heiße Getränke, Suppe; soweit möglich, sollte immer jemand bei ihm sein.« Er betrachtete Jenny voll Sorge, versuchte, sie mit wohlerwogenen Worten auf das Unvermeidliche vorzubereiten, ohne sie zu erschrekken. Die Falten um seine Augen und seinen Mund wirkten tiefer als sonst; er lächelte so zurückhaltend und professionell, daß es Jenny kalt ums Herz wurde.

»Ich bleibe bei ihm«, flüsterte Jenny. Auf einmal kam es ihr vor, als würde ihr der Boden unter den Füßen weggezogen. »Wie schlimm steht es?«

»Du weißt selbst, daß er nicht mehr jung ist, Jenny.«

Sie brachte den Arzt zur Tür. Gramps hatte ihr einmal erzählt, der Doktor sei Freimaurer. Als Kind hatte Jenny gedacht, daß er aus diesem Grund nie eine Rechnung schickte: die Behandlung war frei.

In Hurleigh House, einer stattlichen Villa, die man in ein Genesungsheim umgewandelt hatte, pflegte Yvonne Theo O'Reilly. Sein Bein war unterhalb des Knies amputiert worden, und er litt an einer schweren Kriegsneurose; er hatte Angstzustände, brabbelte unzusammenhängedes Zeug und verfiel dann wieder in Schweigen. Yvonne versuchte, ihn zum Reden zu bringen. Er sollte von seiner Heimat erzählen. Sie nahm an, daß er aus Irland stammte, denn er sprach mit irischem Akzent; aber sie wußte auch, daß es noch nicht gelungen war, sein Regiment oder seine Familie ausfindig zu machen. Mit seinen Erinnerungen war nicht viel anzufangen, aber er schien jeden Augenblick mit der Explosion von Granaten zu rechnen.

Yvonne mußte jeden Tag seinen Beinstumpf verbinden; das war nicht schwer, denn die Wunde heilte gut. Man hatte ihm ein Holzbein angemessen.

»Erzählen Sie mir von Ihrer Heimat«, bat sie ihn eines Tages, als sie ihn in seinem Rollstuhl an sein Lieblingsfenster auf der Galerie schob, von dem aus sich ein Blick auf den winterlichen Rasen und den kleinen künstlichen See bot. In der Mitte des Sees war ein Springbrunnen, der jetzt allerdings nicht in Betrieb war.

Yvonne hob die Wolldecke auf, die auf den Boden gerutscht war und stopfte sie fest. An diesem Mann war etwas, eine Verletzlichkeit, die sie rührte.

»Heimat ist da, wo das Herz ist«, entgegnete Theo.

Yvonne stand neben ihm und schaute aus dem Fenster. »Ja, besonders, wenn man weit weg ist. Sie haben bestimmt Sehnsucht nach – nach Irland.«

Theo zuckte zusammen und sah sie an; nichts in seinem Blick deutete auf eine Geistesstörung. »Wonach?«

»Nach Irland. Das ist doch Ihre Heimat, oder?«

Theo starrte sie an; scheinbar verstand er nicht, wovon sie sprach. Voller Verachtung fuhr er sie an: »Aufdringliche Person!« Dann schaute er wieder mit ausdruckslosem Gesicht auf den winterlichen Garten und die elegante Steinbalustrade der Terrasse hinaus.

Yvonne war verletzt. Sie hatte noch nicht gelernt, sich gegen die Beleidigungen der geistig Zerrütteten abzuhärten. Von Theo hatte sie so etwas nicht erwartet. Während sie ihn beobachtete, hatte sie Eigenschaften auf ihn projiziert, die ihre eigenen verborgenen Bedürfnisse befriedigten: die Suche nach Sinn; die Sehnsucht, zu lieben und geliebt zu werden. Im Weg-

gehen kam sie an zwei anderen Patienten vorbei, die Schach spielten. Diese hatte den Wortwechsel mitbekommen und blickten Yvonne mitleidig an.
»Hören Sie nicht hin, was der alte Paddy da faselt.«
Einer der beiden schüttelte den Kopf, tippte sich an die Stirn und preßte vielsagend die Lippen aufeinander.
Eine Karre mit Verbandszeug ratterte, von einem Sanitäter geschoben, den Korridor hinunter. Sie stieß an einen Tisch, so daß die Instrumente und Nierenschalen schepperten und eine davon zu Boden fiel. Bei dem Lärm fuhr Theo, der nach wie vor in der Fensternische saß und in den Garten starrte, zusammen. Er hievte sich aus dem Rollstuhl und landete auf dem Boden, wo er sich zusammenkrümmte und unter der Decke Schutz suchte wie ein Tier, das außer sich vor Angst in seinen Bau huscht.
Yvonne lief zu ihm, kniete neben Theo nieder, versuchte ihn zu beruhigen und hob ihn dann gemeinsam mit dem Sanitäter in seinen Stuhl.
»Tut mir leid, daß ich solchen Krach gemacht habe, Kamerad«, sagte der Sanitäter. »Ich hab nicht gesehen, wo ich hinlaufe.«
Theo reagierte nicht. Er zitterte, als Yvonne ihn wieder zudeckte.
»Nichts passiert«, flüsterte sie ihm von Mitleid überwältigt zu. »Nur ein kleiner Unfall; Sie sind in Sicherheit.«
Theo ignorierte sie. Erst nach einer Weile blickte er sie mit vollkommen vernünftigen Augen an und zischte: »Warum verpißt ihr euch nicht einfach?«
Yvonne wandte sich ab. Sie war erschöpft und hätte am liebsten losgeheult.
»Es hilft nichts, wie sieben Tage Regenwetter auszusehen, Schwester. Wenn Sie das in Ihrer Ausbildung gelernt haben, dann ist das eine schwache Leistung, wirklich eine schwache Leistung!«

Yvonne schaute noch einmal in die klugen Augen. Dann antwortete sie kalt: »Der Krieg ist vorbei. Hat Ihnen das noch niemand gesagt? Also reißen Sie sich zusammen, Lieutenant – oder was Sie sonst sein mögen! Ich glaube nicht, daß Ihre Kriegsneurose so schlimm ist, wie Sie tun. Vielleicht waren Sie ganz schneidig, wenn nicht gar ein Held, aber deshalb haben Sie nicht das Recht, sich wie ein Schwein zu benehmen.«
Sie drehte sich auf dem Absatz um; schon schämte sie sich für ihren Ausbruch. Daß Theo sich umwandte und ihr nachschaute, bemerkte sie nicht.
Später hörte sie seine Stimme. »Schwester, hallo, Schwester!« Zögernd trat sie zu ihm. Er hielt eine Photographie in der Hand und zeigte auf eines der beiden Mädchen, die in die Kamera lächelten.
»Das Mädchen ist Ihnen wie aus dem Gesicht geschnitten!«
Yvonne wurde blaß. Die Photographie zeigte sie selbst und Jen. Wie war das Bild in die Hände dieses Mannes gelangt? Sie erinnerte sich an den Tag, an dem die Aufnahme entstanden war, entsann sich auch, wem sie sie geschickt hatte.
»Woher haben Sie das?«
Er schüttelte den Kopf. »Ich kann mich nicht erinnern«, sagte er mit leiser, unglücklicher Stimme. »Und Schwester«, fügte er hinzu, während sie das Photo ansah, »es tut mir leid, wenn ich mich wie ein ›Schwein‹ benommen habe.«
Yvonne lächelte ihn an, bemerkte, daß er zitterte, wie verletzlich, einsam und ängstlich er war. Sie erkannte, daß ihm, ungeachtet seiner Verwirrung, gute Manieren und echte Menschlichkeit nicht fremd waren. Doch wie kam er zu dem Photo, das sie Andrew geschickt hatte‹
»Das bin ich. Ich habe das Bild meinem Bruder Andrew Stacey geschickt, als er an der Front war.«

Theo schüttelte den Kopf. »Woher habe ich es dann?«
»Sie waren doch an der Somme«, sagte Yvonne. »Da war Andrew auch.«
»Ist er heimgekommen?«
Sie nickte.
Wieder betrachtete er die Photographie. »Wer ist das andere Mädchen?«
»Das ist Jenny Stephenson, eine Freundin von mir. Sie ist praktisch mit Andrew verlobt ...«
Theo seufzte. »Ist sie auch Krankenschwester?«
»Nein«, antwortete Yvonne lächelnd. »Das würde ihr nicht gefallen. Krankenpflege ist nichts für sie!«
»Warum nicht?«
»Sie ist einfach nicht der Typ dazu. Sie hätte nicht genug Geduld. Sie will Malerin werden.«
»Ist sie gut?«
Yvonne dachte an Jennys Zimmer unterm Dach und an die Leinwände, die sich dort stapelten, an das seltsame Portrait, an dem sie sie einmal hatte arbeiten sehen. »Könnte sein. Ich weiß nicht genug über Kunst, um es zu beurteilen.« Ihr fiel auf, wie er Jenny anstarrte, die ihn aus dem Photo unschuldig anlächelte.

Später kam jemand, um Theos Holzbein anzupassen. Yvonne war neben ihm, als er versuchte zu stehen und als er versuchte, einen ersten Schritt zu machen. Er stolperte, und sie griff nach seinem Arm, stützte ihn. Er legte einen Arm um sie und lächelte sie an. Es war das Lächeln des kleinen Jungen, der sich verlaufen hat, voll Vertrauen, ohne Arg. Er versuchte noch ein paar Schritte, dann setzte ihn der Arzt wieder in seinen Stuhl und ging weg.
»Für den Fall, daß ich es noch nicht gesagt habe, o liebliche Schwester«, fuhr Theo fort, als der Arzt gegangen war und er schwer atmend vor Anstrengung, aber sehr zufrieden dasaß. »Es tut mir leid, daß

ich mich oft so rüde benommen habe. Ich war ein bißchen verzweifelt.«
Er wartete ab, wie sie reagierte und fuhr dann fort. »Ich bin ein einbeiniger Mann, der herauszufinden versucht, wer er ist. Ich glaube, ich habe verschiedene Persönlichkeiten durchprobiert, um zu sehen, welche paßt.« Er lächelte reumütig. »Verzeihen Sie mir?«
Yvonne schaute ihm in die Augen, und es war um sie geschehen.

»Ich gehe nicht auf Yvonnes Party«, erklärte Jenny, als Gramps eine Woche später nachfragte. »Ich bleibe daheim und kümmere mich um dich.« Dem Großvater ging es jetzt scheinbar besser. Er sah zwar mitgenommen aus, konnte sich aber im Bett aufsetzen. Der Husten hatte nachgelassen, und der Doktor zeigte sich sehr zufrieden mit den Fortschritten seines Patienten. »Für einen Mann in seinem Alter hat er erstaunliche Kraftreserven«, sagte er zu Jenny, als sie auf der Diele im Erdgeschoß standen. »Aber sein Zustand muß sich noch stabilisieren. Die größte Gefahr, die uns jetzt droht, ist eine Lungenentzündung.«
»Er wird keine Lungenentzündung bekommen«, sagte Jenny mit Nachdruck. »Dafür sorge ich.«
Sie gab dem Doktor seinen Hut und half ihm in den Mantel. Er schenkte ihr ein aufrichtiges Lächeln, zog die grauen Augenbrauen hoch und mahnte sie, auf sich zu achten, ihre Kräfte nicht überzustrapazieren. »Wenn du selbst krank wirst, was soll dann werden? Ich hoffe, du kommst zu Andrews Party? Das würde dir guttun – eine Abwechslung. Und ich komme vorbei und sehe nach deinem Großvater!«
»Danke, aber ich glaube, es ist besser, ich bleibe bei ihm!«
»Mir fehlt nichts. Ich bestehe darauf, daß du gehst!« sagte Gramps streng, und man hörte, daß es ihm ernst

war. »Mary kann sich um mich kümmern. Mir geht es wirklich besser. Ich fühle mich gut. Fort mit dir. Aber ich möchte dich in deinen feinen Kleidern sehen!«
Jenny zauderte, doch schließlich gehorchte sie. Gramps hatte gedroht, aufzustehen, wenn sie nicht ginge. Sie machte sich nicht die Mühe, nach der Maske zu suchen, weil sie wußte, daß es Gramps nicht recht gewesen wäre, aber sie ging auf den Dachboden, um das schwarze Samtkleid zu holen, das man mit anderen alten Abendkleidern in einer Truhe eingemottet hatte, weil es zu schade zum Wegwerfen gewesen war.
Wegen Gramps' Erkrankung war Jenny schon seit geraumer Zeit nicht mehr oben gewesen, und jetzt spürte sie, wie das Mansardenzimmer sie willkommen hieß, staubig und kalt wie es war, während das Winterlicht weich und geheimnisvoll durch die beiden Dachfenster fiel. Da stand ihre Staffelei mit dem Portrait, das sie begonnen hatte: es war ein Bild von Andrew, eine Kohleskizze; er würde ihr Modell sitzen müssen, aber sie hatte versucht die Asymmetrie seines Gesichts und die Art, wie er sich im Sitzen zurücklehnte, einzufangen. Sie wollte sein Selbstbewußtsein auf die Leinwand bannen. Für ein paar Minuten ließ sie sich auf ihren Polstern nieder, um die Zeichnung zu betrachten, dann holte sie das Samtkleid aus der Truhe und ging damit zur schmalen Dachtreppe. Doch in diesem Augenblick fiel ihr das Portrait des Magiers wieder ein, und sie warf einen Blick in den Winkel, wo sie es gelassen hatte. Da lehnte es neben anderen Bildern an der Wand; Jenny bückte sich unter die Dachbalken und drehte es um. Doch auf die Eindringlichkeit der Augen, auf ihre Ausdrucksstärke war sie nicht vorbereitet. Der Magier musterte sie mit schweren Augenlidern aus einem perfekt gemalten Gesicht.
»Ich dachte, ich hätte es nicht vollendet«, flüsterte sie,

während sie ihr Werk betrachtete. »Anscheinend bilde ich mir manches ein.« Sie riß sich von dem Gesicht los und sah, daß auch die Kleider – schwarze Seide mit einem breiten, grauen Kragen – dargestellt waren. Die schmalen, aristokratischen Hände hatte er übereinander gelegt. Ein goldener Ring glänzte matt, reflektierte das Licht.

Jenny war fasziniert. »Das ist gut! Das habe ich gut gemacht. Mir war nicht klar, daß es so gelungen ist...«

In ihrer Begeisterung vergaß sie die Kälte. Ganz vertieft in die Betrachtung des Bildes streckte sie die Hand danach aus, zog sie aber, von der jähen Furcht überwältigt, etwas Warmes, Lebendiges zu berühren, rasch wieder zurück. Dann warf sie einen prüfenden Blick auf die Skizze auf der Staffelei. Die Kohleskizze wirkte steif, die Arbeit dilettantisch, das Thema unreif.

Verblüfft und unentschlossen blieb Jenny noch einen Augenblick stehen. »Ich muß mehr Zeit in das Bild investiert haben, als ich dachte«, murmelte sie, nahm das Portrait des Magiers und lehnte es wieder an seinen Platz mit dem Gesicht zur Wand. Dann dachte sie: ich muß es Gramps zeigen.

Erst jetzt wurde ihr klar, daß sie vor Kälte zitterte, und sie nahm das Kleid, das sie hatte fallenlassen, schloß die Mansardentür hinter sich und eilte in die warme Küche hinunter. Vor Mary, die den Herd heizte, breitete Jenny das Kleid aus, damit sie es bewundern konnte. Sie bestaunte den tiefen Halsausschnitt, die Tournüre und die schmalen Ärmel; dann mußte Jenny es anprobieren. Mary befand, es sei zu lang, und opferte viel Zeit, um den Saum umzunähen und das Kleid zu lüften und auszubürsten.

Später führte Jenny ihrem Großvater das Kleid vor. Es roch noch nach Mottenkugeln, aber sie drehte sich damit im Kreis und fegte mit der kurzen Schleppe

über den Fußboden. An der Taille war es so eng, daß sie die Luft anhalten mußte.
Gramps bekam feuchte Augen, denn er gedachte einer Frau mit samtweicher Haut, die dieses Kleid getragen hatte, und einer Zeit, in der alles jung und frisch war.
»Eine schöne Party wünsche ich dir. Ich weiß noch, wie dieses Kleid neu war. Deine Großmutter trug es gerne; es betonte ihre wunderbare Figur und ihren Teint!«
»Es war mir etwas zu lang, Gramps. Mary mußte es umnähen. Und ein bißchen eng ist es auch«, fügte sie hinzu und tat so, als würde sie keine Luft mehr bekommen. In diesem Augenblick fiel ihr das Portrait des Magiers wieder ein, und sie wollte dem Großvater sagen, wie gut es war, doch dann sah sie, wie er lächelte und wie glücklich er seinen Erinnerungen an längst verflossene Tage nachhing. Jenny folgte seinem Blick, der zur Photographie ihrer Großmutter auf dem Kaminsims wanderte, eine Frau, die sich sehr aufrecht hielt, den Kopf leicht geneigt, als scheute sie sich vor der Kamera. Neben ihr stand eine hohe Zimmerpalme. Sie hatte einen zusammengefalteten Fächer in der Hand.
»Du brauchst einen Fächer!« rief Gramps und hieß sie die unterste Schublade der Kommode öffnen. Dort fand sie einen in Seidenpapier gewickelten Elfenbeinfächer, der mit filigranen Mustern durchbrochen war.
»Oh! Kann ich mir den ausleihen?«
»Natürlich – er gehört dir! Jetzt aber fort mit dir!«
Hoffentlich finde ich einen Mann, der so nett ist wie du, Gramps! dachte sie, als sie die Schleppe aufnahm und langsam die Treppe hinunterstieg. Weil es dunkel war, begleitete Mary sie das kurze Stück zu den Staceys. An der Tür ermahnte Jenny sie, sofort Bescheid zu sagen, wenn sich Gramps' Zustand veränderte.
»Es geht ihm bestimmt gut«, meinte Mary, »machen Sie sich keine Sorgen.«

Yvonne schloß Jenny zur Begrüßung in die Arme und machte ihr ein Kompliment über das Kleid. Sie selbst trug ein hellblaues Gewand im griechischen Stil, und ihr rotgoldenes Haar hatte sie zu einer passenden hellenistischen Frisur aufgesteckt. Das Vorbild dafür stammte aus einem von Jennys Kunstbüchern. Jenny gab das Kompliment zurück. »Du siehst aus wie eine der drei Grazien!«
»Und du bist einfach wunderschön«, erwiderte Yvonne mit aufrichtigem Staunen. »Woher hast du dieses unglaubliche Kleid?«
»Es lag in einer Truhe auf dem Dachboden. Mary mußte es umnähen.«
»Du siehst vollkommen anders aus als sonst – wie eine grande dame – es betont deine Haut und deine Augen.« Nach kurzem Schweigen sagte sie: »Komm mit hinauf, ich habe genau das richtige Accessoire dafür«, und Jenny folgte ihrer Freundin in ihr Zimmer im ersten Stock, wo Yvonne in einer Schublade wühlte und schließlich einen Gegenstand in einem Samttäschchen herauszog. Es war ein Diadem mit Diamantimitationen, das Yvonne auf das hochgesteckte Haar der Freundin setzte. »So, jetzt siehst du aus wie eine Königin!«
Jenny sah sich im Spiegel: schlank, fürstlich, ein Geschöpf aus einer anderen Zeit, in üppigen schwarzen Samt gekleidet, mit tiefem Ausschnitt, schmaler Taille und funkelnden Diamanten im Haar.
»Oh Yvonne, ich erkenne mich nicht wieder!«
»Andrew wird es nicht anders gehen! Er ist noch unterwegs, kommt aber bald zurück. Es ist schon alles organisiert – eine große Überraschung!«
»Du hast mir noch gar nichts von dir erzählt«, sagte Jenny, als sie über den Treppenabsatz gingen. »Wie gefällt es dir denn in Hurleigh House?«
»Es ist in Ordnung. Die Arbeit hatte ich mir ungefähr so vorgestellt... manches ist ziemlich schlimm. Aber ich habe einen sagenhaften Mann kennengelernt!«

»Wen?«
»Den unbekannten Soldaten, wie er im Buche steht!«
Dann ging die Haustür auf, und auf der Diele war Andrews Stimme zu hören. »Geh schon«, flüsterte Yvonne. »Geh schon runter. Er wird vollkommen überwältigt sein, wenn er dich sieht!«

Andrew war in Uniform. Wie gebannt starrte er Jenny an, als sie die Treppe herunterkam, die Schleppe in einer Hand, den Fächer in der anderen. Er öffnete den Mund, brachte aber zunächst kein Wort heraus.
»Jenny Stephenson! Ich fasse es nicht!« Er ging auf sie zu, ergriff ihre Hand und küßte sie mit schwungvoller Gebärde.
Jenny lächelte, stellte aber verwundert fest, wie sehr er sich verändert hatte. In den letzten Monaten war er gealtert, mit dem blühenden Jüngling, der vor vier Jahren in den Krieg gezogen war, hatte er nichts mehr gemein. Seine Kindheit und Jugend war vorbei. Jetzt war er zwanzig, ein junger Mann, der einen Krieg erlebt hatte. Sein rotblondes Haar trug er aus der Stirn gekämmt. Im Schützengraben hatte er gelernt, sich selbstbewußt zu geben, und das gelang ihm in seiner Uniform auch jetzt. Er sah gut aus, besaß klare Gesichtszüge, und er liebte Jenny. Sie konnte es von seinen Augen ablesen – ein Pantheon des schönen Scheins, hinter dem sich Verlangen verbarg.

Als die Party vorbei war und sich die Leute mit ihrem »Danke, meine Lieben« und »Es war eine wunderbare Party!« verabschiedet hatten, saß Yvonne mit dem Bruder und der Freundin vor dem erlöschenden Feuer im Wohnzimmer und erzählte ihnen von dem jungen Mann in Hurleigh Hall, den sie pflegte und der erstaunlicherweise ein Photo von ihr und Jenny besaß, das sie Andrew zu Anfang des Krieges geschickt hatte.
»Großer Gott, das muß der arme Hund O'Reilly sein.

Er hat mich um das Bild gebeten – was ich ihm natürlich abschlug – aber später habe ich es verloren!«
Andrew lächelte Jenny um Verzeihung heischend an. »Also wissen wir jetzt Bescheid!«
Yvonne errötete und sagte aufgeregt: »Ist das sein Name? O'Reilly?«
»Ja. Captain O'Reilly. Alle nannten ihn Theo. Er war nicht ganz bei Trost. Geht es ihm gut?«
»Heute hat man ihm ein Holzbein angepaßt! Er leidet an Gedächtnisverlust und weiß nicht einmal, wie er heißt!«
»Er war schon immer ein verrückter Ire«, meinte Andrew und fügte hinzu: »Es wäre wohl besser, wenn ich ihn mal besuche.«
Yvonne stand auf, um einen Stift zu holen. »Das heißt, daß man seine Familie ausfindig machen kann. Ist das nicht wunderbar?«
Andrew runzelte die Stirn und sagte zu Jenny: »Ich hoffe, sie hat dem Kerl nicht zu tief in die Augen gesehen. Weißt du, was er mir einmal erzählt hat: daß er vom Teufel besessen ist!«
Jenny schauderte. »Wie schrecklich!«
»Tja, genauso hat er sich nicht ausgedrückt, aber so ähnlich! Trotzdem darf man mit einer schönen Frau nicht über solchen Blödsinn reden. Im Schützengraben haben wir alle manchmal die Nerven verloren!«
»Du kommst mir vollkommen normal vor. Möchtest du mir Modell sitzen? Ich habe schon ein Portrait von dir angefangen!«
Andrew beteuerte, er sei begeistert. »Hast du wirklich ein Portrait von mir angefangen? Das ist einfach prima, Jen, ich fühle mich geehrt. Von einer Göttin gemalt zu werden!«
Jenny fand zwar, daß Andrew mit unnötigem Überschwang reagierte, doch während sie die glühenden Kohlen im Feuer betrachtete, spielte ein Lächeln um ihre Lippen. Andrews Worte gefielen ihr. Sie genoß

das Leben und sah sich von außen – eine schöne Frau in einem eleganten Kleid, zu der Männer bewundernd aufblickten. Sie sah ihr Spiegelbild in Andrews Augen und wußte, daß sie schön war und daß ihr dies eine verborgene Macht verlieh, fast wie die Fähigkeit über Wasser zu gehen. Doch dann dachte sie an Gramps und murmelte: »Es ist spät. Ich muß jetzt gehen!«
»Ich möchte dir eine Frage stellen«, sagte Andrew mit veränderter Stimme und vor Bewunderung leuchtenden Augen. »Eigentlich wollte ich dich heute noch nicht fragen, aber es ist sehr wichtig ...«
Jenny warf ihm einen Blick zu und schaute dann rasch wieder ins Feuer. Andrew spürte, wie unnahbar, wie unerreichbar sie war, und zusammen mit ihrer Schönheit, weckte dies ein überwältigendes Verlangen in ihm. Seine physischen und metaphysischen Sehnsüchte wurden eins. Daher konnte er nicht mehr warten um die Frau hinter dem Samtkleid und dem leuchtenden Haar wirklich kennenzulernen. Ihm war nur der Hunger seines Körpers und seiner Seele bewußt.
»Ich möchte dir einen Antrag machen, Jen. Ich will dich heiraten.« Jetzt war der Augenblick gekommen, jetzt hatte sie die Bestätigung, und sie empfand zuerst ein Triumphgefühl und dann Verdruß. Der Antrag kam zu früh, zu fordernd, zu sehr war er darauf bedacht, sich in ihr Leben zu drängen und es in Beschlag zu nehmen. Als sie nicht antwortete, fragte Andrew besorgt: »Jen? Willst du?«
»Ich muß Gramps fragen«, sagte sie und sah ihn an; sie wußte nicht, wie sie mit der Situation umgehen sollte.
Andrew war außer sich vor Freude. Jennys mangelnde Begeisterung sah er als Beweis ihrer Schüchternheit. Er griff nach ihrer Hand, und als Yvonne wiederkam, rief er: »Wir sind verlobt!«
Yvonne, die sich absichtlich lange mit der Suche nach Schreibzeug aufgehalten hatte, kam mit einem Füllfe-

derhalter und einem Notizblock wieder. Sie schloß erst Jenny in die Arme, dann ihren Bruder, und gratulierte ihnen unter Tränen. »Das habe ich mir schon immer gewünscht...«
Sie gab Block und Füller ihrem Bruder, damit er das, was er über Theo wußte, notieren konnte, und meinte dann lachend, drei seien einer zuviel, sie gehe jetzt ins Bett.

Andrew zog Jenny auf die Couch, küßte sie leidenschaftlich und hielt sie so fest, daß sie seinen Körper spürte und sich ihre Brüste an ihn drückten. Voller Neugier und aus einem neuen Machtgefühl heraus gab sich Jenny dieser Umarmung hin. Zögernd drang er mit der Zunge in ihren Mund ein. Das Gefühl fand Jenny eher unangenehm als erregend. Sie fragte sich, was mit ihr nicht stimmte. Ebenso wie Gramps hielt sie große Stücke auf Andrew. Dann spürte sie, wie sich in seinem Schritt etwas ausbeulte und an sie preßte.
»Was hast du da in der Tasche?«
»Ein Fläschchen Whiskey. Oh, Jen, Liebste, ich scherze! Hast du denn keine Ahnung? Das ist mein Schwanz. Du kannst ihn anfassen, wenn du magst!« Er knöpfte seine Hose auf, nahm ihre Hand und steckte sie hinein.
Jenny spürte den warmen, steifen Penis und die krausen Schamhaare auf seinem Bauch. Sie sagte nichts, ließ aber ihre Finger sanft forschend über sein Glied gleiten. Andrew stöhnte.
Da zog Jenny die Hand zurück. Andrew sah ihr glänzendes Haar im Lampenschein, die weiche Linie der Wangen und der Stirn und ihre geschwungenen Wimpern. Er legte den Arm um sie und zog ihr Gesicht an seines. Das Diadem, das sich durch die Umarmung schon gelockert hatte, löste sich ganz und hing ihr über die Schläfe. Er entfernte es, so vorsichtig er

konnte, aber ihre Frisur löste sich, und eine lange Locke fiel ihr auf die Schulter.

Andrew legte das Diadem auf den Beistelltisch neben dem Sofa und betrachtete seine Liebste, die sich eifrig bemühte, ihr Haar zu ordnen.

»Ich kann es gar nicht abwarten, mit dir ins Bett zu gehen.«

»Was willst du denn mir mir im Bett?« fragte sie ein wenig schelmisch, während sie emsig ihre Haarnadeln feststeckte, um zu verbergen, wie nervös sie war.

Andrew lachte. »Ich werde dich lieben. Ich werde mit diesem dicken Kerl in dich hineinschlüpfen und ihn auf und ab, vorwärts und rückwärts bewegen.« Er wartete auf Schreie des Entzückens, doch als sie ausblieben, fragte er: »Glaubst du, das wird dir gefallen?«

»Das würde ich nicht sagen«, entgegnete Jenny ernst, nachdem sie sich den Vorgang voll Entsetzen ausgemalt hatte. »Es ist völlig ausgeschlossen, daß er reinpaßt.«

»Natürlich tut er das, mein Liebling!« flüsterte Andrew und kicherte vor Vergnügen über ihre Naivität. Doch gleichzeitig wußte er, daß das Gespräch eine unziemliche Wendung genommen hatte, und erinnerte sich, daß er seiner Verlobten Respekt schuldete. Erst jetzt bemerkte er, daß sie von ihm abgerückt und ihr Körper dem anderen Ende des Sofas zugeneigt war.

»Es tut mir leid, ich sollte nicht so mit dir reden... ich habe zuviel getrunken... ein schlechtes Benehmen, wirklich. Soll ich dich nach Hause bringen?«

Als Jenny in dieser Nacht wachlag und die Ereignisse des Abends überdachte, fragte sie sich, was mit der Maske geschehen war. Sie hatte sie schon fast vergessen, bis sie ihr durch die Party wieder in Erinnerung gekommen war. Sie entsann sich der merkwürdigen Empfindungen, die sie früher oft gehabt hatte, das Gefühl, für jemanden sichtbar zu sein, den sie selbst nicht wahrnehmen konnte. Doch ihr Phantom hatte sie nun schon seit langem nicht mehr belästigt; sie fragte sich, ob sie ›ein bißchen komisch‹ war, wie Mary es formulierte – ob sie sich alles nur eingebildet hatte. Wie sie wußte, wurden Heranwachsende gelegentlich von seltsamen Erscheinungen geplagt. Aber damals war es ihr gar nicht so entsetzlich erschienen, sondern ganz normal – wirklicher als alles in ihrem Leben. Wo bist du, wer warst du? fragte sie sich. Sie spürte, daß sie ihn verloren hatte – ein unwiederbringlicher Verlust –, gleichzeitig empfand sie aber Erleichterung. Nun konnte sie ihr Leben so führen, wie es ihr von Geburt an bestimmt war: ohne Hast, ohne große Aufregungen und Absurditäten; ihre Zukunft war bereits vorgezeichnet.

Im Frühling würde sie Andrew heiraten; dafür reichte ihre Liebe ganz gewiß; sie würden ihre Tage gemeinsam verleben. Als ihr einfiel, daß sich in der Mansarde ein Portrait befand, das etwas mit ihren einstigen beunruhigenden Phantasien zu tun hatte, schob sie den Gedanken beiseite. Es war ein gutes Portrait, es zeigte, daß sie Talent hatte.

Yvonnes Abneigung gegen das Bild machte Jenny stutzig, vielleicht hatte es wirklich eine so unheimliche Ausstrahlung, wie ihre Freundin glaubte. Wenn sie die Skizze von Andrew ebenso kunstfertig vollenden könnte, dann hätte sie den Beweis erbracht, daß sie für portraitmalen begabt war. Doch darüber war das letzte Wort noch nicht gesprochen.

Gramps war noch wach gewesen, als sie von der Party heimkehrte. Sie hatte noch einmal nach ihm gesehen. Da lag er im matten Schein des Gesichts, das vom Flur hereinfiel. Neben ihm auf dem Nachttisch stand ein Glas Wasser, die Brille hatte er sorgsam auf seinem Buch abgelegt.

»Hattest du ... einen schönen Abend ... Liebling?« stieß er keuchend hervor, sein Atem ging flach.

Sie setzte sich ans Fußende seines Betts. Noch erhitzt von Andrews Küssen, dachte sie voll Unbehagen an die Aussicht, daß er mit ›diesem dicken Kerl‹, wie er ihn nannte, in sie eindringen wollte.

»Ja, es war wunderschön ...«

»Wie geht's Andrew?«

»Gut.« Sie zögerte und ließ ihren Blick über den Körper des Großvaters unter der Decke gleiten. »Er hat mich gebeten, ihn zu heiraten.«

Sie spürte, wie er sich anspannte und mühsam Luft holte. »Was hast du geantwortet?«

»Ich sagte ... ich habe ihm erklärt, daß er dich fragen muß.« Gramps schwieg. Jetzt, da sein Wunsch in Erfüllung ging, merkte er, daß die beiden nicht zusammenpaßten. Wie sollten Feuer und Wasser eine Verbindung eingehen? Doch wenigstens wäre Jenny in Sicherheit. Die Gewißheit, daß er sie in Sicherheit zurückließ, war alles, was er sich jetzt noch erhoffen konnte.

Er streckte die Hand aus und zog sie zu sich heran. »Gott segne dich, Liebling«, sagte er mit fester Stimme.

Jenny beugte sich über ihn, um die ledrige Wange zu küssen, und bemerkte voll Sorge, daß sie tränennaß war. »Bist du unglücklich, Gramps? Ich werde ihn nicht heiraten, wenn es dich unglücklich macht. Ich werde niemanden heiraten, der dir nicht gefällt.« Er erschrak, denn diese Bemerkung ließ nicht gerade darauf schließen, daß sie sich leidenschaftlich danach sehnte, mit Andrew den Bund fürs Leben zu schließen.

»Liebst du diesen jungen Mann, Jen?« fragte er ernst. »Er bekommt ein gutes Erbe von seiner Mutter, er ist aus gutem Hause und anständig, aber es gibt noch andere Gesichtspunkte.«

Sie lachte. »Ich mag ihn sehr gern, Gramps. Ich kenne ihn doch schon so lange.«

»Gut, dann heirate ihn«, sagte er, »meinen Segen hast du. Heirate ihn, und viel Glück euch beiden! Es macht mich glücklich, Jen, weil ich dich vielleicht bald verlassen muß.«
»Oh, Gramps – was soll das heißen?« Tränen schossen ihr in die Augen und brannten auf den Wangen.
»Nichts Liebling. Im Augenblick geht es mir gut, aber niemand lebt ewig!«
»Morgen will er mit dir sprechen«, sagte Jenny und zog die Tür sanft hinter sich zu.
Nach dem Abschied von Andrew hatte Jen das Gefühl, daß die Würfel gefallen waren, aber es war zu schnell gegangen. Ihr Leben war von außen in feste Bahnen gelenkt worden. Bei der wichtigsten Entscheidung ihres Lebens hatte sie sich dem Druck der Erwartungen anderer gebeugt. Jenny wußte, daß diese anderen wahrscheinlich recht hatten; sie fürchtete egoistisch zu erscheinen, Anstoß zu erregen; und für eine kategorische Absage kannte sie ihre eigenen Wünsche nicht gut genug. Bis zu dem Augenblick, in dem Andrew mit seiner Frage herausplatzte, hatte ihr der Gedanke, ihn zu heiraten, keinerlei Unbehagen bereitet.
Doch Andrew war nicht ganz so, wie sie ihn sich vorgestellt hatte. In den gemeinsam verbrachten Stunden hatte sie eine mit Arroganz einhergehende Geistlosigkeit bei ihm entdeckt, die sie jedoch aus ihren Gedanken verbannte. Auch die Erinnerung an ihre Hand in seiner Hose war ihr unangenehm. Es erschien ihr unanständig, daß er die Situation herbeigeführt hatte und sie sich nicht gewehrt hatte. Aber ich bin verlobt, dachte sie. Das Verlöbnis bot eine Rechtfertigung für den Vorfall. Verlobt zu sein war romantisch, doch beim Gedanken an die Ehe fuhr ihr ein eisiger Windstoß durchs Herz. Irgendwo jenseits der Grenzen ihres Bewußtseins hörte sie die Gefängnistür krachend ins Schloß fallen. Aber sie schüttelte ihr Unbe-

hagen ab und dachte an Andrews Augen, die vor Liebe und Entzücken überströmten. Der Gedanke an seine Zunge ließ sie hingegen kalt; und wieder drängte sich die Erinnerung an seine Erektion auf und an das warme, steife Glied, das sie in der Hand gehalten hatte. Sie verwarf den Gedanken, daß sie in etwas Gewöhnliches hineingezogen wurde – ein gewöhnlicher junger Mann mit einem Penis, ein Mann, an dem einzig seine Jugend bemerkenswert war. Daß diese Jugend vergehen und ihre Dynamik erkalten würde, und was dann? War nicht jede schwierige Aufgabe, jeder Schmerz dem vorzuziehen, was dann folgen mußte?

Einst hatte sie die Anwesenheit eines Unsichtbaren gespürt, der ihre Lebensperspektive von Grund auf in Frage stellte.

Wo bist du? dachte sie verträumt. Du hast nie existiert, nicht wahr? Du warst nur ein Produkt meiner Phantasie. Damals sagtest du, du kämst mich holen, aber ich wußte, daß du es nicht kannst. Jetzt ist es zu spät! Sie wartete, müde wie sie war, an der Schwelle des Schlafes. Aber alles, was sie hörte, war das Keuchen eines Automobils auf der Straße.

SECHSTES KAPITEL

Das Bemerkenswerte daran war ... der vorsätzliche und erbitterte Angriff auf das weibliche Geschlecht.

The Catholic Encyclopaedia (1912)

DAS NEUE JAHR brach an; die Welt kam zur Ruhe. Im Januar 1919 begannen in Versailles die Friedensverhandlungen. Jenny und Andrew planten ihre Hochzeit. Gramps ging es nach wie vor nicht besonders gut. Er hatte sich von der Spanischen Grippe nicht ganz erholt und wünschte sich, das Paar noch vor seinem Tode verheiratet zu sehen. Jenny weinte heimlich, beschloß aber, ihm seinen Willen zu tun. Sie rechnete nicht mit Gramps Tod, daß er sterben könnte, lag jenseits ihrer Vorstellungskraft, aber sie wollte auch keine große Hochzeit. Also ging sie an einem kalten Morgen mit Andrew, der sich nur allzugern auf eine überstürzte Heirat einließ, aufs Standesamt, um den Bund fürs Leben zu schließen. Zu Hause empfing die beiden ein hocherfreuter Gramps. Mit jedem Tag schien es ihm besser zu gehen, und so bestand er darauf, daß die Jungvermählten eine Hochzeitsreise machten. Also fuhren sie nach Brighton, blieben aber nur ein paar Tage. Bei ihrer Heimkehr mußten sie feststellen, daß Gramps einen Rückfall erlitten hatte. Wenige Tage später war er tot.

Jenny trauerte. Sie fühlte sich einsam. Yvonne kam nur noch selten nach Hause, denn offenbar behagte ihr die Atmosphäre von Hurleigh House besser. Andrew wohnte jetzt bei Jenny in Gramps Haus und hatte in der Londoner City einen Beschäftigung als

Buchhalter gefunden. Über Nacht schlüpfte er in die Rolle des treusorgenden Ehemanns, der eine Familie zu ernähren hat, und das behagte ihm durchaus. Aber er nahm sich nie die Zeit, für sein unvollendetes Portrait Modell zu sitzen. Als er Jenny einmal in die Mansarde folgte, in die sie sich in ihrer Trauer um Gramps zurückzog, hatte er nur eins im Kopf – er wollte mit ihr schlafen. Jenny weigerte sich. Und als sie ihm die Kohleskizze zeigte, die sie von ihm gemacht hatte, betrachtete er sie flüchtig und tat sie mit einer knappen Bemerkung ab. Dann sah er sich, wenn auch nur oberflächlich, die anderen Bilder an, bis er auf das Portrait des Magiers stieß. »Wer ist denn das?« fragte er abschätzig.

»Ein Magier«, entgegnete Jenny abwehrend und trocknete sich die Tränen, die ihr die Trauer um Gramps immer wieder in die Augen trieb, so sehr sie sich auch bemühte, sie zu unterdrücken.

Mit der Miene des duldsamen Ehemanns drehte sich Andrew zu ihr um, konnte aber nicht verhehlen, wie sehr er sie begehrte und wie enttäuscht er war. »Oh, Jen, wann wirst du endlich erwachsen? Ein Bild von einem Magier, ich bitte dich!«

Jenny sah das Portrait an. »Findest du es nicht gut?«

»Oh, Jen«, rief Andrew mit wachsendem Unmut.

Plötzlich packte er sie, zog sie auf die Polster, machte sich an den Knöpfen ihrer Bluse zu schaffen, schob ihren Rock hoch. Jenny sah sein verzerrtes Gesicht, die fleischliche Begierde. Sie stieß ihn von sich, stand auf und richtete unter dem Dachfenster schwer atmend ihre Kleider. »Laß mich in Ruhe ... laß mich bloß in Ruhe.«

»Was ist los mir dir? Du bist schließlich meine Frau!«

»Mit mir ist gar nichts los«, rief sie. In ihrer Stimme lag eine Verzweiflung, die sie selbst genauso überraschte wie ihn. »Ich will einfach etwas Zeit für mich, ohne daß du mir ständig nachschleichst und mich

anfaßt. Ich halte das nicht aus. Ich halt es einfach nicht aus ... Daß ich deine Frau bin, heißt doch noch lange nicht, daß ich mich so ekelhaft betatschen lassen muß!«
Andrew starrte sie entsetzt an. Dann stand er auf, wobei er versuchte, halbwegs Haltung zu wahren, und stürmte die Bodentreppe hinunter.
Als er fort war, brach Jenny in Tränen aus. »Ach, Gramps, warum mußtest du sterben? Alles wäre gut, wenn du noch am Leben wärst!«
Dann trocknete sie ihre Tränen und stellte das kleine Portrait auf die Staffelei. Die dunklen, lebendigen Augen erwiderten ihren Blick; sie zeugten von ihrem Kampf und ihrem künstlerischen Bemühen.
»Wenn du ein Magier bist«, sagte sie, »warum kannst du dann nichts tun? Wenn ich doch nur wieder bei ihm sein könnte, nur ein einziges Mal ... Ach Gramps, warum hast du mich verlassen?«

Sie blieb in der Mansarde, bis es dunkel wurde. Erst kroch fast unmerklich die Dämmerung durch die Dachfenster herein, und dann war die Nacht da. Hinter den Wolken lugte der Mond hervor, und es zeigten sich ein paar Sterne. Jennys Augen hatten sich an die Dunkelheit gewöhnt, so daß sie die Umrisse verschiedener Gegenstände erkennen konnte: die alte Mottenkiste, in der sie das schwarze Samtkleid wieder verstaut hatte, die kaputte Singer-Nähmaschine mit der Tretkurbel, die angeschlagene Waschschüssel mit dem Wasserkrug auf der niedrigen Kommode. Jenny legte sich auf ihre Polster und deckte sich mit einer Wolldecke zu, die sie für Wintertage bereithielt. Nach einiger Zeit schlief sie ein, und als sie wieder aufwachte, hörte sie, wie Mary nach ihr rief. Auf ihren Wangen war das Salz der Tränen getrocknet; sie fühlte sich getröstet und ruhig. Ein Duft erfüllte den Raum, sie nahm den Geruch von Birnenbonbons und ein zartes

Tabakaroma wahr. »Gramps«, flüsterte sie, »warst du da?« Aber der Traum verblaßte, und alles, was ihr blieb, war der Duft und der Frieden.
In der Küche hatte Mary das Abendessen vorbereitet. Mit schuldbewußtem Gesicht zog sie einen Brief aus der Schürzentasche und erklärte Jenny, sie müsse in Kürze nach Schottland fahren, sie werde zu Hause gebraucht.

Yvonne setzte unterdessen ihre Ausbildung fort. Hurleigh House würde bald schließen, und sie hatte sich für eine Stelle im St. Thomas Hospital in London beworben.
Theo gab sich nach wie vor unnahbar, aber nun war er zumindest kein Unbekannter mehr.
»Sie heißen Theodore O'Reilly«, erklärte Dr. Perry voll Stolz eines Morgens, kurz nachdem Yvonne mit ihrem Bruder gesprochen hatte. Der Arzt warf einen Blick auf seine Notizen. »Offenbar stammen Sie aus einem Ort namens Kilashane. Das liegt in Irland – in der Grafschaft Cork!« Gespannt wartete der Arzt auf das Aufleuchten der Augen, die Flucht von Erinnerungen, den Adrenalinstoß. »Sie sind ein Hauptmann – Zweite Grenadiergarde; Ihre Freunde nennen Sie Theo!« Mit hochgezogenen Augenbrauen betrachtet er seinen Patienten.
»Was Sie nicht sagen!« sagte Theo. Er wirkte eher verwirrt: wie jemand, der gerade erfahren hat, daß er eine Rolle in einem Stück bekommen oder mittels Ferntrauung eine Fremde geheiratet hat. »Sind Sie sicher? Jeder Irrtum ausgeschlossen?«
Dr. Perry schüttelte den Kopf. »Das ist kein Irrtum, mein lieber Junge. Sie sind entlarvt! Ihre Familie ist auf dem Weg hierher, um Sie abzuholen!«
»Was Sie nicht sagen!« wiederholte Theo wie betäubt. »Wer sind diese Leute? Ich meine, wer sind meine Angehörigen?«
Der Doktor blies die Backen auf. »Ihre Angehörigen

heißen O'Reilly, genau wie Sie.« Seine Geduld ging langsam zur Neige. Er hatte gehofft, daß diese Neuigkeit, das Erinnerungsvermögen des Patienten beleben würde, und war nun enttäuscht. Wieder blickte er in seine Aufzeichnungen. »Kilashane House, Ballyshane. Sagt Ihnen das nichts?«

Theo griff sich an die Stirn. »Ich weiß nicht, ich kann mich nicht erinnern«, brummte er voll Wut über das Gebrechen, das ihn hinderte, die Worte des Doktors in ihrer ganzen Tragweite zu verstehen; er war es leid, wie ein Narr dazustehen, wie ein Patient oder gar wie ein Irrer behandelt zu werden, mit dem man umsprang, wie man wollte, den man bei Bedarf sogar der Obhut von Fremden anvertraute.

»Tja, Ihre Mutter und Ihre Schwester sind bereits unterwegs, um Sie abzuholen. Vielleicht hilft es Ihrem Gedächtnis auf die Sprünge, wenn Sie sie sehen. Und in der Zwischenzeit machen Sie sich keine Sorgen, denn das hat gar keinen Sinn ... also Kopf hoch!« Schon halb im Gehen fügte er hinzu: »Ich habe gehört, daß Sie einen Orden erhalten haben, vielleicht lohnt es sich, darüber noch ein wenig nachzugrübeln!«

Theo legte sich aufs Bett und versuchte nachzudenken, sich an den Krieg zu erinnern: die Feuerlinie, der Schützengraben, die Gerüche, die Kanonen, irgend etwas, was ein Fenster in die Vergangenheit aufstoßen würde. Das Abendessen war vorbei. Die anderen Männer unterhielten sich; jemand erzählte eine Geschichte, die mit der Oberin zu tun hatte, die anderen lachten; später schaltete einer das Grammophon ein.

Nach einer Weile traten die Geräusche in den Hintergrund, und Theo fiel in einen unruhigen Schlaf. Er fand sich in Irland wieder, ein anderer Theo, der beschwingt und unbeschwert durch den Torbogen des Trinity College schritt; er sah die Bronzestatuen von

Goldsmith und Burke, die auf beiden Seiten hinter dem Geländer standen, hörte die gedämpften Geräusche der Stadt, das Rattern der Trambahn, das Klappern von Pferdehufen. Der Pförtner im dunkelblauen Reitmantel grüßte ihn im Vorbeigehen. Unter dem Torbogen, wo ihm sofort der typische Universitätsgeruch in die Nase stieg, war der Boden mit sechseckigen Holzklötzen ausgelegt. Plakate wiesen auf verschiedene Veranstaltungen hin: Bälle, Bootsfahrten, Debatten. Theo durchquerte den gepflasterten Innenhof unter dem Glockenturm und stieg die schmale Holztreppe zu seiner Studentenbude im *Botany Bay* hinauf, die er mit Jonathan Foy teilte. Als Theo eintrat, zog dieser gerade seinen Studententalar über und sagte: »Beeil dich, wir kommen zu spät zum Gemeinschaftsessen.«

Theo stöhnte in gespieltem Entsetzen und nahm seinen Talar vom Haken hinter der Tür. Als sie die Treppe hinuntergingen, bemerkte Foy: »Hör mal, O'Reilly, Rutherford und Kelly sind heute abend mit dabei. Es ist unglaublich ... der Kerl ist wahrscheinlich ein Scharlatan ... aber eine tolle Sache ist es trotzdem.«

Theo wurde neugierig. Er wußte, daß Foy von dem Medium sprach, das in der South Circular Road Séancen veranstaltete. Foy hatte schon vergangene Woche daran teilgenommen und war aufgewühlt und erregt gewesen, als er nach Hause kam. Jetzt fragte er: »Hast du Lust?«

»Warum nicht? Ich komme mit und halte dir die Hand!«

Das Traumbild löste sich auf, und ein anderes trat an seine Stelle. Theo war auf einer Séance, saß an einem runden Tisch, hielt die Hände seiner Nachbarn; ohne erkennbare Ursache bewegten sich Gegenstände über den Tisch; das Medium sprach leise und eindringlich, eine kraftvolle, männliche Stimme, die durch ihre

Monotonie hypnotisierend wirkte. Theo hörte, wie sein Name genannt wurde. Starr vor Schreck saß er da und rührte sich nicht. »Wer wagt es, sich mir zu öffnen?« fragte die Stimme. »Wer wagt es?« Dann sagte Theo: »Wißt ihr was, ich hab genug von dem Unsinn.«
»Hast du Angst?« flüsterte Kelly. »Du traust dich wohl nicht? Ich wette, du hast nicht die Nerven dazu!«
,Unterbrecht nicht den Kreis«, zischte Rutherford.
Theo zog seine Hand zurück, zerriß den Kreis und verkündete mit gespielter Tapferkeit: »Hier und jetzt öffne ich mich jedem Dämonen, der sich in der Gegend herumtreibt und bereit ist, mir ein Bier zu spendieren!« Das erwartete Lachen blieb aus. »Ein fairer Tausch ist das, und kein Betrug«, meinte er und versuchte, laut zu lachen. »Komm schon, Geist, mal sehen, was du alles anrichten kannst!« Wieder lachte keiner. Das Medium stöhnte und sank in seinem Armstuhl zusammen. Die Umgebung verblaßte, als hätte ihm seine Phantasie die Anwesenheit seiner Kommilitonen nur vorgegaukelt. Theo spürte, wie alle Kraft aus seinen Gliedern schwand. Er fühlte sich, als stünde er nachts auf einem Moor und der kälteste Wind, den er je gespürt hatte, erfaßte ihn, fuhr mitten durch ihn hindurch und nahm einen Teil seiner Seele mit.
Schweißgebadet erwachte er. Nur der gleichmäßige Atem der anderen Männer war zu hören, ab und zu ein rasselndes Schnarchen. Das letzte Traumbild, an das er sich erinnerte, war ein Pub, das er mit anderen Studenten besuchte; vor ihm auf der Theke stand ein Glas Bier, das er nicht bestellt hatte. »Wer hat mir das spendiert?« fragte er, vollkommen überzeugt, daß es sich um einen Scherz handelte. Aber keiner lachte. Statt dessen wandten sich sie von ihm ab und schlugen die Augen nieder.

Am Morgen nach diesem Traum kam Yvonne, um Theo zu gratulieren. Inzwischen kam sie bestens mit ihm zurecht. Von zu Hause hatte sie ihm ein paar Gedichtbände mitgebracht: Tennyson, Rupert Brooke, Swinburne. Sie hoffte, ihn dadurch von den Grübeleien um seine Identität abzulenken. Er blätterte in den Büchern, las ihr lächelnd hier und da einen bekannten Vers vor, aber er sah blaß aus.

»Ich habe die Neuigkeit schon gehört, Captain O'Reilly«, flüsterte sie ihm ins Ohr. »Jetzt wissen wir, wer Sie sind – Ihr Geheimnis ist gelüftet. Man spricht sogar von einem Orden – das Military Cross – für Tapferkeit, die über die Pflichterfüllung hinausging: Sie haben einen Verwundeten aus der Feuerlinie geholt.« Sie schüttelte den Kopf. »Sie sind wirklich für Überraschungen gut!«

Doch Yvonnes Scherze stießen bei Theo auf taube Ohren, und die Klärung seiner Identität schien ihn erneut in Depressionen zu stürzen. »Ich will keinen Orden«, sagte er grimmig. »Ich kann doch nicht ein Stück Blech für einen Tag entgegennehmen, an den ich mich nicht einmal erinnere!« Er kniff die Augen zu, zog die Brauen zusammen und schüttelte den Kopf. Bestürzt sah Yvonne, daß ihm Tränen über die Wangen liefen und seine Lippen zuckten.

Das alles war zuviel für ihn, dachte sie. Es muß einfach überwältigend sein.

Am liebsten hätte sie ihn umarmt und fest an sich gedrückt, doch statt dessen sagte sie nur: »Ich bringe Sie hinaus auf die Terrasse, dann können Sie ein bißchen spazierengehen, wenn Sie wollen.«

Sie nahm sein Schweigen als Zustimmung, suchte seinen Stock, legte ihn auf seine Knie und schob den Rollstuhl durch die Balkontür hinaus auf die georgianische Terrasse mit der klassizistischen Steinbalustrade. Für die Jahreszeit war es mild – ein falscher Frühling. Einige Vögel, die sich täuschen ließen und

meinten, der Winter sei vorbei, zwitscherten fröhlich. Es hatte geregnet, und die Luft roch sauber und frisch.
Yvonne stellte den Rollstuhl an der Balustrade ab; von hier aus sah man das Gebüsch und den künstlichen See und in der Ferne die kahlen Bäume, die die Straße säumten.
»Möchten Sie nicht nach Hause?« fragte sie sanft. »Sie sehen nicht gerade begeistert aus!«
Er sah sie an. »Wie soll ich mich dort zu Hause fühlen, wenn ich nichts wiedererkenne? Nein! Ich bin hier daheim, bei Ihnen!«
Yvonne war gerührt, wußte aber nicht, was sie antworten sollte. »Ach, Yvonne, Sie können sich nicht vorstellen, wie hundsmiserabel mir zumute ist... keine Erinnerung, nur diese Leere. Es ist, als wäre ich vor einem Monat geboren, als wäre ich kein richtiger Mensch. Und dann kommen Gedankenfetzen, flüchtige Eindrücke wie im Traum, und ich weiß nicht, ob es Erinnerungen sind oder Phantasiegebilde. Ich kann es nicht beschreiben!«
»Sie müssen Geduld haben«, riet sie. »Es wird schon wieder, nach und nach kehrt die Erinnerung zurück.« Sie versuchte, ein Wissen vorzutäuschen, das sie nicht besaß. Nur zu gern hätte sie seine Genesung durch ihre Willenskraft herbeigezwungen, denn sie konnte seinen Schmerz nicht ertragen.
Aber er starrte nur in den Garten hinunter. »Wirklich? Ich weiß nicht recht. Es ist nicht nur mein Gedächtnis, es ist, als würde etwas in mir dagegen ankämpfen, daß ich wieder zu mir finde, als würde jemand oder etwas versuchen, mich hinauszudrängen.« Er bemerkte er, daß sich ihre blauen Augen verdunkelten. »Jedesmal, wenn ich meine, daß ich eine konkrete Erinnerung zu fassen bekomme, hindert mich etwas mit aller Macht daran, sie zu packen. Und dieser Kampf kostet mich nimmer mehr Kraft, er wird

immer schwieriger. Ich werde mit Gewalt gegen die Grenzen meines Selbst gedrängt; bald werden sie zersplittern, und ... was wird dann aus mir?«

Yvonne schüttelte den Kopf. »Ihre Phantasie geht mit Ihnen durch. Sie sind doch schon auf dem Weg der Besserung. Dr. Perry meint das auch ...«

»Das denkt er nur, weil ich mich mit Ihnen unterhalte, weil ich Gedichte lese. Deshalb glaubt er, daß ich mich wieder der Welt und den Menschen zuwende. Aber er merkt nicht, daß ich nur auf der Flucht bin. In Wirklichkeit geht es mir gar nicht besser, Yvonne!

Yvonne sah sich um. Eigentlich war sie zur Arbeit in der Wäschekammer eingeteilt. Jeden Augenblick konnte die Oberschwester auftauchen, und dann würde sie Ärger bekommen.

»Auch wenn Sie der einzige Mensch sind, auf den er reagiert, so benehmen Sie sich doch wie eine verrückte Gans«, hatte die Oberschwester erst vor ein paar Tagen zu ihr gesagt. »Der Mann ist dabei, sich in Sie zu verlieben! In Zukunft möchte ich nicht mehr sehen, daß Sie ihm soviel Aufmerksamkeit widmen! Ist das klar? Sie werden ihn ab jetzt genauso behandeln wie alle anderen Patienten.«

»Ja, Oberschwester.« Doch Yvonnes Herz machte einen Sprung, weil ihre Vorgesetzte dachte, daß Theo in sie verliebt war.

Ganz gleich, was er sagte und wie verzweifelt er war, Yvonne wußte, daß er Fortschritte machte. Zum Beispiel jagten ihm unerwartete Geräusche keinen Schreck mehr ein; er lächelte häufiger; er fand Gefallen daran, sich wieder allein fortzubewegen. Das kürzlich angepaßte Holzbein fiel unter der Hose nicht auf, und wenn er langsam und gemessen ging, merkte niemand etwas.

»Ich muß hinein, sonst frißt mich der Drachen noch bei lebendigem Leib!« sagte Yvonne. Für Theo war die Oberschwester immer ›der Drachen‹.

Er sah zu ihr auf und mußte lächeln. Ihre Wangen hatten Farbe bekommen und ihre Augen waren tiefblau.
»Liebliche Schwester! Ich gehe jetzt in den Garten. Können Sie in einer halben Stunde nachkommen und mich dort bei den Büschen treffen? Ich möchte ungestört mit Ihnen sprechen.«
Er fuhr in seinem Stuhl zu der eigens konstruierten Holzrampe, über die die Rollstuhlfahrer in den Garten gelangen konnten. Yvonne vergewisserte sich noch, daß er unversehrt unten angelangt war, und kehrte dann ins Haus zurück.
Sie vermutete, daß er seine Gehversuche im Schutz der Hecken machen wollte, wo er unbeobachtet war. Sie hatte ein paarmal gesehen, wie er dort auf dem Kiesweg auf und ab humpelte, den Stock stets griffbereit, den Rollstuhl für den Notfall in der Nähe. Dann kam er mit festerem Schritt heraus in den tiefer gelegenen Teil des Gartens, wo ihn plötzlich die Kräfte verließen und er sich schwer atmend auf seinen Stock stützte, bis ihm jemand zu Hilfe eilte.
Auf der Diele traf Yvonne Dr. Perry. Er war Ende Fünfzig, mittelgroß, untersetzt, mit Glatze und buschigen Augenbrauen. Für diese junge Frau, die Tochter eines alten Freundes, hegte er väterliche Gefühle.
»Na, Schwester Stacey, wie geht es Ihnen heute?«
»Danke, gut, Doktor.«
»Haben Sie noch nicht genug?« fragte er augenzwinkernd. »Ich habe nämlich mit Ihrem Vater gewettet, und es sieht ganz so aus, als würde ich verlieren!«
Yvonne lächelte. Sie wußte, daß Dr. Perry und ihr Vater Schulkameraden waren, doch das war eine Ewigkeit her. Es fiel ihr jedenfalls schwer, sich vorzustellen, daß die beiden einmal jung gewesen waren, doch sie konnten sich offenbar so gut daran erinnern, als wäre es gestern gewesen.
»Mir ist aufgefallen, daß Sie sich viel mit unserem

geheimnisvollen Iren unterhalten. Hat er Ihnen schon seine Geheimnisse anvertraut?«

»Das kann man nicht behaupten. Er kann sich an nichts erinnern, was er mir anvertrauen könnte.«

»Trotzdem glaube ich, daß er den Sprung schafft«, meinte Dr. Perry, »jetzt, wo seine Herkunft geklärt ist und er bald nach Hause fahren kann. Körperlich macht er gute Fortschritte. Sie wissen, daß wir ihn heimschicken?« fragte er und beobachtete Yvonnes Reaktion. »Ist wohl am besten so. Hier können wir nichts mehr für ihn tun! Ich bin froh, daß wir seine Verwandten ausfindig gemacht haben!« Wieder musterte er sie neugierig, und Yvonne ahnte, daß die Oberschwester mit ihm gesprochen hatte.

Eine halbe Stunde später hatte Yvonne eine Kollegin gefunden, die in der Wäschekammer für sie einsprang; sie holte ihr Cape und ging in den Garten. Theo saß auf einer Bank neben der Artemisstatue. Sie setzte sich zu ihm, und er nahm ihren Arm. Mit der anderen Hand stützte er sich auf seinen Stock, stocherte damit im Kies herum und malte kreisförmige Muster.

»Wenn ich ... nach Hause ... fahre, könnten Sie sich vorstellen, mich zu begleiten? Ich glaube nicht, daß ich ohne Sie zurechtkommen würde!«

Yvonne blieb die Luft weg. Sie sah ihn an, sah seine grüblerischen Augen, seinen dunklen Schnurrbart, sein gequältes, unsicheres Lächeln. Er erwiderte kurz ihren Blick und senkte dann verlegen die Augen.

»Ich bitte Sie, meine Frau zu werden«, fuhr er fort. »Geben Sie mir jetzt noch keine Antwort – erst wenn ich weiß, ob wir ein Auskommen haben werden. Man hat nach Kilashane geschrieben, meine Angehörigen sind auf dem Weg hierher. Wenn sie da sind, werde ich herausfinden, was ich meiner Frau bieten kann – ob ich Land oder Geld oder überhaupt irgend etwas besitze oder ob ich mich so durchs Land schlagen muß.«

Yvonne schluckte. Ihr war klar, daß Theo keinesfalls in der Lage war, sich so durchs Leben zu schlagen, zumindest nicht zum gegenwärtigen Zeitpunkt; in ein paar Jahren vielleicht, wenn er den Lebensmut wiedergefunden hatte, den ihm der Krieg genommen hatte – vorausgesetzt, er hatte ihn je besessen. Sie sah ihn an, wie er mit hängendem Kopf dasaß: die seltsame Mischung von Niedergeschlagenheit und Optimismus, den bitteren Zug um die Lippen. Noch immer malte er mit seinem Stock Muster in den Kies.
»Ich werde Sie heiraten«, sagte Yvonne schlicht. »Ich liebe Sie.« Sie schlang beide Arme um ihn und barg ihr Gesicht an seiner Brust. »Ich habe mich schon vor einer Ewigkeit in Sie verliebt, gleich nachdem Sie gekommen sind!« Er ließ den Stock fallen, drückte sie an sich und küßte sie auf den Mund. Für Yvonne blieb die Zeit stehen; die Berührung seiner Lippen gab ihr das Gefühl, mit ihm zu verschmelzen. Als sie sich voneinander lösten, schien der Wintertag heller als zuvor; ein Rotkehlchen zwitscherte, als wollte es fragen, ob der Frühling endlich gekommen sei, weil es vom frühen Morgen bis in die Nacht seine Hochzeitslieder singen wollte. Ja, dachte Yvonne, der Krieg – der Winter, der das Leben aller hatte erstarren lassen – war vorbei; das Leben hatte einen Sinn; sie würde bei Theo bleiben und für ihn sorgen – für immer.
»Komm, meine kleine Krankenschwester«, flüsterte Theo ihr schließlich zu. »Sonst wird der Drachen nach dir suchen, und dann gibt's Ärger!«
»Zum Henker mit dem Drachen«, entgegnete Yvonne in ihrer Euphorie. Sie brachte ihr Haar und ihre Haube in Ordnung, hob Theos Stock auf, gab ihn ihm zurück und verzichtete ganz bewußt darauf, ihm beim Aufstehen zu helfen. Aber auf dem kurzen Weg zu seinem Rollstuhl nahm sie seinen Arm. Schon im Gehen warf sie einen Blick über die Schulter, als wollte sie sich die Bank neben der Artemisstatue fest einprägen.

Sie sah den Rhododendron und die grüne Bank, die Steinfigur und das milchige Sonnenlicht. Sie sah auch das Muster, das Theo in den Kies gezeichnet hatte, und ihr fiel auf, daß es nicht einfach nur ein Gekritzel war. Als sie Theo in seinen Rollstuhl gesetzt hatte, ging sie noch einmal zurück und stellte bestürzt fest, daß sie sich nicht geirrt hatte. Sie starrte auf das Symbol, das Theo in den Kies gemalt hatte, und wischte es dann verstohlen mit der Fußspitze weg.

Als Yvonne wieder ins Haus kam, fragte die Oberschwester streng: »Wo sind Sie gewesen, Schwester?«
»Ich wollte ein wenig frische Luft schnappen«, log Yvonne. »Mir war schwindelig.«
Die Oberschwester blickte sie ernst an. »Sie hätten um Erlaubnis bitten müssen, Schwester. Ich kann keine Station leiten, wenn meine Pflegerinnen ständig hinauslaufen, nur weil ihnen schwindelig ist. Was glauben Sie eigentlich, wo Sie sind? Auf einem Internat für höhere Töchter? Ich mußte feststellen, daß Belling Ihre Arbeit in der Wäschekammer für Sie erledigt hat. Das werde ich in Ihrem Zeugnis vermerken.«
Yvonne ließ den Kopf hängen. »Ja, Oberschwester. Es tut mir leid!«

Theos Aufregung wuchs, als der Tag heranrückte, an dem er seine Angehörigen wiedersehen würde. Er hatte einen Brief erhalten, unterzeichnet mit »Deine Dich liebende Mutter«, in dem sie schrieb, wie sehr sie und Kate sich freuten, daß er noch am Leben war. »Man hat uns gesagt, du seist vermißt, Theo! Wir haben um dich getrauert. Und nun diese Erlösung!«
»Ich frage mich, wie sie sind – meine Mutter und Kate? Wer mag wohl Kate sein? Meine Schwester wahrscheinlich!«
Yvonne fuhr der Schreck in die Glieder. Kate konnte alles möglich sein, seine Verlobte, sein Schatz. Einen

schrecklichen Augenblick lang überlegte sie, ob er womöglich verheiratet war, bis ihr endlich einfiel, daß in seinem Krankenblatt stand, er sei ledig.
»Ich kann mir kein Bild von ihnen machen«, fuhr Theo fort. »Einmal stelle ich mir zwei Drachen vor, und im nächsten Augenblick erwarte ich zwei bezaubernde Damen, die ich sofort wiederkenne.« Er fuhr sich mit der Hand durchs Haar. »Was meinst du, ob sie wohl denken werden, daß ich mich sehr verändert habe?«
»Bestimmt nicht«, erwiderte Yvonne und schaute ihn zärtlich an. »Du siehst wunderbar aus... jeder Zoll der romantische Held! Du siehst viel besser aus als bei deiner Ankunft hier im Heim.« Doch als sie merkte, daß ihm der Schweiß auf der Stirn stand, sagte sie: »Beruhige dich. Sie sind deine Angehörigen, sie lieben dich.«
Er griff nach ihrer Hand. »Wirst du dein Wort halten und mich heiraten?« fragte er mißtrauisch.
Sie lächelte. Darüber hatte sie in den letzten Nächten immer wieder nachgegrübelt. Ihre Liebe gründete auf Mitleid. Das Feuer ihrer Leidenschaft wurde durch Mitleid entfacht, es trieb sie dazu, sich aufzuopfern. Sie glaubte fest daran, daß sie etwas für diesen Mann tun konnte, sie wollte ihn mit dem Leben versöhnen.
»Natürlich. Versuch mal, mich davon abzubringen!«

Ein paar Tage später, als Yvonne ihren Dienst antrat, sah sie auf dem Weg durch die Galerie, daß Theos Familie gekommen war. Er saß wie üblich im Rollstuhl in seiner Fensternische. Neben ihm kauerte ein junges dunkelhaariges Mädchen, das offenbar den Tränen nahe war, und hielt seine Hand. Seine andere Hand hielt eine Dame mittleren Alters. In ihren schwarzen Haaren schimmerten graue Strähnen; beide Frauen hatten blaue Augen und trugen gutgeschnittene Kleider, die allerdings längst aus der Mode

waren. Yvonne kam langsam näher und fing im Vorübergehen Theos Blick auf. Er streckte die Hand nach ihr aus, um sie aufzuhalten.
»Komm, ich will dich meiner Mutter und meiner Schwester vorstellen«, rief er. Er sah seine Angehörigen an, die Yvonne höflich zunickten. »Das ist Schwester Yvonne Stacey, meine Verlobte. Yvonne, das sind meine Mutter und meine Schwester Kate.« Zu Kate sagte er: »Du bist doch meine Schwester, nicht wahr?«
Kate nickte und wandte sich ab. Theos Mutter zuckte zusammen. Sie hatte ein ausdrucksvolles, feines Gesicht, auf dem sich ihre Bestürzung deutlich abzeichnete. Sie konnte es nicht glauben.
Yvonne streckte die Hand aus. »Guten Tag, Mrs. O'Reilly.« sagte sie nervös. »Ich freue mich, Sie kennenzulernen.«
Mrs. O'Reilly nahm die dargebotene Hand. »Guten Tag.«
»Wir dachten, er wäre tot«, sagte Kate, als sie sich wieder gefaßt hatte. »Letzte Woche haben wir durch ein Telegramm erfahren, daß er hier ist...« Dann fügte sie verlegen hinzu: »Sie sind doch nicht wirklich mit ihm verlobt, oder...?«
Yvonne fühlte sich wie ein dummes Schulmädchen; noch nie war sie in einer so peinlichen Lage gewesen. Sie wartete auf eine Reaktion von Theo, erwartete, daß er sagte, selbstverständlich seien sie verlobt, sie liebten sich und würden so bald wie möglich heiraten. Doch er lächelte nur, ein leises, verschlossenes Lächeln, und schwieg. Also blieb sie ebenfalls eine Antwort schuldig und bemühte sich, ebenfalls zu lächeln.
»Tja, dann werde ich Sie besser alleine lassen; Sie haben sicher viel zu besprechen!« sagte sie unbeholfen.
Als sie von der Galerie in die Diele trat, hörte sie

Schritte hinter sich und dann eine Stimme. »Schwester! Miss Stacey!«
Yvonne drehte sich um und sah, daß Theos Mutter ihr gefolgt war.
»Kann ich mit Ihnen sprechen, Schwester? Haben Sie einen Moment Zeit?«
»Natürlich.«
Mit müden Schritten kam Theos Mutter über den Korridor, die Augen fragend auf die junge, rothaarige Krankenschwester gerichtet. Ihr Tonfall war melodiös, fast wie der einer Waliserin. Ob wohl viele Iren so sprachen?
»Wie ernst ist sein Zustand?« fragte Mrs. O'Reilly leise, als wäre sie sicher, daß Theo viel schwerer verwundet war, als es den Anschein hatte. »Er hat gesagt, daß er ein Holzbein hat. Das ist eine Tragödie – er war immer sehr sportlich, spielte gern Tennis, war ein guter Reiter. Doch was noch schlimmer ist, er kennt uns nicht mehr, er erkennt seine Mutter und seine Schwester nicht mehr! Wie steht es wirklich um ihn?«
»Er hat das rechte Bein ab dem Knie verloren«, erwiderte Yvonne. »Aber das hat er Ihnen sicher selbst gesagt. Das Bein war brandig, es mußte amputiert werden!«
Theos Mutter blickte Yvonne düster an, es schien fast, als würde sie sie gar nicht wahrnehmen. »Das ist mir klar. Ich verstehe nur nicht, warum er sich so sehr verändert hat. Anscheinend hat er alles vergessen. Hat er denn noch ... andere Verletzungen erlitten?«
»Er hatte Verwundungen an der Kopfhaut. Er leidet unter einer Amnesie und an einer Kriegsneurose ... Aber er ist auf dem Weg der Besserung.«
»Kriegsneurose! Amnesie! Wird er wieder gesund werden? Was meinen die Ärzte?«
»Sie meinen, es geht ihm so gut, daß er die Heimreise antreten kann. Aber Sie müssen selbst mit Dr. Perry sprechen. Bitte wenden Sie sich an die Oberschwester.«

Mrs. O'Reilly nickte. »Natürlich. Das werde ich tun.« Dann fügte sie hinzu. »Ich möchte ihn so bald wie möglich mit nach Hause nehmen.«
Yvonne schwieg. »Wir sind verlobt«, wollte sie sagen. »Was seine Zukunft betrifft, habe ich auch ein Wort mitzureden.« Doch der sachliche Tonfall der Irin mit ihren vollkommen vernünftigen Ansichten schüchterte Yvonne so ein, daß sie kein Wort herausbrachte. Und was sollte sie auch machen? Sie konnte Theo ja schlecht mit zu sich nach Hause nehmen wie ein zugelaufenes Hündchen.
»Ich hoffe, er hat Sie mit diesem Gerede von einer Verlobung nicht durcheinandergebracht«, fuhr Mrs. O'Reilly mit milderer Stimme fort. »So etwas gehört sich wirklich nicht; aber ich nehme an, daß Sie in Ihrer Ausbildung gelernt haben, wie man damit umgeht. Männer in seinem Zustand sind so abhängig. Wahrscheinlich sind sie samt und sonders in die Krankenschwestern verliebt... Und wenn es ihnen besser geht, dann sehen sie die Sache auf einmal ganz anders.«
Yvonne fühlte sich zutiefst verletzt. »Wenn er die Sache jetzt anders sieht«, erklärte sie, »ist das sein gutes Recht. Aber ich liebe ihn, und wenn er mich zur Frau will, dann werde ich ihn heiraten.« Sie sah ihrer künftigen Schwiegermutter in die Augen. »Auf Wiedersehen, Mrs. O'Reilly«, fügte sie hinzu und ging.
Aber Mrs. O'Reilly eilte ihr nach. »... ich habe Sie nicht ganz verstanden. Aber mein liebes Kind, das meinen Sie doch nicht ernst?« Und als Yvonne nicht antwortete, fuhr sie mit gedämpfter Stimme fort: »Ich will Ihnen ganz ehrlich sagen, daß eine unter solchen Umständen eingegangene Verlobung nur dazu führen kann, daß alle Beteiligten diesen Schritt im nachhinein bedauern. Ein Mann, der sich von einer Amputation und einer Kriegsneurose erholt, der unter Gedächtnisschwund leidet. Ein Mann, der seine eigene Familie

nicht wiedererkennt! Wollen Sie einen solchen Mann wirklich heiraten?«

»Ich verstehe, was Sie meinen» Mrs. O'Reilly, Sie brauchen nicht weiterzusprechen«, entgegnete Yvonne. Dann verschwand sie um eine Ecke, flüchtete in einen anderen Flügel des Hauses, in das Zimmer, das sie mit zwei Kolleginnen teilte, und warf sich aufs Bett. Sie haßte das Gefühl, daß man sie so mit ihrer eigenen Unreife konfrontierte und wie ein dummes Kind behandelt hatte, das die Lage nicht beurteilen konnte. Sie war wütend, aber nur auf sich selbst. Theos Mutter hatte ganz recht. Theo konnte nicht heiraten. Es gab keine andere Lösung, als ihn nach Hause zu bringen. Für Yvonne war kein Platz in seinem Leben. Sie benahm sich wie ein verliebtes Schulmädchen; was sie sich wünschte, war unmöglich. Zudem hatte sie die wichtigste Regel des Pflegeberufs gebrochen und eine persönliche Beziehung zu einem Patienten aufgebaut. Sie liebte Theo, sie wollte ihn; er war so schwach, so verletzlich, und er brauchte sie. Aber wer war Theo eigentlich? Und würde der echte Theo sie wollen?

Sie würde sich von ihm trennen müssen. Aber würden sich seine Angehörigen richtig um ihn kümmern können, würden sie ihn verstehen, würden sie sich in seine Ängste einfühlen können? Yvonne wußte, daß er entsetzliche Angst hatte – sie wußte, daß es schlimmer um ihn stand, als die Oberschwester und der Arzt vermuteten. Voll Unbehagen dachte sie an das Zeichen, das er in den Kies gekratzt hatte. Warum hatte sie es verwischt? Schließlich war es nur ein fünfzackiger Stern gewesen. Er hatte nichts zu bedeuten. Doch obwohl sie angestrengt nach vernünftigen Erklärungen für sein Verhalten suchte, war ihr klar, daß Theo von einer tiefsitzenden, grausigen Furcht gequält wurde.

»Wie findest du meine Mutter?« fragte Theo am nächsten Morgen.
»Ich glaube, sie ist sehr vernünftig«, erwiderte Yvonne, während sie das Fieberthermometer ablas. »Erinnerst du dich an sie?«
»Ich habe sie nicht wiedererkannt«, sagte Theo mit einem wehmütigen Lächeln. »Ich hatte nicht die leiseste Ahnung, wer sie ist. Ist das nicht furchtbar? Die eigene Mutter nicht zu erkennen?«
Yvonne seufzte. »Ja..., aber das geht eben nicht von heute auf morgen. Erinnerst du dich denn jetzt an sie?«
»Ja und nein. Es ist, als würde sie eine Lücke füllen, so wie ein Teil in einem Puzzle. Auch der Name Kate sagt mir nun mehr, und sie hat mir manches ins Gedächtnis gerufen: Daß ich mit ihr gespielt habe, das heißt mit einem Mädchen, das viel jünger war als ich, in einem Obstgarten, an dem Tag, an dem ich vom Baum gefallen bin und mir das Bein gebrochen habe!« Wieder lächelte er und klopfte auf sein Holzbein. »Das rechte, glaube ich. Ich habe das Gefühl, daß das kleine Mädchen ein freches Gör war, aber an die junge Frau kann ich mich nicht erinnern!« Er legte Yvonne den Arm um die Taille.
»Nicht, Liebster«, flüsterte sie. »Wenn die Oberschwester das sieht, kann ich meine Sachen packen!«
Einigen anderen Patienten war nicht entgangen, daß Theo seine Pflegerin umarmte. Einer von ihnen fing an die bekannte Melodie von »Oh they'll never believe me« zu pfeifen, doch Yvonne, die rot wurde, brachte ihn mit einem Kopfschütteln zum Schweigen.
Als Mrs. O'Reilly und ihre Tochter später kamen, um Theo zu besuchen, nickte Yvonne ihnen höflich zu, ließ sich aber nicht auf ein Gespräch ein.

»Meine Landsleute zu Hause hecken ziemlichen Blödsinn aus«, bemerkte Theo ein paar Tage später. Er hatte in der Zeitung gelesen, daß fünfundzwanzig neuge-

wählte irische Abgeordnete sich weigerten, ins Londoner Unterhaus einzuziehen und statt dessen ein Parlament in Dublin einrichteten. »Was hältst du davon?«
Yvonne seufzte. »Ich kann mir kein Urteil erlauben, ich glaube nur, daß sie sich viel Ärger einhandeln werden.«
Theo sah sie neugierig an, ein Lächeln umspielte seine Lippen. »Willst du damit sagen, daß du nicht mit der irischen Sache sympathisierst, meine kleine Angelsächsin?«
Yvonne zuckte die Achseln. »Ich weiß nichts über die Probleme in Irland. Für mich steht nur fest, daß Leute, die Ärger machen, die Folgen zu spüren bekommen!«
»Du bist wirklich sehr praktisch veranlagt, meine kleine Krankenschwester!«
Sie untersuchte den Stumpf des amputierten Beines. Theo sah ihr scheinbar gleichgültig zu, wie sie die Narbe mit Zinksalbe einrieb.
»Es ist sehr gut geheilt«, sagte sie. »Aber das Holzbein ist ein bißchen hart, also mach erst mal langsam.«
Bedächtig und sorgfältig massierte sie die Salbe ein. Theo würde in wenigen Tagen abreisen. Dr. Perry hatte Mrs. O'Reilly versichert, sein Patient könne in etwa einer Woche heimfahren. Yvonne war den Tränen nahe. Theo hatte mit ihr bisher weder über seine Heimreise noch über ihre gemeinsame Zukunft gesprochen.
»Du wirst dich auch zu Hause mit der Salbe einreiben müssen.«
Theo wirkte so geistesabwesend, als hätte er nicht gehört, was sie sagte. Dann murmelte er: »Offenbar bin ich der Besitzer eines Landguts namens Kilashane. Mein Vater ist tot; das Gut fällt an den männlichen Erben. Seltsam, nicht wahr? Über Nacht bin ich ein vermögender Mann geworden. Ich kann dir ein Zuhause bieten ... Wann wollen wir heiraten?«

Sie wandte sich ab. »Wenn es dir besser geht«, erwiderte sie. »Komm mich holen, wenn es dir besser geht.«
Theo war wie vom Donner gerührt. Seine Miene verfinsterte sich, er starrte Yvonne wütend an. Dann packte er sie am Handgelenk. »Du hast es dir wohl anders überlegt? Du willst keinen Krüppel heiraten – ist es das?«
»Nein. Natürlich nicht. Ich würde dich nie als Krüppel bezeichnen. Aber ich will nicht, daß jemand denkt, ich wäre nur auf meinen Vorteil bedacht und würde dich irgendwie ausnutzen... Theo, vielleicht empfindest du nicht mehr das gleiche für mich, wenn du wieder völlig genesen bist.«
Er richtete sich auf. »In diesem Fall werde ich nirgendwohin fahren, solange wir nicht verheiratet sind. Wenn meine Angehörigen, die für mich nichts als Fremde sind, wollen, daß ich sie begleite, müssen sie sich an den Gedanken gewöhnen, daß du zu mir gehörst... Ich werde mit dem Kaplan sprechen und ihn bitten, sich um eine Sondergenehmigung zu kümmern, damit er uns hier in der Kapelle ohne Aufgebot trauen kann. Ich will dich heiraten. Ich will jeden Morgen aufwachen und wissen, daß du da bist. Ich will, daß du meine Frau wirst!« Er schüttelte den Kopf, um ihren Protest im Keime zu ersticken. »Mach dir keine Gedanken um meine Familie. Ich werde es ihnen unmißverständlich klarmachen.« Er lächelte sie an, seine Stimme wurde weich. »Und damit hat sich's!« Yvonne spürte, wie ihre Angst wich. Theo klang so vernünftig, energisch und selbstsicher.
Er streichelte ihre Handfläche. »Und, Yvonne«, fragte er zärtlich, »tust du mir einen Gefallen?«
»Natürlich! Was soll ich tun?«
»Lädst du deinen Bruder zur Hochzeit ein?«
Sie lachte. »Das ist doch klar!«
»Und seine Frau – das Mädchen auf der Photographie?«

Yvonne überlegte kurz, was er meinte, aber dann fiel es ihr ein. »Meinst du Jenny?«
Theo nickte.
»Meinen Bruder und meine beste Freundin! Natürlich lade ich sie ein! Andrew wird dich ohnehin bald besuchen. Er bittet dich um Verzeihung, daß er nicht früher gekommen ist, aber er hatte soviel zu tun mit seiner Heirat und seiner neuen Anstellung.«
Theo seufzte. »Es steht zehn zu eins, daß ich mich nicht an ihn erinnere. Hast du ihn darauf vorbereitet?«
»Gewiß. Er weiß, daß du verletzt bist.«
Am folgenden Wochenende erschien Andrew in Hurleigh House und unterhielt sich etwa zwanzig Minuten mit Theo. Die Begegnung war ihm peinlich, und er gab sich keine Mühe, es zu verbergen. Bald gingen ihm die Anekdoten über die Front aus, mit denen er das Gespräch hatte in Gang halten wollen. Theo hörte höflich zu, schüttelte aber den Kopf. Er konnte sich nicht einmal an den großen Rückzug vom 24. März und die Auflösung der Fünften Armee erinnern. »Ich bin ein hoffnungsloser Fall, alter Junge, ein hoffnungsloser Fall. Alle behaupten, es würde sich mit der Zeit bessern. Aber ich frage mich wirklich ...«
Andrew versuchte, ihm Mut zu machen, während er unbehaglich auf seinem Stuhl hin- und herrutschte. Er wollte mit Theo über Yvonne und die Verlobung sprechen, die ihm völlig absurd erschien. Sein Vater hatte bereits Dr. Perry konsultiert, der eine optimistische Prognose stellte, aber natürlich nichts Sicheres sagen konnte.
Yvonne hatte nicht mit sich reden lassen. »Ich werde Theo O'Reilly heiraten«, hatte sie kühl und entschlossen erklärt, »und wenn ihr Himmel und Hölle in Bewegung setzt, werdet ihr mich nicht davon abbringen!« Andrew, der nichts von theatralischen Auftritten hält, fand diese Äußerung, die überhaupt nicht zu Yvonne paßte, sehr geschmacklos.

»Sorgt Yvonne gut für dich? Sie sagt, ihr habt euch verlobt!«
Theo musterte ihn finster »Ja. Hast du etwas dagegen, wenn deine Schwester ein Wrack wie mich heiratet?« fragte er. »Zumindest weiß man jetzt, wer ich bin. Ich kann ihr etwas bieten, und ich liebe sie.«
»Die Sache ist die, Kamerad«, entgegnete Andrew, »daß es ihr gegenüber ein bißchen unfair ist. Es könnte sie etwas überfordern, wenn du nicht wieder ganz gesund wirst.«
Als Theo ihn, statt zu antworten, nur haßerfüllt anblickte, fügte Andrew verlegen hinzu: »Großartiges Mädel, weißt du. Ich hab sie wirklich gern ...«
Theo nickte, ließ sich aber auf keine weitere Diskussion ein. Um das Thema zu wechseln, sagte er bedächtig: »Ich sollte dir gratulieren. Ich hab gehört, daß du selbst kürzlich geheiratet hast.«
Andrews Miene hellte sich auf. »Ja ...«
»Und zwar das Mädchen, das hier auf dem Photo neben Yvonne sitzt«, fuhr Theo fort, holte seine Brieftasche hervor und zog das kleine sepiabraune Bild heraus.
Andrew schaute es sich an und lachte. »Du hast mich im Schützengraben darum gebeten, weißt du noch? Du hast gesagt, meine Schwester sei hübsch, aber die andere sei eine ›wahre Schönheit‹.« Er errötete. »Ich glaube, so hast du dich ausgedrückt. Die Formulierung habe ich mir gemerkt.«
Theo sah abwechselnd das Photo und Andrew an. »Du bist ein Glückspilz. Grüß deine Frau von mir.«
Andrew versprach es ihm und stand auf, um sich zu verabschieden. Yvonne kam vorbei und brachte ihren Bruder zur Tür.
»Na, wie gefällt er dir? Ist er nicht wunderbar?« fragte sie leise, aber eindringlich.
Plötzlich erwachte in Andrew der Beschützerinstinkt. »Er kann sich an rein gar nichts erinnern, was wir

gemeinsam erlebt haben. Bist du sicher, daß du ihn heiraten willst, Yvonne?«

Sie sah zu ihrem Bruder auf und nickte. »Bitte sag nichts dagegen. Bitte hilf mir. Papa wird seine Zustimmung geben, wenn du auf meiner Seite bist.«

»Die Ehe ist eine ernste Angelegenheit«, sagte Andrew mit bitterer Stimme. »Da ist man nicht immer auf Rosen gebettet!« Sein Tonfall tat seine Wirkung, und Yvonne sah ihren Bruder fragend an; rasch fügte er hinzu: »Aber da du so schrecklich sicher bist und weißt, was du willst, möchte ich dir keinen Strich durch die Rechnung machen!« Yvonne umarmte ihn, und als er ging, dachte er ans Nachhausekommen, an Jenny, die vermutlich mit traurigem Gesicht auf dem Dachboden vor ihrer Staffelei und ihren seltsamen Bildern sitzen würde, und an die wachsende Kluft, die sich zwischen ihnen auftat.

Aber dann kam ihm der Gedanke, daß eigentlich Jenny im Unrecht war und sich deshalb entschuldigen und mit ihm versöhnen sollte. Er hatte allen Grund zur Klage. Sie war seine Frau und mußte sich seinem Willen beugen. Schließlich hatte er nichts von ihr verlangt, was nicht sein gutes Recht gewesen wäre. Wenn sie erst einmal zur Vernunft kam, würde er ihre Launen geduldig ertragen. Doch wenn er ihr jetzt nachgab, würden sie nie eine richtige Ehe führen. Ach, Jen, dachte er verzweifelt, so können wir doch nicht leben. Aber solche Gedanken waren ein Zeichen von Schwäche, und er schob sie beiseite. Die anklagende Haltung gewann wieder die Oberhand. »Eine Frau mußt du wie ein Pferd an die Kandare nehmen, damit sie gehorcht«, hatte ein älterer Offizier einmal behauptet, »sonst macht sie dir die Hölle heiß!« Ja, dachte Andrew, es ist Zeit, daß ich eine klare Stellung beziehe.

Yvonne kehrte zu ihrer Arbeit zurück; im Vorbeigehen gab sie Theo zu verstehen, daß alles gut gelaufen war und steckte ihm eine Karte zu Andrews bevorstehendem Geburtstag zu, mit der sie dem »wunderbarsten Bruder auf der Welt« gratulierte. Später machte sie eine Eintragung in das Tagebuch, das Andrew ihr zu Weihnachten geschenkt hatte.

SIEBTES KAPITEL

»Ich habe Angst, sagte sie, »ich habe Angst, da ich gebrochen werde.«
»Das fürchtest du, Hexe, zu Recht.«

Tagebuch eines Zeugen

CHARLIE LIESS Dee ein Fernsehgerät schicken, als er hörte, daß sie keines besaß. »Das können wir nicht zulassen! Eine McGrath-Mitarbeiterin, die keinen Fernseher hat! Ich werde Jim vom Versand Bescheid sagen, er wird Ihnen einen schicken!«
»Es ist schon in Ordnung, Charlie, ehrlich!«
Charlie runzelte die Stirn. »Keine Sorge, daran sind keine Bedingungen geknüpft ... Ich plane keinen Anschlag auf Ihre Tugend!« Er lächelte, um zu zeigen, daß er sie nicht beleidigen wollte, aber Dee verstand die unterschwellige Botschaft. Sie hatte alle weiteren Einladungen auf ein Bier nach der Arbeit abgelehnt, und deshalb war er eingeschnappt. Sie hatte schon vermutet, daß er es jetzt mit einer anderen Taktik versuchen würde – und siehe da, schon legte er los.
»Erinnern Sie sich, was Sie mir erzählt haben, als wir auf einen kleinen Drink bei *Keenan's* waren – über das einbalsamierte Flittchen, das man in Venedig gefunden hat? Am Freitag kommt in der BBC eine Sendung darüber. Ich dachte, die wollen Sie sich bestimmt nicht entgehen lassen!«
»Warum meinen Sie, sie wäre ein Flittchen gewesen?«
Charlie lächelte vergnügt. »Nur so. Unheimlich aufgedonnert, aber groß ausgehen konnte sie jedenfalls nicht mehr. Ha, ha ...«
»Ha, ha, ha ...«, stimmte Dee ein. Die Tote war eine

Frau, also war sie ein Flittchen. Das war eben Charlies Sicht der Welt.

Also hatte man den Fernseher geliefert, ein neues Modell mit dem Markennamen ›McGrath‹ auf einem Metallplättchen unter den Bedienungselementen und darunter das Modell – SUPERLU. Obere Preisklasse. »Der einzige Unterschied ist der bescheuerte Kasten«, hatte Charlie erklärt. »Ein gutes Gerät, 625 Zeilen, aber das Innenleben ist genau dasselbe wie bei der VISION-Serie, nur das Gehäuse sieht besser aus. Preisunterschied: zweihundert Pfund!« Er lachte.

Laura half Dee, den Fernseher auf den Couchtisch zu hieven und in die Ecke zu rücken. Mit der Zimmerantenne konnte man nur Telefis Eireann empfangen, also fragte Dee Jim vom Versand, ob sich da etwas machen ließe. »Ich möchte mir nämlich eine BBC-Sendung ansehen.«

»Hat das Haus eine Gemeinschaftsantenne?«

Es gab eine Dachantenne, denn auch ein paar andere Mieter hatten einen Fernseher. Netterweise war Jim vorbeigekommen und hatte das Gerät angeschlossen, und siehe da, die BBC kam durch, nicht störungsfrei, aber so, daß man das Programm verfolgen konnte.

Es handelte sich um einen Dokumentarfilm über Venedig. Für die Restaurations- und Konservierungsarbeiten in der langsam im Meer versinkenden Stadt wurde ein Vermögen benötigt. Die Holzpfeiler, auf denen die Häuser in den Salzlagunen erbaut worden war, konnte man durch Betonpfosten ersetzen; Schutzwälle am Eingang der Lagune sollten das Vordringen des Meeres verhindern. Die Kamera zeigte, wie die Wellen über Stufen schwappten, die einst über der Wassermarke gelegen waren; sie zeigte das Innere alter Paläste und Kirchen, Frescos und Stuckdecken, die für die Nachwelt gerettet werden sollten. Ein Bild Venedigs in seiner Blütezeit wurde gezeichnet: ein Stadtstaat der Handelsfürsten, der sich sowohl gegen

das Festland als auch gegen die Adria behauptete. Der Markusplatz mit dem Löwen auf seiner Säule im Gegenlicht erschien als Symbol für Stolz, Macht und Freiheit.
Auch in die Vergangenheit der Stadt gab die Sendung Einblick. Venedig war auf einhundertsiebzehn kleinen Inseln errichtet worden; die meisten Gebäude standen auf Holzpfeilern, die man in den schlammigen Grund der Lagune gerammt hatte. Hunderte von Brücken überspannten unzählige Kanäle. Während seiner langen, wechselvollen Geschichte war Venedig das Zentrum politischer und religiöser Intrigen gewesen, aber schließlich verfiel die Stadt dem Luxusleben mit Maskenbällen und Ausschweifungen aller Art. Der Blick der Kamera ruhte auf alten Gemälden von Kostümfesten mit allerlei Dominos, federgeschmückten Kopfbedeckungen und prächtigen Gewändern.
Dann sah man einen Architekten auf dem Weg durch die Straßen, die gewundenen Gassen, die schmalen Kanäle, vorbei an Türen, die nur mit der Gondel zu erreichen waren. In einem verfallenen Haus folgte ihm die Kamera über die Mosaikfußböden und eine kurze Treppe hinunter.
»Hier sehen wir eine Besonderheit, die unlängst entdeckt wurde: eine wasserdichte Kammer, die heute unterhalb des Wasserspiegels der Lagune liegt«, erläuterte der Architekt.
Die Tür stand halb offen, und die Scheinwerfer der Kameraleute drangen in die Dunkelheit. Mitten auf dem überschwemmten Fußboden stand ein leerer Steinsarkophag; den Deckel hatte man beiseite geschoben.
»Hierbei handelte es sich um ein Grab. In diesem Steinsarg wurde eine junge Frau zur letzten Ruhe gebettet. Die einbalsamierte Leiche war, besonders in Anbetracht der Umgebung, hervorragend konserviert.«

Ein Photo des Leichnams einer jungen Frau in einem reichverzierten blauen Kleid wurde eingeblendet. Die Tote hatte lockiges Haar, ihre Hände waren in einem unnatürlich anmutenden Winkel übereinandergelegt. Der Halsausschnitt ließ weiße Haut sehen, auf der, einer Liebkosung gleich, eine doppelreihige Perlenkette lag. Unter den Locken lugten die Ohrläppchen hervor. Alles an ihr zeugte von Stolz über ihre Schönheit und maßloser Trauer über ihren Tod. Nur eines stand in schaurigem Widerspruch zum Gesamteindruck: Das Mädchen hatte kein Gesicht. Dort, wo einst das Antlitz gewesen war, sah man nur einen Totenschädel – leuchtend weiße Knochen, leere Augenhöhlen, Zähne in einem grausigen Rachen nur wenige Zentimeter über dem weißen Hals, dem offenbar vollkommenen Körper und dem üppig gelockten Haar.

Dieser Eindruck blieb beim Zuschauer haften; es war, als schlüge man ein schönes Buch auf, um dann zu entdecken, daß seine Seiten leer waren. Es wurde eine Ahnung geweckt vom Leben dieser Frau, von der Liebe, die dieses Grab für sie geschaffen hatte, und dann blieb einem der einzige sprechende Beweis versagt, der Aufschluß darüber gegeben hätte, wer sie war.

»Diese Photographie entstand kurz nach der Entdekkung des Grabs. Unglücklicherweise verschwand der Leichnam auf dem Weg zu einem Labor, wo er eingefroren werden sollte. Wer immer sie gewesen sein mag, die Dame war noch jung, sie war in Seide gekleidet, und ihr mit Silberfiligran gesäumtes Kleid, das insgesamt hervorragend erhalten war, entsprach der Mode des frühen siebzehnten Jahrhunderts. Daß die Frau nicht – wie damals üblich – in einem Totenhemd bestattet wurde, scheint höchst ungewöhnlich. Das Gesicht war offenbar das einzige an ihr, was der Zeit nicht standgehalten hat! Ihr Verschwinden auf dem

Weg zum Labor ist ein Skandal! Nicht nur die Leiche ist für die Wissenschaft verloren, auch die Juwelen, die sie trug, wurden dabei entwendet.«
Dee betrachtete das Photo aufmerksam. Die Tote hatte etwas zutiefst Rührendes an sich, etwas das unvorstellbares Leid ahnen ließ – ein entsetzliches Schicksal, das ein sensibler Mensch erduldet hatte. Dee sah genau hin, als die Kamera das Symbol auf dem Sarkophag heranholte, und konnte sich vergewissern, daß sie sich nicht getäuscht hatte.
Als die Sendung vorbei war, schaltete sie den Fernseher aus, ging in die Küche und setzte den Teekessel auf. Laura war mit Ted ausgegangen und würde frühestens in einer Stunde heimkommen. Sprühend vor Energie würde sie hereinstürmen und versuchen Dee, wenn sie noch wach war, in ein Gespräch zu verwikkeln. Schließlich würde sie widerwillig ins Bett fallen, um sich am nächsten Morgen mit der gewohnten Verzweiflung gegen den neuen Tag zu wehren.
Dee ließ sich im Wohnzimmer auf die Couch sinken und trank ihren Tee. Draußen verblaßte das Licht des Sommerabends. Durch das offene Fenster hörte sie das Lachen und Schreien der Kinder, die in einem Nachbargarten spielten. Ihr Lärmen wurde von einer Frauenstimme unterbrochen, die sie hereinrief. Was blieb, war das gedämpfte Rauschen des Verkehrs.
Dee beobachtete, wie das warme Blau des Abendhimmels dem Violett der Nacht wich. Die Dunkelheit breitete sich in der Wohnung aus, doch an Schlaf war nicht zu denken. Das, was sie im Fernsehen gesehen hatte, ließ sie nicht los, es weckte ein Unbehagen, das sie nicht abschütteln konnte, einen vertrauten Schmerz, eine allzu bekannte Unsicherheit. Auch das in Stein gemeißelte Symbol auf dem Sarkophag beschäftigte sie. Die Ähnlichkeit mit dem Zeichen auf ihrem Ring war nicht zu leugnen.
Auch hatte der Anblick der geheimnisvollen maskier-

ten Tänzer auf den alten Gemälden plötzlich die Erinnerung an den Gegenstand wachgerufen, den sie in Kilashane gefunden hatte: die Maske. Dee war damals noch klein gewesen, und die Maske, die sie aus leeren Augenhöhlen anstarrte, hatte sie erschreckt. Der kalte Blick, der zu einer unmenschlichen Grimasse verzerrte Mund hatte so lebendig gewirkt, daß Dee die Maske wegwarf. Noch jetzt sah sie ihr höhnisches, freudloses Lächeln vor sich. Die Maske konnte einem Angst einjagen, weil sie das Zerrbild eines wirklichen Menschen war.

Wo habe ich die Maske hingeworfen? fragte sie sich jetzt. Ich war damals im oberen Stockwerk und fand sie in einer Truhe voller alter Kleider. Doch die Treppe war ebenso wie der erste Stock eingestürzt und alles, was auf diesem Stockwerk gelegen hatte, war nun unter einem großen Schutthaufen begraben.

»Sie liegt irgendwo im Schutt«, dachte sie laut.

Da hörte sie ein Geräusch hinter sich, und eine Stimme fragte: »Was liegt im Schutt?«

Dee fuhr auf, drehte sich um, und als das Licht durchs Zimmer flutete, sah sie Laura, die dastand und vergnügt grinste.

»Ich habe dich nicht reinkommen hören«, sagte Dee, während sie sich blinzelnd bemühte, ihren Atem zu beruhigen. »Du hast mir einen furchtbaren Schreck eingejagt!«

»Du führst Selbstgespräche: das erste Anzeichen für eine Geistesstörung.«

»Ich habe gerade an etwas gedacht – etwas, was ich weggeworfen habe, als ich klein war.«

Laura ging in die Küche, holte sich ein Knäckebrot und eine Banane, die sie in Scheiben schnitt und das Brot damit belegte.

»Mmm«, meinte sie mampfend. »Was hast du denn weggeworfen?«

Dee setzte an, es ihr zu erzählen, war aber zu müde,

um alles von A bis Z zu berichten: »Ach, es war nur so ein altes Ding, das ich beim Spielen gefunden habe!«
»Wahrscheinlich eine Antiquität von unschätzbarem Wert. Was war es denn?«
»Eine Maske«, antwortete Dee zögernd. »Einfach eine Maske. Sie hatte Ähnlichkeit mit den alten venezianischen Masken! Die Sendung hat mich daran erinnert.«
Laura zeigte auf das Fernsehgerät und meinte mit vollem Mund: »Ein feiner Zug von deinem Chef, daß er uns den Fernseher geschenkt hat!«
Dee seufzte. »Aber damit verfolgt er absolut ehrlose Absichten!«
Laura hörte auf zu kauen. »Hat er dir einen unsittlichen Antrag gemacht?«
»Das tut er ständig. Er ist ein Idiot... seine Arbeit macht er gut, aber sonst ist er ein Idiot. Du kennst ihn doch.«
Laura erklärte nachdenklich: »Stimmt, er ist ungefähr so attraktiv wie ein altbackenes Rosinenbrötchen.«
Dee lachte. »Hast du die Nachrichten gesehen?«
»Teilweise.«
»War was Interessantes dabei?«
»Das übliche: Hungersnöte, Seuchen, Krieg und Mord!«
»Mein Gott, Laura, du redest schon wie Colin!«
Laura lachte.
»Anscheinend habe ich da etwas verpaßt. Ted besteht nur aus Konventionen; anstelle eines Hirns hat er Geschlechtsdrüsen!« Sie schluckte. »Wir haben uns auf dem Fußboden geliebt!«
Dee setzte sich auf. »Und...?«
»Wir haben uns in seiner Wohnung die Nachrichten angesehen, und dann führte eins zum andern...«
»Ich habe nie mit Colin geschlafen«, sagte Dee zögernd. »Ich hab mich nie so sehr danach gesehnt,

weil ich mir nicht sicher war, ob er mich wirklich will.« Sie zuckte die Achseln und errötete. »Klingt das verschroben?«

Laura sah sie an. »Du brauchst nichts zu erklären. Für eine attraktive junge Frau hegst du ziemlich viele Selbstzweifel. Aber du hast natürlich recht. Warum solltest du etwas tun, was du nicht willst!«

»Es ist auch, weil ich diese scheußliche... Narbe habe. Colin hat sie gesehen und einen ganz mitleidigen Blick bekommen, der mir einfach zuwider war.«

»Dee, wenn dich jemand gern hat, dann ist ihm das vollkommen gleichgültig!«

»Theoretisch schon! Auf jeden Fall wirst du scheinbar mit allem, was das Leben so bringt, spielend fertig!«

Laura seufzte und sah auf einmal verletzlich aus. »Manchmal trügt der Schein.«

Dee lächelte. »Na ja, die Nachrichten sind wohl nicht sehr spannend gewesen!«

»Ich habe ausgeschalter, als über die neuesten Mätzchen des Ku Klu Klan berichtet wurde«, brummte Laura. »Wir haben beschlossen, Liebe zu machen statt Krieg.« Ihr Blick wurde traurig und sie flüsterte. »Tja, für mich war es Liebe, aber für ihn war es Krieg!«

»Oh«, sagte Dee enttäuscht, »war es so schlimm?«

»Ich war keine Jungfrau, und seine Majestät war beleidigt!« Als er mich fragte, sagte ich, er sei *numero due*. Und da wollte er natürlich gleich wissen, wer *numero uno* war! Für den hat er sich viel mehr interessiert als für mich!«

»Kenne ich ihn?« fragte Dee vorsichtig. Laura ging zum Fenster und zog die Vorhänge zu.

»Numero uno? Nein. Ich war fünfzehn und er dreißig.«

»Das ist Verführung Minderjähriger!«

»Es war ein Fehler«, sagte Laura kurz. »Darin bin ich gut!«

»Du solltest dich nicht von ihm durcheinanderbringen lassen!«
Laura lachte unsicher. »Was man nicht alles sollte!«

In dieser Nacht schlief Dee schlecht. Im Halbdunkel des Zimmers lag sie wach und war dankbar für das Licht der Straßenlaterne. Sie hatte noch nie darüber nachgedacht, daß zwischen der Maske und dem Ring, den sie vor Jahren gefunden hatte, eine direkte Verbindung bestehen könnte. Wo war der Ring jetzt? Sie hatte ihn in einer Schachtel in der untersten Schublade ihrer Frisierkommode verstaut, wo sie noch andere Schätze aufbewahrte: eine alte Photographie in einem Umschlag, verschiedene Briefe, einen Schildpattkamm, Auszeichnungen aus der Schulzeit, die sie als Beste in Rhetorik und als Zweitbeste in Religion erhalten hatte.
Kurz vor Morgengrauen sank sie in einen traumlosen Schlaf. Als sie aufwachte, sah sie am hellen Tageslicht, daß sie verschlafen hatte. Hastig zog sie sich an und rannte fast den ganzen Weg zur Arbeit. Dennoch kam sie an diesem Tag zum ersten Mal zu spät. Charlie war schon im Büro und musterte sie über den Brillenrand.
»Das Telephon hat ununterbrochen geläutet, Dee. Machen Sie sich um Gottes willen an die Arbeit!« sagte er ärgerlich, als sie zu erklären versuchte, warum sie sich verspätet hatte.
Aber nach einer Weile erschien er, inzwischen besser gelaunt, an ihrem Schreibtisch und fragte: »Haben Sie sich die Sendung angeschaut? Gefällt Ihnen der Fernseher?«
»Ja, danke. Ich habe die Sendung gesehen ...«
»Und weiß man jetzt mehr über die Leiche?«
»Nein. Sie ist und bleibt ein Rätsel!«
Charlie beugte sich über sie. »Genau wie Sie. Ich liebe rätselhafte Frauen. Sie sind so verlockend ...«
Dee wandte sich ihrer Arbeit zu. Charlie musterte sie

und sagte dann leise: »Lassen Sie sich Zeit, Schätzchen. Ich werde eine ansehnliche Prämie einheimsen, und dann fahren wir zwei nach Venedig! Und Sie können Ihrem Rätsel auf den Grund gehen! Und ich dem Ihren!«
Dee fing seinen zweideutigen Blick auf. Es besteht nicht die geringste Chance, mein lieber Charlie, daß wir zwei irgendwohin fahren! dachte sie. Charlie zog die Brauen hoch, als könnte er ihre Gedanken lesen.
Um elf schloß er sich ihr an, als sie Kaffee trinken ging. »Dee, ich bin ein Schwein. Aber ich bin nicht so schlimm, wie Sie denken. Haben Sie das Zeichen gesehen, von dem Sie mir erzählt haben – das so ähnlich aussieht wie das Symbol auf dem Ring, den Sie als Kind gefunden haben?«
Dee war überrascht, daß er sich daran erinnerte. »Ja, ich habe es gesehen.«
»Würden Sie es für mich aufzeichnen? Ich war schon immer ein Antiquitätenliebhaber – das war mein Hobby, als ich noch Zeit für so etwas hatte!« Er zog einen Notizblock und einen Filzstift aus der Tasche.
Dee zeichnete das Symbol auf – das M mit den beiden Schlangen, das gaffende Gesicht der Maske in der Mitte. Charlie betrachtete es mit undurchdringlicher Miene.
»Wirklich phantasievoll!« sagte er lachend, aber sie sah, wie er den Notizblock wieder sorgfältig in der Tasche verstaute. Dann kehrte er in sein Büro zurück. Durch die offene Tür hörte Dee, wie er mit seinem potentiellen Kunden, Joe Whelan von Erinview Limited, sprach. Konnte er eine feste Zusage für die fünfhundert Geräte bekommen? Wie? Für ihn war es so in Ordnung, schließlich saß ihm kein Erbsenzähler im Nacken ... Er bedeutete Liz, die Tür zu schließen.

Als Dee mit Liam in der Kantine saß und zu Mittag aß, kam Charlie mit seinem Tablett zu ihnen. Liam rückte, um ihm Platz zu machen.

»Wie sieht' aus mit dem Erinview-Auftrag?« fragte er seinen Chef. »Wir haben unser Budget noch nicht erfüllt.«

»Den Auftrag haben wir in der Tasche«, erklärte Charlie. »Sie können die Rechnung für die fünfhundert Fernsehgeräte fertigmachen!«

Liam lehnte sich zurück. »Großartig. Geben Sie mir die Bestellung, dann kümmere ich mich um die Auslieferung und die Rechnung.«

»Joe Whelan hat mir keinen schriftlichen Auftrag gegeben. Die haben's plötzlich ganz, ganz eilig.«

»Wann sollen die Geräte geliefert werden?«

»Übermorgen! Sie sind für das neue Burkhampton Hotel!«

»Herzlichen Glückwunsch«, sagte Liam. »Ich mache die Rechnung fertig. Das heißt, wir haben unser Soll mehr als erfüllt!«

Charlie lächelte. Er zwinkerte Dee zu, woraus sie entnahm, daß sie die großen Neuigkeiten in ihren Monatsbericht aufnehmen konnte, der in Kopie nach Birmingham und Brüssel ging.

Als sie an diesem Abend nach Hause kam, stellte sie fest, daß jemand in die Wohnung eingebrochen hatte. Der Inhalt der Schubladen und sämtliche Kleider lagen auf dem Boden verstreut. Doch es fehlte nichts außer ein bißchen Geld aus dem Marmeladenglas in der Küche, das als Haushaltskasse diente. Dee und Laura benachrichtigten die Polizei; zwei junge Beamte kamen vorbei und suchten nach Fingerabdrücken, fanden aber nichts.

Eine Woche später erfuhr Dee, was es mit dem Erinview-Auftrag auf sich hatte. Ihr Monatsbericht war in die Hände der Presse gelangt, und die Irish Times hatte einen Artikel darüber gebracht. Anschließend kam ein Anruf von Joe Whelan und dann einer aus Birmingham; es war ein langes Gespräch, und durch

die halboffene Tür hörte man Charlie Entschuldigungen murmeln. Später verbreitete Liz im Flüsterton, daß Charlie eine Bestellung verschickt hatte, die von seinem Kunden nie in Auftrag gegeben worden war. Jetzt steckte er gewaltig in der Klemme. Er hatte um jeden Preis den Finanzplan einhalten wollen; die Geräte hatte man einstweilen in einem Lager deponiert. »Mein Gott, er ist wirklich ein Vollidiot...«
Charlie, der blaß und aufgewühlt aussah, zitierte Dee in sein Büro. »Was haben Sie sich dabei gedacht, die Sache mit dem Erinview-Auftrag in Ihren Monatsbericht zu schreiben? Wer hat Sie dazu autorisiert?«
»Sie haben mir gesagt, daß Eigeninitiative erwünscht ist«, entgegnete Dee. »Und Sie haben gesagt, daß wir den Auftrag in der Tasche hätten. Liam hat es auch gehört. Sie haben ihn angewiesen, die Rechnungen zu stellen!«
Charlie stützte den Kopf auf die Hände. »O Gott, ich habe doch nur versucht, den verdammten Finanzplan zu erfüllen, sonst gibt es keine Prämien... Arbeitsplätze stehen auf dem Spiel – auch Ihrer. Und Sie müssen wir das antun!‹
»Es tut mir leid«, sagte Dee unglücklich.
»Was wollen Sie jetzt machen, um mir aus der Patsche zu helfen?« fragte Charlie ratlos. »Die Lage ist ernst!«
»Was kann ich denn tun?«
Charlie bemerkte ihren verzweifelten Gesichtsausdruck, was ihn ein wenig zu besänftigen schien. »Es gibt schon etwas, was Sie tun könnten... Nun ja, natürlich können Sie diese Bescherung nicht wiedergutmachen, aber vielleicht...«
Dee dachte, er würde ein Tête-à-tête vorschlagen, doch statt dessen sagte er: »Erinnern Sie sich, daß Sie mir vor ein paar Tagen von dem Ring mit dem merkwürdigen Symbol erzählt haben. Könnten Sie ihn mir einmal zeigen? Ich interessiere mich sehr für diese Geschichte in Venedig...« Er seufzte, als wäre er mit seiner Weisheit

am Ende. »Ich bin nicht so dumm, wie ich aussehe, und wenn ich meine Stellung hier verliere, versuche ich vielleicht, in den Antiquitätenhandel einzusteigen.«
»Natürlich... Aber ich will den Ring nicht verkaufen!«
»Ich will ihn ja gar nicht kaufen. Bringen Sie ihn am Montag mit?«
»Und was ist mit der Bescherung, die ich angerichtet habe?«
Wieder seufzte er, und mit einemmal bekam sie Mitleid mit ihm; kläglich sagte er: »Es ist nicht Ihre Schuld, Dee. Ich bin dafür verantwortlich!«
Als sie am Abend das Büro verließ, fühlte sie sich teils fröhlich, teils traurig. Nach ein paar hundert Metern fing es an zu regnen, und weil sie wußte, daß in der Garderobe ein herrenloser Regenschirm stand, kehrte sie um.
Im Büro war alles ruhig, über den Schreibmaschinen lagen schwarze Plastikhüllen. Nur Charlies Stimme war zu hören. Er telephonierte, und sie hörte, daß ihr Name fiel. Seltsamerweise sprach er französisch. Charlie, der behauptete, keinerlei Fremdsprachenkenntnisse zu besitzen, unterhielt sich fließend auf Französisch. Dee blieb vor der Tür stehen. Das Timbre seiner Stimme klang völlig verändert, er sprach flüssig, ohne den typisch irischen Akzent.
»Dee McGlinn... Ell ma'a dit que c'était exactement le même dessin. Oui, exactement la même chose...«, sagte er ruhig und gewandt, ganz anders als der Charlie, den sie kannte.
»C'est une jeune fille... C'est extraordinaire, n'est-ce pas? Oui, oui, je comprends! Oui, la semaine prochaine... Bien sur... Allez!«

Übers Wochenende fuhr Dee nach Hause. Sie nahm den Zug nach Cork. Sie stützte den Kopf auf die Hand und beobachtete, wie die Häuser und Höfe vorüberflogen. Dann warf sie einen Blick in die Zeitungen. Ein fetter Bischof mit einem kleinen Hut und einer langen Robe stand vor einer Ehrengarde. Auf einem anderen Photo entdeckte sie Jack Lynch' offenes, ehrliches Gesicht. Sie fand einen Artikel über die Beatles und betrachtete das Bild. Paul McCartney gefiel ihr am besten. »Lucy in the Sky with Diamonds« war ihr Lieblingshit.

Dees Vater holte sie vom Bahnhof ab. Er stand auf dem Bahnsteig, ein magerer Mann in einem Tweedjakkett mit grauen, windzerzausten Haaren und einem wettergegerbten Gesicht. Schon bevor der Zug hielt, sah sie ihn, und in diesem Augenblick war die Welt für sie wieder in Ordnung. Ihre Arbeit bei McGrath war plötzlich nur noch ein ganz gewöhnlicher Job. Sie war wieder da, wo sie hingehörte. Auf der Heimfahrt sprachen Vater und Tochter wenig; die Liebe, die sie verband, brauchte die Worte nicht. Dee spürte diese Liebe; sie gab ihr Kraft, sie war immer für sie da, sie gab ihr Frieden. Aber Vater und Tochter wären nicht auf die Idee gekommen, darüber zu sprechen.

»Gefällt dir deine neue Arbeit?« Voll Stolz blickte Dees Vater seine wunderbare Tochter an. Er strahlte die Überzeugung aus, daß jeder von ihr genauso begeistert sein mußte, wie er selbst.

»Ich weiß nicht«, sagte Dee.

Er runzelte die Stirn und konzentrierte sich dann wieder auf die Straße. »Hast du Probleme?«

Sie seufzte. »Ich fürchte, ja ...«

»Was für Probleme?« fragte er freundlich.

»Mit meinem Chef!«

Er wartete. Als sie sich nicht näher äußerte, sagte er: »Wenn er dir Ärger macht, häng die Arbeit an den Nagel!«

»Ach, Dad, das kann ich doch nicht.«

»Warum nicht?«

Sie zuckte die Achseln. »Die Stelle ist gut. Die Firma

gehörte zu einem multinationalen Unternehmen. Da kann ich weiterkommen. Charlie ist eine Nervensäge, aber damit würde ich mich abfinden, wenn alles andere in Ordnung wäre. Zumindest habe ich gedacht, er wäre nur eine Nervensäge.«

Am liebsten hätte sie ihrem Vater von dem Telephonat erzählt, das sie mitangehört hatte. Aber wie sollte sie ihm erklären, daß Charlie ein Gespräch auf Französisch geführt hatte, in dem ihr Name gefallen war, und weitererzählt hatte, was sie ihm über das Zeichen auf dem Ring gesagt hatte – nämlich daß es mit dem Symbol auf dem Sarkophag identisch war? Rückblickend fragte sie sich, ob sie sich nicht verhört hatte; vielleicht hatte ein anderer von Charlies Büro aus telephoniert? Aber es war seine Stimme gewesen, da war sie ganz sicher. Warum erschien ihm die Sache mit dem Zeichen auf dem Ring so wichtig, daß er sich auf Französisch mit jemandem darüber unterhielt? Oder hatte sich das Gespräch um etwas anderes gedreht? Hatte sie noch ein anderes Zeichen erwähnt? Ihres Wissens nicht.

Nach einer Weile flüsterte sie: »Dad, da ist etwas im Gange, was ich nicht verstehe ...«

»Kommt er mit dem Gesetz in Konflikt?«

Sie schüttelte den Kopf. »Ich weiß nicht, Dad. Ich weiß nichts Näheres darüber. Ich ... ich habe nur so ein komisches Gefühl.«

Er schwieg. Die Straße war wie leergefegt. Sie fuhren jetzt über Land und hatten die Hauptstraße hinter sich gelassen. Der warme Sommerabend lag über den Feldern; die Vögel sangen aus voller Brust; aus den Hecken leuchteten die Blüten der Winden und Heckenrosen.

Schließlich faßte sich Dee ein Herz und setzte das Gespräch fort. »Was soll ich nur machen?«

»Vertrau deinem Instinkt. Kündige. Du kommst jederzeit anderswo unter! Aber vergewissere dich erst

einmal, ob deine Phantasie nicht mit dir durchgegangen ist!« sagte ihr Vater ernst.
»Gute Jobs sind dünn gesät«, meinte Dee nachdenklich. »Ich kann nicht einfach alles hinschmeißen! Ich weiß nicht, was als nächstes passiert, und ich habe keine konkreten Beweise dafür, daß jemand gesetzwidrig gehandelt hätte, außer einer Gaunerei, die sich mein Chef einfallen ließ, um den Finanzplan zu erfüllen, aber das ist kein Betrug im eigentlichen Sinne.«
»Vielleicht bist du ein bißchen übereifrig«, meinte ihr Vater.
Dee ließ ihren Blick über die Landschaft schweifen und wartete darauf, daß die Kamine von Kilashane hinter der nächsten Straßenbiegung auftauchten.

Als sie daheim ankamen, brachte der Vater Dees Tasche ins Haus, während sie selbst durch die offene Vordertür hineinstürmte. Wie ein Kind freute sie sich darauf, ihre Mutter zu sehen. Mrs. McGlinn kam ihr aus der Küche entgegen, küßte sie herzlich und musterte sie dann von Kopf bis Fuß. Dee trug ein beiges Safarikostüm, eine Jacke mit Gürtel über dem Minirock, mit der nach innen gebügelten Falte.
»Die Jacke ist nett, aber ich finde grundsätzlich, daß –«
»– ich weiß schon, ›Wadenlange Röcke stehen einer Frau am besten‹«, lachte Dee. Sie folgte ihrer Mutter in die Küche, wo es nach frischgebackenem Scones roch. Die Mutter holte das Teegebäck aus dem Rohr und legte es zum Abkühlen kopfüber auf ein Gitter.
»Was gibt es Neues draußen in der bösen Welt?«
Dee setzte sich auf die Tischkante, und sah zu, wie ihre Mutter den Teekessel aufsetzte. »Ach, Mam, es ist gut, daheim zu sein!«
Sie merkte ihrer Mutter an, daß sie sich freute. »Hast du denn deine alten Eltern vermißt?«

Dee schloß sie in die Arme. »Das weißt du doch. Und wie steht's mit dir, Mam?«
Ihre Mutter seufzte und sagte leise: »Dein Vater wird bald pensioniert... Ende Juli. Aber er will das Haus nicht verkaufen und nach Dublin ziehen!«
Dee schüttelte den Kopf. »Aber, Mam, vielleicht gefällt es dir ja gar nicht in Dublin – ich meine als Wohnort! Eure Freunde leben alle hier!«
»Du wohnst schließlich in Dublin, oder?« Wieder seufzte sie. »Dort könnten wir soviel unternehmen! Er hat es mir versprochen, das weißt du doch.«
Dee nahm sich ein Scone. Es war noch ganz heiß, und als sie es mit dem Messer aufschnitt, stieg der Dampf aus beiden Hälften. Sie bestrich es mit Butter und Blaubeermarmelade und biß in das knusprige, heiße Gebäck.
Ihre Mutter bereitete unterdessen Tee. »Nimm dir doch noch ein Scone. Abendessen gibts erst in zwei Stunden!«
Dee stöhnte. »Nur wenn du mir sagst, wie ich die Kalorien wieder loswerde!«
»Kalorien! Eine Frau kann ruhig ein bißchen was auf den Knochen haben. Du bist sowieso viel zu dünn! Hast du Sorgen?« Dee wich dem Blick ihrer Mutter aus und verneinte.
Später suchte sie in ihrem Zimmer die alte Pappschachtel heraus, in der sie den Umschlag mit der sepiabraunen Photographie und dem ledergebundenen Tagebuch aufbewahrte, das sie in Kilashane gefunden hatte. Und da lag, in Seidenpapier gewikkelt, auch der Ring.
Behutsam nahm sie ihn heraus und packte ihn aus. Es war ein Siegelring und das merkwürdige Symbol war genauso, wie sie es in Erinnerung hatte. Sie polierte es mit dem Seidenpapier und suchte nach einem Stempel. Doch ein Feingehaltsstempel, wie sie ihn kannte, war nicht zu sehen. Der Ring war an der Innenseite vollkommen glatt, nur der Buchstabe M war hinter dem

Emblem in das Gold gestanzt, und darunter standen einige Zeichen, die sie nicht entziffern konnte. M für Maskenball, dachte sie. M für Menschlichkeit. M für mich. Dabei mußte sie lächeln. Der Ring war von seltsamer Schönheit. Sie zog ihn auf eine dünne Goldkette, die sie zur Kommunion bekommen hatte, und hängte ihn sich um den Hals, direkt auf die Haut.
Dann nahm sie das Tagebuch zur Hand. Sie hatte es früher schon überflogen, dabei aber das Gefühl gehabt, in die Privatsphäre eines anderen Menschen einzudringen, so als würde sie an einer Tür horchen, und deshalb wollte sie sich nicht eingehender damit befassen. Viele Seiten waren zusammengeklebt. Den Namen auf dem Deckblatt kannte sie: *Yvonne O'Reilly, 1. 1. 1919.*
Sie blätterte ein paar Seiten um. Die zierliche Handschrift war nach rechts geneigt. Dee hatte sich schon lange nicht mehr mit dem Buch beschäftigt. Wie mochte die Schreiberin ausgesehen haben? Wie war das Leben im Jahr 1919 gewesen?
Sie begann zu lesen.

O mein Gott, was soll aus ihm werden? Was wird mit ihm geschehen, wenn ich nicht mitkommen kann! Ein Mann ohne Erinnerungen, in Schweiß gebadet, völlig geschwächt, humpelnd, lallend.
Heute kam Andrew zu Besuch. »Hallo, alter Junge«, begrüßte er ihn.
Theo erkannte ihn nicht, und mir war klar, wie satt er es hat, daß alle Welt weitermacht wie bisher und ihn zu kennen glaubt, während er mit niemandem etwas anfangen kann. Sie führten ein kurzes, dummes Gespräch, wie Männer es zu tun pflegen, wenn sie sich nichts zu sagen haben.
Anschließend erklärte er mir, er hätte meinen Bruder noch nie im Leben gesehen, doch dieser hätte mit seinen Geschichten die Erinnerung an einen Winter-

abend und das gnadenlose Trommelfeuer der Granaten geweckt. Er schrieb mir sogar einen kurzen Brief, um mir von einem Durchbruch zu berichten: er erinnerte sich, wie er »durch eine Explosion hochgeschleudert wurde und flog, als hätte ich Flügel. Ich sah den Nachthimmel und die Sterne, und es herrschte Schweigen, als seien die Geschütze verstummt und nichts könnte mich mehr erreichen. Vielleicht bin ich wirklich weggeflogen, und was Du jetzt vor Dir siehst, ist nur der Abfall, nur die wertlosen Reste eines Lebens. Was kannst Du damit anfangen, kleine Krankenschwester?«
Eine gute Frage!
Er ist ein poetischer Mensch. Alles, was ihn angeht, betrifft auch mich. Nie hätte ich gedacht, daß ich einmal so empfinden würde! Solche Heftigkeit der Gefühle hätte ich mir nicht zugetraut. Andrew und Jenny sind verheiratet, also bin ich nicht zu jung, wie Papa immer behauptet. Ich glaube, alles ist erstarrt, unser Leben, unsere Kindheit ist wie versteinert. Der Krieg hat unsere Jugend zerstört. Das Leben ist seltsam fremd geworden, wir haben so viele Freunde verloren.
Jenny ist durch den Tod ihres Großvaters, der so plötzlich von uns gegangen ist, am Boden zerstört. Die Ehe ist bestimmt ein Trost für sie.
Ich könnte soviel für Theo tun, und es wäre so schön, wenn ich dazu Gelegenheit bekäme. Er liebt mich, und nur darauf kommt es an!

Dee hörte ihre Mutter rufen. »Liebes, das Essen ist fertig!«
Sie legte das Tagebuch zurück in die Schachtel, verstaute sie wieder in der Kommodenschublade und ging hinunter. Der Küchentisch war zum Abendessen gedeckt; in der Mitte stand eine Kerze in einem kleinen silbernen Ständer.

»Warum das?« Ihre Mutter lächelte.
»Wir feiern. In letzter Zeit bekommen wir dich nicht mehr oft zu sehen!«
Der Vater zündete die Kerze an, schenkte Wein ein, und sie setzten sich an den Tisch. Dee sah sich in der Küche um und genoß es in vollen Zügen, daheim zu sein. Im Geschirrschrank standen die altbekannten Teller, die alten Kupferpfannen hingen an der Wand, auf dem Fensterbrett standen Pflanzen wie eh und je, der Garten draußen lag in der Abendsonne. Nichts hatte sich verändert, nichts, nur sie selbst.
»Wer war Yvonne O'Reilly?« fragte sie leise.
In der Stille war nur das Ticken der Uhr zu hören; das Laub der Bäume vor dem offenen Fenster zitterte und nickte in der Abendbrise.
Die Eltern schauten sich an. »Sie war eine Engländerin, die einen O'Reilly aus Kilashane geheiratet hat«, erklärte ihr Vater schließlich.
»Was ist aus ihr geworden?«
Wieder tauschten die Eltern einen vielsagenden Blick und schüttelten den Kopf. Dee schloß daraus, daß sie es nicht wußten. »Ist sie fortgegangen? Hatte sie Kinder? Was ist mit ihr passiert?«
»Sie ist gestorben.«
»Woran?«
»Das weiß man nicht genau. Aber sie ist jung gestorben! Wer hat dir von ihr erzählt?«
Dee zuckte die Achseln. Gerne hätte sie gesagt: »Ich habe ihr Tagebuch.« Aber wie sollte sie das ihren Eltern erklären, ohne ihnen sagen zu müssen, daß sie sich jahrelang über ihr Verbot hinweggesetzt hatte?
»Es ranken sich viele abergläubische Legenden um ihren Tod«, sagte ihr Vater leise. »Es gab da eine Maske, die angeblich Unglück gebracht hat. Manche sagen, sie stammte vom Meervolk ...«
»Vom Meervolk?«
Ihr Vater lachte. »Die Seehunde. Die irische Mytholo-

gie will uns glauben machen, daß sie intelligente Wesen sind, die ihre eigenen Ziele verfolgen!«
Dee lächelte. »Lassen wir das ›Meervolk‹ mal beiseite. Was ist in Kilashane geschehen? Warum ist die Familie ausgestorben?«
»Wer weiß?« meinte ihr Vater. »Wahrscheinlich hängt es mit den *Troubles* zusammen.«
»In diesem Land sind die *Troubles* an allem schuld«, flüsterte Dee. »Aber daran glaube ich nicht. Für alles, was geschieht, gibt es eine Ursache; jedes Ereignis läßt sich auf die Taten einzelner Menschen zurückführen, und wenn man noch so sehr versucht, es an geschichtlichen Strömungen festzumachen. Es ist der Mensch, es ist das Individuum, das Ursachen setzt und die Verantwortung dafür trägt!«
Ihre Mutter warf ihr einen verzweifelten Blick zu, und ihr Vater sagte sanft: »Und was ist mit den Kräften, die die Menschen in die eine oder andere Richtung treiben? Die hat kein Mensch gemacht!«
»Willst du etwa behaupten, das wären diabolische Kräfte?« fragte Dee streng. »Wie praktisch ist es doch, wenn man die eigenen Untaten dem Teufel anlasten kann!« Ihre Mutter bekreuzigte sich, und ihr Vater schüttelte den Kopf.
»Der Teufel lebt«, sagte ihre Mutter. »Spiel nicht mit Worten, die ihn herbeirufen.«
»Ich lebe auch«, entgegnete Dee, »und ich habe das Recht, alles zu hinterfragen!«

ACHTES KAPITEL

»Bald wird es Frühling«, sagte sie. »Ich möchte den Himmel sehen ...«
»Du mußt Gehorsam lernen. Gehorche mir, und du wirst frei sein.«
Aber die Hexe weinte nur.

Tagebuch eines Zeugen

KROKUSSE SÄUMTEN den Rasen. Theo betrachtete sie gedankenverloren. Er beobachtete, wie die Rotkehlchen im Futterhäuschen pickten, das man neben dem Springbrunnen aufgestellt hatte, dann beugte er sich über das Notizbuch auf seinem Schoß und schrieb.
»Ich bin ein Wesen ohne Vergangenheit. Wenn ich keine Vergangenheit habe, welchen Wert hat dann die Zukunft? Ich fahre bald ›heim‹. An den Namen Kilashane erinnere ich mich jetzt, da er mir gesagt wurde und ich Zeit hatte, darüber nachzusinnen. Und ich sehe und erspüre Erinnerungsfetzen – einen Obstgarten, einen Blick über den Rasen, den Geruch des Meeres. Doch wenn ich im Begriff bin, mich an mehr zu erinnern, wenn ich meine, ich bekäme etwas zu fassen, dann drängt sich etwas dazwischen und behindert mich. Ich fühle mich wie ein von einer fremden Macht besetztes Land. Es fehlt mir die Kraft, um weiterzukämpfen. Y. ist der Strohhalm, an den ich mich klammere. Aber wenn auch diese Hoffnung schwindet, wird sie mich nicht mehr finden können; dafür reicht Liebe allein nicht aus.«
Er ließ den Blick über den feuchten Rasen schweifen. Dann betastete er das Holzbein unter dem Stoff seiner Hose und lächelte bitter. Er hatte einen Krieg hinter sich: Worum war es dabei gegangen? Um Macht und Reichtum – das wußte er jetzt. Die alten Männer hat-

ten die junge Generation zynisch manipuliert, sie verheizt, um die eigene grenzenlose Gier zu befriedigen – nur beseelt von Verachtung für das Leben und das Streben nach Macht. Aus diesem Grund – um dafür zu sorgen, daß das Handelsvolumen Großbritanniens erhalten blieb, das dreimal so groß war wie der Außenhandel Deutschlands – hatten die Alten Theos Generation in den Tod geschickt.

Und jetzt, wegen des Krieges, wegen der Verletzung, die Theo davongetragen hatte, war er in diese merkwürdige Situation geraten, daß eine fremde Frau, die sich seine Mutter nannte, und ein junges Mädchen namens Kate O'Reilly kamen, um ihn einfach mit ›nach Hause‹ zu nehmen.

Dr. Perry machte seine Runde, das Stethoskop um den Hals. Geübt untersuchte er die Patienten, zog gelegentlich die grauen Augenbrauen hoch oder kniff konzentriert die Augen zusammen. Er war zum Scherzen aufgelegt, und die Stationsschwester lächelte. Auf die üblichen Fragen entgegnete Theo, es gehe ihm gut. »Ich habe gesehen, daß Sie im Park spazierengehen«, meinte der Arzt, während er ihn untersuchte. »Das ist gut. Je mehr Sie sich bewegen, desto besser. Es fördert den Gleichgewichtssinn, und Sie gewöhnen sich an Ihr Bein ...«

»Sie fahren also nächste Woche nach Hause«, fuhr er nach einem Blick in seine Unterlagen gutgelaunt fort. »Sie werden sehen, das hilft Ihrem Gedächtnis auf die Sprünge! Die alte, vertraute Umgebung, Dinge, die Ihnen gehören – Ihr alter Teddybär, falls Sie ihn noch haben – Gerüche, Kleinigkeiten, all das kann Wunder wirken!« Er zwinkerte seinem Patienten zu: »Haben Sie überhaupt irgendwelche Erinnerungen? Ich kenne keinen Fall, bei dem sich der Betreffende an gar nichts erinnern konnte!« Theo runzelte die Stirn. Solche Fragen waren ihm zuwider; er kam sich vor wie ein Idiot.

»Bruchstücke«, sagte er mit mehr Begeisterung, als er empfand. »Bruchstückhafte Erinnerungen.« Etwas leiser fügte er hinzu: »Ich entsinne mich, daß ich einen Ring hatte ...«

»Fabelhaft«, meinte der Doktor. »Fabelhaft.« Er betastete Theos Beinstumpf. »Fabelhaft. Denken Sie über den Ring nach. Versuchen Sie, ihn sich vorzustellen. Woher haben Sie ihn? Wie sah er aus? Solche Sachen! So bekommen Sie die Vergangenheit in den Griff ...«

Mit einemmal war Theo wieder in sich gekehrt.

»Die Zukunft liegt mir im Moment mehr am Herzen. Sie dürfen mir gratulieren, wissen Sie. Ich heirate – morgen!«

Der Doktor wußte Bescheid; die Oberschwester hatte es ihm verraten, und als er Yvonne fragte, hatte sie es ihm bestätigt. Ihr Vater würde zur Trauung kommen. Der Kaplan hatte eine Sondergenehmigung erwirkt. Vorher hatte er den Arzt befragt, ob der Mann in der Lage sei, eine Ehe zu schließen; ob er in Vollbesitz seiner geistigen Kräfte sei.

»Er ist gesund«, erklärte Dr. Perry. »Er kann sich nur nicht an sein Vorleben erinnern. Aber er ist ledig, und er hat das Recht zu heiraten, wenn er es wünscht. Sie sollten lieber mit der Braut sprechen. Ich weiß nicht, ob sie sich darüber im klaren ist, auf was sie sich einläßt! Diese jungen Frauen haben alle sehr romantische Vorstellungen und denken, man bräuchte nur gute Vorsätze, und dann würde sich das Glück von selbst einstellen.«

Der Kaplan sprach mit Yvonne. »Ich liebe ihn, Father«, erklärte sie. »Ich liebe ihn wirklich. Ich weiß, daß es nicht leicht sein wird«, fügte sie hinzu, um zu zeigen, daß sie sich die Sache gut überlegt hatte. »Ist eine Ehe denn jemals einfach? Aber ich liebe ihn ...«

Doch im tiefsten Innern spürte sie, daß nichts leichter war, als Theo zu heiraten. Theo zu lieben, mit ihm zu leben, war das Leichteste auf der Welt.

Der Kaplan betrachtete sie aufmerksam. Sie tat ihm leid. So jung, so edelmütig und opferbereit, so verschwenderisch mit ihrer Zeit! Sie kannte das Leben nicht, sie wußte nicht, wie lang es einem vorkommen konnte und dann wieder viel zu kurz. Ganz gleich, was sie jetzt dachte oder empfand, ihr eigener Lebenswille würde sich auf die Dauer nicht unterdrücken lassen und seine Forderungen stellen. Und wenn ihr Mann sie nicht erfüllte, wenn sich herausstellen sollte, daß er sie nie erfüllen konnte, dann würde ihre Ehe langsam, aber sicher scheitern, ob sie es wollte oder nicht.

»Überlegen Sie es sich genau«, mahnte der Priester. »Überlegen Sie, wie Ihre Ehe in zwanzig Jahren aussehen könnte.«

Yvonne lächelte. Sie wußte, wie es in zwanzig Jahren sein würde. Sie würde sehen, wie die Kinder, die sie mit Theo hatte, heranwuchsen. Sie würde bei ihm sein, sich um ihn kümmern, ihm helfen, mit ihm sprechen können, und die Atmosphäre genießen, die er mit seiner Originalität schuf, und ihn in seiner Verletzlichkeit trösten. In Irland hatte er sein Heim, dort würden sie leben. Ihr war es gleichgültig, wo sie sich niederließen. Irland war bestimmt ein schönes Land; wenn man den Leuten glauben konnte, ging es dort gemütlich und lustig zu. Sie würde Irin werden und glücklich sein.

»Sie werden in ein fremdes Land gehen und von Ihrer Familie getrennt sein, und zwar mit einem verstörten jungen Mann, den Sie kaum kennen. Außerdem ist er Katholik ... Ire ... in Irland gibt es immer wieder Unruhen. Überlegen Sie es sich genau, meine liebe junge Frau.«

»Sein Volk soll mein Volk sein, und sein Gott soll mein Gott sein«, erwiderte Yvonne aus vollem Herzen, mußte dabei über sich selbst lächeln und fühlte sich wie die biblische Ruth.

Der Kaplan gab sich geschlagen. Nun, sagte er sich, man kann nie wissen. Gottes Wege sind unerforschlich ...

An der Trauung nahmen Theos Mutter und seine Schwester teil, Andrew und Jenny kamen mit Dr. Stacey. Dieser war bestürzt über den Entschluß seiner Tochter, brachte es aber nicht übers Herz, ihr seine Einwilligung zu versagen. Der junge Mann war aus gutem Hause und nicht arm, wahrscheinlich würde er auch wieder ganz gesund werden. Das waren die guten Seiten, die Dr. Stacey der Sache abgewann. Negativ empfand er, daß der Bräutigam katholisch war und aus Irland stammte, daß Yvonne ihm in seine Heimat folgen würde, daß ihr Mann an einer Kriegsneurose litt, von der er sich möglicherweise nie völlig erholen würde. Doch seine Tochter war im siebten Himmel; nie hatte er sie so lebendig, so freudestrahlend und glücklich gesehen. Er konnte ihr nicht das Herz brechen.
Die Angehörigen und eine Handvoll Gäste und Patienten hatten sich in der kleinen Kapelle versammelt, als Yvonne und Theo sich das Jawort gaben. Jenny, die ihr bestes Kleid trug, saß neben Andrew und ihrem Schwiegervater. Sie sah Theo zuerst nur von hinten, dann sah sie sein Profil, und als er sich seiner Braut zuwandte, konnte sie sein Gesicht sehen; sie sah die Farben, die mit dem Aufleuchten der Sonne durch die bunten Fensterscheiben auf ihn fielen. Dann sah sie seine Augen und spürte, wie sich ihr die Brust zusammenschnürte. Sie saß reglos da, bis Andrew sich zu ihr neigte und flüsterte: »Alles in Ordnung?« Sie nickte. Die Trauung begann.
Mitten im Gottesdienst entschuldigte sich Jenny und ging hinaus. Andrew folgte ihr, er sah, wie sie zu den Hecken lief, und als er sie einholte, stand sie vornübergebeugt da und erbrach sich.
»Was ist mit dir, Jen?«

Jenny richtete sich auf und wischte sich den Mund mit dem Taschentuch ab, das er ihr anbot. Dann drehte sie sich zu ihrem Mann um. Sie war aschfahl, und ihre weit aufgerissenen Augen glänzten vor Angst.
»Nichts«, sagte sie, »es ist nichts.«
»Willst du nach Hause gehen?«
Jennys Blick heftete sich auf das Gebäude hinter ihm. »Nein.«
Langsam ging sie mit ihm zur Kapelle zurück. Mit besorgter Miene ging er die möglichen Ursachen ihrer Unpäßlichkeit durch; und mit gemischten Gefühlen dachte er auch an die Erklärung, die alle anderen gewiß zuerst einfallen würde.
Nach der Trauung fand in einem nahegelegenen Hotel – dem Binnington Arms – ein kleiner Empfang mit kaltem Buffett statt. Dort sah Jenny das Brautpaar wieder.
Yvonne umarmte sie, strahlend, mit glühenden Wangen. Andrew küßte seine Schwester und gratulierte seinem Kameraden. Dieser hielt sich sehr aufrecht, wie es sich für einen Gentleman gehörte, während er über die Schwere von Theos Verletzung und seine Genesungsaussichten sprach. »Du hast wirklich Glück gehabt, Yvonne ist ein wunderbares Mädchen.« Er lächelte seine Schwester schelmisch an. »Das kannst du ruhig glauben, auch wenn ich es sage.«
Theo nickte. »Ja.« Er blickte seine Frau an, schien aber in Gedanken woanders zu sein. Dann drehte er sich langsam zu Jenny um. Er sah sehr gut aus in seiner neuen Uniform; abgesehen von dem dunklen, kurzgeschnittenen Schnurrbart war er glatt rasiert; die Narben auf seiner Stirn, die fast unter dem Haaransatz verschwanden, waren verblaßt und nur im hellen Licht sichtbar.
»Liebling«, sagte Yvonne und beugte sich zu ihrem Mann, »das ist Jenny, meine beste Freundin. Erinnerst

du dich, ich habe dir schon viel von ihr erzählt. Wir sind zusammen zur Schule gegangen; sie ist seit kurzem mit Andrew verheiratet.« Sie versorgte ihn stückchenweise mit Informationen, damit es nicht so aussah, als hätte er keine Ahnung. Seine Verwirrung und seine Blässe ließen sie einen Augenblick lang glauben, er hätte vergessen, was sie ihm erzählt hatte. »Das Mädchen auf der Photographie, weißt du noch?« Sie wandte sich an ihre Schwägerin. »Ist es nicht ein seltsamer Zufall – daß er während all der Kriegsjahre ein Photo von uns in der Tasche hatte?« Yvonne wußte sehr wohl, daß Jenny darüber im Bilde war, aber sie wollte eine peinliche Gesprächspause vermeiden.
Theo nahm Jennys Hand. Erst wich er ihrem Blick aus, doch als er ihr dann in die Augen schaute, weiteten sich seine Pupillen in unsagbarem Schmerz. Die Bestürzung in seinem Gesicht wich einem Ausdruck des Wiedererkennens und dann des wilden Zorns.
Fast unhörbar sagte Jenny: »Wie geht es Ihnen?« Dann riß sie ihre Augen von ihm los, entschuldigte sich und verschwand in Richtung Damentoilette.
»Das war heute wohl etwas zu anstrengend für sie!« meinte Andrew verlegen. »Vorhin war ihr schon schlecht.«
Yvonne folgte Jenny zur Toilette und fand sie dort vor dem Spiegel sitzend; sie zitterte von Kopf bis Fuß.
»Was fehlt dir?« fragte sie mitfühlend. »Du bist ja weiß wie die Wand.«
»Tut mir leid«, sagte Jen. »Mir ist vorhin schon schlecht gewesen. Mir ist nicht ganz wohl.«
Yvonne musterte sie besorgt und fragte schließlich erwartungsvoll: »Andrew hat gesagt, daß dir schlecht war. Du bist doch nicht ... in anderen Umständen?«
»Nein«, sagte Jenny mit bebender Stimme. »Nein.«

Während Yvonne bei Jenny war, kümmerte sich Kate um ihren Bruder. Sein Gespräch mit Andrew über den

Krieg war ziemlich schnell erlahmt. Es war nicht zu übersehen, wie verlegen es Andrew machte, sich mit jemandem zu unterhalten, der sich nicht an gemeinsame Erlebnisse erinnern konnte. Er lenkte sich ab, indem er insgeheim die junge Irin Kate taxierte, die er sehr attraktiv fand. Sie erinnerte ihn an ein Rehkitz – unschuldige Augen, scheu – aber dennoch war sie unter der Oberfläche zielstrebig und willensstark, sie hatte einen harten Kern in sich, wie eine Nuß in der Schokolade. In gewisser Hinsicht hatte sie Ähnlichkeit mit Jenny; sie war zwar keine Schönheit, besaß aber einen unverwechselbaren Charakter; und sie war ganz von dieser Welt, während Jenny ... Tja, Jenny schien nirgendwo zu Hause zu sein, außer in einem Raum ihrer Seele, zu dem nur sie den Schlüssel besaß. In diesen Raum hatte sie sich zurückgezogen und ihn, Andrew vor der Tür stehen lassen. Kürzlich hatte er etwas getan, weshalb er sich Vorwürfe machte, er hatte zu heftig reagiert, aber er war auch wütend gewesen. Langsam ließ er seinen Blick bis an den Saum von Kates Rock gleiten. Ein Jammer, wie sie gekleidet war – obwohl unter dem unmodernen, viel zu langen Kleid ein hübscher schmaler Knöchel hervorlugte. Er stellte sich vor, wie sie im Badeanzug aussehen mochte; und während er sie in Gedanken auszog, spielte ein weltmännisches Lächeln um seine Lippen.

Kate wurde rot. Daß ihr Rock zu lang war, wußte sie, aber sie hatte nicht die Zeit gehabt, etwas Neues zu kaufen. Was sie in Andrews Augen las, verstand sie unbewußt, und sie antwortete darauf.

»Mutter freut sich auf die Heimreise«, sagte sie hastig, um das Gespräch wieder in Gang zu bringen. »Ich hoffe, daß sich Yvonne bei uns wohlfühlen wird. Sie ist so ein Schatz!«

Viel zu gut für ihn, dachte Andrew. Aber du, meine Liebe, du könntest einen enttäuschten Mann kurieren!

Andrew entfernte sich, und Kate plauderte weiter, bemerkte aber voll Sorge, daß Theo schwitzte und verwirrt aussah. Seine Augen waren glasig und schienen ein wenig hervorzutreten, so als stünde er unter Opium.
Am anderen Ende des Raums unterhielt sich ihre Mutter mit Dr. Stacey. Mrs. O'Reilly war eine schöne Frau. Gerade lachte sie über eine Bemerkung des Doktors, irgendeine Anekdote, und wirkte dabei wie ein junges Mädchen. Kate beobachtete sie erstaunt.
»Ich weiß, daß Yvonne ein Schatz ist«, sagte Theo unvermittelt im normalen Gesprächston. Mit gequälter Miene deutete er auf Mrs. O'Reilly. »Selbst Mutter sagt das. Aber ich glaube Yvonne tut ihr leid. Das arme Kind und so weiter, mit diesem Wrack von einem Sohn verheiratet!«
Kate suchte in ihrer Tasche herum. »Theo, ich habe etwas, was ich dir geben möchte. Vielleicht hilft es deinem Gedächtnis auf die Sprünge. Papa hat es aus Venedig geschickt, in dem Jahr, als der Krieg ausbrach. Es war für dich bestimmt ...«
Aber das erwartete Aufleuchten der Erinnerung in seinen Augen blieb aus, und so nahm sie mit dem Ausdruck unterdrückter Erregung einen kleinen Gegenstand aus ihrer Tasche und legte ihn auf Theos flache Hand. Theo starrte den goldenen Ring an. »Ich weiß nicht, woher er ihn hatte«, fuhr Kate fort. »Aber er hat ihn dir geschickt! Das weiß ich! Dr. Perry sagt, du hättest den Ring erwähnt. Kannst du dich ...?« Theo zitterte. Er nahm den Ring und schleuderte ihn mit einem erstickten Schrei quer durch den Raum.
Fast im selben Augenblick war Yvonne an seiner Seite, nahm seine Hand und versuchte, ihn zu beruhigen. Auch Dr. Stacey eilte herbei, und mit ihm Mrs. O'Reilly, die ihrem Sohn die Hand auf die Schulter legte.
Kate ging den Ring holen, der in der Ecke unter einem

Stuhl lag. Sie nahm Yvonne beiseite, gab ihr den Ring und erklärte, er gehöre Theo. »Es tut mir leid. Ich glaube, er ist sehr müde. Offenbar hat ihn der Ring durcheinandergebracht. Ich dachte, er würde seinem Gedächtnis auf die Sprünge helfen ... Ich war mir ganz sicher, weil er mit Dr. Perry darüber gesprochen hat. Habe ich etwas falsch gemacht?«
»Keine Sorge«, sagte Yvonne, die merkte, daß Kate den Tränen nahe war. »Bald geht es ihm wieder besser. Es ist nur, weil der heutige Tag sehr anstrengend für ihn war.« Sie betrachtete den goldenen Siegelring und steckte ihn in die Tasche. »Ich werde Theo den Ring irgendwann geben. Ich nehme an, er kann ihn behalten!«
»O ja, er gehört ihm ja!« rief Kate. »Vater hat ihm den Ring im Jahr seines Todes aus Italien geschickt! Aus irgendeinem Grund habe ich es nicht fertiggebracht, unserer Mutter den Ring zu zeigen. Wahrscheinlich hätte sie Vorbehalte gehabt, weil unser Vater von dieser Reise ... nicht lebend wiedergekehrt ist. Also versteck ihn irgendwo, wenn du willst.« Kate lächelte schüchtern; ihr ernstes Gesicht hellte sich auf, und kleine weiße Zähne kamen zum Vorschein. »Gott segne dich, Yvonne.« Sie atmete erleichtert auf. »Ich bin so froh, daß du mit uns nach Hause kommst. Und ich hoffe inständig, daß du dich bei uns wohlfühlen wirst ...«
Yvonne strahlte vor Freude. Sie drehte sich nach ihrem jungen Ehemann um und sah, daß er Jenny anstarrte, die mit dem Rücken zu ihnen am anderen Ende des Raums stand, ein Glas Wein trank und sich mit Andrew unterhielt. Ihr Wollkleid mit dem blauen Gürtel betonte ihre schlanke und feingliedrige Gestalt. Die Rundung ihres Armes war bezaubernd, ihr Teint sah zart und rosig aus, und sie bewegte sich voller Anmut. Dennoch war von selbstsicherer Eleganz nichts zu spüren. Jenny wirkte eher wie ein vergeistigtes Wesen, das einer anderen Dimension angehört.

Während er sie anstarrte, murmelte Theo etwas vor sich hin.
Yvonne hörte die abgehackten Worte und eilte sofort zu ihm. »Jenny die Metze, Jenny die Hexe, werft sie auf den Scheiterhaufen oder laßt sie im Weiher ersaufen«, flüsterte er.
Yvonne seufzte tief und wünschte, der Tag wäre schon zu Ende. Wann konnten sie sich zurückziehen, ohne Anstoß zu erregen?
Er drückte ihre Hand, die sie in die seine geschoben hatte, so fest, daß es weh tat. »Laß mich nicht los, Yvonne«, sagte er mit gepreßter Stimme. »Halt mich fest.«
Sie erwiderte den Druck seiner Hand. »Das tue ich; du weißt, daß ich es tue.«

Schließlich kam der ersehnte Augenblick des Abschieds, der Augenblick, in dem sich die Tür ihres Zimmers hinter ihnen schloß, der Augenblick, in dem sie endlich allein waren und sich zum ersten Mal miteinander niederlegten. Yvonne hatte diesen Moment mit Spannung erwartet. Sie lag neben ihrem frisch gebackenen Ehemann in ihrem neuen Nachthemd; sie griff nach seiner Hand und küßte sie. Dann wartete sie darauf, daß er sie umarmte, sie streichelte, die Worte aussprach, nach denen sie hungerte, ihr seine Liebe bekannte.
Doch was nun folgte, war kein Liebeserlebnis, und die Bekenntnisse blieben aus. Theo war schweigsam und erschöpft; er machte keine Anstalten, sie zu berühren. Sie wollte ihn in den Armen halten, ihn wissen lassen, daß er nie wieder allein sein würde, daß er auf ihre Stärke bauen konnte, daß sie in seinem Glück ihre Befriedigung finden würde. Er aber rückte von ihr ab und schlief einfach ein – oder zumindest sah es so aus, als schliefe er. Obwohl Yvonne während der Nacht mehrmals aufwachte und auf seinen Atem

horchte, vernahm sie nie die ruhigen, tiefen Atemzüge, die den echten Schlaf kennzeichnen. Aber wenn sie seinen Namen flüsterte, erhielt sie keine Antwort.
Theo lag im Halbschlaf, er taumelte zwischen Wachen und Träumen hin und her, träumte, wachte auf, träumte wieder. Er spürte, wie er rasend schnell aufstieg, bis er sich hoch über den Dächern von London befand; unter sich sah er Lichter, das Gewirr der Straßen, schlafende Häuser, den spärlichen Verkehr; er fühlte die kalte Luft, sah die Themse, die ihren Weg zum Meer fand, die Parlamentsgebäude, Big Ben. Das Ganze sah aus wie eine Spielzeugstadt aus Pappmaché. Theo war vor etwas auf der Flucht, und gleichzeitig suchte er etwas. Er wußte, daß die Stadt dort unten und alle Menschen, die dort lebten, schrecklich wichtig waren; daß ein jeder und eine jede von ihnen ein Teilchen der Unendlichkeit in sich trug. Dann erinnerte er sich an einen Ort auf dem Lande, nicht weit vom Meer, an ein Päckchen, einen Ring, und wie er sich fühlte, als er ihn in der Hand hielt, und daß er ihn nicht hatte anstecken wollen. Plötzlich wußte er, wo der Ring war, und er wollte ihr eine Warnung zurufen, er wollte zurückkommen und sie warnen. Doch als er es versuchte, schien die Kraft, die ihn hoch über die Stadt geschleudert hatte, sich um ihn zu schließen.

Am nächsten Morgen wurde ihnen das Frühstück aufs Zimmer gebracht. Als die Kellnerin klopfte, warf Yvonne ihren neuen, rosafarbenen Kimono über und öffnete die Tür. »Das Frühstück, Madam«, sagte das Mädchen, schob den Servierwagen herein und stellte ihn diskret am Fenster ab.
Theo war wach; er setzte sich auf, griff nach seiner Brieftasche und hielt der Kellnerin ein Trinkgeld von zehn Shilling hin.
»Oh, Danke, Sir.«
Als sie gegangen war, fragte Yvonne: »Möchtest du im

Bett frühstücken, Liebling?« Doch Theo war schon halb aus dem Bett und griff nach seinem Stock.
»Nein«, sagte er unwirsch. »Nein, nein, ich bin schließlich kein kranker Mann.«
Yvonnes Miene verfinsterte sich. »Entschuldige ...«
Theo seufzte. »Um Gottes willen, entschuldige dich nicht. Es besteht ein Unterschied zwischen einem Krüppel und einem Kranken. Dein Mann ist ein Krüppel, aber nicht krank.«
Yvonne lächelte und reichte ihm die Hand. »Ich finde nicht, daß du ein Krüppel bist, Theo. Du kannst dich jetzt ohne Schwierigkeiten fortbewegen, und im Lauf der Zeit wird es immer bessergehen. Sei nicht so brummig.« Sie zog die Vorhänge auf und sah, wie das Morgenlicht auf sein verschlafenes Gesicht fiel.
Er sah sich im Zimmer um. »Wo hat du den Ring hingetan?« fragte er etwas freundlicher.
Yvonne fuhr zusammen. »Welchen Ring?« Sie fürchtete, daß sich die Szene von gestern wiederholen könnte.
»Kate hat ihn dir gegeben. Ich möchte ihn haben! Ich hatte ihn gestern in der Hand, und jetzt erinnere ich mich gut daran.«
Yvonne ging zur Frisierkommode, nahm ihre Tasche, holte den Ring heraus und warf ihn ihrem Mann zu, der immer noch auf dem Bett saß. Das Gold glitzerte in der Morgensonne, als der Ring im Flug einen Bogen beschrieb. Theo fing ihn auf und untersuchte ihn neugierig, und, als sich seine Hand um den Ring schloß, zitterte er heftig. Dann steckte er ihn an den Finger.
Yvonne wartete. Von draußen drang Verkehrslärm herein, das Klappern von Pferdehufen, das heisere Brummen eines Automobils; auf dem Korridor gingen Leute vorbei, Stimmen und das Lachen einer Frau waren zu hören.
Um Theos Lippen spielte ein triumphierendes Lächeln, das sein Gesicht aufleuchten ließ und es mit

einem Mal belebte. »Schau nicht so traurig, Yvonne. Kümmere dich nicht um mich. Komm, wir frühstükken.« Er schnallte sein Holzbein an, stand auf, setzte sich an den Tisch, reichte Yvonne Salz und Pfeffer und schüttelte seine Serviette auf.
Sie schnitt in ihre pochierten Eier, und der Dotter floß auf den glänzenden Toast. »Mmm«, murmelte sie, jeden Bissen genießend, und suchte nach einem unverfänglichen Thema. »Ich liebe pochierte Eier!«
Theo blickte auf, er lächelte immer noch. »Wirklich, meine Liebe? Ich glaube, du liebst so manches. Vielleicht wäre es besser, wenn du weniger liebtest.«
Als sich ihre Blicke trafen, senkte Yvonne die Augen. »Man liebt aus vielerlei Gründen, aus freiem Willen vielleicht oder weil es besser ist, an der Liebe zu leiden als an tödlicher Langeweile; aus einer armseligen Bedürftigkeit heraus, aus Spielerei; aber es gibt auch die Liebe, die einen vorwärtstreibt, die heißer als das Leben brennt, vor der du nicht fliehen kannst, nicht einmal in den Tod ...«
Er hielt inne und lachte auf. »Keine Sorge. Du schwebst nicht in Gefahr so gepeinigt zu werden!«
Yvonne schwieg. Plötzlich überkam sie das Gefühl, daß sie sehr jung und Theo sehr alt war. Sie sah ihm ins Gesicht. Er verzehrte seine Eier mit Speck so genüßlich, wie sie es noch nie an ihm beobachtet hatte. Die Verwirrung, die ihn sonst kennzeichnete, war verschwunden; er hatte sich in eine Festung zurückgezogen und schien sich selbst zu genügen.
»Theo ...?«
»Ja?«
»Du hast dich verändert!«
»Beunruhigt dich das?«
»Ja ...«, sagte Yvonne vorsichtig.
»In welcher Hinsicht habe ich mich verändert?«
»Du bist einfach anders!«
Sie versuchte, sich darüber klar zu werden, was sie

meinte. Er legte ein Selbstbewußtsein, eine Schroffheit an den Tag, die nicht zu ihm paßten und im Widerspruch seiner gewohnten, etwas unsicheren Freundlichkeit standen. Yvonne sagte nichts mehr, beobachtete ihn aber. Vielleicht war das ein Schritt auf dem Weg zur Besserung? Wenn ja, sollte sie sich freuen, aber sie hatte auch Angst. Diese Angst lag in der Vorstellung begründet, daß sie ihn nicht kannte, daß sie einen Fremden geheiratet hatte und die düsteren Vorhersagen, die seine Mutter bei ihrer ersten Begegnung gemacht hatte, wahr geworden waren. Sie hatten einen Mann kennengelernt, der sich von einer Kriegsneurose erholte, doch der genesende Mann, der wieder zu seiner früheren Persönlichkeit zurückfand, erwies sich möglicherweise als ein ganz anderer Mensch.
»Sei nicht so verdammt englisch«, sagte Theo unvermittelt, ohne von seinem Essen aufzublicken.
»Ich bin aber Engländerin«, entgegnete Yvonne ruhig. »Sei nicht albern.« Nach einer Weile fügte sie hinzu: »Bisher hat es dich nie gestört!«
»Was mich ärgert, ist, wie ihr Engländer euch zurücknehmt. Ihr hängt alle an irgendeiner gottverdammten Hundeleine. Hört auf, Tatsachen nach euren Maßstäben zu beurteilen; hört auf, ständig zu überlegen, ob sich etwas gehört; hört auf, für alles eine verstandesmässige Erklärung zu suchen. Hört auf, vor der verdammten normannischen Übermacht klein beizugeben. Und vor allem, seid nicht nett! Das widert mich an!«
Yvonne fühlte sich elend; doch sie versuchte, ihren Ärger und ihre Verwirrung zu überwinden. »Wir Engländer benutzen unsere Höflichkeit als Schild ebenso wie als Waffe«, sagte sie leise. »Wenn wir jemandem ein Messer in die Rippen stoßen, tun wir es mit Feingefühl. Quäle mich nicht, Theo!«
Er lachte. »Das ist schon viel besser! Möchtest du mir ein Messer in die Rippen stoßen?«

»Ich liebe dich. Das weiß ich. Mit Messern kenne ich mich nicht aus und ich will mich auch nicht damit auskennen.«
»Und du – kleine Angelsächsin – möchtest mit den wilden Iren leben! Wie willst du denn damit zurechtkommen? Von allen Seiten von absonderlichen, kampfeslustigen Paddies umgeben! O je, o je!«
»Vielleicht werde ich Irland wieder einmal erobern«, meinte Yvonne lächelnd; sie beschloß, seine Sticheleien von der humorvollen Seite zu nehmen und ihn ihrerseits zu necken. »Vielleicht unterschätzt du mich.«
»Irland ist noch nie erobert worden«, sagte Theo wieder im normalen Tonfall. »Das Problem mit unserem Land ist, daß man eine Nation fanatischer Individualisten nicht erobern kann.«
»Und aus dem gleichen Grund können sie es auch nicht verhindern!«
Theo lächelte. »Sehr gut!« Plötzlich wurde sein Gesicht ganz sanft; seine blauen Augen musterten sie. »Bist du froh, daß du mich geheiratet hast?« fragte er liebevoll. »Hast du keine Angst, daß es ein Fehler war?«
Yvonne schluckte. »Nein. Ich habe mich nur gefragt, warum du heute so anders bist!«
»Komm schon, sag die Wahrheit. Oder hast du etwa Geheimnisse vor mir?«
Plötzlich war Yvonne müde. »Nein, Liebling. Natürlich nicht!«
Das Wort ›Liebling‹ besaß Macht. Es sprach von Rechten und Ansprüchen. Sie hatte das Recht, ihn ›Liebling‹ zu nennen, und sie hatte einen Anspruch auf seinen Respekt und seine Nachsicht. Sie nahm das Wort als Rüstung, als Abzeichen für Besitzrechte, als Abwehrmittel gegen alles, was er aufbieten mochte, um sie zu überwältigen und zu verletzen. Wenn sie zu schwach für ihn war, so hatte sie doch Rechte.
Theo lächelte, als spräche er mit einem verängstigten

Kind. »Siehst du«, sagte er, »ich glaube, du kennst mich nicht... ich möchte dir nicht weh tun! Und kann es vielleicht doch nicht verhindern!«
Yvonne zog die Brauen zusammen. »Möglicherweise kennst du mich auch nicht«, sagte sie finster, denn ihr Stolz wollte es nicht zulassen, daß er alle Geheimnisse in ihrer Beziehung für sich beanspruchte.
»Ich weiß mehr über dich, als du denkst«, sagte er. »Und das werde ich dir gleich beweisen.«

Als sie ihr Frühstück beendet hatten, führte Theo seine Braut zum Bett. Spontan zog sie den Kimono enger um sich, ihr Interesse am körperlichen Aspekt der Liebe war verschwunden. Theo war ein Fremder, und der jungfräuliche Instinkt ihres scheuen Körpers riet zur Flucht. Im Widerstreit damit stand ihr Pflichtgefühl als Ehefrau. Aber sie empfand noch etwas: eine leidenschaftliche, wenn auch ängstliche Neugier.
Theo setzte sich neben sie aufs Bett, betrachtete sie ruhig und lächelte fragend. »Nun, Mrs. O'Reilly«, murmelte er sanft, »was wollen wir tun? Sollen wir uns anziehen? Ein wenig ausgehen?«
Er nahm ihre Hand, drehte ihre Handfläche nach oben und streichelte mit leisem Lächeln die weiße Haut an der Unterseite ihres Arms. »Wie weich das Fleisch ist!«
Yvonne rückte ein wenig von ihm ab. Sanft schob Theo den seidenen Ärmel des Kimono hoch. Er drehte ihren Unterarm, so daß er ihn besser betrachten konnte, und ließ seinen Zeigefinger über die samtene Haut gleiten. Er streichelte sie ohne Hast, seine Hand wanderte mit kleinen, bedächtigen Liebkosungen ihren Arm hinauf. Währenddessen sagte er kein Wort und mied ihren Blick. Nur für ihrem Arm hatte er Augen; er verfolgte die Spur der blauen Venen am Handgelenk bis zur Innenseite des Ellbogens. Er wirkte fast unbeteiligt.

Allmählich entspannte sich Yvonne. Mit diesem kribbelnden Streicheln schien kein Angriff auf die Festung ihrer Jungfräulichkeit einherzugehen. Ganz gleich, was sie von der Hochzeitsnacht erwartet hatte, ganz gleich, wie sie sich die Rolle der pflichtgetreuen, hilfreichen Ehefrau ausgemalt hatte – diese Zärtlichkeit forderte nichts von ihr. Theos Finger glitten höher hinauf und schoben den Ärmel des Kimonos über ihre Schulter. Sanft drückte er sie in die Kissen; nun verspannte sie sich wieder, doch er fing nur von neuem an, ihren Arm zu liebkosen, so daß sie sich schließlich fragte, was an ihrem linken Arm so interessant war. Da sie sich sicher fühlte, begann ihr entspannter Körper zu reagieren. Die Haut ihres Oberarms wartete darauf, gestreichelt zu werden, wurde ungeduldig. Endlich verirrten sich seine Finger in ihre Achselhöhle und streichelten die Haare unterm Arm. Diese Zärtlichkeit währte unerträglich lange. Yvonne lag ganz still, mit halbgeschlossenen Augen da. Die geübte Hand wanderte weiter, die Finger lösten sich aus der Achselhöhle und verfolgten die weiche Linie ihrer Brust. Mit Bedacht glitten seine Finger über die Rundung, und die Brustwarze richtete sich erwartungsvoll auf. Yvonne schloß die Augen. Diese Liebkosung war köstlicher als alles, was sie je erlebt hatte. Bebend erwartete sie das Vordringen seiner Hände, die sie so unendlich langsam und behutsam streichelten. Doch er berührte die pralle Brustwarze nicht, sondern zog mit einem Mal die Hand zurück und griff nach Yvonnes Handgelenk.

Sie öffnete die Augen.

Vergnügt lächelte er sie an, seine Augen glänzten. »Dein Puls rast«, stellte er sachlich fest. »Aber wir werden die erste Lektion hier abbrechen.«

Yvonne wandte sich ab, damit er ihren enttäuschten Blick nicht sah.

»Der Körper einer Frau«, fuhr er fort, ist ein fein gestimmtes Instrument, das jede Art von Musik her-

vorbringen kann. Wie du siehst, wage ich mich noch nicht sehr weit vor.«
Doch Yvonne, verwirrt und mißtrauisch wie sie war, konnte keine Schüchternheit in ihm entdecken; das Lächeln in seinen Augen zeugte eher von Selbstsicherheit.
Später, als sie sich in dem kleinen Ankleidezimmer anzog, sagte er: »Ich möchte alles über dein Leben wissen. Erzähl mir von Andrew und Jenny.«
»Da gibt es nicht viel zu erzählen«, erwiderte Yvonne. »Ich habe dir ohnehin schon alles gesagt. Du weißt, daß Andrew mein Bruder ist. Jenny hat ein paar Häuser weiter bei ihrem Großvater gewohnt. Sie war schon immer meine beste Freundin! Wir sind zusammen zur Schule gegangen. Sie und Andrew waren schon als Kinder verliebt! Warum interessierst du dich so für Jenny?«
»Wie reizend!« sagte Theo ausdruckslos und überhörte ihre Frage. »Warum ist Jenny bei ihrem Großvater aufgewachsen?«
Yvonne zog ihren Rock hoch, knöpfte ihn zu und kam aus dem Ankleidezimmer. »Weil ihre Eltern tot waren. Ihre Mutter ist gestorben, als Jenny noch ganz klein war. Ich weiß nicht genau, was mit ihrem Vater war. Ich glaube, er ist in Paris ums Leben gekommen, vor dem Krieg. Er ist immer viel gereist; er war lange Zeit in Frankreich und in Italien. Er hat für einen reichen Mann gearbeitet, der Reisebücher schrieb.«
»Verstehe.«
Theo rasierte sich. Inzwischen konnte er ohne Mühe auf seinem Holzbein stehen. Yvonne betrachtete ihn voll Stolz. Die widersprüchlichen Gefühle, die das abrupt abgebrochene Liebeserlebnis geweckt hatte, waren verschwunden.
»Hat er irgend etwas Interessantes aus Italien mitgebracht?« erkundigte sich Theo beiläufig. »Aus Venedig zum Beispiel?«

Yvonne betrachtete, wie die messerscharfe Rasierklinge über seinen Unterkiefer glitt und den Hals erreichte. »Ich weiß nicht, Theo. Er hat ihr immer Geschenke mitgebracht – eine Puppe in der Landestracht und eine Kuckucksuhr und andere Sachen. Ich erinnere mich auch an eine Maske. Die hatte er von seinen Reisen mitgebracht. In der Schule hat Jenny einmal ein Bild davon gemalt, aber als ich sie bat, mir die Maske zu zeigen, war sie nicht zu finden. Ich glaube, ihr Großvater hatte sie versteckt!«
Theo fluchte. Blutstropfen liefen an seinem Hals hinunter. Yvonne hätte die kleine Wunde am liebsten sofort verarztet, hielt sich aber zurück. Er beobachtete sie im Spiegel. »Ist nur ein Kratzer«, sagte er kalt. Dann fügte er etwas freundlicher hinzu: »Warum hat er sie versteckt – die Maske?«
Yvonne zuckte die Schultern. »Woher soll ich das wissen? Vielleicht dachte er, sie würde Jenny Angst einjagen. Vielleicht war sie wertvoll. Jenny war damals ein bißchen sonderbar. Einmal hat sie mir gesagt, sie sei schon erwachsen, seit ich denken könnte! Sie hatte eine lebhafte Phantasie, schrieb wunderschöne Aufsätze ...«
»Was für Aufsätze?«
»Ach, so Geschichten, in denen die Heldin viel zu erdulden hat!«
Theo hielt in seiner Betätigung inne und starrte Yvonne im Spiegel an. »Aber sie ist ein Schatz«, fügte diese rasch hinzu. »Und sie ist sehr glücklich mit Andrew.«
Theo fuhr fort, sich zu rasieren. »Woher willst du wissen, daß sie glücklich sind?« fragte er aus dem Mundwinkel, während er den Seifenschaum unterm Kinn abschabte.
Yvonne kicherte. »Was für eine dumme Frage! Natürlich sind sie glücklich!« Doch dann fiel ihr wieder ein, wie melancholisch ihr Bruder seit neuestem aussah,

und wie blaß Jenny war. Zum ersten Mal kam ihr in den Sinn, daß diese Ehe vielleicht nicht so idyllisch verlief, wie sie es sich vorstellte. Etwas verunsichert fügte sie hinzu: »Zumindest glaube ich es.«
Als Theo sich angekleidet hatte, fragte Yvonne, was er am liebsten unternehmen würde. »Wir könnten ein Taxi nehmen ... ein wenig spazierengehen, wenn es dir nicht zuviel wird.«
»Yvonne, bitte verzeih mir, aber ich muß eine Weile allein sein ... Vielleicht möchtest du ein paar Dinge besorgen, dir etwas für die Reise kaufen; Kleidung, was du magst. Denn eins steht fest, in Ballyshane gibt es keine Geschäfte.« Sein Ton ließ keinen Widerspruch zu.
Yvonne sah sich nach ihrem Hut um. In ihrer Bestürzung lag es ihr auf der Zunge zu sagen, sie hätte besser mit seiner Mutter und seiner Schwester nach London fahren wollen, wenn er am ersten Tag, den sie ganz für sich hatten, nicht bei ihr sein wollte.
»Ich gehe ein Stück zu Fuß«, erklärte sie. »Ich muß ohnehin noch einiges besorgen.«
Er gab ihr einen Bündel Banknoten. Verblüfft sah sie das Geld an.
»Fünfzig Pfund. So viel?«
»Wir sind keine armen Leute!«
Als sie fort war, fuhr Theo mit dem Fahrstuhl hinunter in die Eingangshalle und bat den Portier, ihm ein Taxi zu rufen.

»Du bist ein Werkzeug des Satans. Du hast gemacht, daß Milch sauer wurde und Kühe Fehlgeburten hatten, und du hast Männer an ihrer ehelichen Betätigung gehindert.«
Die Hexe wagte es zu lächeln. »Wie kann ein so glänzender und hochmütiger Inquisitor einen solchen Unsinn glauben!«

Tagebuch eines Zeugen

DAS GESPRÄCH über Kilashane hatte Dees Eltern seltsamerweise schwer erschüttert; deshalb wechselte sie das Thema und plauderte mit soviel Enthusiasmus wie möglich über Laura und die Wohnung, hielt sich aber an das Verbot ihres Vaters, nicht auf die Schwierigkeiten mit ihrem Chef einzugehen: »Du weißt, wie leicht Mutter sich aufregt ...«
Das Abendessen bestand aus Hühnchen und Schinkensalat mit selbstgemachter Mayonnaise; als Nachspeise gab es einen Zitronenbaiserkuchen.
»Du solltest versuchen, etwas zurückzulegen«, meinte ihre Mutter, als Dee zwischen zwei Bissen erzählte, wieviel sie für die Wohnung bezahlten. »Vier Pfund! Es ist unchristlich, so viel für ein Dach über dem Kopf zu verlangen!« Sie griff nach der Platte und legte noch etwas Hühnchen auf den Teller ihrer Tochter.
»Danke. Mam.«
»Das mußt du aufessen. Du brauchst Aufbaunahrung, so abgemagert wie du bist!«
Dee lächelte. »Ich weiß!« Seit sie die Stelle bei McGrath angenommen hatte, waren alle ihre Röcke zu weit geworden, und die Zeiten, als sie noch darauf achten mußte, was sie aß, waren offenbar vorbei.

Aber sie wußte, daß ihre Mutter sich noch sehr gut an die Tuberkuloseepidemien erinnerte, die früher im Land gewütet hatten. Deshalb verfocht sie diese überholte Einstellung, obwohl sie sehr wohl wußte, daß diese Krankheit nach Einführung der Impfung so gut wie ausgerottet war.

»Du solltest Laura einmal mitbringen; sie kann hier übernachten.«

»Das mache ich.«

»Wo arbeitet sie?«

»Sie ist Produktionsassistentin bei Telefís Éireann.«

Mr. McGlinn war überrascht. »Schön für sie! Das ganze Land möchte bei Telefís Éireann arbeiten. Kennt sie Gay Byrne."

»Sie hat ständig mit ihm zu tun!«

»Ich habe die ›Late Late Show‹ jeden Samstag gesehen, seit sie angelaufen ist!« meinte Dees Mutter seufzend. Vielleicht könnte Laura Eintrittskarten für uns besorgen, und wir kommen für einen Tag nach Dublin?«

»Ich werde sie fragen.«

Einen Augenblick lang herrschte Schweigen. Dee spürte die Spannung, die plötzlich in der Luft lag; sie sah ihren Vater an, der auf seinen Teller starrte. Offenbar fühlte er sich unbehaglich. Dee kam zu Bewußtsein, daß die Eltern während der ganzen Mahlzeit nicht miteinander, sondern nur mit ihr gesprochen hatten.

Dann bemerkte ihr Vater mit sardonischem Lächeln: »Du solltest einmal hören, was unser neuer Hilfspfarrer, Father Dunne, über Telefís Éireann sagt!«

»Ich kann es mir vorstellen: ›eine Brutstätte des freien Sex und des Kommunismus‹?«

Er lächelte. »Das ist ein gutes Resümee!«

»Die Kirchenoberen haben Telefís Éireann schon immer als Bedrohung gesehen. Die Sache mit dem Bischof und dem Nachthemd ist ein typisches Beispiel«, sagte Dee.

Beide Eltern lachten; ihr Vater, obwohl er gar nicht wollte, und ihre Mutter peinlich berührt, weil es bei der Geschichte um Sex ging, also um etwas Verwerfliches. Dee spielte auf eine Folge der Late Late Show an, in der einige frisch verheiratete Paare verraten sollten, was sie in ihrer Hochzeitsnacht getragen hatten. Eine Braut hatte erzählt, sie sei splitternackt gewesen. Der Bischof von Galway war angesichts dieser himmelschreienden Sittenlosigkeit außer sich gewesen und hatte die Sendung in Grund und Boden verdammt. »Wie hältst du es auf deiner Insel nur aus?« hatte Colin gefragt, als Dee ihm davon erzählte. »Wie kann man sich denn von einem verrückten alten Scheißkerl das Leben vergällen lassen?«

Um weitere Peinlichkeiten zu vermeiden, wechselte ihr Vater das Thema. »Wie ist denn deine Freundin Laura so?«

»Hautfarbe weiß, Geschlecht weiblich, Staatsangehörigkeit irisch.«

»So genau wollte ich's gar nicht wissen!«

Dee sah ihren Vater an und grinste. »Laura ist wunderschön, und sie kann wie ein Wasserfall reden! Sie hat sehr schöne blonde Haare und ein graues und ein blaues Auge. Selbstverständlich ist sie schlank; sie liest ziemlich viel – Geschichte und Philosophie und historische Romane. Sie bleibt gern bis spät in die Nacht auf, und am Morgen ist sie zu nichts zu gebrauchen!«

»Sie ist bestimmt sehr nett«, sagte ihre Mutter. »Hat sie einen Freund?«

Darauf hatte Dee schon gewartet. Denn nun war das Thema angeschnitten, und die eigentliche Frage – ob Dee mit jemandem ausging – würde auf dem Fuß folgen.

»Ja. Er heißt Ted.«

Die Mutter schwieg erwartungsvoll. »Für mich ist niemand in Sicht, Mam«, kam Dee ihr zuvor.

»Was ist mit dem Jungen, den du in London kennengelernt hast – Colin?«
»Er schreibt mir ab und zu.«
»OH, kommt er dich denn nicht mal besuchen oder so?«
Dee schüttelte den Kopf, aber plötzlich sehnte sie sich nach Colin. Sie dachte, wie schön es wäre, ihn hier am Tisch zu haben, mit ihm einen langen Spaziergang in der Dämmerung zu machen. Sie sah sein schiefes Grinsen vor sich, hörte seine witzigen, bissigen Kommentare. »Nein. Wir bleiben in Kontakt, das ist alles.«
Ihre Mutter sah enttäuscht aus. Dee war sich bewußt, daß ihre Mutter es gern gesehen hätte, wenn sie heiratete und eine Familie gründete, am liebsten mit einem Mann, der gut verdiente, so daß sie sofort anfangen konnte, Kinder in die Welt zu setzen. Und die besagten Kinder würden von ihrer Großmutter dann nach Strich und Faden verwöhnt werden.
»Na dann, erzählt ihr mir mal, was hier in der Gegend los ist«, meinte Dee gutgelaunt.
Mrs. McGlinn seufzte. »Nicht viel.«
»Wir haben immer noch den alten Seewind, und am Abend ruft der Brachvogel«, erklärte ihr Vater, um darauf hinzuweisen, daß die Reize der Halbinsel nicht zu verachten waren, »aber wir vermissen dich.«
»Wie geht's denn O'Dwyers und den McDonnells?«
»Großartig. Ich sehe sie jeden Sonntag in der Messe. Sie vermissen ihre Jungs; die sind jetzt auf dem College und studieren Landwirtschaft. Father O'Shea hat sich nach dir erkundigt. Ich habe ihm gesagt, daß du einen guten Job hast.«
Dee dachte an den netten Pfarrer, der bei den Menschen in seiner Gemeinde sehr beliebt war. »Ach, Dad, bitte erzähl den Leuten nicht so etwas!«
»Warum nicht?«
»Es macht mich nervös!«

Ihre Mutter lächelte nachsichtig. »Ehre, wem Ehre gebührt«, sagte sie mit Nachdruck. Sie sah ihre Tochter voll Stolz an. »Ich bin sicher, daß deine Arbeitgeber merken, aus welchem Holz du geschnitzt bist.«
Dee dachte an Charlie – garantiert machte sich ihre Mutter ein völlig falsches Bild von ihm. Ihr Vater zog besorgt die Brauen hoch.
»Eigentlich ist bei uns doch etwas Aufregendes passiert«, sagte er. »Ich hab vergessen, es dir zu erzählen. Der alte Billy ist tot.«
Dee lehnte sich zurück; die Nachricht war ein Schock und stimmte sie traurig. Das Sterben schien sie einzuholen und mit kalten Fingern anzurühren. Der alte Billy hatte in der Gegend gelebt, so lange Dee denken konnte. Irgendwie hatte sie gedacht, er würde ewig leben. Ohne ihn würde es in Ballyshane nicht mehr so sein wie früher.
»Was ist mit ihm passiert?«
»Ach, in letzter Zeit stand es noch schlimmer mit ihm als sonst. Er hat gesagt, er hätte oben beim alten Haus einen Geist gesehen. Ein, zwei Tage lang ist er herumgelaufen und hat allen Leuten davon erzählt, und dann war er verschwunden.«
»Es kommt bei Billy doch öfter vor, daß er eine Zeitlang untertaucht«, meinte Dee.
»Das stimmt. Aber der arme Kerl wurde am Fuß der Klippe am Carraigh Point gefunden, ein oder zwei Tage, nachdem man ihn zuletzt gesehen hatte.«
Dee schwieg. Vor ihrem geistigen Auge sah sie Billys Körper zerschmettert auf den Felsen liegen. Sie würde ihn nie wiedersehen, nie mehr würde sie sein unzusammenhängendes Gerede hören, nie mehr beobachten, wie er durch die Wälder streifte oder den Krähen mit der Faust drohte.
»Das ist schrecklich«, flüsterte Dee.
»Er ist immer in der Nähe von Kilashane herumgewandert«, fuhr sie nach einer Weile fort. »Ich habe ihn

oft gesehen, wie er aus dem Wald kam und wieder darin verschwand. Ohne ihn wird es seltsam sein!«
Niemand sagte etwas.
»Eins war merkwürdig an der Geschichte«, bemerkte ihr Vater schließlich. »Es kam ein Mann – ein Städter würde ich sagen – auf seine Beerdigung, befragte die Leute über Billy, wollte wissen, wo er wohnte. Er sagte, er sei ein Cousin, der letzte lebende Verwandte.«
»Verstehe. Ich dachte, er hat keine Familie! Hat jemand dem Mann gesagt, wo Billy wohnte?"
»Father O'Shea hat ihm das Cottage gezeigt.«
Dee lächelte. »Und seinen Baum haben sie ihm nicht gezeigt? Er hat fast immer auf seinem Baum geschlafen.« Dabei mußte sie kichern. »Auf seinem Baum geschlafen« klang lustig.
Ihre Mutter sah Dee besorgt an; die Spannung, die sonst zu spüren war, wenn sie von Billy sprach, war verschwunden. Sie wirkte geistesabwesend, als würde sie sich an längst vergangene Tage erinnern. »Der arme Kerl«, wiederholte sie.
»Hat Father O'Shea dem Mann Billys Baum gezeigt?« fragte Dee noch einmal. »Für einen Verwandten wäre das bestimmt ein Schock!« Doch dann fiel ihr ein, daß der Pfarrer vielleicht gar nicht wußte, wo Billy schlief. Dees Eltern wußten davon, aber andere Leute hatte sie nie darüber reden hören. Und Dee hatte ihnen nicht erzählt, daß sie den alten Billy oft von einem Versteck im Wald aus beobachtet hatte.
Ihre Mutter strich sich eine graue Strähne aus der Stirn. Das Licht glitzerte auf ihrer Brille. Scheinbar fühlte sie sich unbehaglich. »Warum hätte er das tun sollen? Bestimmt wollte er den Cousin – oder wer das war – nicht beunruhigen. Außerdem kann so etwas Unglück bringen!«
»Ach Mam, warum denn das? Weshalb sollte das Unglück bringen?« fragte Dee wütend. Mit den abergläubischen Anwandlungen ihrer Mutter konnte sie

nichts anfangen; eine intelligente Frau hatte so etwas ihrer Meinung nach nicht nötig.
Aber kaum war ihr die Bemerkung herausgerutscht, da wußte sie schon, daß sie einen taktischen Fehler begangen hatte. Ihre Mutter spürte den kritischen Unterton und sah gekränkt aus. »Du weißt nicht alles!« sagte sie nur. »Du weißt nicht alles!«
Dee biß sich auf die Lippen. Ihre Mutter hatte eine Begabung dafür, kleine Taktlosigkeiten als persönliche Beleidigung aufzufassen. Dee entging nicht, daß ihr Vater fast unmerklich den Kopf schüttelte.
Später, als Dee beim Abwasch half, sagte ihre Mutter: »Dein Vater ist wieder aufgefordert worden, sich den Knights anzuschließen!«
Die Knights of Columbanas waren ein katholischer Geheimbund, der als Gegenbewegung zu den Freimaurern entstanden war.
»Dad interessiert sich doch sicher nicht dafür, oder?"
Ihre Mutter lächelte, während sie die Teller abtrocknete. Sie war froh, ihre Tochter bei sich zu haben und in verschwörerischem Ton Frauengespräche mit ihr führen zu können. »Nein. Aber sie haben doch ziemlich viel Einfluß.«
»Ich fragte mich, ob Charlie auch in so einem Männerbund aktiv ist?« dachte Dee laut nach. Sie sah ihre Mutter an. »Charlie ist mein Chef. Er ist ein bißchen eigen. Man könnte meinen, er wäre der größte Dummkopf; aber er ist durchtrieben und unaufrichtig, zum Beispiel spricht er fließend französisch, obwohl er behauptet hat, er könne kein Wort!«
Ihre Mutter schüttelte den Kopf. »Darüber solltest du dir nicht den Kopf zerbrechen«, sagte sie noch ganz in die Hausarbeit vertieft. »Wahrscheinlich will er nur sein Licht unter den Scheffel stellen!«
Dee hörte das Klappern der sauberen Teller, die ihre Mutter im Küchenschrank stapelte, und ging nicht mehr auf das Thema ein.

Dees Vater kehrte zurück und pfiff nach Ricky, der im alten Sessel am Herd lag. »Dee und ich machen einen Spaziergang«, sagte er.

»Kommst du mit, Mam?«

Mit hängender Zunge lief Ricky ihnen nach, als sie durch die Diele gingen. »Sitz!« befahl Mr. McGlinn, und Ricky gehorchte grinsend und schnaufend und klopfte mit dem Schwanz auf den Fußboden.

»Nein«, sagte Mrs. McGlinn, ohne ihren Mann anzusehen. »Geht ihr nur, viel Spaß.«

Nachdem sie ein Stück gegangen waren, gestand ihr Vater: »Bei uns hängt der Haussegen schief, deshalb kommt sie nicht mit.«

»Warum?«

»Das ist eine lange Geschichte. Sie möchte, daß wir unsere Siebensachen packen und nach Dublin ziehen, wenn ich im Ruhestand bin.«

»Das weiß ich.« Dee und ihr Vater überquerten das Feld hinterm Haus und gingen an der Meena entlang, dem Fluß, in dem sie als Kind mit Marmeladengläsern Elritzen gefangen hatte, umrundeten die Wiese an der Stadtmauer entlang, bis sie auf den Zauntritt zum alten, mit Mauern begrenzten Feldweg stießen. Tiefe Fahrspuren furchten den zugewachsenen Weg. In einer Richtung führte er zu den Klippen – nach Carraigh Point – und in der anderen zur Hauptstraße, wo sich an der Zufahrt zum Landgut Kilashane ein Pförtnerhäuschen befand. In dem Häuschen war noch viele Jahre ein Laden gewesen, als das große Haus selbst längst dem Verfall preisgegeben war. Die Inhaberin, eine Frau namens Doll Kennedy, hatte dort Süßigkeiten und Zeitungen, aber auch Milch, Butter und Brot verkauft.

Als Kind war Dee oft den Feldweg hinauf zu Dolls Laden gegangen, um Besorgungen zu machen; dann trug sie eine Tüte Zucker nach Hause, lutschte genüßlich ihren Lollipop und freute sich am herben Geruch des Meerwindes, dem Anblick wilder Blumen im Gras und dem heiseren Schrei der Möwen. Aber jetzt schlugen sie und ihr Vater die andere Richtung ein und wanderten auf die Klippen und das Meer zu.

»Wie geht's in der Schule, Dad?«

»Bald sind Ferien. Für mich endgültig!« Er seufzte. »So ist das Leben – bevor du dich versiehst, ist es vorbei!« Er trug seine Pfeife in der Hand, die Schirmmütze aus Tweed hatte er tief in die Stirn gezogen. Ricky rannte voraus, schnüffelte, hinterließ hier und da seine Duftmarke und jagte dann plötzlich wieder hinter einer imaginären Beute her.

Dee ließ ihren Blick über das Land schweifen, von der Anhöhe bis zum höchsten Punkt der Klippen und wieder dahin, wo die Schornsteine von Kilashane aus den Baumwipfeln ragten und die Krähen ihre Kreise zogen. Sie atmete tief durch. Sie liebte das Land; sie liebte es, weil sich seit ihrer Kindheit nichts geändert hatte, außer den paar neuen Cottages, die an die Stelle der alten getreten waren, weil sie den wütenden Winterstürmen nicht mehr standgehalten hatten. Dee kannte jede Familie, die dort wohnte.

Sie machten halt, um mit Mrs. Tracy zu reden, die vor ihrem Haus stand. »Schön, euch zu sehen. Kommt herein und setzt euch. Ich wollte gerade den Tee aufgießen!«

Die Einladung zum Tee schlugen sie aus, unterhielten sich aber eine Weile mit der alten Dame. Mrs. Tracys sieben Kinder waren inzwischen erwachsen und in alle Winde verstreut. Ihr Cottage war alt, mit dicken Steinmauern, kleinen Fenstern und einer großen, offenen Feuerstelle, über der ein schwarzer Kessel hing. Dee liebte dieses Cottage: wegen der anheimelnden, herzlichen Atmosphäre, die dort herrschte, vor allem aber wegen seiner Bewohnerin, die soviel Anstand und Feingefühl besaß – obwohl sie alt und arm war, hatte sie die Manieren und die Haltung einer Königin.

Als sie sich wieder auf den Weg machten, sagte Dee: »Dad, ich bin so gerne daheim!«
Ihr Vater sah sie nicht an, sondern drückte ihre Hand, die sie bei ihm untergehakt hatte, noch fester an sich. »Ich weiß!«
Alles war so friedlich. Sie fühlte sich zugehörig. Und dieses Gefühl der Zusammengehörigkeit, das sie mit ihrem Vater verband, übertrug sich auf den Wind, das Geschrei der Möwen und das Blöken der Lämmer auf dem Hügel, und Dee fühlte sich eins mit dem Land.
»Möchtest du, daß ich wieder daheim wohne?« sagte sie ganz leise, denn sie hatte es eigentlich gar nicht sagen wollen. Sie hatte ja keine andere Wahl, als wegzugehen. In Ballyshane gab es keine Arbeit.
»Nein«, sagte er.
Unwillkürlich fühlte sie sich verletzt. »Warum nicht?«
Lächelnd sah er sie an. »Weil es Dinge gibt, die du tun mußt, mein Liebling. Ein Schiff liegt sicher und geborgen im Hafen, aber dafür ist es nicht gebaut.«
»Wofür bin ich denn gebaut?«
»Fürs Leben.«
»Was verstehst du unter ›Leben‹?«
Er zog die Augenbrauen hoch. »Für jeden Menschen bedeutet es etwas anderes. Es ist ein Ort, an dem es etwas zu entdecken gibt.«
»Was gibt es denn da zu entdecken?«
Er warf ihr einen Seitenblick zu. »Jetzt bist du nicht ganz ehrlich, Dee!«
»Vielleicht, aber ich kann mich des Gefühls nicht erwehren, daß die Entdeckungsreise nach innen führt, nicht nach außen; wenn das stimmt, kann man sie antreten, ohne aus dem Sessel aufzustehen!«
»Dann würdest du keine Erfahrungen machen«, entgegnete er. »Ohne Erfahrung hast du keine Orientierung und keine Maßstäbe, keine Herausforderungen und Anregungen, keine Überraschungen, und am

Ende verlierst die Fähigkeit, dich mit der Wirklichkeit auseinanderzusetzen.«

Dee dachte an Charlie, an Laura und an Colin; an die Atombombe, die Apartheid, die Bürgerrechtsbewegung. »Mir kommt es vor, als wäre das Leben ein einziger Machtkampf.«

»Ja, das stimmt. Aber manchmal, mitten im größten Lärm, geschieht etwas Wirkliches. Manchmal erlebt man Liebe.« Sie sah ihren Vater überrascht an, aber seine Miene war undurchdringlich.

Sie erreichten die Steinmauer, wo der Feldweg endete. Dann kam die Klippe, die Carraigh Point genannt wurde, und dahinter lag das Meer. Dee hörte das Rauschen der Wellen, sah die ruhige blaue Wasserfläche, die bis an den Horizont reichte. Vater und Tochter kletterten vorsichtig über die Mauer, damit sich kein Stein löste, der sie womöglich zum Einsturz gebracht hätte. Mr. McGlinn hatte schon erlebt, wie herabstürzende Steine den Leuten die Füße zerschmetterten.

Sie überquerten das steinige Gelände, das sich bis zur Klippe erstreckte. Jetzt peitschte der Wind Dee das Haar ins Gesicht und nahm ihr den Atem. Sie hörte das leise Grollen des Meeres am Fuße der Klippe; von ihrem Standort nahe am Abgrund konnte sie beobachten, wie die weißen Brecher tief unten schäumend an die Felsen schlugen.

Ihr Vater nahm ihren Arm und zog sie zurück. »Sei vorsichtig, Kind.«

»Kind« nannte er sie nur, wenn er besorgt war oder sich ärgerte, und jetzt sah sie die Angst in seinem Gesicht. Ein falscher Schritt, ein kurzer Schwindelanfall, und sie landete auf den Felsen dort unten. Hier war kein Spielraum für Fehler.

Sie trat noch ein Stück zurück, damit er sich beruhigte. Dann fragte sie fast schreiend, um sich verständlich zu machen: »Ist hier der arme Billy gestorben?«

Er nickte.
»Glaubst du, es war Selbstmord?«
Er zog sie weg, zurück zum Feldweg. »Tja, entweder Selbstmord oder ein Unfall. Der Coroner hat von einem Unglücksfall mit tödlichem Ausgang gesprochen.«
»Aber was hat er hier oben gemacht? Billy kannte die Halbinsel wie seine Westentasche!«
»Mit Logik kommst du da nicht weiter. Ein kleiner Schritt hat schon genügt. An Billys Stelle wäre dir dieser Schritt womöglich nicht nur leichtgefallen, sondern du hättest ihn gern getan!«
Auf dem Rückweg kamen sie an Billys Haus vorbei. Es war ein kleines, verputztes Cottage, das als Sozialwohnung diente; die Fenster waren schmutzig und von den Mauern blätterte Farbe ab. Der kleine Garten war von einer niedrigen Zementmauer umgeben. Im hohen Gras blühten zahllose Wildblumen: Butterblumen, Disteln, Löwenzahn. An der Gartenmauer wuchs Fingerhut in Hülle und Fülle.
Das eiserne Gartentor quietschte in den rostigen Angeln, als sie es öffneten. Unkraut bedeckte den holprigen Weg; die Vordertür war angelehnt.
Dee sah ihren Vater an. »Er hat die Tür offengelassen.«
Er runzelte die Stirn. »Billy hätte die Tür vielleicht offengelassen, aber nicht Father O'Shea – der hat das Haus abgeschlossen, nachdem die Leiche gefunden worden war.«
»Das Schloß ist aufgebrochen worden«, sagte Dee, der das gesplitterte Holz am Türpfosten auffiel.
Sie stießen die Tür auf, die sich quietschend nach innen öffnete, und sahen rechts das Schlafzimmer und links das Wohnzimmer. Beide Räume waren offensichtlich durchwühlt worden.
»Großer Gott«, sagte Dee, die in der winzigen V-förmigen Diele stand. »Das waren Einbrecher!«

Sie drehte sich zu ihrem Vater um, dessen erstauntes Gesicht plötzlich sehr ernst wurde. Er ging von einem Raum in den anderen. Es roch nach Moder und Verfall, alten Zeitungen, ungewaschenen Kleidern. Aber das Chaos war absichtlich von jemandem angerichtet worden. Das Couchbett war umgekippt, der Inhalt der Kommode auf dem Boden verteilt, eine Schublade lag auf der anderen. Den Stuhl hatte man umgeworfen. Im Wohnzimmer sah es genauso schlimm aus: der gerippte Bezug des alten Sofas war mit einem Messer aufgeschlitzt worden, so daß die Baumwoll-Roßhaar-Füllung in dicken Flocken herausquoll. Alle Bilder waren von der Wand gerissen worden und lagen in Scherben.
Dee schaute sich um. Sie sah, daß es sich um Ölgemälde und Aquarelle handelte. Ihr fiel auf, daß der Tisch in der Ecke, den man ebenfalls umgekippt hatte, eine Antiquität war, er hatte Ähnlichkeit mit dem Magahogibeistelltisch ihrer Mutter. »Frühviktorianisch«, hatte Mrs. McGlinn erklärt, »ein hübsches altes Stück.«
»Ist es denkbar, daß er es selbst getan hat?« überlegte Dee. »Ich kann mir nicht vorstellen, daß jemand aus der Gegend so etwas tun würde!«
»Auf jeden Fall sollten wir die Polizei benachrichtigen«, meinte ihr Vater.
Als sie gingen, drehte sich Dee zu ihm um und fragte: »Ist es nicht seltsam, daß er auch gute Sachen hatte – die schönen Möbel und die alten Bilder. Ich habe ihn immer für einen einfachen Landstreicher gehalten.«
»Er war nicht immer ein Landstreicher!«
Eine Weile gingen sie schweigend nebeneinander her. Dann sagte Dee: »Was meinst du, was er wohl gesucht hat – der Einbrecher, der das Haus verwüstet hat? Geld? Irgend etwas Wertvolles?«
Ihr Vater schüttelte den Kopf, als behagte ihm die Frage nicht, und beschleunigte seine Schritte. Allmäh-

lich senkte sich die Sommernacht herab, die Schatten wurden länger. In der Ferne sah man die Schornsteine von Kilashane, über denen die Krähen kreisten. In der Abendbrise war ihr Krächzen hörbar.
»Ich habe nie im Leben einen Ort gesehen, an dem so viele Krähen hausen!« meinte Dee kopfschüttelnd. »Es ist mir immer selbstverständlich erschienen, aber ich habe nie erlebt, daß sich irgendwo anders so viele Krähen versammelt hätten, die immerfort ihre Runden drehen, als würden sie nach etwas Ausschau halten.«
»Wahrscheinlich ist es wegen der Bäume«, sagte ihr Vater; »sie versammeln sich wegen der Bäume! Da haben sie ihre Nester. Sie sind sehr gesellige Tiere.«
Als sie sich ihrem Haus näherten, fragte Dee: »Dad, erinnerst du dich, wie es in Kilashane zuging, als du noch klein warst?«
»Nein. Wie sollte ich. Ich wurde nicht auf der Halbinsel geboren. Aber deine Mutter erinnert sich.«
»Ich frage mich, ob sie noch weiß, wie es war, bevor das Haus verfiel, als noch Leute darin wohnten!«
»Hast du sie nie gefragt?«
»Das habe ich, aber sie hat immer das Thema gewechselt. Du hast es doch heute abend beim Essen selbst gehört. Sie regt sich einfach nur auf.« Das Gesicht ihres Vaters wurde plötzlich weich und liebevoll. »Sie hat Erinnerungen, die sie lieber ruhen lassen möchte«, sagte er. »Eines Tages wird sie es dir erzählen. In der Zwischenzeit solltest du nachsichtig mit ihr sein.«
Zu Hause rief Mr. McGlinn gleich die Polizei an. Später kam ein Beamter vorbei, der ihnen mitteilte, man habe sich das Cottage angesehn, könne aber wenig unternehmen, da es niemanden gab, der Anzeige hätte erstatten können. Der Bewohner des Cottage war tot, und Verwandte gab es keine. Niemand wußte, was das Haus enthalten hatte und ob etwas fehlte.
»Da war ein Mann aus Dublin oder so, ein Cousin«,

sagte Mrs. McGlinn und erzählte dem Beamten von der Anfrage, die an Father O'Shea gerichtet worden war.
»Dann sprechen wir am besten mit ihm persönlich«, meinte der junge Polizist und wandte sich zur Tür.
Bevor er ging, fügte Mr. McGlinn hinzu: »In letzter Zeit hat ein-, zweimal jemand hinter unserem Haus herumgeschnüffelt. Aber Ricky hat ihn verjagt!«
Der Beamte machte sich eine Notiz und ging.
»Warum hast du mir nicht erzählt, daß hier jemand herumgeschnüffelt hat?« fragte Dee.
»Es ist mir erst wieder eingefallen, als Wachtmeister Maguire kam. Eines Nachts hat jemand unser Haus beobachtet. Seitdem schlafe ich mit der Schrotflinte unterm Bett. Ein Einbrecher sollte sich also besser vorsehen!«
Mr. McGlinn ging nach den Radionachrichten um zehn Uhr dreißig ins Bett. Dees Mutter hatte es scheinbar nicht eilig ihm zu folgen; sie saß auf dem Küchensessel neben dem Herd, stopfte die Socken ihres Mannes und unterhielt sich mit ihrer Tochter. Sie fragte, welche Filme gerade in Dublin liefen; Dee erzählte, sie hätte The Sound of Silence gesehen.
»War er gut?«
»Sehr gut! Es kommen ein paar schöne Lieder vor«, und sie fing an zu summen: »Hello darkness my old friend.«
Das Schweigen, das nun folgte, unterbrach ihre Mutter mit einer leisen Frage: »Gibt es denn keinen jungen Mann, für den du dich interessierst?«
»Nein, im Augenblick nicht. Wenn du es unbedingt wissen willst, Mam, der einzige Mann, den ich kennengelernt habe, seit ich in Dublin wohne, und der mich auch nur ein bißchen interessiert, kommt aus Brüssel und hat unsere Firma geschäftlich besucht.«
Ihre Stimme klang überrascht, als wäre ihr diese Information selbst neu.

Ihre Mutter spitzte die Ohren. »Ich hoffe, er ist nicht verheiratet!«
»Wahrscheinlich schon ...«
Mrs. McGlinn schüttelte den Kopf. »Laß dich nicht mit einem Verheirateten ein! Das gibt nur Probleme.«
Durchs offene Fenster hörte man die Brandung. Die Brise blähte die Vorhänge.
»Mam?« sagte Dee leise.
»Ja?«
»Warum sollte es Unglück bringen, wenn jemand in das Baumhaus vom alten Billy geht? Was hat es damit auf sich?«
Ihre Mutter legte ihre Stopfarbeit zurück in den Korb. »Laß mich bitte in Ruhe und stell mir nicht solche Fragen!« Mit diesen Worten stand sie auf, schob den Korb beiseite und verließ das Zimmer. »Schließ das Fenster, bevor du ins Bett gehst«, rief sie noch von der Treppe herunter.
Dee saß ein paar Minuten still da. Dann ging auch sie nach oben ins Bett.
Eine Weile stand sie in der Dunkelheit am Fenster. An der Hausmauer entlang verlief ein Weg, der zu der Garage führte, die ihr Vater gebaut hatte. Der Weg wurde an einer Seite von Kiefern gesäumt. Als Dee jetzt aus dem Schlafzimmerfenster sah, meinte sie einen Schatten zu sehen, der sich zwischen den Bäumen bewegte. Wie versteinert starrte sie hinunter. Kein Laut war zu hören. Dann trat sie zurück und zog die Vorhänge zu. Jetzt habe ich schon richtige Wahnvorstellungen! sagte sie sich. Ricky hätte verrückt gespielt, wenn da unten jemand gewesen wäre.
Sie war froh, als das Licht des Nachttischlämpchens das Zimmer erhellte. Hier war sie umgeben von Andenken an ihre Kindheit, hier fühlte sie sich sicher und geborgen. Sie nahm den Ring von der Kette und steckte ihn an den Finger. Er war zu groß, schweres

altes Gold, und sie schob ihn hin und her, bevor sie ihn wieder zu der Kette legte.

Dann holte sie die Pappschachtel hervor und besah sich das Tagebuch, schlug es auf, nahm die verblaßte Photographie zur Hand. Eingefangen auf einer vergilbten Schwarzweißaufnahme, blickten die beiden Mädchen von ihrem Ort in Raum und Zeit in die Zukunft.

Dee überlegte, was der Einbrecher im Haus des alten Billy gesucht hatte. Sie fragte sich auch, was der Einbrecher wollte, der ihre Dubliner Wohnung auf den Kopf gestellt hatte. Und sie fragte sich, was der Rumtreiber am Haus ihrer Eltern verloren hatte. Es war ein Glück, daß sie den Ring nicht in der Wohnung aufbewahrte, sonst hätte ihn der Einbrecher bestimmt gefunden. Doch dann ging ihr auf, daß es keinen Ort gab, an dem der Ring wirklich sicher war. Sie zog ihn wieder auf die Kette und hängte ihn sich um den Hals.

Aber da gab es noch ein Problem. Charlie hatte darum gebeten, den Ring zu sehen, und sie hatte es ihm versprochen. Aber Charlie war nicht, was er zu sein vorgab, und sie traute ihm nicht. Ob sie ihrem Vater von dem Ring und Charlies Interesse daran erzählen sollte? Plötzlich kam ihr die Idee, ein Duplikat anfertigen zu lassen. Charlie würde nichts merken. Sie würde Dan Brady fragen, den Schmied.

ZEHNTES KAPITEL

»Du hast die Seelen der Menschen dazu gebracht, von der göttlichen Gnade abzufallen?«
»Für ihre Seelen sind die Menschen selbst verantwortlich.«

Tagebuch eines Zeugen

DEE BEWEGTE sich und murmelte im Schlaf. Im Traum befand sie sich im Park von Kilashane. Es war Nacht. Unermüdlich zogen die Krähen ihre Kreise, die dunklen Flügel zeichneten sich vor dem Himmel ab. Dee sah ihre Nester in den Bäumen. Warum gehen sie nicht ins Bett? fragte sie sich. Warum machen sie solche Kapriolen, warum führen sie immerfort diesen seltsamen Tanz auf?
Vor ihr erhob sich das Haus, aber es war nicht länger die Ruine, die sie kannte und erforscht hatte; die Fenster waren erleuchtet, und Klavierklänge, die von untröstlicher Trauer sprachen, strömten in die Nachtluft hinaus. Der süße, schwere Duft des Geißblatts kam von den Büschen hergeweht. Es war ein alter Traum. Wie immer versteckte sie sich hinter der Eibe und beobachtete das Haus. Sie sah den Mann näherkommen, was sie weder überraschte noch erschreckte. Nahezu lautlos schritt er über den Kies der Auffahrt auf sie zu. Sie wich noch tiefer in den Schatten zurück, denn sie wußte, daß er aus dem Licht kam und sie hier nicht sehen konnte. Dennoch ging er weiter in ihre Richtung, bis er dicht vor ihr stehenblieb und ihr ins Gesicht sah.
Plötzlich wußte Dee, daß sie ihn kannte.
»Hab keine Angst«, sagte er.
Und dann war es auf einmal Billys Gesicht, das sie

anstarrte, mit verzerrtem Mund und schwachsinnigem Lächeln, und sie rannte die Auffahrt hinunter, während er ihr mit schwerfälligen Schritten folgte. Sie fand ihr kleines Versteck im Rhododendron und kroch hinein; von hier aus beobachtete sie, wie Billy zu seinem Baumhaus lief, sich auf die Äste der großen Buche schwang und im schwarzen Laub verschwand. Sie drehte sich noch einmal zum Haus um – nun lag es wieder als Ruine öde und verlassen da. Der Augenblick des Wiedererkennens war verflogen. Sie fing an zu weinen. Komm zurück, flehte sie unhörbar. Ich muß noch etwas erledigen, etwas, was ich endlich begreifen will. Sie hörte das Rauschen des Winds in den Bäumen und das Krächzen der Krähen.

Als Dee aufwachte, lag sie eine Weile ganz still da. Noch halb im Traum, halb wach, dachte sie nach. Ihr Herz klopfte heftig.
Kilashane! Schon als sie noch ein Kind war, hatte dieses Haus und seine Umgebung sie in den Bann gezogen. Hier war sie daheim, und das Geheimnis, das diesen Ort umgab, war unverzichtbar für ihr Leben. Das Geheimnis erfüllte sie mit Befriedigung, und es war eng mit ihrer Identität verknüpft.
Sie dachte an die Maske, die sie weggeworfen hatte. Im Geiste sah sie die Schutthaufen in der Halle von Kilashane vor sich. Lag die Maske unter dem Schutt oder irgendwo im überwucherten Rasen?
Als die Dämmerung kam, schlüpfte Dee aus dem Bett, zog Jeans und Pullover über und schlich leise durch die Hintertür aus dem Haus. Ricky lag in seinem Korb in der Küche. Er winselte und schlug mit dem Schwanz auf den Boden, als er Dee sah. Sie legte den Finger auf die Lippen, beruhigte ihn und öffnete sachte die Tür, damit sie nicht in den Angeln quietschte. Zusammen mit dem Hund ging sie um das

Haus und die Straße hinauf zu den Bäumen, die die imposante Ruine von Kilashane umgaben.

Die Sonne ging auf; glutrote Strahlen erleuchteten den östlichen Horizont und verwandelten das Meer in einen See aus Feuer. Schon zogen Möwen kreischend ihre Kreise über die Küste und über den Wellen. Abgesehen vom ersten Zwitschern des Vogelchors und dem einsamen Blöken der Schafe hüllte sich die Halbinsel in Schweigen.

Als Dee an den Überresten des Pförtnerhäuschens vorbeikam, dachte sie an Doll Kennedy und ihren Laden. Doll hatte Krebs bekommen und war daran gestorben. Der Laden war seither ebenso wie das große Haus dem Verfall preisgegeben. Die Land Commission hatte das Land aufgekauft und unter den ansässigen Farmern aufgeteilt.

Dee kam zum Tor mit dem Holzschild: EINSTURZGEFAHR: BETRETEN VERBOTEN. Die schwarz gemalten Buchstaben waren inzwischen kaum noch lesbar, und das Schild selbst war verwittert und löste sich allmählich von der Befestigung. Dee ging weiter bis zu dem Loch in der Mauer und suchte sich einen Weg über die herabgefallenen Steine und den Schutt auf der anderen Seite, wo Disteln und Brennesseln wucherten. Die letzteren standen kniehoch; Dee ging zurück zur Straße und brach sich einen Zweig von einem Sanddornstrauch ab. Damit bahnte sie sich ihren Weg durch die Brennesseln. Ricky war schon auf eigene Faust vorgepirscht, und als Dee zur Allee gelangte, erwartete er sie mit hängender Zunge. In der schattigen Einsamkeit blickte sie hinauf ins Blätterdach der Buchen, die vor gut zweihundert Jahren gepflanzt worden waren; die Bäume erhoben sich in so luftige Höhen und hatten so ausladende Äste, daß man nur staunen konnte, wie die Natur so etwas Großes hervorgebracht hatte. Durch das Laub sah Dee den rosagrauen Himmel und fröstelte im frischen Morgen-

wind. Auch die Krähen waren wach und begannen zu krächzen; manche zogen bereits gemächlich ihre Kreise.
Die Allee endete vor dem Rasen, wo die Auffahrt einst in einem Bogen um die Grünfläche vor dem Haus geführt hatte. Jetzt wucherte dort das Unkraut: Löwenzahn, Kreuzkraut und büschelweise Gänseblümchen. Selbst vor den Granitstufen an der Eingangstür hatten sie nicht haltgemacht; sie faßten Fuß in den Spalten und drangen in jede Mauerritze vor. Dee erinnerte sich an den Traum, der erst eine Stunde alt war. Der Mann war über diese Stufen heruntergekommen und über den Kies der Auffahrt geschritten, während sie sich hinter der Eibe verbarg. Er war steif, aber sehr aufrecht gegangen. Sie schaute nach links und sah die drei dunkelgrünen Eiben, die wie Wächter vor dem Stallhof und der hinteren Auffahrt standen. Dort hinten war ihr Versteck im Rhododendron, und noch ein Stück weiter weg befand sich Billys Baumhaus. Wieder fragte sie sich, ob sie als einzige außer ihren Eltern wußte, wo Billys Baumhaus stand. Ihre Mutter hatte seltsamerweise immer den Eindruck erweckt, mehr über Billy zu wissen als andere Leute, ohne jemals Einzelheiten preiszugeben. Die Eltern ihrer Spielkameraden erwähnten ihn hingegen nie von sich aus, und wenn sein Name fiel, hieß es höchstens: »Gott steh ihm bei, dem armen Kerl.«
Dee stieg die Stufen hinauf. Die Vordertür war längst verschwunden, und der Fußboden in der Halle sackte ein und war mit Schutt aus der oberen Etage bedeckt. Verrottete Dachbalken lagen zwischen Steinen, abgefallenem Putz und Putzträgern; andere, die noch die Reste der Decke stützten, hingen durch, als wären sie betrunken. Vom Türsturz des Eingangs aus blickte Dee in den jetzt türlosen Salon, wo der Fußboden in den Keller eingebrochen war. Auch die Halle selbst sah aus, als würde sie demnächst einstürzen. Außer

einigen Stützbalken, die aus der Wand ragten, war von der Treppe nichts mehr übrig. Oben sah man den Himmel und den Efeu, der inzwischen die Wände der einstigen Schlafzimmer bedeckte. Stellenweise war der Putz von den alten Mauern abgefallen, so daß das Morgenlicht auf die rohen Steine fiel. Es war nicht zu verkennen, wie brüchig alles war. Im Haus nach der Maske zu suchen war ausgeschlossen.

Als Dee nach Hause kam, traf sie ihre Mutter in der Küche an. Der Vater hatte bereits gefrühstückt und war weggegangen, um die Zeitung zu holen.

»Hast du einen Spaziergang gemacht, Liebes?« fragte Mrs. McGlinn.

Dee erzählte, sie sei hinauf nach Kilashane gegangen, und ihre Mutter, die an der Spüle stand, fragte besorgt: »Kilashane? Ich hoffe, du hast dich vom Haus ferngehalten!«

»Natürlich. So wie's aussieht, steht es kurz vor dem Einsturz.«

»Ja, es ist bestimmt sehr gefährlich. In deinem Alter muß ich dir nicht sagen, daß du niemals versuchen darfst, hineinzugehen, das weißt du ja. Es wäre mir sogar am liebsten, wenn du überhaupt nicht hineingehst.«

Dee seufzte. »Ich weiß, Mam. Ich kann aber nicht anders, das Haus interessiert mich einfach. Ich weiß, du sprichst nicht gern darüber, aber ich möchte mehr über die Geschichte der Familie wissen – über die O'Reillys. Warum hat man zugelassen, daß das Haus verfällt? Ist die Familie ausgestorben?"

Dee fragte sich, warum sie der Sache noch nie auf den Grund gegangen war. Immer hatte sie es als selbstverständlich betrachtet, daß Kilashane als ein vertrauter Fleck auf der Landkarte existierte, als wäre das Haus schon immer eine Ruine gewesen. Sie hatte sich über die Familie ihre Gedanken gemacht und angenom-

men, daß sie das Anwesen einfach verkauft hatten und fortgegangen waren oder daß ihr Weggehen irgendwie mit den Troubles zusammenhing.
Mrs. McGlinn war nicht ganz wohl in ihrer Haut. Vielleicht bereute sie es, daß sie das Gespräch vom Vorabend so abrupt abgebrochen hatte. Sie ließ die Finger durch ihr kurzes graues Haar gleiten, eine vertraute Geste, die immer Unbehagen signalisierte.
»Tja, ich weiß nicht alles über sie. Ich glaube, im letzten Jahrhundert ging es dort hoch her – mit Parties und so weiter. 1919 ist das Haus halb niedergebrannt, und bei der Tragödie ist die ganze Familie ums Leben gekommen. Danach hat die Zeit dem Haus den Rest gegeben.«
»Was für eine Tragödie? Meinst du das Feuer?«
»Na ja, das Feuer war daran beteiligt, aber es bringt Unglück, darüber zu reden!«
»Warum?«
»Weil es eben Unglück bringt. Dee, diese Familie war dafür verantwortlich, daß ich großes Leid erlebt habe. Ich will nicht darüber reden, und ich will nicht, daß du Kilashane besuchst!«
Dee schwieg. Sie war verwirrt und wollte mehr wissen. Das Leben in Kilashane um die Jahrhundertwende konnte sie sich gut vorstellen. Kutschen, die die Auffahrt hinauf bis vor den Haupteingang fuhren, Damen in langen Kleidern und die Parties im Winter, auf denen von der Landwirtschaftsreform, den Land Acts und später von der Home Role die Rede war; man unterhielt gewiß auch über William Butler Yeats und die aufrührerische, schöne Nationalistin Maud Gonne, die er leidenschaftlich liebte. Man ging auf die Jagd, und man schoß. Aber warum war die Familie schuld daran, daß Dees Mutter gelitten hatte?
Als wüßte sie, in welche Richtung die Gedanken ihrer Tochter gingen, sagte Mrs. McGlinn seufzend: »Der Gutsherr war um die Jahrhundertwende Parlaments-

abgeordneter. Angeblich kannte er Parnell und Tim Healy. Er setzte sich für die Home Rule, die Unabhängigkeit Irlands ein, aber den Aufstand von 1916 hat er nicht mehr erlebt. Er starb im Ausland.«

Dee hörte, wie ihr Vater mit knirschenden Stiefeln ums Haus herumging. Dann erschien seine hagere Gestalt im Türrahmen, und er lächelte sie an. »Bist du draußen gewesen? Ich habe Ricky vermißt, und als ich einen Blick in dein Schlafzimmer geworfen habe, war dein Bett leer.«

»Ich habe einen Spaziergang nach Kilashane gemacht.«

Das Gesicht ihres Vaters verdüsterte sich. Er zog die Stiefel aus und schlüpfte in die bereitstehenden Hausschuhe. »Da oben ist es gefährlich, Kind«, sagte er nach einer Weile. »Ich hoffe, du hast nicht versucht, ins Haus zu gehen. Der Grafschaftsrat sollte es abreissen lassen, bevor jemand zu Schaden kommt.«

Er nahm die Zeitung mit ins Wohnzimmer, und Dee folgte ihm. Der ganze Raum duftete nach den Rosen, die in einer Schale auf dem Tisch standen. Durch das offene Fenster strömten die Gartendüfte herein. »Ich habe Mam gerade nach den Bewohnern von Kilashane gefragt, nach den O'Reillys; es interessiert mich, was mit ihnen geschehen ist, aber Mam möchte nicht darüber reden.«

»Was hat sie dir erzählt?"

»Sie sagt, es ei zu einer Tragödie gekommen.«

»Das ist richtig. Das Haus ist teilweise abgebrannt.«

»War es eine große Familie? Ich habe gerade gehört, daß der Besitzer um die Jahrhundertwende Parlamentsabgeordneter war. Das wußte ich nicht!«

Ihr Vater lehnte sich seufzend im Sessel zurück. »Das stimmt.«

»Hatte er Kinder?«

»Ich glaube zwei – einen Jungen und ein Mädchen.«

»Was ist aus ihnen geworden?«

»Sie sind tot.«

»Wie sind sie umgekommen?«
»Das weiß man nicht genau. Das Mädchen starb in der Nacht, als das Haus abbrannte.«
»Und was ist mit dem Sohn?«
Ihr Vater zog die Augenbrauen hoch. »Im Grunde war es der Erste Weltkrieg, der sein Leben zerstörte. Davon hat er sich nie erholt.« Er zögerte, als wäre er nicht sicher, ob er weitersprechen sollte.
»Armer Kerl«, sagte Dee. »Wie hieß er?«
»Er hieß Theodore.«
Dee runzelte die Stirn. Das alte Ledertagebuch oben in ihrer Kommode fiel ihr ein, der Name ›Yvonne O'Reilly‹, der in verblichener Tinte auf dem Deckblatt stand, und das Datum. Sie wußte, daß der Name Theo in dem Tagebuch immer wieder vorkam. Warum hatte sie es nie richtig gelesen? Wirklich nur aus Feingefühl? Aus dem Wunsch heraus, sich nicht in das Privatleben eines Menschen zu drängen, selbst wenn er längst tot war?
Nein. Jetzt war sie sicher, daß der Widerwille gegen den modrigen Geruch, das Gefühl einer schwer lastenden, erdrückenden Vergangenheit, der Hauch der Sterblichkeit sie davon abgehalten hatte. Auch war es nicht einfach, die kleine, geneigte Handschrift zu entziffern.
Wer mochte Yvonne O'Reilly sein? Theodores Schwester? Seine Frau? Das Tagebuch begann im Jahr 1919. Ihrem Vater zufolge war Theo O'Reilly zu diesem Zeitpunkt schon ein gebrochener Mann.
Dee knabberte am Nagel ihres Zeigefingers. »Dad, glaubst du, sie haben früher Parties und Maskenbälle in Kilashane gegeben?« fragte sie.
Er sah sie über den Brillenrand an. »Gewiß. Sie haben bestimmt ein gastliches Haus geführt, wie es für Angehörige ihrer Gesellschaftsschicht damals so üblich war. Warum fragst du?«
»Nur aus Neugier. Ich habe an die Maske gedacht, die

ich dort gefunden habe. Ich könnte mir vorstellen, daß man sie auf einem Maskenball getragen hat.«
Ihr Vater war wie vom Donner gerührt. »Oh, Dee... was hast du damit gemacht? Wir haben dich doch gewarnt, niemals dort hinzugehen!« stieß er schließlich mit heiserer Stimme hervor.
Dee sah ihrem Vater fest in die Augen. »Ich habe sie weggeworfen«, sagte sie. In seinem durchdringenden Blick mischten sich Furcht und Sorge. »Sie hat mir Angst gemacht«, erklärte sie abwehrend, »und ich habe sie weggeworfen!«
Unverkennbar war ihr Vater zutiefst beunruhigt. »Du hast sie aber nicht aufgesetzt und hindurchgesehen?«
»Nein. Würde es eine Rolle spielen, wenn ich es getan hätte?«
»Ich weiß nicht...«
Später, als Dee allein auf ihrem Zimmer war, nahm sie das Tagebuch heraus und schlug die vergilbten Seiten auf. Wie immer hatte sie das Gefühl, ihre Nase in etwas zu stecken, was sie nichts anging – so als würde sie sich in eine Gruft einschleichen oder die Tür einer versiegelten Privatwohnung aufbrechen. Sie blätterte weiter. An manchen Tagen hatte Yvonne O'Reilly keinen Eintrag gemacht, andere Seiten waren dagegen dicht beschrieben und gegen Ende wurde die Schrift immer kleiner. Mehrere Blätter waren so miteinander verklebt, daß man sie nicht lesen konnte, ohne sie zu zerreißen. Dees Blick fiel auf den Eintrag vom 1. Februar 1919.

Das Mädchen (sie kann nicht älter als achtzehn sein), das ihn heute besucht hat, war seine Schwester. Sie heißt Kate. Sie ist schüchtern und würde unscheinbar wirken, hätte sie nicht eine so gefühlsbetonte Ausstrahlung. Da sie schlank und anmutig ist, wäre sie sogar hübsch, wenn sie sich besser kleidete. Auch seine Mutter war da – verzweifelt, aber gefaßt und umsichtig.

Mir entging nicht, daß Theo Qualen litt, weil er sie nicht wiedererkannte und uns allen etwas vormachen mußte. Er wünscht sich sehnlichst, eine Schwester, eine Mutter zu haben, seine Wurzeln, seine Identität und eine festgefügte Vergangenheit zu finden. Wenn er sie fände, könnte er darauf vielleicht eine Zukunft aufbauen. Doch während er mich als seine Verlobte vorstellte, unterließ er es, unsere Beziehung und unsere Pläne zu verteidigen. Anschließend hat seine Mutter mit mir gesprochen; sie hält mich für ein Kind, das nur Unsinn im Kopf hat. Sie ist so vernünftig, daß ich mir wie eine Närrin vorkomme. Ich weiß, daß ich Theo gehen lassen mußte.
Manchmal fragte er mich nach seinem Ring und entschuldigt sich dann, weil ich ihm schon so oft gesagt habe, daß es keinen Ring gibt.
Am Nachmittag unterhielt sich Theo mit dem Kaplan über die Vergangenheit, über Geschichte, vor allem über das Mittelalter, sogar über die Inquisition. Es kam mir seltsam vor, daß er auf dieses Thema verfiel. Ich sehe sehr wohl, daß der Kaplan gerne über Theologie und das kanonische Recht diskutiert, aber nicht gerade darauf brennt, über die Inquisition zu plaudern. Ich glaube nicht, daß er viel darüber weiß, oder vielleicht will er auch einfach nicht über unangenehme Themen sprechen. Ich bin gespannt.
»Warum interessieren Sie sich für die Inquisition?« fragte der Kaplan.
»Warum nicht?« erwiderte Theo. »Sie ist mit dem Phänomen vergleichbar, das auch für den Krieg verantwortlich ist – eine Institution, die der Welt ihren Standpunkt aufzwingt. Ein solcher Machtrausch kann zu gräßlichen Eskalationen führen.«
Mir entging nicht, daß der Kaplan am liebsten aufgestanden und weggegangen wäre. »Sie dürfen nicht vergessen«, sagte er, »daß sich diese Ereignisse in einer Zeit abgespielt haben, als man die Lehren der

Kirche für gottgegeben ansah; man hätte sie nie menschlichen Maßstäben untergeordnet.«
»Falsch«, entgegnete Theo. »Das galt nicht für alle. Die Menschen auf der Folterbank zum Beispiel. Was ist mit den Menschen auf der Folterbank? Was ist mit den Frauen auf dem Scheiterhaufen? Stirb für deine Überzeugungen, stirb für deine Sünden. Wir sagen euch, was ihr denken dürft; wir sagen euch, was eure Sünden sind.«
Der Kaplan stand auf und entfernte sich, indem er eine Entschuldigung murmelte. Ich hoffe, er denkt jetzt nicht schlecht von dem armen Theo.
Als ich anschließend mit meinem armen Schatz sprach, ihn fragte, warum er sich so für Geschichte interessierte, und ihm erklärte, daß Dinge, die vor so langer Zeit geschehen sind, heute keine Rolle mehr spielen, starrte er mich nur an und schüttelte den Kopf. Dann sagte er: »Ich sitze in der Falle, Yvonne. Aber du wirst mich nicht verlassen, nicht wahr?"
Dann sagte er noch: »Weißt du, ich hätte den Ring nicht anrühren dürfen.«

Dee legte die Hand auf den Ring, den sie um den Hals trug. Sie schloß das Tagebuch und legte es auf das Bett. Dann nahm sie den Ring von der Kette, steckte ihn in die Tasche und machte sich auf den Weg zum Schmied.
Es war bedeckt; die Wolken kamen von Westen, und der strahlende Morgen war verblaßt. Bradys Schmiede lag etwa drei Kilometer von Dees Elternhaus entfernt in Richtung Kirche. Dee steckte den Kopf durch die Tür, um ihrer Mutter zu sagen, daß sie eine Weile weg sein würde, dann holte sie ihr Fahrrad aus der Scheune und fuhr los.
Als sie die Schmiede fast erreicht hatte, sah sie Father O'Shea, der ihr in seinem Auto entgegenkam. Er hielt an und kurbelte das Fenster herunter.

»Hallo, Dee. Schön, daß du wieder zu Hause bist.«
Dee stieg vom Fahrrad. »Hallo, Father.«
»Wie geht's in Dublin?«
»Gut.«
»Ich höre, du hast einen großartigen Job!«
»Er ist ganz in Ordnung. Zumindest hab ich was zu tun!«
»Und wie stehts mit einem Freund?«
»Nichts Festes in Aussicht.« Der Priester musterte sie mit freundlichen, neugierigen Augen – wie selbstverständlich ging er davon aus, daß er das Recht hatte, alles über Dees Leben zu wissen. Sie bekam Lust, ihn aus der Fassung zu bringen. »Einen Freund hab ich nicht«, wiederholte sie, »aber ein verheirateter Mann interessiert sich für mich!«
Father O'Shea atmete tief durch. Hier war er in seinem Element, damit konnte er etwas anfangen. »Oh, mein armes Kind, du solltest dich auf keinen Fall mit verheirateten Männern einlassen!«
»Ich weiß ... aber er ist Ausländer!«
Kopfschüttelnd stieg Father O'Shea aus dem Wagen. »Ein solcher Mann hat gewiß keine Skrupel, dich zur Sünde zu verleiten!« flüsterte er so salbungsvoll, als würde er aus der Heiligen Schrift zitieren.
»Vielleicht lasse ich mich nicht ohne weiteres verleiten, Father!«
»Gut ... Du warst schon immer recht vernünftig! Andere Mädchen lassen sich oft von romantischen Ideen den Kopf verdrehen!«
»›Vernünftig‹ – wie hohl und langweilig das klingt!« rief Dee augenzwinkernd. »Aber ich würde sagen, daß ich ziemlich praktisch veranlagt bin. Das einzige, was bei mir echt romantische Gefühle auslöst, ist Kilashane.«
Warum sagts du ihm das? fragte sie sich im selben Augenblick.
»Kilashane! Ein Ort, von dem man sich besser fernhalten sollte!«

»Warum, Father? Warum reitet jeder darauf herum, daß man sich von Kilashane fernhalten sollte? Man könnte meinen, daß in diesem Garten der Baum der Erkenntnis wächst!«
Father O'Shea runzelte die Stirn, als versetzte ihm ihre Fröhlichkeit einen Stich. »Weil das Haus vor langer Zeit exorziert werden mußte«, sagte er leise. »Das ist der Grund, Dee. Es ist der einzige Ort in Irland, an dem seit Menschengedenken ein Exorzismus durchgeführt wurde!«
Dee starrte ihn an. Das war es also. Das war der Grund für die Zurückhaltung ihrer Eltern. Dees Reaktion war eine Mischung aus Entsetzen und respektlosem Gleichmut. »Na gut, wenn es entgiftet wurde, kann dort ja keine Gefahr mehr drohen. Was sollte denn exorziert werden?«
»Ein Geist«, sagte er argwöhnisch. »Ein armer, dem Wahnsinn verfallener Geist!«
Dee hörte die Geräusche des Sommers um sich herum. In der Ferne sah sie die Schornsteine des großen Hauses, die aus den Baumwipfeln ragten und unablässig von den schwarzen Gesellen umrundet wurden. »Warum wurde es exorziert?«
»Anscheinend aus verschiedenen Gründen – nicht zuletzt wegen der jungen Engländerin, die dort zu Besuch war und die eines Tages völlig verwirrt im Pfarrhaus ankam, nachdem sie den ganzen Weg gelaufen war.«
»Wie hieß diese Frau?«
»Ich weiß es nicht.«
»Wer hat den Exorzismus durchgeführt?«
»Der damalige Gemeindepriester!«
»Lebt er noch?«
»Nein. Er ist inzwischen verstorben. Warum fragst du?«
»Weil ich Grund zu der Annahme habe, daß die Aktion ein Mißerfolg war, Father«, erklärte sie und

wandte sich von ihm ab. »Ich dachte, das könnte ihn interessieren!«

Entgeistert sah der Priester sie an. »Warum sagst du das?«

»Sehen Sie sich doch die Krähen an!« sagte sie und zeigte auf die Baumwipfel. »Sieht so aus, als wüßten sie mehr als wir!«

»Das sind doch nur Vögel, Dee«, rief ihr der Priester nach. Aber es entging ihr nicht, daß seine Stimme schwankte. Sie dachte an Laura und an Ted, der von seiner Freundin sprach, als sei sie auch nur ein Vogel.

»Sie unterschätzen uns«, flüsterte sie und ließ den Blick wieder zu den kreischenden Krähen schweifen. »Sie unterschätzen uns Vögel.« Aber sie drehte sich um, als der Priester in den Wagen stieg. »Father?«

»Ja?«

»Wurde nur das Haus exorziert? Oder war auch ein Mensch betroffen?«

Der Priester schien zu zögern. »Ach, zerbrich dir lieber nicht den Kopf über die Geschichte«, sagte er, bevor er ins Auto stieg und davonfuhr.

ELFTES KAPITEL

»Ihr seid geübt in Grausamkeit«, sagte sie.
»Keineswegs. Ich bin ein Diener Gottes.«
»Ihr dient Euch selbst, als Gott verkleidet. Wenn Ihr nicht auf meinem Nacken stündet, wie wäre es dann um Euren Stand bestellt?«

Tagebuch eines Zeugen

»SIEHST DU«, sagte Theo in jener Nacht zu Yvonne, »in der Rundung deiner kleinen Brüste liegt Vollkommenheit...«, und er beugte sich über sie, um ihre Brust mit der Zunge zu liebkosen, bis seine Zungenspitze die Knospe erreichte. Es war die zweite Nacht ihrer Ehe. Theo war zeitig von seinem Ausflug zurückgekehrt, und es war nicht aus ihm herauszubekommen, welcher Art die Geschäfte waren, denen er nachgegangen war. Das Paar aß gemeinsam auf dem Hotelzimmer zu Abend, und dann forderte Theo seine Frau auf, zu Bett zu gehen. Yvonne, die trotz ihrer Nervosität ein angenehmes erwartungsvolles Prickeln empfand, fügte sich.
Im Ankleideraum zog sie sich mit Sorgfalt aus und schlüpfte in das Leinennachthemd mit den langen Ärmeln, den Perlmuttknöpfen und dem gefältelten Mieder. Doch die sechs Knöpfe über der Brust blieben nicht lange geschlossen. Theo saß vollständig bekleidet am Fußende des Bettes und befahl ihr mit einer weichen Stimme, die sie gar nicht an ihm kannte: »Mach die Knöpfe auf.«
Yvonne gehorchte errötend. Die brennende Röte kroch über ihr Gesicht und ihren Hals bis zu den Oberarmen. Damit hatte sie nicht gerechnet; wieder hatte sie keine Kontrolle über das Geschehen; sie öff-

nete die Knöpfe ihres Nachthemds, während der Mann – dieser Fremde, mit dem sie verheiratet war – in aller Ruhe und mit Kennerblick ihren Körper betrachtete.

»Theo«, flüsterte sie, »schau mich nicht so an!« Und dann beugte er sich vor, legte sich neben sie und begann langsam die sanfte Rundung ihrer Brust mit der Zunge zu streicheln.

Er ließ sich Zeit, als habe er es gar nicht eilig, und doch als sich ihr Körper in träger Sehnsucht zu entspannen begann, knöpfte er ihr Nachthemd sorgfältig wieder zu und lächelte sie mit wissendem Blick an.

»Ich muß dich jetzt eine Weile allein lassen, Yvonne«, sagte er.

Im goldenen Siegelring an seinem Finger fing sich das Licht. Die Enttäuschung lastete schwer und bitter auf ihr, sie zeigte es aber nicht, sondern setzte sich auf.

»Du meinst, du gehst wieder ... alleine aus?«

»Gewiß. Glaubst du, ich bin ein kranker Mann?«

Ja, antwortete Yvonne in Gedanken, ja, genau das glaube ich. Du bist krank; du bist beinamputiert und leidest an einer Kriegsneurose. Aber insgeheim mußte sie zugeben, daß er nicht mehr wie ein Kriegsversehrter aussah, und vor allem, daß sie ihn anders erlebte als früher, denn er schien ihre Liebe und Stärke nun nicht mehr zu brauchen. Ungeachtet seiner Verzweiflung hielt er sich in seinem dunklen Anzug mit Krawatte stolz und aufrecht; an der maßgeschneiderten Weste, die er trug, hing die Silberkette seiner Taschenuhr. Seine blauen Augen waren sehr dunkel, und der kurzgeschnittene Schnurrbart gab ihm ein vornehmes Aussehen.

»Das möchte ich nicht! Ich ziehe mich an und komme mit ...« Sie sah, wie seine Augen vor Zorn blitzten.

»Das denke ich nicht, Yvonne. Wie du siehst, brauche ich keine Pflegerin mehr!« Er streichelte ihre Wange.

»Ich bleibe nicht lange aus. Versuch zu schlafen.«

Yvonne wandte sich ab. Sie hörte, wie er seinen Mantel von der Garderobe nahm, hörte seine Schritte, die unregelmäßigen Schritte eines Mannes mit Holzbein, hörte, wie sich die Tür öffnete und hinter ihm schloß. Sie war allein. Wie betäubt lag sie da, verwirrt und wütend fragte sie sich, wie es gekommen war, daß sich ihre Beziehung so radikal und von Grund auf gewandelt hatte. Sie hatte einen Mann geheiratet, der sie verzweifelt brauchte, nur um jetzt festzustellen, daß es diesen Mann nicht mehr gab; schlimmer noch, in ihrem eigenen Innern vollzog sich eine geheimnisvolle Metamorphose, es entstand eine seltsame Abhängigkeit. Sie ahnte, daß seine Selbstsicherheit der Grund dafür war, sein neues Selbstvertrauen und seine Weltgewandtheit – und die Aufmerksamkeit, die er ihrem Körper zuteil werden ließ und mit der er Erwartungen weckte, die dann unerfüllt blieben.

Ohne Schwierigkeiten bewältigte Theo den Weg die Treppe hinunter. Inzwischen hatte er eine Methode gefunden und perfektioniert, die ihm erlaubte, sein künstliches Bein so auf die Stufen zu setzen, daß es nicht besonders auffiel. Unten im Foyer des Hotels bat er den Portier, ihm ein Taxi zu rufen. Als es kurze Zeit später eintraf, gab er dem Portier ein Trinkgeld und stieg in das ratternde Automobil.
»Wohin geht die Fahrt, Chef?« fragte der Fahrer, und Theo gab ihm seine Anweisungen.
Jenny war zu Hause. Sie saß im Wohnzimmer und lehnte sich mit einem Buch in der Hand in die Sofakissen zurück. Andrew war schon zu Bett gegangen. Jeden Morgen stand er früh auf und fuhr zur Arbeit in die Londoner City; wenn er abends nicht ausging, legte er sich pünktlich um zehn hin, las noch ein paar Minuten und schlief dann ein. Sie waren nun schon einige Monate verheiratet, und die Ehe war noch nicht vollzogen worden. Andrews anfängliche Bezeugungen von Zuneigung und Leidenschaft hatten zu nichts

geführt. Sie steckten in einer Sackgasse, und Jenny wußte, daß es ihre Schuld war; in ihrer Hochzeitsnacht war etwas geschehen, was körperliche Nähe ein für allemal verhindert hatte. Zumindest glaubte Jenny das, wenn sie sich an ihr Widerstreben erinnerte, an das plötzliche Verlangen, aus dem Fenster zu springen – sie hätte alles getan, nur um seiner Umarmung zu entrinnen. Dieser Widerwillen war wie Galle in ihr hochgestiegen. Sie wollte nicht von ihm berührt werden; sie konnte nicht einmal die Vorstellung ertragen, daß er sie anrühren könnte. Seine Mittelmäßigkeit stieß sie ab; sie konnte das Kitzeln seines Schnurrbarts nicht ertragen, seine verschwitzten Hände, sein Zögern, als wüßte und akzeptierte er im tiefsten Innern, daß sie ihn ablehnte.

Nach Gramps' Tod hatte Andrew sich angewöhnt, ihr auf Schritt und Tritt zu folgen, und deshalb hatten sie mehr als einmal Streit gehabt. Jedesmal, wenn er versuchte, sie in die Arme zu nehmen, lief es aufs gleiche hinaus – sie versuchte vergebens, ihren Abscheu zu verbergen, und er war enttäuscht und wurde schließlich wütend.

»Du machst mich impotent«, hatte er sie vor kurzem angeschrien. »Bei mir geht nichts mehr! Warum reagierst du so auf mich? Du solltest mich lieben, du bist meine Frau. Aber bei dir fühle ich mich, als wäre ich gerade aus einer Jauchegrube gekrochen!«

Jenny weinte über diese Worte, aber immer heimlich. »Vielleicht sind es Anfangsschwierigkeiten«, gab sie zu bedenken. »Man braucht eben Zeit, bis man sich daran gewöhnt...«

Aber Andrew starrte sie nur wütend an. »Man braucht keine Zeit, um es zu wollen, es ist ein vollkommen menschlicher Wunsch – sogar für Frauen. Ja, sogar für Frauen. Es ist natürlich, jemanden gern zu haben, jemanden zu begehren. O Gott...« er schlug sich an die Stirn, dann faßte er sich, zog sich an und ging aus; als er wiederkam, roch er nach Alkohol. Jenny war im Bett und erwachte, als er das Zimmer betrat. Wieder streckte er unbeholfen die Hand nach ihr aus; sie lag reglos da, wollte sich ihm hingeben, aber ihr Körper wehrte sich, und sie rannte ins Badezimmer und erbrach sich ins Waschbecken. Er lief ihr nach, hämmerte gegen die Tür, und als sie bleich, nach Erbrochenem riechend, heraustrat, wandte er sich ab und versuchte, seine Tränen zu verbergen.

In ihm wuchs der Zorn, und in ihr wuchs die Angst. Sie waren verheiratet, Mann und Frau, und sie paßten nicht zueinander; jeder war für den anderen ein hoffnungsloser Fall. Jenny wußte es, aber sie wollte sich nicht damit abfinden. Andrew wußte es nicht; er glaubte, die Schwierigkeiten, diese Unvernunft und Prüderie, würden sich mit der Zeit geben. Sein Ärger verflog angesichts ihrer Schönheit, doch jedesmal, wenn er versuchte, sie zu seiner Frau zu machen, wie er es verstand, hatte er weniger Selbstvertrauen als beim vorhergehenden Mal. Nun hatten sie stillschweigend einen Waffenstillstand geschlossen. Andrew suchte alle vierzehn Tage ein Bordell auf und schlief Nacht für Nacht neben seiner Frau, ohne sie anzurühren. Die Leere von Jennys Leben war eine Qual geworden, die sich durch nichts mildern oder abwenden ließ. Schon die Vorstellung, jemanden ins Vertrauen zu ziehen, erschien ihr demütigend. Also lächelte sie, und alle Welt glaubte, die Staceys seien ein glückliches junges Paar, während in Wirklichkeit die Kluft zwischen ihnen tiefer und tiefer wurde, und keiner von beiden wußte sie zu überbrücken. Ganz besonders jetzt, ganz besonders nach der Episode mit dem armen Fandango.

Oben im Schlafzimmer lag Andrew, er war aber nicht eingeschlafen, sondern dachte gleichfalls an Jennys Katze. Er wußte immer noch nicht, was in ihn gefahren war. Es war an seinem Geburtstag gewesen, vor einer Woche erst, am Sonntag vor Yvonnes Hochzeit; Jenny hatte ihm eine graue Seidenkrawatte geschenkt. Er bedankte sich und versuchte zaghaft sie zu umarmen. Aber sie hatte sich ihm entzogen, und wieder blieb er mit seiner Trauer, seinem verletzten Stolz allein. Nach dem Frühstück, sah er, wie sie auf den Dachboden hinaufging; mit der Absicht, sich ihr anzuschließen, nur um etwas zu plaudern, irgend etwas Normales, Nettes zu tun, war er ihr gefolgt. Die Tür zur Dachkammer war geschlossen, und als er sie öffnete, fand er Jenny vor dem Portrait des Magiers mit der schnurrenden Katze auf dem Schoß. Sie zuckte zusammen, als sie Andrew bemerkte; rasch stand sie auf, stellte das Portrait beiseite und ersetzte es durch das Bild, an dem sie gerade arbeitete: eine Straßenlandschaft mit Häusern, die aneinander lehnten wie Spielkartenstapel, und dünnen menschlichen Gestalten, die wie arme Seelen im Fegefeuer durch den Smog huschten. Jenny hatte ihre Ausbildung nach der Heirat auf Andrews Wunsch hin abgebrochen, aber sie zog sich nach wie vor in die Dachstube zurück und vertiefte sich in ihre Arbeit.

Zwar ärgerte er sich über das Gefühl, seine Anwesenheit rechtfertigen zu müssen, sagte aber: »Danke für die Krawatte, Jen. Der Farbton paßt genau zu meinem guten Anzug! Ich werde sie am Sonntag zu Yvonnes Hochzeit tragen.«

»Das freut mich«, sagte sie mit höflichem Lächeln, als wartete sie darauf, daß er entweder ging oder ihr mitteilte, was er noch zu sagen hatte. Er sah, daß sie auf der Hut war, auf dem Sprung, ihm auszuweichen, falls er sich nähern sollte, und auch, wie unglücklich sie war. Er ging auf sie zu, um sich das Gemälde anzusehen, aber sie machte ihm mit einer so hastigen Bewegung Platz, daß die Wut, die er unterdrücken wollte, langsam, aber unaufhaltsam in ihm hochstieg wie Quecksilber an einem heißen Tag.

»Du mußt nicht vor mir zurückschrecken, weißt du, ich wollte nur fragen, wie dieses Bild heißt!«
»Ich nenne es ›Moderne‹.«
»Du hast eine trostlose Stadtlandschaft dargestellt.«
»Findest du?«
»Ja. Ich finde, du hast überhaupt eine ziemlich trostlose Lebenseinstellung.« Jenny warf ihm einen Seitenblick zu. »Natürlich ist das Leben oft trostlos«, fuhr Andrew fort. »Und das ist ein Jammer, wo es doch wunderschön sein könnte!«
Jenny wußte, was Andrew brauchte, um sein Leben wunderschön zu finden: Wenn sie sich mit dem winzigen Raum zufriedengeben würde, den Andrew ihr zuweisen wollte, wäre sein Leben traumhaft. Sie aber würde ersticken. Seine Ansichten über die Ehe standen fest. Er wünschte sich eine gebrauchsfertige Beziehung: Sicherheit, Ruhe, Bequemlichkeit. Sie stellte sich das Zusammenleben als Abenteuer vor: dort sollte Raum sein für Fröhlichkeit und neue Entdeckungen, dort sollte sie es wagen können, sie selbst zu sein; dort sollte es soviel Liebe und Freiheit geben, daß man es mit der ganzen Welt aufnehmen konnte. Instinktiv wehrte sie sich gegen das Gefühl, in etwas Vorgefertigtes hineingepreßt zu werden; sie schreckte vor einer Ehe zurück, die nichts weiter war als eine Falle, in der sie zur Leibeigenen reduziert und mundtot gemacht wurde. Nichts fand sie abstoßender als einen Mann, der seine Frau verwöhnte, weil er dankbar war, daß sie sich ihm unterworfen hatte.
Aber Jenny wußte, daß Andrew von all dem keine Ahnung hatte, daß ihn ihre Gefühle nur schockieren und verärgern würden. Er hatte sich mit Leib und Seele den Konventionen angepaßt; er glaubte wahrhaftig daran, und ein Leben ohne Grenzen und abgegriffene Sicherheiten war für ihn nicht vorstellbar. Jenny konnte sich nicht mit ihm verständigen, und folglich konnte sie ihm nicht klarmachen, daß für sie

das Leben authentisch sein mußte oder daß sie lieber ganz darauf verzichtete, wenn sich dieser Wunsch nicht erfüllen ließ.
Sie standen sich gegenüber und betrachteten die Leinwand, dann ging Andrew dazu über, die verschiedenen Bilder zu begutachten, die bereits fertig waren. Anerkennend kniff er die Augen zusammen, doch Jenny spürte sofort, daß er keinen Schimmer hatte, was sie mit ihrer Arbeit erreichen wollte. Er nahm den Entwurf für ein Portrait zur Hand, das ihn selbst zeigte, und schlug spaßeshalber vor, sie solle die Kohleskizze doch fertigmalen.
Er merkte sofort, daß sie zögerte, und das ging ihm durch und durch. Jenny hatte ihrerseits das Interesse an dem Portrait verloren, da der Gegenstand sie nicht mehr interessierte. Die Eigenarten Andrews, die ihr einst faszinierend erschienen waren – das Selbstvertrauen, das in der Haltung von Kopf und Schultern zum Ausdruck kam, der nachdenkliche Blick – durchschaute sie jetzt als gekünstelte Posen. Ein Portrait zu malen hatte keinen Sinn, wenn sich die Künstlerin nicht anschickte, dem Menschen das Feuer zu entlokken, das in ihm loderte. Aber welches Feuer trug Andrew in sich? Er hatte sich den Konventionen verschrieben. Irgendwann hatte er seine eigene Freiheit aufgegeben.
Andrew trat einen Schritt zurück, suchte verzweifelt nach Worten, die freundlich und unverfänglich klarstellten, daß es keine Rolle spielte, ob sie sein Portrait vollendete oder nicht. Aber dabei trat er auf Fandangos Schwanz. Der Kater, der für das neue Familienmitglied ohnehin nicht viel übrig hatte, stieß sofort einen schauerlichen Wehlaut aus und schlug nach Andrew, der ihn besänftigend streicheln wollte, wobei der Kater drei parallele Kratzspuren auf Andrews Handrücken hinterließ, aus denen winzige Blutstropfen traten.

Andrew holte aus, um nach dem Tier zu treten, doch Jenny war schneller und nahm ihren Liebling in ihre schützenden Arme. »Laß den armen Fandango in Frieden! Du tust ihm weh! Er wollte dich nicht kratzen: er steht unter Schock.«

Jetzt kochte der Zorn über, der unter der Oberfläche brodelte. »›Laß den armen Fandango in Frieden‹«, äffte Andrew sie nach, während er an der Wunde saugte. »Du sorgst dich mehr um dieses Tier als um deinen Mann!«

Jenny setzte die Katze auf den Boden, um sich die Hand anzusehen. »Du solltest es auswaschen«, meinte sie, doch Andrew wandte sich von ihr ab und wickelte ein Taschentuch um die Wunde.

»Sei doch nicht kindisch, Andrew«, lachte Jenny. »Laß es mich anschauen ...«

Andrew hörte sie lachen, sah die grinsende Katze, die es sich auf Jennys Polstern bequem machte, und eilte von heftigen Gefühlen aufgewühlt die enge Treppe hinunter.

Später, als Jenny fortgegangen war, sah er vom Schlafzimmerfenster aus Fandango im Garten. Plötzlich loderte ein brennender Haß auf die Katze in ihm auf. Und genauso brennend war sein Haß auf Jenny. Dieses Pärchen, die Katze und ihre Herrin, machten einen Narren aus ihm. Er nahm die Seidenkrawatte und ging hinunter in den Garten. Unter dem Vorwand, er hätte einen Leckerbissen im Futterschälchen, das er in der Hand hielt, lockte er Fandango hinter den Schuppen. »Miez, Miez, komm, Miez, Miez ...«

Jenny, die glaubte, Fandango triebe sich irgendwo herum, vermißte ihn erst am nächsten Tag. Doch als er auch am folgenden Abend nicht nach Hause kam, ging sie in den Garten und rief nach ihm. Sie fand ihn hinter dem Geräteschuppen – aufgehängt mit Andrews Geburtstagsgeschenk. Die Augen traten aus

dem Schädel, die Zunge hing heraus. Allem Anschein nach war er tot.
Jenny vergoß bittere Tränen, als sie ihren Liebling abnahm und die Krawatte entfernte, die ihn stranguliert hatte. Fandango war steif wie ein Brett; sie legte ihn auf die Bank im Schuppen und deckte ihn mit Zeitungspapier zu. Man würde ihm ein Grab schaufeln müssen, aber dazu war sie im Augenblick noch nicht imstande. Die Krawatte steckte sie in einen Umschlag, den sie neben Andrews Teller legte. Sie sprach nicht mit ihm, und beim Essen mußte er auf ihre Gesellschaft verzichten. An diesem Abend zog sie in Gramps' Zimmer.
Später kam Andrew zu ihr. »Es tut mir leid ...«, stammelte er weinend, »ich weiß nicht, was in mich gefahren ist. Verzeih mir, Jen ...« Er streckte die Hand nach ihr aus, doch sie entzog sich ihm, schweigend und unnahbar.
Am nächsten Tag sagte Andrew: »Du kannst ruhig eine beleidigte Miene zur Schau tragen. Meine Hand ist infiziert von diesem Tier. Ich hätte ihn nicht ... ins Jenseits befördern sollen, aber ich war wütend, und er war nur ein Kater, Jenny. Ein Kater! Kein Mitglied der königlichen Familie! Wenn ich an die armen Schweine denke, die ich im Krieg getötet habe, und keiner verlor ein Wort darüber, außer ›gut gemacht‹. Und das waren keine Katzen, Jenny, das waren Menschen ...«
Jenny antwortete nicht, und Andrew kam zu dem Schluß, daß sie schmollte und er auch das überstehen würde. Jenny ging in den Garten, um Fandango angemessen zu beerdigen, doch als sie den Geräteschuppen betrat, war der kleine Leichnam verschwunden.
Sie rannte zurück ins Haus. »Was hast du mit ihm gemacht?« schrie sie. Andrew konnte sich ihren Ausbruch nicht erklären, war aber sicher, daß sie nur Theater machte. Er hatte schon den Mantel an und wollte gerade aus dem Haus gehen, um seinen Zug zu errei-

chen. »Ich habe ihn nicht angerührt... zumindest nicht seit...«
»Er ist verschwunden. Sein armer Leichnam ist verschwunden! Ich wollte ihn begraben!«
»Oh, Jen, laß mich das machen!«
»Nein! Diese Befriedigung gönne ich dir nicht!«
Andrew nickte. »Ich weiß. Du gönnst mir überhaupt keine Befriedigung.« In seinen Augen sah sie die ganze Bitterkeit, die in ihm brannte. »Warum fragst du nicht deinen blöden Magier, wo der Kater ist? Renn doch rauf zu ihm und wirf Runen und sonst was!« Dann fügte er hinzu: »Ich komme heute spät zurück.« Er nahm seinen Regenschirm und ging zur Tür hinaus, die krachend hinter ihm ins Schloß fiel.
Jenny stand in der Diele. Außer dem Ticken der Standuhr im Wohnzimmer und den ersten Tropen, die an die Fensterscheiben klopften, war kein Laut zu hören. Die Einsamkeit war in diesem Augenblick überwältigend, aber das Haus war leer, und Jenny war die Königin in ihrem Reich: Sie konnte tun und lassen, was sie wollte. Sie ging nach oben, stieg die Stufen hinauf, die in die Dachstube führten. Die Tür öffnete sich mühelos. Gedämpftes Licht fiel herein. Es war noch früh, und am Himmel hingen graue Regenwolken. Die Tropfen, die ans Fenster schlugen, schufen eine fast anheimelnde Atmosphäre.
Jenny warf einen Blick auf das Bild, das sie gerade malte, aber es war ihr jetzt nicht danach zumute, weiterzuarbeiten; und so holte sie das Portrait des Magiers wieder hervor, das Andrew so haßte. »Dein Magier«, hatte er gesagt. Na gut, genau das sollte er sein. Sie nahm ein Stück Zeichenkohle zur Hand und schrieb auf die Rückseite der Leinwand: ›Mein Magier‹.
Aber auch diese Trotzreaktion linderte nicht ihren Schmerz. »Er hat irgendetwas mit Fandangos Leiche angestellt«, vertraute sie dem Magier an, während sie

mit den Tränen kämpfte. »Er ist ein Ungeheuer! Ich glaube, er haßt mich. Was soll ich tun? Wohin soll ich gehen?«

Jetzt ließ Jenny vor der wärmenden Glut der Feuerstelle im Wohnzimmer die Szenen jenes Sonntags vor zwei Wochen an sich vorüberziehen. Sie konnte sich nicht auf ihr Buch konzentrieren. Ihre Ehe mit Andrew war an einem toten Punkt angekommen, und in Gedanken ging sie verschiedene Möglichkeiten durch, wie sie ihrem Dilemma entrinnen konnte. Sollte sie sich von Andrew trennen und Arbeit suchen? So viele Frauen waren heutzutage berufstätig; sie konnte sich um die Aufnahme in ein Frauen-College bemühen oder in einem Büro als Sekretärin anfangen. Oder sie ging wieder auf die Kunstschule und machte ihren Abschluß. Das Haus gehörte ihr; und sie hatte ein eigenes, wenn auch geringes Einkommen. Ferner besaß sie einige Dinge, die sie verkaufen konnte, wenn sie Geld brauchte: ein paar wertvolle Möbel und verschiedene Raritäten wie etwa die alte Maske, mit der sie als Kind gespielt hatte. Zum Leben brauchte sie nur Geld fürs Essen und die Unterhaltskosten für das Haus. Ja, sie konnte sogar das Haus verkaufen und reisen.

Aber wie sollte sie Andrew beibringen, daß es aus war? Was sagte man zu seinem Mann – »Danke für alles, Liebling; da ist die Tür«? Nein. Und als sie weiter darüber nachdachte, begann sie an ihrem Entschluß zu zweifeln. Vielleicht kamen andere Leute über solche Schwierigkeiten hinweg und entdeckten ihre Liebe neu? Vielleicht konnte sie sogar die Episode mit Fandango im Lauf der Zeit vergeben und vergessen? Sie hatte in der Beziehung mehr bekommen, als sie gab. Das war nicht zu leugnen. Doch es ging gar nicht in erster Linie darum, was Andrew getan hatte, ja nicht einmal um den Verlust ihres geliebten

Katers, sondern darum, daß er zu einer solchen Tat fähig war. Das beunruhigte sie am meisten.

Ihre Gedanken kehrten immer wieder zu Yvonnes Hochzeit zurück. Noch nie im Leben war ihr so etwas Seltsames widerfahren, und sie fragte sich, ob sie ihre fünf Sinne beisammen hatte. Aus sicherem Abstand – obwohl es erst zwei Tage her war – glaubte sie, daß sie verrückt sein mußte, daß etwas geschehen war, was ihr seelisches Gleichgewicht zerstört hatte. Sie versuchte, es auf ihre Eheschwierigkeiten zu schieben. Tatsache war, daß sie meinte, Yvonnes Mann zu kennen, ihn durch und durch zu kennen, und gespürt hatte, wie heftig er sie ersehnte. Vor langer Zeit, vor Jahren, hatte sie etwas Vergleichbares erlebt, und zwar als sie im Fieber lag und Phantasien von einem Mann sie heimsuchten. Während des gesamten Hochzeitsempfangs hatte sie in leidenschaftlichem geistigem Kontakt zu einem Fremden gestanden: Sie wußte, daß sie jedesmal, wenn sie sich umwandte, seine brennenden, hungrigen Augen auf sich gerichtet sehen würde. Eine innere Stimme mahnte sie, sich seinen Aufmerksamkeiten zu entziehen, seiner Ausstrahlung zu entfliehen, die sie zu ihm zog, als hätte sie ihn schon ein Leben lang gekannt; die Stimme mahnte sie, bei den althergebrachten Anstandsregeln und Wehrten Zuflucht zu suchen. Doch es half alles nichts. Den ganzen Tag lang war ihr zumute, als hätte etwas von ihr Besitz ergriffen. Und dieses Gefühl hielt auch während der Nacht an, denn am folgenden Morgen war sie wie betäubt vor leidenschaftlicher Sehnsucht.

Ein Taxi fuhr vor und riß sie aus ihren Träumen. Zunächst achtete sie nicht weiter darauf, aber als der Motor im Leerlauf weiterbrummte, wurde sie neugierig, stand auf und zog den Vorhang ein wenig beiseite. Sie sah das Fahrzeug mit hellen Scheinwerfern vor dem Haus. Es stand einfach da; niemand stieg ein oder aus. Vielleicht wartet es auf jemanden, dachte

Jenny. Auf jeden Fall war es nicht ihre Sache, und sie ließ den Vorhang wieder fallen. Nach einer Weile hörte sie den Wagen wegfahren.

In der Diele lag ein Umschlag; Jenny sah ihn, als sie zu Bett gehen wollte. Sie hob ihn von der Fußmatte auf, las ihren Namen, nahm den Umschlag mit ins Wohnzimmer und riß ihn auf. Die Handschrift war unleserlich, wie die eines alten Mannes. Auf dem Blatt stand nur eine Zeile.

»National Gallery. Morgen, sechzehn Uhr.«

Sie riß den Brief in kleine Stücke; doch dann sammelte sie die Fetzen auf und versuchte, sie wieder zusammenzusetzen. Was hatte die kurze Botschaft zu bedeuten? Wer würde morgen um sechzehn Uhr in der National Gallery auf sie warten? Jenny stellte alle Fragen, die in diesem Fall zu erwägen waren, doch sie kannte die Antwort schon.

»Ich werde nicht hingehen«, flüsterte sie. Plötzlich schauderte sie, das Leben, alle Möglichkeiten, die es bot, alles Aufregende, Wilde, Stürmische, war plötzlich in Reichweite gerückt. Sie stieg die Treppe hinauf, um ins Bett zu gehen, einem Impuls folgend, warf sie einen Blick in Andrews Zimmer; inzwischen schlief er fest, die Zeitung lag neben ihm auf dem Nachtkästchen, und noch im Schlaf zeigte sein Gesicht den pedantischen, selbstgerechten, gekränkten Ausdruck, den es in der letzten Zeit angenommen hatte. Sie betrachtete seinen Mund unter dem Schnurrbart. Seine verkniffenen Lippen schienen sagen zu wollen: »Ich werde mich schon noch durchsetzen, so oder so.« Jenny sah, daß er schwach war, daß ihm der Mut fehlte – er wollte sich weder ihr noch sich selbst, noch den Problemen ihrer Ehe stellen. Er würde damit fertig werden, indem er die Rolle des Beleidigten spielte; auf diese Weise, weil er sich im Recht fühlte, hoffte er zu gewinnen.

Jenny ging in Gramps' Zimmer, machte die Vorhänge

zu, zog sich in aller Ruhe aus und besah dabei ihren Körper im Spiegel, die hohen Brüste, die lange, schmale Taille, die dichten braunen Locken. Sie drehte sich um und musterte ihren Rücken, während das Hemd zu Boden glitt. An der rechten Schulter hatte sie einen kleinen Leberfleck, der einzige Makel an ihrem Körper. Es gefiel ihr, ganz ungestört ihren Körper zu erkunden, sich ohne Hast zu entkleiden, einen Raum zu haben, der ihr allein gehörte. Hier konnte sie tun und lassen, was sie wollte, in diesem Zimmer, wo ihr geliebter Großvater gestorben war. Stets war er der Frage ausgewichen, wo er die Maske versteckt hatte. Aber Jenny wußte Bescheid. Nach seinem Tod hatte sie die Maske gefunden; sie lag in ein Tuch gehüllt in der Kommode am Fenster, und dort befand sie sich auch jetzt noch.

Nun öffnete Jenny die Schublade, griff hinein und holte die Maske heraus. Die Grimasse schreckte sie nicht mehr. Ihr kam es vor, als lächelte die Maske sie wissend an; es war ein Lächeln, das Mut machte: Es ermutigte jede Tat, die kühn und ungeheuerlich war, die sich den konventionellen Regeln und Moralvorstellungen widersetzte, mit der ein Wagnis eingegangen wurde. Die seltsame Stimme, die zur ihr gesprochen hatte, fiel ihr wieder ein: »Gehorche mir, und du kannst zurückkehren.« Und zuletzt hatte die Stimme statt dessen etwas anderes gesagt – es war einer der letzten Sätze, die sie geflüstert hatte, bevor sie verstummte: »Wenn du nicht zu mir kommst, werde ich zu dir kommen ...«

Ich war verrückt, dachte Jenny; ich war ein verrücktes Kind, das unter Wahnvorstellungen litt. Früher habe ich geglaubt, daß alle Kinder Wahnvorstellungen haben, doch Yvonne hat mich eines Besseren belehrt. Aber jetzt bin ich nicht mehr verrückt. Ich kann morgen nicht in die National Gallery gehen, nur weil jemand einen Zettel unter der Tür durchschiebt.

Sie löschte das Licht, zog den Vorhang zurück und schaute hinaus auf die Straße. Es war völlig ruhig, kein Verkehr, und die Straßenlaterne, unter der sie vor vielen Jahren Oliver auf seinem nächtlichen Streifzug beobachtet hatte, leuchtete hell. Jetzt stolzierte kein Oliver über das Pflaster, doch im Schatten bei den Büschen, die zum Nachbargarten gehörten, sah sie etwas, eine Gestalt, einen Mann mit Hut und Mantel, der bewegungslos dastand und zu Jennys Fenster emporblickte. Sein Gesicht lag im Dunkeln. Jenny zuckte zusammen, als sie erkannte, daß sie beobachtet wurde, und hielt erschrocken die Luft an. Sie hörte, wie Andrew nebenan im Bett unruhig wurde. Als er eintrat, wandte sie sich um.

»Du schläfst immer noch hier, oder? Wie kindisch, Jen.« Jenny antwortete nicht.

Verschlafen stolperte Andrew ins Badezimmer. Wieder sah Jenny aus dem Fenster, doch der Mann mit Hut und Mantel war verschwunden. Sie wartete, bis Andrew wieder im Bett war, dann legte sie ihren Schal um und ging hinauf in die Dachkammer.

Oben war es stockfinster, nur durch die Dachfenster schimmerte graublau der Nachthimmel. Die Kerze flackerte und ließ das Atelier seltsam surrealistisch erscheinen; die auf Leinwand gemalten Bilder gewannen eine neue Identität, die ihnen das Tageslicht verweigerte. Sie hielt das Licht über das Portrait des Magiers. Im Kerzenschein begannen seine Augen zu glühen.

»Du bist der einzige, mit dem ich reden kann«, flüsterte Jenny. »Ein Unbekannter treibt ein dummes Spiel mit mir, lädt mich zu einem Rendezvous in die National Gallery ein. Ich hätte Andrew im Verdacht, doch er lag schon im Bett ... und so etwas wäre auch nicht seine Art. Ich kann nicht schlafen ... es läßt mir keine Ruhe. Ich kann mir vorstellen, wer den Brief geschrieben hat, und er ist der letzte, den ich treffen sollte.«

Sie stellte die Kerze ab und warf einen Blick auf die anderen Bilder. Wie anders sie bei Kerzenschein aussahen! Ob sie wohl eines Tages Bilder malen würde, die es wert waren, ausgestellt zu werden? »Natürlich kann ich nicht hingehen«, fuhr sie, jetzt im Selbstgespräch, fort. Wieder sah sie das unergründliche Gesicht des Magiers an, der für alle Zeit auf seine Leinwand gebannt war und nirgendwo hingehen konnte. Einen Augenblick lang hatte sie das Gefühl, daß er ihr Zögern mißbilligte, ja, daß er sagte: »Warum eigentlich nicht?«

Unerklärlicherweise wurde Jenny wütend. »Nun, wenn du meinst, ich sollte gehen, dann tu auch etwas, um zu beweisen, was es mit deiner Magie auf sich hat... und zwar etwas Besonderes – zum Beispiel könntest du mir Fandango wiederzugeben!«

Die letzten Worte hatte sie nicht sagen wollen, sie war einer plötzlichen Eingebung gefolgt, es war ihr herausgerutscht, bevor sie wußte, was sie sagte. Diese Forderung konnte nicht in Erfüllung gehen, aber zumindest würde es sich jetzt, da sie ausgesprochen war, erweisen, daß in ihrem Leben keine andere Kraft wirken konnte als ihre eigene.

Der Magier blieb ihr eine Antwort schuldig. Das milde Licht warf flackernde Schatten über ihn, als sie die Kerze aufnahm und wieder in ihr Schlafzimmer hinunterging.

Yvonne schlief schon, als Theo zurückkehrte. Sie kam soweit zu Bewußtsein, um zu merken, daß er wieder da war, und dann stellte sie sich schlafend. Innerlich zitterte sie noch beim Gedanken an das unbestimmte Verlangen, das er geweckt, und die Demütigung, die er ihr zugefügt hatte. Sie wollte ihn bestrafen. Aber Theo versuchte weder, ein Gespräch anzuknüpfen, noch wollte er sie stören. Er zog sich rasch aus und legte sich ins Bett, und bald atmete er regelmäßig und tief.

Am Morgen kündigte er an, er werde am Nachmittag wieder ausgehen.
»Ich denke, wir sind in den Flitterwochen«, protestierte Yvonne. »Wo warst du letzte Nacht?«
»Frag mich nicht aus, Yvonne«, wies er sie kalt zurecht. »Ich bin gestern abend für einige Zeit ausgegangen, und heute werde ich es wieder tun. Ich bin sicher, daß es dir nicht schwerfallen wird, einen Tag ohne mich auszukommen!«
Damit hatte es sich. Yvonne war so ärgerlich, daß sie am liebsten geweint hätte, aber gleichzeitig war sie neugierig, ja fast aufgeputscht. Für wen hielt sich dieser Mann eigentlich? Mit wem glaubte er es zu tun zu haben?
Lächelnd sah er sie an und zog sie zum Bett. »Sollen wir mit unseren Lektionen fortfahren?" fragte er leise. »Würde dir das gefallen?«
Yvonne dachte an die hinreißende Sinnlichkeit seiner Liebkosungen. Doch sie hatte nicht vergessen, wie wütend sie war, und nahm ihre ganze Willenskraft zusammen. »Nein.«
Er streichelte ihren Handrücken. »Yvonne, ich bin nicht frei... Sei wütend auf mich, wenn du willst, aber ich möchte dich wissen lassen, daß ich dir jede Kränkung, die ich dir zufüge, lieber ersparen würde. Du hast einen Mann geheiratet, der Wunden davongetragen hat, und zwar nicht nur aus dem Krieg; wir haben die Ehe noch nicht vollzogen; nach einer angemessenen Frist ist es dein gutes Recht, eine Annullierung zu verlangen. Möchtest du gehen, willst du mich verlassen?« Sie sah ihn unverwandt an; Tränen traten ihr in die Augen. Sie dachte an den Theo, den sie kannte und der sie angefleht hatte, ihn nie zu verlassen.
»Was wäre für eine Annullierung erforderlich?«
»Oh, nur der Nachweis, daß die Ehe nicht vollzogen wurde.«

»Du meinst den medizinischen Nachweis ... daß ich nach wie vor eine virgo intacta bin?«
»Ja.«
»Wie entsetzlich ... daß sich Ärzte da einmischen sollten. Das ist ungeheuerlich!«
»Oder du könntest dich scheiden lassen. Ich könnte ... das erforderliche Beweismaterial liefern!«
Yvonne sah ihre Träume in die Brüche gehen.
»Nein«, schluchzte sie. »Ich will keine Scheidung, und erst recht keine Annullierung. Ich will dich.«
Nach kurzem Schweigen sagte Theo sanft: »Tja, in wenigen Tagen werden wir nach Irland abreisen.«

Als der Morgen anbrach, hörte Jenny das Miauen. Sie stand auf, warf sich ihren Schal über und ging hinunter. Fandango saß draußen vor der Küche auf dem Fenstersims und sah sie durch das Glas an.
»Er war überhaupt nicht tot!« rief Jenny, als Andrew die Treppe herunterkam und sah, wie sie den Kater liebkoste. »Aber er ist sehr schmutzig. Scheinbar hat er sich ein paar Tage verkrochen, um sich zu erholen.« Sie streichelte das Tier.
Andrew stand wie angewurzelt da; die Katze drehte sich um und betrachtete ihn aus schmalen Bernsteinaugen. Andrew wurde blaß. Ohne ein Wort zu sagen, verzichtete er auf sein Frühstück und machte sich noch früher als sonst auf den Weg in die City.

ZWÖLFTES KAPITEL

»Widerrufe, bereue, und du wirst Gnade finden.«
»Wie kann ich die Knie vor einer Lüge beugen?«
»Beuge sie«, sagte er. »Sonst beugen wir sie dir.«

Tagebuch eines Zeugen

AM MONTAG morgen wurde Dee von Charlie mit einem Stirnrunzeln begrüßt, als sie hereinkam. Dann seufzte er tief und wandte sich ab.

Später rief er sie dann in sein Büro. »Nun, Dee, hatten Sie ein schönes Wochenende?«

»Ja, ich bin zu Hause gewesen.«

»Sie meinen, Sie waren in Cork?«

»Ja, in Ballyshane.«

»Ihren Eltern geht es hoffentlich gut?«

»Ja. Aber mein Vater wird sich demnächst zur Ruhe setzen, und das macht ihm ziemlich zu schaffen.«

Charlie rutschte auf seinem Stuhl hin und her. Sein Gesicht nahm einen mitleidigen Ausdruck an, der Dee nicht ganz ehrlich vorkam.

»Das tut mir leid. Aber wie Sie ja wissen, Dee, habe ich Probleme – große Probleme. Diesmal ist die Kacke wirklich am Dampfen: Man hat mir Peter Eggli aus Brüssel auf den Hals gehetzt. Er ist heute morgen angekommen, und jetzt sieht mir dieser Erbsenzähler dauernd über die Schulter.« Er seufzte wieder. »Wirklich schade, daß Sie diesen Bericht wegschicken mußten ...«

»Tut mir leid.«

»Vielleicht muß ich mir bald einen neuen Job suchen. Momentan ist Eggli übrigens bei Liam.«

»Ich hoffe, es kommt nicht ganz so schlimm.«

»Es ist schon jetzt schlimm genug... Vermutlich haben Sie nicht zufällig den Ring dabei?« fragte er betont beiläufig.
Dee kramte in ihrer Tasche und zog die Bleinachbildung des Ringes heraus, die Dan Brady am Samstag in der Schmiede für sie gemacht hatte. Sie hatte für ihn Mergel geholt, das schwere, weiße Zeug, das man unter der ersten Schicht im Moor fand; daraus hatte er eine Gußform hergestellt, in die er dann das Blei gegossen hatte. Dee hatte den Ring über Nacht in einen Kuhfladen gelegt, damit er nicht mehr so neu aussah.
Sein Gesichtsausdruck strafte Charlies beiläufigen Ton Lügen: Dee sah genau, wie gierig seine Augen glänzten. »Hier ist er!« Damit legte sie Dan Bradys Nachbildung vor Charlie auf den Tisch.
Aufgeregt hob er den Ring auf, doch dann wurde sein Gesicht lang und immer länger. »Aber ... das ist doch nur Blei oder so was. Ich dachte, der Ring wäre alt!«
»Ist er das etwa nicht?« fragte Dee achselzuckend. »Ich finde, er sieht ziemlich alt aus.«
Charlie warf ihr einen mißtrauischen Blick zu, doch Dee machte ein unschuldiges Gesicht. Er begutachtete das Siegel. »Hmm... ein seltsames Zeichen... Hmmm«, brummte er. In sein leidenschaftliches Interesse mischte sich ein wenig Unsicherheit. »Aber ich dachte, er wäre aus Gold ...«
Wieder zuckte Dee die Achseln. »Das ist der Ring, einen anderen habe ich nicht.«
»Wären Sie bereit, ihn herzugeben?
»Ich weiß nicht. Ist er wertvoll?«
Charlie seufzte. »Wahrscheinlich nicht, ich gebe Ihnen fünf Pfund dafür!«
»Zehn«, entgegnete Dee. »Ich hänge sehr an ihm.«
Charlie griff nach seiner Brieftasche.
Während er das Geld herausholte, sagte er: »Mr. Eggli findet Sie anscheinend sehr sympathisch. Er hat vor-

geschlagen, Sie sollten einen Kurs in der Abteilung für Unternehmensplanung in Brüssel machen.«
»Er hat mich doch nur ein einziges Mal gesehen!«
»Trotzdem. Er meint, es wäre eine gute Idee, wenn Sie in der Firma vorwärtskommen wollen.«
»Und ich dachte, ich wäre in Schwierigkeiten, wegen des Berichts.«
»Nein, *ich* bin das arme Schwein, das in der Klemme steckt...«
»Charlie, wer ist eigentlich der Mann, von dem Sie mir erzählt haben – dieser Magier aus Venedig?« fragte Dee.
Er warf einen Blick auf den Ring, der auf dem Schreibtisch vor ihm lag. »Das war ein Inquisitor – Sie haben doch bestimmt schon von der Inquisition gehört, oder?«
»Ja.«
»Nun, er gehörte dazu. Später hat er dem Verein den Rücken gekehrt und es mit anderen Mitteln probiert.«

Mittags traf Dee Peter Eggli in der Kantine. Sie sah ihn zuerst und beobachtete ihn verstohlen. Braune Haare, graue Augen, ein Auftreten, das gleichzeitig forsch und liebenswürdig wirkte. Ein Amerikaner mit europäischem Blut – oder war es umgekehrt? Er benahm sich wie ein gewandter Geschäftsmann, bewegte sich aber seltsam steif, als hätte er ein kaputtes Bein. Dee wußte, daß er gerade von einer fast zweistündigen Besprechung mit Charlie aus Liams Büro kam; daß er nicht mit ihnen zu Mittag gegessen hatte, sprach für sich.
Später schwärmte Liam mit unverkennbar schlechtem Gewissen von dem, was geschehen war. Er war auf der Erfolgsleiter eine Stufe höher gestiegen. Dank Dees Fauxpas hatte er von jetzt an durch den EWL-Controller eine ›Direktverbindung‹ zu Mr. Eggli in Brüssel. Jedes Unglück hatte eben auch sein Gutes.

Zu Dees Bestürzung steuerte Mr. Eggli direkt auf ihren Tisch zu. »Hallo, Dee. Würde es Ihnen etwas ausmachen, wenn ich mich zu Ihnen setze?«
Er trug einen leichten Anzug, ein gestreiftes Hemd und eine Rolex-Armbanduhr. Sein amerikanischer Akzent war ausgeprägter, als sie ihn in Erinnerung hatte. Wieder spürte sie, daß er Menschen ebenso rasch und treffend einschätzen konnte wie Situationen. Die Namen seiner Gesprächspartner waren ihm stets präsent, und er beherrschte auch den alten Politikertrick, anderen das Gefühl zu geben, sie seien wichtig. Aber Dee dachte an Charlie und beschloß, sich nicht auf Egglis Seite ziehen zu lassen. Und wenn er sich noch so viel auf seine Überredungskunst einbildete – sie würde ihn objektiv betrachten.
»Kennen Sie mich noch – Peter Eggli?«
»Aber natürlich«, antwortete Dee und wurde rot.
Eggli stellte sein Tablett ab, setzte sich ihr gegenüber und lächelte sie an. Während er aß, fragte er Dee nach ihrer Arbeit, ihren Kollegen und ihrem Chef.
Sie fühlte sich unbehaglich. Über ihren Chef wollte sie lieber nicht reden. »Wie gefällt es Ihnen in McGrath?«
»Ich arbeite gern hier, Mr. Eggli.«
»Nennen Sie mich doch Peter.«
Sie starrte ihn an. »Sind Sie Amerikaner?«
»Ja«, antwortete er und nahm sich Mayonnaise. »Was haben Sie gedacht?«
Dee merkte, wie sie noch röter wurde. »Ich hab mich nur gefragt – wegen Ihrer Aussprache und Ihres Namens ...«
Er sah sie mit hochgezogenen Augenbrauen an. »Schweizerischer Herkunft. Mein Großvater war aus Bern; er ist seiner Angebeteten nach Amerika gefolgt. Und falls Sie auch noch etwas über meinen Vornamen wissen wollen –«, fuhr er zu Dees zunehmender Verwirrung munter fort, »meine Mutter las gerade ›Peter

Pan‹, als ich unterwegs war. Wahrscheinlich kann ich von Glück sagen, daß sie mich nicht Wendy genannt hat!«

»Aber Sie sehen nicht aus, als hießen Sie Wendy«, entgegnete Dee, und das Lachen vertrieb die Peinlichkeit.

Mit seinen tiefliegenden, dunkelgrauen Augen musterte er sie amüsiert. »Das beruhigt mich sehr.«

Dee wünschte sich sehnlichst, ihr Gesicht wäre blaß und interessant, aber das war ziemlich aussichtslos.

»Haben Sie J. M. Barrie gelesen?« erkundigte er sich.

»Nein. Aber als Film habe ich Peter Pan gesehen. Damals war ich allerdings noch ganz klein, und er hat mir überhaupt nicht gefallen und mich vollkommen durcheinandergebracht.«

»Warum?« Er beugte sich interessiert vor.

»Es kam mir alles so unnatürlich vor ..., aber ich war einfach viel zu jung, um zu verstehen, worum es eigentlich ging! Mögen Sie die Geschichte?«

»Von der Idee her schon. Wer möchte nicht gern ewig leben?«

»Ewig jung bleiben oder einfach ewig existieren?«

»Beides, denke ich.«

»Wie Reinkarnation!« meinte Dee.

Ihre Blicke trafen sich. »Genau.«

Mit einem Mal empfand Dee ganz stark, mit diesem Mann schon einmal hier gesessen und ihm zugehört zu haben.

»Ich war in Yale und habe dann in Europa studiert«, erzählte Peter weiter. »In Tübingen. Dann wurde ich eingezogen – zum Koreakrieg –, und danach habe ich bei ITU angefangen.«

»Aber warum Tübingen?« fragte sie stirnrunzelnd. »Das ist doch ziemlich ungewöhnlich!« Einen kurzen Moment schienen sich seine Augen zu verengen, als taxierte er sie, und sein Blick fiel auf die Kette um ihren Hals. »Theologie.« erklärte er dann.

»Warum haben Sie sich dafür interessiert?«

»Warum nicht? Im Namen der Religion werden so viele Behauptungen aufgestellt... Und Sie, Dee?« wechselte er das Thema. »Was haben Sie so gemacht?«
»Nicht besonders viel. Ich komme aus der Grafschaft Cork, bin dort aufs College gegangen und habe letztes Jahr meinen Abschluß gemacht. Das hier ist meine erste richtige Arbeitsstelle. Verglichen mit Ihrem Leben war meines ziemlich langweilig.«
Er lächelte und aß genüßlich weiter. »Aus welchem Teil von Cork stammen Sie dann?«
»Aus einem Ort namens Ballyshane, auf der Halbinsel Fanagh.«
»Da gibt es eine alte Ruine namens Kilashane«, nickte er.
Dee zuckte zusammen. Es kam ihr vor, als wäre dieser Mann in ihre Privatsphäre eingedrungen. Ein Fremder kannte den Ort, der ihr innerstes Selbst, der alle Geheimnisse ihrer Kindheit barg!
»Sind Sie schon einmal dort gewesen?« fragte sie so beiläufig wie möglich.
»Sagen wir mal, ich habe davon gehört. Sie kennen Kilashane sehr gut, nicht wahr?«
Dee nickte. »Ich bin ganz in der Nähe aufgewachsen.« Nachdenklich blickte sie auf ihren Teller. Sie hatte ihr Essen kaum angerührt, und jetzt war ihr der Appetit endgültig vergangen. »Was wird aus Charlie?« fragte sie, um das Gespräch in eine andere Richtung zu lenken.
»Charlie?« wiederholte er kühl. »Ich habe seine Kündigung in der Tasche.«
Dee stockte der Atem. »Ist das denn unbedingt notwendig, Mr. Eggli?«
»Tut er Ihnen leid?« fragte er mit hochgezogenen Augenbrauen. »Ja, ich fürchte, es *ist* notwendig. Er hat die Bücher gefälscht.«
Während sie weiter aßen, bemerkte Dee die verstohle-

nen Blicke der anderen Mädchen. Die beiden Schreibkräfte am Nebentisch lächelten schüchtern, wenn Peter Eggli zu ihnen hinübersah, und er erwiderte ihr Lächeln. Als großes Tier aus Brüssel fühlte er sich offenbar verpflichtet, sämtliche Angestellten zu grüßen und anzulächeln; das brachte seine Stellung eben mit sich. Dennoch ärgerte sich Dee, weil sie sich des Gefühls nicht erwehren konnte, daß er sich wie ein Platzhirsch aufführte. Es verunsicherte sie – daß er sich benahm wie ein alter Bekannter, daß er sich in ihrer Vergangenheit so gut auskannte, daß er Charlies Karriere so abrupt ein Ende setzte. Er untergrub Dees Selbstsicherheit, und er verkörperte alles, was sie an einem Mann verabscheute: Er war arrogant, skrupellos und orientierte sich ausschließlich an wirtschaftlichen Maßstäben. Trotzdem hatte sie das Gefühl, daß alles in seiner Umgebung – Dee selbst eingeschlossen – aufblühte; jeden beflügelte er mit seiner Entschlußkraft und Energie. In seiner Gegenwart fühlte sich Dee auch nicht mehr als Außenseiterin oder Einzelgängerin, sie war höchstens deshalb eigenartig und anders, weil sie eine idealistische Weltanschauung vertrat.
Sie betrachtete seine Hände, die wohlgeformt und gepflegt waren – sensible Hände, dachte sie überrascht und ein bißchen widerwillig.

Peter Eggli, ich mag dich nicht, warum, weshalb, das weiß ich nicht …

Aber er hatte trotzdem schöne Hände.
Als sie mit dem Essen fertig waren, erkundigte er sich: »Und wie sehen Ihre Pläne in der Firma aus, junge Dame? Das Stammhaus ist groß, die europäische Zentrale liegt in Brüssel und der Hauptsitz des Unternehmens in New York. Also – die Welt liegt Ihnen zu Füßen.«

Von neuem spürte Dee, wie ihr das Blut ins Gesicht schoß. »Ich möchte vor allem meine Arbeit gut machen, Mr. Eggli. Was danach kommt, kann ich noch nicht sagen ...«
»Peter«, verbesserte er. »Nennen Sie mich Peter. Ich habe Liam heute morgen vorgeschlagen, Sie könnten an dem Kurs für Unternehmensplanung in Brüssel teilnehmen. Das wäre für Ihre Karriere bestimmt sehr nützlich.«
»Das würde ich gern«, erwiderte sie. »Wie lange dauert der Kurs?«
»Eine Woche. Selbstverständlich übernimmt die Firma sämtliche Kosten. Sie müßten sich nur noch anmelden.«
»An wen muß ich mich wenden?«
»An mich. Sie können direkt an mich schreiben.«
Jetzt nahm Dee allen Mut zusammen und sagte: »Es tut mir leid, daß ich Charlie in Schwierigkeiten gebracht habe. Er macht seine Arbeit sehr gut, und er verdient es wirklich nicht, meinetwegen Schwierigkeiten zu bekommen.«
»Freut mich, daß Ihnen Ihr Chef so am Herzen liegt«, spöttelte Peter. »Heute früh haben Sie ihm sogar einen Ring gegeben, höre ich.«
»Oh, ich habe das alte Ding gefunden und ihm verkauft. Hat er Ihnen den Ring gezeigt?«
»Ja. Woher haben Sie ihn?«
»Ich habe ihn gefunden, als ich noch ein Kind war.«
»Und wo haben Sie ihn gefunden?«
Sie sah ihm ins Gesicht; sein Blick durchbohrte sie, dann senkte er die Augen – als wäre er zufrieden mit dem, was er entdeckt hatte – und musterte den Kaffeelöffel. »In Kilashane ...«
»Wie alt ist er?«
»Ich weiß nicht; ich habe ihn gefunden, als ich noch ganz klein war.« Dee nahm ihren ganzen Mut zusammen und sah ihm in die Augen. »Warum interessieren Sie sich dafür? Ist der Ring wertvoll?«

Eggli lächelte. »Das Original wahrscheinlich schon. Sie haben Charlie natürlich nur eine Kopie verkauft. Mindestens vierundzwanzig Stunden alt, schätze ich. Und Sie?«
Dee wurde knallrot. »Ich weiß nicht.«
»Nein?« Er beugte sich vor. »Sehen Sie, Dee, ich will Ihnen auch etwas verraten. Auf dem Siegel ist das Emblem einer Gesellschaft, die ihren Sitz in Luxemburg hat – eine Vereinigung nach Art der Freimaurer, nur viel älter. Am Original des Rings wäre ihnen sehr viel gelegen. Falls Sie es also zufälligerweise auch noch finden, würde ich es sehr gern einmal in Augenschein nehmen. Dann könnte ich Ihnen sagen, wieviel es ungefähr wert ist.«
»Sind Sie Mitglied dieser Gesellschaft?« fragte Dee.
»Sehe ich aus, als würde ich zu einem Geheimbund gehören?« grinste er.
»Ja.«
Er lachte. »Es ist nicht das Gold, das den Ring so wertvoll macht«, fuhr er dann fort, »sondern sein Alter und seine kunstvolle Verarbeitung. Für einen Sammler wäre er natürlich besonders interessant.« Wieder musterte er Dee durchdringend. »Und vielleicht wären Sie ohne ihn sogar besser dran!«
»Warum?«
Er zuckte die Achseln. »Was wäre beispielsweise, wenn Sie ihn verlieren? Ist er versichert?«
»Nein. Was meinen Sie? Wieviel ist das Original wert?«
»Als Antiquität könnte er mehrere hundert Pfund wert sein.«
Dee holte tief Luft. »Soviel ..., sind Sie ganz sicher?«
»Natürlich ist es nur eine Schätzung«, erklärte er. »Ich bin kein Juwelier. Aber als Sammlerstück – dafür bekommt man mehr – könnte es auch einen Tausender einbringen. Natürlich müßte man den richtigen Sammler finden, einen, der etwas mit der Gesellschaft zu tun hat, von der ich Ihnen erzählt habe.«

Einen Moment brachte Dee kein Wort heraus. Tausend Pfund! Ein Jahreslohn. Das war unglaublich, und sie mißtraute dieser Behauptung zutiefst. Dann fragte Eggli: »Wem gehört Kilashane, wo Sie den Ring gefunden haben?«
Dee wurde wieder rot. »Niemandem. Es ist vollkommen verwahrlost. Ich bin doch keine Diebin!«
Eggli lehnte sich zurück, runzelte die Stirn und meinte tadelnd: »Liebes Mädchen, ich hoffe doch, daß ich nichts in diese Richtung angedeutet habe.«
»Entschuldigen Sie, Mr. Eggli – Peter. Ich wollte nicht... Ich muß jetzt gehen, sonst komme ich zu spät.«
Er tätschelte ihre Hand, eine Geste, die gleichzeitig vertraulich und unverbindlich war. Seine warme Hand löste ein Kribbeln aus, das sich ihren ganzen Arm hinaufzog. Es war eine heftige Empfindung, als würde ihr Körper etwas wiedererkennen, als erhöbe etwas in ihr Anspruch auf diesen Mann. Ob er es wohl auch gespürt hatte? Doch er wirkte vollkommen gelassen.
»Vergessen Sie den Kurs in Brüssel nicht. Im August. Übrigens ist Brüssel eine interessante Stadt, vor allem in historischer Hinsicht.«
Dee war in Gedanken noch ganz mit seiner elektrisierenden Berührung beschäftigt, aber sie antwortete, sie würde an den Kurs denken. Dann stand sie auf und sah sich um. Die Kantine war fast leer, die Wanduhr zeigte Viertel nach zwei. Rasch ging Dee zur Glastür. Dort sah sie ihr Spiegelbild: eine junge Frau in einem hellgrauen Kostüm und einer blauen Leinenbluse.
Peter lehnte sich in seinem Stuhl zurück und blickte ihr nach. Als sie außer Sicht war, holte er ein Notizbuch heraus und schrieb etwas mit seinem goldenen Kugelschreiber hinein.
Charlie saß an seinem Tisch und diktierte Liz. Als Dee ins vordere Büro trat, blickte er auf, wandte dann aber den Kopf ab.

Dee kam an die Zwischentür. »Charlie, es tut mir sehr leid. Mr. Eggli hat mir gesagt ...«
»Hoffentlich sind Sie zufrieden mit Ihrer Leistung!«
»Bitte, Charlie. Ich habe Eggli gebeten, sich die Sache noch einmal durch den Kopf gehen zu lassen«, wandte sie kläglich ein.
Auf einmal war Dee sicher, daß Charlie in Wirklichkeit gar nicht so am Boden zerstört war, wie er tat. Irgend etwas an seinem Verhalten erweckte den Verdacht, daß er ihr etwas vormachte.
»Aha, er scheint ja wirklich einen Narren an Ihnen gefressen zu haben!« meinte Charlie.
»Nein«, widersprach Dee. »Er wollte mich nur informieren, daß der Kurs in Brüssel im August stattfindet.«
Abends, als sich Dee auf den Nachhauseweg machten wollte, schüttelte Charlie ihr die Hand und sagte: »Wollen wir wieder Freunde sein, ja?«
Dees Gesicht hellte sich auf.
»Sie sollten unbedingt nach Brüssel fahren«, riet er ihr ernst. »Und diesen Kurs besuchen. Es wäre genau das richtige für Sie, und in dieser Firma gibt es gute Aufstiegsmöglichkeiten für Leute, die nicht so dumme Fehler machen wie ich.« Dann sah er sich um und fuhr mit gesenkter Stimme fort: »Aber seien Sie vorsichtig mit Eggli. Lassen Sie sich nicht von ihm täuschen!« Dee runzelte die Stirn. »Und außerdem, Dee«, ergänzte er. »Wenn Sie je noch einen Ring wie diesen hier finden – zum Beispiel einen aus Gold –, dann denken Sie doch bitte als erstes an mich, ja?«
Nur um ihn endlich loszuwerden, nickte Dee. Als sie die Stufen zum Empfang hinunterging, entdeckte sie Peter Eggli in einem der Kunstledersessel. Er las die *Evening Post* und sah lächelnd zu ihr auf.
»Hallo.«
»Hallo«, antwortete Dee. »Ich dachte, Sie wären schon weg.«

»Sind Sie jetzt enttäuscht?«
Sofort wurde Dee wieder rot. »Warum sollte ich enttäuscht sein?« erwiderte sie gespielt ernsthaft. »Das würde ja heißen, ich hätte mir irgendwelche Hoffnungen gemacht.«
Sie sah, wie seine Augen interessiert aufleuchteten. »Und was muß ich tun, um Hoffnungen zu erwekken?«
»Hoffnungen worauf?«
»Daß Sie sich Hoffnungen machen.«
Dee spürte, daß das Gespräch außer Kontrolle geriet. »Hoffnung macht man sich in alle Ewigkeit«, meinte sie schnoddrig und wünschte, es wäre ihr etwas Schlagfertigeres eingefallen.
Er grinste. »Aber die Ewigkeit dauert so lange«, murmelte er betrübt. »Ungefähr so lange, wie man braucht, um in dieser Stadt ein Taxi zu erwischen.«
»Warten Sie auf ein Taxi?«
Wie aufs Stichwort hielt in diesem Moment ein Wagen vor der Tür. Peter stand auf und nahm seine Aktentasche.
»Begleiten Sie mich auf einen Drink, Dee? Falls Sie Zeit haben ...«
»Ich dachte, Sie müssen Ihren Flug erreichen?«
»Der geht erst um neun – wir haben genug Zeit!«

Das Taxi setzte sie vor dem *Russell Hotel* an der Ecke von St. Stephen's Green ab. Dee war noch nie im *Russell* gewesen; es war sehr teuer, denn das georgianische Herrenhaus beherbergte das exklusivste Hotel von ganz Dublin.
Der Portier hielt ihnen mit einem »Guten Abend, Sir, guten Abend, Madam« die Tür auf. Dee ging voran durch die Eingangshalle und von dort in den Salon auf der rechten Seite. Über dem Marmorkamin hing ein riesiger antiker Spiegel; davor standen auf einem dikken, weichen Teppich mehrere gemütliche Sessel und

Sofas. Kaum hatten sie Platz genommen, erschien auch schon ein Kellner.
»Was möchten Sie trinken, Dee?« fragte Peter.
»Heute schlage ich mal über die Stränge – ich möchte eine Bacardi-Cola, bitte.«
Für sich bestellte Peter Whiskey mit Soda. Als die Getränke kamen, nippten sie ein paar Minuten schweigend. Dann lehnte sich Peter mit einem Seufzer der Erleichterung im Sofa zurück.
»Auf den heutigen Tag habe ich mich nicht gefreut«, sagte er nach einer Weile. »Außer auf Sie natürlich!«
Viel zu überrascht, um zu reagieren, griff Dee nach der kleinen Schale mit Erdnüssen, steckte sich ein paar in den Mund und kaute nachdenklich.
»Anscheinend überrascht Sie das.«
»Ich bin auch überrascht! Sie kennen mich doch kaum.«
»Im Gegenteil! Ich weiß eine ganze Menge über Sie.«
Verblüfft sah Dee ihn an. »Zum Beispiel?«
»Sie sind eine sehr kompetente junge Frau, kreativ und klug, für die Werbebranche wie geschaffen. Ich bin sicher, daß Sie es in der Firma weit bringen werden.« Dee entspannte sich – Egglis Interesse an ihr war also rein geschäftlich. Sicher, das war nur recht und billig, aber sie spürte trotzdem einen Stich der Enttäuschung. »Und natürlich«, fügte er hinzu, »finde ich Sie auch als Mensch sehr interessant. Schon bei unserer ersten Begegnung hatte ich das seltsame Gefühl, daß wir uns kennen! Haben Sie vielleicht dasselbe gespürt?«
Dees Mißtrauen kehrte zurück, noch heftiger als zuvor. Das war unglaublich! Sie sah Eggli an. »Nein«, erwiderte sie. »Leider nicht.« Um so besser, dachte sie, daß er endlich Farbe bekannt hat. Eigentlich hätte sie die Einladung ausschlagen sollen, aber sie hatte gedacht, es könnte ein netter Abend werden. Als nächstes landete wahrscheinlich seine Hand auf ihrem

Knie, aber so plump wie Charlie stellte er es sicher nicht an. Bestimmt kannte dieser Mann andere Tricks, dahinter steckte dann dieselbe Absicht. Eilig trank Dee ihre Cola mit Rum aus und sagte, sie müsse gehen. »Danke für den Drink, Peter ... Mr. Eggli.«
Er machte ein beleidigtes Gesicht.
»Müssen Sie wirklich schon gehen? Langweile ich Sie? Ich wollte Ihnen einen Tip geben, wo Sie den Ring schätzen lassen können.«
»Nein«, entgegnete Dee. »Natürlich langweilen Sie mich nicht. Aber ich muß jetzt gehen.«
»Darf ich Sie nach Hause bringen?«
»Himmel, nein, es ist doch erst halb sieben.«
Dee stand auf. Eggli erhob sich ebenfalls und streckte ihr die Hand entgegen. Dee nahm sie und fühlte augenblicklich die gleiche Resonanz, eine beinahe überwältigende Gewißheit, daß dieser Mann Macht über sie besaß. Die Berührung seiner Hand, seine Haut an ihrer – das war seltsam unmittelbar und fast intim.
Dee zog die Hand zurück, lächelte flüchtig und ging. Als sie die Straße überquert hatte, drehte sie sich noch einmal um und sah, daß er am Fenster stand und ihr nachschaute. Er hob die Hand und winkte ihr zu. Einen Moment lang erinnerte etwas an seiner Haltung, etwas an der Art, wie er ihr nachsah, an den Mann aus Dees Träumen.
Langsam ging sie zum Kanal. Der Bacardi hatte ihre Gedanken unangenehm benebelt, und sie setzte sich auf eine Bank, um wieder einen klaren Kopf zu bekommen. Ob sie sich kindisch verhalten hatte? Vielleicht hatte er gar keine Annäherungsversuche im Sinn gehabt, vielleicht hatte sie sein Verhalten falsch gedeutet. Vielleicht war sie einfach zu nervös. Die Vorstellung, daß er sie als leichte Beute betrachten könnte, war ihr unerträglich. Dann fiel ihr ein, daß er sehr wahrscheinlich verheiratet war; also brauchte sie sich überhaupt keine Vorwürfe zu machen. Und auf

alle Fälle hatte sie das ganze Theater um ihren Ring gründlich satt.
Doch eins stand fest: Sie würde den ganzen Abend allein in der Wohnung hocken. Laura würde spät nach Hause kommen. Sie war mit Ted verabredet, der sie abwechselnd mit Glück und mit Schuldgefühlen zu überhäufen schien. Im Fernsehen lief nichts Interessantes. Wenn sie sich ganz auf den Gedanken an Kilashane konzentrierte, konnte sie sich vorstellen, zu Hause im Garten wieder das Mädchen auf der Schaukel zu sein. Das Leben war wie eine Wochenschau: Laufend veränderte sich alles, und meistens hatte man keinerlei Einfluß darauf. Das Schicksal eines Menschen wurde viel stärker von den äußeren Umständen bestimmt als vom eigenen Willen.
Wenn sie dem Mann, der in ihren Träumen die Stufen von Kilashane herabschritt und auf sie zuging, in der realen Welt begegnen könnte, vielleicht würde sie sich dann nicht mehr als Außenseiterin fühlen, sondern endlich in der Gegenwart zu Hause sein, vielleicht würde sie dann die Welt verstehen, in der sie lebte. Seit jeher hatte sie auf eine Melodie gelauscht, hatte versucht, eine Tonfolge zu erkennen, die ihr die eigene Existenz begreifbar machte; doch jedesmal, wenn sie glaubte, etwas erkannt zu haben, war es ihr schon wieder entglitten.
Sie rief sich ins Gedächtnis, wie er auf sie zukam, seine leisen Schritte auf dem Rasen, während die Klaviermusik zart wie Kristall in der Abendluft schwebte. Zuerst glaubte sie, ihn wiederzuerkennen, doch gleichzeitig spürte sie den überwältigenden Wunsch zu fliehen. Warum erinnerte sie sich erst jetzt daran, daß er etwas gesagt hatte? Müde und erschöpft hatten seine Worte geklungen, doch sie waren ihr gefolgt, als sie durch die Rhododendronbüsche stolperte. »Sei nicht töricht«, hatte er gerufen. »Du läufst doch nur vor dir selbst weg!«

Wenn ich doch nur nicht dieses Gefühl hätte, dachte sie, dieses Gefühl, daß etwas Wichtiges passiert, etwas, was mich ganz direkt betrifft – und an das ich nicht herankomme. Wenn ich wüßte, was es ist, könnte ich auch damit umgehen.
Eine Weile grübelte sie darüber nach, warum sich sowohl Charlie als auch Peter Eggli so brennend für ihren Ring interessierten. War es pure Neugier, war es Habgier – oder vielleicht etwas ganz anderes?

Auf dem Heimweg überlegte Dee, ob sie Anna – ihre Cousine, die vor kurzem nach Dublin gezogen war – anrufen und für den Abend zu sich einladen sollte. Aber als sie heimkam, war sie todmüde. Sie briet sich ein paar Speckscheiben und Würstchen. Beim Essen stellte sie das Radio an und lauschte Bob Dylan.
Sie wippte im Takt mit dem Fuß und wartete gespannt auf die letzte Zeile jeder Strophe, auf die angenehme Kadenz, auf die Worte, die der Welt verhießen, daß alles sich veränderte: »The times, they are a-changing...«
Das Radio knisterte; sie schaltete es aus, wusch das Geschirr ab und ging dann ins Wohnzimmer, wo sie sich mit den Handelsblättern und drei Tageszeitungen, die sie von der Arbeit nach Hause gebracht hatte, ans Fenster setzte. Es gehörte zu ihren Aufgaben, die Zeitungen durchzusehen und alles anzustreichen, was für McGrath möglicherweise von Interesse war. Manche Artikel schnitt sie aus, klebte sie auf und verteilte diesen Pressespiegel dann an Charlie, Liam und die örtlichen Manager. Eine Kopie schickte sie stets nach Birmingham, und von dort wurde ihr Material je nach Gutdünken zusammen mit den britischen Veröffentlichungen nach Brüssel weitergeleitet – und dieser Nachrichtenfluß hatte zum derzeitigen Schlamassel geführt.
Während sie die Artikel durchging, dachte sie an Peter

Eggli. Einem Mann wie ihm war sie noch nie begegnet. Weder aggressiv noch schüchtern, sondern selbstsicher, fast überwältigend. Aber er kannte keine Skrupel, und das war ihr zuwider.
»Er ist berechnend«, sagte sie laut, um ihr Urteil zu bestärken. Doch die Erinnerung an seine Berührung wollte nicht weichen. Daß er sich nicht an die Grenzen und Perspektiven hielt, an denen sich alle anderen orientierten, war faszinierend; es kam ihr vor, als wüßte er, daß das Leben weder so war, wie es schien, noch, wie man es gemeinhin darstellte, sondern daß die Wirklichkeit verschiedene Ebenen besaß, Schicht um Schicht, die nicht allen Menschen zugänglich waren.
Als Laura das Licht anknipste, schrak Dee aus ihren Grübeleien auf.
»Herrgott, du hast mir aber einen Schrecken eingejagt! Ich dachte, du bist ausgegangen. Warum sitzt du hier im Dunkeln?«
»Ich träume bloß! Hattest du einen netten Abend?«
»Na ja, ziemlich durchwachsen.«
Dee wandte sich zu ihrer sonst so munteren Freundin um. »Intimität schafft eine enge Bindung, ja – oder ist es andersrum?«
Laura stöhnte und strich sich die langen, seidigen Haare aus dem Gesicht. Zu ihrer Hose trug sie eine Satinbluse, die sie bei *Biba's* in London gekauft hatte.
»Um Himmels willen, werd jetzt bloß nicht oberschlau!«
»Was habt ihr denn gemacht?«
»Wir waren im *Paradiso,* mit einem vom Teds Freunden, einem Kerl aus Wicklow. Hühnchen chez soi.«
»Meinst du damit den Knaben oder euer Essen?«
»Sehr witzig. Wir haben Hühnchen gegessen. Der Knabe hat irgendwas studiert, ist Anti-Alkoholiker – und er hatte sogar einen Pfadfinder-Anstecker! Und er ist Mitglied beim Opus Dei! Mich lehnt er in Bausch

und Bogen ab. Vermutlich hat Ted ihm erzählt, daß wir miteinander geschlafen haben.«

Sie lachten, aber als Dee sich zu ihrer Freundin umwandte, merkte sie, daß Laura den Tränen nahe war.

»Ich hasse es, wenn man ich als Hure abstempelt. Da schenkt man einem Mann etwas Wundervolles, und er kann es gar nicht abwarten zum Brandeisen zu greifen. Und dieser Mensch vom Opus Dei – etepetete, gönnerhaft, immer auf der Flucht vor echten Erfahrungen und immer darauf aus, andere zu manipulieren.«

Dee lächelte. »Möchtest du eine Tasse Tee?«

Laura hüstelte. »Scheiße!« sagte sie dann ärgerlich. »Ich möchte, daß das Leben immer phantastisch ist. Ich laß mich nicht fertigmachen, ich laß mich nicht wegen meiner eigenen Großzügigkeit kleinmachen!«

Laura ging ins Schlafzimmer und Dee in die kleine, fensterlose Küche, wo sie das Neonlicht anknipste und ihre Kaffeetasse auswusch. Dann nahm sie die Kette vom Hals und betrachtete den Ring im grellen Licht, bevor sie ihn in die Tasche steckte.

Laura lag bereits im Bett, wach und mit glänzenden Augen, als Dee sich auszog.

»Laura«, flüsterte Dee, »Hast du ein Buch über die Inquisition?«

»Versuch's doch mal mit der *Larousse Encyclopaedia of Modern History.* Sie steht am Rand der zweiten Reihe«, antwortete Laura und deutete auf das eng bepackte Bücherregal in der Ecke. »Die fängt ungefähr im Jahr 1500 an.« Dee fand das dicke Buch sofort, studierte den Einband mit dem Gemälde von Pieter Brueghel dem Älteren und wollte es gerade mit ins Bett nehmen, als in der Diele das Telefon klingelte. Dee warf einen raschen Blick auf den Wecker auf dem Nachttisch. Kurz vor elf! Seufzend ging sie hinaus, nahm den Hörer ab und meldete sich. Ein Zischen kam aus der Leitung, dann eine Stimme: »Das klingt

ja, als wären Sie hellwach! Ich hatte schon Angst, Sie wären im Bett.«
Wer war das? Dee kannte die Stimme genau. »Dee«, fuhr der Anrufer fort, durch ihr Schweigen offenbar etwas verunsichert, »Sie sind es doch, oder?«
»Ja, Peter.«
»Ich rufe aus Brüssel an. Ich möchte, daß Sie mir etwas versprechen.«
»Was denn?«
»Selbst wenn der Ring, von dem wir gesprochen haben – also das Original – sich in Ihrem Besitz befindet, lassen Sie ihn sich nicht abkaufen. Zeigen Sie ihn keinem Menschen ... Verraten Sie Charlie nicht, daß Sie ihn haben. Das ist sehr wichtig, Dee.«
»Warum?«
»Vertrauen Sie mir, Dee. Ich werde in zwei Wochen wieder in Irland sein. Gehen Sie dann mit mir essen?«
Dee holte tief Luft und entgegnete lachend: »Ich gehe nicht mit verheirateten Männern aus.«
Sein Lachen knisterte in der Leitung. »Ach, Dee, ich bin doch nicht verheiratet. Ist dann alles in Ordnung?«
»Hätte ja sein können.«
»Dann werden Sie also ... mit mir essen gehen?«
Nur einen winzigen Moment zögerte Dee. »Okay ...«
»Oh«, meinte er. »Sie sprühen ja geradezu vor Begeisterung!«
»Gute Nacht ... Peter.«
Als sie wieder ins Schlafzimmer kam, fragte Laura: »Wer war das?«
»Jemand aus Brüssel!«
»Machst du Witze?«
Ohne zu antworten, zog Dee ihren Morgenmantel aus, schlüpfte ins Bett, nahm den *Larousse* und tat, als würde sie lesen.
»Wer war es?« wiederholte Laura neugierig und stützte sich auf die Ellbogen.

»Ein Kerl namens Peter Eggli.«
»Das große Tier aus Brüssel? Ich dachte, den magst du nicht?«
Dee legte das Buch weg. »Natürlich mag ich ihn nicht! Er hält sich für Gott persönlich. Irgendwie macht er mir Angst.« Sie lächelte. »Andererseits ... vielleicht mag ich ihn doch ein bißchen. Er ist jedenfalls sehr interessant! Heute abend habe ich im *Russell* etwas mit ihm getrunken.«
Laura setzte sich auf. »Ach du heiliger Strohsack! Im *Russell!* Du bist mir vielleicht eine! Und jetzt ruft er dich aus Brüssel an. Den muß es ja schlimm erwischt haben ...«
»Nein, er ist bloß hinter dem alten Ring her, den ich vor Jahren in Kilashane gefunden habe. Angeblich besitzt das Ding irgendeinen geheimen Wert – als Sammlerobjekt oder was.«
»Hast du ihn schätzen lassen?«
»Nein, noch nicht.«
»Hmm«, brummte Laura, »wahrscheinlich stellt sich raus, daß er irgendeinem Götzen in Katmandu gehört und ein Vermögen wert ist. Glaub bloß nicht, daß der kleine Belgier aus purer Neugier hinter dem Ding her ist.«
Endlich war Laura wieder in Form. Dee grinste. »Der Ring stammt nicht aus Katmandu. Und er ist kein Belgier, sondern Amerikaner.«
»Noch schlimmer. Der läßt sich ja nicht mal abhalten von dem Fluch ...«
»Von welchem Fluch?«
Laura stieß ein lautes Banshee-Geheul aus: »Vom schrecklichen Fluch des Grünen Götzen.«
»Laura, sei doch bitte leise«, zischte Dee und zeigte zur Tür. »Andere Leute wollen vielleicht schlafen.«
»Das sollten sie sich lieber noch mal überlegen«, entgegnete Laura, wenn auch kleinlaut. »Na ja, du weißt ja, was ich meine.

Wie beim Grab von Tut-ench-Amun – du kennst doch das Schicksal, das Lord Soundso ereilt hat.«
»Lord Carnarvon ist an einem Wespenstich gestorben, der sich entzündet hat«, erklärte Dee ungeduldig.
»Es war mal ein Kerl aus Tralee«, dichtete Laura versonnen, »den stach in den Kopf eine Bie-«
Dee seufzte laut. Wenn Laura in dieser Stimmung war, bekam man kein vernünftiges Wort mehr aus ihr heraus.
Laura lachte ein wenig zerknirscht. Doch dann sagte sie plötzlich: »Himmel – hast du eigentlich den Brief gekriegt?«
»Welchen Brief?«
»Ich hab ihn in die Schublade gelegt, am Samstag, als ich in einem Anfall von Putzwut Staub gewischt habe.«
»In welche Schublade?«
»In die vom Sideboard.«
Dee stieg aus dem Bett und holte den Brief. Auf dem Umschlag erkannte sie Colins Handschrift.

Lieber Kobold,

Danke für die Geburtstagsgrüße. Entschuldige, daß ich Deinen vergessen habe, aber im Nachhinein HERZLICHEN GLÜCKWUNSCH!
Ich freue mich, daß bei Dir alles so gut läuft. ITU gehört wirklich zu den ganz Großen, und ich sehe schon, wie du zu Ruhm und Ehren kommst und eine wilde Kapitalistin wirst. Aber ich vermisse Dich, trotz allem.
Inzwischen habe ich einen anständigen Arbeitgeber und kann mit dem Segen des Chefredakteurs nach Herzenslust herumschnüffeln (Du würdest es wahrscheinlich nicht billigen). Wenn ich wieder mal auf die Grüne Insel komme, möchte ich Dich gern wiedersehen.

Alles Liebe
Colin

P. S. Eins ist vielleicht noch interessant für Dich – bei ITU in Brüssel arbeitet ein äußerst merkwürdiger Typ. Er gehört zu irgendeiner Super-Geheim-Organisation mit einer Unmenge Geld, Quelle unbekannt. Ich weiß zwar noch nicht alles, aber es steht fest, daß er jede Menge Dreck am Stecken hat, und ich bin schwer am Schnüffeln!

Dee zeigte Laura den Brief, die sich im Bett aufsetzte, um ihn zu lesen. »Typisch Colin«, meinte Dee. »Tarnt seine Neugier als Idealismus – mit einer Prise Boshaftigkeit.«

»Er wird es sicher weit bringen, und er klingt sehr nett«, sagte Laura. »Aber wer ist wohl der Kerl, von dem er schreibt?«

»Keine Ahnung«, erwiderte Dee achselzuckend.

Dann ging sie zurück ins Bett und nahm sich wieder die Enzyklopädie vor. Laura vergrub sich in ihren Kissen, als hätte sie nun doch den Entschluß gefaßt, zu einer vernünftigen Uhrzeit einzuschlafen.

»Laura ...«

»Was?«

»Hast du schon mal was von einem abtrünnigen Inquisitor gehört? Nach Charlies Erzählungen war das ein Mann aus Venedig.«

»Venedig geht dir wohl nicht mehr aus dem Kopf!«

»Seit der Überschwemmung letzten November hat man eben soviel darüber gehört.«

»Ein abtrünniger Inquisitor, fürwahr!« wiederholte Laura. »Das ist überhaupt nicht ihr Stil! Das waren doch alles Herdentiere!«

Ihre Stimme klang gedämpft aus den Kissen. »Allerdings gab es einen ganz merkwürdigen Burschen, der etwas mit dem Tod einer Hexe, der sogenannten Dame von Florenz zu tun hatte.«

»Wer war sie?«

»Oh, irgendeine Frau, die keine Lust hatte, sich

linientreu zu verhalten. Offenbar eine überzeugte Individualistin, eine von denen, die ihren Prinzipien um jeden Preis treu bleiben und sich keinem Menschen unterwerfen. Und er ist ihr verfallen, mit Haut und Haaren! Und hat dem Papst zu verstehen gegeben, er könne ihm den Buckel runterrutschen.«
»Wovon war sie denn so überzeugt?«
»Sie hat gesagt, die Kirche würde lügen und deshalb könne sie ihr nicht dienen. Und in jener Zeit war es ziemlich mutig, so was von sich zu geben, das kannst du mir glauben.«
Diese Information mußte Dee erst einmal verdauen. »Steht das in dem Buch hier?« fragte sie dann.
»Nein, das wird totgeschwiegen. Die orthodoxe Geschichtsschreibung ist zensiert, da muß man schon in abgelegeneren Quellen rumstöbern! Dort findet man sowieso die interessanteren Geschichten.«
»Aber vielleicht ist es gar nicht wahr!«
»Himmel, Dee, wer würde denn eine gute Geschichte um der Wahrheit willen verderben?« lachte Laura. »Aber ernsthaft: egal ob orthodox oder nicht – wie kann die Geschichtsschreibung angesichts der unvermeidlichen Voreingenommenheit der Historiker jemals die objektive Wahrheit wiedergeben?«
»Laura ...«
»Was?«
»Was hältst du von Reinkarnation?«
»Nichts. Und ich halte auch nichts vom Frühaufstehen, aber du siehst ja, wohin das führt!«
Dee verstand den Wink und knipste das Licht aus.

DREIZEHNTES KAPITEL

»Was muß ich tun, um gerettet zu werden?«
»Gehorchen.«
»Wenn ihr auf meinen Gehorsam angewiesen seid«, entgegnete sie weinend, »dann seid ihr die Sklaven.«
Der Inquisitor tadelte ihre Kühnheit nicht.

Tagebuch eines Zeugen

JENNY GING zur National Gallery. Langsam überquerte sie den Trafalgar Square und sah dabei zu den Löwen empor, auf denen sie als Kind so gerne herumgeklettert war. Während sie sich dem Säulengang vor der Galerie näherte, wuchs ihre Anspannung, und sie bekam ein flaues Gefühl im Magen. An der Tür drehte sie sich um und nahm wie im Traum den Verkehr wahr, der um den Platz kreiste und in Richtung Whitehall floß. Hier im Herzen des Empire stand ein Zeitungsjunge mit dem *Evening Standard* und rief den Namen seines Blattes aus; Tauben versammelten sich im Zentrum des Platzes um die Brunnen, pickten die Krümel auf, die die Touristen ihnen zuwarfen und flatterten plötzlich in die Höhe, wenn jemand sie störte. Bald würde die Dämmerung hereinbrechen und überall in London würden die Lichter angehen.
In der Eingangshalle vor den Ausstellungsräumen entdeckte sie ihn. Aufmerksam beobachtete Theo die Tür; die dunklen Haare hatte er zurückgekämmt, und er stützte sich auf einen Stock. Er trug einen Kaschmirmantel, Hut, Schal und Handschuhe. Einen Augenblick standen sie sich gegenüber und sahen sich unverwandt an. Dann wandte sie sich um und wollte weggehen. Doch sofort hörte sie hinter sich das eilige Klicken seines Stockes auf den Fliesen, und gerade als

sie die Schwelle überschritt, umfaßte seine Hand ihren Ellbogen.
»Warten Sie! Bitte, Jenny!«
»Ich bin mit dem Bruder Ihrer Frau verheiratet«, flüsterte sie, an eine der Säulen gelehnt. »Warum haben Sie es ausgerechnet auf mich abgesehen?«
Er lächelte, als wollte er ein Kind beschwichtigen. »Sie kennen die Antwort. Deshalb sind Sie ja hier.«
»Was haben Sie mir zu sagen?«
Er nahm ihre Hand und legte sie in seine Armbeuge. »Ich möchte Ihnen etwas zeigen.«
Sie gingen gemeinsam in die Galerie zurück, die in Kürze schließen würde. Zielbewußt führte er sie in den Raum der italienischen Schule, blieb vor einem Bild stehen und bedeutete ihr mit einem leichten Kopfnicken, es sich anzuschauen.
Als sie zu dem Porträt in dem schweren Goldrahmen hinaufblickte, hatte sie einen Augenblick das Gefühl, als legten sich kalte, tote Finger um ihren Hals: Es war der Magier, und zwar fast genau so, wie sie ihn selbst auf die Leinwand gebracht hatte! Die Legende unter dem Bild lautete schlicht: *»Venezianischer Edelmann«, Cetterini,* ca. 1601. Wie angewurzelt stand sie da und starrte das Bild an. Sie hörte eine Stimme, die das baldige Schließen der Galerie ankündigte. Aber sie konnte die Augen nicht von dem Bild losreißen. Es war ein kraftvolles Gemälde, die Farben alt und dunkel, doch die zusammengekniffenen Augen waren lebendig und musterten sie durchdringend. Das schmale Gesicht und die Nase sahen genauso aus wie auf ihrem eigenen Gemälde, ebenso der von dem Schnurrbart und dem Knebelbärtchen halb verdeckte Mund – der Unterschied bestand lediglich in der Ausführung, nicht im Motiv. Dann spürte sie einen sanften Druck auf ihrem Arm.
»Wir müssen gehen!«
Auf dem Weg zurück zum Ausgang sagte sie: »Ich

habe selbst ein ähnliches Bild gemalt, es ist bei mir zu Hause.«
»Ich weiß.«
»Woher wollen Sie das wissen?« fragte sie, ohne ihn anzusehen. »Hat Andrew es Ihnen erzählt?«
»Nein. Ich weiß mehr, als mir lieb ist.«
Eine Weile schwieg sie nachdenklich, dann wandte sie sich zu ihm um und erklärte: »Wissen Sie, er sieht genauso aus wie der Mann, den ich gemalt habe..., und das verstehe ich nicht!«
»Es gibt mehr Dinge zwischen Himmel und Erde«, begann er zu rezitieren, aber Jenny fiel ihm ärgerlich ins Wort: *»Als unsre Schulweisheit sich träumen läßt*, ich weiß, ich habe in der Schule auch *›Hamlet‹* gelesen...«
»Wahrscheinlich haben Sie das Gemälde schon einmal gesehen, als Sie hier waren!«
»Daran erinnere ich mich nicht.«
Jenny schüttelte ratlos den Kopf. Natürlich muß es so gewesen sein, schalt sie sich selbst, ich habe diesen Edelmann bestimmt hier gesehen und sein Bild dann unabsichtlich kopiert. Aber ich erinnere mich nicht daran, ihn gesehen zu haben. Und ich wüßte es doch, wenn ich ihn gekannt hätte – ganz sicher!
Vor einem Stilleben, einem üppigen Rosenbukett, blieb sie stehen.
»Mögen Sie Blumen?«
»Natürlich. Rosen ganz besonders. Gramps – mein Großvater – hat sie sehr geliebt.«
An der Tür wurde ihr auf einmal schwindlig. »Es ist irgend etwas los, und ich werde krank davon. Was passiert nur mit mir, Theo?«
»Nichts«, flüsterte er und nahm ihren Arm, »und alles. Wir stehen an der Tür zur Nationalgalerie und ebenso am Tor zur Zukunft. Schon bald werden wir die Stufen ins Morgen hinabsteigen...«

Draußen regte sich kein Lüftchen; es war feucht und roch nach Abgasen. Theo winkte mit seinem Stock ein Taxi herbei. Sie stiegen ein, und schon bald befanden sie sich mitten im abendlichen Verkehr.
»Es gibt Smog heute nacht«, meinte er. »Es fängt schon an.«
Er beschrieb dem Fahrer den Weg, und das Taxi bog in Richtung Themse und Westminster ein. Gegenüber der Westminster Abbey erhob sich Big Ben majestätisch über dem Parlament. Der Wagen passierte die kriegerische Boadicea, die ihre Pferde einer ungewissen Zukunft entgegenpeitschte.
»Wohin bringen Sie mich?«
»An einen Ort, an dem ich ungestört mit Ihnen reden kann.«
Theo steckte sich eine Zigarre an; ihr aromatischer Rauch machte Jenny schläfrig.
»Sie müssen mich heimbringen.«
»Jetzt gleich?«
»Ja.«
Er antwortete nicht sofort, sondern neigte nur den Kopf zu ihr. »Jenny«, murmelte er dann, »Sie sind durcheinander. Aber ich werde Sie nach Hause bringen.«
Erschöpft ließ sie sich in den Taxisitz zurücksinken; sie wollte nur noch schlafen. »Ich bin müde.«
»Dann schlafen Sie.«

Später fragte sich Jenny, ob sie geträumt hatte. Sie erinnerte sich an ein Apartmenthaus aus rotem Backstein: darin ein mit Teppichen ausgelegter Korridor, ein traditionelles Wohnzimmer mit einer Chesterfield-Sitzgarnitur, ein Bücherschrank mit Glastüren, ein Eßtisch mit herunterklappbaren Seitenteilen, ein kleines Sideboard mit einem Krug und Gläsern. Im offenen Kamin loderte ein Feuer. Es roch nach Möbelpolitur. Die flaschengrünen Samtvorhänge waren zugezogen.

»Wem gehört diese Wohnung?«

»Den O'Reillys. Hier hat der alte Herr gewohnt, als er Parlamentsmitglied war. Haben Sie Hunger?« fügte er hinzu.

»Nein.«

»Haben Sie irgendeinen Wunsch, den ich Ihnen erfüllen könnte?« Jenny schüttelte den Kopf.

»Ziehen Sie doch wenigstens den Mantel aus.«

Mechanisch gehorchte sie und legte den Mantel auf einen Stuhl. Er schüttete Kohlen aufs Feuer, so daß es zischte und eine rußige Flamme in den Schornstein stieg.

»Ihnen ist noch kalt. Kommen Sie ans Feuer.«

»Nein«, entgegnete sie. »Ich bin nicht gern so nah am Feuer.«

»Warum setzen Sie sich dann nicht?«

Gehorsam nahm sie auf der Couch Platz. Er schenkte etwas aus dem Krug in ein Glas und reichte es ihr.

»Was ist das?«

»Brandy.«

Sie nippte daran und sah zu, wie er seinen Mantel auszog und sich in einen Sessel ganz nah am Kamingitter setzte. Er selbst nahm sich nichts zu trinken, sondern beobachtete sie. Als sie ihr Glas wegstellte, bemerkte sie, daß er seine Uhr aus der Tasche gezogen hatte und mit der silbernen Kette spielte. Wie ein Pendel schwang die Uhr hin und her, und ohne nachzudenken verfolgte Jenny ihre Bewegung.

Die Wärme des Brandys strömte durch ihren Körper, sie lehnte sich im Sofa zurück und spürte, wie die Angst von ihr wich.

»Jenny, Jenny, du bist in Sicherheit. Nirgends auf der Welt bist du sicherer als hier ...«

Sie hörte die Worte ohne Klang, hörte ihren eigenen Namen wie einen Sprechgesang. Der aromatisch duftende Rauch, die Wärme des Brandys, der Rhythmus der Uhrkette, der Ton seiner Stimme – das alles versetzte sie in einen Zustand der Reglosigkeit, in dem sie sich außerhalb von Gegenwart und Vergangenheit befand und sich um die Zukunft keine Gedanken machte. Ohne sich darüber zu wundern, sah sie, daß Theo von einem farbigen Lichtkreis umgeben war, während das restliche Zimmer im Dunkeln lag. Was ist mit meinen Augen los, fragte sie sich, doch der Gedanke machte ihr keine Angst.

Sie sah, wie er sich vorbeugte, mit konzentriertem Blick und leuchtenden, schwarzen Pupillen. »Sag mir – was siehst du, wenn du die Augen schließt?«

Als sie es tat, fühlte sie die Grenzen der Gegenwart dahinschmelzen. Sie sah die grob behauenen Steinwände, die Instrumente an den Haken, roch das Harz der tropfenden Kerzen in ihren Leuchtern. Der Folterknecht war nackt bis zur Hüfte; sein südländisches Gesicht war finster. Doch der Inquisitor stand neben ihm und beobachtete alles, grausam wie der Tod.

Jenny rang nach Luft. »NEIN ... NEIN!« Als sie ihre eigene Stimme hörte, verschwand die Szene, und vor ihr erschienen die grünen Londoner Samtvorhänge, das schwelende Feuer und Theo, der sie mit bleichem Gesicht musterte.

»Vergib ihm ... er wußte nicht, was er tat.«

Sie antwortete nicht.

»Und sie liebte ihn trotz allem?« fragte er. »Sag es mir, sag mir, daß sie ihn am Ende doch geliebt hat.«

Doch Jenny wandte den Kopf ab. Die verblassenden Traumbilder tanzten in ihrem Kopf.

»Du bist verrückt«, flüsterte sie schließlich. »Wie hätte sie ihn lieben können?«

»Anfangs war er ihr Feind, aber am Ende kannte er sie durch und durch. Wenn jemand dich durch und durch kennt, Jenny, dann bist du an ihn gebunden. Und er kannte auch sich selbst, alle Schichten seiner Seele, er wußte, was aus ihm hätte werden können, denn er kannte seinen Wert.«

Jenny schüttelte den Kopf.
»Sie wurde seine Rettung. Du mußt gesehen haben, daß er sie geliebt hat und sie nicht gehen lassen konnte.«
»Er war verdammt.«
Jetzt schüttelte Theo den Kopf. »Sag mir, was du brauchst, was du willst. Du sollst es haben ...«
Jenny antwortete nicht. Noch immer fühlte sie die Trägheit, die ihr einen Moment lang erlaubte, an derartige Versprechen zu glauben. Sie kam sich vor wie ein Verdurstender, der in eine Höhle voller Edelsteine gestolpert ist – nur lag die Höhle mitten im Niemandsland und sie selbst hatte nicht einmal Taschen. Doch sie ließ ihm seinen Willen und antwortete: »Glück.«
Seine Miene verfinsterte sich. »Glück kann dir niemand schenken. Du mußt es für dich selbst wählen.«
»Na, also. Und du hältst dich für so unendlich klug«, entgegnete sie lächelnd. »Wahrscheinlich glaubst du auch, daß ich in die National Gallery gekommen bin, um dich zu treffen?«
»Etwa nicht? Weshalb denn sonst?«
Ihr Kichern milderte die Spannung zwischen ihnen. »Weil Fandango – mein Kater – wiedergekommen ist!«
Jetzt lachten sie beide. »Ich hatte Angst, er wäre tot«, erklärte Jenny weiter. »Aber plötzlich war er wieder da ...«
Theo hörte Jennys Geschichte aufmerksam zu.
»Dein Mann, der dich unglücklich macht – den könnten wir uns vorknöpfen«, murmelte er fast unhörbar.
Das riß Jenny aus der Lethargie, die sie zu überwältigen drohte. »Nein! Es steht dir nicht zu, meine Fehler auszubügeln.«
»Was kann ich dir dann geben? Reichtum? Ruhm als Künstlerin? Sag es mir.«
»Nichts, was man sich aus einer Laune heraus wünscht, ist von Wert.«

Er seufzte. »Es muß doch etwas geben, was du dir wünschst!«
»Ich möchte nur leben«, erwiderte Jenny. »Jetzt nicht anders als damals.«
Sein Gesicht verschwamm vor ihren Augen und wurde wieder deutlich. Dann kniete er vor ihr nieder und liebkoste ihre Hände. Sie spürte, wie ihr Körper auf ihn reagierte, wußte, daß ihr Atem schneller ging und ihr Herz wild pochte.
»Komm«, sagte er sanft. »Ich zeige dir, was Leben ist.«
Sie antwortete nicht. Nach einer Weile nahm er ihre Hand und führte sie ins dunkle Schlafzimmer.

Als Jenny am nächsten Tag erwachte, fiel die Sonne durch einen Spalt im Vorhang. Zuerst wußte sie nicht, wo sie war, dann erkannte sie ihr eigenes Zimmer – oder eigentlich Gramps altes Zimmer: den Mahagoni-Kleiderschrank, die Kommode.
»Ich habe geträumt«, murmelte sie, schon halb vergessend, und schauerte wohlig bei der Erinnerung daran, wie sein Mund ihre Brust berührte.
›Die Maske, mein Liebling, wo ist sie?‹
›In Sicherheit.‹
›Gibst du sie mir?‹
Nur einen winzigen Augenblick hatte sie gezögert. *›Nein.‹*
Jetzt sprang sie aus dem Bett, warf ihren Morgenmantel über und setzte sich vor den Spiegel. »Was habe ich getan?« fragte sie das Gesicht, das ihr entgegenblickte. »Welch ein Traum! Warum habe ich nur so etwas geträumt?«
Es war Sonntag. Andrew war zu Hause, und sie hörte seine Schritte auf der Treppe. Als er ins Zimmer trat, nahm er sie mit einer raschen, inzwischen ungewohnten Geste in die Arme und drückte ihren Kopf an seine Schulter.
»O Jen, ich habe mir solche Sorgen gemacht. Du hast

geschlafen wie tot. Ich habe schon vor einer Weile versucht, dich zu wecken, weil du so schrecklich blaß ausgesehen hast, aber ich habe noch nie erlebt, daß jemand so fest schläft. Und das, nachdem du gestern so spät und ohne ein Wort zu sagen heimgekommen bist. Ist alles in Ordnung?«
Sie sah ihm in die Augen. »Andrew«, sagte sie langsam, »ich glaube, der Smog hat mir so zugesetzt. Und ich hatte einen sehr seltsamen Traum.«
»Was hast du denn geträumt?« fragte er sanft und strich ihr übers Haar. Wie er so da saß und seine verwirrte, süße Frau im Arm hielt, fühlte er sich auf einmal sehr liebevoll und männlich.
Jenny griff sich an den Kopf, und er ließ sie los. Sie vermied seinen Blick. »Es war ein seltsamer, verworrener Unsinn... eigentlich will ich gar nicht daran denken. Ich habe es sowieso schon beinahe wieder vergessen.«
»Was möchtest du heute unternehmen?«
»Ich bin sehr müde. Ich gehe wieder ins Bett.«
Doch Andrew sah sie voller Begehren an. Im Spiegel betrachtete er das Dekolleté seiner Frau. Dann ging er rasch zur Tür und drehte den Schlüssel im Schloß.
»Gute Idee«, meinte er, während er sich seiner Kleider entledigte und nackt zum Bett kam. Er lehnte sich ans Kissen, betrachtete weiter ihr Spiegelbild und berührte dabei verstohlen seinen Penis, als befürchte er, die Erektion könnte wieder verschwinden. Dann streckte er die Hand nach Jenny aus.
»Komm, Jen, ich habe solches Verlangen nach dir.«
Jenny sah ihn an – seinen unscheinbaren Schnurrbart, sein eifriges Gesicht, sein eifriges Glied. Alles schien ganz einfach. Ein schneller Liebesakt, oberflächliches Begehren, mechanische Befriedigung. Aber sie fühlte sich unendlich müde, erfahren wie eine alte Kurtisane, die einen Mann mit einem Blick einschätzen kann.
»Ich glaube, ich kann nicht, jetzt jedenfalls nicht.«

Andrews Gesicht wurde finster. Ohne ein Wort wartete er, bis seine Frau mit dem Haarebürsten fertig war, und betrachtete dabei ihren Hals und ihre Schulter, die Rundung ihrer Brüste. Schließlich sprang er auf und packte sie am Arm.

»Ich halte das nicht mehr aus, Jenny. Diesmal machen wir, was *ich* will. Ich dulde es nicht länger, daß du mich abweist!«

Er schleifte sie zum Bett, warf sie darauf und drang nach kurzem Kampf grob in sie ein. Seine Augen glänzten, und sein Gesicht verzerrte sich im Bewußtsein seiner Überlegenheit.

Danach sagte er zufrieden: »Jetzt bist du endlich wirklich meine Frau.« Nach kurzem Zögern fügte er zweifelnd hinzu: »Jen, du warst doch Jungfrau, oder etwa nicht?«

Schweigend zog sie die Decke über sich und wandte sich ab. Andrew kleidete sich eilig an. Dann hielt er kurz inne, als wollte er etwas Entschuldigendes oder Liebevolles sagen, um das wiedergutzumachen, was er soeben zerstört hatte. Aber aus Jennys angespannter Haltung sprach Zorn und Verachtung, und Andrew verließ stumm das Zimmer und zog die Tür hinter sich zu. Seine Schritte verhallten auf der Treppe.

Jenny stand auf und ging ins Badezimmer, um sich zu waschen. Auf einmal hörte sie Fandangos klägliches Miauen. Er war im Garten und wollte hereingelassen werden; Andrew würde ihm bestimmt nicht öffnen.

Jenny öffnete das Badezimmerfenster und sah hinunter. Der Kater sah zu ihr empor und miaute wieder klagend. Plötzlich hatte Jenny das Gefühl, keine Luft zu bekommen. Zum ersten Mal in ihrem Leben empfand sie Fandango als Last; sie wollte in Ruhe gelassen werden. Ohne etwas zu unternehmen, ging sie zurück in ihr Zimmer, verriegelte die Tür und trocknete ihre stummen Tränen mit dem Leintuch, während sie sich wie als Kind wiegte, vor und zurück, als könnte dieses

Wiegen ihren Schmerz lindern. Bald war sie wieder eingeschlafen.

Als sie erwachte, war es früher Nachmittag. Ihr erster Gedanke war, daß etwas Schreckliches passiert war. Dann fiel es ihr wieder ein, und sie wurde steif vor Grauen. Es war wie ein Alptraum, nur verblaßte er nicht mit dem Aufwachen – ganz anders als der Traum der vorigen Nacht, den sie schon fast vergessen hatte. Wenn sie darüber nachgrübelte, begann ihr Kopf zu schmerzen, und alles, woran sie sich erinnern konnte, war eine silberne Taschenuhr, die an ihrer Kette hin und her schwang wie ein Pendel.
Dann nahm sie den Duft wahr. Als sie den Kopf hob, sah sie die einzelne frische rote Rose auf ihrem Nachttisch liegen. Sie überlegte, ob Andrew sie wohl als eine Art Wiedergutmachung gebracht hatte – aber die Tür war verschlossen! Eine Rose aus dem Treibhaus, dachte sie, während sie die perfekt geformte Blüte bewunderte. Vielleicht war Andrew mit einem Ersatzschlüssel hereingekommen, während sie schlief. Vielleicht plagte ihn sein Gewissen. Vielleicht versuchte er ihr zu sagen, wie leid es ihm tat.
Allerdings würde sie ihm nicht ohne weiteres verzeihen, wenn er bereute. Dafür war zuviel geschehen. Sie fürchtete sich jetzt vor Andrew. Sie verachtete ihn, sie wollte, daß er erkannte, wie gräßlich er sich benommen hatte. Aber so verwirrt und aufgewühlt sie auch war, fragte sich Jenny doch, aus welchem Grund sich Andrew zu einer so extremen Tat hatte hinreißen lassen. War er besessen von einer stummen Leidenschaft, die nur in Gewalt Ausdruck fand? Verbarg er mehr in sich, als auf den ersten Blick zu erkennen war, irgendein Geheimnis, etwas Absolutes? Oder war er in sich gespalten, verzweifelt, zerstört vom Krieg, seiner selbst so unsicher, daß er sich nur noch in solchen Exzessen seine Existenz, seine Wichtigkeit beweisen konnte?

Jenny zog sich an und öffnete die Tür. Draußen saß Fandango – er hatte es also doch geschafft, hereinzukommen. Zufrieden sah er zu Jenny empor und folgte ihr die Treppe hinunter. Die Tür zum Wohnzimmer war geschlossen, und als sie versuchte, den Knauf zu drehen, merkte sie, daß sie verriegelt war. Von drinnen vernahm sie Andrews Stimme: »Setz den verdammten Kater an die frische Luft, Jenny! Das Biest ist gefährlich, es würde mich nicht wundern, wenn es die Tollwut hat. Es ist schon wieder auf mich losgegangen!«
Jenny sah zu Fandango hinab, der höflich darauf wartete, daß die Tür endlich aufging. Noch immer war er nicht so sauber wie früher; seine weißen Pfötchen waren schmutziggrau und sein Fell staubig. Jenny dachte daran, wie er als blitzsauberes kleines Kätzchen im Garten herumgetollt war.
»Na los, Fandango, raus mit dir«, flüsterte Jenny, nahm den Kater auf den Arm und ging zur Hintertür. »Bleib erst mal draußen und mach dich ordentlich sauber!«
Fandango sprang von ihrem Arm und sah zu, wie sie die Tür schloß.
Dann ging Jenny wieder nach oben und stellte die Rose ins Wasser. Sie wartete darauf, daß Andrew sich entschuldigte. Aber er tat es nicht, sondern redete mit ihr, als wäre nichts geschehen.
Ein paar Wochen später traf ein Brief aus Irland ein, der an Mr. und Mrs. Andrew Stacey adressiert war. Auf dem weißen Umschlag erkannte man unschwer Yvonnes Handschrift. Jenny betrachtete die Briefmarke, bevor sie beim Frühstück Andrew den Brief gab.
»Ein Brief von Yvonne.«
»Warum machst du ihn nicht auf?«
Jenny steckte ein Messer unter die Lasche, schlitzte den Brief auf und zog ein zusammengefaltetes Blatt Papier heraus. Der Absender darauf lautete: Kilashane House, Ballyshane, Fanagh, Grafschaft Cork.

»Soll ich ihn dir vorlesen?«
Andrew sah von seinen Rühreiern auf. »Leg los.«

Ihr Lieben,
also, hier bin ich endlich. Ich habe Euch so viel zu erzählen, daß ich gar nicht weiß, womit ich anfangen soll.
Die Reise nach Holyhead verlief ereignislos, dann folgte eine ziemlich unruhige Überfahrt, bei der Mrs. O'R., Kate und mir flau im Magen wurde, während es Theo überhaupt nichts auszumachen schien. Die folgende Nacht verbrachten wir in Dublin und nahmen dann in Kingsbridge den Zug nach Cork. Dann mußten wir noch mal umsteigen und landeten schließlich auf der winzigsten Bahnstation, die Ihr Euch nur vorstellen könnt. Der Bahnhofsvorsteher brachte den Zug mit einer großen roten Fahne zum Halten. Ein freundlicher Kutscher holte uns mit einem Gig ab. Der Mann sprach mit einem so ausgeprägten irischen Akzent, daß ich nicht die blasseste Ahnung hatte, wovon er redete, aber er tippte sich sehr höflich an die Mütze und hieß Theo unverkennbar herzlich willkommen. Ich glaube, die Reise war sehr anstrengend für Theo, denn er war noch mehrere Tage danach sehr still. Aber jetzt geht es ihm viel besser, Ihr würdet es kaum glauben! Mit jedem Tag geht es ihm ein wenig besser, und auch mit seinem armen alten Holzbein kommt er nun schon besser zurecht (den Ausdruck ›Holzbein‹ würde er mir übrigens sehr übelnehmen).
Kilashane House ist ein imposantes, massives, viereckiges Gebäude, das ganz unterkellert ist. Zur Eingangstür führt eine Treppe, und die Auffahrt führt in einem großen Bogen um den Rasen herum. Aus den vorderen Schlafzimmerfenstern sieht man das Meer. Es gibt eine Köchin, ein Dienstmädchen und eine Art Stallknecht (eigentlich ist er eher ein Faktotum),

der mit seiner kleinen Tochter in einem Häuschen ganz in der Nähe wohnt.
Inzwischen habe ich Theos Mutter besser kennengelernt, und ich mag sie wirklich. Zuerst war sie sehr reserviert, aber jetzt ist sie aufgetaut und sehr nett zu mir. Die Sache mit Theos Bein hat ihr das Herz gebrochen, aber ich glaube, sie ist so froh, ihn wieder bei sich zu haben, daß sie sich mit seiner Behinderung abfindet. Übrigens ist sie erst fünfzig, sehr vital und unternimmt mit uns (das heißt, mit mir und Kate) Spaziergänge in der Umgebung.
Ich weiß nicht, was ich von Irland erwartet habe. Wahrscheinlich habe ich gedacht, es gibt hier nur nette Menschen, Kobolde springen hinter jedem Busch hervor, und alle sagen »*begorrah*«. Aber so ist es nicht. Alles ist ganz melancholisch – Melancholie liegt in der Luft, steigt einem aus der Erde entgegen. Ihr braucht aber nicht zu denken, ich wäre unglücklich. Es ist sehr schön hier, das Meer und die wilde Landschaft und über allem ein herrlicher Himmel. Trotzdem denke ich sehr viel an London und wünsche mir, ich würde mich geborgen fühlen. Ich meine ›geborgen‹ im Sinne von ›in Sicherheit‹, umgeben von allem, was mir von klein auf vertraut ist.
Natürlich haben wir auch viel Spaß hier. Zum Beispiel sind Kate, Mrs. O'R. und ich auf unserem Spaziergang gestern Batty – dem Faktotum – begegnet, der etwas im Graben suchte.
»Hallo, Batty«, begrüßte ihn Mrs. O'R. in ihrer üblichen, recht steifen Art. »Was suchen Sie denn?«
»Ich suche meinen Pfeifendeckel, Ma'am.«
Es folgte ein Wortwechsel darüber, ob es sinnvoll ist, zu St. Anthony zu beten, wenn man einen Pfeifendeckel verloren hat, und Batty vertrat die Ansicht, das sei reine Zeitverschwendung, da die Opferbüchse oben in der Kirche neulich ›unter seinem Arsch weggeklaut‹ worden sei.

Batty hat ein runzliges Gesicht, einen trockenen Humor und eine schmuddelige Schirmmütze, die er tief in die Stirn zieht. Aber er richtete sich auf und machte Mrs. O'Reilly ein Kompliment: »Großartig sehen Sie aus, Ma'am.«
»Ich fürchte, ich kann dieses Kompliment nicht erwidern, Batty«, antwortete Mrs. O'Reilly naserümpfend.
Ich habe erwartet, unser Faktotum wäre sicher ganz beschämt, aber statt dessen hat er Mrs. O'R. nur verschmitzt angesehen und ihr ganz leise den Gnadenstoß verpaßt: »O doch, das könnten Sie schon, Ma'am, wenn sie nur ein halb so großer Lügner wären wie ich.«
Als ich Theo die Geschichte erzählte, hat er gelächelt. Kate warf ein, Batty und ihre Mutter hätten sich schon seit Menschengedenken gern gestritten. Dann wollte sie mit Theo in alten Erinnerungen schwelgen, und er hat genickt und gelacht. Aber seine Augen haben nicht mal gelächelt, und ich glaube, er erinnert sich gar nicht so gut an Kilashane, wie er manchmal tut. Manchmal schläft er schrecklich unruhig. Aber wahrscheinlich erholt man sich von einer Kriegsneurose nicht so schnell. Körperlich macht er wirklich unglaubliche Fortschritte, und ich wäre sehr optimistisch, wenn nur ... nun, wenn er wieder so gutmütig und freundlich wäre wie früher. Aber ich will Euch nicht mit meinen Problemen belasten.
Ihr seid beide herzlich eingeladen – wann immer Ihr Lust habt zu uns zu kommen! Auch Mrs. O'Reilly hat ausdrücklich gesagt, daß sie Euch mit Freuden empfangen würde, genauso Kate und natürlich Theo. Er sagt, er möchte gern mit Andrew Erinnerungen austauschen, jetzt, da sein Gedächtnis wieder besser funktioniert, und Euch beiden die Gegend hier zeigen.

Also – Ihr müßt einfach kommen! Ihr müßt! Ich würde mich so freuen, Euch zu sehen.

In Liebe
Eure Schwester Yvonne

Jenny ließ den Brief sinken.
Erwartungsvoll sah Andrew sie an. »Na, willst du hinfahren?«
»Nein.«
»Warum nicht?«
»Es ist zu weit.«
»Unsinn. Jen. Du bist doch keine alte Frau. Ich würde gern verreisen und Yvonne wiedersehen – und ein bißchen mit dem alten Angsthasen O'Reilly plaudern.«
Jenny schwieg. Wieder hatte Andrews Stimme den gebieterischen Ton, den er seit jenem Sonntag benutzte, als er ihr Gewalt angetan hatte. Jedes Detail, der ganze Schmerz und die Empörung darüber, daß er sie vergewaltigt hatte, daß er sie seinen Bedürfnissen unterwarf, waren auf immer in ihr Gedächtnis gebrannt. Aber Andrew hatte das Thema nie mehr erwähnt, und sie hatte ihm verheimlicht, wie sehr sie ihn haßte. Seltsamerweise hatte er sie seit diesem Tag nicht mehr belästigt, als genügte es ihm, ihr dieses eine Mal seinen Willen aufgezwungen zu haben.
Nach einer Weile stieß er einen Seufzer aus. »Meinst du, sie ist glücklich?« fragte er mit gedämpfter Stimme, als spüre er plötzlich die Kluft, die sich zwischen ihm und seiner Frau auftat.
Jenny sah im kurz in die Augen und wandte sich dann ab. »Nein.«
»Das kann man zwischen den Zeilen lesen, nicht wahr?« beharrte er.
»Ja.« Jenny ließ ihren Blick durchs Zimmer schweifen und sah schließlich hinaus auf die Straße. Ein Kind rannte dort vorbei, einen Reifen mit einem Stock vor

sich her treibend. »Sie ist nicht nur unglücklich«, flüsterte sie. »Sie ist vollkommen verzweifelt!«
Und im stillen fügte sie hinzu: »Genau wie ich.«
Auf einmal deutete Andrew nervös zum Fenster. Davor saß Fandango und starrte ihn an.
»Wir müssen dieses Tier einschläfern lassen«, sagte er. »Ich weiß wirklich nicht, wie er ins Haus kommt, aber ich bin heute nacht aufgewacht, und da war er im Zimmer. Ich hörte ihn atmen, und als ich mich aufsetzte, sah ich seine Augen. Sie schimmerten im Licht der Straßenlaternen und starrten mir direkt ins Gesicht! Und wenn er nicht bei mir im Zimmer ist, dann sitzt er vor der Tür!«
»Vielleicht hast du ein schlechtes Gewissen ihm gegenüber«, meinte Jenny mit tonloser Stimme. »Ich möchte nicht, daß ihm noch einmal jemand weh tut.«
»Das entscheiden wir, wenn wir aus Irland zurückkommen«, sagte Andrew mit fester Stimme. »Wilkinson füttert ihn bestimmt, solange wir weg sind.«
»Er scheint überhaupt nicht mehr zu fressen«, bemerkte Jenny. »Jedenfalls nicht hier – seit du ihn aufgehängt hast!«
Ärgerlich verließ Andrew das Zimmer.

VIERZEHNTES KAPITEL

»Was hast du mir zu sagen, Frau?«
»Was ich zu sagen habe? Nur, daß ich mich nicht unterwerfe.«

Tagebuch eines Zeugen

DAS WAR nur der Anfang. Einige Zeit später schrieb Dee ein kleines Gedicht, in dem sie versuchte, sich an jede Einzelheit zu erinnern, und sich von neuem damit auseinandersetzte, daß ihr etwas unter die Haut gegangen war, all ihre Abwehrmechanismen durchbrochen hatte. Aber sie schickte es ihm nie. Sie unterhielten sich, ab und zu legten sie eine Pause ein, und jedesmal, wenn Dee aufblickte, merkte sie, daß er sie musterte. Das Restaurant lag im Süden der Stadt, am Meer. Draußen am Horizont sah man das Blinken des Leuchtturms, durch das offene Fenster war der Gesang der Wellen bei Ebbe zu hören.
»Ich habe gedacht, am Meer könnte es Ihnen gefallen.«
»Unsere Wohnung liegt ganz in der Nähe. Vom Wohnzimmer aus sieht man Alexandria Basin.«
An den Wänden hingen Spiegel in schweren Goldrahmen. Aus den Augenwinkeln sah Dee ihr Spiegelbild und merkte, daß sie schüchtern wirkte – was sie ärgerte –, sah das cremefarbene Kleid, das sie sich für den heutigen Anlaß gekauft hatte. Dazu trug sie ›Zigeunerohrringe‹: goldene Ringe, die tanzten, wenn sie sich bewegte und – weil es ›Clips‹ waren – in ihre Ohrläppchen zwickten.
Peter überflog die Speisekarte, murmelte etwas von Hummer, und sie beobachtete seine Hände, sein

Gesicht und seine Augen, die auf der Karte auf und ab wanderten. Dann erschien der Oberkellner und machte eifrig Vorschläge. Schließlich entschieden sie sich für Hummer und danach Wicklow-Lamm. Peter studierte die Weinkarte und bestellte eine Flasche Antinori und zwei trockene Sherrys als Apéritif.
Als sie wieder allein waren, fragte er, halb neugierig, halb demonstrativ schüchtern: »Haben Sie eigentlich einen festen Freund?«
Dee wurde rot. »Momentan nicht«, antwortete sie. »Wahrscheinlich sterbe ich mal als alte Jungfer.« Sie lächelte, um zu zeigen, daß das ein Witz sein sollte – sie spielte ihre Rolle und war eigentlich eher der Ansicht, daß man selbst für sein Schicksal verantwortlich war.
Er erwiderte ihr Lächeln – jedenfalls lächelte sein Mund. Doch die Fröhlichkeit gelangte nicht bis zu seinen Augen, die sich nie zu verändern schienen, die alles beobachteten, ohne je von etwas beeinflußt zu werden, als wüßten sie bereits alles.
»Oh, das halte ich aber nicht für sehr wahrscheinlich«, meinte er galant. »Sie sind Anfang zwanzig, die Welt liegt Ihnen zu Füßen …, eh man sich's versieht, wird der Märchenprinz auf der Szene erscheinen und Sie entführen.«
Dee sah ihm direkt in die Augen. »Der Märchenprinz? Ist die Spezies nicht längst ausgestorben? Ich weiß nicht mal, ob ich mir einen Traumprinzen wünsche. Ich möchte eigentlich nicht heiraten, jedenfalls nicht in absehbarer Zeit.«
Er verzog den Mund, als wollte er schmollen. »Dann habe ich also gar keinen Konkurrenten? Sie sind das letzte Mal so schnell verschwunden, daß ich dachte …«
Auf einmal fand Dee, daß er durchaus ein bißchen Konkurrenz vertragen konnte. »Mein Freund wohnt in London«, erklärte sie. »Wir sehen uns ziemlich sel-

ten. Ich habe ihn kennengelernt, als ich letztes Jahr dort gearbeitet habe.«
»Was ist passiert?« fragte er leise. »Warum sind Sie wieder heimgekommen? Hat er Sie zu sehr bedrängt?«
Dee war erstaunt. Sie dachte an Colin, daß er sie als seinen ›lieben Kobold‹ anredete, und hätte beinahe laut gelacht. Plötzlich fiel ihr ein, daß sie, wenn sie flache Sandalen anhatte, den Arm hochstrecken mußte, um seine Hand zu halten.
»Oder war er eher der zurückhaltende Typ?«
»Oh, er hat mich schon bedrängt, aber nicht auf die Art, wie Sie es sich vorstellen.«
»Was war er von Beruf?«
»Er war, ich meine, er ist Journalist. Ich habe gerade einen Brief von ihm bekommen. Er ist sehr erfolgreich ...«
»Ach ja? Vielleicht kenne ich ihn. Ich habe Kontakte zur Presse. Wie heißt er denn?«
Dee hob die Augenbrauen. »Colin Weaver. Er arbeitet bei der *Daily Mail.*«
»Ist er gut?«
»Nicht nur gut – er hängt mit Leib und Seele an seinem Beruf. Jedenfalls glaubt er das.«
»Und was glauben Sie?«
»Ich glaube das auch!«
»Vermissen Sie ihn?«
»Ja. Mal mehr, mal weniger ...«
»Haben Sie ihm von Ihrem Leben erzählt – von dem Ring?«
»Nein«, seufzte Dee. »Er würde denken, ich bin übergeschnappt. Können wir nicht über etwas anderes reden?«
»Verzeihen Sie.«
Danach sprachen sie über die Arbeit, über Charlie, der die Firma verlassen hatte.
»Was macht er jetzt?«

»Er hat eine neue Stelle«, erklärte Eggli. »Hat er Sie noch einmal belästigt wegen... Tut mir leid, ich wollte das Thema nicht schon wieder anschneiden.«
»Ja, er hat mich angerufen... Sie haben mich auch angerufen. Warum haben Sie das getan, damals, mitten in der Nacht, Peter? Was ist so besonderes an dem Ring?«
Er hielt ihrem Blick stand. »Haben Sie ihn tatsächlich?«
Dee rutschte auf ihrem Stuhl hin und her, sah dabei aber unverwandt in Peters graue Augen. Es lag ihr schon eine Lüge auf der Zunge, aber sie hatte die Geheimniskrämerei satt. Schließlich war dieser verdammte Ring nichts weiter als ein Schmuckstück. Wenn sie sich ständig auf solche Spielchen einließ, würde sie eines Tages noch wirklich verrückt werden.
»Ja. Ich habe ihn gefunden. Für Charlie ließ ich damals – wie Sie richtig erraten haben – eine Kopie herstellen, in der Hoffnung, er würde dann endlich Ruhe geben. Also, jetzt kennen Sie die ganze Geschichte – eine Beichte entlastet doch immer das Gewissen!«
»Und wo ist der Ring?« fragte er mit undurchdringlichem Gesicht.
»Ich habe ihn versteckt«, antwortete sie lächelnd und fügte dann absichtlich provozierend hinzu: »Soll ich ihn verkaufen?«
»Je nachdem, wie Sie das anstellen, könnten mehrere Menschen bei dem Versuch, ihn zu bekommen, Schaden nehmen – falls Sie ihn wirklich zum Verkauf anbieten.«
Sofort hörte sie auf zu scherzen. »Warum?«
»Das ist eine lange Geschichte. Der Ring trägt das Siegel einer alten geheimen Bruderschaft. Man sagt, er besitzt okkulte Kräfte.«
»Versuchen Sie's mit einem anderen Trick«, meinte Dee.

»Mit was für einem anderen Trick?« Er hielt inne und beugte sich über den Tisch. »Im Ernst. Der Ring steht in Beziehung zu einem anderen Objekt, dem man magische Kräfte nachsagt.«

»Zu was für einem anderen Objekt?«

»Einer Maske!«

Dee schwieg.

»Sie haben wahrscheinlich nie etwas derartiges zu Gesicht bekommen – in Kilashane – oder doch?«

Dee rief sich den Tag in Erinnerung, als sie die Maske in der Hand gehalten und dann von sich geschleudert hatte. Sie dachte an Lauras Witz über den Fluch von Katmandu. Gut, Laura hatte Spaß gemacht, aber dieses ständige Gefasel über okkulte Kräfte legte den Verdacht nahe, daß Vernunft und gesunder Menschenverstand keine besonders weit verbreiteten Tugenden waren.

So blieb sie Peter eine Antwort schuldig. Man servierte die Apéritifs.

»Woher wissen Sie das alles? Wo haben Sie davon gehört?«

Eggli lächelte. »Ich habe schon darauf gewartet, daß Sie mich das fragen. Es geht alles zurück auf meine Zeit in der amerikanischen Armee. Ich habe im Koreakrieg bei den Nachrichten- und Fernmeldetruppen gearbeitet, genauer gesagt, ich mußte neue Codes erfinden. Deshalb habe ich alle möglichen Geheimcodes studiert. Als Zentrum der Intrigen besaß das alte Venedig natürlich gleich mehrere solcher Codes. Und beim Studium dieser Codes bin ich durch Zufall auf diese Geschichte gestoßen. Danach habe ich auf eigene Faust Nachforschungen angestellt und noch mehr herausbekommen.«

»Seltsam, daß Sie ausgerechnet Venedig erwähnen«, meinte Dee nach kurzem Schweigen. »Ich habe vor kurzem eine Fernsehsendung darüber gesehen. Nach der Überschwemmung letzten Winter – bei den Restaurationsarbeiten – fand man die Leiche einer jungen Frau in einem Sarkophag. Sie war gut erhalten – nur das Gesicht fehlte.«

»Genau«, nickte er. »Interessiert Sie dieser Vorfall?«

»Ja, sehr sogar. Irgendwie läßt es mich nicht mehr los. Und ich hätte nie gedacht, daß man in Venedig jemanden begraben kann – aus einleuchtenden Gründen.«

»Die Venezianer begraben ihre Toten auf einer Friedhofsinsel, San Michele.«

»In den Sarkophag war ein Zeichen eingraviert. Das gleiche Zeichen wie auf dem Ring, den ich gefunden habe!«

Diese Information schien ihn nicht zu überraschen. »Ja«, sagte er nur. »Das ist gut möglich.«

»Warum?«

»Weil der Geheimbund, von dem ich gesprochen habe, etwa um dieselbe Zeit gegründet wurde.«

»Aber daß sich so etwas jahrhundertelang hält! Da bekommt man ja wirklich das Gefühl, daß finstere Mächte ihr Unwesen treiben.«

»Vielleicht tun sie das. Kommt ganz darauf an, was Sie mit ›finster‹ meinen.«

»Warum sind Sie nicht mehr bei der Armee?«

»Dabei waren sicher keine finsteren Mächte am Werk«, antwortete er und zuckte die Achseln. »Ich wurde verwundet . . ., aber ich wollte sowieso gehen.«

»Warum?«

Er seufzte und überlegte einen Augenblick, schließlich sagte er: »Ich erkannte, daß es mehr im Leben gibt als eine Uniform. Ich begann mich für Vorgänge zu interessieren, die sich jenseits der sichtbaren Wirklichkeit abspielen.«

»Zum Beispiel?«

»Wußten Sie, daß etwa achtzig Prozent des Universums aus Dunkelmaterie besteht?«

»Dunkelmaterie? Was ist das?«

»Materie, die nicht untersucht werden kann.«

»Sie interessieren sich also für Physik. Ich fürchte, davon habe ich keine Ahnung.«
Sie aß, nahm einen Schluck Wein und war sich bewußt, daß er sie keine Sekunde aus den Augen ließ.
»Was soll ich tun, wenn ich zufällig auf diese Maske stoße?« flüsterte sie plötzlich.
Er runzelte die Stirn. »Sie sagen mir Bescheid.«
Sie erwiderte seinen prüfenden Blick. »Warum sollte ich jemandem Bescheid sagen? Sie sind doch hinter den Sachen her, die ich gefunden habe. Charlie auch. Wenn ich sie zum Verkauf annoncieren würde, hätte ich wahrscheinlich das halbe Land auf dem Hals. Und das alles nur, weil ein paar arme Idioten glauben, daß diese Dinge einem Macht oder Durchsetzungsvermögen oder irgend etwas anderes verleihen, so daß man sich wichtiger vorkommt, als man ist!«
Allmählich spürte Dee, wie ihr der Wein zu Kopf stieg und ihre Schüchternheit allmählich in Leichtsinn umschlug. »Ich werde Ihnen kein Geheimnis anvertrauen, Peter Eggli. Ich bin anders, als es den Anschein hat. Ich bin ein bißchen verrückt! Als ich klein war, habe ich beschlossen, eine Hexe zu werden!«
Zum ersten Mal entdeckte sie in seinen Augen einen Funken Humor. Sie machte sich schon darauf gefaßt, daß er sie auslachte, aber er fragte nur ganz beiläufig: »Warum?«
»Warum ich eine Hexe werden wollte? Weil die fliegen können. Irgendwann hörte ich Geschichten über die Vorzüge eines Besenstiels. Oh, Peter, wie soll man denn diesen ganzen Blödsinn ertragen? Wenn Sie mich so sympathisch finden, daß Sie mich zum Essen einladen, wäre es mir lieber, Sie würden mich um meiner selbst willen mögen!«
»Ich weiß, daß Sie eine Hexe sind!« sagte er mit entwaffnender Offenheit, kopfschüttelnd und ohne sie einen Augenblick aus den Augen zu lassen. »Und ich

mag Hexen ausgesprochen gern. Ich bin verhext, sozusagen. Und ich mag Sie um Ihrer selbst willen. Alles andere spielt keine Rolle.«

Wieder schüttelte er amüsiert den Kopf. Sein amerikanischer Akzent hatte eine ähnliche Wirkung wie der Wein. Er besänftigte sie.

»Die Maske liegt unter einem riesigen Schutthaufen, tief unter der Erde – in Kilashane.«

Plötzlich wich der Charme aus Egglis Augen; im Kerzenlicht sah man sie nur noch als Schlitze. »Das wird ja immer mysteriöser«, murmelte er.

Seine Reaktion faszinierte Dee. Sie spürte die Wärme des Weins in ihren Adern, die Verlockung, ihn ins Vertrauen zu ziehen. »Peter ...«

»Ja?«

»Ich weiß, Sie denken jetzt sicher, ich bin verrückt – Laura sagt immer, ich habe nicht alle Tassen im Schrank –, aber ich habe mich gefragt, ob Sie wohl etwas über den Mann wissen, von dem Charlie gesprochen hat?«

»Über welchen Mann?« Er runzelte die Stirn.

»Über den, der vor langer Zeit in Venedig gelebt hat – den Magier. Ich dachte, vielleicht wissen Sie etwas über ihn, wo Sie doch soviel über Venedig wissen.«

»Was möchten Sie wissen?« fragte er leise.

Dee sah auf ihren Teller. »Ich glaube, ich möchte wissen, ob er wirklich gelebt hat. Ich möchte wissen, welche Beziehung er zu dem toten Mädchen hatte – falls es eine Verbindung gibt. Laura hat mir neulich von einer Frau erzählt, die man Dame von Florenz nennt und die von der Inquisition gefoltert wurde. Das alles möchte ich wissen, weil ich nicht verstehe, weshalb das Zeichen auf dem Ring, den ich in Irland gefunden habe, mit dem Symbol auf dem Sarkophag in Venedig identisch ist, und weil Charlie mir gesagt hat, daß der Magier dieses Zeichen ursprünglich entworfen hat. Das ist mir ein Rätsel, und ich möchte es gern lösen ...«

Wieder lächelte Peter, doch seine Augen blieben ernst. »Er hat wirklich gelebt«, erklärte er. »Er hieß Matthias Robertus und war Jesuit. Er hat sich der schwarzen Magie zugewandt, weil er sich betrogen fühlte. Er wollte Macht, und dazu waren ihm alle Mittel recht. Er sann auf Rache. Und vor allem wollte er die Frau, die er liebte.«

»Wen hat er geliebt?«

»Eine Hexe«, antwortete Peter leicht ironisch.

»Die sogenannte Dame von Florenz?«

»Ja.«

»Die gestorben ist, ohne zu widerrufen?«

»Ja.«

»Auch sie hat es also wirklich gegeben?«

»Ja.«

»Und wie hat er es dann angestellt, sie zu bekommen, wenn sie doch tot war?«

Einen Augenblick zögerte Peter. Dann sagte er: »Das ist die große Frage ... Man sagt, er habe gelernt, in die Zukunft zu reisen, man sagt, daß er noch immer nach ihr sucht ...«

»Und was wird er tun, wenn er sie findet?«

Wieder ließ die Antwort auf sich warten. *»Dann bringt er sie zurück ... dorthin, wo alles begann. Er wird den Kreis schließen. Sich erlösen.«*

Dee spürte, wie es ihr eiskalt über den Rücken lief. »Das klingt unheimlich und verrückt«, meinte sie. »Was war an dieser Frau überhaupt so besonders?«

»Besonders?« wiederholte Peter. »Sie war eine Flamme in der Finsternis.« Als er Dees Gesichtsausdruck sah, lächelte er ihr beruhigend zu.

In diesem Augenblick kam der Kellner mit dem Dessertwagen. Dee wählte einen Eisbecher, den sie praktisch schweigend verzehrte. Peter entschied sich für Obstsalat und trank danach einen Kaffee.

»Sie sollten sich das alles nicht so zu Herzen nehmen, Dee«, flüsterte er ihr plötzlich zu. »Letztlich sind das nur alte Geschichten.«
»Ich nehme es mir nicht zu Herzen«, entgegnete Dee. »Ich möchte nur wissen, was das ganze mit Kilashane zu tun hat. Wenn dieser Ring, den ich gefunden habe, dem Magier gehört hat, warum ist er ausgerechnet dort aufgetaucht?«
»Die Welt ist klein. Vielleicht hat ihn jemand auf einer Reise gefunden und mitgenommen.«
»Ja, das kann sein«, räumte Dee ein. »Vermutlich waren Sie schon in Venedig?«
»Ja, zum ersten Mal vor vier Jahren ... und das war ein Wendepunkt in meinem Leben!«
»Warum? Was ist passiert?«
Doch er lächelte nur und ergriff ihre Hand.

Später brachte er sie nach Hause, und als sie sich im dunklen Auto bei ihm bedanken wollte, küßte er sie leidenschaftlich. »Und jetzt bringe ich dich schnell zur Haustür und freue mich schrecklich darauf, daß du nach Brüssel kommst.«
Sie schmiegte sich an ihn. Sein Begehren war unmittelbar, eine Tatsache: sie spürte die kratzige Haut seiner Wange, die Lebenslust, die in ihm brannte, und sie merkte, wie ihr Entscheidungen aus der Hand genommen wurden. Sie wehrte sich nicht dagegen, sie ließ sich treiben. Zwar machte sie sich auf eine Enttäuschung gefaßt, aber sie konnte die Hoffnung doch nicht ersticken. Wenn er es wirklich ernst meinte, konnte sie sich ihm ohnehin nicht entziehen. Wenn er sie zum besten hielt, war er ein verdammt guter Schauspieler. Niemand hatte sie je so angesehen. Und niemand strahlte soviel Entschlossenheit und Verständnis aus. Ohne es erklären zu können, wußte sie, daß zwischen ihnen ein Bündnis bestand.
»Paß gut auf dich auf, ja?« flüsterte er auf dem Weg

zur Tür. Noch ganz schwindlig von seinem Kuß, nickte Dee, den Geschmack seines Mundes auf den Lippen. Als sie die Tür schloß, sah sie, daß er sich auf der Treppe noch einmal umwandte und ihr mit gedankenverlorenem Gesicht nachschaute, die Augen konzentriert und leicht zusammengekniffen.

»Wie war der Abend mit Mr. Gott?« erkundigte sich Laura.

»Gefährlich«, meinte Dee mit einem zittrigen Seufzer.

Laura grinste. »Gefährlich schön oder gefährlich gefährlich? Sag nichts, ich sehe es ja selbst!«

Dee setzte sich. »Es war, als wäre ich vorher nicht lebendig gewesen ..., jedenfalls nicht so!« Mit plötzlich erwachendem Mißtrauen fügte sie hinzu: »Er ist sehr interessant, ein komplexer Mensch, aber ich weiß nicht recht, was ich von ihm halten soll. Ich habe Angst, daß ich mich in irgend etwas hineinziehen lasse. Er hat für mich diesen Kurs in Brüssel fix und fertig arrangiert – natürlich freue ich mich darauf, anscheinend denkt er, alle tanzen nach seiner Pfeife!«

»Lebst du denn total hinterm Mond?« lachte Laura spöttisch. »So sind sie doch alle, um Himmels willen ... Vermutlich hat er dich dazu gebracht, ihm den Ring zu versprechen!«

Als müsse sie scharf darüber nachdenken, runzelte Dee die Stirn. »Nein, sie sind nicht alle so – Colin zum Beispiel war anders. Und er hat mich auch nicht dazu gebracht, ihm den Ring zu versprechen ..., und trotzdem habe ich ein seltsames Gefühl. Meinst du, ich bin bei diesem Mann gut aufgehoben, Laura?«

»Was ist denn das für eine Frage!« Laura musterte sie. »Du hast zuviel getrunken. Hat Mr. Gott das ausgenutzt?«

»Nein, aber ich denke, er hat es nicht nur auf meine Ehre abgesehen!« meinte Dee, doch Laura lachte nicht darüber, wie sie erwartet hatte.

»Deine Frage ist schon vor langer Zeit beantwortet

worden: von Leonidas bei den Thermophylen – Leonidas war der Kerl, der mit nur drei Männern einen Bergpaß gegen eine ganze Armee verteidigt hat. Das ist schon sehr lange her, aber was wahr ist, bleibt wahr.«

»Was hat er denn gesagt?«

Laura senkte die Stimme. »Er hat gesagt: ›Wir sind nicht um der Sicherheit willen hier!‹«

»Weshalb dann?«

Laura gähnte und zuckte die Achseln. »Krieg, Schätzchen. Wir müssen kämpfen! Meistens gegen uns selbst, gegen unsere Angst und Unentschlossenheit!«

»Ich will aber nicht kämpfen. Ich will Frieden.«

»Geh nach Brüssel«, sagte Laura. »Wenn du zurückkommst, kannst du entscheiden, ob du Frieden willst. Aber laß dir den Ring nicht abschwatzen, sondern stelle erst mal fest, was er wert ist.«

Das Flugzeug war etwa zu einem Drittel besetzt. Dee ließ sich die *Irish Times* geben, und dazu als Vorgeschmack auf Brüssel *Le Soir »edition du matin«*. Nach einer flämischen Begrüßung erscholl knisternd ein zweites Mal die Stimme der Stewardeß aus dem Lautsprecher: *»Nous vous souhaitons la bienvenue.«* Aus dem kleinen ovalen Fenster sah Dee Howth, Dublin Bay und den Sugar Loaf weit unter sich verschwinden. Dann konzentrierte sie sich auf die Zeitungen und auf das Essen. Während sie aß, spürte sie das Gewicht des goldenen Rings auf ihrer Brust, als wäre er tonnenschwer. Sie hatte ihn einem Juwelier gezeigt, der ihr geraten hatte, ihn zu einem Antiquitätenhändler zu bringen. Bis jetzt hatte sie sich noch nicht die Mühe gemacht.

Bei der Landung in Brüssel starrte sie wieder aus dem Fenster und sah schnurgerade, baumgesäumte Straßen, eine Autobahn, einen Wald, ein Muster aus Häusern und Gärten. Das Flugzeug setzte ziemlich holp-

rig auf; der Teer war naß und glänzend. Auf dem Gras hoppelten Kaninchen, denen der Höllenlärm des direkt neben ihnen niedergehenden Riesenvogels nichts auszumachen schien.
Man hatte im *Westbury Hotel* ein Zimmer für sie reserviert, das direkt neben dem Hauptbahnhof lag und mit dem Zug vom Flughafen leicht zu erreichen war. Aber Peter hatte angerufen, er wolle sie abholen; sie sah dem Treffen mit gemischten Gefühlen entgegen. Nachdem sie ihr Gepäck geholt hatte, folgte sie den Schildern mit *Exit/Sortie/Uitgang,* ging durch den Zoll, an den schläfrigen Beamten vorbei und mischte sich unter die wartende Menge.
Er war wirklich da.
Sie entdeckten sich gleichzeitig und lächelten sich zu. Er nahm ihr das Gepäck ab, führte sie zum Parkplatz und brachte sie unter einem Kreuzfeuer von Fragen zum Hotel im Stadtzentrum. Sie saß neben ihm, unerwarteterweise ganz entspannt.
»Haben Sie eine Reservierung für Miss McGlinn?« fragte er an der Rezeption. »Die Buchung ist von ITU.«
»Ja. Würde Mademoiselle bitte das Anmeldeformular ausfüllen?«
Dee folgte der Aufforderung; Datum und Ausstellungsort ihres Passes mußte sie nachschlagen. Dann gab ihr der Angestellte einen Schlüssel. »Vielen Dank, Mademoiselle. Zimmer 1406. Ich wünsche Ihnen einen angenehmen Aufenthalt.«
Ehe der Page eingreifen konnte, hatte Peter Dees Koffer bereits zum Lift getragen und begleitete sie zu ihrer Zimmertür. Unterwegs mockierte er sich darüber, daß das Hotel das dreizehnte Stockwerk ausließ.
»Hast du heute abend etwas vor?«
»Nein.«
»Abendessen um acht – okay? Ich könnte dich ein bißchen in der Stadt herumführen.«

»Danke, das ist wirklich nicht notwendig!« Dee merkte, daß sie, ohne es zu wollen, sehr reserviert klang. Wenn nicht sogar mißtrauisch.
Er runzelte die Stirn. »Doch, das ist notwendig. Ich muß dich sehen.« Ohne seine Augen zu bewegen, schien er sie trotzdem von oben bis unten zu mustern. »Ich möchte mich nicht als Entführer aufspielen, aber ich möchte mit dir zusammensein. Vertrau mir, Dee.«
Sie sah ihm nach, als er ging.
Von ihrem Fenster hatte man einen Blick auf den Bahnhofsvorplatz. Dort war ein Parkplatz, und jenseits davon eine schwarze, gotische Kirche, die *Église de la Madeleine.* Rechts erhob sich wie eine Kulisse eine Reihe flämischer Giebelhäuser; hinter dem Parkplatz konnte man zwei Kirchtürme und ein viereckiges Dach ausmachen. Das war also der Große Platz von Brüssel.

Dee duschte, packte aus, zog sich um und stieg dann erfrischt von ihrem Adlerhorst im vierzehnten Stock herab.
Mit Hilfe des Stadtplans gelangte sie über Fußgängerpassagen und eine kleine Seitenstraße hinunter zum Großen Platz. Heute war er für den Verkehr gesperrt; Blumenstände wurden gerade abgebaut. Dee besichtigte die reich verzierten Zunfthäuser und entdeckte ein Schild mit dem flämischen Namen des Platzes: *Groote Markt.*
Sie überquerte den Platz und kam zu einem imposanten Gebäude namens *Le Roi D'Espagne.* Da ihr der Name bekannt vorkam, beschloß sie, hier eine Tasse Kaffee zu trinken, ging hinein und an einem ausgestopften Pferd vorbei die Treppe hinauf. Als ein Kellner in einer weißen, knopflosen Weste erschien, bestellte sie.
»Un café au lait, s'il vous plaît.«
Nach kurzer Zeit wurde der Kaffee gebracht, und sie

trank ihn in aller Ruhe, während sie sich die anderen Gäste, Studenten und Einwohner von Brüssel ansah und die fremde Atmosphäre genoß. Schwer vorstellbar, daß sie noch vor ein paar Stunden in ihrer vertrauten Umgebung gewesen war, über tausend Kilometer weit weg. Wenn sie an Peter Eggli dachte, wurde ihr sofort flau im Magen. ›Vertrau mir‹, hatte er gesagt. Und eigentlich wollte sie ihm ja vertrauen. Sie wollte ihm zeigen, daß sie dankbar war. Schließlich war er der erste Mensch, der ihre Gedanken voll und ganz in Anspruch nahm – und trotzdem behandelte sie ihn so argwöhnisch. Heute abend, dachte sie, heute abend beim Essen gebe ich ihm den Ring. Was soll ich schon mit ihm anfangen? Sie hob die Hand, und fühlte ihn an der Kette. Ich habe ihn satt, ich habe ihn gründlich satt! Peter hat gesagt, ich kann ihm vertrauen. Also vertraue ich ihm. Soll er mit dem Ring machen, was er will.

Plötzlich war ihr zumute, als sei eine Last von ihr genommen. Sie hatte einen Entschluß gefaßt, sie würde Peter einen Gefallen tun und frei sein. Dieser Gedanke war sehr angenehm; zufrieden nippte sie ihren Kaffee und sah hinaus auf den *Groote Markt*.

Wieder den Stadtplan in der Hand, nahm sie einen Rundgang zum *Westbury* zurück; über den *Boulevard Anspach* mit den polternden Straßenbahnen und den *Place des Martyrs,* dessen verfallene Häuser leer zu stehen schien, bis auf einige, die offenbar als Warenlager dienten. Von hier nahm sie eine Abkürzung.

Diese führte sie durch eine Gasse mit Kopfsteinpflaster, gesäumt von stillen Giebelhäusern und hie und da einer Lagerhalle. Kein Mensch war zu sehen. Nach ihren Berechnungen mußte sie am Ende der Gasse gleichzeitig ganz nah am Hotel sein; es machte ihr Spaß, ihre Umgebung zu erkunden. Doch dann machte die Gasse eine Kurve, und kurz darauf blieb Dee stehen. Es kam ihr vor, als wäre die Stadt um sie herum verschwunden. Es war totenstill, jedes Geräusch von Menschen, die ihrer täglichen Arbeit nachgingen, war verstummt. Auf einmal war sie eine Zeitreisende, die im Mittelalter gestrandet war – aber anscheinend waren alle Menschen tot.

Die Pflastersteine klangen hohl unter ihren Schritten. Da sie sich nicht mehr sicher war, ob sie in die richtige Richtung ging, wollte sie kehrtmachen, doch der Weg war versperrt. Aus dem Nichts war ein Mann erschienen – er stand mitten auf der Gasse die Hände in die Hüften gestemmt, die Augen aufgerissen und starr wie ein Raubtier.

»Pardon«, sagte Dee und versuchte, sich an ihm vorbeizudrängen. Doch er rührte sich nicht vom Fleck, sondern betrachtete sie schweigend und genüßlich – wie eine Katze, die eine Maus in der Falle taxiert. Er sah aus wie einem alten flämischen Gemälde entsprungen, seltsam gekleidet, mit einem mittelalterlichen Gesicht und einer dicken Nase. Plötzlich richtete er die Augen auf etwas hinter Dee; sie hörte Schritte und drehte sich um.

Rückblickend kam es ihr vor, als wäre alles in Zeitlupe passiert. Ihre Wahrnehmung hatte sich verändert, sie fühlte keinen Schmerz, sah den Eingang des Hauses sich öffnen, dunkel wie ein Grab. Innen war der Boden aus Stein, Männer und Frauen liefen um sie herum, angezogen wie auf einem Bild von Brueghel. Dee versuchte zu schreien, doch sie brachte keinen Ton heraus. Die Menschen um sie herum, müde Menschen in Kostümen, die komisch gewirkt hätten, wären sie nicht so offensichtlich abgetragen gewesen, bemerkten sie nicht, als wäre sie ein unsichtbarer Geist. Die Luft war erfüllt von den unterschiedlichsten Gerüchen: Mist, Schweiß, frischgebackenes Brot. Dee hatte das Gefühl, sich hier auszukennen und doch wieder nicht, wie in den unsteten Landschaften ihrer Träume.

»Entspann dich«, befahl eine Stimme in ihr. »Wenn du dich entspannst, geschieht dir nichts.«
Sie ließ sich auf den Boden sinken, spürte, wie jemand den Ring von der Kette riß, und im nächsten Moment waren die Geräusche und Gerüche verschwunden. Sie lag im Eingang eines unbenutzten Lagerhauses. Über sich sah sie, seltsam distanziert, die hölzernen Dekkenbalken; von der Tür kam Licht. In Gedanken überprüfte sie, ob ihr etwas weh tat, fand aber nichts. Ich lebe, dachte sie. Dann führte sie die Hand zum Hals. Der Ring war nicht mehr da. Sie sah sich nach ihrer Schultertasche um und entdeckte sie wenige Meter entfernt auf dem Boden. Jemand hat mich überfallen, aber ich lebe!

Als Dee ins Hotel zurückkam, wartete eine Nachricht auf sie: Colin hatte angerufen. Es war dringend, sie sollte ihn so bald wie möglich zurückrufen. Der Angestellte an der Rezeption musterte Dee besorgt. War alles in Ordnung? Hatte Mademoiselle einen Unfall gehabt?
»Ich bin gestürzt«, antwortete Dee. Das Angebot, die Polizei zu rufen, lehnte sie ab, denn sie spürte, daß sie mit dem ganzen Trubel nicht würde umgehen können. Ihr Kopf dröhnte, und sie wollte sich nur noch hinlegen. »Ist schon in Ordnung. Ich bin nur hingefallen.« Doch sie wußte, daß es auch noch einen anderen Grund gab, weshalb sie kein Aufhebens machen wollte: Irgendwo im Hinterkopf war sie erleichtert, daß der Ring verschwunden war.
Als sie endlich wohlbehalten in ihrem Zimmer war, untersuchte sie sich zuerst einmal sorgfältig. Sie ließ ein Bad einlaufen und betrachtete sich im Spiegel. Wo sie mit dem Gesicht auf dem Boden aufgeschlagen war, sah man noch Schmutzspuren. Ihr rechtes Handgelenk war empfindlich, und als sie den Wasserhahn aufdrehte, tat es weh. An Knien und Ellbogen bilde-

ten sich bereits blaue Flecke. Doch ihre Unterwäsche war nicht zerrissen; sie war also nicht sexuell belästigt worden.
Dann ließ sie sich in die Wanne sinken; das warme Wasser umschloß ihren Körper wie eine Liebkosung – ein Segen. Natürlich hätte sie den Vorfall der Polizei melden müssen, immerhin hatte jemand sie überfallen und beraubt. Aber ihre Brieftasche steckte samt Reiseschecks und belgischen Francs unversehrt in ihrer Handtasche, und allein der Gedanke an Wirbel und Aufregung war ihr unerträglich. Dann fiel ihr ein, daß Peter sie ja um acht abholen würde und sie ihn fragen konnte, was sie tun sollte. Sicher würde er den Ring zurückhaben wollen, aber momentan hatte Dee nur den Wunsch, in Ruhe gelassen zu werden. Sie blieb lange in der Wanne, ließ immer mehr heißes Wasser zulaufen und beobachtete, wie ihre Haut rot wurde.
Sie dachte an Colin. Sie würde ihn nicht anrufen. Jedenfalls nicht sofort. In ihrem letzten Brief hatte sie ihm die Einzelheiten über ihren Aufenthalt hier in Brüssel mitgeteilt. Um ihn zu amüsieren, hatte sie ihm sogar geschrieben, daß sie ein Tagebuch aus dem Jahr 1919 gefunden hatte, dessen Verfasserin von einer Freundin berichtete, die ein Bild mit dem Titel *›Mein Magier‹* gemalt hatte. Früher hatte sie Colin zum Spaß manchmal Zauberer genannt: Diese Parallele war so unauffällig, daß es sich lohnte, diese Anekdote zu berichten. Aber was wollte er wohl jetzt von ihr? Wenn es wirklich so dringend war, würde er bestimmt noch einmal anrufen.
Schließlich stieg sie aus der Wanne, zog die Vorhänge zu und legte sich ins Bett. Das Klingeln des Telefons weckte sie. Monsieur Eggli sei da und wünsche Mademoiselle zu sehen. »Bitten Sie ihn herauf«, antwortete Dee.
Peter klopfte. Als sie wissen wollte, wer da war, antwortete er schelmisch: »Der Zimmerservice.« Sie ließ

ihn herein. Als er sie im Morgenmantel sah, zog er erstaunt die Augenbrauen hoch.
»Entschuldige, Peter. Ich bin noch nicht angezogen...«
In diesem Moment entdeckte er in ihrem ungeschminkten Gesicht die Schwellung über dem Bakkenknochen. Sein Blick wurde hart. »Was ist passiert? Was ist los mit dir?«
Dee setzte sich aufs Bett. »Ich bin überfallen worden. Es war nicht so schlimm«, erklärte sie, in dem Versuch, die Sache auf die leichte Schulter zu nehmen, »ich hab nur ein paar Kratzer... Aber der Ring ist gestohlen!«Peter erwiderte ihren Blick nicht. Er biß die Zähne zusammen und nahm sie wortlos in die Arme. Dee lehnte sich an seine Schulter. »Gott sei Dank, daß du da bist«, murmelte sie, und auf einmal kamen ihr die Tränen. »Tut mir leid, daß ich so eine Heulsuse bin – ich glaube, es ist der Schock.«
Peter saß neben ihr auf dem Bettrand und hielt sie eine Weile stumm im Arm. Doch dann fragte er: »Bist du ganz sicher, daß dir nichts passiert ist? Abgesehen von den Kratzern?«
»Ja. Ich hatte den Ring bei mir. Heute abend wollte ich ihn dir geben. Jetzt ist er weg... Wenn du willst, kannst du die Polizei verständigen...«
Eggli rührte sich nicht. »Wo ist es passiert?«
Sie versuchte es ihm zu erklären, verhaspelte sich aber sofort.
»Pssst, beruhige dich. Ich fürchte, die Polizei kann uns da nicht helfen. Aber du bist möglicherweise in Gefahr. Du mußt zu mir nach Hause kommen.«
Erschrocken setzte Dee sich auf. »Warum sollte ich in Gefahr sein?«
»Die gleichen Leute, die dir den Ring gestohlen haben, könnten annehmen, daß du auch die Maske besitzt. Wahrscheinlich sind sie dir ins Hotel gefolgt.«
»Aber hier bin ich doch in Sicherheit, oder?«

»Schatz, das ist ein Hotel. In einem Hotel dieser Größe kann man unmöglich jeden überprüfen, er ein- und ausgeht. Aber bei mir wärst du in Sicherheit ...«

»Schatz!« Das aus seinem Mund zu hören, zu erleben, daß er sie so ansprach! Bei diesem Wort durchlief sie ein Freudenschauer, der Duft der Vergangenheit mischte sich mit den Verheißungen der Zukunft. Aber sie schüttelte den Kopf.

»Wie kann ich denn mit dir nach Hause gehen? Was ist mit dem Hotel? Ich habe hier schließlich ein Zimmer gebucht.«

»Du bist in einem Hotel zu nichts verpflichtet«, entgegnete er lächelnd. »Du kannst ja morgen zurückkommen. Und meine Wohnung ist leer – abgesehen von mir!« Er sah sie an und machte wieder seinen Schmollmund. »Ich verspreche dir auch, daß ich dich nicht auffressen werde!«

»Ich bin auch ziemlich zäh«, erwiderte Dee mit einem unsicheren Lächeln.

»Meinst du? Ich kann mir viel bei dir vorstellen, meine süße Dee: daß du sanft und sensibel bist, aber zäh – nein, bestimmt nicht! Stark vielleicht, aber nicht zäh. Das paßt wirklich nicht zu dir.« Er berührte ihre Wange, und gleich fühlte sie sich besser.

»Also, zieh dich jetzt lieber an, damit wir nach Hause fahren können. Ich mache dir ein Abendessen. In aller Bescheidenheit wage ich zu behaupten, daß ich sogar ein ziemlich guter Koch bin.«

Dee gehorchte. Im Badezimmer zog sie sich an und packte eine Tasche mit den Sachen, die sie für eine Nacht brauchte.

Dann verließen sie das Hotel, setzten sich in Peters Wagen und fuhren davon, vorbei an *St. Michel* und *Ste. Gedule,* den beiden imposanten, vom Alter geschwärzten gotischen Kathedralen.

Durch die abendlichen Straßen fuhr Peter in eine Vorstadt, wo er ein modernes Haus mit Veranda und einem großen Garten besaß. Ihm zu vertrauen, ihn für sie sorgen zu lassen, machte Dee glücklich. »Vertrau den Männern«, pflegte ihre Mutter zu sagen, »aber schau ihnen auf die Finger!« Ein reichlich zynischer Ratschlag, wie ihn Mütter gern aussprechen, wenn sie einem eine Lebensweisheit mit auf den Weg geben wollen. Ein Rat von einer Frau, die nie einem Mann wie Peter Eggli begegnet ist, dachte Dee.
Er parkte in der Auffahrt und führte sie durch die Hintertür in die blau-weiß gekachelte Küche, von dort durch die Diele, die Treppe hinauf und ins Gästezimmer, das auf den Garten und eine kleine Vorortstraße hinausging. Hier stand ein Doppelbett, ein antiker Kleiderschrank, ein Schreibtisch mit Papier und einem alten silbernen Tintenfaß und ein kleines Regal mit französischen und englischen Büchern. An der Wand hing ein Spiegel, und als Dee ihr Spiegelbild betrachtete, merkte sie zu ihrer Freude, daß die Schwellung über ihrem Auge schon zurückgegangen war. Ihre blauen Augen schimmerten dunkel, die Pupillen waren tiefschwarz. Aber ihre Haut war blaß und gespannt.
Als sie wieder herunterkam, erwartete Peter sie im Salon, einem großen Raum mit Blick auf den Garten. Es gab hier einen offenen Kamin, die Einrichtung bestand aus modernen Stücken und einem antiken Schrank mit kunstvollen Schnitzereien. Dee ließ sich auf ein kleines hellbeiges Sofa sinken.
»Was möchtest du trinken?«
»Gin und Tonic, falls du so was da hast.« Dee konnte sich noch genau daran erinnern, wann sie das zum ersten Mal probiert hatte: Colin hatte es in einem Londoner Lokal für sie bestellt. Jetzt sehnte sie sich regelrecht danach – nach dem Gefühl, Abstand zu bekommen und sich über alles lustig machen zu kön-

nen. Peter reichte ihr den Drink, mit Eis und einem Stück Zitrone, und schenkte sich dasselbe ein. »Wie fühlst du dich?«

»Viel besser!«

»Gut ..., hast du Hunger?«

»Kein bißchen.«

»Aber du solltest eine Kleinigkeit essen. Wie wäre es mit pochiertem Seelachs?«

»Wunderbar, Peter, aber mach dir bloß keine Umstände.«

»Oh, das macht mir schreckliche Umstände ...«, meinte Peter mit geheimnisvollem Lächeln. Anscheinend war er sehr gut gelaunt. Wahrscheinlich freut er sich, daß ich hier bin, dachte Dee. Und ich freue mich auch, bei ihm zu sein. Aber sie wußte, daß es noch mehr war – mehr als Freude. Sie fand es aufregend, hier zu sein. Schließlich ging er in die Küche, und als sie ihm nachrief, ob sie vielleicht helfen könne, antwortete er, sie solle bleiben, wo sie war. Dann kam er noch einmal zurück, das Geschirrtuch über der Schulter, und schob ihr ein Sitzpolster unter die Füße.

»Jetzt übernimmt Dr. Eggli die Regie; wie wär's mit ein bißchen Musik?« Er ging zur Musiktruhe in der Ecke, suchte Bert Kaempferts »Swinging Safari« heraus und legte die Platte auf. Während die Musik durch die Luft schwebte, spürte Dee den Gin in ihren Adern tanzen. Der dumpfe Schmerz in ihren Knien und Ellbogen ließ nach. Draußen senkte sich die Nacht herab, breitete sich über den Garten und die Veranda und machte vor dem erleuchteten Fenster halt. Dees Körper wurde schwer und sank tiefer in die Kissen. Sie hatte den Eindruck, daß die Erinnerungen an den vergangenen Nachmittag aus einem anderen Leben stammten.

Nach einiger Zeit kam Peter mit einem Tablett in der Hand zurück. »Das Abendessen ist serviert, Madame!« Er setzte das Tablett auf dem Couchtisch

ab und reichte Dee eine Serviette. Dann legte er ihr ein Lachssteak, eine Zitronenscheibe und ein wenig Salat auf den Teller, schob den Korb mit Brot in die Mitte des Tischs und goß jedem ein Glas Chablis ein.
Sie aßen; zuerst Lachs und Salat, danach Mousse au Chocolat – süß wie die Sünde. Dann brachte Peter das Tablett in die Küche und setzte Kaffee auf.
»Können wir den Kaffee vielleicht auf der Veranda trinken?« rief Dee. Sie hoffte, in der Nachtluft wieder einen klaren Kopf zu bekommen.
»Warum nicht?«
Als Dee aufstand, merkte sie, daß ihre Knie ganz steif waren; auch die Ellbogen fingen wieder an weh zu tun.
»Hast du Schmerzen?« fragte er besorgt und stützte sie. So saß sie mit ihm draußen in der milden Nachtluft, trank schwarzen Kaffee und ließ ihn ihre Hand halten. Er streichelte ihren Unterarm und berührte ihr Knie.
»Wie machst du das? Die Schmerzen sind weg. Dabei habe ich mich schon gefragt, ob ich zum Arzt gehen muß!«
»Hier hast du doch einen Arzt«, flüsterte er. »Morgen früh geht's dir noch ein Stück besser, warte nur.«
Dee lehnte sich zurück und sah hinauf in den Himmel, sah die Sterne und den Halbmond, der zwischen den Wolken Verstecken spielte. Peter rauchte eine Zigarre und betrachtete Dee im Licht, das aus dem Fenster fiel.
»Was du da siehst«, sagte er, »das sind die Sterne, wie sie vor fünfzig bis hundert Jahren waren. Sie sind so weit entfernt, daß ihr Licht diese Zeitspanne braucht, um uns zu erreichen. Wir können nicht wissen, ob die Sterne, die wir sehen, jetzt noch existieren!«
»Zeit fasziniert mich«, flüsterte Dee. »Mir kommt es immer so vor, als verlocke sie uns, indem sie uns das Leben schmecken läßt, nur um uns dann für immer

davon auszuschließen – eingesperrt in unseren Zeitrahmen, in unseren winzigen Erfahrungsraum – während die Zeit achtlos immer weiterschreitet. Erst wird uns der Mund wäßrig gemacht, dann werden wir darum betrogen.«
Peter schwieg; der Rauch seiner Zigarre wirkte berauschend. »Zeit ist eine Illusion«, meinte er schließlich. »Zeit ist ein Teil von uns, und wir sind ein Teil der Zeit.«
»Vielleicht ist alles Teil von allem anderen und damit alles eins«, sagte Dee verträumt. »Wenn ich so zum Himmel aufschaue, kann ich mir das durchaus vorstellen.« Sie spürte ganz deutlich seine Nähe, spürte, wie er ihre Anwesenheit genoß. »Peter?«
»Was?«
»Warum beunruhigt es dich überhaupt nicht, daß der Ring gestohlen worden ist? Du wolltest ihn unbedingt haben, das weiß ich. Du sagst, die Polizei wird uns nicht helfen können. Du deutest an, ich könnte in Gefahr sein. Und trotzdem kommst du mir vor, als ginge dich das alles gar nichts an!«
Er blies kleine Rauchkringel, die wie Heiligenscheine durch die Luft schwebten. »Ich mache mir keine Sorgen um dich, weil du bei mir sicher bist. Und was den Ring angeht, so bin ich froh, daß dir nichts Schlimmeres zugestoßen ist.
Er drückte ihre Hand so fest, daß es weh tat, dann lehnte er sich zurück und sah sie an. Sie fühlte das Geheimnis, das er in sich trug, das Geheimnis von Zeit und Erfahrung – so vieles hatte er schon durchgemacht, während sie noch ein kleines Mädchen war. Peter kannte die Welt, und im Vergleich zu ihm war Dee eine Novizin.
»Ich bin dabei, mich in dich zu verlieben«, sagte sie nach einer Weile. »Das macht mir Angst – ich habe früher schon einmal gelebt, aber das war ganz anders.«
»Warum sollte es dir Angst machen?«

»Weil ich es nicht unter Kontrolle habe.«
Wieder drückte er ihre Hand. »Warst du in diesen Zeitungsmenschen verliebt?«
»In Colin, ja... Übrigens hat er gerade heute versucht, mich zu erreichen.« Mit einem verstohlenen Blick kontrollierte sie, ob Peter eifersüchtig wurde, aber er senkte nur kurz die Augenlider, ansonsten blieb sein Gesicht unverändert. »Oh«, murmelte er, »was wollte er denn von dir?«
»Ich weiß es nicht. Er hat eine Nachricht hinterlassen, es sei dringend. Aber ich habe ihn noch nicht zurückgerufen. Colin ist ein Panikmacher, er meint immer gleich, die Welt geht unter. Hinter allen halbwegs wichtigen Ereignissen auf diesem Planeten wittert er politische Intrigen und Verschwörungen.«
»Damit hat er leider vollkommen recht.«
»Obwohl wir in einer Demokratie leben, werden die Menschen seiner Meinung nach immer noch um die Macht betrogen.«
»Auch richtig... Aber du brauchst doch nicht diesen Colin, um das zu wissen. Macht ist von Natur aus nur wenigen vorbehalten. Die Masse der Menschen kann nicht mit Macht umgehen.«
»Du glaubst also, daß bestimmte Leute auserwählt sind, die anderen zu regieren?«
»Selbstverständlich.«
»Da bin ich aber ganz anderer Meinung. Ich finde solches Denken elitär, reaktionär – und gemein. Hoffentlich herrschen im ITU nicht solche Grundsätze... obwohl, wenn ich richtig darüber nachdenke, hat mich Colin einmal vor jemandem dort gewarnt – vor jemandem, der ›Dreck am Stecken hat‹, wie er sich ausdrückte, und vor dem ich mich in acht nehmen soll.«
»Wer soll das denn sein?« fragte Peter beiläufig. »Wahrscheinlich kenne ich ihn.«
Dee versuchte sich zu erinnern. Hatte Colin einen Namen genannt? »Ich glaube, er hat nicht erwähnt,

wie der Betreffende heißt. Aber ich frage Colin, wenn wir uns das nächste Mal treffen.«

»Wo arbeitet dieser Musterknabe nochmal?«

»Bei der *Daily Mail.*«

Auf einmal spürte Dee, daß sie Kopfschmerzen bekam, ganz unten an der Schädelbasis fing es an. Inzwischen war die Luft merklich kühler geworden, und sie bekam eine Gänsehaut auf den Armen.

»Kopfweh?«

Sie nickte.

Einen Moment später fragte sie, einer plötzlichen Regung folgend: »Peter, wenn ich die Maske finden würde, die du erwähnt hast – sie muß irgendwo in Kilashane sein – wenn ich sie dir geben würde, was würdest du damit machen?«

Als er nicht sofort antwortete, fügte Dee hinzu: »Die Frage ist rein hypothetisch. Ich bin nur neugierig, weiter nichts. Würdest du sie verkaufen?«

»Nein«, antwortete er leise. »Die Maske sollte dorthin zurückkehren, wo sie hergekommen ist.«

»Sie kommt aus Venedig.«

»Du scheinst dir da ganz sicher zu sein!«

»Ich *bin* ganz sicher, Peter. Weißt du, ich habe in Kilashane auch ein altes Tagebuch gefunden, in dem die Maske erwähnt wird. Das Tagebuch stammt von einer Frau namens Yvonne O'Reilly. Und ihr hat man gesagt, daß die Maske aus Venedig kommt.«

Einen Moment schwieg Peter, dann flüsterte er mit seltsam trauriger Stimme: »Yvonne O'Reilly? Ist das Tagebuch interessant?«

»Ja. Ein Fenster in die Vergangenheit.«

Da zog er sie auf seine Knie und hielt sie am Arm, ihr Kopf unter seinem Kinn, seine Finger sanft ihren Nacken massierend. Eine Sekunde fühlte sie sich wie ein ungeborenes Kind im Mutterleib, umgeben von allem, was sie benötigte, mit seinem Leben durch eine unsichtbare Nabelschnur verbunden.

»Zeit, ins Bett zu gehen, Liebes!«
In der Küche gab er ihr eine Tablette – »Gegen die Kopfschmerzen, damit du besser schlafen kannst« – und sah zu, wie sie sie mit einem Glas Wasser hinunterspülte. Dann führte er sie die Treppe hinauf zu ihrem Zimmer.
»Schlaf gut. Morgen früh geht es dir bestimmt wieder gut.«
Er zögerte, als warte er, ob sie ihn zu sich einlud, aber da sie keine Anstalten machte, ging er über den Korridor zu seinem Zimmer. Doch er drehte sich noch einmal um, und sie sah etwas in seinen Augen: ein nachdenklicher Blick, in dem Triumph aufleuchtete. Der Eindruck verflog nach dem Bruchteil einer Sekunde, dann lächelte er ihr zu, sie erwiderte das Lächeln schläfrig, und schloß die Tür.

Als sie erwachte, war es noch dunkel, und der Traum hielt sie fest, zog sie in die Tiefe wie eine Ertrinkende. Lag da nicht etwas neben ihr im Bett? In ihrem traumschweren Zustand glaubte sie, es sei eine riesige schwarze Katze. Aber als sie die Hand ausstreckte, war nichts da. Trotzdem ließ die Angst nicht nach, sie schien aus einer Quelle zu kommen, die ganz in der Nähe ihres Herzens entsprang, und von dort ihr ganzes Wesen durchflutete. Das Zimmer war dämmrig, aber dank der klaren Sommernacht und den Straßenlaternen draußen, nicht vollkommen dunkel.
Dee brauchte eine Weile, bis sie begriff, daß sie in Peters Haus war und er im Zimmer gegenüber schlief. Dann stand sie auf, zog ihren Morgenmantel über und stolperte durch die Diele.
Lautlos öffnete sie seine Tür. Sie hörte seine tiefen Atemzüge, die plötzlich zu stocken schienen. Dann seine Stimme: »Dee?«
Sie blieb stehen. »Ich hatte einen Alptraum – ziemlich albern von mir, was?« Aber sie zitterte noch immer,

wenn sie daran dachte, und war gleichzeitig schokkiert, daß sie tatsächlich hier mitten in seinem Zimmer stand.

Da er nichts sagte, fügte sie fast panisch, voller Angst, was er von ihr denken mochte, hinzu: »Tut mir leid. Ich schlafe noch halb. Ich hätte lieber nicht kommen sollen ...«

»Aber natürlich sollst du das!« Er streckte die Hand nach ihr aus, zog sie zum Bett und hob die Decke für sie hoch, so daß sie neben ihn schlüpfen konnte. »Komm her«, sagte er sanft, wie zu einem Kind.

Sie schmiegte sich an ihn. Als erstes spürte sie, wie die Angst von ihr wich und ihr Herzschlag sich allmählich wieder normalisierte. Aber nach einer Weile erzeugte die Wärme des Bettes, die Wärme seiner Arme, seine nackte Gegenwart, sein Körper, der sich an ihr zu regen begann, eine sexuelle Spannung, die sie nie gekannt hatte. Es war, als lebte eine andere Person in ihrem Körper, eine Person, die Dinge wußte, von denen Dee keine Ahnung hatte. Die Berührung seiner Haut, der Geruch seines Atems waren wie eine Sprache. Die Angst war verflogen, das Verlangen löschte jedes andere Gefühl aus. Dee streifte den Morgenmantel und das Nachthemd ab und ließ beides zu Boden gleiten.

»Ich bin Jungfrau«, flüsterte sie.

»Ich werde ganz, ganz zärtlich sein.«

Dann sprachen nur noch die Körper. Peter streichelte Dee, bis sie es schließlich nicht mehr aushielt und ihn auf sich zog. So sanft drang er in sie ein, daß sie nur beim letzten Stoß, als er die Kontrolle über sich verlor, einen kurzen Schmerz spürte. Doch gerade das war besonders erregend für sie – wie er sich gehen ließ und verletzlich wurde, das war, als müßte auch er Vertrauen aufbringen und sich ihr ganz hingeben.

»Das war verantwortungslos von mir«, flüsterte er ihr ins Ohr. »Ist es denn sicher?«

»Sicher? Ach, du meinst ..., ich glaube schon.«
Dann küßte sie die Haare auf seiner Brust, sein Gesicht, seinen Hals, streichelte seinen Rücken, fühlte die Härchen zu beiden Seiten der Wirbelsäule, ließ ihre Hände schüchtern weiter nach unten gleiten, wo er sich bereits wieder zu regen begann.
Diesmal kam die Lust in Wellen, zuerst ein leichtes Plätschern am Ufer, dann riesige Wogen, die alles mit sich rissen, zu ihrer Seele vordrangen, sich in ihren Gedanken überschlugen.
Danach schlief Dee wie ein Murmeltier. Eine Weile lag Peter neben ihr und betrachtete ihr Gesicht.
Später erwachte sie, und der Geruch von brutzelndem Speck stieg ihr in die Nase. Rasch warf sie den Morgenmantel über und ging die Treppe hinunter. Das Morgenlicht durchflutete Veranda und Küche, auf dem Tisch lagen zwei Zeitungen – die *Sunday Times* und der *Observer.* Peter stand am Herd und wendete die Speckscheiben auf dem Grill. Auf der Veranda war der Tisch gedeckt: Servietten, Besteck, ein Krug Orangensaft. Der ganze Garten schien zu strahlen.
»Guten Morgen.«
»Wie geht es dir? Du siehst viel besser aus. Hast du gut geschlafen?« erkundigte sich Peter augenzwinkernd.
»Ach, Peter ...«
Er legte die Gabel weg und nahm sie in die Arme, drückte ihren Kopf an seine Schulter, schob die Hand unter ihren Morgenmantel, zog ihn ein Stück weg und beugte sich herab, um Dee auf den Nacken zu küssen. Aber sie wich zurück, plötzlich den Tränen nahe.
»Ich will dich nicht ausnutzen, ich bin verliebt!« protestierte er. »Warum bist du so aufgebracht? Warum stößt du mich weg?«
»Ich habe da eine scheußliche Stelle – eine Narbe ... und ich will nicht, daß du sie siehst! Mein ganzes Leben lang habe ich mich deshalb geschämt!«

»Meinst du etwa das kleine Ding auf deinem Arm?«
Dee wurde rot. »Ich habe gedacht, im Dunkeln würdest du es nicht sehen.« Vorsichtig schob er ihren Ärmel zurück. Auf ihrem rechten Unterarm war die Haut glänzend weiß und unregelmäßig vernarbt.
»Woher hast du das?«
»Es ist im Chemielabor in der Schule passiert. Schwefelsäure.«
»Erzähl mir davon.«
»Es war ein Experiment... das Zeug ist explodiert. Ich höre immer noch den Knall, wie das Reagenzglas zerbricht, ich sehe noch vor mir, wie das Zeug auf mich zufliegt. Alles wie in Zeitlupe. Ich hatte Angst, es würde mein Gesicht treffen, deshalb habe ich den Arm gehoben. Dann stand ich da wie ein Trottel, vor Schreck wie gelähmt, starrte auf den verkohlten Pullover, und der Gestank stieg mir in die Nase. Mutter Brid hat mich gepackt und meinen Arm unter den Wasserhahn gehalten. Aber es war schon passiert. Eine Weile hat der Arzt gedacht, es wäre bis auf den Knochen gegangen.«
Peter beugte sich über den Arm und küßte ihn. »Vitriolöl«, murmelte er, »ein scheußliches Zeug.«
Dann stellte er den Herd ab, nahm Dees Hand und führte sie wieder hinauf in sein Zimmer. Dort zog er sie zu sich aufs Bett und nahm sie in die Arme. »Du brauchst bloß eine kleine Operation, und alles ist wieder in Ordnung«, sagte er. »Wir suchen den besten Fachmann für plastische Chirurgie, und es wird alles wieder gut.«
Dees Augen füllten sich mit Tränen. »Man hat meinen Eltern gesagt, es würde immer eine Narbe bleiben, egal, was man macht.«
»Nein, nicht unbedingt. Es muß keine Narbe bleiben.«
Auf einmal fand Dee, daß es ein guter Zeitpunkt war, noch ein anderes unangenehmes Geheimnis loszu-

werden. »Mein richtiger Name ist nicht Dee, weißt du!«
»Ist es eine Abkürzung für Deirdre?«
»Nein. Ich heiße eigentlich Désirée.«
Er lachte leise. »Wie hübsch! Und der Name paßt so gut zu dir – die Ersehnte!« Er schob den Morgenmantel zurück und streichelte ihre Brüste.
Als sie erwachte, war sie allein. Die Vorhänge waren zugezogen. Dee lag unter dem Leintuch und dem Bettüberwurf. Aus dem Badezimmer hörte sie Wasser laufen.
Sie schlüpfte aus dem Bett und sah sich nach ihrem Morgenmantel um. Er war nirgends zu entdecken. Ob Peter ihn aufgehängt hatte? An der Tür war kein Haken, also öffnete sie einen der beiden Einbauschränke. Es dauerte einen Moment, ehe sie die Frauenkleider wahrnahm: Kostüme, Seidenblusen, Kleider, eine schulterfreie jadefarbene Abendrobe mit Pailletten. Auf dem Boden standen mehrere Paar Damenschuhe, auf dem Hutbrett eine Auswahl von Hüten und zwei Perücken. Während sie das alles anstarrte, entdeckte Dee die Ecke eines Silberrahmens, der über den Rand des Kleiderschranks ragte. Sie zog ihn heraus und musterte entsetzt das glückliche Trio: Peter, den Arm um die Schultern einer jungen Frau gelegt, die ein Kind hielt.
Zitternd legte Dee das Bild zurück an seinen Platz. Der Gedanke, daß nun alles, was sie mit Peter geteilt hatte, nachträglich schmutzig und falsch erschien, war entsetzlich.
Als Peter, ein Handtuch um die Hüften, aus dem Badezimmer trat und Dee sah, erstarb das Lächeln auf seinen Lippen.
»Dee«, sagte er mit gebieterischer Stimme, »schau mich nicht so an!«
»Ruf mir ein Taxi.«
»Warum?«

»Tu's einfach!«
»Das ist doch lächerlich. In dieser Verfassung laß ich dich nicht gehen. Was ist los? Ist was passiert?«
Wütend starrte Dee ihn an. »Mir befiehlt niemand, wohin ich gehen soll. Den Gedanken, daß ich dir gehöre, kannst du dir gleich aus dem Kopf schlagen!«
Peter hob ratlos die Schultern und ließ sie wieder sinken. »Bitte laß mich dich wenigstens fahren.«
»Rufst du mir jetzt ein Taxi oder muß ich es selbst machen?«
»Sehe ich dich wieder?«
Sie schüttelte den Kopf, ging ins Gästezimmer, zog sich an und warf ihre Sachen achtlos in die Tasche. Mittendrin erschien Peter mit ihrem Morgenmantel. »Der lag unterm Bett.«
Dee brachte kein Wort heraus. »Dee«, flehte Peter, »wenn du mich läßt, kann ich alles erklären!«
Jetzt hatte sie die Sprache wiedergefunden. »Nein! Keine Lügen mehr! Ich will dich nie wiedersehen.«
Als das Taxi vorfuhr, stieg sie ein. Sie wußte, daß er an der offenen Tür stand, aber sie drehte sich nicht nach ihm um.
Der Fahrer beobachtete sie im Rückspiegel und sah, daß sie weinte. Ihm war aufgefallen, wie sie das Haus verlassen hatte, daß ein Mann an der Tür gewartet und sie sich nicht umgedreht oder gewinkt hatte. *»Chagrin d'amour«,* sagte er sich weise und versuchte lieber nicht, mit Dee Konversation zu machen.
Als Dee ins Hotel kam, erkundigte sie sich als erstes, ob Nachrichten für sie eingegangen waren. Ja, Mr. Weaver hatte wieder angerufen: Könnte sie ihn bitte unter der angegebenen Nummer sobald wie möglich zurückrufen? Dee steckte den Zettel in die Tasche und meldete von ihrem Zimmer aus gleich ein Gespräch an. Aber am anderen Ende meldete sich niemand. Gerade wollte sie die Zeitung anrufen, als ihr einfiel, daß Sonntag war.

Sie legte sich aufs Bett und versuchte, ihre Wut und ihre Eifersucht niederzukämpfen. Die Eifersucht entsprang der Furcht, daß sie für Peter nur ein Seitensprung war, während sie sich ihm voll und ganz hingegeben hatte. Dazu kam, daß sie ohnehin Angst vor Ablehnung hatte. Brennender Selbsthaß packte sie. »Er hat gesagt, er wäre nicht verheiratet«, flüsterte sie immer wieder, als müßte sie einen anderen davon überzeugen. »Er hat es einfach behauptet.« Plötzlich fiel ihr wieder ein, daß Colin sie vor jemanden bei ITU gewarnt hatte. Wenn er nun Peter gemeint hatte? ›Ich weiß zwar noch nicht alles, aber es steht fest, daß er jede Menge Dreck am Stecken hat.‹ Und sie dachte daran, was Charlie gesagt hatte: ›Seien Sie vorsichtig mit Eggli. Lassen Sie sich nicht von ihm täuschen.‹
Ich will nach Hause, dachte sie und vergrub den Kopf im Kissen.
Ich will zurück nach Ballyshane.

FÜNFZEHNTES KAPITEL

»Deine Schönheit wird dich nicht retten, Frau.«
»Nur Ihr könnt mich retten, aber Ihr wollt es nicht.«

Tagebuch eines Zeugen

YVONNE ERWACHTE FRÜH, doch Theo war bereits aufgestanden.
Sie streckte die Hand aus, aber das Bett – ein Himmelbett mit einer weichen, luxuriösen Matratze – war leer. Sie hörte das Rauschen des Meeres, an das sie sich allmählich gewöhnte, obwohl es sie anfangs sehr gestört hatte. Manchmal klang es beinahe menschlich, mit all seinen unterschiedlichen Stimmen.
Das Licht fiel gedämpft durch die altgoldenen Vorhänge, und sie konnte die Bilder an den Wänden ausmachen – ein Aquarell, ein paar Drucke, ein Ölgemälde mit Rosen in einer großen Vase und seidigen Blütenblättern auf einem blankpolierten Tisch, das Bildnis einer Dame mit Jagdhund, die ein stilisiertes Kleid und ein Stirnband trug und verträumt in die Ferne blickte. Der Schrank neben dem Fenster war aus massivem Mahagoni, mit Intarsien aus Walnußholz. In dem großen Spiegel auf der Schranktür konnte Yvonne ihren Kopf, ihre Schultern und einen Teil des Bettes sehen. Theo blickte gern in diesen Spiegel, wenn sie nackt nebeneinander auf dem Bett lagen. Dann betrachtete er im Lampenlicht ihr Spiegelbild, sie konnte den Blick nicht von seinem sinnlichen Gesicht wenden. Aber dann verlor er plötzlich die Lust und rückte mit einer schroffen Entschuldigung von ihr ab.
Die übrigen Möbel im Zimmer waren ebenfalls vikto-

rianisch: ein Frisiertisch aus Rosenholz, eine Mahagonikommode mit einem Nachttopf aus Porzellan, ein dicker, alter, indischer Teppich, vor der Tür schon ganz fadenscheinig. Es roch nach Kampfer. Auf dem Kaminsims aus schwarzem Marmor stand eine kleine Uhr, ebenfalls aus Marmor, unter der Bronzenymphen tanzten. Das Feuer vom Vorabend war erloschen; auf dem Rost lag weißgelbe Asche. In einem Messingbehälter neben dem Kamin häuften sich die Torfballen.

Inzwischen war Yvonne mit dem Haus vertraut; sie kannte das Knarren der alten Dielen bei Nacht, und sie kannte auch die Menschen, die hier wohnten: Theos Mutter, die sehr reserviert, aber freundlich war, Theos Schwester Kate, die einen so ruhigen Eindruck machte, in deren Innern aber ein verborgener Zorn loderte, die Köchin Una, eine bodenständige Person, die gern redete, Brigid, das schüchterne Dienstmädchen, und Batty, der Stallknecht, der in einer Hütte ganz in der Nähe wohnte und dem man manche Unverschämtheit durchgehen ließ.

Auch die politische Unruhe im Land war ihr nicht mehr fremd; sie spürte die Unzufriedenheit, die in der Luft lag, wie die schwüle Stille vor einem Gewitter.

Nun lag Yvonne in ihrem Bett, ohne sich zu rühren, spürte das Gewicht der Decken, die glatten Leintücher, die Spitzenborten an den Kopfkissen. Sie trug eins ihrer schlichten weißen Nachthemden, die über der Brust geknöpft wurden. Heute waren die Knöpfe geschlossen, denn Theo war erst spät ins Bett gekommen und hatte keinen Versuch unternommen, sie anzufassen.

Wenn sie ehrlich zu sich war, mußte sich Yvonne eingestehen, daß sie Theo nicht kannte. Sie beobachtete, wie seine Mutter ihn besorgt musterte und wie seine Schwester unablässig versuchte, seinem Gedächtnis mit Familiengeschichten und albernen Anekdoten auf die Sprünge zu helfen. Dann nickte Theo, lächelte und tat, als erinnerte er sich. Irgend etwas an seinem Verhalten hinderte dann sowohl seine Mutter als auch seine Schwester daran, weiter nachzubohren – wenn Theo behauptete, er erinnere sich, ließ man es dabei bewenden. Kein einziges Mal steuerte er von sich aus ein Kindheitserlebnis oder seine eigene Sichtweise eines bestimmten Ereignisses bei – aber niemand verlor darüber ein Wort. Und Yvonne hatte es auch für sich behalten, wie er eines Nachts betrunken ins Bett gekommen war, mit blutunterlaufenen Augen und übelriechendem Atem, wie er sie wachgerüttelt hatte, weinend und stammelnd: »In Gottes Namen, tu doch etwas ...«

Sie hatte ihn in die Arme genommen, und so war er schließlich eingeschlafen. Am anderen Morgen schien er sich an nichts zu erinnern; lässig und entspannt bestand er darauf, daß sie sich vor seinen Augen anzog. Er setzte sich im Bett auf und beobachtete schweigend und konzentriert jede ihrer Bewegungen.

Zuerst hatte Yvonne sich gewehrt: »Ich will mich nicht anziehen, wenn du mich so ansiehst.«

»Warum nicht? Meinst du, hier kommst du mit deiner lächerlichen Prüderie durch?«

»Theo! Ich bin deine Frau!«

»Und deshalb darf ich mich nicht mehr wie ein Mann benehmen?«

Yvonne spürte, wie die Wut in ihr hochstieg. »Du meinst, du benimmst dich wie ein Mann? Bestimmt nicht wie ein richtiger Mann. Du neckst mich und siehst mir zu. Du liebst mich nicht und du schläfst auch nicht mit mir. Dir geht es immer nur um dein eigenes Vergnügen. Ich bin eine Frau und kein Lichtschalter!«

»Sehr beeindruckend«, murmelte Theo mit unbewegter Miene. »Dann komm doch her und beweis mir, daß du eine Frau bist.« Er zog sie aufs Bett, schob

ihren Schlüpfer herunter, legte sich auf sie und drang so grob in sie ein, daß sie vor Schmerz aufschrie.
Er kümmerte sich nicht darum, ob und wie sie auf ihn reagierte. Als er fertig war, zog er sich zurück, stieg aus dem Bett, griff nach seinem Stock und ging ins Ankleidezimmer.
Yvonne blieb reglos liegen. Schließlich begann sie zu weinen. Was hatte Theo dazu bewogen, sich so zu benehmen? War er pervers? War er frustriert, weil er sein wahres Selbst nicht finden konnte? Oder war er einfach ein gefühlloser, brutaler Mensch? Sie wartete darauf, daß er zerknirscht zurückkommen würde, aber nichts dergleichen geschah. Erwartete er von ihr, daß sie sich benahm, als sei sie besiegt worden? Also stand sie auf, zog ihren Kimono über und suchte Theo. Er saß im Ankleidezimmer, den Ellbogen aufs Knie gestützt, den Kopf gesenkt, die Hände in den Haaren.
»Das war schrecklich!« sagte sie.
Er blickte auf. »Ja. Es tut mir leid. Ich weiß auch nicht, was in mich gefahren ist. Möchtest du noch mal mit mir ins Bett gehen? Dann können wir versuchen, ob wir nichts Besseres zustande bringen.«
Er streichelte die Tränenspuren in ihrem Gesicht. »Du bist zornig«, flüsterte er. »Sollen wir sehen, wie wir diesen Zorn, diese Empörung zu deinem Vergnügen ausnutzen können? Es gibt kaum etwas Besseres, um die Ekstase der Leidenschaft zu schüren.«
Doch Yvonne wich vor ihm zurück. »Wie kannst du es wagen?« fuhr sie ihn an. »Manchmal glaube ich fast, du bist der Teufel.«
»Ich bin sicher nicht schlimmer als die meisten Männer.« antwortete er.
»Ich habe dich *geliebt!*«
»Ich weiß, du hast gedacht, du könntest einen Mann herumdirigieren, mit dem du Mitleid hast, ein armseliges Wrack, und deshalb hast du ihn geliebt. Aber

meine liebe Kleine, wen hast du geliebt – den Mann oder das Herumdirigieren? War es die Macht, über sein Leben zu bestimmen, ihn zuzudecken und einzupacken – oder war es der Mensch, ein Gefangener, der sich nicht verständlich machen konnte? Denk darüber nach! Viele Frauen verbringen ihr ganzes Leben in Selbsttäuschung, unfähig, den Tatsachen ins Gesicht zu blicken.«
Yvonne schwieg. Sie wußte, daß er recht hatte, und gleichzeitig, wie oberflächlich seine Wahrnehmung war. Männer hatten nicht den Alleinanspruch auf ›Tatsachen‹. Mindestens die Hälfte aller ›Tatsachen‹ gehörte ihnen überhaupt nicht.
»Du hast keine Ahnung von Frauen. Du beurteilst sie nach deinen unzureichenden männlichen Wertmaßstäben.«
Yvonne war selbst überrascht, wie prompt ihr diese Antwort eingefallen war und wie bitter sie klang. Im Spiegel sah sie seinen verblüfften Gesichtsausdruck und dann so etwas wie Respekt.
Er lächelte, fast wie ein kleiner Junge. »Entschuldige bitte«, murmelte er dann, nahm ihre Hand und küßte sie. »Verzeihst du mir? Kannst du mir verzeihen?«
Yvonnes Ärger schwand. Wieder betrachtete sie sein Spiegelbild, den gesenkten Kopf, sein noch unrasiertes Kinn. Wie niedergeschlagen er wirkte! Yvonne merkte, wie wieder Hoffnung und Erleichterung in ihr aufstiegen.
Schließlich war Theo noch nicht gesund, sie mußte mehr Verständnis für ihn aufbringen. Ihr ganzes Leben lang hatte man ihr beigebracht, Verständnis zu zeigen.
»Natürlich«, flüsterte sie. »Natürlich verzeihe ich dir.«
Doch Theos Gesicht verfinsterte sich. Ihre Blicke trafen sich im Spiegel. »Wenn das so ist, meine Kleine«, sagte er enttäuscht und voller Verachtung, »dann bist

du ein dummes Schaf. Wie kannst du es wagen, das Unverzeihliche zu verzeihen? Ist dir überhaupt nicht klar, wie langweilig und unangenehm es ist, wenn einem jemand *verzeiht*?«
Yvonne starrte ihn entgeistert an, dann drehte sie sich um und verließ das Zimmer.

»Yvonne, findest du, daß Theo Fortschritte macht?« fragte Mrs. O'Reilly beim Essen. Da Theo sich seine Mahlzeit hatte aufs Zimmer bringen lassen, saßen die drei Frauen allein am Tisch; Una bediente sie.
Kate sah ihre Mutter an und wandte ihren Blick dann gespannt zu ihrer Schwägerin.
Yvonne, der die morgendliche Auseinandersetzung mit ihrem Mann noch schwer zu schaffen machte, brach in Tränen aus. »Ich weiß nicht. Ich weiß es wirklich nicht.«
»Ich wollte dich nicht aufregen, Liebes«, meinte Mrs. O'Reilly erschrocken und besorgt. Yvonne blickte zu Kate hinüber. Diese hatte den Kopf leicht geneigt und sah Yvonne mitleidig an; dann gab sie ihrer Mutter mit einem kurzen Blick und einem Stirnrunzeln zu verstehen, sie solle das Thema lieber nicht vertiefen.
Yvonne wischte sich die Tränen aus den Augen und entschuldigte sich: »Ich benehme mich albern, tut mir leid.«
Mrs. O'Reilly ließ die Sache dabei bewenden. Allerdings aß sie nur sehr wenig von dem gebratenen Hühnchen und stand vor der Nachspeise auf, unter dem Vorwand, sie habe in ihrem Zimmer noch Briefe zu schreiben. Die beiden jungen Frauen stocherten lustlos in ihrem Reispudding mit Marmelade, bis Kate schließlich vorschlug, in den Salon zu gehen.
Vom Salon sah man hinaus auf den Rasen mit der Kutschenauffahrt, die Schuppentanne und eine Reihe immergrüner Zypressen, hinter denen das Meer unsichtbar war, so daß man hätte denken können,

man wäre meilenweit von der Küste entfernt. Yvonne nahm auf dem Sofa beim Fenster Platz. Draußen prasselte der Regen an die Scheiben. Die Vorhänge aus schwerem grünen, türkis durchwobenen Stoff wurden von dunkelgrünen Seidenkordeln mit dicken Quasten gehalten. Das Mobiliar roch nach Bienenwachs.
Kate schloß die Tür und kam mit einem verlegenen Lächeln auf Yvonne zu.
»Ich möchte nicht, daß du denkst, ich wollte dich über deinen Mann aushorchen. Es ist nur so, Yvonne – Theo war früher ganz anders«, erklärte sie in ihrer ruhigen Art, während ihre Augen den herabrinnenden Regentropfen folgten.
Yvonne liebte das rollende R und den singenden Tonfall ihrer Schwägerin.
»Wie war er denn?«
»Sanft und lustig, immer ein bißchen jungenhaft. Mich hat er gern herumkommandiert, als älterer Bruder. Aber er war nie ... nie *so.*«
»Wie?«
Kate seufzte. »So rigoros, so strikt ... so herrschsüchtig. Manchmal sogar grob.« Sie hielt inne, um zu sehen, ob Yvonne verletzt war. Da das nicht der Fall zu sein schien, fuhr sie fort: »War er schon so, als du ihn kennengelernt hast?«
Yvonne überlegte. Als sie Theo das erste Mal gesehen hatte, war er ein magerer, desorientierter junger Mann, der voller Leidenschaft Gedichte rezitierte, als gäben ihm Klang und Rhythmus einen gewissen Halt. Ein Held, den der Krieg verletzlich gemacht hatte. Und eben diese Verletzlichkeit hatte sie fasziniert – darin mußte sie Theo recht geben. Trotzdem tat ihr seine höhnische Bemerkung immer noch weh.
»Nein«, antwortete sie zögernd. »Er war so nett – er fand sich überhaupt nicht zurecht und war immer ein bißchen ängstlich ...«
»Was meinst du mit ängstlich?«

»Oh, er hatte Angst vor vielen Sachen: Schatten haben ihm einen Schrecken eingejagt, wenn in der Klinik plötzlich ein Medikamentenwagen daherratterte, ist er zusammengezuckt. Ich weiß noch, an dem Tag, an dem er mir den Heiratsantrag gemacht hat...« Nachdenklich verlor sich ihre Stimme. Die Erinnerung schien ihr so bizarr, daß sie sie nicht in Worte fassen wollte, vor allem, weil sie ihre eigene Reaktion lächerlich fand.
»Was ist da passiert?« beharrte Kate.
»Er hat ein Zeichen in den Kies gemalt. Als wollte er sich vor etwas schützen, als wollte er etwas fernhalten... Mir ist es erst aufgefallen, als ich mich im Weggehen noch einmal umgedreht habe.«
»Was für ein Zeichen war das?«
Yvonne sah ihrer Schwägerin fest in die Augen. »Ein Pentagramm.«
»Und was hast du gemacht?« Kates Gesicht war ausdruckslos.
»Nichts. Aber später bin ich zurückgegangen und hab es mit der Schuhspitze weggewischt.«
Kate zuckte zusammen. Mit abgewandtem Blick sagte sie dann: »In Dublin gab es diese Theosophische Gesellschaft. Als Theo am Trinity College war, ist er eingetreten. Er hat Seancen besucht und sich mit Geisterbeschwörung abgegeben. Das alles war, nachdem er auf diese Inquisitionsgeschichte gestoßen war, die ihn nicht mehr losgelassen hat. Aber er hat immer so getan, als würde er es selbst nicht ganz ernst nehmen. Einmal hat er mir erklärt, daß alles eins ist – Vergangenheit und Gegenwart, Leben und Tod. Aber ich glaube, er hatte das Gefühl, daß nichts davon ihn wirklich etwas anging – er war ein typischer Student, ein Beobachter aus dem Elfenbeinturm. Bis er im Sommer vor Kriegsausbruch das letzte Mal zu Hause war...«
Schweigend hörte Yvonne ihr zu; der Regen trommelte, das Torffeuer knisterte, der Wind heulte ums

Haus und alles untermalt vom stetigen Geräusch, dem Wogen des Meers. Yvonne fühlte sich plötzlich unendlich einsam. Sie dachte daran, wie Theo mit dem Krankenhauskaplan über die Inquisition diskutiert hatte. Sie dachte an seinen Heiratsantrag im Krankenhausgarten, welch glückliche Zukunft sie sich ausgemalt hatte. Auf einmal sehnte sie sich nach London, nach belebten Straßen, dem Brausen des Verkehrs. Sie wollte weit weg sein – überall, nur nicht hier, wo die Leute den Blick stets in die Vergangenheit und die Abgründe der menschlichen Seele richteten. Sie sah zu Kate, aber diese starrte gedankenverloren ins Feuer. Ich bin Engländerin, dachte Yvonne, und hier gibt es so vieles, zu dem ich keinen Zugang habe. Niemand kann es mir erklären, ich kann auch nicht lernen, es zu verstehen. Was ich zu geben habe, ist hier vollkommen nutzlos; die Kultur, der ich entstamme, spielt hier keine Rolle. Geistreich will man hier sein, die Worte so lange verdrehen, bis sie funkeln wie Brillanten oder aber durch Mark und Bein gehen. Selbst wenn sie einen für dumm verkaufen wollen, schielen sie noch unter ihren elenden Schirmmützen hervor und weiden sich am Anblick des armen Idioten, der sie ernst nimmt. Ich könnte genauso gut von einem anderen Stern kommen. Zwar sind alle höflich zu ihrem außerirdischen Gast, aber das ist auch alles!

»Kate, ich gehöre nicht hierher«, sagte sie. »Vielleicht sollte ich nach Hause zurückgehen. Ich habe es versucht, aber ich werde immer eine Außenseiterin bleiben ...«

Entsetzt drehte sich Kate zu ihr um. Dann merkte sie, daß ihre Schwägerin weinte und kniete neben ihr nieder.

»Yvonne, Liebes, ich weiß, wie sehr dich das Heimweh plagt. Aber bitte verlaß uns nicht. Theo würde es recht geschehen, aber was ist mit mir? Es wäre schrecklich für mich, ich glaube, ich würde den Ver-

stand verlieren!« Sie stockte. »Willst du nicht deine Freunde einladen? Mutter hat dir doch schon gesagt, wie gern wir sie bei uns aufnehmen würden. Bitte ...«
»Ich habe ihnen schon geschrieben.« Yvonne versuchte, sich wieder zu fassen, aber der Aufruhr ihrer Gefühle ließ sich nicht so leicht bändigen.
»Kommt es daher, weil ich Engländerin bin?« beharrte sie schluchzend. »Ich habe gehört, wie Batty darüber gesprochen hat, was die Engländer den Iren alles angetan haben. Er hat geflüstert, und er klang furchtbar zornig ...«
Kopfschüttelnd unterbrach Kate: »Was ist denn das für ein Unsinn?« Dann lächelte sie, ein warmes, humorvolles Lächeln. »Batty hört sich selbst gern reden. Wir lieben dich. Diese Verbrechen gehören der Vergangenheit an. Was haben sie mit dir zu tun? Du bist genausowenig dafür verantwortlich wie ich.«
»Aber es geht nicht nur um die Vergangenheit«, flüsterte Yvonne. »Sieh dir doch an, was in letzter Zeit passiert, worüber die Zeitungen berichten ...«
Kate zog ein Taschentuch hervor und drückte es Yvonne in die Hand. »Du suchst Gründe dafür, daß du unglücklich bist.« Dann senkte sie die Stimme. »Aber dein Problem ist Theo, und zwar Theo ganz allein.«
Da nahm Yvonne allen Mut zusammen und fragte: »Was ist im Sommer vor Kriegsausbruch passiert?«

Als wüßte er, daß sie von ihm sprachen, hörten sie in diesem Augenblick das Pochen von Theos Holzbein auf der Treppe. Dann das Geräusch des Stocks auf den Fliesen der Eingangshalle. Schließlich ging die Tür auf, und Theo trat herein. Aufrecht, eine Hand auf den Stockgriff gestützt, musterte er die beiden jungen Frauen.
»Aha«, meinte er spöttisch, »welch bezauberndes Bild. Aber ihr braucht nicht aufhören miteinander zu tuscheln, nur weil ich hereinkomme.«

Kate stand auf. »Wir haben nicht getuschelt«, entgegnete sie ruhig. »Und selbst wenn wir es getan hätten, müßten deine guten Manieren eine solche Bemerkung auf deinen Lippen ersterben lassen. Du hast dich sehr verändert, lieber Bruder, und nicht unbedingt zum Besseren!«

Theo lächelte und ließ mit gespielter Zerknirschung den Kopf hängen. »Und was ist mit dir, liebes Schwesterchen? Warst du schon immer so sarkastisch? Hast du deinen Bruder, deinen älteren Bruder, schon immer so behandelt? Meinst du etwa, du hast dich nicht verändert?« Als Kate nicht antwortete, fuhr er fort: »Ich wollte ausreiten und habe mich gefragt, ob meine schöne Frau vielleicht Lust hätte, mich zu begleiten?«

»Du kannst nicht ausreiten!« warf Kate ein.

»Warum nicht?«

»Weil du einen Unfall haben könntest.«

Theos Gesicht wurde finster. »Einem Krüppel wie mir kann jederzeit ein Unfall zustoßen. Dir übrigens auch. Aber ich reite aus. Kommst du mit?« wandte er sich an Yvonne. »Ich werde dir das Reiten beibringen.«

Yvonne suchte Kates Blick. Panik stieg in ihr auf – sie wollte nicht reiten, sie hatte Angst vor Pferden. Aber sie wollte Theo auch keine Abfuhr erteilen – noch nicht. Jetzt mußte sie noch Zugeständnisse machen, sie mußte ihre Geduld einsetzten, als Mittel zum Zweck. Sollte er ruhig denken, daß sie sich seinem Willen unterwarf.

»Gut«, sagte sie. »Ich komme mit. Aber sollten wir nicht warten, bis der Regen aufgehört hat?«

»Gib ihr eins von deinen Reitkostümen«, befahl Theo.

Kate winkte Yvonne, mit ihr zu kommen.

Als sie auf dem Treppenabsatz standen, flüsterte Kate ihr zu: »Reite nicht mit ihm aus, wenn du nicht willst. Laß dich nicht von ihm schikanieren. Mit seinem Bein kann er nicht richtig reiten, aber anscheinend muß er das am eigenen Leib erfahren.«

Auf dem Hof kam Batty sofort zu seinem Herrn, tippte grüßend an die Mütze und machte eine Bemerkung über das Wetter.

»Angenehm mild heute, Master Theo.«

Der Regen hatte nachgelassen, als machte er eine Verschnaufpause; es klarte auf. Die Luft duftete nach feuchter Erde und frischem Grün. Batty fühlte sich in Gegenwart seines Herrn unwohl; er vermißte die gewohnten Frotzeleien. Seit seiner Rückkehr war Theo erst ein einziges Mal in den Stallungen erschienen; mit Batty hatte er kaum ein Wort gewechselt, und es kam dem alten Faktotum manchmal vor, als würde sein Herr ihn gar nicht mehr kennen. Aber jetzt stand er vor ihm, in Reithose und Stiefeln, und sah aus, als wollte er auf die Jagd gehen.

»Ich will ein bißchen frische Luft schnappen und Mrs. O'Reilly das Reiten beibringen. Haben wir ein Damenpferd?«

»Miss Kates graue Stute – Polly heißt sie, erinnern Sie sich nicht? Sie ist lammfromm. Sind Sie denn in der Lage zu ...?«

»Allerdings«, unterbrach ihn Theo schroff. »Für mich sattle ... na, das Pferd, das ich immer nehme!« Batty machte sich auf den Weg, schielte aber unter seiner Kappe noch einmal zu Theo zurück. »Mein gewohntes Pferd!«

»Meinen Sie Caesar, Master Theo?« fragte er und zeigte auf ein rotbraunes Jagdpferd, das sein Heu kaute und dabei hochmütig aus seinem Verschlag blickte. »Aber er ist nach dem Winter immer ziemlich lebhaft! Wissen Sie noch, wie Ihre Mutter ihn einmal verleihen wollte, als Sie im Krieg waren, und er niemanden auf seinem Rücken duldete? Die O'Kellys haben ihn zurückgeschickt und gesagt, er wäre ein Biest.«

Theo schien diese Geschichte nicht im mindesten zu interessieren.

In einem schwarzen Reitkostüm trat Yvonne aus der Hintertür. Dort blieb sie stehen und sah zu, wie Theo versuchte, sein Reittier zu besteigen. Mit Battys Unterstützung bekam er zwar das linke Bein in den Steigbügel, aber als er versuchte, das Holzbein über den Rücken des Pferdes zu schwingen, wäre er beinahe hängengeblieben. Zum Glück eilte Batty ihm sofort zu Hilfe. Als Theo dann im Sattel saß, überquerte Yvonne den Hof.
Das rotbraune Jagdpferd kaute ungeduldig am Gebiß, bewegte sich ruckartig unter seinem Reiter und scharrte mit den Hufen auf den Pflastersteinen. Theo legte die Hand auf den Hals des Tieres; ein Schauer lief über seine Flanken, doch es wurde etwas ruhiger. Dann folgte Yvonne Theos Aufforderung und ging zum Aufsteigeblock. Batty erklärte ihr, sie solle die Zügel in der rechten Hand halten, den linken Fuß in den Steigbügel stecken, den Sattel packen und sich dann auf den Rücken der Stute schwingen. Zwar war sie verkrampft und ihr Gesicht angespannt, aber sie befolgte die Anweisungen Schritt für Schritt, und schließlich saß sie auch im Sattel. Batty machte die Zügel kürzer und schnallte den Bauchgurt fest, wobei er beiden Pferden einen Schlag in den Magen versetzte, damit sie ausatmeten.
Dann wandte sich Batty mit grimmigem Gesicht an seinen Herrn und Meister. »Sie können mit Ihrem Bein nicht reiten, Sie werden stürzen«, platzte er heraus, aber Theo setzte sich mit seinem Reittier bereits in Bewegung und rief Yvonne zu, ihm zu folgen. »Mit einem Damensattel wären Sie besser beraten!«
»Zur Hölle mit dem Kerl«, brummte Theo, während sie sich entfernten. »Eine verdammte Frechheit.«
Yvonne drehte sich zu Batty um. Er sah ehrlich

besorgt aus, aber dann erschien ein offenes, bewunderndes Lächeln auf seinem Gesicht. So ungehobelt und frech er manchmal auch war – er liebte seinen Herrn.

Nach einer Weile blickte sich Theo nach seiner Frau um. Yvonne bemühte sich nach Kräften, Haltung zu wahren, aber offensichtlich fühlte sie sich sehr unbehaglich; sie saß völlig verkrampft auf dem Damensattel.
»Na, wie gefällt es dir?«
»Es ist die Hölle«, antwortete Yvonne ungehalten. Für heute war ihre Geduld am Ende. »Mein Kreuz tut weh. Es ist die reine Hölle.«
Theo lächelte bitter. »Vielleicht ist es unbequem, schwierig, ungewohnt, eine Belastung für den Rücken und anstrengend, aber es ist ganz bestimmt nicht ›die Hölle‹. Das kannst du mir glauben.«
»Und was verstehst du unter ›Hölle‹?« fragte sie, versuchte, aus seinem Gesichtsausdruck schlau zu werden, und dachte daran, was Kate ihr erzählt hatte.
Theo zögerte einen Moment. »Die Hölle ist da, wo ich bin. Ich trage sie in mir.«
»Wer bist du, Theo? Was ist aus dir geworden? Warum trägst du die Hölle in dir.«
Mit einer hastigen Bewegung wandte er sich zu ihr um. »Ach du liebe Zeit, was nehmen wir das Leben heute wieder ernst! Was möchtest du hören? Daß ich der Leibhaftige bin? Daß ich an irgendeiner Persönlichkeitsstörung leide? Vielleicht bin ich ja einfach so, wie ich bin, und du kannst das nicht akzeptieren, meine liebe Yvonne. Hast du schon mal daran gedacht – daß du mich vielleicht einfach nicht akzeptieren kannst?«
Yvonne schwieg, aber sie merkte, daß sie wütend wurde. Wie konnte er es wagen, die gesamte Verantwortung für ihre Beziehung auf sie abzuwälzen?
»Ich bin keine Maschine, die automatisch alles akzep-

tiert«, erwiderte sie kühl. »Das solltest du dir ein für allemal merken.«

Theo musterte sie. »Nein«, sagte er dann. »Du bist die Beste und Tapferste aller Frauen. Meinst du, das weiß ich nicht? Nur ist es so, daß mich Güte und Tapferkeit nicht mehr sonderlich beeindrucken.«

Ohne den Kopf zu wenden, sah Yvonne das nervöse Zucken um seinen Mund und das finstere Stirnrunzeln. Wahrscheinlich versuchte er verzweifelt, sich daran zu erinnern, was sie zusammengebracht hatte – irgendein Ereignis, ein Gedanke ...

»Ich liebe dich wirklich, Theo, und nicht aus einem dieser Gründe, die du so haßt. Aber ich habe auch eine Verantwortung mir selbst gegenüber, und die werde ich nicht vergessen.«

»Du hattest die Gelegenheit, mich zu verlassen, und du hast es nicht getan«, meinte er mit einem Lächeln. »Sie wird sich kein zweites Mal bieten!«

Yvonne hielt sich so aufrecht sie konnte. Aber in ihr rief eine Stimme: Liebe mich! Warum kannst du mich nicht lieben? Ich bin jung und hübsch, ich bin deine Frau! Ich habe dir vertraut, ich habe deinetwegen meine Familie, meine Freunde und meine Heimat verlassen. Hier bin ich eine Fremde, und ich brauche dich. Warum hast du dich so verändert? Was soll nur aus mir werden?

Theo schien tief in Gedanken versunken. Er saß auf seinem Pferd, die Schultern zurückgezogen, die Ellbogen eng angelegt; sein altes Tweedjackett betonte seinen schlanken Körper.

»Liebe mich nicht«, sagte er unvermittelt, als hätte er ihre Gedanken gehört. »Liebe mich nicht und vertraue mir nicht.«

»Wenn ich dich nicht lieben und dir nicht vertrauen kann, Theo, dann kann ich nicht bei dir bleiben!«

»Aber du kannst mich nicht verlassen!« rief er. »Du bist jetzt meine Gefangene!«

Da er wieder ein Stück weit von ihr ritt, konnte Yvonne, so sehr sie sich anstrengte, sein Gesicht nicht sehen.
Unterdessen näherten sie sich der Gemeindekirche, einem Kalksteingebäude mit einem Türmchen und einer Glocke. Daneben lag ein Friedhof mit einem riesigen Kruzifix, an das ein Christus genagelt war, mit blutenden Wunden an Brust, Handgelenken und Knöcheln. Schweigend blickte Yvonne über die keltischen Kreuze, die alten Grabsteine, das hohe Gras mit den verstreuten Mohnblumen, die ihre roten Köpfe hängenließen.
»Ist deine Familie hier begraben?«
»Ja. Es gibt eine Gruft mit dem Familiennamen.«
»Wird man auch uns hier begraben?«
Er fuhr auf. »Ich dachte, du wärst Protestantin!«
Ohne darauf einzugehen, fragte Yvonne: »Gibt es denn auch eine protestantische Kirche?«
»Ungefähr acht Meilen von hier«, antwortete er und wies die Richtung mit der Reitgerte. »Dort drüben. Insgesamt etwa dreizehn Meilen von unserem Gut. Möchtest du den Gottesdienst dort besuchen?«
»Vielleicht irgendwann einmal. Aber ich würde auch zur Messe gehen, wenn es dir eine Freude macht.«
Theo schnaubte verächtlich. In diesem Moment hörte Yvonne Schritte, und als sie sich umdrehte, sah sie einen Priester auf sie zukommen.
»Hallo, hallo«, rief er Theo freundlich zu. »Ich hatte schon vor, einmal bei Ihnen vorbeizuschauen.« Dann warf er einen neugierigen Blick auf Yvonne. »Und das ist sicher Ihre reizende Gattin?«
»Das ist meine Frau Yvonne«, erwiderte Theo steif.
»Freut mich sehr, Sie kennenzulernen«, sagte der Priester und streckte die Hand zu Yvonne empor. »Master O'Reillys hübsche junge Braut ist in aller Munde.«
»Wie geht es Ihnen, Father?« begrüßte sie ihn höflich, während sie den kleinen, rundlichen Mann musterte,

der etwas ratlos aussah. Offenbar war ihm nicht entgangen, daß Theo sich nicht an seinen Namen erinnerte und ihn auch nicht mit ›Father‹ angesprochen hatte.
»Ich hoffe, Sie denken daran, sonntags zur Messe zu kommen!« mahnte er Theo mit einem wehmütigen Lächeln.
Auf einmal machte die Stute einen Satz zum Graben, wo saftiges Gras wuchs, und Yvonne spürte, wie ihr die Zügel entglitten. Zum Glück bekam sie sie wieder zu fassen, ehe sie über Pollys Ohren rutschten. Aus dem Augenwinkel sah sie, wie ihr Mann den Priester kühl und nachdenklich musterte.
»Dieser Hokuspokus kann mir gestohlen bleiben!« antwortete er schließlich zynisch. Als hätte man ihm eine Ohrfeige versetzt, wich der Geistliche einen Schritt zurück, verzog das Gesicht und kniff die Augen zusammen. Dann machte er auf dem Absatz kehrt und ging weg.
Bekümmert sah Yvonne zu, wie sich die schwarzgekleidete Gestalt in Richtung Pfarrhaus entfernte. Wie lange würde es noch so weitergehen, daß Theo diese Gemeinheiten austeilte?
»Warum hast du ihn so behandelt?« flüsterte sie. »Er wollte doch nur nett sein.«
»Diese eingebildeten Kerle!« entgegnete er mit einer wegwerfenden Handbewegung. »Womöglich setzt er sich noch in den Kopf, uns tatsächlich zu besuchen.«
Nach kurzem Nachdenken fragte Yvonne: »Zeigst du mir die Familiengruft?«
»Nein!«
Als sie weiterritten, sagte Yvonne: »Theo?«
»Ja?«
»Laß mich gehen!«
»Das meinst du doch nicht ernst«, erwiderte er, ohne sie anzusehen. »Und selbst wenn du es ernst meinen würdest, kennst du die Antwort.

Ich brauche dich hier!«
Auf dem Nachhauseweg wechselten sie praktisch kein Wort mehr. Vor den Stallungen stieg Theo ohne große Schwierigkeiten ab und streckte seiner Frau die Hand entgegen, um auch ihr aus dem Sattel zu helfen. Sie klammerte sich haltsuchend an seinen Arm.
»Mein Rücken bringt mich um!«
Er sah sie an, mit halb gesenkten Lidern, die Augen von den dunklen Wimpern verschleiert. »Wir haben es für die erste Stunde übertrieben. Jetzt brauchst du ein bißchen Ruhe, meine kleine Angelsächsin.«

SECHZEHNTES KAPITEL

»Du bist Sklavin des Teufels.«
»Ich verweigere mich jeder Sklaverei.«

Tagebuch eines Zeugen

THEO WURDE zum Diktator; ohne je die Stimme zu erheben, regierte er das Haus, und selbst seine Mutter schien Angst vor ihm zu haben.
Als der Priester die Familie besuchte, wurde es noch schlimmer. Er erschien am Tag nach der Begegnung auf dem Friedhof. Theo war nicht zu Hause, und man empfing den Geistlichen, den Mrs. O'Reilly als Father Keane vorstellte, im Salon. Er trank Sherry, unterhielt sich mit Kate, wobei unter der Oberfläche freundlicher Neckereien echte Sorge zu spüren war, und fragte Yvonne, ob sie den Ausritt am Vortag genossen habe.
»Ich habe das erste Mal auf einem Pferd gesessen«, antwortete Yvonne. »Mir tut immer noch alles weh ...«
»Ja, ja, man braucht eine Weile, bis man sich daran gewöhnt hat«, lächelte der Priester.
Mrs. O'Reilly läutete, und Una servierte Tee und Butterkuchen. Father Keane lobte alles in den höchsten Tönen, und Yvonne fiel auf, was für eine aufmerksame Gastgeberin ihre Schwiegermutter war. Sie selbst fühlte sich sehr unsicher, aber sie freute sich, daß der Priester gekommen war, denn er schien ihr wie ein Bote aus der Welt außerhalb des Gutshauses. In erster Linie erzählte er von Gemeindeangelegenheiten: Ein Mann hatte sich Scharlach zugezogen, ein bestimmter Landstrich war trockengelegt worden und so weiter.

So saß der Priester gemütlich am Feuer und machte keinerlei Anstalten, überstürzt aufzubrechen. Auch Mrs. O'Reilly hatte offenbar keine Eile, ihn loszuwerden; sie hing förmlich an seinen Lippen.

»Und wie geht es Ihrem Sohn?« erkundigte sich Father Keane schließlich. »Gestern bin ich ihm und seiner lieben Frau begegnet, aber er hat mich nicht gerade herzlich begrüßt.«

Yvonne wurde rot. »Er ist schon seit einiger Zeit nicht mehr ganz er selbst«, sagte sie. Sofort wurde ihr bewußt, daß sie das eigentlich nicht behaupten konnte, weil sie Theo erst so kurz kannte, und sie fügte schnell hinzu: »Nun, ich glaube, er hat sich verändert, aber ich kenne ihn ja noch nicht sehr lange. Auf jeden Fall ist er anders als zu Beginn unserer Ehe.«

»Finden Sie auch, daß er sich verändert hat?« wandte sich der Priester an Theos Mutter.

Mrs. O'Reilly tauschte einen vielsagenden Blick mit ihrer Tochter. »Ich finde, er hat sich so sehr verändert, daß man beinahe sagen könnte, er ist nicht mehr derselbe Mensch«, antwortete sie mit tonloser Stimme. »Er hat keine Ähnlichkeit mehr mit meinem Sohn. Manchmal glaube ich, der Krieg hat mir meinen Sohn genommen und mir ein Wechselbalg untergeschoben!«

»Wie ging es ihm damals, als Sie aus Italien zurückkamen?«

»Er war auffallend still, aber das habe ich auf den Tod seines Vaters geschoben. Und dann kam der Krieg, und er mußte sofort an die Front.«

»Haben Sie denn von der Reise etwas mitgebracht, irgend etwas Ungewöhnliches, was ihn womöglich auf seltsame Ideen gebracht haben könnte?«

Überrascht antwortete Mrs. O'Reilly: »Ich habe Verschiedenes mitgebracht: Kleider, Schuhe, Geschenke, Andenken.« Wieder sah sie fragend zu Kate hinüber.

»Meinst du, es war etwas dabei, was dazu beigetragen haben könnte ...?«

»Nein«, fiel ihr Kate ins Wort. »Natürlich nicht.«

»Und Ihr verstorbener Mann?« beharrte der Priester. »Hat er etwas Seltsames gekauft?«

»Nicht, daß ich wüßte. Allerdings beschäftigte er sich eingehend mit einer alten Geschichte, auf die er im Ausland gestoßen ist. Er hat sich ausführlich mit Monsignore Dillon darüber unterhalten, der unser Reisebegleiter war.«

»Jim Dillon aus Limerick?« hakte Father Keane nach, und als seine Gastgeberin nickte, fuhr er fort: »Wir waren zusammen in Maynooth. So etwas! Die Welt ist wahrhaftig klein.«

»Warum interessiert Sie das alles?« erkundigte sich Kate. »Aus welchem Grund sollte ein Reiseandenken meiner Eltern etwas mit der Verfassung meines Bruders zu tun haben?«

»Nun«, begann Father Keane, »ich weiß nicht, ob Ihnen bewußt ist, daß Theo bei seinen Studien zufällig auf ein historisches Ereignis gestoßen ist – eine Geschichte, die sich vor langer Zeit in Italien zugetragen hat –, und das hat ihn sehr interessiert, ja, er ist nicht mehr davon losgekommen. Er hat mir oft Fragen darüber gestellt, weil keine näheren Einzelheiten bekannt sind, und er hat behauptet, die Kirche verheimliche die Wahrheit. Als ich auf eigene Faust Nachforschungen anstellte, stellte ich fest, daß er recht hatte, aber es gab zwingende Gründe ...«

»Welche Gründe denn, Father?« drängte ihn Kate, als er innehielt. »Wie kann die Kirche etwas verheimlichen? Ich denke, sie ist eine Bastion der Wahrheit!«

»Weil in diesem besonderen Fall eine Person beteiligt war«, erklärte Father Keane, »ein ordinierter Priester – ein rastloser Geist, nebenbei bemerkt –, dessen Seele angeblich nie zur Ruhe gekommen ist. An gewisse Dinge sollte man nicht rühren.«

»Und woher soll diese ruhelose Seele stammen?« fragte Mrs. O'Reilly leise.
»Aus Venedig.«
Einen Augenblick lang herrschte betroffenes Schweigen. Mrs. O'Reilly war vor Entsetzen tief in ihren Sessel zurückgesunken. Yvonne dachte an den Ring, den Theo immer trug und der ihm, Kate zufolge, aus Venedig geschickt worden war. Eigentlich hätte sie es gerne erwähnt, aber als sie Kate ansah, merkte sie, daß diese selbst mit sich rang, und schwieg lieber.
»Was hat seine Seele denn so umgetrieben?« fragte Kate schließlich. »Ich meine die Seele dieses Mannes, der angeblich nie zur Ruhe gekommen ist.«
Father Keane gestikulierte; Yvonne merkte, wie unangenehm ihm das Thema war und daß er es bereute, die Geschichte überhaupt zur Sprache gebracht zu haben. »Die Zeiten damals waren sehr unruhig.«
»War er ein guter oder ein böser Geist?« beharrte Kate mit schelmischen Augen und Spott in der Stimme.
Der Priester betrachtete sie mit ausdruckslosem Gesicht. »Nun, meine Quellen behaupten, daß alles, was mit ihm zu tun hat... großes Unglück bringt und womöglich sogar... gefährlich sein kann.«
»Warum gefährlich?«
»Es kann die Wahrnehmung und die Denkstrukturen eines Menschen verändern und sein Verhältnis zur Realität beeinflussen.«
Einen Augenblick hielt er inne und musterte Kates spöttisches Gesicht. »Wissen Sie«, sagte er dann, »dieser Mann war wahrscheinlich einer der ruchlosesten Menschen, die je gelebt haben.«

Als Father Keane aufbrach, hörte Yvonne, wie er halb väterlich, halb tadelnd zu Kate sagte: »Sehen wir Sie denn am Sonntag in der Messe?« Kate war blaß, aber ihr Gesicht nahm einen hochmütigen Ausdruck an; dann wandte sie sich wortlos ab.

Yvonne folgte dem Priester die Treppe hinunter, und als er gerade in seinen Gig steigen wollte, flüsterte sie ihm zu: »Theos Vater hat ihm wirklich etwas aus Venedig geschickt – einen Ring. Kate hat es mir gesagt. Er trägt ihn immer. Auf dem Ring ist ein seltsames Symbol: ein M mit Schlangen und ein Gesicht wie eine Maske.«

Der Priester zuckte zusammen, und sein Gesicht wurde hart. »Nehmen Sie ihm den Ring weg«, murmelte er. »Tun Sie es, uns allen zuliebe.« Dann richtete sich sein Blick auf etwas hinter Yvonnes Rücken, und als sie sich umdrehte, sah sie Theo, der über den Rasen auf sie zuschritt. Der Priester bekam sich nur mit einer deutlichen Willensanstrengung wieder in die Gewalt und nickte Theo zu. »Seien Sie vorsichtig«, wisperte er Yvonne noch zu, während er sein Pony losband. »Denken Sie daran, daß ich für Sie da bin, falls Sie mich brauchen.« Damit stieg er ein und fuhr davon.

»Was wollte er von dir?« fragte Theo scharf. Er sah dem Gig nach, das sich auf der Alle entfernte.

»Nur ein Höflichkeitsbesuch«, erklärte Yvonne mit zittriger Stimme.

»So etwas gibt es bei diesen Leuten nicht«, widersprach Theo salbungsvoll. »Ich habe dir ja gesagt, daß er uns heimsuchen würde. Aber ich möchte nicht, daß du noch einmal mit ihm sprichst.«

Dieses Verbot kam Yvonne gerade recht. Je länger sie über das Gespräch mit dem Priester nachdachte, desto absonderlicher erschien es ihr.

Nach dieser Episode war Theo argwöhnisch und noch autoritärer. Und doch spürte Yvonne manchmal auch etwas anderes in ihm, eine Spur von dem Theo, den sie früher gekannt hatte, wie das Echo oder der Duft von etwas, was man geliebt und verloren hat. Es kam ihr manchmal vor, als hätte sie einen Mann geheiratet

und nach der Hochzeit festgestellt, daß sie es mit seinem Zwillingsbruder zu tun hatte, der zwar gleich aussah, im Innern aber grundverschieden war. Sie trauerte um den Verlust des ersten, aber ob sie wollte oder nicht, faszinierte sie der zweite mehr und mehr. Er besaß eine Vitalität, die ihr das Gefühl gab, ihr ganzes bisheriges Leben im luftleeren Raum verbracht zu haben. Wenn sie bei ihm war, konnte sie ihren fünf Sinnen nicht mehr trauen, ihr Puls schlug schneller, ihre Gedanken überschlugen sich, und sie wußte genau, daß etwas nicht stimmte. Oft schlief sie den halben Tag, wachte nur kurz auf und schlief gleich wieder ein. »Yvonne fühlt sich nicht wohl«, teilte Theo dann morgens seiner Mutter mit, und Mrs. O'Reilly ließ Yvonnes Frühstück auf dem Tablett nach oben bringen, ehe sie sich dann im Lauf des Tages persönlich nach dem Befinden ihrer Schwiegertochter erkundigte. Jedesmal stand die unausgesprochene Frage nach dem Grund der Unpäßlichkeit im Raum.
Als Kate das Mittagessen heraufbrachte, fragte sie sofort: »Was ist los? Bist du in anderen Umständen?« Dabei senkte sie die Stimme, als hätte sie Angst, daß jemand lauschte. Ein paar Tage lang hatte Yvonne tatsächlich geglaubt, sie könnte schwanger sein, aber dann kam doch die Enttäuschung.
Als der Brief aus London eintraf, in dem Jenny und Andrew die Einladung annahmen und ihr Kommen für die folgende Woche ankündigten, wurde Theo merklich sanfter. Er wirkte zufrieden, aber als der Tag der Ankunft gekommen war, weigerte er sich, seine Frau zum Abholen der Gäste im Gig mitzunehmen. Seiner Meinung nach war das Wetter zu schlecht. »Du holst dir nur eine Erkältung; du siehst sowieso schon so kränklich aus.«
»Ich bin aber nicht kränklich. Und wir haben doch Regenmäntel!«
Aber er ließ sich nicht umstimmen.

Das Wetter war wirklich unangenehm: Der Regen durchweichte den Rasen, so daß sich riesige Pfützen bildeten, und die blutroten Blütenblätter der Pfingstrosen, die an einer geschützten Ecke aufgeblüht waren, zu Boden gerissen wurden. Der Wind peitschte die Schuppentanne und bog die Zypressen hierhin und dorthin.
Nachdem Theo losgefahren war, stand Yvonne auf und zog sich an; voller Spannung erwartete sie den bevorstehenden Besuch. Als sie den Wagen von der Bahnstation zurückkehren sah – Batty saß grimmig und mit gesenktem Kopf auf dem Kutschbock –, lief sie freudestrahlend die Treppe hinab und hinaus vor die Tür, um ihren Bruder und ihre beste Freundin zu empfangen. Der Regen hatte aufgehört, und sie rannte über den nassen Kies zum Wagen, wo Batty das Pony zügelte. Und da standen Andrew und Jenny in ihren tropfenden Regenmänteln! Beinahe hätte Yvonne geweint – ein Kloß saß ihr im Hals, und als sie versuchte, die Tränen niederzukämpfen, traten sie ihr in die Augen. Theo hob Jenny herunter und Andrew kletterte hinter ihr aus dem Wagen. Irgendwie hatte Yvonne schon beinahe geglaubt, es gäbe außerhalb von Kilashane nichts – abgesehen von der Gewalt der Elemente.
»Jenny!«
Jenny trug einen Hut, einen zweireihigen dunkelblauen Mantel, der zu den Sachen paßte, die unter dem Regenzeug hervorlugten. Sie war schmal geworden, aber sie machte einen sehr lebhaften Eindruck – wahrscheinlich aufgrund der Reise und der Fahrt durch Wind und Regen.
Tatsächlich fühlte sich Jenny gut, beinahe, als hätte sie einen Sieg errungen, als hätte sie ihre Ketten abgeschüttelt, so daß sie endlich den Himmel sah und den Wind spürte. Die frische Luft hatte ihre Wangen gerötet; sie lachte, schmeckte die Regentropfen im Mund

und ließ sich durch den Kopf gehen, daß Theo da war, aber nur als Yvonnes Ehemann, der sie an der Bahnstation abgeholt hatte, daß all ihre Sorgen unbegründet waren. Sie umarmte ihre Freundin.
»Yvonne, ich kann es gar nicht glauben ... ich dachte, wir würden nie ankommen. Insgeheim habe ich schon den Verdacht gehegt, daß ihr auf einem anderen Stern wohnt!«
»Das denke ich manchmal auch«, antwortete Yvonne. »Aber ihr seid wirklich da!« Sie machte eine Handbewegung zu den Baumwipfeln. »Und Irland hat euch gleich den passenden Empfang bereitet!«
Jenny sah sich um, musterte das Haus und die Auffahrt. »Ziemlich großartig, oder?« meinte sie lächelnd und zog die Augenbrauen hoch.
Plötzlich sah Yvonne das Anwesen mit Jennys Augen: Es war wirklich prächtig, und zum ersten Mal kam ihr in den Sinn, daß man darauf stolz sein konnte. Da fuhr ein Windstoß durch die Bäume und riß Andrew den Hut vom Kopf. Er segelte mehrere Meter durch die Luft und verfing sich schließlich zwischen den Zweigen der Schuppentanne. Alle lachten.
»Keine Sorgen«, rief Theo. »Batty holt ihn runter.«
Batty, der das Treppchen am Gig hochgeklappt und die Tür geschlossen hatte, wollte gerade das Gepäck ins Haus bringen. Es war ihm anzusehen, daß ihn die Idee nicht sonderlich begeisterte, aber er nickte, stellte die beiden schweren Koffer ab und postierte sich unter der Tanne, als könnte er sie durch seine bloß Anwesenheit dazu bringen, daß sie ihm die Beute des Sturms überließ.
»Hol einen Besen oder so was, du Hohlkopf«, schrie Theo ihn an. Batty warf seinem Herrn einen schiefen Blick zu und murmelte etwas vor sich hin, das so klang wie: man müsse selbst ein Idiot sein, um einen anderen zu erkennen. Dann verschwand er um die Hausecke im Hof.

Yvonne küßte ihren Bruder, der immer noch dastand und seinem neuen Filzhut nachsah. »Der Kerl kennt wohl seinen Platz nicht«, murmelte Andrew finster.
»Er ist ein komischer Kauz«, erklärte Yvonne, nahm seinen Arm und zog ihn und Jenny zur Treppe, wo jetzt Mrs. O'Reilly und Kate die Gäste erwarteten.
»Erinnert ihr euch noch an Jenny und Andrew?« sagte Yvonne.
Mrs. O'Reilly und Kate schüttelten den Ankömmlingen die Hand und baten sie fröstelnd ins Haus, wobei sie sich lautstark über das unfreundliche Wetter beklagten. Theo folgte ihnen mit Stakkato-Schritten durch die Eingangshalle und rief nach Brigid, die aus der Küche herbeieilte und allen die nassen Mäntel abnahm. Dann führte Yvonne Andrew und Jenny nach oben, um ihnen ihr Zimmer zu zeigen. Auf dem Treppenabsatz hielt Yvonne einen Moment inne und schaute zurück: Mrs. O'Reilly und Kate waren bereits im Salon verschwunden, aber Theo stand reglos in der Halle und sah seiner Frau und den Gästen nach. Und Yvonne sah die schmalen Augenschlitze, die entblößten Zähne – ein wildes, barbarisches Gesicht, das Gesicht eines von Schmerz und Gier zerfressenen Menschen. Doch er wich ihrem Blick aus und verzog sich ebenfalls in den Salon. Weder Andrew noch Jenny waren stehengeblieben, und so merkte keiner, was in diesem Augenblick geschehen war.
Das Gästezimmer war tapeziert mit einem diagonalen Muster aus kleinen blauen Blümchen auf hellblauem Untergrund. Das Mobiliar war viktorianisch: ein Doppelbett aus Messing mit einer dicken Daunendecke, ein massiver Mahagonischrank, ein Frisiertisch mit einem intarsienverzierten Spiegel. An den Wänden hingen Stickbilder von Vögeln und Blumen, und über dem Kamin reflektierte ein Spiegel mit Mahagonirahmen das Licht, das durchs Fenster fiel.
Jenny schloß die Tür. »Wie geht es dir?« fragte sie

Yvonne, die sofort zum Kamin gegangen war, um Torf nachzulegen. »Ich... ich meine, wir haben dich so vermißt! Geht es dir denn gut? Theo hat uns auf der Fahrt erzählt, daß du nicht ganz auf der Höhe bist.«
Yvonne sah von ihrem Bruder zu ihrer Freundin, die beide so besorgt und vollkommen normal wirkten. »Aber natürlich geht es mir gut«, murmelte sie mit einem leisen, verlegenen Lachen. »In letzter Zeit war ich nur etwas müde. Es war hier eben alles sehr fremd für mich, besonders am Anfang. Verheiratet zu sein, hier zu wohnen... Aber jetzt, da ihr hier seid, finde ich wieder alles in Ordnung. Es kommt mir nicht mehr so... verrückt vor.«
»Verrückt?« wiederholte Jenny, mehr zu sich selbst als zu den anderen. Dann ging sie zum Fenster und sah über die Dächer der Stallungen in die Ferne, wo die Wogen schäumend ans Ufer schlugen.
»Hattest du großes Heimweh?« erkundigte sich Andrew und musterte seine Schwester, als machte er sich Gedanken um ihre Gesundheit. »Jen hat sich Sorgen gemacht, wegen deiner Briefe. Sie meint, sie klingen verzweifelt..., jedenfalls zwischen den Zeilen.«
Jenny warf ihrem Mann einen vorwurfsvollen Blick zu, doch Yvonne wiegelte ab: »Tut mir leid... Hat man es wirklich so deutlich gemerkt? Ja, es stimmt, ich hatte Heimweh.«
Als Andrew neben seine Frau ans Fenster trat, um die Aussicht zu bewundern, wandte sich Jenny sofort ab und setzte sich aufs Bett. Sie konnte seine körperliche Nähe nicht ertragen, statt dessen ergriff sie Yvonnes Hand und zog sie neben sich.
»Ist Theo gut zu dir?« flüsterte sie.
»Auf seine Art schon. Aber er ist nicht mehr so wie früher, Jen. Ich kenne ihn kaum noch.«
»Warum? Hat er sich verändert?«
Yvonne warf ihrem Bruder einen raschen Blick zu und antwortete mit gesenkter Stimme: »Nun, du wirst

sicher feststellen, daß er seit der Hochzeit große Fortschritte gemacht hat.« Sie zögerte, als fiele es ihr schwer, die richtigen Worte zu finden. »Er ist selbstbewußt und gesund, obwohl sein Gedächtnis noch sehr zu wünschen übrigläßt. Aber in meinen Augen hat sich seine ganze Persönlichkeit von Grund auf verändert!«

Jenny zögerte, dann fragte sie:»Liebst du ihn etwa nicht mehr?«

»Doch«, antwortete Yvonne sehr leise. »Im Gegenteil. Er ist so seltsam und ... irgendwie auch so unwiderstehlich, daß er einen Teil von mir vollkommen in seinen Bann schlägt. Aber ein anderer Teil in mir hat Angst und wieder ein anderer ist wütend auf ihn. Ich kann ihn nicht mehr wie früher bemitleiden ... aber ich glaube nicht, daß er mich noch liebt.«

Jenny sagte nichts, sondern sah zu Andrew hinüber, der immer noch am Fenster lehnte und fasziniert die jagenden Wolken und die peitschenden Wellen des atlantischen Ozeans beobachtete.

»Er war schon immer ein Spinner«, sagte er plötzlich, ohne sich umzudrehen. »Das habe ich dir damals schon gesagt! Die Iren sind doch alle ein bißchen komisch: Man trichtert ihnen schon in jungen Jahren viel zuviel Aberglauben und zu wenig gesunden Menschenverstand ein. Im Schützengraben hat er aus heiterem Himmel Gedichte rezitiert, und im Schlaf hat er oft geschrien!«

»Er schläft immer noch sehr unruhig. Manchmal denke ich sogar, er schläft überhaupt nicht.«

Mit einer Kopfbewegung zum Fenster und dem Meer sagte Andrew: »Ich wußte nicht, daß ihr so nahe am Wasser wohnt.«

Es klopfte.

»Herein!« rief Jenny. Der Messingknauf drehte sich, und die Mahagonitür öffnete sich leise. Es war Theo, sein typisches, spöttisches Lächeln auf den Lippen.

Freundlich erkundigte er sich, ob alles in Ordnung sei, und bat die Gäste, mit der übrigen Familie im Salon Tee zu trinken, wenn sie sich frisch gemacht hätten. Schon lange hatte Yvonne ihn nicht mehr so entspannt gesehen – sogar der drohende Unterton war aus seiner Stimme verschwunden. Es kam ihr vor, als zwinge er sich ganz bewußt, umgänglich und zurückhaltend aufzutreten. Doch seine bloße Anwesenheit füllte den Raum; sofort richteten sich alle Augen auf ihn, und er war der unumstrittene Mittelpunkt – und das hatte nichts mit herkömmlicher Höflichkeit gegenüber einem Gastgeber zu tun.
Nicht zum ersten Mal überlegte Yvonne, wie er das anstellte. Ohne jede Anstrengung stand er im Mittelpunkt jeder Gruppe, und alle fühlten sich zu ihm hingezogen – ob sie es wollten oder nicht. Andrew beobachtete ihn mit der widerwilligen Ehrfurcht, die Männer überlegenen Geschlechtsgenossen entgegenbringen. Jenny kauerte mit einem etwas gezwungenen Lächeln auf der Bettkante, aber Theo schaute sie nicht an. Energisch und weltgewandt lehnte er auf einem Stock aus Schlehenholz.
Er verstand es, andere zu beeindrucken, dachte Yvonne sehnsüchtig, während sie überlegte, was Theo eigentlich so unwiderstehlich machte. Es war etwas Mächtiges, etwas unendlich Vielschichtiges. Ich möchte, daß er mich liebt, daß er mich wahrnimmt. Wenn er das täte, wäre alles gut.
Mit einer höflichen Geste forderte Theo seine Frau auf, mit ihm nach unten zu kommen, damit sich die Gäste nach der langen Reise ein wenig erholen konnten. Trotz des Holzbeins wirkte er unendlich elegant, und Yvonne war plötzlich sehr stolz, daß sie seine Frau war, daß sie vor ihrem Bruder und ihrer Freundin ein wenig mit ihm prahlen konnte.
»Dann bis gleich im Salon«, meinte sie ungezwungen und ging hinaus. Theo folgte ihr, schloß die Tür und

begann den Abstieg die Treppe hinunter, eine Hand auf dem Geländer aus massivem Eichenholz, den Stock unter den anderen Arm geklemmt. Um ihm nötigenfalls helfen zu können, blieb Yvonne stehen und wartete auf ihn, doch noch im selben Augenblick spürte sie, daß sie sich falsch verhielt. Sie hatte einfach die Treppe hinunterlaufen sollen, ohne auf Theo zu achten; je mehr sie ihn mit ihrer Liebe bedrängte, desto abweisender reagierte er. Wenn sie ihn dagegen mit freundlicher Gleichgültigkeit behandeln würde, hätte sie für ihn vielleicht wieder einen Reiz. Aber dann hätte sie ihre Gefühle verleugnen müssen, und sie war noch zu jung, um die Kunst der Verstellung zu beherrschen.

»Bitte«, sagte Theo ärgerlich. »Warte nicht auf mich. Ich weiß, ich bin behindert, aber ich bin zum Teufel noch mal kein kranker Mann!«

»In Ordnung«, erwiderte Yvonne verschüchtert. Eigentlich wollte sie hinzufügen, daß sie nur hatte helfen wollen, aber statt dessen beschleunigte sie ihre Schritte, verschwand im Salon und ließ Theo allein, der weiter Schritt für Schritt die Treppe hinabstieg.

Una hatte bereits das Teetablett gebracht: einen Teller mit kleinen Schinkenbroten, einen mit Keksen und einen mit Schokoladenkuchen, den sie am Morgen gebacken hatte, dazu Tee in einer silbernen Kanne. Im Zimmer war es angenehm warm, das Kaminfeuer loderte; das gelegentliche Klappern der Fensterscheiben und das Heulen des Windes im Kamin schienen jetzt nur noch liebenswerte Eigenheiten eines behaglichen Heims, das durch die Anwesenheit alter Freunde zum Leben erwachte.

Theo legte dunkelbraune Torfbrocken aufs Feuer, an denen noch alte, ausgetrocknete Wurzeln hingen. Dann nahm er den Schürhaken aus Messing und scharrte die warme Asche von der Glut, so daß sie durch das Kamingitter fiel. Er sagte nichts, aber als

die Tür aufging und Jenny und Andrew hereinkamen, wandte er sich gleich zu ihnen um. Jenny hatte sich umgezogen und trug ein graues Kleid von zurückhaltender Eleganz. Jetzt, da ihr Gesicht nicht mehr von Wind und Wetter gerötet war, erschien es viel schmaler; sie war noch schlanker als früher.
Theo trat einen Schritt vor und hieß die Gäste willkommen.
Mrs. O'Reilly lud Jenny mit einer Geste ein, sich neben sie aufs Sofa zu setzen, Kate erkundigte sich, wie die Reise gewesen war und schenkte dann, nach einem kurzen Blickwechsel mit Yvonne, den Tee ein. Während Theo zum Couchtisch ging und Drinks anbot, reichte Yvonne Teetassen, Zucker und Brote herum. Una schnitt den Kuchen auf. »Wäre das alles, Ma'am?« fragte sie dann Mrs. O'Reilly, und als diese nickte, verschwand das Hausmädchen mit der Teekanne in der Küche.
Andrew, der auf einem Stuhl mit gerader Lehne saß, nahm einen Whiskey und ein kleines, dreieckiges Sandwich. Jenny und Yvonne probierten den schweren, dunklen Kuchen, dessen Buttercremefüllung reichlich mit Sherry versetzt war.
»Waren Sie schon einmal in Irland?« fragte Mrs. O'Reilly, und als Jenny den Kopf schüttelte, und Andrew bestätigte, es sei das erste Mal, äußerte sie die Hoffnung, daß es ihnen hier gefallen möge.
»Und wie finden Sie Irland?« fragte Kate, und Yvonne mußte ein Lächeln unterdrücken, weil ihr die schlagfertigen Antwort einfiel, die Andrew einmal gegeben hatte: »Nach Norden und dann links abbiegen.«
Heute jedoch war er vollkommen ernst. »Wir finden es wunderschön, aber es ist vollkommen anders als zu Hause«, erwiderte er diplomatisch.
Als Jenny das hörte, dachte sie nur verächtlich: Wie gewandt, wie originell! »Vollkommen anders als zu Hause!« Fiel ihm denn nichts Besseres ein als diese

abgedroschene Phrase? Selbstverständlich war es hier anders. Fremde Länder waren immer anders, und hier waren sie schließlich im Ausland.

»Was meinen Sie mit ›anders‹?« hakte Kate nach.

»Ruhelos«, antwortete Jenny. In dem Versuch, ihre Gefühle in die richtigen Worte zu fassen, fuhr sie fort: »Es hat den Anschein, als wäre alles ganz friedlich, aber es gärt unter der Oberfläche.«

Nachdenklich ruhte Mrs. O'Reillys Blick auf ihr. »Da haben Sie vollkommen recht«, meinte sie. »Politisch gesehen ist alles in Aufruhr, und auch in religiöser Hinsicht haben wir die gleiche Situation wie seit jeher: Ein Land auf der Suche nach seiner Seele.« Zu Andrew gewandt, fuhr sie fort: »Unsere Gesellschaft ist weit weniger fest gefügt als die in England. Das muß man erkennen, um keine voreiligen Schlüsse zu ziehen. Hier gibt es beispielsweise keine Leute, die von vornherein ›ihren Platz kennen‹; der Status eines Menschen beruht eher auf dem Respekt, den man ihm entgegenbringt, als auf seiner Klassenzugehörigkeit.«

Da er sofort an seine Bemerkung über den Stallknecht denken mußte, wurde Andrew rot. »Verstehe«, meinte er deshalb etwas betreten.

»Format muß man sich eben erarbeiten, es ist nicht erblich«, spöttelte Theo lächelnd. »Aber ich werde Batty, diesem Brummbär, eine ordentliche Abreibung verpassen für seine Frechheit.«

»Ihr beiden habt euch doch sicher eine Menge zu erzählen«, warf Kate freundlich ein und machte eine Handbewegung zu Theo und Andrew. »Wart ihr nicht zusammen an der Front?« Bei genauerem Hinsehen fand Yvonne, daß ihre Schwägerin nicht so entspannt war, wie sie erscheinen wollte; sie wirkte viel zu wachsam.

Theo saß auf dem Sitz am Kamingitter und blickte in die Runde. Lange verweilten seine Augen auf Jenny,

die mit ihrer Teetasse auf dem Sofa saß, in ihrem hübschen grauen Wollkleid mit dem weißen Kragen, die braunen Haare weich frisiert.
Er kannte Jenny. Und Jenny kannte ihn, seine Augen, sein Gesicht, seine aufrechte Haltung, seine seltsame Melancholie. Aber in ihrer Erinnerung war auch etwas, was ihr das Blut ins Gesicht trieb und sie dazu veranlaßte, die Augen niederzuschlagen und das Innere ihrer Teetasse zu studieren.
Ich muß verrückt sein, dachte sie, während ihr Traumfragmente durch den Kopf gingen, die ihr vorkamen wie wirkliche Ereignisse. Ich darf ihn nicht ansehen. So mied sie seinen Blick, beteiligte sich kaum am Gespräch und trank nachdenklich ihren Tee.
Aber ich habe nicht mit ihm geschlafen, redete sie sich ein, es war nur ein Traum. Vielleicht hätte ich nicht kommen sollen, vielleicht sollte man vor solchen Begegnungen lieber davonlaufen, aber jetzt bin ich da. Sie hob den Kopf, und während Andrew zur Erheiterung der Anwesenden einen Vorfall im Schützengraben beschrieb, wo die Granaten pfiffen und direkt neben einem Gefreiten explodierten, der dabei war, einem nervösen Kameraden die Haare zu schneiden – »Halt' still, sonst schneid' ich noch dein blödes Ohr ab« – wandte Jenny sich um und sah in Theos Augen. Yvonne spürte es, ohne es wirklich zu sehen.
»Der alte Theo hier hatte immer schreckliche Alpträume«, fuhr Andrew fort, dem der Alkohol die Zunge lockerte, »und zwar von einer Maske. Und darüber, daß er in ein leeres Haus kam … Für Poesie hatte er schon immer was übrig.« Er lachte laut. »Ich habe eine Menge von ihm gelernt!« Dann wandte er sich an seine Frau. »Jen, weißt du eigentlich, was Theo gesagt hat, als ich ihm das Bild von dir gezeigt und ihm deinen Namen verraten habe? Er hat gesagt«, und hier begann Andrew, nicht ohne eine gewisse Boshaftigkeit zu rezitieren:

»Jenny, die Metze, Jenny die Hexe,
werft sie auf den Scheiterhaufen,
Oder laßt sie im Weiher ersaufen.«

Erschrocken blickte Jenny zu ihrem Gastgeber.
Theos Miene verfinsterte sich. »Was für ein Unsinn ...« Er wandte sich an Jenny. »Ihr Ehemann besitzt offenbar eine rege Phantasie.«
Schweigen trat ein. Andrew ist betrunken, dachte Yvonne. Zwei Whiskeys auf leeren Magen. Der Vers war abstoßend und geschmacklos. Sie sah Theo an. Er hatte sein Glas auf dem Kaminsims abgestellt und spielte mit dem goldenen Siegelring an seinem Finger.

Draußen wurde Batty immer verdrießlicher.
»Im Namen des allmächtigen Gottes«, murmelte er, während der sich bemühte, mit Hilfe eines langen, lackierten Stocks mit Haken, den man gewöhnlich zum Öffnen und Schließen der hohen Fenster benutzte, den Hut des Gastes aus den Ästen der Schuppentanne zu angeln. Er stocherte eine Weile herum, dann erledigte der Wind den Rest, und der Hut flog wie ein frecher Papagei ein paar Meter weiter, bis er endlich auf einem niedrigeren Ast zur Ruhe kam. Diesmal waren Battys Anstrengungen von Erfolg gekrönt: Der Hut fiel zu Boden, rollte zu den Zypressen, über das Beet mit den entblätterten Pfingstrosen, immer weiter. Als Batty ihn schließlich eingefangen hatte, war er ganz außer Atem und seine Laune war auf den Tiefpunkt gesunken.
»Diese Leute mit ihren Hüten!« rief er grimmig, ergriff den Anlaß des Ärgernisses und schleppte ihn in die Küche, wo er ein paar Bürsten aus dem Schrank holte. Der Hut war naß und von der Tour über das Blumenbeet voller Lehm. Batty betrachtete ihn mit bitterer Genugtuung. Dann musterte er seine barfüßige Tochter Molly, die auf dem Heimweg von der

Schule vorbeigekommen war. Sie kannte Una und Bridgie gut und ging nicht gern heim ins Cottage, wenn niemand da war. Dagegen schmökerte sie sehr gern in den Büchern, die es im Gutshaus gab. Gerade las sie ein Kinderbuch, das Una mit Mrs. O'Reillys Erlaubnis für sie aus der Bibliothek geliehen hatte. Es war ein dünnes Buch mit Illustrationen über einen Jungen namens Aladin und seine Zauberlampe. Wie in Trance saß sie auf dem großen alten Küchensessel, im Schneidersitz, so fasziniert, daß sie nichts mehr von ihrer Umgebung wahrnahm.

Una trat in die Küche, um die Teekanne aufzufüllen.

»Herr des Himmels«, sagte sie, stellte die silberne Kanne auf den Kaminvorsprung und goß kochendes Wasser aus dem Aluminiumkessel hinein, der auf dem heißesten Teil des Herdes vor sich hin blubberte.

»Master Theo kann die Augen nicht von Mrs. Stacey lassen! Man sollte meinen, er hätte noch nie eine Frau gesehen. Und dabei sitzt seine eigene im gleichen Zimmer und traut sich nicht, ihn anzuschauen!« Abrupt hielt sie inne, denn ihr war eingefallen, daß die kleine Molly mit ihrem Buch auf dem Sessel in der Ecke kauerte. Deshalb begnügte sie sich mit einem kräftigen Kopfschütteln und machte ihrer Entrüstung mit einem tiefen Seufzer Luft.

Nachdem sie wieder im Salon verschwunden war, brachte Batty den Hut in Ordnung und legte ihn in der Eingangshalle auf den Tisch. Einen Augenblick blieb er lauschend stehen. Als er Theos tiefe Stimme aus dem Salon hörte, schüttelte er den Kopf.

Am Abend, als sie im Bett lagen, sagte Andrew zu Jenny: »Vielleicht liegt es daran, daß er ein Bein verloren hat..., ich meine, wie tun sie es eigentlich?«

»Wie tun sie *was?*«

»Himmel, Jen... Bumsen... ich meine, wie bumsen sie?«

»Er hat sein Bein verloren«, sagte Jenny. »Sei doch nicht so grob!«
»Aber es ist bestimmt ... bestimmt ziemlich seltsam.« Er legte den Arm um sie und streichelte ihre Brüste. »Ich habe zwei Beine, gerade sogar drei ...«
Jenny, die sich sehnlichst wünschte, sie hätte ihr eigenes Zimmer bekommen, entzog sich ihm, und als Andrew seine Hände nicht von ihr ließ, murmelte sie: »Andrew, ich habe Kopfschmerzen«, und schlüpfte aus dem Bett.
Ihr Ehemann gab einen ärgerlichen Seufzer von sich. »Zum Teufel mit dir, Jenny Stephenson«, zischte er.
Jenny antwortete nicht, sondern ging zum Fenster und zog den Vorhang zurück. Ich glaube, da bin ich längst, dachte sie. Ich habe diese Qual nicht verdient. Auf einmal sehnte sie sich danach, umgeben von ihren Gemälden in ihrem Atelier zu sein und mit dem Bild des Magiers stille Zwiesprache zu halten. In Erinnerung an das, was sie für einen Traum hielt, war sie noch einmal in die National Gallery gegangen und hatte nach dem Bild des venezianischen Edelmanns gesucht, aber an seinem Platz hing ein anderes Gemälde. Als sie einen Wärter darauf ansprach, erklärte er ihr, daß die Bilder des öfteren ausgetauscht wurden, damit andere an die Reihe kämen. Dann bot er ihr an, der Sache auf den Grund zu gehen, sie müsse ihm nur den Namen des Künstlers nennen. Aber Jenny lehnte das Angebot ab, weil sie plötzlich die Angst überfiel, daß ihr Traum doch Wirklichkeit gewesen sein könnte.
Ich wünschte, ich hätte meinen Magier bei mir, dachte sie, während sie über das nächtliche Kilashane blickte. Mit bitterem Vergnügen erkannte sie, wie seltsam das klang, und fügte abwehrend hinzu: Ich brauche eben jemanden, mit dem ich sprechen kann, jemanden, der mich versteht.
Der Halbmond trat hinter den Wolken hervor und

versilberte die Wellen. Jenny sah das Meer, das Dach der Stallungen, links davon den Hof, der tief im Schatten lag. Während sie so in die Dunkelheit hinausblickte, sah sie, wie etwas sich bewegte: unten im Hof, an der Tür des Wagenschuppens, wo die Schatten am tiefsten waren. Dann trat eine Gestalt in den Mondschein, und Jenny erkannte Theo, in einem weißen Hemd. Sein Gesicht lag im Halbdunkel, doch dann hob er den Kopf und starrte ihr direkt in die Augen.

»In meinen Fingerspitzen ist mehr von Gott«, sagte sie, »als in all euren Bauwerken.« Sie versuchte, die Hand zu heben, aber ihre Kräfte hatten sie verlassen. Der Inquisitor weinte.

Tagebuch eines Zeugen

»DEE WACH AUF!«
Doch es war umsonst, die Worte drangen nicht ganz in ihr Bewußtsein vor. »Dein Vater wartet. Willst du etwa deinen Zug verpassen?«
Welchen Zug, überlegte Dee in dem Augenblick, als der Schlaf endlich von ihr abfiel, das Bewußtsein aber noch nicht die Oberhand gewonnen hatte.
Was ist so wichtig an einem Zug? Wenn ich nicht weiterschlafe, muß ich sterben.
Wieder hatte sie eine fast schlaflose Nacht hinter sich, in der sie im Rauschen des Windes in den Bäumen gelauscht hatte, voll Angst, den vertrauten Schatten zu sehen, wenn sie aus dem Fenster blickte. Aber dann, gegen Morgen, war sie doch eingedöst.
Sie war übers Wochenende wieder heimgefahren, hatte sich in Sicherheit gebracht, an den Zufluchtsort, wo alle Ängste albern und kindisch wirkten. Wenn sie zu Hause war, kamen ihr Dublin, Brüssel und McGrath vor wie Produkte ihrer Phantasie. Nach der abgebrochenen Brüsselreise hatte sie wieder angefangen zu arbeiten, kam aber so oft wie möglich nach Ballyshane.
Sie hatte überlegt, McGrath den Rücken zu kehren, denn sie konnte doch nicht bei einer Firma bleiben, in der Peter eine so wichtige Position einnahm. Als sie Laura davon erzählte, meinte diese, Dee solle sich

bloß zusammenreißen. »Warum willst du seinetwegen einen guten Job sausen lassen?«
»Ja, du hast recht. Aber ich kann ihm einfach nicht verzeihen, was passiert ist! Und ich halte es nicht aus, auch nur entfernt etwas mit ihm zu tun zu haben.«
»Du kannst vor allem dir selbst nicht verzeihen«, entgegnete Laura. »Warum erlaubst du dir nicht, menschlich zu sein, Fehler zu machen? Niemand ist perfekt. Bist du eigentlich noch in ihn verliebt?«
»Selbstverständlich nicht!«
Laura seufzte. »Sagst du deshalb im Schlaf seinen Namen? Fast jede Nacht höre ich dich. Träum' von ihm, soviel du willst, aber renn' um Himmels willen nicht vor ihm weg!«
Dee dachte darüber nach. Bei der Arbeit gab es keinerlei Probleme. Sie hatten einen neuen Hauptgeschäftsführer, der einen straffen Kurs steuerte, und das Geschäft blühte. Weshalb sollte sie eigentlich weglaufen? Schließlich konnte sie die Geschichte mit Peter Eggli als unwichtigen Ausrutscher abschreiben. Sie konnte sich mit der Aura einer erfahrenen Frau umgeben.
Aber das war Theorie. In der Praxis sah alles ganz anders aus. Dee merkte, daß sie einen großen Teil ihrer selbst in die Beziehung investiert hatte, etwas Geheimnisvolles und Absolutes. Der Gedanke, daß sie sich auf dieser Ebene mit einem Schürzenjäger eingelassen hatte, war entsetzlich – sie fühlte sich beinahe vergewaltigt. Sie spürte den Wunsch, sich selbst zu bestrafen, damit sie nie wieder betrogen werden konnte. Doch in allen anderen Lebensbereichen – bei der Arbeit, beim Autokauf, bei der gemeinsamen Suche nach einer neuen Wohnung für Laura und sie – lief alles bestens. Sie bekam eine Lohnerhöhung, sie fand einen zwei Jahren alten Volkswagen zu einem Spottpreis, zusammen mit Laura mietete sie eine wunderschöne, lachhaft billige Wohnung in Ballsbridge.

Anscheinend hatte sich alles verbündet, um sie zu trösten – als könne ihr Kummer durch eine Kette von glücklichen Ereignissen gemildert werden.
Nur Colins Sticheleien mußte sie noch aushalten; seit ihrer Rückkehr von Brüssel hatte sie ihn noch nicht erreicht. Bei seiner Zeitung sagte man ihr, er habe einen Auftrag im Ausland. Doch dann kam ein Paket von ihm. Als sie es öffnete, fand sie einen Brief, den sie las, ehe sie den Rest auspackte.

Lieber Kobold,
hier schicke ich Dir etwas, was du sicher zu schätzen weißt. Ich hab es bei einem Ausverkauf gefunden. Es stammt von einer Lady, die kürzlich verstorben ist und alle möglichen Gemälde und anderen Kram hinterlassen hat – auf dem Dachboden, der mit Brettern verrammelt war. Da Du früher einmal Ambitionen als Hexe hattest, wollte ich es Dir gern (verspätet) zum Geburtstag schenken.
Ha, ha!
Hoffentlich geht es Dir gut. Mich will man jetzt nach Hong Kong schicken – mein erster Auslandsauftrag. Ich habe versucht, Dich in Brüssel zu erreichen, um Dir das alles zu erzählen, aber da hast Du Dich offensichtlich gerade anderswo amüsiert. Ich melde mich, wenn ich wieder da bin!

Dee öffnete das Geschenk, das in Filz und mehrere Lagen Pappe eingewickelt war. Als sie es dann aus seiner Hülle herauszog, staunte sie: Ein Ölgemälde auf gerahmter Leinwand, das Portrait irgendeines altmodischen Edelmannes mit Knebelbart, einem schwarzen Gewand, einem Ring an der Hand, tiefliegenden Augen, die funkelten und doch traurig aussahen. Dee suchte nach dem Namen des Malers, aber das Bild war nicht signiert; hinten auf der Leinwand stand lediglich »Mein Magier«.

»Da krieg ich ja 'ne Gänsehaut«, meinte Laura. »Dein Colin hat einen seltsamen Humor. Was willst du damit machen? Ich möchte jedenfalls nicht, daß mich dieser Mann von der Wand herunter anstarrt!«
Also hatte Dee das Bild in eine Ecke gestellt, wo ihm ein ausrangiertes Poster der Beatles Gesellschaft leistete.
Jetzt, an diesem frischen Morgen, schüttelte sie den Kopf und versuchte, sich wieder in der Wirklichkeit zurechtzufinden und der Welt den Rücken zu kehren, in der sie sich gerade aufgehalten hatte und die jetzt sehr rasch in den Hintergrund trat. In dieser Traumwelt war sie aus dem Keller von Kilashane geklettert, wo sie unter herabstürzendem Schutt begraben worden war. Obwohl sie vom Staub halb erstickt war und aus zahlreichen Schrammen blutete, hatte sie es geschafft, sich zurück ans Tageslicht zu kämpfen. Der Mann im Abendanzug stand am Waldrand und beobachtete sie. Er machte keine Anstalten, ihr zu helfen, doch als sie im Freien war, kam er über den Kiesweg auf sie zu. Ihr ramponierter Zustand war ihr unangenehm, obwohl sie wußte, daß er sie, so sehr sie es sich auch wünschte, nicht richtig sehen konnte; er nahm nur wahr, daß sie ums Überleben kämpfte, und das mißfiel ihm. Während er langsam auf sie zuschritt, hielt er einen Gegenstand in der Hand, den er mit einer priesterlichen Gebärde hochhob. Danach erinnerte sich Dee nur noch, daß sie aufgewacht war, weil ihre Mutter sie gerufen hatte. Aber sie wäre zu gern zurück in den Traum gesunken, denn sie wußte, daß dort etwas passiert war, das das ganze Leiden in ihrem Leben erklärte.
Die Uhr zeigte halb zehn.
»Verdammt...« Sie sprang aus dem Bett, stürzte ins Badezimmer, duschte im Handumdrehen und zog sich an: zum schwarzen Minirock ein enges, körperbetontes Polohemd, dazu die Sandalen mit den Plate-

ausohlen aus Kork. So klapperte sie in die Küche hinunter.
Im Flurspiegel betrachtete sie sich flüchtig; sie hatte sich die Haare schneiden lassen, so daß sie ihr auf beiden Seiten ins Gesicht fielen, im Nacken jedoch kürzer waren.
In der Küche plärrte das Radio. Helen Shapiro versicherte der Welt äußerst melodiös, daß sie zwar ein Teenager war und noch in die Schule ging, sich aber trotzdem von niemandem auf der Nase herumtanzen ließ. Früher hatte Dee den Song selbst manchmal zum besten gegeben. »Don't treat me like a child«. Ihr Vater hatte Tränen gelacht. Damals war Dee vierzehn Jahre alt gewesen.
»Worüber lachst du denn?«
»Über nichts, Schätzchen, gar nichts«, und schon war er wieder weg.
Dee hatte ihren Vater angesehen, und er tat ihr leid, weil er so alt war und sich auf nichts mehr freuen konnte. Jetzt konnte sie sich selbst auf nichts mehr freuen. Von Peter Eggli waren Briefe gekommen, in denen stand, daß er sie liebte. Aber Dee hatte sie in kleine Fetzen zerrissen. *Laß mich in Frieden, du Casanova.*
Heute morgen merkte Dee sofort, daß ihre Mutter in schlechter Verfassung war: sie war schweigsam und preßte die Lippen zusammen. Wahrscheinlich litt sie unter Depressionen und hatte sich in ihre eigene Welt zurückgezogen, in der ihre Tochter nichts zu suchen hatte. Die Folge war, daß auch Dees Vater sich in bekümmertes Schweigen hüllte. Zwar versuchte er gelegentlich, seine Frau mit einem Scherz aus ihrer Trübsal zu locken, aber ohne Erfolg. Jetzt stellte Mrs. McGlinn Dees Frühstück, das sie im Backofen warmgehalten hatte, auf den Tisch.
»Der Speck ist ganz vertrocknet!«
»Das macht nichts, Mam.«

Ihre Mutter seufzte. »Ich wollte, du würdest diese scheußlichen Sandalen nicht anziehen ...«
Dee sah hinab auf die Plattformsohlen. »Ich weiß, sie sind wirklich ziemlich hoch«, sagte sie, »aber sie machen mich größer.«
Wieder seufzte ihre Mutter.
»Wenn du möchtest, schmeiße ich sie weg«, bot Dee an. Sie haßte es, wenn es ihrer Mutter schlechtging, und sie spürte, wie sehr das Leben ihrer Mutter von Verzicht geprägt war. Daß Dees Vater in den Ruhestand gehen würde, stand fest; er hatte aber nicht die Absicht, Ballyshane zu verlassen. Wenn jemand die Frage anschnitt, wechselte er sofort das Thema, machte einen Witz, setzte ein kleinlautes Gesicht auf oder schlich sich einfach davon, um die Zeitung zu lesen. Hier prallten die Wünsche ihrer Eltern unnachgiebig aufeinander. Dee wußte, wie ihr Vater an der Gegend hing: die Wellen, die sich an den schwarzen Felsen brachen, der wilde Schrei der Vögel, die Menschen, die er so gut kannte, der Seewind, der in stürmischen Nächten im Kamin heulte. In Dublin würde er ersticken. Aber Dee wußte auch, daß ihre Mutter immer noch dachte, sie wäre jung. Sie hatte ihren Platz im Meer der Zeit gefunden und sich seither nicht mehr von der Stelle gerührt, stets beschäftigt mit ihren häuslichen Pflichten. Ohne daß sie es richtig bemerkte, war das Leben über sie hinweg und an ihr vorbei gezogen. Noch immer sehnte sie sich nach der Stadt, nach den Lichtern, den Theatern, den Kinos, den Vergnügungen, die sie nie kennengelernt hatte. Jetzt verlangte das junge Mädchen hinter der Fassade der älteren Frau von ihrem Ehemann, daß er endlich die Versprechungen einlöste, die er ihr in seiner Jugend gemacht hatte.
Dee war klar, daß ihr Vater keinen Millimeter nachgeben würde, obwohl ihn das schlechte Gewissen plagte. Dennoch schlug sie sich instinktiv auf seine

Seite. Sie wußte, daß auch ihre Mutter sich in Dublin einsam fühlen würde, weil die Stadt Hoffnungen, die in einer längst verflossenen Jugend gehegt worden waren, gar nicht erfüllen konnte.
»Dieser Mann!« stöhnte Mrs. McGlinn verzweifelt, während sie den Zeitungsstoß wegräumte, den Dees Vater auf dem Tisch an der Wand liegengelassen hatte. Er hatte die Angewohnheit, die Zeitungen aufzubewahren, bis er jede einzelne von vorn bis hinten durchgelesen hatte, und sie dann auf einem Stapel in der Küche zu deponieren.
»Er denkt bloß an sich ..., keinen einzigen Gedanken verschwendet er an andere Leute. Jahr für Jahr schufte ich in diesem Haus, und trotzdem läßt er seine Zeitungen auf dem Tisch liegen. Immer erwartet er, daß jemand hinter ihm herräumt.« Und wieder ein Seufzer.
Schweigend aß Dee ihr Frühstück, stellte das Geschirr ins Spülbecken, und als ihre Mutter gebieterisch sagte: »Laß das Zeug stehen, du hast keine Zeit!« eilte sie mit einem hastigen »Ich hol schon meine Sachen, Mam«, aus der Küche.
Ihre Mutter nickte. »Jahr für Jahr«, wiederholte sie. »Bis ich schwarz werde.«

Dee fand ihren Vater auf der Treppe vor der Küchentür. Er legte den Finger auf die Lippen.
»Was machst du denn hier, Dad?« fragte Dee leise, als sie an ihm vorbeiging. Er grinste ein bißchen verlegen und zeigte auf die Küchentür. »Ich horch' bloß, was hinter den Palisaden vorgeht.« Dee erkannte das Zitat aus der ›Schatzinsel‹. Das Buch hatte er ihr abends oft vorgelesen, vor langer Zeit, als sie noch so klein war, daß sie zweimal in ihr Bett gepaßt hätte und er ihr überlebensgroß vorkam, allmächtig, beinahe wie Gott. Damals hatte sie seine Liebe gespürt, wie einen großen, warmen Mantel, der sie einhüllte.

Jetzt war sie so gerührt, daß ihr Tränen in die Augen stiegen. Sie sah ihren Vater an, wie er auf der Treppe saß und sich mit gesenktem Kopf das Gejammer aus der Küche anhörte. Ich liebe dich, Daddy, dachte sie. Ich liebe dich mehr als alles auf der Welt!
In diesem Moment beschloß sie, daß der Zug ihretwegen allein abfahren konnte. Schließlich war heute Sonntag, sie würde mit ihren Eltern zur Messe gehen, den Tag mit ihnen verbringen und morgen früh im Büro anrufen, den Montag freinehmen und mit dem Abendzug nach Dublin zurückfahren. Wäre sie doch nur mit dem Auto gekommen! Aber das war gerade bei der Inspektion.
Zum Glück war alles ganz einfach, wenn man sich zu einem Entschluß durchgerungen hatte. Und es war ihr gutes Recht, einen Tag freizunehmen.
Sie fuhren mit dem *Morris Minor* zur Messe. Der kleine Wagen war nach all den Jahren ein bißchen mitgenommen, erfüllte aber immer noch treu und robust seinen Zweck. Die Kirche lag zweieinhalb Kilometer entfernt; die Halbinsel ging hier ins Festland über, und das Meer klang nicht mehr, als beherrschte es die Welt. Father O'Shea stand in seinem weiß-goldenen Meßgewand am Altar und intonierte: »So trete ich vor das Angesicht des Herrn.«
»Vor Gott, der meine Jugend mit Freude erfüllte«, fügte Dee im stillen hinzu, lauschte den Antworten der Gemeinde und dachte an die vielen Kirchenbesuche ihrer Kindheit, als die Liturgie noch lateinisch war und deshalb alles ganz besonders geheimnisvoll und mystisch geklungen hatte. Jetzt klangen die Worte fast alltäglich. Erfüllte Gott wirklich die Jugend mit Freude? Dee wußte, daß sie eigentlich hätte glücklich sein müssen, aber allmählich begann sie sich vor dem Einschlafen zu fürchten. Denn in ihren Träumen fand sie sich weinend in Peter Egglis Armen wieder, oder sie war auf dem alten Landgut, über dem die Krähen

kreisten. Schenk mir Freude, lieber Gott. Und laß mich nie wieder von Kilashane träumen.
In der Kirche roch es nach Kerzenwachs und Weihrauch. Dee betrachtete die Buntglasfenster mit Christus und seiner Mutter, die Messingplatte, die vor ihr an die Bank geschraubt war: »Betet für die Seele von Brigid Murphy, Ballyshane«. Der Seifengeruch der frischgewaschenen Kirchgänger um sie herum stieg ihr in die Nase. Sie sah die rauhen Hände der Bauern, ledrig und ausgetrocknet, die Nägel abgesplittert. Ganze Familien knieten nebeneinander, der Vater im besten Anzug, die Mutter im besten Kleid, die Kinder – eins, zwei, drei, vier, manchmal sogar fünf – wohlerzogen, sauber, demonstrativ andächtig: Wie Glühwürmchen lebten diese Menschen die ihnen gegebene Zeit und wurden dann zu Namen, die man an die Kirchenbank schraubte oder in einen Grabstein eingravierte.
Father O'Shea hielt seine Predigt, aber Dee hörte nicht zu, denn was er zu sagen hatte, war fast immer langweilig. Ihr fiel ein, wie vor Jahren, als sie acht gewesen war, der alte Billy einmal in die Kirche gewandert war und laut gefragt hatte: »Herr des Himmels, findet der denn nie ein Ende?« Die Gemeinde hatte sich köstlich amüsiert.
Billy war nur gelegentlich in der Kirche erschienen, aber wenn er auftauchte, erhofften sich die Kinder immer ein bißchen Abwechslung. Manchmal rezitierte er laut einen Psalmvers: ›Raffe meine Seele nicht hin mit den Sündern noch mein Leben mit den Blutdürstigen‹. Oder er schlug auf die Lehne seiner Bank und schrie: ›Ich aber gehe meinen Weg in Unschuld. Erlöse mich und sei . . . mir gnädig.‹
Mit Ausnahme der Jugend, die begeistert kicherte, schenkte ihm niemand Beachtung. Die Gemeinde von Ballyshane bemitleidete diesen Menschen – dieses Bild des Jammers.

Als Billys Name fiel, erwachte Dee aus ihrer Träumerei: Der Priester sprach davon, daß Billy vor etwa einem Monat gestorben war, und bat die Gemeinde, für die ewige Ruhe seiner Seele zu beten.
Billy war tot, seine Hütte geplündert. Aber wer auch immer die Plünderer gewesen sein mochten, sie hatten bestimmt nichts von Billys eigentlichem Zuhause, dem Baumhaus in Kilashane, gewußt.
Dee ging zum Abendmahl; es war schon über eine Stunde her, daß sie gefrühstückt hatte, sonst hätte sie eine Sünde begangen. So beugte sie den Kopf und fühlte auf ihrer Zunge die dünne Oblate, die sich bereits auflöste, als Dee wieder Platz nahm.
Soll ich heute nach Kilashane gehen? überlegte sie verträumt, als müßte der Leib Jesu in ihrem Mund antworten.
Aus Dees Meßbuch fiel ein Heiligenbildchen. Sie hob es auf: eine Madonna von Murillo, eine wunderschöne junge Frau mit einem hübschen aber ausdruckslosen Gesicht, wie es bei Heiligen der Brauch zu sein schien, die in den Himmel auffuhren. Darunter stand: »Immaculada«, die Reine, Unberührte. Ganz anders als ich, dachte Dee und spürte wieder die Wut über ihren Ausrutscher, ganz anders als ich.
Auf die Rückseite des Bildchens hatte Treena Casey, ihre Kontrahentin aus alten Zeiten, geschrieben: »In Erinnerung an unseren letzten Schultag. Eine ziemlich gräßliche Aussicht, sich allein durchs Leben schlagen zu müssen.«
Treena hatte dasselbe Internat besucht; irgendwann hatten die beiden Mädchen ihre Feindschaft begraben, weil sie froh waren, in der neuen Umgebung wenigstens ein vertrautes Gesicht zu sehen. Während der letzten Schulwoche verschenkte man, einem alten Brauch gemäß, seinen Freundinnen zur Erinnerung an die gemeinsame Schulzeit Heiligenbildchen, auf die man irgendeinen sinnigen Spruch schrieb. Dee hatte

Treena seit einer Ewigkeit nicht mehr gesehen, denn sie war aufs Lehrerseminar nach England gegangen und hatte dort inzwischen eine Stelle.
Als Dee das Bildchen ins Meßbuch zurücklegte, öffnete es sich an einer Stelle, wo zwei Rosenblätter lagen, die immer noch samtig, trocken und beinahe purpurrot waren. Einmal, als sie aus der Messe gekommen war und auf dem Weg zum Wagen ihrer Eltern an Billy vorbeiging, hatte er ihr diese Rose geschenkt. Er beugte sich über den Zaun in den Pfarrgarten, brach die duftende Blüte ab und überreichte sie ihr mit spastisch zuckendem Arm. Gelegentlich überfielen ihn solche Krämpfe und auch das Hinken war an diesem Tag besonders auffällig gewesen. Dee war damals zehn Jahre alt.
»Heb' die Blütenblätter auf«, flüsterte er ihr ins Ohr, »es sind Glücksbringer.« Im Weggehen fügte er mit leiser Stimme hinzu, so leise, daß sie nicht ganz sicher war, ob sie ihn richtig verstanden hatte: »Vergiß mich nicht...« Ohne lange zu überlegen, preßte sie die Blütenblätter, aber die meisten waren verlorengegangen – nur die beiden im Gebetbuch waren noch übrig.
»Was hat Billy zu dir gesagt?« hatte Dees Mutter auf dem Heimweg gefragt.
»Nichts. Er hat mir eine Rose geschenkt«, antwortete Dee und hielt die wunderschöne Blüte hoch, auf der noch Regentropfen glitzerten.
Als Dee jetzt an den armen Billy und seine Rose dachte, wurde sie ganz melancholisch. Ich gehe heute nach Kilashane, dachte sie, während sie die traurigen, vertrockneten Überbleibsel eines längst vergangenen Sommers streichelte. Ich gehe nach Kilashane. Aber ich wünschte, der Tod hätte nicht immer das letzte Wort.
Nun wandte sich Father Shea an die Gemeinde. »Der Herr sei mit Euch«, sagte er. »Gehet hin in Frieden.«

»Vor ihm floh ich durch Tag und Nacht
Ich floh durch die Gewölbe vieler Jahre
Vor ihm floh ich durchs Labyrinth
meiner Gedanken ...«,

murmelte Dee auf dem Weg zu dem alten Landgut vor sich hin. Das Gedicht war ihr in den letzten Tagen immer wieder durch den Kopf gegangen.
Noch immer kreisten die Krähen über der Ruine, diese finsteren Kreaturen mit ihren grauschwarzen Schnäbeln, ihrem schwarzen Gefieder – wie viele von ihnen segelten wohl krächzend über den Baumwipfeln?
Dee hatte den Minirock gegen dunkelblaue Jeans und Turnschuhe eingetauscht. Das Wetter war mild und sonnig, und das schwarze Baumwolloberteil zog die Wärme der Sonnenstrahlen an. Die Kühe hoben die Köpfe, als sie vorüberging, vom Hochland im Westen hörte man das Blöken der Schafe. Im Klee summten die Bienen, kleine pelzige Tierchen auf hektischer, trunkener Jagd nach Nektar. Der Fluß, die Meena, war um diese Jahreszeit flach und murmelte gemächlich über die Steine. Ein leuchtend blauer Eisvogel huschte vorbei und war wieder verschwunden.
Als sie zu Hause Bescheid gesagt hatte, daß sie einen Spaziergang machen wollte, hatte ihr Vater nur kurz von der Sonntagszeitung aufgeblickt, ohne ihr seine Begleitung anzubieten. Er saß in seinem Sessel, vom sonntäglichen Roastbeef übersättigt, und ihre Mutter trug immer noch ihre gekränkte Miene zur Schau.
»Nimm Ricky mit«, sagte sie nur. »Er könnte ein bißchen Bewegung vertragen.«
Dee betrat das Gut durch die vertraute Lücke in der Mauer, die von dichten, grünblättrigen Brombeerranken mit aggressiven kleinen Dornen überwuchert war. Sie schob das Gestrüpp mit einem Stock beiseite und kroch durch die Öffnung. Die alte Allee war mit som-

merlichem Unkraut überwachsen; der gotische Torbogen auf halbem Weg sah älter aus, als sie ihn in Erinnerung hatte, und war fast vollständig von Efeu bedeckt. Ricky hob das Bein an einer rostigen Torangel.

Unter dem grünen Blätterdach war es kühl, fast als wäre man in einer anderen Welt, die nichts mehr mit dem strahlenden Septembertag dort draußen gemein hatte. Hier stand Farnkraut, und es roch durchdringend nach wildem Knoblauch.

»Wenn du heute zum Wald hinuntergehst«, flüsterte Dee vor sich hin – fast fürchtete sie, das erwartungsvolle Schweigen zu durchbrechen –, »dann aber ganz leise...«

Sie hielt inne, stand wie angewurzelt neben einer uralten Eiche und merkte plötzlich, daß sie nicht allein war. Da waren Schritte, vom lehmigen Untergrund gedämpft, dann raschelte es im Unterholz. Sie schlich ein Stückchen weiter und sah, daß in einiger Entfernung ein Mann durch die Bäume auf das Haus zuging. Er trug grüne Gummistiefel und bewegte sich zielstrebig vorwärts, doch etwas an seinem Gang, sein vorsichtiges Auftreten, legte den Verdacht nahe, daß er nicht entdeckt werden wollte. Sein Gesicht konnte sie nicht erkennen, aber seine Kleidung – ein helles Jakkett über einer Flanellhose – deutete darauf hin, daß er nicht aus der Gegend stammte.

Entrüstet beobachtete ihn Dee, als wäre er ein Einbrecher, der in ihr Heim eindrang. Sie war daran gewöhnt, das Landgut in all seiner Abgeschiedenheit und Ruhe für sich zu haben. Einen Moment überlegte sie, den Eindringlich zu stellen und eine Erklärung von ihm zu fordern, aber dann erkannte sie, daß sie keinerlei Grundlage für einen solchen Auftritt hatte. Also gab sie sich damit zufrieden, ihn zu beobachten; sie huschte von einem Baum zum nächsten, um ihn sehen zu können, ohne selbst entdeckt zu werden.

Ricky war vor einer Weile auf Kaninchenjagd verschwunden, da brauchte sie sich wenigstens nicht um ihn zu kümmern.
Der Mann ging über die verwilderte Wiese, die Auffahrt entlang, und stieg die Granitstufen zur früheren Eingangstür hinauf. Vor ihm gähnte die verfallene Eingangshalle, die alten Kellerküchen, die völlig zerstörten Treppen, deren Geländer in Bruchstücken vom eingestürzten Treppenabsatz hingen. Ganz oben erhob sich der nackte Steinschornstein, aus dem, aufrecht wie eine Fernsehantenne, ein gesundes Bäumchen wuchs. Der Mann starrte hinauf, wandte den Kopf hierhin und dorthin, als überlegte er, ob es nicht doch zu gefährlich war, das verfallene Gebäude zu betreten. Schließlich machte er kehrt, und verschwand um die Hausecke, hinter der die Ruinen der Stallungen lagen.
Dee folgte ihm. Immer im Schutz der Bäume, huschte sie hinter die alte Schuppentanne und dann ein Stück nach links, von wo sie den Zugang zu den Stallungen überblicken konnte. Der Mann suchte den Hof ab; Dee hörte das Stampfen seiner Gummistiefel auf dem Pflaster und das Kreischen rostiger Türangeln, als er den Wagenschuppen öffnete. Sie wußte, daß der Schuppen leer war bis auf ein paar alte Wagenräder, eine zerbeulte Laterne und einen dreibeinigen Hokker, der in einer Ecke lag und mit Spinnweben bedeckt war. Ob der Mann ein Dieb war? Die Kostbarkeiten aus dem Haus waren doch längst von unbekannten Räubern weggeschleppt worden: Kamine, Mahagonitüren, antikes Mobiliar, alles, was dem Feuer und dem Ansturm der Elemente getrotzt hatte.
Da kam Ricky aus dem Wald zurück, keuchend, mit hängender Zunge. Das Kaninchen war ihm entkommen, aber die Jagd hatte ihm Spaß gemacht. Zur Begrüßung bellte er kurz und wedelte heftig mit dem Schwanz.
»Sei still, du Idiot«, wisperte Dee ihm ärgerlich zu,

obwohl ihr klar war, daß der Eindringling im Stall den Hund bereits gehört haben mußte. Einen Augenblick später erklang wieder das Quietschen der Tür, Stiefelschritte, und dann stand der Mann im Torbogen und starrte Dee direkt an. Er wirkte auf eine grobe Weise arrogant, aber sein Gesicht war argwöhnisch. Nach einem raschen Blick auf das Mädchen und den Hund machte er eine leichte Kopfbewegung, um den Rest der Wiese zu inspizieren, den unkrautüberwucherten Hof, die Baumreihe und das Stück der Auffahrt, das er von hier aus sehen konnte. Dann kam er auf sie zu, langsam, den Blick weiterhin starr auf sie gerichtet. Dee war froh, daß sie den Hund dabei hatte, trotzdem trat sie instinktiv einen Schritt zurück. Ricky knurrte. Der Mann lachte, hob die Hände mit den Handflächen nach oben und blieb stehen.

»Hallo«, sagte er.

»Das Haus ist gefährlich«, meinte Dee. »Da steht ein Schild...« Sie wartete auf eine Antwort, und als er nichts sagte, fuhr sie fort: »Und Sie haben unbefugt das Gelände betreten.«

»Sie etwa nicht?«

Er sprach mit Akzent. Bestimmt war er kein Engländer – vielleicht Franzose oder Deutscher oder Holländer. Seine Haare waren blond, er hatte blaue Augen und eine blasse, überempfindliche Haut. Die durchdringenden Augen lagen eng beieinander, und wenn er lächelte, entblößte der Mann unregelmäßige, gelbliche Zähne.

Dee ignorierte die Retourkutsche. »Was haben Sie hier zu suchen?«

»Nichts«, ich wollte mich nur umschauen, antwortete der Mann und schüttelte den Kopf.

»Es gibt eine Menge alter Häuser, in denen Touristen willkommen sind. Das hier ist nur eine Ruine.«

»Das sehe ich! Aber dieses Haus interessiert mich.«

»Warum?«

Er gestikulierte. »Es ist etwas Besonderes. Muß ich das begründen?« Er lachte wieder. »Was haben *Sie* überhaupt hier zu suchen – ein hübsches Mädchen wie Sie! Sind Sie ein Wächter? Ein Waldgeist?«
»Ich wohne in der Nähe«, erklärte Dee.
»Dann kennen Sie sich hier sicher gut aus?«
»Ja. Ich komme schon mein ganzes Leben lang hierher.«
»Aha«, meinte er nachdenklich. »Würden Sie mich vielleicht ein wenig herumführen?«
»Nein. Ich muß nach Hause, und es gibt sowieso nichts zu sehen.«
»Ich möchte wetten, daß Sie bei Ihren Erkundungen alle möglichen interessanten Funde gemacht haben – als sie noch klein waren und so weiter«, entgegnete der Mann nach kurzem Überlegen.
Dee wurde rot vor Wut. Da ging es schon wieder los! Sie dachte an das Tagebuch und die Photographie. Außerdem spürte sie eine subtile Gefahr, auch wenn sie nicht ganz verstand, wie das sein konnte – mitten am Nachmittag, im hellen Sonnenschein.
»Das Haus wurde zerstört, lange bevor ich geboren wurde. Alles Wertvolle ist eines nachts, als ich noch ein Baby war, weggeschleppt worden: Die Möbel, die Kamine, sogar die Türen. Suchen Sie etwas Bestimmtes?«
Der Mann trat einen Schritt näher und beobachtete genau, wie sie reagierte. »Eigentlich«, antwortete er ganz leise, »eigentlich habe ich eine Maske gesucht.«
Mühsam entzog sich Dee seinem Raubvogelblick.
Sie sah hinauf zu den Fenstern, hinter denen sie zum ersten Mal den Ring neben dem Herd hatte glitzern sehen. Sie dachte an die Insignien auf dem Ring, und sie dachte an die Maske, die sie von sich geschleudert hatte und die jetzt sicherlich unten im Keller begraben lag.
»Ich kann Ihnen leider nicht weiterhelfen«, entgeg-

nete sie achselzuckend, obwohl sie merkte, wie ihr das Blut aus dem Gesicht wich. »Um was für eine Maske handelt es sich denn?«

Er folgte ihrem Blick zu dem Fenster im ersten Stock, sah zuerst sie an und dann den Hund, der die Lefzen hochzog und ihm die Zähne zeigte. »Ich bin mir nicht ganz sicher. War nur so eine Idee. Na ja, dann gehe ich wohl lieber«, meinte er. »Nett, Sie kennengelernt zu haben, Miss ...«

»McGlinn.«

Der Mann zögerte, dann lächelte er sie an. »Vielleicht sollte ich Ihnen sagen, warum ich wirklich hier bin?« Er trat ein paar Schritte zurück und fuhr fort: »Ich sehe mir das Grundstück im Auftrag des neuen Besitzers an. Sie sehen also, ich habe es eigentlich nicht unbefugt betreten – im Gegensatz zu Ihnen!«

Dee sah ihm nach, wie er die Allee hinunterging. Dann rannte sie ihm nach. »Warten Sie ... wer ist der neue Besitzer? Wer will Kilashane kaufen? Was will er damit machen?«

Er zog die Augenbrauen hoch. »So viele Fragen! Der neue Besitzer möchte hier ein Hotel bauen. In ein paar Wochen kommt die Baufirma.«

Dee fuhr der Schreck in die Glieder. »Das ist ja furchtbar!«

»Das ist nicht schrecklich«, entgegnete er und zuckte die Achseln. »So etwas nennt man Fortschritt. Er wird den ganzen Schutt abfahren lassen; die alten Mauern sollen stehenbleiben. Die Baugenehmigung liegt bereits vor. Das Haus wird fast wieder so aussehen wie zu seiner Blütezeit, nur mit einem Anbau für Hochzeiten und so weiter. Das Grundstück wird aufgeräumt und ein Parkplatz eingerichtet. Falls noch benachbartes Land zum Kauf steht, soll es auch einen Golfplatz geben.«

Dee war so entsetzt, daß ihr der Mund offenstehen blieb. Man würde Kilashane vernichten! Sie sah dem

Mann ins Gesicht. »Warum haben Sie mich dann nach dieser Maske gefragt?«
Sofort begannen seine Augen interessiert zu funkeln. »Wissen Sie, wo ich danach suchen könnte?«
Sie schüttelte den Kopf. Da ging er weiter und hob die Hand, um weiteren Fragen vorzubeugen.

Als er fort war, ging Dee über den Hof in den Wagenschuppen. Die wenigen Gegenstände waren verrückt worden, ein hölzerner Schrank an der Wand war aufgebrochen, und man sah rostige Gerätschaften darin liegen. Auch in der alten Scheune war der Mann gewesen, ebenso in den Boxen, deren Türen nach außen hingen. Traurigkeit überfiel Dee. Sie hatte die beinahe barbarische Rücksichtslosigkeit in diesem Mann gespürt; er hatte hier herumgewühlt, er hatte alles durcheinandergeworfen, was hier seit Jahren still und ungestört existierte.
Aber wer wollte Kilashane kaufen?
Sie stellte sich die Zukunft vor: Bulldozer würden kommen, Bäume würden fallen, um den Blick aufs Meer freizumachen. Der Schutt würde aus dem Keller geholt und nach ›Fundstücken‹ durchsiebt werden. Eine moderne Isolierung würde die Feuchtigkeit fernhalten, man würde neue Böden verlegen, neue Fenster und Türen einbauen, ein neues Dach errichten. In dem ruhigen Raum, der jetzt den Elementen offenstand, würde eine Bar entstehen, die Schlafzimmer, in denen sie den Ring und die Maske gefunden hatte, würden Gästezimmer werden, ausgestattet mit zuviel Geld und zuwenig Geschmack. Und so würde Kilashane seine Seele verlieren.
Plötzlich mußte sie an Billys Hütte denken, daran, daß sie nach seinem Tod geplündert worden war. Ob es da einen Zusammenhang gab? ... Dann fiel ihr Billys Baumhaus ein, in einem kleinen Teil mitten im Wald, wo er sich in den Ästen einer alten Buche eine

Laube gebaut hatte. Man sah sie kaum, vor allem im Sommer. Wahrscheinlich würde sie gleich zu Anfang dem ›Fortschritt‹ zum Opfer fallen.
Sie pfiff nach Ricky und machte sich auf den Heimweg. Der Nachmittag neigte sich dem frühen Abend entgegen, und die Krähen kreischten jetzt, da es Zeit war, in die Nachtquartiere zurückzukehren, besonders laut. Dee fragte sich, ob der Mann wohl weggegangen war oder ob er sich noch im Wald aufhielt und sie aus sicherer Entfernung beobachtete.
Schließlich kam Ricky bei Fuß, und zusammen eilten sie den unkrautüberwucherten Pfad zu dem gotischen Torbogen zurück und von dort zur Mauerlücke. Dee blickte die Straße hinauf und hinunter, aber sie entdeckte kein Auto und auch sonst kein Fahrzeug, das dem Agenten des neuen Eigentümers hätte gehören können. Dann ist er bestimmt weg, dachte sie mit einem Seufzer der Erleichterung. Sie war dem Wald entronnen; jetzt war sie in Sicherheit. Sie ließ sich auf einem Stein nieder, sah aufs Wasser hinaus und versuchte, ihre Gedanken zu ordnen.
Warum fühlte sie sich sicher, sobald sie das Landgut verlassen hatte? Zum erstenmal in ihrem Leben hatte es ihr heute Angst gemacht. Doch sie erkannte, daß das nicht an dem Ort selbst lag, sondern an ihrer Reaktion auf die Begegnung mit dem Fremden. Sie schloß die Augen und spürte die Wärme des Spätnachmittags, die auffrischende Meeresbrise, die ihr die Haarsträhnen ins Gesicht wehte. Plötzlich erinnerte sie sich mit unverhoffter Klarheit an den Traum, den sie geträumt hatte, bevor der Warnruf ihrer Mutter wegen des womöglich verpaßten Zugs sie geweckt hatte: Vollkommen erschöpft hatte sie dem Mann im Abendanzug gehorcht, der mit der Maske in der Hand auf sie zugekommen war, sich auf den Waldboden sinken lassen, zwischen Farn und Brombeeren, und er hatte die Maske auf ihr Gesicht gelegt. Doch die

Maske war unglaublich schwer und drückte sie in den Waldboden. Ihr Kopf wurde hinuntergepreßt bis zu den Pflanzenwurzeln, sie roch den Lehm, hörte die Insekten, wußte, daß es unmöglich war, mit dem Gewicht, das auf ihr lastete, jemals wieder hochzukommen. Und die ganze Zeit über spürte sie auch seine stillen Tränen.

ACHTZEHNTES KAPITEL

»Wenn Euer Dogma von Gott kommt, beweist es!«
»Edle Frau, Ihr wißt, daß ich das nicht kann!«
»All das«, flüsterte sie, »ist nicht der mindeste Beweis.«

Tagebuch eines Zeugen

ICH MÜSSTE es eigentlich durchschauen, aber ich kann es nicht. Wenn es mir nicht so am Herzen läge, könnte ich auf Distanz gehen, könnte ich mir sagen, er ist verrückt, könnte ich ihn vielleicht verlassen und nach England zurückkehren. Für jemanden, der sich nicht mit Meer, Landschaft und Wind zufriedengibt, ist das hier kein Leben. Den Humor der Einheimischen finde ich meist verletzend; vielleicht ist er auch zu hintersinnig für mich, zu durchtrieben. Kate tut mir leid, keine jungen Männer, keine romantischen Liebesgeschichten, nur Bücher – und die Familie. Im Grunde ist sie zu leidenschaftlich und stürzt sich voll Begeisterung auf jeden Besuch.
Und was die Religion angeht – in meinen Augen sehen die Statuen vor der Gemeindekirche aus wie Götzenbilder, und das Kruzifix ist der Gipfel des schlechten Geschmacks. Sicher, der Priester meint es gut, aber das heimliche Gespräch mit ihm hat mich ganz konfus gemacht. Ich würde mich gern einmal mit einem protestantischen Geistlichen unterhalten, aber das Pfarrhaus ist ziemlich weit weg und wahrscheinlich würde Theo es ohnehin verbieten. Er ist sehr besitzergreifend und will über jede Kleinigkeit genauestens Bescheid wissen. Vermutlich könnte ich das Fahrrad nehmen – das werde ich wohl müssen, vor allem nach der letzten Nacht.

Gestern hatte ich den festen Entschluß gefaßt, mit Theo zu reden und das Unbehagen auszuräumen, das sich nach dem abergläubischen Gerede von Father Keane eingestellt hat. Wenn wir vernünftig miteinander reden und vielleicht sogar wieder zusammen lachen könnten wie damals in Hurleigh Hall, würde es mir gleich viel bessergehen.
Theo las noch lange in der Bibliothek und kam erst spät zu Bett. Ich hatte die Lampe bereits gelöscht, schlief aber noch nicht. Als er mit der Kerze ins Schlafzimmer kam, sprach ich ihn an. Die Flamme zitterte und warf seltsame Schatten auf sein Gesicht; er wirkte äußerst erregt, das spürte ich gleich. In der Hand trug er ein dickes, blau eingebundenes Buch, das er auf die Kommode legte. »Theo, du kommst sehr spät ...!« begann ich.
Ich sah im Spiegel, wie er mir den Kopf zuwandte. »Ach, meine kleine Angelsächsin ist noch wach. Vielleicht möchte sie mir etwas vorlesen, während ich mich ausziehe?«
Ich hasse es, wenn er mich ›meine kleine Angelsächsin‹ nennt, andererseits gefällt es mir aber auch. Ich bin ja gern die ›seine‹ – so, wie Frauen eben zu ihren Männern gehören –, weil er meinem Leben eine Perspektive gibt, weil er mir Schwung und Energie schenkt und mir alle Türen öffnet. Die Frauen sind verrückt, daß sie sich soviel gefallen lassen, aber sie sind dazu gezwungen. Und die Verrücktheit ist schließlich auch eine Spielart des Lebens.
»Was soll ich vorlesen?«
Er nahm das Buch von der Kommode, legte es auf meine Decke und zündete die Lampe neben mir an. Sofort zogen die Schatten sich zurück, Theo schlug den dicken Band auf und gab ihn mir. Ich setzte mich lachend auf, zog die Knie an und lehnte das Buch dagegen. Wie eine dumme Gans freute ich mich darüber, daß er mich um etwas bat. Er musterte mich

schweigend. Auf dem Einband des Buches stand: »The Catholic Encyclopaedia«.

»Schlag Seite sechshundertsiebenundsiebzig auf«, murmelte er, ohne mich aus den Augen zu lassen.

Ich begann. Wir hatten etwas, was uns verband, und das machte mich glücklich; endlich schien wieder ein echtes Gespräch mit ihm möglich. Als Überschrift stand in fetten Lettern auf der Seite: »Hexerei«. Ich las ein Stück weit. Als die Inquisition erwähnt wurde, unterbrach Theo: »Weißt du, was das ist, kleine Angelsächsin?«

»Selbstverständlich.«

»Was denn?«

»Die katholische Kirche hat die Leute gefoltert, die sie für Ketzer hielt ...«

»Sehr gut«, bestätigte er leise. »Du überrascht mich. Soviel Bildung bei einer kleinen Angelsächsin. Was hältst du davon?«

»Von der Folter?« fragte ich, ohne auf die Provokation zu achten.

»Nein, von der Inquisition ..., von der Macht, andere zu unterwerfen.«

»Das halte ich für dreist und unverschämt. Wie kann sich irgendeine menschliche Institution zum Diktator darüber machen, was andere glauben sollen?« Kaum waren die Worte aus meinem Mund, tat es mir auch schon leid, daß ich so offen gewesen war. Ich konnte nicht einschätzen, wie sehr sich Theo noch dem Katholizismus verbunden fühlt.

Aber er lächelte nur und stand auf. »Eine menschliche Institution?« murmelte er vor sich hin. »Man hat immer behauptet, sie wäre göttlich – was natürlich sehr praktisch war.« Dann wiederholte er laut: »Dreist und unverschämt? Nun denn! Aber es liegt ein großes Vergnügen darin, dreist und unverschämt zu sein, darin, anderen den eigenen Willen aufzuzwingen ...«

»Soll ich weiterlesen?«

»Unbedingt.«

Also fuhr ich fort. »Die abstrakte Möglichkeit eines Paktes mit dem Teufel und von einer Einmischung des Teufels in menschliche Angelegenheiten kann kaum bestritten werden, aber niemand kann die Literatur zu diesem Thema studieren, ohne die Greueltaten zur Kenntnis zu nehmen, zu denen dieser Glaube führte, und ohne einzusehen, daß in neunundneunzig von hundert Fällen die Anschuldigungen auf einem Irrtum beruhten.«

Theo lachte. »Siehst du. Das behaupten wir jetzt! Die Unfehlbaren haben sich angepaßt.« Wieder lachte er. »Aber es ist ein bißchen spät, stimmt's?«

»Was ist los, Theo. Wofür ist es zu spät?«

»Der Schaden, die Zerstörung der Menschen kann nicht wiedergutgemacht werden. Meine Zerstörung. Meine! Warum mußt du nur so dumm sein?«

»Ich bin nicht dumm, Theo! Aber du bist grausam!«

»Ja ... Das wurde mir beigebracht, und jetzt kann ich nicht mehr anders.«

Ich versuchte mich zu beruhigen und ihn auf andere Gedanken zu bringen. »Religiöse Intoleranz ist für mehr Blutvergießen verantwortlich als jede andere Macht«, argumentierte ich.

Schließlich kam Theo ins Bett zurück. Als letztes schnallte er sein Holzbein ab. Anscheinend konnte er mit seiner Behinderung am ehesten umgehen, indem er ganz ungehemmt seine Verachtung für sie zeigte. Dann wandte er sich zu Yvonne, nahm das Buch und legte es auf den Nachttisch.

»Ich glaube, du liebst unsere Heilige Mutter Kirche nicht besonders«, sagte er, »und das ist ein schwerer Fehler.«

»Theo, du weißt doch ganz genau, daß ich nicht katholisch bin.«

»Du bist ein bißchen zu puritanisch, kleine Angel-

sächsin, das ist nicht gut für dich. Und du beugst dich nicht dem Willen deines Ehemanns. Ich werde dir schon noch Respekt beibringen. Und Lust. Denn auch in der Unterwerfung steckt Lust, vor allem, wenn sie gegen den eigenen Willen geschieht.« Er starrte sie an. »Zieh dein Nachthemd aus.«
»Nein, Theo. Nicht, wenn du mich in diesem Ton aufforderst.«
Einen Moment lang schwieg er, fixierte sie lächelnd, mit zusammengekniffenen Augen. Dann packte er sie plötzlich, warf sie aufs Bett, schob ihr Nachthemd hoch und drückte sie auf die Matratze. Yvonne wehrte sich und versuchte ihn abzuwerfen, aber nachdem er in sie eingedrungen war, hatte sie keine Chance mehr. Sie erwartete, daß es gleich vorbei sein würde, dieser Gewaltakt, wie beim ersten Mal auch. Aber jetzt lag er fast ganz still auf ihr, wisperte ihr besänftigende Worte ins Ohr und küßte dabei ganz sanft ihre Brustwarzen, bis sich nach einer Weile die sexuelle Spannung entlud, die seine unnachgiebige Gegenwart in ihr auslöste: Gegen den schwankenden Befehl ihres Willens gab sich ihr Körper der Lust hin, und so erlebte Yvonne ihren ersten Orgasmus – wie den Ausbruch eines Vulkans.
Danach sagte Theo zufrieden; »Du hast dich ja aufgebäumt wie eine Stute!«
Zu gern hätte sich Yvonne vor dem Aufruhr ihrer Gefühle für eine Weile in den Schutz seiner Arme geflüchtet, aber Theo drehte ihr den Rücken zu und war bald fest eingeschlafen. So lag sie da und durchforschte mit den Augen die Dunkelheit. Du darfst mir nicht einfach die kalte Schulter zeigen, dachte sie. So darfst du mich nicht behandeln. Es gibt eine Grenze. Aber sie mochte flüstern, was sie wollte – trotz allem spürte sie, daß sie einen Teil ihres Selbst aufgegeben hatte. Zu viele Seelen wohnen in meiner Brust, dachte sie, und sie verfolgen gegensätzliche Ziele. Lautlos

begann sie zu weinen. Ich kann ihnen morgen früh nicht gegenübertreten, dachte sie. Ich kann nicht mehr lächeln und allen etwas vormachen.

Am nächsten Morgen erwachte Jenny sehr früh. Im ersten Augenblick wußte sie nicht, wo sie war. Es war noch dunkel, und der große, breite Schrank hätte auch in ihrem eigenen Zimmer stehen können, wenn das Bett umgestellt worden wäre. Während sie noch darüber nachgrübelte, rief ihr das schwere, stetige Rauschen der Wellen in Erinnerung, wo sie war.

Ich bin in Irland, dachte sie erstaunt, in Kilashane. Ich bin in seinem Haus.

Andrew schlief fest und schnarchte leise. Er strahlte zuviel Wärme aus, und sie rückte ein Stück von ihm ab. Dann fiel ihr der vorige Abend wieder ein; seine Wut und sein Schmerz, ihr eigener Haß, der sie innerlich zu zerfressen drohte. Sie hatte versucht, im Sessel zu schlafen, aber dort war es so kalt und unbequem, daß sie schließlich doch ins Bett zurückgekrochen war.

Wahrscheinlich sollte ich die Zähne zusammenbeißen und an England denken. Wenn wir wieder zu Hause sind, kann ich es ja vielleicht noch einmal versuchen. Ich kann nicht mit ihm zusammenleben und ihn gleichzeitig hassen.

Doch dann dachte sie: Eigentlich glaube ich das gar nicht. Wie soll ich etwas ›versuchen‹, von dem ich weiß, daß es mich krank macht? Warum sollte ich mit ihm leben, wenn ich ihn hasse?

Mrs. O'Reilly erschien nicht zum Frühstück. Als Jenny herunterkam, saß Theo im Eßzimmer. Er machte Anstalten aufzustehen, doch Jenny sagte rasch: »Bitte, Theo, nicht ...« Der Wind hatte nachgelassen, es regnete nicht mehr, und immer wieder fielen helle Sonnenstrahlen durchs Fenster. Wenn sich dann wieder Wolken vor die Sonne schoben, wurde es augenblicklich dunkler. Vor Theo lag die zusammengefaltete Zeitung.

»Es hat gestern anscheinend schon wieder einen bedauerlichen Vorfall gegeben. Ein paar RIC-Polizisten sind ermordet worden ...«

Jenny nahm sich etwas Rührei und gab die angemessenen Antwortlaute von sich. Die Unruhen in Irland waren ihr vollkommen unverständlich. Ebensowenig verstand sie, weshalb ihr Herz wie wild zu pochen begonnen hatte, kaum daß sie ins Zimmer getreten war. In Theos Gegenwart fühlte sie sich durchschaut, sie spürte eine Gefahr, als wären sämtliche Abwehrmechanismen, die sie aufgebaut hatte, durchsichtig oder gar nicht mehr vorhanden.

»Ist Yvonne schon auf?« fragte sie. »Ich habe gedacht, wir könnten ein wenig spazierengehen. Ich möchte sehr gern die Gegend kennenlernen.«

»Yvonne hat gesagt, sie müsse heute das Bett hüten«, antwortete Theo. »Ich glaube, so hat man das früher gern ausgedrückt. Aber ich werde Ihnen die Gegend zeigen. Reiten Sie?«

»Nein, ich habe noch nie auf einem Pferd gesessen.«

»Es gibt immer ein erstes Mal«, lächelte Theo. »Haben Sie Lust?«

In diesem Augenblick ging die Tür auf. »Hat sie Lust worauf?« wollte Andrew wissen, als er ins Zimmer trat.

»Auf einen Ausritt«, antwortete Theo und hielt inne, als er Andrews Gesichtsausdruck sah.

»Auf einen Ausritt?« wiederholte er mit einem bitteren Lachen. »Ausgerechnet Reiten! Ob Jen Lust hat zu reiten? Ich fürchte, das hat sie nicht, oder Jen, mein Schatz?«

Jenny warf Theo einen raschen Blick zu, beschloß, sich nicht um die zweideutigen Bemerkungen ihres

Mannes zu kümmern und durchbrach das peinliche Schweigen: »Natürlich zusammen mit dir, Andrew. Ich dachte, du möchtest die Gegend sicher gern vom Rücken eines Pferdes aus kennenlernen. Die meisten Wege weiter unten auf der Halbinsel sind ziemlich morastig, da ist es besser, sich auf einem Pferd fortzubewegen.«

Andrew füllte seinen Teller und setzte sich an den Tisch. »Nein«, sagte er nach einer Weile. »Ich reite nicht gern und bin auch nie ein guter Reiter gewesen. Ich bleibe hier, und Jen auch. Sie wird sowieso nicht den Mut aufbringen.«

»Ich möchte aber gern ausreiten«, meinte Jenny leise, während die Wut über das Verbot ihres Ehemanns in ihr hochstieg. Und wie konnte er es wagen, auf ihre Kosten sexuelle Anspielungen zu machen! »Ich kann zwar nicht reiten, aber ich hoffe, Sie haben Geduld mit mir, Theo.«

Theo lächelte. »Ich werde die Geduld in Person sein. Wir können die Pferde im Schritt gehen lassen, Und was werden Sie solange tun?« wandte er sich an Andrew.

»Rauchen, lesen, spazierengehen – solche Sachen!«

Da kam Kate ins Zimmer.

»Du wirst dich um ihn kümmern, ja, Kate?« sagte Theo, während sich Kate Eier und Speck auftat.

»Ich bin am Verhungern ..., um wen soll ich mich kümmern?«

Andrew sah zu ihr empor und verzog sein Gesicht. »Ich fürchte, er meint mich.«

Kate lachte und sah sich dann suchend um. »Wo ist Yvonne – ist sie noch nicht aufgestanden?« Ihr Lächeln erstarb, und sie sah nervös zu Theo, ehe sie sich an Andrew wandte. »Warum soll ich mich denn um Sie kümmern? Sie sehen eigentlich ziemlich erwachsen aus, finde ich.«

»Yvonne hat Kopfschmerzen«, meinte Theo gleichmütig. »Sie hat oft Migräneanfälle. Jenny und ich wollen ausreiten. Da muß sich Andrew mit dir die Zeit vertreiben.«

»Das tut mir aber leid für Yvonne«, sagte Jenny. »Ich hatte ja keine Ahnung, daß sie oft an Migräne leidet!« fuhr sie, an Andrew gewandt, fort, doch dieser schüttelte nur den Kopf. Wieso sollte ausgerechnet er mit solchen Dingen Bescheid wissen? Frauen haben doch immer irgendwelche Wehwehchen. Und mit Kopfschmerzen sind sie besonders gut, dachte er säuerlich, kaute seinen Speck und betrachtete verstohlen seine Frau, deren Augen leuchteten. Warum strahlt sie so? überlegte er. Sie hat doch überhaupt keinen Grund zum Strahlen. Sie verweigert sich ihrem Mann und ihrer eigenen Natur. Das ist nicht normal ..., wirklich nicht. Aber der Speck ist verdammt gut. Aus den Augenwinkeln betrachtete er Kate, und sie sah auch verdammt gut aus.

»Könnte ich kurz zu ihr gehen?« fragte Jenny nach einer Weile. Es tat ihr schon leid, daß sie sich bereit erklärt hatte auszureiten, und sie hätte gern einen Ausweg aus der Situation gefunden. Wenn sie bei Yvonne bleiben könnte, sie trösten, mit ihr reden ...

Theo zuckte die Achseln. »Selbstverständlich – wenn Sie möchten – Im allgemeinen braucht sie allerdings in solchen Fällen ihre Ruhe ... wenn man sich mit ihr unterhält, werden die Schmerzen meist schlimmer. Am besten ist es, wenn sie ein oder zwei Tage im abgedunkelten Zimmer bleibt. Das soll ich Ihnen ausrichten. Sie war ganz sicher, Sie würden das verstehen.«

»Oh, natürlich«, stammelte Jenny.

Sie sah zu Kate hinüber, aber diese musterte ihren Bruder mit wütend gerunzelter Stirn, als wollte sie sagen, daß hier irgend etwas nicht stimmte.

»Jenny ist noch nie geritten, aber ich sehe schon, daß sie bestimmt kein Spielverderber ist!« stellte Theo unbeeindruckt fest. »Die arme Yvonne hatte einen Heidenbammel, als ich versuchte, es ihr beizubringen.«

Kate ging nicht darauf ein. »Sie können eins von meinen Reitkostümen haben«, sagte sie zu Jenny, »wenn Sie wirklich reiten möchten. Ich hoffe, es macht Ihnen nichts aus, daß sie ziemlich altmodisch sind. Ich habe auch Damenstiefel für Sie, steinalt zwar, aber noch gut zu gebrauchen.«
»Sie kann auch im Herrensitz reiten«, spottete Andrew. »Das würde ihr bestimmt gefallen!«
Jenny wurde rot vor Ärger.
»Nicht in dieser Gegend«, widersprach Kate leise. »Was würde der Pfarrer dazu sagen?«
»Oh, eine solche Schlechtigkeit«, murmelte Theo spöttisch. »Eine Todsünde, die ewige Höllenpein; nichts weiter als machtbesessener Irrsinn. Eine Frau im Herrensitz, eine Frau mit gespreizten Beinen – das Leben mit gespreizten Beinen!« Mit zornigem Gesicht stand er auf. »Ich verachte die Engstirnigkeit der Religion mit ihrer überheblichen und kleingeistigen Tyrannei!«
Als er das Zimmer verlassen hatte, wandte sich Kate an Jenny. »Es ist sehr nett von Ihnen, daß Sie soviel Geduld mit ihm haben. Allem Anschein nach ist er ein bißchen überreizt. Aber gehen Sie nicht mit ihm reiten, wenn Sie es nicht wirklich wollen.«
»Es wäre für mich eine ganz neue Erfahrung«, erwiderte Jenny. »Ich möchte es gern ausprobieren.«
»Soll ich mitkommen?«
»Nur wenn Sie möchten. Ich komme schon zurecht.« Kate lächelte sie an, doch ihre Augen waren alles andere als fröhlich. Dann sah sie zu Andrew hinüber, und ihre Blicke trafen sich.

Batty wartete im Hof bereits mit den Pferden: Theos Rotbrauner namens Caesar und Polly, das ›Damenpferd‹, auf dem auch Yvonne geritten war.
Ohne Hilfe des Stallburschen stieg Theo in den Sattel. Jenny stellte sich auf den Block und befolgte genau die

Instruktionen. Theo erklärte, wie sie die Zügel halten sollte, und Batty sah sie mit heimlicher Verachtung an. Doch Jenny lernte schnell. Die Zügel zu halten war nicht schwer. Aber was sie wirklich störte, war die Tatsache, daß sie, falls das Pferd ausschlug oder stolperte oder durchging – oder sich ein anderes gefährliches Manöver einfallen ließ, was sie diesen Tieren durchaus zutraute –, keinerlei Möglichkeit hatte, es in ihre Gewalt zu bringen.

»Alles klar?« fragte Theo. »Dann reiten wir erst mal ein Stück weit im Schritt.« Batty öffnete das Tor, und die beiden Pferde schritten durch den Kalksteinbogen, nach links zu den Feldern.

»Da drüben ist ein Pfad, der zu den Klippen führt... Sitzen Sie bequem?«

Jenny hielt sich aufrecht. Zwar war sie noch immer nervös, aber nach einer Weile freundete sie sich mit dem Gefühl an, im Sattel zu sitzen, die Spannung im Kreuz, das Reiben der Steigbügel an ihren Füßen, die Sattelnase in ihrer rechten Kniebeuge, der Wind in ihrem Gesicht. Sie beobachtete, wie ihre Stute den Hals nach vorn bewegte, und ihr fiel auf, daß Reiten größtenteils eine Frage des Gleichgewichts war.

»Es geht gut!« rief sie. »Aber ich habe das Gefühl, ich muß mich einzig und allein auf die richtige Balance konzentrieren, weil ich ansonsten keine Kontrolle habe!«

Theo lachte. An einer Stelle, wo der Weg breiter wurde, wartete er auf sie. »Natürlich haben Sie keine Kontrolle. Der Damensattel ist eine Art Fußfessel, aber Frauen können so etwas ja hervorragend tragen! Sie können es so gut, daß ganze Kulturen umgemodelt werden, nur um dieser Fähigkeit Rechnung zu tragen.«

»Auf mich trifft das nicht zu«, entgegnete Jenny gekränkt.

»Ich trage nicht gern Fußfesseln. Macht es Ihnen eigentlich Spaß, mich zu provozieren?«

Sein Lächeln war sehr charmant. »Irritiert Sie das?«
»Ich kenne Sie nicht gut genug, um das zu beantworten.«
Schweigend ritten sie nebeneinander. Auf einmal sagte er leise: »Aber ich glaube, du kennst mich *sehr gut* ...!«
Jenny drehte sich zu ihm um. »Da irren Sie sich. Ich habe Sie bei Yvonnes Hochzeit zum ersten Mal gesehen!«
Die Erinnerung an diesen Tag stieg in ihr auf: Yvonne vor dem Altar, Theos Gesicht im Profil, der Drang, zur Tür hinauszurennen, das entsetzliche Würgen in ihrer Kehle.
Theo seufzte und sah sich um. »Sehen Sie nur«, sagte er, als sie aus einer Baumgruppe herausritten, »hier rechts sind die Klippen, auf der anderen Seite fällt die Halbinsel ganz sanft zum Strand hin ab.«
Jenny betrachtete das Panorama. Mächtige Brecher peitschten ans Ufer, zerrten an den dunklen Felsen, schleuderten die weiße Gischt hoch in die Luft, und im Sog der rückläufigen Bewegung knirschten die Kiesel. Hoch über dem Wasser kreisten die Seemöwen und sangen ihr harsches, einsames Lied. Ein Stück weiter rechts grasten Schafe am Hang zur Klippe; die Steinmauern unterteilten die Felder in Vierecke, die nicht größer als eine Briefmarke aussahen.
Auch ein paar Cottages waren zu sehen, mit geöffneten Fenstern, um die frische Morgenluft hereinzulassen. Eine Frau fütterte im Hof die Hühner und hielt einen Augenblick inne, um den Vorbeireitenden nachzusehen.
Theos Pferd begann zu traben, und Jennys Stute machte es ihm nach.
»Oh«, entfuhr es Jenny, aber sie versuchte, zu ignorieren, wie ungemütlich es war, so auf und ab geschleudert zu werden. Hätte ihr Knie um die Sattelnase sie nicht gehalten, wäre sie womöglich heruntergefallen.

Theo sah sie an. »Verzeihung. Ein leichter Galopp wäre im Damensitz sicher angenehmer, aber das heben wir uns lieber für ein andermal auf.«
Er zügelte Caesar, der anfing zu tänzeln und viel lieber in Galopp verfallen wäre. »Ich werde dir nie weh tun. Und ich werde auch nicht zulassen, daß jemand dir weh tut ... nicht noch einmal«, sagte er leise, ohne den Ton zu ändern. Als Jenny nicht reagierte, fügte er hinzu: »Hast du mich gehört?«
Jenny sah ihn stirnrunzelnd an.
»Hast du mich gehört?« wiederholte er geduldig, als spräche er mit einem Kind.
»Ja, das habe ... Aber ... ich verstehe nicht, warum Sie sich mit meinem Wohlergehen befassen. Das sollte wirklich nicht Ihre Sorge sein. Und – verzeihen Sie, daß ich das sage – ich möchte Sie bitten, mich nicht so mit Ihrer Aufmerksamkeit zu bedrängen, vor allem nicht in Gegenwart Ihrer Frau. Sie ist immerhin meine Freundin!«
Vor Eifer bekam Jenny ganz rote Wangen, doch sie fand, daß sie ihre Sache gut gemacht hatte. Die Pferde setzten ihren Weg fort, und Jenny sah aus dem Augenwinkel, wie Theo sie beobachtete.
»Ich begehre dich, Jenny. Ich bin mir deiner gewiß ... Du bist meine Wahrheit. Und ich bin die deine. Wenn dir das angst macht, kannst du weglaufen, nach Hause fahren, aber du wirst wieder zu mir kommen, irgendwie, irgendwo. Vielleicht weißt du nicht, warum, aber du wirst kommen. Vielleicht haßt du mich, aber du wirst kommen. Es gibt Dinge, die müssen zu einer Entscheidung gebracht werden. Für uns gibt es keinen Mittelweg und auch kein Entkommen.«
Jenny schwieg. Wenn sie seiner Stimme lauschte, die ihr der Wind zutrug, ganz sanft, ganz anders als sein sonstiger beißender Sarkasmus, dann hatte sie das Gefühl, Teil der Unendlichkeit zu sein.
Ein seltsamer Frieden umfing sie. Ich werde tun, was

ich tun muß, dachte sie. Er ist wahnsinnig. Die Ausmaße dieses Wahnsinns kann ich nicht abschätzen, obwohl er das Absolute in mir anrührt. Ich werde tun, was ich tun muß.

Er deutete zum Strand, und das Sonnenlicht glitzerte auf seinem goldenen Ring. »Der Pfad ist gleich zu Ende. Möchten Sie zu Fuß am Strand weitergehen?«

Er stieg als erster aus dem Sattel und reichte ihr die Hand, um ihr zu helfen. Dann band er die beiden Pferde mit den Zügeln an einen Weißdornstrauch und ging voraus, den felsigen Weg hinunter zum Strand.

Mit der einen Hand hielt Jenny ihren Hut fest, der sich von der Hutnadel kaum mehr halten ließ, die andere ergriff Theo. Das Wasser schlug schäumend ans Ufer.

»Jenny«, sagte er und beugte sich dicht an ihr Ohr. »Ich habe dich nach der Maske gefragt, erinnerst du dich? Ich habe dich besucht, als du krank warst... Vor langer Zeit; du warst noch ein Kind. Damals habe ich dich oft besucht. Und ich habe dir auch gesagt, ich würde wiederkommen.«

Allmählich bekam Jenny das Gefühl, er treibe irgendein seltsam bedrohliches Verwirrspiel mit ihr. Dennoch versuchte sie sich an das Gesicht des Mannes zu erinnern, das sie vor all den Jahren durch die Maske gesehen hatte, und ließ sich von Theo hinter einen großen Felsen ziehen, der etwas Schutz vor dem Wind bot.

»Ich verstehe Sie nicht. Woher wissen Sie das alles überhaupt?« Dann fiel ihr ein, daß bestimmt Yvonne es ihm verraten hatte. Aber wieviel hatte sie Yvonne erzählt? »Oh, Theo, weshalb necken Sie mich so? Sie wissen doch ganz genau, daß das alles gar nicht möglich ist!« Um sich durch den Wind hörbar zu machen, mußte sie schreien.

Er lächelte. »Es ist nicht nur möglich, es ist so passiert. Weshalb bist du denn so sicher, daß die Zeit linear verläuft?

Alles ist möglich, Jenny. Das habe ich inzwischen gelernt. Aber ich brauche die Maske.«
Jenny wich vor ihm zurück. »Sie reden wie ein Wahnsinniger . . .«
»Schickst du sie mir?«
»Nein. Wenn diese Maske wirklich überirdische Kräfte besitzt – wie Sie anzudeuten scheinen – warum sollte *ich* diese dann nicht nutzen?« Wieder dachte sie an den Tag, als sie durch die Maske geblickt hatte. Doch sie war so jung gewesen, daß nur eine verschwommene Erinnerung geblieben war, fast nur wie ein Geschmack auf der Zunge. »Warum sind Sie so sicher, daß *Sie* unbedingt alles bekommen sollten?«
»Du kannst die Maske nicht benutzen, Jenny. Du weißt doch gar nicht, wie man sie benutzt und wozu sie fähig ist – jetzt, da ich dich gefunden habe. Die Maske muß dorthin zurückkehren, wo sie herkommt!« Er hob die linke Hand mit dem goldenen Ring. »Man hat allerlei Tricks versucht, um ihn zu verstecken, weißt du, man hat ihn mit Sprüchen belegt wie das Spielzeug eines Wahrsagers, man hat ihn an die Hand einer Statue gesteckt, die man von mir errichtet hat. Das sollte seine Macht im Zaum halten. Aber man hat vergessen, wer den Ring gemacht hat. Mit der Maske jedoch verhält es sich etwas anders«, fuhr er mit gesenkter Stimme fort. »Du kannst sicher sein, daß ich dir nie wieder weh tun werde und es auch nicht noch einmal zulasse, daß jemand dir weh tut!«
Jenny sah auf das aufgewühlte Meer hinaus. »Das haben Sie bereits gesagt . . . Aber ich kann Ihnen auch etwas sagen, nämlich, daß Sie mir bestimmt nicht weh tun werden, weil ich es nicht zulasse. Und mir wird auch sonst niemand weh tun, und auch das, weil ich es nicht zulasse, und nicht etwa wegen Ihrer arroganten Großzügigkeit! Ich habe meinen eigenen Aufgaben im Ritornell der Zeit.«
Lächelnd sah Theo sie an. »Du bist noch immer die

gleiche«, meinte er, und seine Stimme zitterte vor Leidenschaft. »Ich liebe dich.«
»Sie haben eine Frau, die Sie lieben sollten!«
Ohne darauf einzugehen, fuhr er fort: »Ich werde dir immer folgen, und selbst wenn du mir jetzt entkommst, Jenny, wäre das nicht für lang. Du würdest zurückkommen und ich auch. Zwischen uns ist etwas noch unerledigt. Du hast es offensichtlich vergessen, aber ich kann das nicht. Erst wenn wir dieses Problem gelöst haben, werden wir Frieden finden!«
»Theo, ich möchte heim.«
Er verneigte sich, und sie gingen den Strand hinauf und zurück zu den Pferden. Als sie aufstiegen, entdeckten sie Molly Moloney, Battys barfüßige Tochter, die gerade hinter einer Steinmauer verschwand. »Dieses Kind sieht alles«, meinte Theo. »Vielleicht wird sie meine Chronistin.«
Nach einer Weile fragte Jenny: »Sagen Sie mir – welche Bedeutung hat diese Maske? Sie wissen doch soviel! Seit ich sie gefunden habe, sind seltsame Dinge passiert. Aber es ist doch bloß ein Gegenstand ...«
»Sie ist mehr als ein Gegenstand. Sie wurde geschaffen aus unendlicher Seelenqual.«
»Wollen Sie damit sagen, sie besitzt Zauberkräfte?«
»So könnte man es ausdrücken. Die Maske verändert jeden, der sie findet – für immer. Früher war die Welt voller Zauberei, voller Zauberer.« Er lächelte sie an. »Sag mir, was du dir wünschst, Jenny.«
»Ich will frei sein.«
Die Antwort schien ihm zu mißfallen. »Eines kann ich dir versprechen«, sagte er nach kurzem Zögern. »Ich werde dir folgen, gleichgültig, wie viele Gestalten du annimmst oder wie viele Jahre du mir zu entkommen versuchst. Zeit ist bedeutungslos. Ich brauche dich, Jenny. Was passiert ist, muß ungeschehen gemacht werden. Meinst du, daß du mich lieben könntest?«
»Liebe muß man sich verdienen«, entgegnete Jenny

und versuchte, sich gegen die in ihr aufkeimende Angst zu wehren. »Letzten Endes muß man sie sich immer verdienen!«
»Ich weiß nicht. Liebe hat soviel mit Resonanz zu tun– und damit, daß man sich braucht.«
»Sie hat mit Respekt zu tun.«
»Ich respektiere dich«, sagte er. »Wenn du dich an irgend etwas erinnern könntest, wüßtest du das! Nur weil ich dich so sehr respektiert habe, weil ich den Respekt fürchtete, den du anderen eingeflößt hast, nur deshalb ist es damals geschehen...«
Aber Jenny verstand nicht, wovon er sprach. »Sie haben eine Frau, wie sie sich nur wenige Männer erhoffen können«, entgegnete sie. »Und was mich angeht – ich muß meine Nische im Chaos der Ewigkeit erst noch finden. Sie werden mich nicht dadurch gewinnen, daß Sie mit allen Mitteln einen Anspruch auf mich konstruieren. Ich lebe mit einem Mann, der Gewalt als Mittel zum Zweck einsetzt. Und das geht mir entsetzlich auf die Nerven!«
»Was willst du?«
»Ich habe es Ihnen doch gesagt: Ich will frei sein!«
»Wenn du frei wärst«, begann er nachdenklich, »dann würdest du mich nicht ansehen, dann würdest du dich nicht stundenlang mit einem Magier auf deinem Speicher unterhalten. Wenn du frei wärst, würde ich dich für immer verlieren.«
Jenny spürte die Bewegung der Stute und den Wind auf ihrer Haut. Sie richtete sich auf. Offenbar hatte Yvonne ihm mehr erzählt, als sie gedacht hatte.
Geduldig versuchte sie, ihn aus seinen verworrenen Gedankengängen zu holen. »Wenn Sie mich aus diesem Grund verlieren würden, dann haben Sie mich nie besessen, Mr. Magier. Was bedeutet Ihre Liebe eigentlich? Gibt Sie mir die Kraft, ich selbst zu sein, oder will sie mich an Ihre Wahrnehmung, an Ihre Bedürfnisse, an Ihre Ängste ketten? Braucht diese Liebe

mich nicht nur, um Ihre innere Leere zu füllen? Wozu wollen Sie mich?«

Jetzt wandte sich Theo zu ihr um. »Weil ich dich respektiere. Weil du ganz dir selbst gehörst.«

»Und das ist ein Fluch?« Jenny lachte.

»Es ist eine Seltenheit. Es ist etwas, das ich bekommen muß – oder ich sterbe.«

»Dann sterben Sie, Theo. Ich bin nicht dazu geboren, auf sie aufzupassen.«

Theo lächelte. »Du bist wunderbar«, murmelte er. »Aber ich werde nicht sterben. Ich werde für dich leben! Ich werde alles rückgängig machen!«

Auf einmal fühlte sich Jenny sehr müde, und das Gespräch erschien ihr wie ein albernes Spiel. Durch die Bäume sah sie, daß sie fast zu Hause waren. Doch als sie sich zu ihm umwandte, liefen ihm die Tränen über die Wangen.

NEUNZEHNTES KAPITEL

»Warum fürchten sie mich?«
»Sie fürchten die Wahrheit, edle Frau.«

Tagebuch eines Zeugen

BATTY HÖRTE sich die Vorschläge an, die einer der Männer vorbrachte, was mit Kilashane geschehen sollte. »Die Idee können die sich aus dem Kopf schlagen!« Er lehnte sich zurück. Das Torffeuer im offenen Kamin hinter ihm war beklemmend heiß und qualmte bei jedem Windstoß, so daß allen die Augen brannten. »Wenigstens ist es gut für die Augenflüssigkeit«, meinte einer und wischte sich die Tränen weg.
»Niemand zündet Kilashane an«, wiederholte Batty. Molly saß hinter ihm am Tisch und machte Hausaufgaben. »Molly, mein Kind, geh jetzt ins Bett«, sagte ihr Vater und strich ihr über den Kopf.
Das Mädchen lächelte ihn an, legte den Stift weg, nahm eine Kerze und ging mit ihrem Schulheft in ihr Zimmer. Die Tür schloß sich.
»Geht es dir um Mr. O'Reilly?« fragte Pat Keegan, der Schmied. Er saß am anderen Ende des blankgeschrubbten Küchentischs und genoß seine Position, weil er zum engsten Kreis der Männer gehörte, die sich daran machten, ein neues Irland zu schaffen. »Mit dem wird es doch immer schlimmer. Neulich hat er mich gefragt, wie es all den Wucherern im ›Paddyland‹ geht. Er hat keinen Respekt vor den Leuten, geschweige denn vor seinem Land.«
Batty zog an seiner Pfeife und musterte Pat betont geduldig. »Er ist vollkommen verrückt«, meinte er

mit ruhiger Stimme. »Ein Master Theo ist in den Krieg gezogen, und ein ganz anderer ist zurückgekommen. Das ist die Wahrheit!«
Die Männer grinsten. Alle kannten Theo; ein paar waren mit ihm fischen gegangen, als er noch ein Junge war, hatten lange Sommernachmittage mit ihm am Ufer der Meena verbracht, wo die Forellen mal gut, mal schlecht anbissen. Ein paar waren später mit ihm auf Fasanenjagd gegangen. Aber Theo war ein Gutsherr, und obwohl er katholisch war und aus einer alten irischen Familie stammte, machten ihn die unionistischen Verbindungen, die man ihm nachsagte, genauso zu einer Zielscheibe des Volkszorns wie die Gutsbesitzer. Die stolzen, aufgebrachten Menschen versteckten die Schmach, im eigenen Land nur Pächter sein zu dürfen, hinter einer Maske aus Sarkasmus und Melancholie, aber nun spürten sie, daß die Zeiten sich änderten und ihre Stunde gekommen war.
»Du kriegst Schwierigkeiten, wenn du den Befehl verweigerst – wenn denn einer kommt«, warf jemand ein.
»Mit Schwierigkeiten werde ich schon fertig!« meinte Batty. »Kilashane ist der einzige Arbeitgeber in der Gemeinde. Was meint ihr wohl, was sollen wir tun, wenn das Gut nicht mehr da ist? Sollen wir Kränze aus Gänseblümchen winden? Ist es das, was ihr wollt?«
Dieses Argument leuchtete nun auch Pat und den anderen Männern ein. Die meisten von ihnen arbeiteten als Knechte in Kilashane, die meisten hatten ein Cottage mit ein paar Morgen Land, wofür sie eine geringfügige Pacht bezahlten. Das Gut erwirtschaftete seine Einkünfte hauptsächlich aus der für den Export bestimmten Rinder- und Schafzucht. Wie die katholischen O'Reillys es geschafft hatten, ihren Besitz über die Zeit zu retten, als der ganze Landbesitz der Katholiken konfisziert wurde, war ein großes Geheimnis; es ging das Gerücht, der Teufel habe das

Gut mit seinem Zeichen geschützt, so daß die Engländer lieber die Hände davon ließen. So gern sie sich sonst wichtig machten, vermieden es die Engländer tunlichst, sich mit den Mächten der Dunkelheit einzulassen, wenn es nicht unbedingt sein mußte.
»Da hat er doch eines Abends mit den anderen Karten gespielt und ist dann schnell verschwunden, als einer seinen gespaltenen Huf bemerkte!« hatte Battys Vater ihm vor langen Jahren erzählt.
Batty war damals noch jung und naiv; er hatte nach Luft geschnappt und entsetzt gefragt: »Wie ist er denn verschwunden?«
»Das war eine seiner leichtesten Übungen. Schließlich war er der Teufel, oder? Durch den Schornstein, schnell wie der Blitz, daß die Kaminplatte nur so krachte... Im Salon des Guthauses kannst du dir das heute noch ansehen!«
»Aber weshalb sollte der Teufel in Kilashane Karten spielen?«
Darüber mußte Battys Vater nachdenken. »Hat sicher Seelen gesucht«, sagte er nach einer Weile. »Und Unterhaltung. Wahrscheinlich war ihm langweilig...« Er schüttelte den Kopf.
Natürlich hatte Batty die Behauptung seines Vaters überprüft, und es gab tatsächlich einen Riß in der betreffenden Kaminplatte. Aber hinsichtlich des Teufels hatte er doch gewisse Vorbehalte.
Schon Battys Vater hatte für den alten O'Reilly gearbeitet und war immer stolz darauf gewesen, daß sein Herr Parlamentsabgeordneter war, ein Freund von Parnell, dem ungekrönten König Irlands. Der alte O'Reilly reiste gern, und Batty erinnerte sich noch gut daran, daß er ein paar Jahre vor dem Krieg mit seiner Frau in Italien gewesen und in Rom gestorben war.
Mit seiner Position als Faktotum in Kilashane war Batty sehr zufrieden. Manche nannten ihn den Oberaufseher, aber da es nicht viel zu beaufsichtigen gab,

war der Titel ziemlich unsinnig. Er führte die Rechnungsbücher, die er Mrs. O'Reilly als oberster Finanzautorität vorlegte. Obwohl sie wußte, daß Batty ehrlich war, kontrollierte sie alles genauestens. Gemeinsam sorgten sie dafür, daß in Kilashane alles seine Ordnung hatte, auch wenn das Gut nicht mehr so viel abwarf wie in seiner Blütezeit.
Batty grübelte oft über Mrs. O'Reilly nach. Obwohl sie noch recht jung und hübsch war, schien sie sich mit dem Leben als Witwe widerspruchslos abzufinden. Wenn er beobachtete, wie sie die Bücher prüfte, den Kopf leicht zur Seite geneigt, die braunen hochgesteckten Haare, die an den Schläfen grau wurden, dann dachte er oft bei sich, was für eine schöne Frau sie doch war. Batty selbst war seit zwei Jahren Witwer, aber er ärgerte sich, daß die lustigen Zeiten vorbei waren.
»Gibt es denn keinen anständigen Mann, der Ihnen gefallen würde?« fragte er Mrs. O'Reilly eines Tages gegen Kriegsende. »Eine Frau braucht doch auch ihren Spaß!«
Sie blickte nicht von den Büchern auf, aber er sah ein kleines, verkniffenes Lächeln um ihre Mundwinkel spielen.
»Batty, wollen Sie mich vielleicht verkuppeln?«
»Überhaupt nicht, Ma'am! Ich hab nur daran gedacht, daß es wirklich eine Verschwendung ist – wo es doch so viele gute Männer gibt, die sich nach weiblicher Gesellschaft sehnen ...«
»Ich fürchte, da kann ich ihnen nicht helfen! Haben Sie denn an einen bestimmten Mann gedacht, Batty?«
Ihr gereizter Unterton entging Batty nicht, Lächeln hin oder her. »Ich wollte Ihnen nicht zu nahe treten, Ma'am.«
»Das habe ich auch nicht so verstanden, Batty.«
Danach suchte Batty Trost beim Whiskey. Im Keller lag ein Fäßchen, das der alte Mr. O'Reilly vor Jahren dort deponiert hatte; Batty hatte unten ein Loch hin-

eingebohrt und mit einem Korken verschlossen. Bevor er sich abends auf den Heimweg machte, trank er ein Schlückchen von dem hochprozentigen Zeug und wurde unterwegs häufig von einer seltsamen Schwäche in den Beinen überfallen. So landete er des öfteren im Straßengraben, saß im feuchten Gras und schwelgte in angenehmen Erinnerungen, wobei er gelegentlich auch ein lustiges Liedchen anstimmte. Die Leute in der Gegend wunderten sich: Wurde Batty etwa so großzügig entlohnt, daß er sich jeden Abend betrinken konnte? Andere, die den Grund des mitternächtlichen Gesangs nicht kannten, schworen, sie hätten eine Banshee gehört. Natürlich reichte der Whiskey nicht ewig, und als das Fäßchen leer war, füllte Batty es mit Wasser auf.

»Sie werden es bestimmt nie rauskriegen!« sagte er sich. »Schließlich wäre es eine Sünde gewesen, den guten Whiskey verkommen zu lassen, wo keiner da ist, der ihn trinken will.« Doch jetzt war Master Theo heimgekehrt, und Batty lebte in ständiger Furcht, er könnte auf die Idee kommen, den Whiskey seines Vaters zu probieren, was unweigerlich zur Entdekkung des umgekehrten Wunders von Kanaan führen würde.

Also blieb nur eine Lösung: Er ließ das Wasser aus dem Fäßchen herauslaufen und füllte es mit dem schwarz gebrannten Whiskey aus Kartoffeln auf – der in dieser Gegend einen Alkoholgehalt von annähernd hundert Prozent hatte. Das Gebräu vermischte er mit Wasser und ein wenig billigem Sherry, und weil er aus Versehen zuviel Sherry hineinkippte, schmeckte er das Ganze noch mit etwas Jodtinktur ab.

Seit seiner Rückkehr regierte Master Theo das Gut, und seiner Mutter blieb nur die Buchführung. Einmal pro Woche zahlte der junge Mr. O'Reilly die Arbeiter persönlich aus. Er setzte sich mit seiner Geldschublade auf den Heuboden, und die Männer mußten einzeln durch die Falltür zu ihm hochklettern und den Empfang des Lohns quittieren. Er hatte Batty einen Revolver gegeben und angeordnet, er solle sich während des Auszahlens hinter seinen Herrn stellen.

»Bei der gegenwärtigen Unruhe im Land möchte ich mit Paddy dem Patrioten lieber kein Risiko eingehen!«

Insgeheim lachte Batty über die ihm zugewiesene Aufgabe, und die IRA-Männer der Umgebung mußten sich das Grinsen verbeißen, wenn sie ihren Anführer mit einem geladenen Schießeisen hinter seinem Arbeitgeber stehen sahen.

»Armes Schwein«, sagten sie und mochten ihn wegen dieser Ungereimtheit nur um so lieber. »Und wer würde ihm schon etwas antun wollen? Er ist doch vollkommen harmlos, auch wenn er sich noch so aufbläst.«

Von ihrem Ausguck im Schlafzimmer beobachtete Yvonne, wie ihr Ehemann mit ihrer Freundin zurückkehrte. Er lachte, und zwar ohne den gemeinen Zug um den Mund, den sie so gut kannte. Mit aufrichtiger Liebe sah er Jenny an. Man konnte sein Verhalten gar nicht mißverstehen, genausowenig wie Jennys Lächeln und die Art, wie sie ihm in die Augen schaute. Jetzt wußten es alle. Batty, der ihnen die Pferde abnahm, wußte es; Kate, die das Paar von ihrem Zimmer aus beobachtete, wußte es; Mrs. O'Reilly wußte es bestimmt auch, denn sie hatte die beiden bei Tisch mit einem sorgenvollen Blick gemustert, der allen auffiel – außer den beiden Betroffenen. Auch Andrew war es nicht verborgen geblieben, was sich abspielte, aber er ließ sich vor und nach dem Essen so mit Whiskey volllaufen, daß er nicht in der Lage war, seinen Protest in Worte zu fassen.

Während sie die beiden ansah, hätte Yvonne ihre unsterbliche Seele dafür gegeben, an Jennys Stelle zu

sein, so von Theo angeblickt, mit dieser unbeschreiblichen Innigkeit angelächelt zu werden. Hatte Theo ihr jemals so die Hand entgegengestreckt, wie er es jetzt bei Jenny tat, um ihr aus dem Sattel zu helfen? In Gedanken verfolgte sie die Sackgasse, in der sie steckte, zu ihrem Anfang zurück; sie dachte an Theo im Erholungsheim. Er war ungehobelt gewesen damals, aber auf eine nette Art, verloren, verletzlich, ein Mann mit völlig ungewissem Schicksal. Jetzt spielte er sich in der ganzen Gegend als großer Herr auf, und die Menschen behandelten ihn wie Gott, auch wenn sie ihn schief ansahen, weil er sich dauernd mit einer Frau blicken ließ, die nicht seine Ehefrau war. Das las Yvonne in den Augen aller, die ihnen bei den gemeinsamen Ausfahrten begegneten: das höfliche Grüßen, die heuchlerische Servilität, die Art, wie die Blicke von Theo zu Jenny und dann zu Yvonne wanderten – sie war seine Frau, und es war ihr Schicksal, gedemütigt zu werden. Einen Moment mußte sie an das denken, was der Priester ihr erzählt hatte, an seinen Rat. Sie sollte ihm den Ring abnehmen! Aber wie? Er legte ihn doch nie ab. Und wenn sie versuchte, ihn von seinem Finger zu ziehen, während er schlief... Sie schauderte, wenn sie an die möglichen Folgen dachte. Nein. Er müßte schon krank sein, in einem geschwächten, umnebelten Zustand, sonst war ein solcher Plan nicht durchführbar.
Sie versuchte mit Jenny darüber zu reden. »Die Leute tratschen – über dich und Theo!«
Doch Jenny schien so entsetzt über diese Behauptung, daß Yvonne augenblicklich zurücksteckte und sich selbst dafür schalt, daß sie schlecht von ihrer Freundin gedacht hatte.
»Du meinst... Oh, Yvonne, dann reite ich lieber nicht mehr mit ihm aus. Ich bin blind..., ich war blind. Nein, ich werde nicht mehr mit ihm ausreiten. Du hättest mitkommen sollen!«

»Ich hasse das Reiten«, entgegnete Yvonne. »Ich hasse das Reiten und ich hasse die Kommentare, die Theo dabei von sich gibt, ich hasse die Art, wie er dich ansieht, und ich hasse es, jemanden geheiratet zu haben, der eine andere liebt, und am allermeisten hasse ich es, daß ich einen Mann liebe, der eine andere liebt!« Sie wandte sich ab.

Jenny schwieg. »Wir haben nichts Unrechtes getan«, sagte sie nach einer Weile. »Aber es tut mir schrecklich leid, daß ich dir weh getan habe. Ich werde mit Andrew sprechen, daß wir morgen heimfahren.«

Erschrocken fuhr Yvonne auf. Vor ihrem inneren Auge sah sie Theos Gesicht, von maßloser Wut verzerrt. Und ihre eigene Einsamkeit. »Nein! Er behandelt mich wie ein Produkt meiner eigenen Einbildung. Wenn ihr wegfahrt, wird er sich furchtbar aufführen!«

»Du könntest mit uns kommen«, schlug Jenny vor. »Komm mit uns zurück nach London. Es gibt hier etwas, das ich nicht verstehe. Warum gehen wir nicht alle fort und lassen es hinter uns? Wir beide könnten zusammen weggehen ...«

»Ich kann es nicht hinter mir lassen!« entgegnete Yvonne mit einem bitteren Lachen. »Und ich kann *ihn* nicht hinter mir lassen! Er ist das in meinem Leben, was ich wirklich brauche. Seine Grausamkeit ist absolut, sie geht mir durch Mark und Bein, und doch bin ich davon abhängig. Ich brauche sie fast so sehr wie seine Liebe!«

Damit drehte sie sich um und ging weg. Jenny sah ihr nach, wie sie mit steifen Schritten zur Treppe ging. Dann folgte sie ihr. »Yvonne, ich weiß nicht, was hier vorgeht ... Theo ist wahnsinnig. Gibt es denn niemanden, mit dem wir reden können, niemanden, mit dem du reden kannst? Wir müssen etwas unternehmen!«

»Nein, ich bin diejenige, die verrückt ist«, flüsterte Yvonne. »Ich lasse ihm alles durchgehen. Der Priester, Father Keane, schreibt sein Verhalten irgendeinem abergläubischen Unsinn zu; er hat mir gesagt, ich soll Theo seinen Ring wegnehmen. Er schien Angst vor Theo zu haben ... Wie kann ich mit einem Mann reden, der an solche Ammenmärchen glaubt? Und es ist sowieso nicht einfach, ihm den Ring abzunehmen.« Sie schüttelte den Kopf. »Nein! Ich werde auf meine Art damit fertig.«

Jenny ließ sie gehen. Ich muß weg von hier, dachte sie. Ich muß zurück nach London und mich dem Leben stellen. Aber zuerst muß ich mit Father Keane sprechen. Vielleicht weiß er mehr als Yvonne denkt. Außerdem ist er der einzige außerhalb der Familie, mit dem man darüber reden kann. Er ist meine einzige Hoffnung ...

An diesem Abend erzählte Mrs. O'Reilly zum ersten Mal von Venedig. Das Essen war vorüber, und sie saß mit ihren Gästen im Salon. Da sie den Beginn einer Erkältung spürte, hatte man sie zu einem Gläschen Whiskey überredet. Sie trank in winzigen Schlucken, aber man merkte ihr an, daß der Alkohol seine Wirkung tat, denn ihre Augen glänzten und ihr sonst blasses Gesicht hatte rote Flecken.

Sie fragte Jenny nach ihren Eltern, und Jenny erzählte, ihr Vater habe als Sekretär für einen Mann namens Sir Michael Phillips gearbeitet, der viel unterwegs war und Reiseberichte verfaßte. »Er war vor dem Krieg in Italien und ging dann nach Frankreich. In Paris ist er gestorben.«

»Ich war vor vielen Jahren mit Theos Vater in Italien. Es waren unsere letzten gemeinsamen Ferien.«

»Was haben Sie dort gemacht?« fragte Jenny. »Ich war leider noch nie in Italien.«

»Es gibt sehr viel zu sehen ..., zum Beispiel Venedig, eine Stadt mit herrlichen Kunstschätzen, manche davon noch aus römischer Zeit. Die vier Pferde über der Loggia der Markuskirche stammen aus Konstantinopel. Der Löwe auf dem Markusplatz aus Persien. Die Venezianer waren ursprünglich Verfolgte, die sich in den Salzsümpfen der oberen Adria niederließen, durch Gewürz- und Salzhandel reich wurden und eine Stadt bauten – im Wasser, auf Pfeilern, die sie im Schlamm versenkten. Aus dieser Stadt wurde ein Stadtstaat, der von der ganzen Welt als Vorbild anerkannt wurde. Ich habe dort das Ehepaar di Robenico kennengelernt, die mir interessante Geschichten erzählten.«

»Was für Geschichten waren das?«

Mrs. O'Reilly seufzte und sah zu ihrem Sohn hinüber. Doch der schien vollkommen in Gedanken versunken. »Über die Vergangenheit, über die uralten Zeiten, als die Menschen vom Kontinent nach Venedig flohen, um der Verfolgung zu entrinnen. Da gab es zum Beispiel eine junge Frau, die angeblich Ketzerei gepredigt hat und von der Inquisition verfolgt wurde. Am Ende hat ihr Inquisitor noch versucht, sie zu retten, aber es war zu spät. Im Grunde ist es eine Liebesgeschichte, wahrscheinlich eine Art Mythos.«

»Worin bestand ihre Ketzerei?« fragte Yvonne.

»Wer weiß?« entgegnete Mrs. O'Reilly kopfschüttelnd. »Aber allem Anschein nach kam es in jener Zeit zu einem großen Skandal, denn als sie tot war, hat sich der Inquisitor der schwarzen Magie zugewandt, um sie zurückzuholen, sie wieder zum Leben zu erwekken. Er kehrte der Kirche den Rücken und versteckte ihre Leiche in Venedig, so daß man sie nicht verbrennen konnte.«

Schweigen breitete sich im Zimmer aus. »Aber sie war doch tot«, meinte Kate schließlich.

Das Feuer knackte, der Hund regte sich, spitzte die Ohren, legte sich dann wieder hin, den Kopf zwischen den Pfoten.

»Der Tod«, sagte Theo leise, »der Tod ist eine Erfindung der Blinden.«
Voller Angst und Wut blickte Yvonne ihn an.
»Die Kirche hat behauptet, sie sei eine Hexe«, ergänzte Mrs. O'Reilly. »Das gab es in jener Zeit ja häufiger.«
Kate betrachtete die Gesichter der Umsitzenden im flackernden Kerzenlicht. »Stimmt! Jede Frau, die einen eigenen Gedanken im Kopf hatte oder auch nur eine einzige persönliche Forderung stellte, um selbst Erfüllung zu finden, war damals eine Hexe!« Ihre Wangen waren gerötet; Andrew sah sie an und lächelte in seinen Whiskey.
»Hat er sie gefunden?« flüsterte Jenny. »Hat er Kontakt mit dem toten Mädchen aufgenommen?«
Mit großen Augen sah Mrs. O'Reilly sie an und zuckte die Achseln. »Es ist nur eine Geschichte. Man sagt, er habe die Macht erworben, sich anderer Menschen zu bemächtigen, daß er einen Ring mit Zauberkraft besaß... Aber wie kann man mit den Toten Kontakt aufnehmen?« Sie zögerte. »Signore di Robenico hat mir erzählt, daß sich noch etwas Seltsames im Besitz dieses Mannes befand, etwas, was er mit Hilfe des Teufels schuf!« Mrs. O'Reilly warf einen Blick in die Runde der erwartungsvollen Gesichter. Dann sah sie Kate an.
»Was soll das gewesen sein?« fragte Jenny.
»Ich weiß es nicht. Vielleicht eine Art Symbol.«
»Dieser di Robenico – was für ein Mensch war er?« wollte Theo plötzlich wissen.
Mrs. O'Reillys Fingerknöchel an der Hand, mit der sie das Glas hielt, wurden weiß vor Anspannung. Sie mied den Blick ihres Sohnes und starrte ins Kaminfeuer.
»Er war groß«, antwortete sie mit tonloser Stimme.
»Glaubte er, in der Tradition dieses Inquisitors zu stehen?«

»Das weiß ich nicht. Aber ich weiß, daß er unbedingt herausfinden wollte, woher ein Abdruck stammte, den dein Vater auf einer seiner nächtlichen Wanderungen durch Venedig gemacht hatte. Er hat behauptet, er stamme vom Siegel eines Zauberrings. Doch dein Vater hat die Stelle nicht wiedergefunden.«
Kate entfuhr ein unterdrückter Schrei. Theo starrte sie an. Dann stand er auf und ging zu seiner Mutter, leicht hinkend wie immer. Er streckte ihr die Hand entgegen. »Was hältst du von diesem Ring, Mutter? Hast du das Siegel schon einmal gesehen?«
Sie starrte auf den Ring und griff sich mit der Hand an die Kehle. Was hatte Salvatore gesagt? Sie versuchte sich seine Stimme ins Gedächtnis zu rufen. Eine Warnung war es gewesen. ›Wenn Ihr Ehemann diesen Ring gefunden hat, darf er ihn keinesfalls behalten. Er muß ihn loswerden, *Carissima* ...‹ Auf einmal fiel ihr auch wieder ein, was Father Keane bei seinem Besuch erzählt hatte.
»Papa hat ihn Theo aus Venedig geschickt«, beantwortete Kate die unausgesprochene Frage ihrer Mutter. Mrs. O'Reilly schloß die Augen und lehnte sich in ihrem Stuhl zurück. Müde und verbittert wirkte sie jetzt, als hätte sie eine schwere Niederlage erlitten.

Später, auf ihrem Zimmer, sagte Jenny zu Andrew: »Laß uns heimfahren.«
Andrew nahm noch einen Schluck Whiskey. »Warum? Es ist doch gemütlich hier. Der Schnaps ist hervorragend, dein Liebhaber entspannt sich allmählich, Yvonne hat sich beruhigt, die reizende Kate leistet uns Gesellschaft, und eins von den Milchmädchen benimmt sich auch nicht gerade abweisend. Der einzige Nachteil ist unsere Gastgeberin, die es nicht lassen kann, uns mit ihren Reiseberichten zu Tode zu langweilen. Aber wer weiß – vielleicht freunde ich mich tatsächlich noch mit Irland an.«

Jenny begann zu zittern. »Ist dir kalt?« fragte er im Plauderton. »Leg doch noch ein bißchen Torf aufs Feuer. Und trink einen Schluck Whiskey. Das irische Zeug ist ganz schön stark – so was ist mir noch nicht begegnet! Zieh dich aus und verführe deinen Ehemann ... Ah«, sagte er dann, als er Theos Stakkato-Schritte auf der Treppe hörte, »du könntest dich natürlich auch ausziehen und deinen Liebhaber verführen, was?«

Auch Jenny hatte die stockenden Schritte gehört. Gleich würde Theo auf dem Treppenabsatz stehen. »Er ist nicht mein Liebhaber!«

Andrew feixte. »Erwartest du von mir, daß ich dir das glaube?«

»Es ist wahr. Aber ich bin verzweifelt, Andrew ... Bring mich nach Hause. Bring mich weg von diesem Mann!«

Aber Andrew lachte nur. »Was hat er dir denn getan? Dich ohne das nötige Feingefühl verführt? Bist du ein bißchen wund? Mach dir nichts daraus: Übung macht den Meister. Aber ich fahre nicht nach Hause, und du bleibst auch hier, um die Suppe auszulöffeln, die du dir eingebrockt hast. Du wirst die Früchte deiner Sünden ernten!«

»Er ist wahnsinnig! Wir alle fallen dem Wahnsinn anheim!«

»Unsinn!«

Jenny lauschte, während die schleifenden Schritte an ihrer Tür vorüberzogen. »Andrew, ich muß weg von hier. Ich muß zu Hause etwas suchen: eine Maske!«

Andrew grinste. »Meinst du das emaillierte Silberding? Die alte Dame hat dich mit ihren Anekdoten wohl nervös gemacht.«

»Woher weißt du, was ich meine?« flüsterte sie.

»Ich bin kein Idiot und auch nicht so blind, wie du denkst.«

»Ich muß sie vernichten ...«

Offenbar fand Andrew das höchst amüsant, denn er lachte laut, stand auf und ging zum Fenster. Das Mondlicht schimmerte silbern auf dem Meer, das in dichten Wellen ans Ufer schlug.

»Warum mußt du mich immer ... quälen ...?«

Während Andrew ihr bleiches Gesicht betrachtete, hätte er am liebsten vor Kummer geweint. Was war nur schiefgegangen mit ihnen beiden? Warum war alles so gekommen? Er wußte, daß Jenny etwas Besonderes war, er wollte sie verdienen, er wußte, daß sie talentiert und verschlossen war, und er wünschte sich ihre Liebe und Bewunderung. Er sehnte sich danach, seine Seele an ihrer Schönheit zu wärmen, aber er hatte jede Hoffnung verloren; er war in der Grube gefangen, die er sich selbst gegraben hatte und wußte nicht, wie er je wieder herauskommen sollte. Es war zu spät. Also suchte er weiter hinter seinem Panzer aus Arroganz und Sarkasmus Schutz. Sein Stolz war für ihn wichtiger als alles andere. Aus verletztem Stolz hatte er seine Frau vergewaltigt und den Kater, der ihr soviel bedeutete, erhängt. Trotzdem hatte er verloren. Was mußte er tun, um endlich zu gewinnen?

»Weißt du, meine Liebe, ich habe mir erlaubt, die Maske mitzubringen ...«

Entgeistert starrte Jenny ihn an. »Du meinst, du hast sie hier bei dir?«

»Ich hatte sie bei mir«, antwortete Andrew. »Aber ich habe sie Theo gegeben. Heute, nachdem ihr von eurem kleinen Ausritt zurückgekommen seid. Er schien sich außergewöhnlich dafür zu interessieren.«

Jenny stand wie erstarrt vor ihm. »Du hast mich verraten«, murmelte sie.

»Sie hat ihren Inquisitor verführt«, sagte Seine Eminenz. »Ihre Schönheit ist ein Werkzeug des Teufels. Nehmt sie ihr, im Namen des Herrn!«
Die Hexe schrie auf, als sie das Vitriolöl brachten.

Tagebuch eines Zeugen

MRS. O'REILLY saß mit Kate im Salon. Sie war müde, erschöpft, ihre Glieder schwer wie Blei. Ich werde alt, dachte sie. Aber im Sommer 1914 war ich noch nicht alt. In Venedig war ich nicht alt. Ich war auch nicht alt, als ich zum ersten Mal in der Gondel zu jenem Haus fuhr. Ich trug einen Schleier an diesem Abend. Er erwartete mich am Tor, nahm meine Hand und beugte sich über sie. ›*Come sei bella!*‹ Dann murmelte er: ›*Sono un uomo ferito*‹, ein verwundeter, ein liebeskranker Mann.
Er führte mich über den Mosaikfußboden und die Marmorstufen hinauf. Außer uns war niemand im Haus. Unsere Schritte hallten in den Gängen, bis zum barocken Schlafzimmer. Er liebte meinen Körper mit einer Innigkeit, wie ich sie mir nie hätte erträumen können. Danach war ich völlig frei von Schuldgefühlen, ich war in Hochstimmung, wie Eva, als sie vom Baum der Erkenntnis aß. Erst als ich ins Hotel zurückkehrte, begann ich mir Sorgen zu machen, allerdings vollkommen grundlos. Bernard war genauso geistesabwesend wie immer.
Er sah gerade lang genug von seiner Zeitung auf, um von meiner Rückkehr Notiz zu nehmen. »Hast du dich gut amüsiert, Liebes? Sehr schön.«
Später fragte ich ihn nach dem Ring, und ich wußte, daß er log. Aber ich fand ihn nicht, obwohl ich am

nächsten Tag suchte, als er mit Monsignore Dillon unterwegs war. Ja, ich habe Bernard hintergangen, meinem Mann, der mich niedergeschlagen hätte, nur um ein neues Mosaiksteinchen dieser elenden Geschichte aufzuspüren, meinen Mann, der sich unsere ganze Ehe hindurch hinter seinen Zeitungen versteckt und mich ignoriert hat.

›*Te adoro*‹, sagte Salvatore immer voller Bewunderung, oder: ›*Bellissima, bellissima*‹, während meine Unterwäsche Stück für Stück zu Boden fiel. Wie seltsam, wie wunderbar war es, die Unsichtbarkeit abzustreifen, soviel zu entdecken, endlich zu leben.

Kate machte Anstalten aufzustehen. »Ich glaube, ich gehe jetzt ins Bett, Mutter.«

Mary O'Reilly wachte aus ihrem Tagtraum auf. Sie musterte Kate und wünschte sich wieder einmal, ihre Tochter wäre hübscher. Es würde sicher nicht leicht werden, sie unter die Haube zu bringen. Männer mochten keine ernsten Frauen, es sei denn, sie waren schön. Die reichen Tage von Kilashane waren gezählt, deshalb konnte Kate nicht einmal mit einer großen Mitgift rechnen.

»Du siehst blaß aus. Ist alles in Ordnung?« Als Kate nickte, fuhr sie mit gesenkter Stimme fort: »Hast du es satt, die Gastgeberin zu spielen?«

»Nein, alles bestens, Mutter. Ich habe heute einen langen Spaziergang gemacht und bin deshalb müde.«

»Wo warst du denn?«

»Bei der Kirche. Ich wollte Vaters Grab besuchen.«

»Ganz allein?«

»Nein«, antwortete Kate nach kurzem Zögern. »Andrew hat mich begleitet.«

»Meinst du, das war klug?«

Kate zuckte die Achseln, eine Geste, die Mrs. O'Reilly beunruhigte. »Ich gehe davon aus, daß er sich wie ein Gentleman benommen hat!«

»O ja. Er hat vorgeschlagen, daß wir zusammen nach London durchbrennen könnten! Weißt du, er liebt seine Frau, aber gegen seinen Willen. Ich habe mich von ihm küssen lassen; ich wollte sehen, wie das ist.«
Kate beobachtete, wie das Gesicht ihrer Mutter streng wurde, und dann, als sie ihre Empörung überwunden hatte, traurig. »Warst du etwa immer klug, Mutter?«
Mrs. O'Reilly hielt die Luft an, als fühlte sie sich ertappt. »Weisheit gewinnt man erst durch Lebenserfahrung«, sagte sie schließlich. »Kein Mensch ist immer klug, nicht einmal Mütter. Aber eins steht fest – es wäre eine große Dummheit, wenn du zuläßt, daß dieser Mann sein Spiel mit dir treibt. Das weißt du genausogut wie ich!«
»Ich lasse es zu, daß er mit mir spielt! Natürlich tue ich das! Mein Dasein ist so ereignislos, daß ich mich manchmal frage, ob ich überhaupt lebendig bin! Alles ist so beengt, so von Halbwahrheiten geprägt, daß ich allmählich daran ersticke.«
Sie sah in das entsetzte Gesicht ihrer Mutter. »Schon gut. Es gibt Dinge, die muß man erleben, selbst als häßliches Entlein ... Erzähl mir von Vater. War er nicht der Klügste von allen? Früher hat mich sein Tod wütend gemacht. Der Tag, an dem man seinen Sarg hierher zurückgeschickt hat, war der schlimmste in meinem ganzen Leben. Aber zumindest hattet ihr noch den gemeinsamen Urlaub.«
»Dein Vater?« sagte Mrs. O'Reilly matt. »Er war sehr klug, aber verstanden hat er trotzdem nichts, das kann ich dir jetzt sagen. In diesem letzten Urlaub zog er sich ganz in sich zurück und war wie von einer fixen Idee besessen. Ich habe mich damals sehr über ihn geärgert. Eigentlich hätte es eine zweite Hochzeitsreise werden sollen, aber er hat sich dauernd nur mit diesem schrecklichen Monsignore Dillon unterhalten, der auf der ganzen Italienreise nur Essen und Trinken im Kopf hatte. Daß sich dein Vater bei diesem Mann

eingeschmeichelt hat, um Zugang zu den Archiven des Vatikan zu bekommen! Aber irgend etwas trieb ihn dazu, etwas, was er nicht mit mir teilen wollte. Er wollte mich nicht damit belasten, hat er immer gesagt und dabei meine Hand getätschelt.«

Sie hielt inne. »Ich hatte es satt, immer die Hand getätschelt zu bekommen. Vielleicht hätte ich in Italien bleiben sollen.« Sie seufzte, schloß die Augen und fügte leise hinzu: »Vielleicht hätte lieber *ich* dort sterben sollen!« Ihre Stimme zitterte.

»Hat Vater in Italien je von mir gesprochen?« wollte Kate wissen.

Doch ihre Mutter ging nicht auf die Frage ein. Sie schüttelte den Kopf und murmelte: »Ich habe gebeichtet, aber es nützt nichts!« Sie dachte an die lüsternen Blicke des Geistlichen, erinnerte sich daran, wie er auf seinem Stuhl herumgerutscht war, so daß sein Unterleib sein ernstes Priestergesicht Lügen strafte. »Du darfst dich von diesem Mann nicht küssen lassen. Das gehört sich nicht.«

Trotzig zuckte Kate die Achseln. »Das interessiert mich nicht.«

Sie dachte daran, wie Andrew ihre Brüste angefaßt hatte, wie das Leben und die Lust sie durchströmten, daß sie sich ihm hingegeben hätte, direkt dort im Gras. »Es ist mir gleichgültig, Mutter. Er gefällt mir. Seine Frau versteht ihn nicht.«

»Das ist die alte Geschichte, Kate. Die alte Geschichte.«

Kate biß die Lippen zusammen. Ihre Mutter sah sie an und fragte mit traurigem Gesicht: »Liebling, willst du nicht zurückkehren zu den Sakramenten, zu deiner Religion? Warum kehrst du Gottes Liebe den Rücken?«

Aber Kates Gesicht wurde nur noch verschlossener, so daß ihre Mutter schließlich aufgab. »Es ist wirklich ein langer Spaziergang«, sagte sie nur, an Kates vorherige Bemerkung anknüpfend. »Du hättest Batty bitten sollen, dich zu fahren – oder du hättest das Fahrrad nehmen können.«

Lächelnd meinte Kate, ein Spaziergang wäre ihr lieber gewesen, und ihre Mutter klingelte nach Una, die mit der Lampe erschien. Obwohl auf dem Treppenabsatz bereits ein Licht brannte, das Schatten durch das Geländer an die Wand warf und die Farben der alten Gemälde aufleuchten ließ, nahm sie die Lampe mit nach oben. Kate blieb zurück und starrte nachdenklich ins Feuer.

Allmählich wurde es still im Haus. Theo und Yvonne waren schon zu Bett gegangen, Jenny und Andrew ebenfalls. Draußen regnete es. Una kam noch einmal in den Salon, bevor auch sie sich zurückzog.

»Ich gehe jetzt, Miss Kate. Vergessen Sie bitte nicht, die Asche zu stochern und das Kamingitter aufzustellen, ehe Sie hinaufgehen.«

Jeden Abend sagte Una das gleiche. Sie hatte schreckliche Angst davor, im Bett zu verbrennen.

»Machen Sie sich keine Sorgen, Una, ich kümmere mich schon darum.«

Dann hörte man Unas schwere Schritte in der Halle, bis sie durch die Tür zur Küchentreppe verklangen.

Bilder und Erinnerungen schwirrten Kate im Kopf herum, heraufbeschworen vom Gespräch mit ihrer Mutter. Ganz deutlich erinnerte sie sich an den letzten Urlaub ihrer Eltern. Damals war sie vierzehn gewesen, Theo sechs Jahre älter. Sie erinnerte sich an den Tag, als der Brief für ihn eintraf, und wie einige Tage später das Päckchen folgte. Aber ihr hatte der geliebte Vater keinen einzigen Brief aus Italien geschickt. Wenn ihre Mutter schrieb, begnügte er sich mit einem kurzen Postskriptum, und erkundigte sich nach dem Befinden seines ›kleinen Schnabeltiers‹. Aber nie schrieb er selbst, und er schickte ihr auch kein Geschenk.

An dem Tag, als das Päckchen für Theo kam, beobachtete sie voller Neid, wie er es auspackte. Als erstes kam zusammengeknülltes Zeitungspapier heraus und dann zwei gläserne Briefbeschwerer. Doch dazwischen lag eine kleine Lederschatulle, und darin ein goldener Ring.

Theo lachte, hielt den Ring hoch, legte ihn auf seine Hand, um ihn zu betrachten, und murmelte: »Also davon hat er mir geschrieben ...«

Kate war ganz sicher, daß zwischen ihrem Vater und ihrem Bruder eine Verschwörung im Gange war, etwas, von dem sie ausgeschlossen war. Plötzlich überfiel sie das Gefühl, wertlos zu sein. Theo wurde von allen respektvoll behandelt und ernst genommen. Aber sie war nur das ›Schnabeltier‹. Einmal hatte sie das Wort im Lexikon nachgeschlagen, und die Definition ließ sie vor Entsetzen erstarren: »Ein im Wasser lebendes, eierlegendes Säugetier mit einem biegsamen, entenähnlichen Schnabel, Schwimmfüßen und glattem, grauem Fell«. Danach hatte sie jeden Blick in den Spiegel vermieden. Es war sinnlos, wenn sie sich einredete, sie wäre hübsch. Sie wußte, daß das nicht stimmte, Papa wußte es auch, alle wußten es.

»Wirst du den Ring tragen?« hatte sie ihren Bruder gefragt, der, seit er das Trinity College besuchte, gekünstelte englische Manieren an den Tag legte. Er steckte den Ring an den rechten Ringfinger, nahm ihn aber sofort wieder ab.

»Ob ich ihn trage? Liebes Kind, das kommt ein bißchen plötzlich!« Damit legte er den Ring zurück in die Schatulle und steckte diese in die Tasche.

»Möchtest du einen von den Briefbeschwerern?« fragte er dann, während er die blauen Glasobjekte inspizierte. »Sie sind nicht ganz mein Stil.« Aber Kate schüttelte den Kopf. »Meiner auch nicht«, erwiderte sie.

Am nächsten Tag, einem Sonntag, war sie mit Theo im Gig zur Messe gefahren. Sie trug die neuen Handschuhe, die ihr Una aus Cork mitgebracht hatte. Father Keane zelebrierte die Messe. Bei der Elevation der Hostie blickte sie verstohlen um sich. Alle Kirchgänger hatten den Kopf andächtig gesenkt. *»Domine non sum dignus«*, sagte der Priester, und da schlug auch Kate die Augen nieder.

Auf dem Heimweg merkte sie, daß sie ihre Handschuhe in der Kirche vergessen hatte.

Theo war ärgerlich. »Warum sind Mädchen immer so zerstreut?« fragte er gereizt, während er den Gig wendete. »Den ganzen Weg zurück, und das wegen einem Paar alberner Handschuhe!«

Die Kirche war leer, alle waren längst zum Mittagessen nach Hause gegangen. Auf der Bank ganz vorn lagen die Handschuhe nicht mehr. Vielleicht hatte der Küster sie gefunden. Die Tür zur Sakristei hinter dem Altar stand offen. Also stieg sie die Stufen hinauf, durchquerte das Allerheiligste – sie vergaß vollkommen, daß Frauen hier keinen Zutritt hatten – und betrat den kleinen Raum, in dem die Chorgewänder hingen. Ein kleiner Ministrant, noch in voller Montur, räumte gerade etwas in eine Schublade. Erschrokken wandte er sich um.

»Hast du vielleicht ein Paar Handschuhe gefunden?« erkundigte sich Kate.

Der Knabe fuhr herum, entdeckte auf einem Tischchen ein Paar weiße Handschuhe und zeigte darauf. »Sind es die?«

Kate nickte, und der Junge hielt sie ihr hin.

»Mach, daß du wegkommst«, meinte er dann mit einem Grinsen, als freute er sich, sie ungestraft beleidigen zu dürfen, »ehe Father Keane zurückkehrt und ein Mädchen in der Sakristei findet!«

Kate stand da wie vom Donner gerührt. Ein Mädchen in der Sakristei! Eine Seuche! Sofort sah sie sich als etwas Unreines, Minderwertiges. Sie ergriff die Handschuhe und lief aus der Kirche. Doch das Grinsen ging ihr nicht aus dem Kopf. Hätte sie diesen Jungen anderswo getroffen, hätte er es nie gewagt, sie zu beleidigen, und es wahrscheinlich auch gar nicht gewollt. Sie spürte, daß die Bedeutung dessen, was er gesagt hatte, den einfachen Sinn der Worte überstieg. Ein Junge mit schmutzigen Fingernägeln, der in der Nase bohrte und mit seinen Geschlechtsteilen spielte, geriet in einen wahren Machtrausch, weil er in einer Sakristei stand. Wäre Kate hübsch gewesen, hätte er sie nicht gekränkt. Männer haßten Frauen, weil sie Frauen waren, aber sie akzeptierten und umschmeichelten diejenigen unter ihnen, die schön waren – obwohl sie diese genauso haßten. Eine Frau, die nicht hübsch war, hätte genausogut tot sein können.

Als Theo sie fragte, weshalb sie so still sei, erzählte sie ihm die Geschichte.

Aber er lachte sie aus. »Ist unser kleines Schnabeltier eingeschnappt? Ist es wütend? Hat es etwas gegen die Ordnung der Dinge einzuwenden?«

»Ich habe nicht nur etwas dagegen einzuwenden, Theo!« erwiderte sie wutentbrannt. »Ich finde sie unerträglich! Und ich bin kein Schnabeltier!«

»Ach du liebe Zeit ...!« Theo zog ironisch die Augenbrauen hoch und unterdrückte ein Kichern.

Lach mich nicht aus, dachte Kate.

Später ging Theo reiten, und sie schlich sich in sein Zimmer, fand sein Tweedjackett und durchsuchte die Taschen. Die kleine Schachtel mit dem Ring war noch da. Sie nahm sie mit in ihr Zimmer, spielte eine Weile damit und versteckte sie schließlich unter der Kommode, in einer Ritze über dem geschnitzten Fuß. Einen Tag dauerte es, bis Theo den Verlust bemerkte.

»Wo habe ich diesen elenden Ring nur hingetan? Hast du vielleicht meinen Ring gesehen – den Ring, den Vater mir geschickt hat? Ich dachte, ich hätte ihn in die Tasche gesteckt.«

»Nein.«

Theo war ziemlich aufgeregt. »Er wird es mir nie verzeihen, wenn ich ihn verloren habe. Hast du ihn auch bestimmt nicht weggenommen?« Er packte sie an der Schulter. »Komm schon, Katy, versuch nicht, mich an der Nase herumzuführen.«

»Ich führe dich nicht an der Nase herum.«

Als der zweite Brief an Theo eintraf, fing sie ihn ab und nahm ihn mit auf ihr Zimmer.

Hotel Superiore Via della Sistinaia
Rom
22. Juli 1914

Mein lieber Sohn,

inzwischen hast Du sicher meinen Brief erhalten, und auch den Ring, von dem ich Dir berichtet habe. Doch ich habe Bedenken hinsichtlich des Rings und werde das Gefühl nicht los, daß ich unbedacht gehandelt habe, Dir ein solch seltsames Stück zu schicken, auf das ich unter so absonderlichen Umständen gestoßen bin.

Wir haben Florenz hinter uns gelassen und sind nun in Rom angekommen. Monsignore Dillon hat uns verlassen; er ist in den Vatikan zurückgekehrt. Doch er war ein wunderbarer Reisegefährte, und dank seiner Freundlichkeit habe ich dieses außergewöhnliche Land besser kennengelernt, als es sonst je möglich gewesen wäre. Er war so entgegenkommend, mir bei meinen Nachforschungen über den Fall, den ich Dir im letzten Brief geschildert habe, behilflich zu sein, und ist in der Bibliothek des Vatikans auf ein höchst interessantes Dokument gestoßen.

Bei diesem Fund aus den vatikanischen Archiven handelt es sich um einen Brief von einem Priester der Inquisition, der den Papst darum bittet, die Exkommunikation einer Frau namens Agnes von Florenz zurückzunehmen und die nötigen Schritte zu ihrer Heiligsprechung einzuleiten.

Doch der Papst weigerte sich, mit dem Hinweis, ein Irrtum der Kirche sei ausgeschlossen und der Tod dieser Frau vollkommen bedeutungslos. Außerdem habe die Frau die Exkommunikation verdient. Allem Anschein nach hat der Priester daraufhin dem christlichen Glauben abgeschworen und sich der Magie zugewandt. Vermutlich kann die Folter einen Menschen wirklich vollkommen verändern! (Entschuldige diesen kleinen Scherz.)
Die Korrespondenz ist lateinisch abgefaßt; natürlich habe ich den Brief nicht im Original zu Gesicht bekommen, sondern nur eine Abschrift, die der Monsignore angefertigt hat. Der Brief stammt aus dem Jahre 1601, und das Ganze ist deshalb erwähnenswert, weil er ein Siegel trägt, dessen Symbol identisch mit dem des Ringes ist, den du jetzt besitzt oder jedenfalls besitzen solltest. Der Monsignore versicherte mir, daß dies der Fall ist, denn er hat den Abdruck, den ich damals gemacht habe, mit dem Briefsiegel verglichen. Etwas geringschätzig hat er mir mitgeteilt, daß der Inquisitor angeblich immer noch nach dieser Frau sucht, die er geliebt hat. Damit wiederholt er eine alte Geschichte – einen Aberglauben, ein *pishogue,* wie wir es zu Hause nennen würden. Selbstverständlich ist das alles Unsinn, aber ich bin abergläubisch genug, daß ich mir jetzt wünsche, ich hätte Dir den Ring nicht geschickt. Deshalb möchte ich Dir eins ans Herz legen: Bitte trage diesen Ring nicht! Verstecke ihn so, daß niemand ihn finden kann, und gib ihn mir zurück, wenn ich heimkomme. Über seinen Besitzer wird viel Seltsames gemunkelt, und deshalb will ich um keinen Preis zulassen, daß Du mit einem Gegenstand, der von ihm stammt, in engeren Kontakt kommst.
Sicher kannst Du jetzt sagen, er ist tot, und alle Probleme jener Epoche gehörten endgültig der Vergangenheit an. Aber der Zorn über eine ungesühnte

Ungerechtigkeit kann weite und oft absonderliche Kreise ziehen und noch über Jahrhunderte hinweg seine Nachwirkungen zeigen.
Bald werden wir uns wiedersehen. Nach wie vor bin ich wegen meiner Fieberanfälle nicht ganz ›auf dem Damm‹, wie man so sagt, aber mit Gottes Hilfe werde ich sicher wieder gesund sein, wenn ich nach Kilashane zurückkomme. Ich habe das Reisen satt und die Hitze hier macht mir zu schaffen. Langsam spüre ich mein Alter, und vieles liegt mir schwer auf der Seele. Dazu kommt noch, daß Deine Mutter ihre *joie de vivre* verloren zu haben scheint, seit wir Venedig verlassen haben.

Dein Dich liebender Vater

P.S. Grüße das kleine Schnabeltier ganz herzlich von uns.

Kate hatte den Brief aufbewahrt, und Theo hatte ihn nie zu Gesicht bekommen. Ihr Vater war nicht mehr lebend heimgekehrt. Er starb in Rom, und seine sterblichen Überreste ruhten jetzt in der Familiengruft neben der Kirche von Ballyshane.
Kate starrte in das erlöschende Feuer und dachte an Theos Reaktion, als sie ihm den Ring beim Hochzeitsempfang überreicht hatte – wie er ihn von sich geschleudert hatte. Die Gewissensbisse, die sie damals wie jetzt plagten, wurden immer heftiger, bis der ganze Raum um sie herum von Vorwürfen zu erzittern schien. Es ist meine Schuld, sagte sie sich. Ich bin an allem schuld.
Sie dachte an Theo, der halb wahnsinnig, ja gefährlich geworden war. Sie dachte an Yvonne, die in der Falle saß, vollkommen hoffnungslos und verzweifelt. Sie dachte an Jenny, die so schön war, aber gleichsam unter einem Zauberbann stand und kein Verständnis

für Andrew aufbrachte. Wenn sie ihn nicht will, warum kann ich ihn dann nicht haben? Ihre Gedanken kehrten zu Theo zurück, der die Augen nicht von Andrews Frau wenden konnte. Sie dachte an ihre Mutter, die heute abend zum ersten Mal angedeutet hatte, was sie quälte. Und wieder dachte sie an Andrew, sie konnte nichts anders, denn sie begehrte ihn, fremd wie er war, sie sehnte sich nach seiner Bewunderung, aber er liebte seine Frau und brachte nicht den Mut auf, sich zu öffnen. Dann dachte sie an sich selbst. An die Vergangenheit, in der sie nur ein Schatten gewesen war, ein ›Schnabeltier‹ für ihren Vater, den sie inbrünstig geliebt hatte. An die Gegenwart mit ihren heimlichen Sehnsüchten und Unsicherheiten, daran, daß sie dazu verurteilt war, in einem vom Unglück heimgesuchten Haus zu einer alten Jungfer zu verkommen.

»Es ist Zeit«, sagte sie zu dem verlöschenden Feuer.

Zeit, Schluß zu machen.

Zeit, Schluß zu machen!

»Ich bete zu Gott, daß ich derlei Szenen nie wieder erleben muß. Man fesselte den Inquisitor und zwang ihn, alles mit anzusehen. Und er war es, der laut aufschrie, als er sah, wie das Fleisch zerfiel, denn die Frau war ohnmächtig geworden.«

Tagebuch eines Zeugen

DEE HOLTE das Tagebuch heraus, setzte sich im Schneidersitz auf ihr Bett und begann zu lesen:

Theo benimmt sich, als hätte er einen Triumph errungen. Ich kenne ihn gut genug, um das zu merken. Mich ignoriert er; anscheinend hat er sich ganz in eine innere Welt zurückgezogen und lebt nur noch für eine an Wahnsinn grenzende Leidenschaft. Vielleicht hätte ich nie denken sollen, er wäre normal. Irgend etwas riecht hier nach teuflischen Machenschaften, nach einer zerstörerischen Energie. Manchmal bin ich sicher, daß ich selbst noch wahnsinnig werde.
Heute früh war Jenny weiß wie ein Laken. Sie versichert mir, daß zwischen Theo und ihr nichts vorgefallen ist; ich zweifle nicht an ihrer Ehrlichkeit und glaube auch, daß ihre Ehre intakt ist. Aber eine Beziehung besteht nicht nur darin, daß man miteinander ins Bett geht; das mußte ich ja schmerzlich am eigenen Leib erfahren. Zwischen Theo und Jenny ist etwas Ungutes entstanden, eine extreme Symbiose. Sein einziger Lebenszweck scheint darin zu bestehen, sie um sich zu haben. Was er sonst noch vorhaben mag, weiß ich nicht. Zur Zeit würde ich ihm alles zutrauen.
Kate wird immer stiller, obwohl sie manchmal unvermittelt irgendwelche witzigen Bemerkungen macht.

Ich glaube, der Besuch von Jenny und Andrew, zusätzlich zu meiner Anwesenheit, ist für jemanden, der so gar nicht an Gesellschaft gewöhnt ist, doch sehr anstrengend. Andrew scharwenzelt unablässig um sie herum; offenbar hat er sich in den Kopf gesetzt, sie zu verführen. Doch Theo tut, als bemerke er es nicht – ich hätte erwartet, daß er ohne zu zögern die Ehre seiner Schwester verteidigt, schon um des guten Rufes der Familie willen. Kate selbst ist scheinbar völlig ungerührt. Mir wäre es natürlich sehr unangenehm, wenn mein Bruder meine Schwägerin entehren sollte. Manchmal habe ich das Gefühl, er haßt seine Frau und das macht mich sehr traurig. Mir kommt es vor, als hätte er eine maßlose Enttäuschung erlebt. Was ist nur aus der unschuldigen Welt unserer Kindheit geworden?
Heute früh habe ich gesehen, daß Theo irgend etwas in der Hand hielt: ein seltsames altes Ding, eine Maske, deren Anblick einen noch im Traum verfolgt.
»Woher hast du sie?« habe ich ihn gefragt.
»Sie stammt aus Venedig«, antwortete er. »Eine weite Reise...«
Dann fing er an zu lachen, verstaute die Maske in einer kleinen Reisetasche und nahm sie mit hinunter, als er hinausging. Er hat ein Arbeitszimmer im Untergeschoß; wahrscheinlich bewahrt er sie dort auf.
Ich erinnere mich, daß Jenny einmal etwas von einer Karnevalsmaske erzählt hat, aber das Ding heute morgen sah überhaupt nicht nach Karneval aus. Wahrscheinlich liegt sie seit Menschengedanken irgendwo im Haus verborgen. Es gibt hier viele alte Stücke, die den Geist der Vergangenheit heraufbeschwören.
Jetzt höre ich den Essensgong und will lieber nach unten gehen. Ich richte mich nach den Regeln des Haushalts. Meine wahren Gefühle kennt niemand. Ich empfinde eine bodenlose Wut. Morgens wache ich

damit auf. Ich spüre sie, wenn ich ihn ansehe. Gewaltphantasien beherrschen meine Gedanken. Das macht mir angst. Im Überschwang großherziger Gefühle habe ich geheiratet und bin bitter betrogen worden. Nun glaubt Theo, meine Großherzigkeit ist unerschöpflich und ich werde immer für ihn da sein, komme, was da wolle. Er glaubt, weil ich sie ihm einmal geschenkt habe, hat er nun ein Anrecht darauf. Er glaubt, man muß sich so etwas nicht verdienen. Er glaubt, ich bin wie ein Füllhorn, das immer voll bleibt und selbst nichts braucht. Er lebt von Grausamkeit, er braucht sie wie die Luft zum Atmen, und an mir läßt er sie aus. Aber der Tag wird kommen, an dem wir miteinander abrechnen. Ich werde nicht mein ganzes Leben und meine ganze Kraft darauf verschwenden, meinen eigenen Untergang vorzubereiten ...

Dee blätterte um, aber die nächste Seite war leer. Behutsam machte sie sich daran, die zusammengeklebten Seiten weiter vorn voneinander zu lösen, aber sie gaben nicht nach, und als sie es mit Gewalt versuchte, zerrissen sie. Diesem Tagebuch war kein weiteres Wort zu entlocken.

Sie fuhr mit dem Daumen noch einmal über den Inneneinband, denn ihr war aufgefallen, daß das blau marmorierte hintere Deckblatt lose war und ein wenig abstand. Als sie es glattstrich, fühlte sie, daß sich darunter eine Verdickung befand, als wäre etwas zwischen Deckblatt und Einband geschoben.

Vorsichtig steckte sie den Mittelfinger in den Schlitz und spürte auch gleich eine Papierkante: ein zusammengefaltetes Blatt, das offenbar irgendwann dort versteckt worden war. Dee holte ihre Nagelfeile und löste damit sorgfältig das Deckblatt vom Einband, bis sie schließlich den vierfach zusammengelegten Bogen herausziehen konnte.

Meine liebste Yvonne,
ich ertrage es nicht, wenn du mich mit solche eiskalten Blicken musterst. Ich fahre heute nacht weg, allein. Du mußt begreifen, daß Theo nicht normal ist (vergib mir, daß ich das sage), und daß zwischen mir und ihm nichts vorgefallen ist, was die Freundschaft, die uns beide verbindet, beeinträchtigen könnte. Die Maske, die mir mein Vater einmal aus Italien mitgebracht hat, ist jetzt in seinem Besitz. Als Andrew sie bei Eurer Hochzeit erwähnte, hat Theo ihn darum gebeten, und Andrew hat sie ohne mein Wissen mit hierher gebracht. Und er hat sie Theo gegeben. Anscheinend ist sie für ihn von großer Bedeutung! Wenn du sie irgendwie in die Hände bekommen kannst, dann verstecke sie, zerstöre sie – sorge um jeden Preis dafür, daß sie nicht in seinem Besitz bleibt.
Andrew verspottet mich, wenn ich ihm meine Angst schildern und erklären will.
Liebe Yvonne, Du bist die beste Freundin, die ich je hatte. Es gibt vieles, was ich nicht verstehe, doch ich habe beschlossen, daß ich mich diesem grenzenlosen Verlangen entziehen werde, das meinen Ehemann ebenso erfüllt wie Deinen. Es geht dabei nicht einmal so sehr um ein körperliches Bedürfnis, sondern um die Seele, den Geist, den Status, die gesamte Identität. So komplex und bedrohlich diese Wünsche sind, diese beiden Männer setzen alles daran, sie zu befriedigen. Möglicherweise verkaufe ich mein Haus in London und gehe ins Ausland. Um mich brauchst Du Dir keine Sorgen zu machen, aber bitte paß auf Dich auf. Ich wäre sehr froh, wenn Du Dich von dem, was hier geschieht, losreißen und mit mir kommen könntest.
Vergib mir, daß ich Dir soviel Unglück gebracht habe. Erzähle Theo bitte nichts von meinem Plan. Er würde mir folgen. Er wird ohnehin versuchen, mir zu folgen.

Deine Dich liebende Freundin *Jenny*

Dee steckte den Brief wieder an seinen Platz. Dann lehnte sie sich in ihre Kissen zurück. Die Uhr tickte gleichmäßig und zeigte ihr, daß in etwa einer Stunde die Krähen von Kilashane erwachen und über dem Gut von neuem ihre Kreise ziehen würden. Was immer Kilashane zerstört haben mochte, war mit Sicherheit nicht allein durch die Troubles zu erklären.
Ricky blieb jaulend in der Küche zurück, als sich Dee auf den Weg nach Kilashane machte. »Diesmal nicht, Rick. Ich muß sehr leise sein ...«
Der Mond schien, und in der Nachtluft schwebte der Geruch des Meers. Dee trug wieder ihre dunklen Jeans, Tennisschuhe und einen Pullover. Der Pfad und die Felder waren trocken, aber das Mondlicht ließ alles größer erscheinen, machte das Vertraute fremd und verwandelte Mrs. Bradys Esel in ein Ungeheuer, das plötzlich mit lautem »Iah« hinter einer Hecke hervorbrach.
Das Gut lag schweigend in der Dunkelheit. Als Dee durch ihr gewohntes Schlupfloch kroch, stach sie sich an einer Dorne, saugte an ihrem Finger und schmeckte das Blut.
Hätte sie sich in Kilashane nicht so gut ausgekannt, hätte sie sich sofort verlaufen. Das Blätterdach verdunkelte den Nachthimmel, und sie mußte sich auf ihr Gedächtnis verlassen, um den richtigen Weg zu finden. Dazu kam noch, daß Billys Baumhaus, zu dem sie unterwegs war, sich mitten in dem Wald befand, der die Ruine umgab, und deshalb war es nicht einmal möglich, einem alten Pfad zu folgen.
So stapfte sie durch Farnkraut, Geißblatt und Flachsgras, verfing sich mit dem Fuß in einer Efeuranke, stürzte und stand wieder auf. Ab und zu drang das Mondlicht durch das Laub, versilberte den Waldboden, ließ Büschel von Glockenblumen und die weißliche Rinde einer Birke aufleuchten. Trippeln und Huschen war zu hören; ein Dachs, unverkennbar mit

seinen schwarzen und weißen Streifen, verschwand im Schatten zu ihrer Rechten, und Dees Herz, das gerade noch wild gepocht hatte, beruhigte sich wieder. Ganz in der Nähe rief eine Eule. Wie lebendig alles war: Während die Menschen schliefen, ging die Natur ihren Geschäften nach. Wie überlebensgroß wirkte alles bei Nacht, und wieviel schärfer waren die Sinne! Wo es auch nur eine Spur von Mondlicht gab, sah Dee alles ganz klar, und ihre Ohren nahmen das winzigste Geräusch auf. Alles hier war ihr vertraut. Nach einer Weile hörte sie den Bach, einen kleinen Zufluß der Meena, über die Steine murmeln. Also war sie nicht weit von Billys Unterschlupf; er hatte immer aus dem Bach getrunken und Kresse, Bärenklau und junge Brennesseln gegessen. Manchmal hatte sie zugesehen, wie er die Nesseln an einen Baum schlug, damit sie nicht mehr brannten. Dabei hatte er irgend etwas vor sich hin gemurmelt und unter seinen buschigen Augenbrauen hervorgelugt wie ein Affe, der nach Raubtieren Ausschau hält. Einmal hatte er Dee hinter einem Brombeerstrauch entdeckt. Erschrocken hatte er innegehalten; ohne sie auch nur eine Sekunde aus den Augen zu lassen, hatte er sich angeschlichen, als wollte er einen Feind überrumpeln.
Einen Moment lang hatte Dee Angst gehabt, aber dann blieb Billy stehen, grinste breit und nahm seine Arbeit wieder auf. Da wußte Dee, daß er sie erkannt hatte und ihr vertraute, und deshalb hatte sie auch nie wieder Angst vor ihm. Sie beobachtete sein Kommen und Gehen im Wald, gelegentlich entdeckte er sie und grüßte sie verlegen im Vorübergehen. Hin und wieder sagte er auch etwas, meist irgendwelche Brocken aus einem Gedicht. Seine längste Rede war eine Strophe von Swinburne gewesen:

»Laß uns zum Meer hin mit den Winden zieh'n
Wo Sand und Schaum verweht: Was uns hier hält?

Nichts hält uns, vergebens sind die Müh'n
Und tränenbitter ist die Welt.«

Und natürlich das eine Mal, als er ihr vor der Kirche die Rose überreichte.
»Er ist nicht verrückt«, hatte sie damals ihrer Mutter erklärt. »Ich glaube, er ist nur sehr, sehr traurig.«

Billys Baumhaus war noch da, aus Brettern zusammengenagelt, beinahe unsichtbar in der Gabelung einer Buche, inzwischen von Moos und Efeu überwuchert. Nur für einen äußerst aufmerksamen Beobachter war es vom Baum zu unterscheiden; der einzige Hinweis auf seine Existenz waren die Überreste einer Strickleiter, die Billy benutzt hatte, um in sein Versteck zu klettern. Jetzt war sie ausgefranst und zerrissen, und als Dee um den Baum herumging, die Hand am Stamm, mußte sie einsehen, daß die Leiter nutzlos war.
Sie kehrte dem Baum den Rücken zu und sah sich um. Die Schatten bedrängten den kleinen Wald, der Wind säuselte in den Zweigen und erhob sich zu einem heftigen Brausen, wenn eine steife Brise vom Meer kam. Aber all das spielte sich hoch oben über Dees Kopf ab. Hier unten roch man den Wald und den wilden Knoblauch, hörte das Rascheln der Blätter und das Murmeln des Bachs.
Schließlich wandte sie sich wieder der Strickleiter zu. Sie war wirklich nicht mehr zu gebrauchen, und die Seile fühlten sich unangenehm glitschig an. Billy, dachte sie, wenn du mich hören kannst, dann hilf mir. Ich will nicht wie eine Dieb in deine Hütte eindringen. Aber ich möchte etwas herausfinden.
Sie sah in die hohe Baumkrone hinauf. Dann lehnte sie sich gegen den Stamm und zog an den Efeuranken, die ihn überwucherten. Ob sie stark genug waren, um daran hochzuklettern? Teilweise wirkten die Ranken

sehr kräftig und umgaben den Stamm mit einem dichtem Geflecht. Ein paar Blätter rissen ab und verströmten einen stechenden Geruch.
Doch als sie mit den Händen suchend über die Rinde strich, spürte sie plötzlich etwas Hartes, Kaltes – ein Stück Metall. Als sie weiterforschte, merkte sie, daß es mehrere solche Tritte gab, die wie Stufen in den Stamm eingehauen und vom Efeu überwachsen waren. Also hatte Billy gar nicht die Strickleiter benutzt. Er hatte sich einen Zugang zu seinem Schlupfwinkel geschaffen, der nicht wie die Leiter dem Zahn der Zeit zum Opfer fiel. Die Metallstücke stammten von einer Mähmaschine.
Dee setzte einen Fuß auf die unterste Stufe, zog sich am Efeu hoch, stieg auf das nächste Metallstück und so immer weiter, bis sie die Gabelung erreicht hatte. Jetzt lag die Tür zu der Hütte, die Billy sich gebaut hatte, direkt vor ihr. Die Blätter raschelten, wenn Dee sich bewegte, und die Tür quietschte so laut in den Angeln, daß man es wahrscheinlich im ganzen Wald hören konnte.
Im Innern des Baumhauses war es stockdunkel, und es roch so stark nach Moder, daß Dee beinahe die Luft wegblieb und sie sich überwinden mußte weiterzukriechen. Doch dann tastete sie sich mit nervösen Händen an den Wänden des winzigen Raumes entlang.
Offenbar war hier alles mit Schimmel bedeckt.
Mit den Füßen stieß sie gegen etwas, was sich anfühlte wie eine Matratze oder ein Bündel Kleidungsstücke. Sie drehte sich um und wäre beinahe gestürzt. Laut polternd fiel etwas zu Boden. Zum Glück hatte sie eine Schachtel Streichhölzer mitgebracht, die sie jetzt aus der Tasche angelte. Die winzige Flamme erhellte den Raum und das in ihm herrschende Chaos: Lumpen, ein zerbeulter Topf, ein angeschlagener Becher, eine Emailleschüssel. Das Streichholz brannte bis auf ihre Finger nieder; sie schüttelte es aus und zündete

ein neues an. Wieder hatte sie kaum Zeit, ihre Umgebung in Augenschein zu nehmen, ehe das Licht zum zweiten Mal erlosch. Sie kniete sich in eine Ecke und schob die Hand suchend unter ein Lumpenbündel. Quietschend schoß eine Ratte darunter hervor und suchte das Weite. Dee schrie auf vor Ekel. Dann zündete sie das nächste Zündholz an und setzte ihre Erkundung in der anderen Ecke fort. Wieder nichts. Ihre Hände berührten Spinnweben, ein paar alte Zeitungen, eine Pappschachtel mit modrigen Schuhen. Was will ich hier eigentlich? Ich wühle im Unrat, der vom Leben eines Menschen übriggeblieben ist. Hier finde ich nichts.

Als das nächste Streichholz brannte, sah sie hinauf zum Dach. Aus der verwitterten Holzdecke starrte ein seltsam bedrohliches Gesicht aus leeren Augen auf sie herunter, den Mund kalt und abschätzig verzogen. Auf den ersten Blick erkannte sie, daß sie etwas unermeßlich Wertvolles vor sich hatte, ein Kunstwerk, uralt, die Maske, die sie damals gefunden und weggeworfen hatte. Das brennende Streichholz fiel ihr aus der Hand, und sie streckte die Arme aus, um die Maske herunterzuholen.

So schnell sie konnte, durchquerte sie den Wald. Sie fühlte die Maske unter ihrem Pullover, als wäre sie glühend heiß. Noch konnte sie gar nicht glauben, daß sie sie wirklich gefunden hatte. Vor lauter Aufregung nahm sie die Geräusche des Waldes kaum wahr.

Trotzdem blieb sie plötzlich stehen, als hätte etwas sie gewarnt. Hinter ihr war ein Geräusch, und es war nicht das Rascheln eines Tiers.

Wie angewurzelt stand sie da; sie wußte, daß es menschliche Schritte waren: Für jemanden, der mit Waldgeräuschen so vertraut war wie sie, gab es keinen Zweifel. Zwar klangen die Schritte auf dem weichen Waldboden gedämpft, aber sie waren relativ zielgerichtet und wichen nicht mal in diese, mal in jene Richtung zurück, wie bei einem Tier. Jetzt hatten sie aufgehört, aber sobald Dee weiterging, waren sie wieder da. Vorsichtig blickte sie sich um, aber sie sah nur die Silhouette der Äste vor dem Nachthimmel, die schmalen Mondstrahlen hier und dort zwischen den Schatten.

Sie begann zu laufen. Plötzlich mußte sie an Brüssel denken: die Gasse, das Kopfsteinpflaster, der Mann mit dem Brueghel-Gesicht, die seltsame Empfindung, sie würde in die Vergangenheit eindringen, der Diebstahl, das Gefühl, überrumpelt worden zu sein. Trat dieser Mann nicht gerade jetzt hinter den Bäumen hervor? Blitzschnell rannte sie über die Lichtung und verbarg sich hinter einem Baum. An den Stamm gelehnt blickte sie sich um. Kurz darauf entdeckte sie eine Gestalt am Rand der Lichtung, die jedoch gleich wieder verschwand. Es war zu dunkel, um sie zu erkennen, aber es war eindeutig ein Mensch. Der Gedanke, daß ein Fremder ihr folgte und sich in der Dunkelheit immer näher an sie heranschlich, durchzuckte sie wie ein Stromschlag. In panischer Angst drehte sie sich um und begann zu rennen, durchs dichte Unterholz, fieberhaft nach Anhaltspunkten suchend, die ihr den Weg zum nächsten Ausgang zeigten.

Aber ihr Fuß verfing sich in einer alten Baumwurzel, die sich über den Boden wölbte, und sie stürzte. »Dee, Dee, hast du dir weh getan?«

»Was machen Sie denn mitten in der Nacht in Kilashane?« wollte der alte Doktor Meehan wissen. Er beugte sich über Dee und inspizierte den Knöchel, der glücklicherweise nur verstaucht war. Es war Morgen. Das Licht fiel durch die halb zugezogenen Vorhänge, und die Vögel sangen. Der Knöchel war geschwollen und brannte wie Feuer. Ihr Vater hatte sich neben sie

auf den Waldboden gekniet, und sie hatte vor Schmerzen geweint; als er sich vergewissert hatte, daß nur der Knöchel verletzt war, war er nach Hause gelaufen, um den Wagen zu holen, und hatte sie heimgefahren. Aber die Maske hatte er ihr weggenommen.
»Warum bist du mir gefolgt, Dad?«
»Was meinst du wohl, Dee? Ich konnte nicht schlafen und habe deine Schritte und Rickys Jaulen gehört. Auf einmal wußte ich, daß du nach Kilashane willst. Aber es ist gefährlich dort, zu jeder Tageszeit. Warum wolltest du ausgerechnet mitten in der Nacht dorthin? Auf die Dauer ist es ungesund, daß Kilashane dich so fasziniert!«
Jetzt erzählte Dee dem Arzt, sie habe nicht schlafen können und sei nach Kilashane gewandert, weil sie hoffte, ein langer Spaziergang würde sie müde machen. Er schüttelte den Kopf, sagte ihr, in Zukunft solle sie lieber heiße Milch trinken, verband den Knöchel, gab ihr etwas gegen die Schmerzen, das sie auch müde machen würde, und riet ihr zu schlafen.
Sie schlief mehrere Stunden, und als sie aufwachte, saß ihr Vater an ihrem Bett und betrachtete sie liebevoll, fast schüchtern. Als er merkte, daß sie wach war, schloß er die Tür und setzte sich wieder zu ihr auf den Bettrand.
»Wie fühlst du dich, mein Schatz?«
»Es tut weh, Dad, aber ich werde es überleben.«
Er gab ihr einen Brief. »Der ist für dich gekommen.«
Dee betrachtete den Luftpostumschlag mit der belgischen Briefmarke. Sie erkannte die Handschrift und wollte ihn zerreißen, legte ihn dann aber doch lieber auf den Nachttisch.
Ihr Vater streichelte ihre Hand.
»Dad, was hast du mit der Maske gemacht?«
»Ich möchte mit dir reden. Ich muß nämlich ein Geständnis ablegen.«
Dee starrte ihn an, seine ledrigen Wangen, die tiefli-

genden blauen Augen, die wunderbaren, buschigen weißen Brauen. »Was für ein Geständnis denn?«
»Schatz, ich will dir die Wahrheit sagen – ich habe die Maske nicht mehr.«
Dee setzte sich auf. »Was hast du mit ihr gemacht?«
»Ich... ich habe sie bei Carraigh Point ins Meer geworfen!«
»Du hast sie ins Meer geworfen? Das glaube ich nicht!«
»Ich habe es getan, weil ich glaube, daß es für uns alle das beste ist.«
»Aber du hättest mich fragen sollen, Dad«, flüsterte sie und sank aufs Kissen zurück. »Ich habe sie gefunden. Ich wollte sie behalten!«
»Sie bringt nur Unglück...«
»Woher willst du das wissen?« fragte sie ärgerlich. »Du glaubst doch nicht an dieses abergläubische Geschwätz!«
Mr. McGlinn seufzte. »Ich weiß es. Ich weiß es von deiner Mutter. Sie ist als kleines Mädchen im Gutshaus ein und aus gegangen. Ihr Vater war der Stallbursche von Kilashane.«
»Ist das dein Ernst?«
»Ja, das ist mein Ernst.«
»Das heißt ja, mein Großvater war Batty, der unverschämte Batty! Ich hab alles über ihn in dem Tagebuch gelesen, das ich vor Jahren gefunden habe. Und sie muß das kleine Mädchen gewesen sein, das immer in der Küche gesessen und gelesen hat!«
»Battys richtiger Name war Bartholomew Moloney.«
»Was ist aus ihm geworden?«
Ihr Vater machte ein unglückliches Gesicht. »Das ist eine lange Geschichte, aber deine Mutter wird sie dir sicher einmal erzählen. Wo ist das Tagebuch, das du gefunden hast?«
»Ich zeige es dir später.«
»Dee – wir haben dir immer verboten, dich auf dem

alten Gut herumzutreiben. Hast du ... sonst noch etwas dort gefunden? Zum Beispiel einen Ring?«
Stirnrunzelnd musterte Dee ihren Vater. Warum interessierte er sich plötzlich für diese Dinge, wieso war er so gut informiert?
»O Dad. Natürlich mußte ich dorthin, vor allem nach euren Warnungen. Ich bin beinahe geplatzt vor Neugier. Und ich habe tatsächlich einen Ring gefunden und einiges über ihn herausbekommen. Aber ich habe ihn nicht mehr ...«
Einen Moment schwiegen sie. »Was ist mit ihm passiert?«
»Er ist mir in Brüssel gestohlen worden.«
»Dee, sagst du mir die Wahrheit?«
»Aber selbstverständlich.«
»Wie ist er dir gestohlen worden?«
»Ich habe eine Abkürzung zum Hotel genommen, und jemand hat mich überfallen. Ich hatte den Ring an einer Kette um den Hals hängen, und man hat ihn abgerissen.«
»Bist du verletzt worden?«
Dee dachte an die Blutergüsse, an Peters Hände, an das Abendessen und das Frühstück, das nie stattgefunden hatte und an alles andere. Sie schüttelte den Kopf.
»Hast du den Vorfall der Polizei gemeldet?«
»Nein.«
»Warum nicht?«
»Jemand hat mir gesagt, das lohne sich nicht, die Polizei könne sowieso nichts machen!«
»Wer hat dir das gesagt?«
»Jemand von ITU – ein Kerl, der selbst hinter dem Ring her war; ich möchte nicht über ihn sprechen.«
Mit einem Blick zu dem Brief fragte Mr. McGlinn: »Der Absender dieses Briefes vielleicht?«
»Vielleicht.«
Seine Augen wanderten zwischen Dee und dem Brief hin und her. »Nun, wenn er weg ist, ist er eben weg.«

»Dad, weißt du irgend etwas, was ich nicht weiß? Du glaubst doch auch nicht an *pishoques.*«
»Alle diese Dinge sind an sich ganz harmlos. Erst wenn jemand sie zum Brennpunkt geistiger Kräfte macht, wird es problematisch. Dieser Ring hat eine lange Geschichte!«
»Woher weißt du das?«
Einen Augenblick zögerte ihr Vater. »Du solltest deine Mutter fragen.«
»Es ist sinnlos, sie zu fragen. Sie sagt mir nichts. Weißt du, Dad, ich habe immer von diesem Mann im Abendanzug geträumt, der über die Treppe von Kilashane auf mich zukommt.«
»Bist du jemals ... zu ihm gegangen?«
»Nein.«
In diesem Moment ging die Tür auf, und Dees Mutter kam mit einem Tablett herein. Sie lächelte Dee zu und setzte das Tablett ab.
»Molly, willst du nicht Dee etwas über deinen Vater erzählen? Über das, was in Kilashane passiert ist?«
Mrs. McGlinn warf ihrem Mann einen kurzen Blick zu. Wortlos stand er auf und verließ das Zimmer.
»Bitte sprich mit Dad«, bettelte Dee. »Morgen ist euer Hochzeitstag. Wollt ihr denn den Rest eures Lebens so miteinander umgehen?«
Ihre Mutter kniff den Mund zusammen. »Wie es mit deinem Vater und mir steht, geht nur uns etwas an, Dee. Und Kilashane – was dort passiert ist, hat mich krank gemacht, so, als wäre etwas in mir gestorben. Aber ich hatte einen sehr netten Lehrer, der mir gesagt hat, ich solle aus jener Nacht alles aufschreiben, woran ich mich erinnerte. Er hat gesagt, das würde mir helfen.«
»Hast du ... alles aufgeschrieben?«
»Ja.«
»Hast du es aufgehoben?«
»Ja.«

»Mam, darf ich es sehen?«
»Es wäre mir lieber, wenn du es nicht zu Gesicht bekommst. Es ist so weit weg und so lange her, daß es auf einem anderen Planeten passiert sein könnte. Ich habe versucht, es hinter mir zu lassen.«
»*Bitte*. Ich muß es wissen.«
»Wenn ich dir schon früher die ganze Geschichte erzählte hätte, wärst du dann nicht nach Kilashane geschlichen? Hättest du dann jetzt keinen verstauchten Knöchel?«
Ohne eine Antwort abzuwarten, stand sie auf und ging in ihr Zimmer. Dee hörte, wie eine Schublade aufgezogen und wieder zugeschoben wurde. Schließlich kam ihre Mutter mit einem Schulheft zurück. Der braune Umschlag war ein wenig verblichen, die Kanten fleckig. Dee öffnete es behutsam, sah die große, kindliche Schrift. Ganz oben auf der Seite stand:

Mary Moloney, Kilashane, 20. Mai 1919.
Auf der Allee lagen immer viele kleine Steine, und ich kickte sie mit der Fußspitze vor mir her. Ich wußte, daß ich nicht hier entlanggehen sollte. Dada sagt immer, wir müssen den hinteren Weg benutzen.
In der letzten Nacht war er nicht nach Hause gekommen. Ich hatte Hunger und dachte, in der Küche würde man mir vielleicht etwas zu essen geben. Bridgie hat mir bisher immer was gegeben. Mein Buch hatte ich ausgelesen, aber sie wollten mir kein neues geben, solange der Besuch noch da war. Sie haben gesagt, ich sei im Weg.
Da sah ich den Master aus dem Haus kommen. Ich bin schnell über die Wiese gerannt und hab mich hinter den Bäumen versteckt. Das Gras war feucht und angenehm an den Füßen. Ich hab ihn beobachtet, wie er die Treppe herunterkam. Jemand hat Musik gemacht.
Durchs Salonfenster sah man Miss Kate am Klavier.

Der Master trug einen schwarzen Anzug und ein weißes Hemd. Er schlenderte über den Rasen, eine Zigarre im Mund. Der Rauch kringelte sich in der Luft.
Ich war sicher, daß er mich gesehen hatte, und da bekam ich Angst. Aber obwohl er mich sah, ging er eine Weile einfach umher, als müßte er nachdenken. Mit der rechten Hand hat er sich auf den Stock gestützt, in der linken hielt er die Zigarre. Da hab ich ein Gesicht am Fenster im ersten Stock entdeckt. Es war Mrs. Yvonne, die englische Lady, die der Master geheiratet hat. Sie hat ihn beobachtet, und dann war sie auf einmal verschwunden. Die Musik hörte auch auf. Mrs. Stacey, die auch auf Besuch ist, stand jetzt neben dem Klavier und unterhielt sich mit Miss Kate. Der Master drehte sich zum Fenster um. Dann ist er ins Haus zurückgegangen.
Ich habe mich über den Seitenweg zur Hintertür geschlichen, immer an den Büschen entlang. Unterwegs hab ich Mrs. Yvonne gesehen, die ganz eilig zu den Bäumen bei den Stallungen gelaufen ist. Dort gibt es Bäume mit roten Beeren. Die Vögel kommen nicht an sie dran, weil sie vor den Elstern Angst haben, die in der Buche wohnen und selbst gar keine Beeren fressen. Ich hab vergessen, wie die Beeren heißen, aber Dada hat mir eingeschärft, daß ich sie nicht essen darf. Trotzdem ist Mrs. Yvonne stehengeblieben und hat die Beeren abgepflückt. Dann ist sie durch die Küchentür zurück ins Haus gegangen. Ich habe lieber eine Weile gewartet, bevor ich auch in die Küche gegangen bin. Zwar hatte ich Hunger, aber ich wollte nicht, daß Mrs. Yvonne mich sieht. Una war in der Küche. Sie hat mir sofort gesagt, ich soll ihr nicht auf die Nerven gehen, weil sie nämlich furchtbar viel zu tun hatte. Aber dann kam Bridge vom Melken und ich hab ihr gesagt, daß ich hungrig bin. War dein Papa denn nicht zu Hause? hat sie

mich gefragt. Ich hab gesagt, nein. Da hat sie mir in der Küche Brot und Marmelade gegeben. Sie waren gerade dabei, das Essen für die Herrschaften zuzubereiten. Ich hab einen riesigen Topf mit Suppe gesehen. Und einen Braten, der wunderbar duftete. Una hat gesagt, ich solle weggehen und ihr nicht zwischen den Füßen rumwuseln, aber Bridgie hat gesagt, ich soll mit ihr kommen. Sie hat mich in den Speisesaal gebracht. Der Tisch war mit Silbersachen gedeckt. Bridgie hat mir erlaubt, mich unter dem anderen Tisch zu verstecken, auf dem eine weiße Tischdecke lag, aber ich durfte mich nicht mucksen. Die Tischbeine waren dick und mit Schnitzereien verziert. Der Boden glänzte und war beinahe schwarz. Wenn ich vorsichtig unter dem Tischtuch vorlugte, konnte ich an die Decke sehen. Sie war mit Früchten aus Gips verziert, und über dem Kamin hing ein riesiger Spiegel.

Dann sind die Herrschaften reingekommen. Sie haben sich an den Tisch gesetzt, und Bridge hat angefangen aufzutragen. Zuerst kam die Suppe. Der Master war still, aber der andere Mann, Mr. Stacey aus England, hat ganz laut gesprochen. Er hatte einen riesigen Schnurrbart und hat komisches Zeug erzählt, wie Dada, wenn er zuviel getrunken hat. Die Ladys sahen hübsch aus. In dem Tischtuch waren kleine bestickte Löcher, durch die ich alles sehen konnte.

Dann brachte Bridgie das Fleisch. Von dem Geruch wurde ich wieder furchtbar hungrig, aber ich blieb, wo ich war. Ich wußte ja, daß Una mich umgebracht hätte, wenn sie mich entdeckt hätten. Es gab auch Gemüse und Kartoffeln in riesigen Schüsseln. Da hat mein Magen angefangen zu knurren, aber die Männer haben so laut geredet, daß niemand es hörte. Ich habe mir ihre Gesichter angesehen. Mrs. Yvonne war sehr still. Sie hatte rote Haare und eine ganz weiße

Haut. Mrs. Stacey war wunderschön mit ihren dunklen Augen und den braunen Haaren. Miss Kate und Mrs. O'Reilly haben den Master nicht aus den Augen gelassen.

Als das Essen fertig war, ist Mrs. O'Reilly aufgestanden, und die anderen Damen sind ihr in den Salon gefolgt.

Bridgie hat den Whiskey auf den Tisch im Speisesaal gestellt – in einer hübschen Flasche mit einem Glaskorken –, dann ist sie weggegangen.

Ich hab gewartet. Die Beine taten weh. Aus dem Salon hörte ich wieder Musik. Ich wußte, das war wieder Miss Kate am Klavier. Jetzt spielte sie »The Last Rose of Summer«, das kenne ich, weil wir es nämlich manchmal in der Schule singen. Dann hab ich gehört, wie die Salontür auf- und wieder zugemacht wurde und dann ging ganz leise die Hintertür. Der Master war anscheinend groß in Form. Er hat Mr. Stacey immer mehr Whiskey aufgedrängt. Dann hat er angefangen, vom Krieg zu erzählen, und Mr. Stacey hat viel gelacht, obwohl er die ganze Zeit ausgesehen hat, als würde er lieber weinen. Ich wäre gern weggegangen, ich wollte Dada suchen, aber das konnte ich ja erst, wenn die Herrschaften weg waren. Also hab ich weiter gewartet. Irgendwann hat der Master dann endlich gesagt: »Ich glaube, wir sollten uns den Damen im Salon anschließen.« Er ist aufgestanden und in den Salon gegangen. »Wo ist Jenny?« hab ich ihn fragen hören. »Sie ist zu Bett gegangen«, antwortete Mrs. O'Reilly. Dann haben sie die Tür zugemacht. Aber Mr. Stacey ist im Speisesaal geblieben. Er hat sich in den Sessel in der Ecke gesetzt und hat einfach weitergetrunken. Schließlich war sein Gesicht knallrot, und dann hat er sein Glas ins Feuer geworfen und ist eingeschlafen.

Gerade als ich mich rausschleichen wollte, ist der Master reingekommen. Er hat mich angesehen und gesagt: »Was zum Teufel hast du denn hier zu suchen?« »Gar nichts«, hab ich gesagt. »Ich suche bloß meinen Dada.« »Hier findest du ihn bestimmt nicht. Wahrscheinlich ist er im Keller und trinkt seinen bemerkenswerten Whiskey.« Dann hat er versucht, Mr. Stacey anzusprechen, aber der war sturzbetrunken, und da hat er nach Una geklingelt. Sie sollte an Mrs. Staceys Tür klopfen, aber sie ist gleich zurückgekommen und hat gesagt, da antwortet keiner. Der Master hat sich furchtbar aufgeregt. Er ist so schnell nach oben gelaufen, daß man sein Holzbein fast nicht merkte, und hat die Tür aufgerissen. Als er zurückkam, war er furchtbar wütend. »Wo ist sie?« hat er Una angeschrien, aber die wußte es auch nicht. Dann kam Mrs. Yvonne aus dem Salon. »Sie ist fort«, hat sie gesagt, mit einer ganz ruhigen und irgendwie gefährlichen Stimme. »Jetzt wirst du sie nie mehr finden.«

Master Theo hat sie angestarrt. »Ach, wirklich? Du Idiotin! Was weißt du denn, was ich kann und was nicht?«

Da bin ich in den Keller gerannt, um Dada zu suchen. Der Boden war aus Stein und sehr kalt. Ich war schrecklich müde und wollte nur noch nach Hause. Aber ich konnte Dada einfach nicht finden. Als ich dann Master Theo die Stufen runterkommen hörte, hab ich mich schnell hinter einer Kommode versteckt. Als ich dahinter vorlugte, sah ich ihn an seinem Tisch sitzen. Er hatte etwas auf dem Gesicht, eine weiße Maske, und er hat den Kopf immerzu von einer Seite auf die andere gedreht, als wollte er irgendwo in der Ferne etwas sehen. Dann hat er angefangen zu murmeln: »Komm zurück; oh, komm zurück. Du weißt, daß du mir nicht entfliehen kannst.«

Da hab ich mich hinter der Kommode vorgeschlichen und bin zur Treppe gelaufen. Mrs. O'Reilly,

Mrs. Yvonne und Miss Kate waren in der Küche, und Mrs. O'Reilly hat gerade zu Mrs. Yvonne gesagt: »Du mußt ihm den Ring heute nacht wegnehmen. Father Keane hat heute mit mir darüber gesprochen.« Dann hat sie mich gesehen. »Was machst du denn hier, Kind?« »Ich suche meinen Dada, Ma'am. Aber der Master ist unten mit einer Maske auf dem Gesicht.«

»Er verfällt dem Wahnsinn immer mehr«, flüsterte sie. »Man muß ihn noch einsperren, wenn das so weitergeht!« Da hörten wir, wie der Master die Treppe heraufkam. »Du willst mich also einsperren lassen, Mutter? Deinen eigenen Sohn?« Er hatte die Maske in der Hand.

»Gib mir die Maske, Theo«, sagte sie.

»Was?« fragte er. »Wovon sprichst du? Von dieser armseligen kleinen Maske? Sie gehört mir. Ich kann sie niemandem geben.« Dann haben sie alle mich angeschaut. »Unten im Keller hatten Sie die Maske auf dem Gesicht!« sagte ich. »Ich hab Sie gesehen!« Aber er hat mich bloß angestarrt und gelacht.

»Wohin ich mich auch wende, du wuselst mir zwischen den Füßen herum, beobachtest mich bei jedem Schritt. Aber auch du wirst nicht ewig ein Kind bleiben. Du wirst deine eigenen Niederlagen einstecken müssen.«

Mitten in der Nacht brach das Feuer aus. Der Rauch hat sie alle getötet, außer den Master. Dada hat ihn gerettet. Aber er selbst ist dabei gestorben. Er hat den Master die Treppe runtergeschleppt und ist zurück, um die anderen zu holen, aber es war sinnlos.

Man hat das Feuer gelöscht, aber das Haus ist zerstört. Es sieht schrecklich aus, und überall kommt der Regen durch, und ich bin so allein ohne meinen Dada.

Aufgezeichnet von Mary Moloney, 11 Jahre alt

Mrs. McGlinn saß reglos auf dem Bett, während Dee las.
Als Dee fertig war, sah sie ihre Mutter an; sie hatte Tränen in den Augen. »Warum hast du mir das nie erzählt?«
»Oh Dee, ich wollte es vergessen! Das kannst du mir doch sicher nicht verdenken. Fast wäre es mir gelungen, aber manche Dinge bleiben so frisch im Gedächtnis, daß schon der kleinste Blick zurück genügt, um die ganze Geschichte wieder ans Tageslicht zu holen!«
»Dann sind sie also alle bei der Kirche unten in Ballyshane begraben?«
»Manche liegen auf dem protestantischen Friedhof – zum Beispiel Andrew Stacey und seine Schwester.«
»Und was ist mit Jenny passiert?«
»Sie ist nie zurückgekommen«, antwortete ihre Mutter und schüttelte den Kopf. »Man hat sie nie gefunden. Niemand hat sie an der Bahnstation gesehen, sie ist einfach verschwunden. Jetzt weißt du alles ... Und wegen all dem, was geschehen ist, will niemand dem alten Gut zu nahe kommen.«
»Wahrscheinlich ist sie zurück nach England gegangen.«
»Ich weiß nicht. Ich muß oft an das Moor in der Nähe des Gutshauses denken. Wenn einer versucht, es zu überqueren, findet ihn niemand mehr!«
»Wer hat das Feuer gelegt?«
Ihre Mutter zuckte die Achseln. »Ich weiß es nicht. Manche Leute haben die IRA dafür verantwortlich gemacht. Ich weiß nur, daß ich damals Waise wurde, und der Mann, dem ich die Schuld gab, ist den Rest seines Lebens auf unserer Halbinsel herumgeirrt. Jetzt verstehst du vielleicht, weshalb ich so dagegen war, daß du mit dem alten Billy sprichst.«
»Ich hab ihn aber nie mit einem Ring gesehen!«
»Ich weiß. Jemand hat ihn ihm in dieser Nacht weggenommen, vielleicht hat er ihn auch freiwillig hergege-

ben. Nach dem Brand war er sehr krank, als hätte jemand ihn vergiftet.«

»Father O'Shea hat mir erzählt, das Gut wäre exorziert worden.«

»Das habe ich auch gehört. Aber ich wußte damals nichts davon.«

»Was ist aus Theo geworden?«

»Er hat den Rest seines Lebens mit der Suche nach seiner Frau verbracht und Fremden ins Gesicht gestarrt. Du kennst ihn selbst, den alten Billy.«

»Warum hat Dad mir nicht gesagt, wer er war? Ich habe ihn doch danach gefragt.«

»Ich glaube, er wollte dich nicht unnötig aufregen«, antwortete ihre Mutter leise. »Es ist schrecklich, wenn jemand sein Leben lang vollkommen verstört durch die Ruinen seines ehemaligen Heims wandert und nach seiner Frau sucht. Einmal hat er mich gefragt: ›Yvonne, wo ist Yvonne?‹ und hat Gedichte rezitiert: ›Liebe ist ein wüstes Meer, bitter und tief.‹« Sie wandte sich ab. »Damals habe ich geglaubt, Liebe sei alles.«

Eine Weile schwiegen sie beide.

»Mam«, begann Dee schließlich. »Mam, versöhnst du dich wieder mit Dad? Ich ertrage es nicht, wenn ich euch so sehe!«

Ihre Mutter rümpfte die Nase. »Ihm geht's doch ganz gut. er ist immer beschäftigt, und meine Gefühle scheinen ihn nicht zu interessieren. Heute hat er sich sehr gut amüsiert mit seinem Besuch.«

»Oh, was war das für ein Besuch?«

»Ein Fremder. Er hat nach deinem Vater gefragt, und sie sind zusammen spazierengegangen.«

»Ein Fremder? Wie hat er ausgesehen?«

»Mittelgroß, bleich; er hat mit Akzent gesprochen.«

Sofort dachte Dee an den Mann, dem sie auf dem Gut begegnet war. »Mam, hatte dieser Mann, dieser Fremde, ein beiges Jackett an? Hatte er gelb verfärbte Zähne?«

»Ich glaube, ja«, antwortete ihre Mutter achselzuk-
kend. »Kennst du ihn etwa?«
»Nein. Aber er kennt mich.«

Später hörte man Mr. McGlinn am Telefon; danach kam er nach oben. Als wäre er sich nicht ganz sicher, ob er willkommen war, betrat er Dees Zimmer und warf seiner Frau einen kurzen Blick zu.
»Dad«, sagte Dee. »Ich möchte, daß ihr euch versöhnt!«
Er lächelte seine Frau an und rieb sich die Hände, als wären sie kalt. »Ich habe Neuigkeiten für dich, Molly«, sagte er, voller Ungeduld, diese Neuigkeiten endlich loszuwerden. »Ich habe gerade eine Anzahlung für eine Wohnung in Dublin abgeschickt. In einem neuen Wohnblick, der in Ballsbridge gebaut wird! Das ist mein Geschenk zum Hochzeitstag«, fügte er noch hinzu.
Mrs. McGlinn schnappte förmlich nach Luft. Ihre Lippen zitterten, als wollte sie gleich in Tränen ausbrechen. »Woher sollen wir denn das Geld dafür nehmen – es sei denn, wir verkaufen hier das Haus?«
Er legte den Arm um ihre Schultern. »Überlaß das ruhig mir. Ich lege schon seit Jahren immer ein bißchen auf die hohe Kante. So können wir uns beides leisten – wir können uns in Dublin vergnügen und Dee besuchen, und wenn wir genug davon haben, kommen wir einfach zurück!«
Dee starrte ihren Vater an. Sie hatte das sichere Gefühl, daß er etwas verkauft hatte, vielleicht gegen besseres Wissen, vielleicht, ohne es wirklich zu wollen. Und Dee glaubte zu wissen, was er verkauft hatte.
Er wich ihrem Blick aus.
»Wer war der Fremde, mit dem Mam dich heute gesehen hat, Dad?« fragte sie ihn.
»Welcher... Fremde? Oh, du meinst den Touristen? Er hat mich nach dem Weg gefragt.«

»Ach«, meinte Dee zweifelnd. »Danach hat er mich gestern aber nicht gefragt, als ich ihm in Kilashane begegnet bin!«
Doch ihr Vater machte nur ein finsteres Gesicht, stand auf und ging nach unten. Seine Frau folgte ihm und rief ihn beim Namen.
Als ihre Eltern weg waren, öffnete Dee den Brief mit der belgischen Briefmarke.

Dee, mein Liebling,
ich versuche, Dich ans Telefon zu kriegen, ich schreibe Dir. Ich weiß, daß du das Schlimmste von mir denkst. Aber Du irrst Dich, und ich sage das nicht, um etwas zu beschönigen, es ist bloß eine Feststellung. Und was immer Du von mir halten magst – und ich weiß ja, daß Du keine gute Meinung von mir hast – eines ist sicher: Es ist nicht meine Art, leichtfertige Liebeserklärungen abzugeben. Ich muß mir Dir reden. Ich muß Dich sehen.
Am Freitag, dem 26., komme ich nach Irland. Mein Flugzeug landet um halb sechs. Holst Du mich ab?

Peter

Dee zerriß den Brief, versuchte ihr Bein zu bewegen und legte sich rasch wieder hin, weil es äußerst unangenehm pochte.
»Verpiß dich, Casanova«, flüsterte sie bitter. »Spar dir deine Erklärungen für deine Frau.«
Aber das waren nur Worte; die Wunde brannte, und die Sehnsucht blieb. Er hatte sie berührt, ihr Innerstes, ihre Wirklichkeit, sie hatte ihm vertraut. Und er hatte alles in den Schmutz gezogen, für ihn war sie nur ein kleiner Seitensprung. In dieser Gesellschaft, die Schürzenjäger nachsichtig lächelnd duldete, wurde ihm das ja auch leichtgemacht. Er hatte eine Frau, einen Schrank voll mit ihren Sachen, ein Kind, das in die Kamera lächelte. Das alles hatte er, und dennoch

blieb er ein Lügner, ein Dieb. Er hatte ihr unter Vorspiegelung falscher Tatsachen etwas gestohlen.
Aber es half alles nichts, ihr Körper erinnerte sich an ihn, und irgendein sehnsüchtiger, unzugänglicher, trotziger Teil in ihr liebte ihn immer noch. Sie schüttelte ihre Kissen auf, nahm sich die Schnipsel von Peters Brief noch einmal vor und überlegte, ob man sie wohl mit Tesafilm wieder zusammenkleben konnte. Doch dann hörte sie Stimmen im Korridor, die Schritte ihrer Mutter auf der Treppe, gefolgt von einer zweiten Person. Schnell stopfte sie die Papierstücke unters Kopfkissen. »Ich bin sicher, sie freut sich«, sagte ihre Mutter gerade, die Tür ging auf, und sie führte Father O'Shea herein.
»Hallo, hallo, wie geht es denn unserer Patientin? Ich bin heute früh unserem lieben Doktor über den Weg gelaufen, und er hat mir von deinem Unfall erzählt – daß du aber mitten in der Nacht in Kilashane herumspazierst!« Er schüttelte den Kopf. »Die jungen Mädchen von heute sind eine ruhelose Generation.« Er lächelte freundlich, aber Dee bemerkte, daß sich seine Brauen ein wenig zusammenzogen. Mit der Erklärung, sie habe etwas auf dem Herd stehen, entschuldigte sich Mrs. McGlinn, und Dee forderte ihren Besuch auf, sich zu setzen. Eine Weile plauderten sie einfach, aber dann steuerte er direkt auf die Frage zu, die ihm am Herzen lag: »Was hast du in Kilashane gemacht, Dee? Warum um alles in der Welt bist du mitten in der Nacht dort herumspaziert?«
»Warum nicht?«
Er seufzte. »Ich glaube, dieses Gespräch haben wir schon einmal geführt.«
Bei ihrer letzten Unterhaltung hatte der Priester Dee erzählt, wie Kilashane exorziert worden war.
»Kilashane ist wichtig für mich, Father. Ich habe dort vor langer Zeit ein paar Sachen gefunden, die eine ungeheure Faszination auf mich ausübten.«

»Was für Sachen waren das?«
»Dies und jenes. Beispielsweise ein Tagebuch, das einer Frau namen Yvonne O'Reilly gehörte – und ein Photo.« Sie blickte in das ernste, angespannte Gesicht des Priesters. »Haben Sie von ihr gehört, Father? Von Yvonne O'Reilly?«
»Selbstverständlich! Schon bevor ich in diese Gemeinde gekommen bin, habe ich davon gehört, daß hier ein Exorzismus durchgeführt wurde, und deshalb habe ich soviel Hintergrundinformationen gesammelt, wie ich nur konnte. Das gehört ja zu meiner Arbeit: Man kann kein guter Priester sein, wenn man nichts über die Geschichte seiner Gemeinde weiß.«
»Dann wissen Sie also auch, daß die Leute im Gutshaus recht absonderlich waren?«
Er nickte. »Ich habe eine Menge über sie erfahren. Manches kam mir reichlich unwahrscheinlich vor, aber ganz sicher haben sich dort Tragödien abgespielt.«
»Was war der eigentliche Grund für den Exorzismus?«
»Der damalige Gemeindepriester war nervös: Die Familie war im Ausland gewesen, der Sohn im Krieg. Als er zurückkam, schien er besessen zu sein, und seine Familie hatte Angst...«
Dee holte tief Luft und fragte: »Haben Sie schon einmal von Matthias Robertus gehört, Father?«
»Aber sicher, Dee«, antwortete er seufzend. »Er ist eins der bestgehüteten Geheimnisse der Kirche. Nicht so sehr weil er von der Kirche abgefallen ist, sondern wegen der beschämenden Umstände, die ihn dazu brachten. Er hat tatsächlich sonderbare Kräfte entwickelt...«
»War er ein böser Mensch?«
»Ein böser Mensch?« wiederholte Father O'Shea nachdenklich. »Es ist alles schon so lange her. Es fällt mir nicht leicht, einen Menschen mit dem Prädikat ›böse‹ zu belegen.«

»Was würden Sie denn über ihn sagen?«
»Über den Mann selbst nur soviel – und das wird Sie vielleicht überraschen, wenn Sie sich einen Augenblick vorstellen, daß Priester sich nicht denselben heftigen Emotionen hingeben können wie andere Menschen – über ihn kann ich nur sagen, daß er gelitten hat ... und daß man ihm das Herz gebrochen hat.«
Dee überlegte kurz und fragte dann: »Was waren denn die beschämenden Umstände, die dazu geführt haben, daß er der Kirche den Rücken kehrte?«
»Ich habe einen Bericht darüber gefunden ... Anscheinend schrieb Father Keane – der damalige Gemeindepriester – einen Brief an Monsignore Dillon im Vatikan. Dieser hatte in jenem schicksalhaften Sommer des Jahres 1914 die O'Reillys auf ihrer Reise durch Italien begleitet. Father Keane hatte entdeckt, daß Theo O'Reilly Matthias' Ring trug, den sein Vater ihm aus Italien geschickt hatte, und er dachte, Monsignore Dillon wüßte vielleicht etwas über die näheren Umstände des Fundes. Aus der Korrespondenz der beiden geht hervor, daß der Monsignore glaubte, es wäre irgend etwas Merkwürdiges passiert, weil sein Reisegefährte plötzlich ein dermaßen intensives Interesse an den Geschehnissen entwickelte, die mit dem Abtrünnigen zusammenhingen. Außerdem besaß er einen Abdruck des Rings. Die beiden Geistlichen kannten sich aus dem Priesterseminar, und ihre Korrespondenz war deshalb sehr freundschaftlich. Der Monsignore schickte Keane aus den Archiven des Vatikans die Übersetzung eines zeitgenössischen Berichts, der sich mit dem Verhör und der Folterung der Dame von Florenz beschäftigte.«
»Zeigen Sie ihn mir?«
»Warum nicht? Ich schicke Ihnen eine Kopie.«
Damit erhob er sich, beschwor Dee, sich gut auszuruhen, und ging dann ebenso unvermittelt, wie er gekommen war.

»Was sagt Ihr jetzt, Inquisitor?« fragte Seine Eminenz, als das Werk getan war. »Die Hexe wird eine Maske brauchen, hinter der sie sich verstecken kann.«
Der Zorn des Inquisitors grenzte an Wahnsinn, aber er war machtlos und in seinen Fesseln unfähig, sich zu rühren.
Ich sah, daß der Kardinal ihn fürchtete, und als er gegangen war, ließ ich den Inquisitor frei, weil ich genug Qual und Pein gesehen hatte.

Tagebuch eines Zeugen

ES WAR FREITAG abend, die Atempause, der Abend, für den sich die Arbeit der übrigen Woche lohnte. Dee war auf dem Weg zum Flughafen von Dublin. Sie war froh, daß sie ihren Job nicht aufgegeben hatte, denn das wäre nur kindisch gewesen – die Vorstellung, sie müßte wegen einer höhergestellten Person das Feld räumen, die Unfähigkeit, sich zu verzeihen, wenn sie einen Fehler machte.
Die Atmosphäre in der Firma hatte sich verändert: Charlies früherer Hektik war einer größeren Effizienz und Ruhe gewichen. Liam strahlte vor Vergnügen über seinen Erfolg: Er hatte eine Gehaltserhöhung bekommen und das Angebot, zu der ITU-Tochter in England zu wechseln. Außerdem hatte er sich mit seiner Freundin versöhnt, und sie wollten demnächst ihre Verlobung bekanntgeben.
Als Dee ihm gratulierte, hatte er sie auf eine Tasse Kaffee in der Kantine eingeladen.
»Sie haben mir nie erzählt, wie es Ihnen in Brüssel gefallen hat!« meinte er. »Würden Sie den Planungskurs empfehlen?«

»Ich bin früher abgereist, weil ich einen Unfall hatte«, erklärte Dee.

»Wirklich? Das haben Sie nie erwähnt! Was ist denn passiert?«

»Ach, das war ganz albern. Ich bin gestürzt, nichts Ernstes, aber genug, um mir den Kurs zu verderben. Ich bin nach Hause gefahren und habe mich dort erholt.«

»Sie Ärmste! Ich habe gemerkt, daß Sie ziemlich still waren, nachdem Sie zurückgekommen sind. Und kürzlich haben Sie sich auch noch den Knöchel verstaucht.«

»Ja, anscheinend bin ich ziemlich unfallgefährdet.«

»Haben Sie Eggli in Brüssel getroffen?« Die Frage klang ganz harmlos. Dee suchte in Liams Gesicht nach Anzeichen von Unehrlichkeit, aber es war freundlich und offen wie immer.

»Ja, wir sind uns über den Weg gelaufen.«

»Der arme Kerl muß wirklich unverwüstlich sein. Sicher, er ist steinreich, was wahrscheinlich eine Hilfe ist, und er arbeitet hart; Arbeit ist das beste Mittel, wenn man Kummer hat. Trotzdem tut er mir leid.«

»Liam, wovon reden Sie eigentlich?« fragte Dee verständnislos.

»Wußten Sie nichts von seinem Unfall?« wunderte sich Liam. »Bei dem er sich sein steifes Bein geholt hat?«

»Nein, ich weiß nichts von einem Unfall.«

»Es ist auf der Autobahn passiert. Auf der Überholspur kann man sich keinen Fehler leisten!« Liam biß sich auf die Lippen. »Seine Frau und sein kleiner Sohn saßen mit ihm im Auto ...« Er gestikulierte. »Sie war sofort tot. Der Kleine ein paar Tage später.«

Dee richtete sich kerzengerade auf. »Wann war das?« fragte sie leise. »Wann ist das passiert?«

»Vor ungefähr drei Jahren.«

Dee entschuldigte sich und verschwand auf der Damentoilette. Zum Glück war niemand dort. Sie

lehnte sich an den Fenstersims und schlug die Hände vors Gesicht. Sie konnte sich noch ganz genau an ihren Abschied erinnern, und rückblickend sah Peters Gesicht plötzlich bekümmert aus.
»Mein armer Schatz«, flüsterte sie und haßte sich dabei selbst. »Mein armer Geliebter. Warum hast du mir das nicht erzählt?«

Dee fuhr ihren neuen VW-Käfer. Erleichtert stellte sie fest, daß der Parkplatz nicht mehr weit war, denn es herrschte dichter Berufsverkehr, und die Straßen waren naß. Und sie saß wie auf glühenden Kohlen, weil sie jemanden abholen und eine ganze Menge alter Überzeugungen neu überdenken mußte.
Aber ihr war klar, daß die Frau, die hier am Steuer saß, verglichen mit ihrem üblichen Selbst – das wie ein Roboter zwischen Arbeit und Wohnung hin- und herpendelte – voller Zukunftspläne und Energie steckte. Peter würde gleich da sein. Nach dem Gespräch mit Liam hatte sie ihm geschrieben, daß sie ihn abholen wollte. Sie mußte ihn sehen, sie brauchte seine Absolution. Und sie war immer noch entsetzt, wenn sie daran dachte, was sie beinahe verloren hätte. In den wenigen Tagen, seit sie die Wahrheit über den Unfall wußte, hatte sich Peter für sie zum romantischen Helden entwickelt, und sie gab sich berauschenden Erinnerungen hin: Die sanfte Berührung, mit der er unter dem Sternenhimmel ihre Kopfschmerzen linderte, seine Zärtlichkeit, die Leidenschaftlichkeit seiner Liebe. All das wog schwerer als jedes Gegenargument – die Angst, ausgenutzt zu werden, wenn sie aus sich herausging, der Verdacht, der ihr Bild von ihm verzerrt hatte – und ihr Mißtrauen schien regelrecht kindisch.
Es kam ihr vor, als wäre das Leben ein Energiestrom, den man gelegentlich anzapfen konnte – sofern man zu den Privilegierten gehörte, denen diese Gnade des Augenblicks zuteil wurde. In der übrigen Zeit exi-

stierte man einfach, funktionierte wie ein Automat und verließ sich auf die Routine, die einen durch den Tag brachte. Aber Dee wollte nicht mit Siebzig aufwachen und erkennen, daß sie zu stolz oder zu ängstlich gewesen war, um ihr Leben auszukosten.
So saß sie jetzt in ihrem Wagen und blickte auf den Flughafen, über den sich allmählich die Dunkelheit senkte; dort oben im Kontrollturm hinter den graugrünen Scheiben arbeiteten die Kontrollbeamten im Nervenzentrum dieses komplexen Bienenstocks. Da sie zu früh dran war, vertrieb sie sich die Zeit damit, die Leute zu beobachten, die zu ihren Autos zurückkamen, das Gepäck im Kofferraum verstauten, lächelnd, mit leuchtenden Augen, freudestrahlend. Sie sah ihre unterdrückten Gefühle, die Liebe, die Wiedersehensfreude, aber auch die Kräfte, die es vermocht hätten, die Wahrheit oder wenigstens ein Teil der Wahrheit hinter der Maske offenzulegen, und die jedoch immer gut unter Kontrolle gehalten wurden.
Sie schaute auf ihre Armbanduhr. Noch zehn Minuten. Sie stieg aus, schloß den Wagen ab und ging durch den Nieselregen zum Ankunfts-Terminal. Sorgfältig legte sie sich den Schal über die Haare, denn Nässe machte sie kraus und ruinierte ihre Frisur. Schließlich war sie in der Mittagspause extra beim Friseur gewesen, und ihre braunen Haare fielen glatt und schwingend, glänzend und mit einem leichten Spray parfümiert. Sogar flüssiges Make-up hatte sie aufgelegt, sich einen Lidstrich gemalt und Lidschatten aufgelegt. Sie ließ das Leben nicht mehr links liegen, sie nutzte den Tag.
Dann ging sie durch die Tür und stellte sich hinter die Gruppe der Wartenden; sie behielt gleichzeitig die Anzeigentafel und die Uhr im Auge. Irgendwo da draußen neigte sich jetzt mit ausgefahrenem Fahrwerk ein Flugzeug zur Landebahn, jeden Moment würde das Vibrieren der ersten Bodenberührung, das Dröh-

nen der bremsenden Motoren einsetzen. Jetzt war Peter hier, in ihrem Land, auf ihrem Boden, da draußen im Nebel. Die Schrift auf dem Monitor gegenüber der Flugnummer verwandelte sich in ›gelandet‹. Dee spürte, wie die Spannung nachließ und einer wachsenden Erregung Platz machte.

Peter Eggli trat mit einem optimistisch-forschenden Gesichtsausdruck durch die Glastüren. Dee beobachtete ihn einen Moment, sah, wie er die wartende Menge mit den Augen überflog und sein Blick sofort in ihre Richtung wanderte, als hätte er gewußt, wo sie stand. Er lächelte, ein heimliches, hochgestimmtes Lächeln, und senkte den Kopf. Er sieht elegant aus, dachte sie, und interessant. Auf keinen Fall wie ein Mann, der sich ins Narrengewand eines Schürzenjägers geworfen hat.
Dee wartete. Mit ernster Miene trat er auf sie zu, führte ihre Hand an die Lippen und sagte: »Danke.« Sie war überwältigt. Er paßte zu keiner ihrer Projektionen, und sie kam sich vor, als hätte sie an dem Bild, das sie sich von ihm gemacht hatte, mit einer Kinderschere herumgeschnipselt. Sie kam sich zu jung vor, zu unreif, um ihn so zu sehen, wie er war. »Hallo«, sagte sie, plötzlich ganz befangen, und ging schweigend neben ihm zum Ausgang.
»Sollen wir ein Taxi rufen, oder hast du ein Auto?«
»Ich bin mit dem Auto da.«
»Ich habe ein Zimmer im Shelbourne gebucht...«
Während sie die Beifahrertür aufschloß, sagte sie, schüchtern, aber doch stolz: »Das ist meine neueste Errungenschaft.«
»Hat sie schon einen Namen?«
Dee lächelte. »Nein. Meinst du, sie braucht einen?«
»Nur wenn du es möchtest.«
»›Dees Streitroß‹ oder so was?«
Lachend stieg er ein. Sie setzte sich ans Steuer, zog

ihre Autoschuhe an, warf die anderen über die Schulter auf den Rücksitz und wollte den Motor anlassen. Doch er nahm sie in die Arme und zog sie an sich. »Ich möchte dich gern zum Essen ausführen. Wohin möchtest du gehen?«

»O Peter, ich habe überhaupt keinen Hunger. Komm mit in unsere Wohnung, dann mache ich dir was zu essen. Laura ist heute abend ausgegangen, und ich kriege ein ganz gutes Steak zustande, wenn ich mir Mühe gebe.«

Er lächelte zustimmend. »Hast du mir verziehen?« flüsterte er in ihr Ohr.

»Gab es denn etwas zu verzeihen?«

Die Wohnung war leer, wie sie es gesagt hatte. Peter zog den Mantel aus und hängte ihn sorgfältig in den Korridor. Dee dachte an sein Haus in Brüssel, wie ordentlich dort alles gewesen war. Sie bot ihm einen Sherry an, und er setzte sich mit dem Glas vor das Gasfeuer. Dee band sich eine Schürze um, holte die Filetsteaks aus dem Kühlschrank, bestreute sie mit Pfeffer und legte sie in die Pfanne. Das heiße Öl zischte, und ein paar Spritzer trafen ihre Hand. »Autsch«, sagte sie und wich zurück.

»Verkohlst du da drin?« hörte sie Peters lakonischen Kommentar.

»Nein, das war nur ein hinterhältiger Angriff.«

»Was gibt es denn?«

»Steak au oivre.«

»Also kannst du kochen! Was hast du mir noch alles verschwiegen?«

»Eine Menge!«

Lachend trat er in die Küche.

»Du kannst schon mal den Tisch decken, wenn du möchtest«, sagte Dee.

Er nahm das Geschirr und machte sich an die Arbeit. Währenddessen gab Dee einen Schuß Cognac in die

Pfanne und zündete ihn an. Die Flammen loderten bläulich auf und erstarben. Dann servierte sie die Steaks, holte den Salat aus dem Kühlschrank und schob das Knoblauchbrot in den Backofen.
»Mein Haushalt funktioniert noch nicht perfekt, Peter. Das Knoblauchbrot ist gleich fertig. Könntest du vielleicht schon den Wein aufmachen?«
Peter nahm die Rotweinflasche, einen *Côtes du Rhone* und bearbeitete sie mit dem Korkenzieher. »Ich habe dich nie so häuslich erlebt.«
»Aha, stell dir bloß vor, was du versäumt hast: das erstaunliche Multitalent Dee McGlinn.«
Im letzten Moment rettete sie das Knoblauchbrot vor dem Austrocknen, und sie setzten sich an den Tisch.
Dee sah Peter verstohlen an und dachte: Ich bin so gehemmt, daß ich im Boden versinken könnte.
Als sie im Anschluß an das Steak auch den Apfelkuchen verspeist hatten, den es zum Nachtisch gab, kochte Dee Kaffee, lehnte sich wohlig zurück und sah Peter an. Sie liebte die Art, wie er dasaß und wie er sich bewegte, seine dunkelgrauen Augen, seine männliche, geheimnisvolle Ausstrahlung.
»Es tut mir leid, Peter!«
Er hob die Augenbrauen. »Was tut dir leid?«
»Daß ich mich benommen habe wie eine dumme Gans. Ich hab erst vor kurzem erfahren, was mit deiner Familie passiert ist..., die Sache mit dem Unfall. Ich kann dir nicht sagen, wie schlecht ich mich deshalb fühle.«
»Ich hoffe, es macht dir nichts aus, wenn ich darüber nicht sprechen möchte«, entgegnete er mit verschlossenem Gesicht.
»Natürlich nicht...«
Eine Weile saß er schweigend auf der Couch, trank seinen Kaffee und aß ein paar Pfefferminzplätzchen.
»Wie lange bleibst du diesmal in Irland?«
»Das hängt von dir ab. Mein erster Termin ist am

Montag. Ich bin heute schon gekommen, damit ich dich sehen kann.«
Dee kauerte auf dem Kaminvorleger und sah in das zischende Gasfeuer. Der Regen, der eingesetzt hatte, während sie aßen, prasselte in heftigen Windstößen ans Fenster.
»Wir gehören zusammen«, sagte er. »Das weißt du, nicht wahr, Dee?«
»Ja.«
Er sah sich um. »Ich habe oft versucht, mir deine Wohnung vorzustellen.«
»Sie ist viel besser als die vorherige. Wir hatten wirklich Glück.«
Er stand auf und las die Titel der Bücher auf dem Kaminsims.
»Die meisten sind von Laura.«
Seine Augen schweiften über die Bilder und fielen dann auf die Poster, die in der Ecke standen. »Magst du die Beatles?«
»Früher, ja. Jetzt finde ich Simon and Garfunkel besser.«
Interessiert begutachtete er eine Skizze von St. Stephen's Green, die Laura in der Schule angefertigt und das letzte Mal von zu Hause mitgebracht hatte. Er studierte den Druck von *The Bog at Allen* mit dem Sonnenuntergang und den herbstlichen Farbtönen. Dann drehte er das Bild um, das Colin ihr geschickt hatte.
»Wer ist das?« fragte er und las die Holzkohleaufschrift auf der Rückseite: »Mein Magier.«
Dee lachte. »Das hat mir Colin geschenkt! Er hat es bei einem Ramschverkauf in London erstanden.«
»Es ist ziemlich gut«, meinte Peter nachdenklich. »Aber warum laßt ihr den armen Kerl in der Ecke stehen? Warum hängt ihr ihn nicht an einen guten Platz, von dem aus er alles beobachten kann?« Er hob das Bild gegen die Wand.
Dee schaute in die unergründlichen Augen des

Magiers. Plötzlich wußte sie, weshalb sie ihn nicht an der Wand haben wollte, nicht einmal, um Peter Eggli damit eine Freude zu machen. »Laura kann ihn nicht leiden«, antwortete sie. »Sie kriegt eine Gänsehaut, wenn sie ihn sieht.«
»Was macht denn dieser Colin so?« erkundigte er sich und stellte das Bild ab, so daß es ins Zimmer schaute. »Dieser Typ, der dir Bilder von Ramschverkäufen schickt.«
»Er ist gerade in Hong Kong.«
»Gut. Hoffentlich bleibt er dort.«
»Du brauchst nicht eifersüchtig auf ihn zu sein, Peter.«
Lächelnd kam er zu ihr und streckte sich neben ihr auf dem Teppich aus. »Ich bin aber eifersüchtig. Und das bin ich überhaupt nicht gewohnt...« Damit beugte er sich über sie und küßte sie auf den Mund.
Dee spürte sein Gewicht, seine Zunge in ihrem Mund, sie fühlte den Wein in ihrem Blut und plötzlich seine Hand auf ihrer Brust, so sanft, so langsam, so verführerisch.
»Liebst du mich?« fragte er, als sie sich voneinander lösten. »Ich möchte, daß du mich liebst. Ich bin auch verletzlich. Ich brauche dich!«
Dee zog ihn zu sich herab und barg seinen Kopf an ihrer Schulter. »Noch nie in meinem Leben habe ich so etwas empfunden«, flüsterte sie. »Ich bin besessen von dir, Peter Eggli.«
Er antwortete nicht. Als sie zu ihm aufblickte, sah sie, daß sein Gesicht zärtlich war, seine Augen aber zum Bild des Magiers gewandert waren.

Er setzte sich auf, lehnte sich an den Sessel und zog eine Zigarre aus der Tasche. »Stört es dich, wenn ich rauche?«
»Nein!«
Er steckte sie an, und der Rauch zog durchs Zimmer.

Dee sog den berauschenden Duft durch die Nase ein. »Erzähl mir von Kilashane«, bat er sie.
Als sie keine Antwort gab, fügte er hinzu: »Macht nichts. Morgen reicht auch. Du bist müde. Ich gehe jetzt lieber, mein Schatz.«
Er drückte die Zigarre aus, beugte sich über sie und küßte sie. Dann stand er auf und holte seinen Mantel.
Dee fuhr ihn zum Shelbourne.
»Bis morgen«, sagte er. »Wo treffen wir uns? Soll ich dich in eurer Wohnung abholen?«
Dee dachte sofort an Laura, die am Samstag morgen immer stundenlang verschlafen im Bademantel herumlungerte. »Ich treffe dich lieber bei *Bewley's* – in der Grafton Street«, entgegnete sie. »Um halb elf.«
Er streichelte ihre Wange. »Okay. Schlaf gut.« Sie sah ihm nach, wie er durch die Schwingtür verschwand. Dann machte sie sich auf den Heimweg.

Der nächste Morgen war sonnig, aber kühl – der erste Vorbote des nahenden Herbstes. Dee parkte in St. Stephen's Green, spazierte die Grafton Street hinunter, folgte dem Duft nach frischem Kaffee und landete bald bei *Bewley's*. Peter saß an einem kleinen Ecktisch und las die *Irish Times*. Ab und zu hob er den Kopf und blickte zur Tür. Sie blieb einen Moment stehen, und als er sie entdeckt hatte, kam sie zu seinem Tisch. Eine hübsche, schwarz-weiße gekleidete Kellnerin mit einer weißen Kappe erschien, um ihre Bestellung aufzunehmen.
»Tee für mich«, sagte Dee. Peter bestellte Kaffee und Croissants.
Als die Kellnerin verschwunden war, ergriff er Dees Hand. »Der Morgen steht dir gut!«
Sie lächelte und strich sich die Haare aus der Stirn. »Nein. Das liegt an dir. Ich kann noch gar nicht glauben, daß du wirklich hier bist! Ich hab beinahe ein bißchen Angst, daß alles nur eine Fata Morgana ist!«

»Dafür hältst du mich also«, meinte er und mimte den Beleidigten. »Du hältst mich für eine Luftspiegelung?«
»Aber dafür bist du relativ greifbar«, sagte sie und drückte seine Hand. Dann deutete sie auf den Wandspiegel. »Man kann dich sogar im Spiegel sehen!«
»Und was bedeutet das?«
»Daß du nicht Graf Dracula bist!«
»Das muß eine große Erleichterung für dich sein!« lachte er.
»Ja.« Sie zwinkerte ihm zu. »Ein Mädchen kann heutzutage gar nicht vorsichtig genug sein.«
Dee wußte, daß sie immer noch auf den Wolken der Wiedersehensfreude schwebte, und sich so entspannt fühlte wie noch nie. Alle ihre Vorbehalte hatten sich als grundlos herausgestellt. Sie war eine Landpomeranze mit provinziellen Ansichten, die einer gründlichen Revision bedurften. Aber in erster Linie war sie eine Frau. Sie war eine Frau, die einem richtigen Mann begegnet war, *ihrem* Mann; eine Frau, die diesen Mann kannte und liebte, eine Frau, die geliebt wurde. Das Leben beschenkte sie überreich. Tee und Kaffee wurden gebracht. Die Croissants waren noch warm. Dee bestrich eines mit Butter und ließ sich die Bissen im Mund zergehen.
»Nimm noch eins!«
»Nein, nein ... sie sind tödlich!«
»Dann mach eine Märtyrerin aus dir!«
Sie kicherte, aber als sie in seine Augen sah, waren sie plötzlich tieftraurig. »Peter – was ist los mit dir?«
»Nichts ...«
Als sie das Café verließen, schlug Peter einen Spaziergang vor. Sie schlenderten die Grafton Street entlang und blieben vor *Weir's* stehen. Im Fenster glänzten die Schmuckstücke: Verlobungsringe, Freundschaftsringe, Halsketten, goldene Armreifen. Aber Dee wollte an nichts dergleichen erinnert werden und ging

weiter. Peter folgte ihr sofort und ergriff sanft ihre Hand.
So kamen sie am *Grafton Cinema* vorbei und gingen am St. Stephen's Green entlang. Dee führte ihn auf die andere Straßenseite, und sie gingen durch das Menin Gate, wo die Liste der Toten aus dem Ersten Weltkrieg in Stein gehauen war. Die lateinische Inschrift behauptete, es sei gut und ehrenwert, für sein Vaterland zu sterben.
Peter blieb davor stehen. »Der große Schwindel des Ersten Weltkriegs!«
Dee hakte sich bei ihm unter. »Komm, wir sehen uns die Enten an!«
Die Tiere wurden also angemessen bewundert. Die Erpel strahlten in Blau und Grün, die Weibchen sahen dagegen eher schäbig aus. Aber auch sie tauchten nach Lust und Laune ihre Köpfe ins Wasser und streckten den Schwanz in die Luft.
»Ich mag es, wenn sie das machen!« lachte Dee.
Nach einer Weile ließen sie sich auf einer Bank nieder, eng aneinandergeschmiegt, gemütlich und warm, obwohl die Luft nach wie vor frisch war und unverkennbar nach Herbst duftete.
,Wie geht's denn so in Ballyshane?« fragte Peter ganz unverfänglich.
Dee seufzte. Da ging es schon wieder los. Sie wollte nicht ausgequetscht werden über Kilashane. Die Sachen, die sie dort gefunden hatte, waren verschwunden. Aber sie beschloß, ihm zuliebe die ganze Geschichte zu erzählen.
Und zwar in allen Einzelheiten: der Spaziergang zum Strand, der Weg nach Carraigh Point, das Gut, das Baumhaus, in dem sie die Maske gefunden hatte.
Er hielt ihre Hand ganz fest. Dann erzählte sie ihm von dem Fremden, dem sie auf dem Gut begegnet war. Sie erzählte ihm, wie sie bei Nacht zurückgekehrt war und in dem Baumhaus die Maske gefunden

hatte, die gleiche Maske, die sie Jahre zuvor entdeckt hatte.
»Was hast du mit ihr gemacht?«
»Dad hat sie an sich genommen.«
»Und was hat er mit ihr gemacht?«
»Er hat behauptet, er hätte sie ins Meer geworfen.«
»Glaubst du ihm das?«
Dee zögerte. »Ich weiß nicht recht. Anscheinend hat er diesen Fremden auch getroffen, der mich auf dem Gut angesprochen hat, und auf einmal hatte er genug Geld, um eine Wohnung in Dublin zu kaufen. Meine Mutter möchte gern nach Dublin ziehen«, fügte sie erklärend hinzu, »aber er wollte nicht, und jetzt haben sie sich auf eine Zweitwohnung geeinigt.«
Peter schien das nicht zu überraschen. »Aha«, sagte er nur. »Aha.«
Sie schaute ihn an, aber er hatte den Kopf gesenkt, so daß sie sein Gesicht nicht sehen konnte. »Es tut mir leid, daß die Maske weg ist, falls du sie gewollt hast. Aber ich bin auch erleichtert, Peter. Es war ein sehr seltsames Gefühl, sie bei mir zu tragen.«
»Was für ein Gefühl?«
»Ich dachte, sie wäre lebendig! Sie war ganz heiß!«
»Es war Nacht, und jemand hat dich verfolgt. Das erhöht den Adrenalinspiegel.«
»Ja, das weiß ich. Aber es war, als wäre sie lebendig.«
Dann berichtete sie von den Plänen, Kilashane in ein Hotel zu verwandeln. »Ich kann mir gar nicht vorstellen, wer auf so eine Idee gekommen ist. Es ist doch so abgelegen!«
»Der Mann, dem du begegnet bist«, sagte er, »war wahrscheinlich ein Abgesandter des Geheimbundes, von dem ich dir erzählt habe. Und dies Leute wollen Kilashane natürlich nur, weil sie dann eine Chance haben, die Maske zu finden. Wenn sie die Maske jetzt haben, dauert es bestimmt lange, bis Kilashane erschlossen wird!«

Stirnrunzelnd betrachtete sie ihn, versuchte, aus ihm schlau zu werden und den Verdacht niederzukämpfen, der nun wieder in ihr aufstieg.
»Aber woher wußten sie das? Du bist der einzige, dem ich von der Maske erzählt habe!«
Er lächelte. »Erkenne ich da etwa eine Spur von Mißtrauen? Glaubst du, ich habe den Mann geschickt? Kannst du dir vorstellen, daß ich Kilashane gekauft habe, um den Schutt durchzusieben?«
»Nein, natürlich nicht«, entgegnete Dee achselzukkend. »Anscheinend hört sich das, was ich sage, ganz schön albern an. Aber ich habe es niemandem sonst erzählt, woher wissen sie es also?«
»Na ja, Dee, du hast Charlie doch erzählt, daß du den Ring dort gefunden hast. Meinst du nicht, daß er in der Lage ist, zwei und zwei zusammenzuzählen?«
»War er denn Mitglied dieser Organisation?«
»Sicher – das heißt, es kann auch eine der Untergruppen gewesen sein. Geheimbünde scheinen die Menschheit seit jeher zu faszinieren. Denk doch nur, wie viele es gibt: die Freimaurer, die Guttempler, die Rosenkreuzler, Opus Dei, die Organisten, das Kloster Sion in der Schweiz, P2 in Italien und viele andere mehr. Ganz zu schweigen von denen, die von der Regierung sanktioniert werden, wie der KGB und MI5, und auf kriminellem Gebiet Organisationen wie die Mafia. Und wenn alle auf irgendeiner Ebene miteinander in Verbindung stehen würden, was meinst du, was wir dann hätten?«
»Was hätten wir?«
»Nehmen wir einmal an, daß die führenden Köpfe aus all diesen Geheimbünden einen eigenen Geheimbund gegründet hätten, der sich etwas Bestimmtes, zum Beispiel einen okkulten Kunstgegenstand, als eine Art Motto oder Maskottchen wählt, während er gleichzeitig weltweit gemeinsame wirtschaftliche Interessen verfolgt. Ein solcher Zusammenschluß wäre der exklusivste Geheimbund der Welt.«

Dee überlegte eine Weile. Dann murmelte sie: »Das hört sich an, als würde alles durch ein Netz von Intrigen im Untergrund gesteuert.«
»Wer sollte diese Leute aufhalten? So etwas verschafft die Möglichkeit zu manipulieren, sich Macht anzueignen.«
»Das kann einem ja Angst einjagen!«
»Nur wenn du es nicht durchschaust.«
»Und du durchschaust es?«
Wieder lächelte er. »Vielleicht. Ich bin älter als du. Ich habe mehr von der Welt gesehen!«
»Manchmal habe ich das Gefühl, du bist uralt!«
»Uralt? Ich?«
Sie lachte. »Also kann es doch sein, daß sie Kilashane in Ruhe lassen ...«
»Es wäre möglich. Aber denk daran, daß Kilashane auch eine ganz eigene Anziehungskraft besitzt. Die Leute lieben romantische Abgeschiedenheit, ja, die meisten sind ständig auf der Suche nach dem Neuen und Geheimnisvollen, nach Sinngebung, nach Ruhe und Frieden.«
»Suchst du auch Frieden?« Sofort fiel ihr der Unfall ein, und sie fügte hinzu: »Entschuldige. Das war eine alberne Frage.«
»Ich finde meinen Frieden bei dir.«
Er zog sie an sich. Sein Trenchcoat knisterte, und sie schmiegte sich an seine Schulter, unter sein Kinn. Sie hörte das Plätschern des Wassers, die Stockenten flatterten hektisch auf dem Teich, und traurig wirbelten die ersten Herbstblätter zu Boden.
»Kommst du mit mir?« fragte er. »Willst du mich heiraten?«
Zuerst antwortete sie nicht. »Dee ... Désirée«, fuhr er fort. »Gibst du mir denn keine Antwort?«
Noch immer hob sie den Kopf nicht von seiner Schulter. »Ich weiß die Antwort, aber ich möchte ganz sicher sein. Gib mir ein paar Tage Zeit.«

Später sprach er darüber, wo sie wohnen könnten. »Ich werde mein Haus verkaufen und eines kaufen, das dir gefällt... Im Winter können wir Skilaufen gehen. In den Ardennen bei Brüssel kann man wunderbar wandern und reiten. Würde dir das gefallen? Und wohin machen wir unsere Hochzeitsreise?«
Er war so eifrig, daß er, bevor sie antworten konnte, selbst fortfuhr: »Ich weiß, wohin wir in den Flitterwochen fahren, ich habe da etwas ganz Bestimmtes im Kopf!«
Überrascht stellte Dee fest, daß sie sich überfahren vorkam, bedrängt, als hätte sie selbst gar nichts mehr zu melden. Einen Augenblick lang fühlte sie sich wie ein Schößling, der einem anderen Baum aufgepropft wird, seine eigenen Zweige aber abgeschlagen bekommt – ein Gedanke, der ihr peinlich war, als sie später daran zurückdachte.
Aber als sie wieder in ihrer Wohnung war, hatte sie plötzlich das Gefühl, sie hätte etwas verloren, als wäre ihr Leben ohne Klang, als brauchte sie Peter, um etwas zu hören, um etwas zu erleben, um sich für etwas zu begeistern – als könnte sie erst durch ihn die Farben des Regenbogens sehen!
Sie erzählte Laura davon, denn sie war die einzige, die sie in das Debakel von Brüssel und die weitere Entwicklung eingeweiht hatte.
»Ich würde ihn mir schnappen«, riet Laura. »Was glaubst du denn, wann dir mal wieder so ein Mann über den Weg läuft? Stell dir doch vor, was für ein Leben du mit ihm führen könntest! Aber laß das nicht den Ausschlag geben. Du kennst den Knaben, ich nicht.«

Sonntag nacht träumte Dee, daß sie mit Peter schlief, doch mitten auf dem Höhepunkt der Leidenschaft wurde er von ihr weggerissen und verschwand in einem langen Tunnel, in dem seine Stimme verhallte. Verzweifelt wachte sie auf, von Trauer über den Verlust geschüttelt, ehe ihr klar wurde, daß alles in Ordnung war. In ein paar Tagen würde er wieder wegfahren. Wenn sie ihm einen Korb gab, wäre das das einzige, was von ihm bliebe – das Echo seiner Stimme. An diesem Abend fuhren sie und Peter in die Berge, wo sie seinen Heiratsantrag annahm.

Er holte eine kleine Schachtel aus der Tasche und öffnete sie. Darin lag ein Verlobungsring – ein von Diamanten umgebener Rubin. So saßen sie in Dees Käfer oberhalb von Lough Dan und sahen, wie die Nacht sich über das Land senkte und wie die Sterne am Himmel erschienen. Doch sie wollten noch nicht zurück in die Stadt, wollten sich nicht von der Stelle rühren, wollten nur zusammen sein.

Als Dee heimkam, war Laura noch auf. Sie war voller Bewunderung für den Ring. »Wow! Der muß ja ein Vermögen gekostet haben!«

»Ich habe keine Ahnung, was er gekostet hat, und es ist mir auch egal.«

»Das muß aber gefeiert werden!«

Laura holte zwei Flaschen Bier aus dem Kühlschrank und sagte ein bißchen wehmütig: »Auf dein Glück, Dee! Wann lerne ich den Märchenprinzen kennen?«

»Morgen.«

Später, als sie sich auszogen und ins Bett gingen, sagte Laura plötzlich: »Übrigens steht in der Times heute ein Artikel über die verschwundene Leiche.«

»Welche Leiche?« fragte Dee verwundert.

»Die, für die du dich so brennend interessiert hast. Die in Venedig aufgetaucht ist und dann nicht mehr da war. Die junge Frau ohne Gesicht.«

»Oh ... was ist mit ihr?«

»Man hat sie gefunden!«

»Wo denn?«

»In einem neuen Grab auf der Friedhofsinsel. Der Friedhofsdirektor hat Verdacht geschöpft, weil es keine Erklärung für das frische Grab gab. Also hat

man die Leiche exhumiert, um festzustellen, ob irgend etwas faul an der Sache war. Es war dieselbe Frau, aber in einem fortgeschrittenen Zustand der Verwesung, sogar ihr schönes Seidenkleid. Aber die andere merkwürdige Sache ...«
»Was?«
»Sie trug eine Maske!«
»Was für eine Maske?«
»Emailliertes Silber.«
Nach einer Weile drehte sich Laura zu Dee um und fragte: »Alles in Ordnung?«
»Natürlich«, zischte Dee. »Aber ich will kein Wort mehr von dieser Geschichte hören!«
Laura zuckte die Achseln und sah Dee verwundert an. »Mir soll's recht sein.« Damit faltete sie die Zeitung zusammen und legte sie beiseite.
Aber als Laura im Badezimmer war, nahm Dee sich die Zeitung unter dem Vorwand, ein Kreuzworträtsel lösen zu wollen, ertappte sich aber dabei, wie sie die Weltnachrichten aufschlug. Der Bericht über die verschwundene Leiche war nur ein kleiner umrahmter Kasten. Sie überflog ihn. Zusätzlich zu dem, was Laura erzählt hatte, stand da noch, daß ein alter Venezianer bei einem Interview die Meinung geäußert hatte, der Fund des verschwundenen Leichnams könne nur eines bedeuten: »Der Magier Matthias Robertus kommt zurück!«
Dee lächelte in sich hinein. »Und da behauptete man immer, die Iren kämen auf seltsame Ideen!« sagte sie zu dem Druck von *The Bog at Allen*. Dann sah sie hinüber zu dem Gemälde, das Colin im Ramschverkauf aufgetrieben hatte.

Am nächsten Morgen kam ein Brief für Dee. Sie öffnete ihn hastig auf dem Weg zur Arbeit und warf ihn dann auf den Flurtisch.
»Von wem ist er?«

»Diese blöde Geschichte findet einfach kein Ende«, erklärte Dee mit einem ärgerlichen Seufzer. »Er ist von dem Priester aus Ballyshane. Er hat versprochen, mir ein paar Informationen über diese merkwürdige Geschichte bezüglich der Inquisition zu schicken und hier sind sie ...« Sie hielt die eng beschriebenen Seiten hoch. »Er hat sie eigenhändig abgeschrieben. Ich habe ein richtig schlechtes Gewissen.«
»Willst du es nicht lesen?«
»Nein. Jedenfalls jetzt nicht. Mir reicht's erst mal!«
»Stört es dich, wenn ich es lese?«
»Das kannst du ruhig machen.«
Als Dee zur Arbeit gegangen war, öffnete Laura den Brief.«

Liebe Dee,
wie in unserem Gespräch versprochen, lege ich eine Abschrift des Berichts bei, über den wir gesprochen haben. Er war in einem persönlichen Brief von Monsignore Dillon enthalten, datiert vom Juni 1919, in dem er sich bei Father Keane für dessen Schreiben bedankt und ansonsten auf alte Zeiten Bezug nimmt. Wie ich gehört habe, sind Sie inzwischen verlobt, und ich wünsche Ihnen alles Gute für diesen neuen Lebensabschnitt. Ich weiß, daß Sie jetzt sicher wichtigere Dinge im Kopf haben werden als die seltsamen Geschehnisse um Kilashane.

Gott segne Sie, *John O'Shea, P.P.*

Laura warf einen Blick auf die eng beschriebenen Blätter. Da fiel ihr ein, daß sie zu spät zur Arbeit kommen würde, faltete sie zusammen und legte sie in die Schublade des Flurtisches. Dort bleiben sie, ungelesen, bis sie endgültig in Vergessenheit gerieten.

Die Hexe, Agnes Galletini, stammte aus Venedig und wuchs auch in dieser Stadt auf, wo ihr Vater, ein Kaufmann, seinen Geschäften nachging, die ihn des öfteren in den Orient führten. Er handelte mit Glas, Seide und Gewürzen. Auf einer seiner Reisen war er im Haus eines Muselmans aus Konstantinopel zu Gast, wo er, nachdem er zufällig dessen älteste Tochter zu Gesicht bekommen hatte, seinen Gastgeber nach den üblichen taktvollen Verhandlungen dazu überredete, sie ihm zur Frau zu geben.

Nach der Heirat trat die Dame zum christlichen Glauben über. Das Paar hatte zwei Kinder, einen Sohn und eine Tochter, die beide christlich getauft wurden. Ihr Vater, der seine Frau über alles liebte, sorgte dafür, daß ein gebildeter tscherkessischer Sklave, ein Eunuch, als Hauslehrer für seinen Sohn bei ihr bleiben konnte, und war so unbedacht, auch die Schwester des Jungen am Unterricht teilnehmen zu lassen. So erwarb das Mädchen fundierte Kenntnisse in Mathematik, den klassischen Sprachen und auch auf anderen Gebieten, die sich für eine Frau nicht geziemen, darunter Arabisch. Dies mochte ihrem Vater gar nicht aufgefallen sein, denn er war durch seinen Handel mit dem Orient an diese Sprache gewöhnt, aber dieser unglückselige Umstand sollte letztlich ihr Schicksal besiegeln.

Die Mutter dieser Kinder starb im Kindbett bei der Geburt eines – toten – Kindes. Ihr Mann heiratete nicht wieder, sondern begnügte sich mit einer Geliebten. Auch stellte er keine Anstandsdame für seine Tochter ein, sondern ließ ihr freien Zutritt zu seiner Bibliothek und erlaubte weiterhin, daß der tscherkessische Sklave sie unterrichtete. Dieser Mann lehrte sie den Umgang mit Heilkräutern, und in dieser Lehre – die als dämonisch angesehen wird, wenn sie nicht unter der Ägide der Heiligen Jungfrau praktiziert wird – brachte sie es sehr weit, wie auch in anderen teuflischen Wissenschaften, die ihr derselbe Sklave beigebracht hatte.

Da Agnes sehr schön war, bewarben sich viele Männer um ihre Hand,sie schien jedoch nicht gewillt, eine Ehe einzugehen, sondern zog es vor, Jungfrau zu bleiben. Ihr Vater drängte sie nicht, ja, offenbar ist es ihm in keiner Weise gelungen, ihren Verstand zu formen und sie die Unterwürfigkeit zu lehren, die ihrem Geschlecht zur Zierde gereicht.
Als die Hexe zwanzig Jahre alt war, wurden ihr Vater und ihr Bruder auf hoher See von einem Unwetter getötet, das zweifellos vom Zorn Gottes heraufbeschworen worden war. Mit diesem Sturm gingen auch die Schiffe ihres Vaters verloren, was seinen Besitz beträchtlich dezimierte und seine Testamentsvollstrekker zwang, das Haus in Venedig zu verkaufen, um die Schuldner auszuzahlen und seiner Tochter ein bescheidenes Auskommen zu sichern. Nur in Gesellschaft des tscherkessischen Sklaven verließ sie die Stadt und zog nach Florenz. Dort erlaubte man ihr, sich in den Hügeln von Fiesole niederzulassen, einem wunderschönen Ort im Norden der Stadt, in früheren Zeiten von Etruskern und Römern bevorzugt und berühmt für seine Blumenpracht. Sie erwarb eine kleine Villa und verbrachte ihre Tage mit privaten Studien, deren dämonischen Inhalt wir erst jetzt ermessen können. Doch ihre Schönheit blieb auch hier nicht unbemerkt, und durch ihre scheinbare Bescheidenheit und Zurückhaltung erwarb sie sich den Respekt ihrer Mitmenschen. So leichtgläubig ist eben die menschliche Natur ohne seelsorgerische Führung.
Wie es ans Tageslicht kam, daß sie mit Heilkräutern bewandert war,ist unbekannt, aber der Teufel hat Mittel und Wege, sich ins Vertrauen ehrlicher Menschen einzuschleichen. Schon stand sie im Ruf einer Wunderheilerin, was sie nur ihren Kräutern zuschrieb; sie behauptete, die Mutter Erde habe das alles gegeben, um unsere Krankheiten zu heilen.
Als der Kardinal die Garanavo sie besuchte, bot sie

ihm einen Kräuteraufguß gegen seine Gicht an, der so wirksam war, daß er Verdacht schöpfte. Er sprach mit ihr über Gott und unsere Heilige Mutter, und war erstaunt, in einer christlichen Frau sowenig Frömmigkeit und Unterwürfigkeit zu finden. Ihr Verhalten war offen und scheinbar unschuldig, doch der Kardinal kannte die Hinterlist des Satans. Als er sie fragte, wo Gott auf Erden zu finden sei, antwortete sie, scheinbar ganz freimütig, er wohne in allen Wesen Seiner Schöpfung. Sie ließ sich auch nicht überzeugen, daß sie sich irrte, als er sie daran erinnerte, daß Gott im Tabernakel lebt und die Welt die Heimstatt des Teufels ist.

Doch es kam noch schlimmer: Als Seine Eminenz sie, seinem priesterlichen Auftrag gemäß, in Kenntnis setzte, daß sie von bösen Geistern besessen war, bezichtigte sie ihn kühl der Lüge. Da wußte der Kardinal, daß sein Verdacht begründet war, und er befahl seinen Dienern, ihr das Buch wegzunehmen, in dem sie die Rezepte für ihre Zaubersprüche und Beschwörungen aufgeschrieben hatte. Es war in arabischer Schrift abgefaßt, mit heidnischen Runen und Symbolen, und trotz ihrer Proteste, sie benutzte diese Sprache nur, um die Ergebnisse ihrer Studien festzuhalten, wußte Seine Eminenz, daß der Vater der Lüge aus ihr sprach, denn er besaß so viel Erfahrung mit Hexen, daß er sie auf den ersten Blick erkannte.

Er ließ das Buch verbrennen und die Hexe von der Inquisition festnehmen. Matthias, der strengste von allen, war ihr Inquisitor.

Matthias hatte sie einmal in den Wäldern von Vallambrosa gesehen, wo sie Pilze und andere Pflanzen sammelte. Ihre außergewöhnliche Schönheit, ihre jugendliche Anmut und ihre würdevolle, freimütige Ausstrahlung hatten ihn beeindruckt. Anfangs wollte er sie retten, denn er hielt sie für eine schlichte, irrege-

leitete Seele, aber als sie sich verstockt zeigte und zu stolz war, ihren Fehler einzusehen, war er seiner Aufgabe nicht mehr gewachsen. Durch Satans Ränke überfiel ihn eine sündige Leidenschaft für sie, und ohne das Eingreifen des Kardinals hätte er sie freigelassen. Sie starb an der Folter, der man sie zur Buße ihrer Sünden unterwarf und die schrecklicher war als alles, was je ein Mann einer Frau zugefügt hat.
Matthias' Zorn über ihr Schicksal machte ihn selbst zum Besessenen. Schließlich wurde er exkommuniziert und von der Inquisition gesucht. Doch er ließ sich nicht ergreifen, sondern schlüpfte mit übermenschlicher Geschicklichkeit durch jedes Netz. In seiner sündigen Raserei über das Schicksal der Frau schloß er einen Pakt mit dem Teufel, der ihm angeblich Vergeltung versprochen und ihm eine Maske geschenkt hat, um die zerstörte Schönheit im Grab wiederherzustellen. Ihren Leichnam versteckte er in Venedig und studierte jede Form der Schwarzen Kunst, die ihm dazu dienen konnte, ihre Seele zurückzuholen.

EPILOG

DER ZUG brauste durch die Nacht. Plüschsitze, gedämpftes Licht, zugezogene Vorhänge, gutes Essen und guter Wein – Mr. und Mrs. Eggli waren unterwegs in die Flitterwochen.

Rückblickend schien es wie ein Wirbelsturm: die Hochzeit in der University Church, Dees Mutter, die unter Tränen lächelte, ihre Hand auf dem starken Arm ihres Vaters, die Orgel, die Wagner intonierte. Laura war da, mit Ted im Schlepptau, Liam mit seiner Verlobten, ein paar Kollegen und alte Freunde aus der Collegezeit, zwei Tanten, Freunde ihrer Eltern und ein paar Cousins und Cousinen. Peter hatte überraschend wenig Gäste eingeladen, nur ein paar Kollegen von ITU und keine Verwandten.

»Ich bin Vollwaise«, hatte er mit traurigem Gesicht erklärt, »und zu allem Überfluß auch noch Einzelkind!«

Dee hatte auch Colin eingeladen, aber er hatte eine andere Verpflichtung und mußte mit Bedauern absagen; ein Geschenk sei unterwegs, etwas, was er auf dem gleichen Ramschverkauf erstanden hatte wie das Bild des Magiers. »Ich hab es aus einer Laune heraus gekauft und gedacht, es könnte Dir gefallen!«

Der Empfang fand im *Russel Hotel* statt. Oben in der Suite mit Blick auf den Park stand sie neben Peter und begrüßte die Gäste, die erste gesellschaftliche Aufgabe

ihrer Ehe. Dabei beobachtete sie ihre Eltern. Sie wußte, daß sie sich freuten, weil Dee so gut versorgt war. Peter hatte alles getan, um sie für sich zu gewinnen. Später hatte Dees Mutter ihr zugeflüstert, sie sei sicher, ihn schon einmal irgendwo gesehen zu haben.
»Das bildest du dir ein, Mam. Wo hättest du ihm denn begegnen sollen?«
Aber während ihre Mutter sich voll Aufregung an die Hochzeitsvorbereitungen machte, mied ihr Vater Dees Blick. Er hatte sich verändert, war still geworden – irgendwie war ihm seine Lebensfreude abhanden gekommen. Jetzt hingen seine Augen meist nachdenklich an seiner Frau, die sich maßlos über die Wohnung in Dublin freute.
Als Dee ging, um das Brautkleid gegen ihre Reisekleidung einzutauschen, begleitet ihre Mutter sie. »Bist du glücklich?«
»Überglücklich. Peter überschüttet mich mit Aufmerksamkeiten, mit allem, von dem er auch nur glaubt, es könnte mir gefallen. Manchmal habe ich ein bißchen Angst, es ist vielleicht alles ein bißchen zu perfekt, als müßte ich irgendwann aufwachen und merken, daß es nur ein Traum war!«
»Das ist ganz normal So ist nun mal das Abenteuer des Lebens. Wohin fahrt ihr in den FLitterwochen?«
Dee lachte. »Ich weiß es nicht, es soll eine Überraschung sein!«

Sie war froh gewesen, das Brautkleid ablegen zu können, den Strauß in der Halle des Russell in die wartende Menge zu werfen und dann zum Flughafen zu entwischen, um den Flug nach Paris zu erreichen.
»Geht die Hochzeitsreise nach Paris? Es gibt so vieles, was ich gern mit dir sehen möchte!«
Er lächelte. »Nein, nicht Paris!«
Erst als sie am Gare de Lyon in den Zug stiegen, merkte sie, daß sie unterwegs nach Venedig waren.

»Peter, Schatz, warum fahren wir nach Venedig?«
»Freust du dich nicht?« fragte er besorgt. »Ich dachte, das wäre romantisch. Aber wir können auch anderswohin fahren, wenn es dir nicht gefällt!« Aber der Zug fuhr bereits aus dem Bahnhof und ließ den Bahnsteig und dann auch Paris hinter sich.
Sie hatten ein Abteil ganz für sich. Zuerst hatten sie die Tür verriegelt, miteinander geschlafen und sich dann noch eine Weile schläfrig in den Armen gelegen, bis es Zeit zum Abendessen war. Als sie angezogen waren und sich auf den Weg zum Speisewagen machten wollten, holte Peter etwas aus einem Koffer. Es war eine Schatulle aus Saffianleder, und darin lag auf einem Seidenfutter eine doppelreihige Perlenkette. »Dein Hochzeitsgeschenk.«
Dee schnappte förmlich nach Luft. Die Perlen war groß und der Verschluß wunderschön gearbeitet. »Danke. Sie ist phantastisch! Ist es eine alte Kette?«
»Ja. Ich habe sie neu auffädeln lassen.«
Er nahm sie aus der Schatulle und legte sie um Dees Hals. So sah sie sich selbst im Spiegel, ihre glänzenden Haare, die Perlen strahlend über dem tiefen Ausschnitt ihres neuen Seidenkleids. Um sie besser betrachten zu können, trat Peter einen Schritt zurück. »Wundervoll!«
Beim Essen beugte er sich über den Tisch. »Du wirst Venedig lieben. Es ist einmalig! Man kommt direkt am Canale Grande an, und gleich ist man umgeben von dieser uralten, lebendigen und doch traumhaften Stadt. Über der Lagune siehst du die Kirche San Simeone Piccolo, und wenn man dem Canale Grande nach links folgt, kommt man zur Rialtobrücke, die um 1591 aus Stein errichtet wurde. Damals gab es einen Wettbewerb um den besten Entwurf!« Seine Augen strahlten, als erzähle er ihr etwas, was er gerade erlebt hatte. »Alles, was an der menschlichen Psyche geheimnisvoll und mächtig ist, findet in Venedig eine Heimat!«

Dee seufzte. »Es gab eine Zeit, da wollte ich Venedig unbedingt kennenlernen. Aber nach der Geschichte mit den Sachen, die ... die ich gefunden habe, war ich nicht mehr so sicher ...«
»Warum?«
»Ob meine Mutter nicht recht gehabt hat. Ob diese Dinge wirklich Unglück bringen, wie ...« Sie hielt inne und dachte an das Gespräch mit Laura. »Wie die Geschichte mit dem Grab von Tut-ench-Amun, so etwas in der Richtung ...« Sofort sah sie, wie sein Gesicht versteinerte, aber als sie ihm in die Augen sehen wollte, sah er weg.
»Auf so einen Mist wirst du doch nicht reinfallen, Dee«, meinte er in neckendem Ton. »Venedig ist immer eine Reise wert, geheimnisvoll und abgekapselt, wie es ist. Es gibt Paläste und Privathäuser, die praktisch unzugänglich sind, düstere Wasserstraßen und geschwungene Brücken. Kleine Plätze, die bei Nacht still und menschenleer sind. Eine phantastische Stadt, gerade richtig für Verliebte.«
»Aber dem Untergang geweiht«, flüsterte Dee und fühlte sich plötzlich seltsam aufgewühlt. »Genau wie Atlantis oder Mu ...«
Er versuchte nicht, sie zu beruhigen, sondern sah sie nur mit ausdruckslosem Gesicht an.

Um das unbehagliche Gefühl zu vertreiben, trank sie mehr Champagner, als gut war. Sie spürte, wie sich sein Fuß unter dem Tisch an ihren drückte, spürte die Berührung seiner Hand und wußte, daß er sie nicht aus den Augen ließ. Seine Aufmerksamkeit war so konzentriert, daß es eine Erleichterung war, als er sich nach der Rückkehr ins Abteil entschuldigte, er wolle auf dem Korridor eine Zigarette rauchen. Doch er Geruch drang durch die Tür.
Dee setzte sich, um wieder einen klaren Kopf zu bekommen. Warum setzte ihr der Alkohol so zu? Ihre

Augen nahmen ihre Umgebung nur seltsam bruchstückhaft wahr. Sie faßte nach der Halskette. Die Perlen waren warm. Auf einmal fiel ihr ein, daß Colin bestimmt Witze über sie machen würde, wenn er sie jetzt sehen könnte. »Ein beschwipster Kobold!« Am Tag vor der Hochzeit war sein Geschenk angekommen, als sie sich gerade duschte.
»Ein Päckchen für dich«, hatte ihre Mutter gerufen.
»Mach es auf, Mam.«
Papier wurde aufgerissen, dann Stille.
»Was ist drin?«
»Ich weiß nicht recht. Es ist ein Kleid, ein schwarzes Samtkleid mit einer Tournüre – wie man es bei einem Kostümfest tragen könnte! Es riecht nach Mottenkugeln! Anscheinend ist es echt, kein Reißverschluß, nur Haken und Ösen am Rücken!« Dee kam aus dem Badezimmer und inspizierte das Kleid.
»Ich dachte, so was könnte dir Spaß machen!« stand in Colins Briefchen. »Also – hier ist es!«
Ihr fiel ein, daß sie Colin nie gefragt hatte, wer in ITU eigentlich der ›seltsame Vogel‹ war, der irgendwelchen ›Dreck am Stecken‹ hatte. Er hatte ihn nie wieder erwähnt, und sie hatte ihren albernen Verdacht einfach verdrängt.
Später erzählte sie Peter von dem Kleid. »Du mußt es unbedingt einmal anziehen«, meinte er lächelnd. »Ich möchte wissen, wie du darin aussiehst! Alles, was elegant ist und so nach Vergangenheit duftet, steht dir bestimmt ganz ausgezeichnet!«
Immer noch war Dee ganz schwindlig. Wenn ich mir den Mund ausspüle, dachte sie, geht es mir sicher gleich besser. Aber als sie ihre Tasche durchsuchte, entdeckte sie, daß sie die Zahncreme vergessen hatte. Peters Tasche stand direkt neben ihrer. Dee öffnete sie, fand seinen Beutel und kramte nach der Zahncreme.
Da geriet ihr eine kleine viereckige Schachtel in die

Finger, und sie holte sie heraus. Es war eine kleine Lederschachtel. Sie klappte den Deckel zurück, und fand einen golden Siegelring. Sie starrte auf das vertraute Emblem, den Buchstaben M mit den ineinander verschlungenen Schlange. Sie erinnerte sich daran, wie er ihr in Brüssel von dem Mann mit der Lederweste und den Kniehosen entrissen wurde, der direkt aus dem Mittelalter entsprungen zu sein schien. Voll Angst sah sie sich um, ihr Herz wurde schwer, und sie spürte, wie das Entsetzen ihr über den Rücken kroch. Sie starrte zur Notbremse, als wäre sie ihre einzige Verbindung zu der Welt, die sie kannte. Der rote Griff war direkt über ihrem Kopf, aber sie konnte nicht aufstehen und war auch nicht sicher, ob sie es wollte. Was für eine Rolle spielte die Zeit denn überhaupt? Sie war Teil der Vergangenheit und der Zukunft, das hatte Peter ihr einmal gesagt.
Der Zug pfiff, als er in ein Tunnel raste. Sie hörte, wie er sich mit steifen Schritten näherte, dann öffnete sich die Tür des Abteils. Er lächelte leise, und seine Augen waren dunkel und sehr traurig, aber hinter dem Lächeln erkannte sie seinen Triumph. Er nahm ihr den Ring aus der Hand, steckte ihn an seinen Finger, legte seine Lippen auf ihren Mund und murmelte: »Mein Liebling, ich werde dir alles erklären.«